THE KINGDOM

失墜の王国

ジョー・ネスボ

Jo Nesbø

鈴木 恵 訳

Megumi Suzuki

早川書房

失墜の王国

THE KINGDOM
by
Jo Nesbø
Copyright © 2020 by
Jo Nesbø
English version translated by
Robert Ferguson
Translated by
Megumi Suzuki
First published 2024 in Japan by
Hayakawa Publishing, Inc.
This book is published in Japan by
arrangement with
Salomonsson Agency
through Japan Uni Agency, Inc., Tokyo.

装幀／早川書房デザイン室
写真／©Adobe Stock

登場人物

ロイ・オプガル……………………ガソリンスタンドの店長
カール………………………………ロイの弟
シャノン・アレイン………………カールの妻
エーギル
ユーリエ }……………………ガソリンスタンドのスタッフ
アレックス…………………………ユーリエのボーイフレンド
グレーテ・スミット………………理容師
クルト・オルセン…………………村の保安官
シグムン……………………………クルトの父。前任の保安官。故人
ナターリエ・モー…………………高校生
アントン……………………………ナターリエの父。屋根職人
ヨー・オース………………………元市議会議長
マリ…………………………………ヨーの娘
エリク・ネレル……………………バー〈フリット・フォール〉の経営者
ヴィルム・ヴィルムセン…………中古車販売業者

プロローグ

あれはドッグが死んだ日のことだ。

わたしは十六、カールは十五だった。

その数日前、父はわたしたちに、わたしがドッグにとどめを刺すことになる狩猟ナイフを見せてくれた。広い刃が日射しできらりと光り、両面に溝が刻まれていた。溝があると獲物を解体するとき血が流れやすくなるんだ。父がそう説明すると、カールはそれだけで真っ青になり、また車酔いにでもなったのかと父に訊かれた。たぶんそれが理由で、カールは何か撃ってみせると言ったのだろう。なんでもいいから撃って、解体して、必要とあらば小間切れにしてやると。

「それからそいつをローストしてみんなで食おう」とカールは納屋の外に立って、父のキャデラック・ドゥヴィルのエンジンの上に屈みこんでいるわたしに言った。「父さんと、母さんと、兄貴と、ぼくでさ。いい？」

「いいよ」とわたしは言いながら、ディストリビューターキャップを回して点火ポイントを合わせた。

「ドッグにも分けてやる。みんながたらふく食えるくらいあるんだから」

「そうだな」わたしは言った。

その犬にドッグという名前をつけたのは、ほかにいい名前が思い浮かばなかったからだ。父はつねづねそう言っていたが、本当はその名前が気に入っていたのだと思う。いかにも父らしい。必要最低限のことしか口にしなかったし、ノルウェー人のくせにひどくアメリカ人ぽかったからだ。父はその犬を愛していた。人間と一緒にいるよりもドッグといるほうがいいと考えていたふしがある。

うちの山の農場に大したものはなかったが、すばらしい眺めと土地だけはたっぷりあり、父はそこを自分の王国と呼んでいた。わたしは毎日キャデラックの上に屈みこんだ自分の定位置から、カールが父の犬を連れ、父のライフルと父のナイフを持って出かけていくのを見送った。カールとドッグがむきだしの山肌を背景にした小さな点になるのを。けれども銃声は一度も聞こえてこなかった。カールは農場に帰ってくるといつも、猟鳥はいなかったと言い、わたしのほうも、雷鳥の小さな群れがカールとドッグの大まかな居どころを教えるように次から次へと山腹から飛び立つのが見えていたとしても、それは黙っていた。

そしてある日、ついに銃声が聞こえた。

わたしはぎくりとしてボンネットの裏側に頭をぶつけた。油まみれの指を拭い、ヒースの点在する山腹のほうに目をやると、銃声は雷鳴のようにあたりに轟《とどろ》いて、下のブダル湖畔の村の上空に広がった。十分後カールが走ってきた。近くまで来て、母屋にいる父と母に見えるかもしれないのに気づくと、速度を落とした。ドッグは連れていなかった。ライフルも持っていなかった。何があったのかおおよそ見当がついたわたしは、カールを出迎えにいった。カールはわたしの姿を見ると、踵《きびす》を返してもと来たほうへゆっくりと歩きだした。追いついたとき、わたしはカールが涙で頬を濡らしているのに気づいた。

「撃とうとしたんだよ」とカールは声を潤ませて言った。「真正面からいっせいに飛び立ったんで、狙いをつけたんだけど、どうしても撃てなくてさ。撃とうとしたことだけでもみんなに聞こえるように、銃口を下げて引金を引いたんだ。鳥たちがいなくなったあとで下を見たら、ドッグが倒れてた」

「死んだのか?」わたしは訊いた。

「いや」とカールは言い、こんどは本当に泣きだした。「でも……死にかけてる。口から血を流してるし、目が両方ともつぶれちゃってる。倒れたまま震えながらクウクウいってるだけなんだ」

「急げ」とわたしは言い、走りだした。

数分後、ヒースの茂みの中で何かが動いているのに気づいた。尻尾だった。ドッグの尻尾だ。わたしたちが来るのがドッグは臭いでわかったのだ。わたしたちはドッグの横に立った。両目はかきまぜた卵の黄身のようになっていた。

「こいつはもうだめだ」わたしは言った。それは西部劇に出てくるカウボーイがくだすような、豊富な経験に裏づけられた判断ではなかった。なんらかの奇蹟でドッグがかりに一命を取りとめたとしても、目の見えない猟犬では生きていてもしかたがないように思えたからだ。「撃ち殺すしかないぞ」

「ぼくが?」自分に生き物の命を奪うことを求めるな

んて信じられないというように、カールは声を上ずらせた。

わたしはカールを見つめた。弟を。「ナイフを貸せ」

カールは父の狩猟ナイフを渡してよこした。

わたしが頭に手をあててやると、ドッグは手首をなめてきた。わたしはドッグの首筋の皮膚をつかんで、もう一方の手で喉をかき切った。けれども慎重にやりすぎて何ごとも起こらず、ドッグはびくりとしただけだった。三度目でようやくうまく切ることができた。すると、ジュースのパックに穴をあける位置が低すぎたときさながらに、まるで解放されるのを待っていたかのように血があふれ出てきた。

「うわ」わたしは声をあげ、ナイフをヒースの上に放り出した。刃の溝に血がたまっており、顔にも飛んだ気がした。なま温かいものが頬を伝うのがわかったからだ。

「泣いてるの？」カールは言った。

「父さんには言うな」

「泣いてたことを？」

「おまえが自分じゃこいつを……死なせてやれなかったことを。やるしかないと決断したのはおれだけど、やったのはおまえだってことにしよう。いいか？」

カールはうなずいた。「わかった」

わたしはドッグの死骸を肩にかついだ。それは思いのほか重たく、絶えず滑り落ちそうになった。カールは自分がかつぐと申し出たが、わたしが断わるとほっとした顔をした。

わたしはドッグを納屋の前の傾斜路におろし、母屋から父を連れてきた。連れてくるあいだに、カールと打ち合わせたとおりの説明をした。父は何も言わずに自分の犬のかたわらにしゃがみこむと、いずれこうなると思っていたというようにうなずいた。自分のせいだというように。それから立ちあがり、カールからライフルを受け取ると、ドッグの骸《むくろ》を脇に抱えた。

「ついてこい」そう言うと傾斜路をのぼって干草置場に行った。

ドッグを干草の寝床に寝かせると、こんどはひざまずいて頭を垂れ、ぶつぶつと何やらつぶやいた。父の知っているアメリカの讃美歌の一節のようだった。わたしは父を見た。十六年の人生で毎日見てきた男だったが、こんな姿は初めてだった。こんな取り乱したような姿は。

わたしたちのほうを向いたときにも父はまだ青ざめていたものの、唇はもう震えておらず、視線はまた冷静で動じないものに戻っていた。

「こんどはおれたちの番だ」父は言った。

それだけだった。父はわたしたちを殴ったことなどなかったというのに、カールはわたしの横ですくみあがったように見えた。父はライフルの銃身をなでた。

「おまえたちのうちのどっちが……」と言葉を探してライフルを何度もなでた。「おれの犬にとどめを刺したんだ？」

カールはおびえたようにきょときょとしはじめた。それから口をひらこうとした。

「カールだよ」とわたしは言った。「やるしかないと言ったのはおれだけど、やったのはカールだ」

「ほう、ほんとか？」父の視線がわたしからカールに移動して、またわたしに戻った。「実を言うとな、おれは心の中で泣いてる。泣いちゃいるが、ひとつだけ慰めがある。それはなんだと思う？」

わたしたちは黙っていた。父がこういう質問をするときには答えてはいけないのだ。

「それはおれのふたりの息子が今日、自分たちは男だと証明してくれたことだ。責任を認めて決断してくれたことだ。選択の苦しみ――これがどういう意味かわかるか？　おまえたちを悩ますのが、選んだ結果ではなく選ぶこと自体にあるとき、どっちを選んでも、それが正しい選択だったのかどうか、夜な夜な悩むはめになる。おまえたちは逃げることもできたというのに、その困難な選択に正面から立ち向かった。ドッグを生かしておいて苦しめるか、ドッグを死なせて自分が苦しむか。そういう選択に直面したとき、人は勇気がなけりゃ顔をそむけてしまうもんだ」

父は大きな両手を伸ばして、片手はまっすぐわたしの肩に、反対の手はもう少し高い位置にあるカールの肩に置いた。それから、アルマン師もうらやむようなビブラートのかかった声でこうつづけた。

「人間と動物を分けるものとは、いちばん平坦な道ではなく、いちばん倫理性の高い道を行ける能力だ」父はふたたび目を潤ませていた。「おれはいま打ちひしがれてここに立ってる。だが、おまえたち、おれはおまえたちを心の底から誇りに思うぞ」

それは父がわたしたちにした説教のなかでもっとも力強い、もっとも心に残るものだった。カールはしくしく泣きだしたし、わたしももちろん喉に熱いものが込みあげてくるのを感じた。

「じゃ、中へはいって母さんに知らせよう」

わたしたちはそれを恐れていた。父が山羊をつぶすことにするたび、母は長い散歩に出かけて目を赤くして帰ってきた。母屋に行く途中で父はわたしを引きとめ、カールを先に行かせた。

「いまの説明を母さんにするつもりなら、おまえはもっとしっかり手を洗っといたほうがいいぞ」父はそう言った。

わたしは顔をあげ、ほかにも何かが来るのではないかと覚悟したが、父の顔に表われていたのは穏やかで疲れた諦念だけだった。それから父はわたしの後ろ頭をなでた。思い出せるかぎり、父がそんなまねをしたのは初めてだったし、その後も二度としたことはない。

「おまえとおれは同類だ、ロイ。母さんやカールみたいな人間よりタフにできてる。だからおれたちが、ふたりの面倒を見るしかないんだ。かならず。いいか？」

「うん」

「おれたちは家族だ。おれたちにはおれたちしかいない。友達、恋人、隣人、村の連中、国、そんなのはみんな幻想だ。ほんとに重大なことが起きたらなんの役にも立たん。そういうとき、そいつらと闘うのはおれたちだ、ロイ。おれたちがほかのすべての連中と闘うんだ。わかったか？」

「わかった」

第一部

1

姿が見える前に音が聞こえてきた。

　カールが帰ってきたのだ。なぜいまごろドッグのことなど思い出したのかわからない。もう二十年近く前のことだ。内心では、この突然の帰郷の理由もあのときと同じではないのかと、そう勘繰っていたのかもしれない。いつもと同じではないのか、兄の助けを必要としているのではないかと。わたしは庭に立って腕時計を見た。二時半。カールはテキストメッセージをよこしただけだった。二時には到着するはずだと。弟はむかしから見込みが甘かった。守れもしない約束をするのはいつものことだ。

　わたしは風景を見渡した。その大部分をおおう灰色の雲海を。谷のむこう側の斜面は灰色の海に浮かんでいるように見える。標高の高いこのあたりの植物はすでに紅葉しはじめている。頭上の空は神々しいほどに青く、乙女の瞳さながらに澄んでいる。空気は冷たく、あまり勢いよく吸いこむと肺がひりひりする。自分がまったくのひとりきりになったような、世界を独り占めにしたような気がした。まあ、世界といっても、農場がひとつあるだけのアララト山にすぎないが。ときおり観光客が眺めを楽しもうと、下の村から曲がりくねった道を車で登ってくることがある。すると、遅かれ早かれかならずわが家のこの庭にたどりつく。そいつらはたいていわたしに、この小農場はまだやっているのかと尋ねる。こういう馬鹿どもがうちを小農場と呼ぶのはおそらく、まともな農場というのは低地で見かけるような広大な畑地と、大型の納屋群と、堂々たる母屋のあるものだと思いこんでいるからだろう。そいつらは屋根が少しでも大きすぎると山の嵐でどんな目に遭うか見たことがないし、マイナス三十度の強風が隙間から吹きこむ日に少々広すぎる部屋で火を起こそうとした経験もない。開墾《かいこん》された土地と原野のちがいもわからないから、山の農場というのは家畜の放牧地だということと、低地の農家のきらびやかな小麦色の畑の何倍も広い野生の王国だということに、思いいたらないのだ。

　わたしはここで十五年間ひとり暮らしをしてきたが、それも今日で終わりだった。Ｖ８エンジンが雲海の下のどこかでうなりをあげていた。だいぶ近くから聞こえるので、この山道の中間にあるヤーパンスヴィンゲンのカーブは過ぎたようだ。運転手はアクセルを踏みこみ、ゆるめ、ヘアピンカーブを曲がり、ふたたびアクセルを踏みこんだ。ぐんぐん近づいてくる。前にもそれらのカーブを相手にしたことがあるのがわかる。そしていま、そのエンジン音の微妙なニュアンス、ギアを切り換えるさいの深い吐息、ローギアに入れたキャデラックに特有のあの野太い低音が聞き取れるようになり、わたしはそれがキャデラック・ドゥヴィルだということを知った。父が乗っていたあの巨大な黒い獣と同じだ。もちろん。

　やがて、ドゥヴィルのグリルの攻撃的な鼻面がヤイテスヴィンゲンを曲がってきた。色はやはり黒だったが、年式はもう少し新しい。八五年式だろう。だが付属品は同じだ。

　車はわたしの目の前で停まり、運転席の窓がするすると下がった。顔に表われないことを願ったが、わたしの心臓は早鐘のように打っていた。あれからどれほど手紙やテキストメッセージ、メールや電話のやり取りをしただろう？　多くはない。それでも、カールのことを考えない日が一日でもあっただろうか？　ないだろう。だが、カールに会えずにいるほうが、カールの尻拭いをするよりはましだ。わたしがまず気づいたのは、カールが老けたことだった。

「すいません、ここがあの有名なオプガル兄弟の農場ですかね？」

　そう言うとカールはにやりとして、あの温かく大きな人なつこい笑みを見せた。そのとたん、あれから十五年の時が流れたことを示すものは、顔からも暦からも消え去った。だがその表情には、どこか問いかけるような、探りを入れるようなところもあった。わたしは笑いたくなかった。いまはまだ。けれども、こらえきれなかった。

　車のドアがあいた。カールは両腕を広げ、わたしはその中に身を預けた。何かがこれは逆であるべきだと告げていた。腕を広げて迎え入れるのは兄のわたしの役だと。だが、わたしたちの役割を分ける境界線はいつのまにか曖昧になっていた。カールは肉体的にも人間としてもわたしより大きく成長していて、いま――少なくとも他人が一緒にいるときには――オーケストラを指揮するのはカールだった。わたしは目を閉じて、震えながら息を吸い、秋の香りを、キャデラックと弟のにおいを吸いこんだ。カールは〝男性用フレグランス〟というやつを何かつけているようだった。

助手席のドアがいつのまにかあいていた。

カールは抱擁を解くと、車の巨大なフロントエンドをまわりこんで、谷のほうを向いて立っている女のところへわたしを連れていった。

「本当にすてきなところね」女はそう言った。痩せた華奢《きゃしゃ》な体つきをしていたが、声は低かった。訛《なま》りが強いしイントネーションもおかしかったものの、言葉はいちおうノルウェー語だった。車の中で練習してきた台詞《せりふ》なのだろうか。本心はどうあれ、そう言おうと決めてきた台詞、わたしの気持ちがどうあれ、わたしに好かれようとした台詞なのだろうか。それから女はわたしのほうをふり返って微笑んだ。まず目を惹かれたのは顔の白さだった。青白いのではなく、細部がわからないほどまばゆく日射しを反射する雪のように白い。次に目を惹かれたのは片方のまぶただった。途中までおろされたブラインドのように垂れさがっていて、体の半分は眠くてしかたがないかのようだ。だが、もう半分はぱっちりと目覚めていた。生き生きとした茶色の目が、短く刈りこんだ燃えるような赤毛の下からわたしを見つめている。着ているのはあっさりした黒いコートで、サイドカットもなく、その下の体形もわからない。黒いハイネックのセーターが襟から突き出ているだけ。ぱっと見た印象は、痩せこけた子供の白黒写真だった。あとから髪の毛だけ着色した白黒写真。

カールはむかしから女の子にもてたから、わたしは正直なところちょっとびっくりした。その女が美人でなかったわけではない。むしろ美人だったのだが、このあたりの連中の言う〝グラマー〟ではなかったからだ。女はまだ微笑んでいた。肌と歯の区別がほとんどつかないので、歯も白いようだ。カールも白い歯をしていた。むかしからそうだった。わたしとちがって。カールはよく冗談で、「ぼくの歯は日光で漂白されてるんだ、しょっちゅう微笑んでるからね」と言っていたが、ことによるとおたがいそこに惹かれたのかもしれない。白い歯に。自分の鏡像に。というのも、カールは長身で肩幅が広く、金髪で青い目をしているというのに、わたしはすぐさまその女にもカールと似たところがあるのを見て取ったからだ。俗に言う人生を豊かにしてくれるもの、自分だけでなく他人の中にもいいところを見つけようとする楽天的な一面を。まあ、おそらくだが。わたしはまだその女を知らないのだから。

「これが——」とカールが紹介しかけた。

「シャノン・アレインです」と女はそれをさえぎって手を差し出してきた。あまりに小さい手なので、わたしは鶏の足を握っているような気がした。

「シャノン・アレイン・オプガルだ」とカールが誇らしげに言いなおした。

シャノンはわたしよりも長く手を握っていたがった。その点もカールと似ている。好かれたいという気持ちが人一倍強い人間もいるのだ。

「時差ボケか？」とわたしは尋ね、すぐに後悔した。そんなことを訊いた自分がまぬけに思えたのだ。時差ボケとは何かを知らないからではなく、カールはわたしがタイムゾーンひとつ越えた経験すらないのを知っていたからだ。どう答えたところで、わたしにはぴんとこない。

カールは首を振った。「着いたのは二日前なんだ。車を待ってたんだよ——船で送ったんで」

わたしはうなずいてナンバープレートに目をやった。MC。つまりモナコだ。エキゾチックではあるものの、車を再登録することになったら譲ってくれと頼むほどではない。わたしはガソリンスタンドのオフィスの壁に、現在では使用されていないプレートを何枚も飾っている——フランス領赤道アフリカ、ビルマ、英領バストランド、英領ホンジュラス、ジョホール。なみたいていのものでは食指が動かない。

シャノンはカールからわたしに視線を移し、またカールを見た。笑顔で。理由はわからない。カールが兄と——たったひとりの肉親と——一緒に笑っているのがうれしいのかもしれない。かすかな緊張が消えたのが。カールが——というか自分たちが、快く迎え入れられたのが。

「ぼくがスーツケースをおろしてるあいだに、家の中を案内してやってくれないか？」カールはそう言って車の荷物入れをあけた。父のアメリカ風の言いかたにならえば〝トランク〟を。

「同じぐらいの時間しかかからないと思うけどね」と

わたしは小声でシャノンに言い、彼女を連れて歩きだした。

わたしたちは家の北側にまわった。玄関はそちら側にあるのだ。父が出入口を庭と道路に面した側に設けなかった理由はよくわからない。毎日外に出るたび自分の土地をすべて視野に収めたかったからかもしれない。それとも、廊下よりキッチンが太陽で暖められるほうが大切だったからだろうか。中にはいると、わたしは廊下にある三つのドアのうちのひとつをあけた。

「キッチンだ」と言いながら古い脂のにおいに気づいた。ずっとこんなにおいがしていたのか？

「すてき」とシャノンは言った。まあ、片付けと掃除はしてあったものの、〝すてき〟と言えるようなキッチンではなかったのだが。シャノンは目を丸くして——ことによるといくらか不安になりつつ——薪ストーブから延びる煙突パイプを目で追った。煙突は天井に丸く切りぬかれた穴を通って二階につづいている。精密な大工仕事、父はパイプが安全な隙間を保って板材を通過する丸穴をそう呼んでいた。それが事実だとすれば、その穴は——屋外トイレにあるふたつの同様の丸穴を除けば——この農場で唯一のその実例だ。わたしは明かりのスイッチを入れたり切ったりして、少なくとも自前の電気はあることを示してみせた。

「コーヒーでもどう？」

「ありがとう。でも、あとにしようかしら」

少なくともノルウェー式の礼儀はマスターしていた。

「カールが飲むだろう」わたしはそう言って戸棚をあけ、中を掻きまわしてコーヒーポットを見つけ出した。むかしながらの粗挽きコーヒーまで……何年ぶりだろう、久しぶりに買ってあった。わたし自身はいつもフリーズドライで間に合わせていたので、つい習慣で、蛇口の下にポットを突き出して湯の栓をひねっていた。それに気づくと耳のあたりが火照ってくるのがわかった。だが、インスタントコーヒーを蛇口の湯でいれるのは情けないなどと誰が決めたのか？　コーヒーはコーヒーだし、湯は湯だ。

ポットをコンロにかけて火をつけると、わたしは二歩離れたところにあるドアの前に移動した。キッチンはふたつの部屋にはさまれていて、西に面したほうはダイニングルームだった。冬のあいだは西風に対する緩衝地帯として閉鎖され、わたしたちはすべての食事をキッチンでとった。東に面したほうは居間で、本棚とテレビと、居間専用の薪ストーブがある。南側には父が自分に許したこの家で唯一の贅沢、ガラス張りのテラスがあった。父はそこを〝ポーチ〟と呼び、母は〝冬の園〟と呼んでいたが、もちろん冬のあいだは木製の鎧戸でしっかりと封鎖されていた。夏になると父はそこに座って〈ベリーズ〉の嗅ぎ煙草をやりながら、バドワイザーを一、二本飲んだ。どちらもこれまた父にとっては贅沢だった。その薄味のアメリカ製ビールを買うには町まで行かなければならなかったし、銀緑色の箱にはいった〈ベリーズ〉の嗅ぎ煙草のほうは、アメリカの親類からはるばる送ってもらっていたからだ。父は早くからわたしに、アメリカの嗅ぎ煙草はスウェーデン産のまがいものとちがって発酵過程を経ているから、味わいがちがうと力説していた。「バーボンと同じだ」と言い、ノルウェー人がスウェーデン産のまがいものを用いるのはものを知らないからだと言い切っていた。まあ、少なくともわたしはものを知っていたから、煙草をやるようになると、やはり〈ベリーズ〉を愛用した。カールとわたしはよく父が窓台にならべた空瓶を数えた。四本以上飲むと父が涙もろくなるのを知っていたからだ。父親が泣くところなど誰も見たくない。いま思うと、それが理由でわたしはビールを一、二本飲むのがせいぜいなのかもしれない。めそめそしたくないのだ。カールのほうは酔っても朗らかだったから、そんな制限を設ける必要はなかった。

そんなことを思い出しながら、シャノンとともに二階にあがり、広いほうの寝室を見せた。父が〝マスター・ベッドルーム〟と英語で呼んでいた部屋だ。

「すごい」とシャノンは言った。

それから新しい浴室を見せた。もう新しくもなかったが、この家では少なくともいちばん新しい部分だった。わたしたちは浴室のない家で育ったのだと言っても、シャノンはたぶん信じなかっただろうが、階下のキッチンで、ストーブで沸かした湯で体を洗っていたのだ。浴室ができたのは自動車事故のあとだった。カールが書いてよこしたとおり、シャノンがバルバドスの生まれで、カナダの大学に行けるような裕福な家庭に育ったのだとしたら、カールとわたしが真冬に震えながら流しの前に立って灰色の湯を一緒に使っていたことなど、想像もできないだろう。それなのに父は、まともな車こそわたしたちが持つべきものだと言って、キャデラック・ドゥヴィルを庭に駐めていたのだから、なんともちぐはぐな話だった。

子供部屋のドアは明らかに膨張していて、あけるにはノブをちょっと揺する必要があった。淀んだ空気と思い出がふわりと、忘れていた箪笥《たんす》の古い服のにおいのように漂ってきた。壁ぎわには机がひとつあり、その前に椅子が二脚ならんでいた。反対の壁ぎわには二段ベッドがあり、ベッドの端の床の穴からキッチンのストーブの煙突パイプが伸びている。

「ここがカールとおれの部屋だったんだ」

シャノンは二段ベッドのほうを見た。「どっちが上だったの？」

「おれさ。年上だからね」わたしは椅子の背にたまった埃に指を這わせた。「おれは今日こっちへ引っ越すから、きみたちは広い寝室を使ってくれ」

シャノンは驚いてわたしを見た。「でも、ロイ、わたしたちそんなつもりじゃ……」

わたしは彼女のあいているほうの目を見つめた。赤い髪と雪のように白い肌をしているのに、目は茶色というのはなんだか不思議ではないか。「きみたちはふたりで、おれはひとりだからさ、問題ないよ。ＯＫ？」

シャノンは改めて子供部屋を見まわした。「ありがとう」

わたしはシャノンをもう一度両親の寝室に連れていった。空気はすっかり入れ換えてあった。どんなにおいであれ、わたしは他人のにおいを吸いこむのが好きではない。カールのにおいだけは別だったが。カールは――かならずしも芳《かぐわ》しくはないにせよ――正しいにおいがした。わたしのにおい。わたしたちのにおいが。

冬にカールが病気になると――それがまたかならずなるのだが――わたしはカールのベッドに潜りこんだ。たとえ乾いた汗が肌にこびりついていても、息が吐物くさくても、カールのにおいはやはり正しかった。わたしはそのにおいを吸いこんでは、火照ったカールの体の横で震えながら、カールの発する熱を利用して自分の体を温めたものだ。ひとりが発熱すると、もうひとりがその体を行火《あんか》がわりにする。この地で生活していると、人は実際的になる。

シャノンは窓辺に行って外を見た。コートのボタンは上まできっちりかけたままだった。室内が寒いと感じているのだろう。九月に。まだ冬の兆《きざ》しもないというのに。狭い階段からドカドカとカールがスーツケースを持ってあがってくる音が聞こえた。

「あなたたちは裕福ではないとカールは言うけれど。あなたとカールはここから見えるものをすべて所有しているんでしょう」

「ああ。でも、全部ウトマルクだ」

「ウトマルク？」

「原野のことさ」とカールが言った。息を切らしながら戸口に立ってにこにこしている。「羊と山羊の放牧地だよ。山の農場に耕せる土地はあまりない。見てのとおり、木もろくに生えてないしね。でも、ここのスカイラインについちゃ、ぼくらは手を加えられるはずだ。そうじゃないか、兄貴？」

　わたしはゆっくりとうなずいた。ゆっくりと。子供のころによく見かけた年寄りの農夫たちのうなずきのように。彼らがそんなふうにうなずくのを見ると、わたしはこう思ったものだ。皺《しわ》の刻まれたあの額の奥には複雑な思いがたくさん渦巻いていて、単純な村の言葉でそれをすべて表現するのは時間がかかりすぎるのだ。もしかしたら不可能なのかもしれないと。そういう大人たち、うなずく男たちはテレパシーで理解しあっているように思えた。ひとりがゆっくりとうなずくと、もうひとりもゆっくりとうなずいてそれに答えているように。いま、わたしはそれと同じうなずきを返しはしたものの、理解はむかしと同じくまったくしていなかった。

　もちろん、なんの話なのかカールに問い質《ただ》すこともできたが、どのみち答えは得られなかっただろう。いろんな答えが返ってはきただろうが、肝心な答えは聞けなかったはずだ。それに、わたしは答えなど求めてもいなかった。カールが帰ってきてくれただけでうれしくて、そんな問いでいまカールを悩ませるつもりはなかった——いったいなぜ帰ってきたのか、などと。

「お兄さんたらね、親切なの」とシャノンが言った。「この部屋をわたしたちに譲ってくれるって」

「まさか子供部屋で寝るために帰ってきたわけでもなかろうと思ってな」わたしは言った。

　カールはうなずいた。ゆっくりと。「となると、これもそれほど大したお返しには見えないかな」と大きなカートンを持ちあげてみせた。それがなんなのかわたしはすぐさま気づいて、カールから奪い取った。アメリカ産の嗅ぎ煙草〈ベリーズ〉だ。

「くそ、会えてうれしいよ、兄貴」カールは声を詰まらせて言った。近づいてきてもう一度わたしに腕をまわし、こんどは本物の抱擁をした。わたしも抱きしめかえした。カールの体がむかしより柔らかくなったのがわかった。余分な肉が少々ついたのだ。わたしの顎に押しつけられた顎の皮膚がいくらかたるんだ。髭をきれいに剃っていたにもかかわらず、皮膚がざらざらした。ウールのスーツは織りがしっかりしていて上等な手触りがしたし、シャツは――むかしのカールはシャツなど着たことがなかった。しゃべりかたまで変わっていた。わたしたちが母のまねをするときにときどき使った都会言葉を話した。だが、それはかまわなかった。においは元のままだった。カールのにおいだった。カールは後ろに下がってわたしを見た。目は女の子の目のようにきらきらと潤んでいた。なんと、わたしの目も潤んでいた。

「コーヒーが沸いてるぞ」わたしは努めて平静にそう言うと、階段のほうへ歩いていった。

その晩わたしはベッドに横になって物音に耳を澄ました。ふたたび家族が住むようになって、家の立てる音も変わったのではないか。そう思ったのだが、変わっていなかった。いつもと同じようにきしんだり、咳をしたり、溜息をついたりしていた。

〝マスター・ベッドルーム〟の物音にも聞き耳を立てた。壁が薄いので、ふたつの寝室のあいだに浴室があっても、話し声がぼそぼそと聞こえてきた。わたしのことを話しているのだろうか。シャノンがカールに、お兄さんはいつもあんなに寡黙なの、と訊いているのだろうか。わたしの作ったチリコンカンを喜んでくれたと思う？　わたしの持ってきた贈り物を本当に気に入ってくれたかな？　あのバルバドスの中古ナンバープレートは、親戚を通じてとても苦労して手に入れたものなんだけれど。お兄さんはわたしのことを気に入らなかったのかしら？　するとカールが、兄貴は誰に対してもあんなふうなんだ、少し時間をあたえてやってくれ、と答えているのだろうか。お兄さんはわたしに嫉妬しているんじゃないかしら。弟をわたしに奪われたと感じているはずだもの、たったひとりの肉親を。シャノンがそう言うと、カールは笑ってシャノンの頬をなでながら、たった一日でそんなことを心配する必要はないよ、じきに何もかもうまくいくようになるさ、と答えているのだろうか。シャノンはカールの肩に顔を埋めて、そうだとは思うけれど、わたしはあなたがお兄さんみたいじゃなくてうれしい、と言っているのだろうか。犯罪などほとんどない土地で、人々が強盗に遭うのを絶えず恐れるようにいつも難しい顔をしているなんておかしいと。

それとも、ふたりは別のことに励んでいるのだろうか。

父と母のベッドで。

「どっちが上だった？」とあしたの朝食の席で訊いてやろうか。「年上のほうか？」と。そしてふたりの啞然とした顔を見る。澄んだ朝の空気の中に出て車に乗りこみ、ハンドブレーキを解除し、ロックしたままのハンドルを握り、ヤイテスヴィンゲンのカーブが近づいてくるのを見る。

長くもの悲しい鳴き声が外から聞こえてきた。山の孤独な鳥、チドリだ。真面目くさった痩せた鳥で、外を歩いていると、こちらを警戒しながらも安全な距離を置いてついてくる。親しくなるのは怖いけれど、自分の孤独を歌うときには聴いてくれる相手がいてほしいというように。

2

ガソリンスタンドに着いたのは五時半で、ふだんの月曜日より三十分早かった。エーギルがカウンターの中にいた。疲れているようだった。

「おはようございます、店長」と抑揚のない口調で言った。エーギルはチドリに似ている。ひとつの鳴き声しか持っていない。

「おはよう。ゆうべはいそがしかったのか？」

「いいえ」とエーギルは答えた。いまのがいわゆる修辞的質問だということがわかっていないらしい。都会へ帰る別荘客の流れが一段落してしまえば、日曜の夜は決していそがしくないのだから。わたしがそう訊いたのは、ポンプの周辺がきちんと掃除されていなかったからだ。ほかの終夜営業のスタンドでは、単独勤務の夜勤スタッフは建物を離れてはいけない規則になっているが、わたしは散らかっているのが嫌いなのだ。暴走族の連中がそこをたまり場にして、ファストフードを食べたり、煙草を吸ったり、いちゃついたりするので、いつもたくさんの包み紙と吸い殻のほか、ときにはなんと、使用ずみコンドームまで落ちているのだから。そのフランクフルトソーセージも煙草もコンドームも、すべてうちの店が売ったものだから、わたしは暴走族の連中を追いはらいたくはない。彼らが車内に座って世界が走り去っていくのをながめるのを歓迎している。そのかわり夜勤の連中に暇を見て掃除をさせている。従業員用トイレに注意書きを貼り、便座に腰かけるたびにいやでも目にはいるようにしてある。

〝やるべきことはやれ。すべてはきみしだいだ。ただちにやれ〟それをエーギルはクソをすることだと勘ちがいしているふしがあったが、わたしは掃除をしろ、仕事に責任を持て、と口を酸っぱくして説いてきたのだから、普通ならエーギルは、いそがしかったのかと訊かれたら、それが皮肉だということに気づいただろう。だが、エーギルはたんに疲れているわけではなく、二十歳にしては少々とろくもあった。あまりにしょっちゅうからかわれてきたので、そんなことはもう気にしなくなっていた。最小限の努力で生きていきたければ、気づいていないふりをするのはかならずしも愚かな戦略ではない。となると、エーギルもこれでさほど馬鹿ではないのかもしれない。

「早いですね、店長」

早すぎて、ポンプのまわりをひと晩じゅうきれいだったように見せかける暇がなかったか？

「眠れなかったんだ」とわたしは言った。レジスターの前に行き、シフト交替コマンドを打ちこんだ。それで夜が終わり、オフィスのプリンターがギーギーと音を立てはじめた。「帰って寝ろよ」

「どうも」

わたしはオフィスにはいり、まだ紙を吐き出しているプリンターの前で売上に目を通しはじめた。悪くない。昨日もいそがしい日曜だったようだ。この街道はノルウェー一交通量の多い道ではないものの、両方向とも次のガソリンスタンドまで三十五キロもあるため、うちのスタンドはドライバーたちのささやかなオアシスになっている。ことに別荘から帰る途中の若い家族連れの。わたしはブダル湖を見渡せる白樺の木立のそばにテーブルとベンチをふた組据えつけ、彼らがハンバーガーとソフトドリンクを持ってそこに座れるようにしてあった。昨日はハンバーガーが三百個近く売れていた。わたしは二酸化炭素排出量などより、自分が世界にもたらしているグルテン不耐症のほうにむしろ罪悪感を覚えた。ページの下に目を走らせ、エーギルが廃棄したフランクフルトの数をチェックした。まあまあだが、売れた数に比べて――いつもどおり――数本多すぎた。エーギルは着替えをすませて出口へ向かっているところだった。

「エーギル？」

　彼はぎくりとして立ちどまった。「はい？」

「二番ポンプに誰かがトイレットペーパーを巻きつけて遊んだみたいだな」

「片付けときます」エーギルはにっこり笑って出ていった。

　わたしは溜息をついた。こんな小さな村でまともな働き手を見つけるのは容易ではない。頭のいい連中は勉強をしにオスロかベルゲンに行ってしまうし、勤勉に働く連中は金を稼ぎにノートオッデンやシェーエンやコングスベリに行ってしまう。エーギルを首にしても彼は失業手当を受けるだけで、食べるソーセージの数は減らないだろう。ちがいといえば、カウンターの反対側に立って代金を払うようになることぐらいだ。肥満はもっぱら小さな町の問題だと言われるが、ガソリンスタンドで働いていればどうしたってヤケ食いをしたくなる。はいってくる客はみなどこか別のところへ、ここよりはましに決まっている場所へ向かっている途中だし、そいつらの車は自分にはとうてい買えないような車ばかり、そいつらが乗せている女の子は、村のダンスパーティで酔ってでもいないかぎり話しかける勇気も出ないようなきれいな娘《こ》ばかりなのだから。

　だが、わたしは近々エーギルと話をしなければならないだろう。本部は彼みたいな最低ラインの従業員になど関心がない。それはそうだろう。一九六九年のノルウェーには七十万台の車と四千軒以上のガソリンスタンドがあった。それから四十五年、車の数はほぼ四倍になったものの、ガソリンスタンドの数は半減した。事態は本部にもうちにもきびしい。わたしは統計に目を通しているから知っているのだが、スウェーデンとデンマークでは生き残ったガソリンスタンドの半数以上がすでに自動化され無人化されている。ノルウェーは人の住んでいる場所が広範囲に点在しているためまだそこまでは行っていないものの、そのノルウェーでさえガソリンスタンドの給油係は明らかに絶滅危惧種だ。いや、実際にはすでに絶滅している。給油係が車に給油している姿など最後に見たのはいつだ？　わたしたちはほかのものを売るのでいそがしすぎる。フランクフルトや、コーラや、ビーチボールや、バーベキュー用木炭や、フロントガラス・クリーナーや、はたまた水道水となんら変わらないというのに飛行機で輸入され、うちの安売りビデオよりコストの高いボトル入りの水とか。

だがまあ、わたしは愚痴をこぼすつもりはない。二十一歳で受け継いだ自動車修理工場にそのガソリンスタンド・チェーンが関心を示してきたのは、わたしが二基の給油ポンプを前庭に据えつけていたからでも、工場の経営が安定していたからでもなく、立地のせいだった。よくいままでつぶれなかったものだと感心された。なにしろ地方の修理工場はみなとうのむかしに地図上から姿を消していたのだから。彼らはわたしに店長をやらないかと持ちかけ、雀の涙ほどの金でそこを買い取ると提案してきた。売り値をもう少し吊りあげることはできたかもしれないが、オプガル家の人間はしみったれた交渉はしない。まだ三十にもならないのに、わたしはもう人生が終わったように感じた。そのはした金で農場の母屋に浴室を造り、修理工場に自分でこしらえた独り者用のワンルームから引っ越した。敷地は充分にあったので、会社は修理工場を残したままその隣にガソリンスタンドを建て、古い洗車場を新しくした。

エーギルが出ていくとドアがばたんと閉まり、わたしは本部が自動ドアを設置してくれると約束したことを思い出した。二週間に一度訪ねてくる営業部長はいつもにこやかで、下手くそなジョークばかり飛ばす男だった。ときおりわたしの肩に手をかけては秘密めかした口調で、本部はきみに満足していると言った。満足して当然だった。売上の数字を見て、うちの店が絶滅に抗して果敢に利益をもたらしているのを知っているのだから。エーギルが夜勤のときにはかならずしもポンプ周辺が整然としていなくてもだ。

六時十五分前。わたしは夜のうちに解凍されて膨らんだハンバーガー用のバンズに刷毛をかけながら、自分がグリースピットに立って車に油を差していたころを懐かしんでいた。すると一台のトラクターが洗車場に近づいてくるのが見えた。その農夫がそのモンスターを洗ったら、わたしはフロアをホースで洗い流さなければならなくなるだろう。ガソリンスタンドの店長というのは、雇用と解雇、帳簿づけ、従業員の督励など、あらゆることに責任を負っているが、しかし、いちばん時間を食われるのは何かといえば、掃除だ。バンズを焼くのがそれにつづく。

わたしは静寂に耳を澄ました。といっても、実際には静寂などない。週末が終わるまでは、つまり別荘客が帰ってわたしたちがふたたび夜は店を閉めるようになるまでは、物音のシンフォニーが絶え間なく聞こえている。コーヒーマシンや、ソーセージクッカーや、冷凍庫や、ソフトドリンクの冷蔵庫などが、それぞれに固有の音を立てているのだが、もっとも特徴的なのはハンバーガー・バンズを入れてある保温器だ。ぺちゃくちゃと温かみのある口調でおしゃべりをし、目を閉じてむかしに返った気になれば、油をよく差したエンジンのようにも聞こえる。例の営業部長は前回来たときに、BGMを流してはどうかと提案してきた。調査によれば適切な音楽は購買意欲と食欲を刺激するのだと。わたしはゆっくりとうなずいたものの、何も言わなかった。この静寂が好きなのだ。じきに客が来るはずだった。たぶん肉体労働者だろう。七時前に給油したりコーヒーを飲んだりする必要があるのは、たいてい肉体労働者だ。

わたしはさきほどの農夫がトラクターに非課税の軽油を入れるのを見ていた。その一部は帰宅したら当人の車の燃料タンクに移し換えられるはずだが、それはその男と警察のあいだの問題であって、わたしには関係ない。

わたしは給油エリアの先に視線を移動させ、道路と自転車道と歩道のむこう側に建つ、この村によくある一軒の木造住宅に目をやった。戦後すぐに建てられた三階建てで、ブダル湖に面したベランダがあり、窓は道路の埃で汚れている。壁には大きなポスターが貼ってあり、ヘアカットと日焼けができると宣伝している。通りすがりの人々に、そのふたつがいわば二本立てで行なわれているという印象をあたえるポスターで、その住人の居間で作られたものだ。けれどわたしは地元の人間以外がそこにはいっていくのを見たことがないし、村の連中はみなグレーテ・スミットがどこに住んでいるか知っているのだから、そのポスターがなんの目的で作られたのかよくわからない。

いまそのグレーテが道路脇に立って、サンダルとT

シャツ姿で震えているのが見えた。左右をしっかりと確認してから道を渡ってくる。つい半年前、村の国語教師がこの道のもう少し先で、五十キロ制限の標識など見かけなかったと言い張るオスロの男の車にはねられたのだ。集落の中でガソリンスタンドを経営することには利点と難点がある。利点は、地元の人たちがここで買い物をしてくれることと、五十キロ制限のおかげでよそから来た車がふと立ち寄れることだ。修理工場をやっていたころのわたしは、地元経済にも貢献していた。よそから来て手のかかる修理が必要になった客は、みな村のカフェで食事をして、湖畔のキャンプ場のキャビンで一泊したからだ。難点は、よそからの車が通らなくなるのも時間の問題でしかないことだ。ドライバーたちは直線道路と九十キロ制限を歓迎し、目的地へ行くのに小さな村々をひとつひとつのろのろと通過するのをいやがる。オスを迂回して新たな街道を造る計画はとうのむかしに策定されていたのだが、いまのところわたしたちは地形に救われていた。山を貫いてトンネルを掘るのは運輸当局にしてみればコストがかかりすぎるのだ。しかしトンネルはいずれ造られるはずだった。太陽が二十億年後にはこの太陽系を吹っ飛ばすのと同じくらい確実に、だがそれよりはずっと早く。人が来なくなれば、通過交通で生計を立てているわたしはもとより、ほかの村人もみな一巻の終わりだ。衝撃波は太陽がさよならを言うときとさして変わらない。農家はそれでも乳を搾り、高地で育つ作物を育てるだろうが、ほかの連中は街道がなくなったらどうすればいい？　たがいの髪を刈り、自分たちをかりかりになるまで日焼けさせるのか？

　ドアがあいた。わたしたちが高校生だったころ、グレーテは顔色が悪く、腰のないぺしゃんこの髪をしていた。いまは顔色が悪く、わたしに言わせればなんともへんてこなパーマをかけている。美しくあることはむろん人間の権利ではないが、それにしても造物主はグレーテにひどい手抜きをしていた。背中も首も膝もことごとく少し曲がっているし、ゆがんだ大きな鼻は狭い顔に無理やり押しこんだ異物のように見える。だが鼻に物惜しみをしなかった分、造物主は残りの部分には物惜しみをしていた。眉毛、睫毛、胸、尻、頬――どれもグレーテにはないに等しい。唇は薄く、ミミズを思わせる。若いころのグレーテはその肌色のミミズに真っ赤な口紅を厚く塗りたくっていて、それはそれでお似合いだったのだが、彼女は突然ぱたりと化粧をするのをやめてしまった。たしかカールが村を出ていったころのことだ。

それはまあ、ほかの連中がグレーテ・スミットをわたしのようには見ていない可能性はある。グレーテにはグレーテなりの魅力があるのかもしれないし、彼女の外面に対するわたしの見かたは、内面について知っていることに影響されているのかもしれない。それにわたしはグレーテ・スミットが悪人だと言っているわけでもない。精神医学上の病名のような、もっと聞こえのいい定義がきっとあるはずだ。

「今日は刺すね」とグレーテは言った。北風のことを言ったのだろう。この風が谷を吹きぬけてくると、かならず氷河のにおいを一緒に運んできて、夏が終わったことをわたしたちに思い知らせる。グレーテはこの谷で育ったが、こういうものの言いかたはまずまちがいなく両親から受け継いだものだろう。彼女の両親は北部からやってきてこの村でキャンプ場を経営していたのだが、それがつぶれたあとはふたりとも珍しい末梢神経障害と診断されて、社会保障で暮らしている。糖尿病による疾患で、ガラスの破片の上を歩くような感じがするらしい。グレーテの隣人の話では、絶対に伝染しない疾患だというから、これは統計学上の奇跡にちがいない。だが、統計学上の奇跡は起こるものであり、両親はいま最上階に、〝グレーテの理容と日焼けのサロン〟のポスターの真上に住んでいる。姿を見かけることはあまりないが。

「カールったら、帰ってきたの？」

「ああ」とわたしは答えたが、それが答えを求める質問でないのはわかっていた。追加情報を求めるクエスチョンマークつきの催促だ。あたえてやるつもりはなかった。グレーテとカールの関係は健全なものではない。「何が欲しいんだ？」

「あたし、カールはカナダですごく稼いでると思ってた」

「うまくやってたって、故郷を訪ねたいと思うことはあるさ」

「むこうの不動産市場は予測不能だって聞いたけど」

「ああ、急速に値上がりする場合と、それほど急速には値上がりしない場合があるからな。コーヒー？　クリームパン？」

「何がトロントの大物をこんなちっぽけな村に引きよ

せたんだろう」

「人だよ」

「かもしれないけど」とグレーテはわたしのポーカーフェイスをうかがった。「でも、キューバ産の女を連れてきたんだって？」

いまグレーテを憐れに思うのはたしかに簡単だっただろう。両親は生活保護、鼻には隕石、客も眉毛もなく、夫もカールもいないが、さりとてほかの誰かに対する欲望もないのだから。だがグレーテは、そこに乗りあげてみて初めて存在に気づくような悪意の暗礁を隠している。それはもしかすると、あらゆる作用には反作用があるというニュートンの法則なのかもしれない。グレーテの受けた苦痛はすべて他人にまわさなければならないのかもしれない。カールが若いころ村のパーティで酔っぱらってグレーテと木陰でファックしていなかったら、グレーテもこんなふうにはならなかったかもしれない。まあ、なったかもしれないが。

「キューバ産ね」とわたしはカウンターを拭きながら言った。「葉巻みたいだな」

「だよね？」グレーテはそう言うと、内緒話でもするようにカウンターに身を乗り出してきた。「茶色いし、手触りもいいし……それに……」

〝火がつきやすいし〟とわたしは思わず心の中で付け加えてしまったが、何より望んでいたのはグレーテの口にクリームパンを押しこんでくだらない話をやめさせることだった。

「……くさいしね」とグレーテはようやく締めくくり、あのミミズの口でにやりと笑った。自分の譬《たと》えに満足したようだ。

「ただし、彼女はキューバ人じゃない。バルバドスの出身だ」わたしは言った。

「はいはい。タイ、ロシア、どこだっておんなじ。どうせ従順な女でしょ」

わたしはキレた。グレーテへの怒りを隠せなくなった。「なんだと？」

「きっとかわいい女でしょ」グレーテは勝ち誇ったようににやりとした。

「何が欲しいんだ？」

グレーテはわたしの後ろにある棚に目を走らせた。

「母さんのテレビのリモコンに替えの電池が要るの」

それは嘘だろう。グレーテの母親は二日前に、痛む足でそろそろと、溶けた溶岩の上でも歩くようにして電池を買いにきた。わたしはグレーテに電池を渡してレジを打った。

「シャノン」とグレーテはのろのろとカードを端末に差しながら言った。「インスタグラムで写真を見たけど。彼女、どこか悪いの？」

「おれは何も気づかないな」

「そんなことないでしょ。バルバドスの生まれならあんなに白いはずない。それにあの目はどうしたの？」

「これでそのリモコンはさくさく使えるはずだ」

グレーテはカードを抜いて財布にしまった。「じゃ、またね、ロイ」

わたしはゆっくりとうなずいた。もちろんわたしたちはまた会う。それはこの村にいるかぎりあたりまえのことだ。けれどもグレーテはさらに何か言おうとしていたので、わたしはつづきを聞かされまいとして、さも了解したかのようにうなずいた。

グレーテが出ていくとドアが閉まったが、ぴたりとではなかった。いくらバネをきつくしてもだめなのだ。そろそろ新しいドアに換えるべきなのだろう。自動ドアに。


九時にもうひとり従業員が出勤してきたので、わたしは外に出てトラクターが汚した洗車場を掃除できるようになった。案の定、床には泥と土のかたまりがごろごろ落ちていた。調合ずみの〈フリッツ〉の強力洗剤でその大半を取りのぞいて、ホースで洗い流しながら、人生がひっくり返るのではないかと毎日思っていた十代のころを思い出していると、肩甲骨のあいだが急にちりちりしはじめた。まるでスワットチームが犯人を捕捉するあの赤いレーザー光線でもあてられたみたいに。だから背後から低い咳払いが聞こえても、わたしは驚かなかった。ふり返ると、保安官が薄い唇のあいだに煙草をくわえて立っていた。

「ここで泥んこレスリングでもやったのか？」

「トラクターだ」わたしは答えた。

保安官はうなずいた。「で、弟が帰ってきたわけか？」

クルト・オルセン保安官は頰のこけた痩せぎすの男だった。馬蹄形の口髭をたくわえ、つねに手巻き煙草をくわえ、細身のジーンズと、父親の愛用していた蛇革のブーツをはいている。実際、クルトは父親のシグムン・オルセンにどんどん似てきているようだった。

前の保安官のシグムンもやはり金髪を長く伸ばしていて、わたしはいつも《イージー・ライダー》のデニス・ホッパーを連想したものだ。息子のクルトはサッカー選手にときおり見かけるようなガニ股で、かつては地元チームのキャプテンとして四部リーグでプレーしていた。確かなテクニック、優れた戦術センス、煙突さながらに煙草を吸っても九十分走りきれる体力。誰もがクルトはもっと上のリーグでプレーできると言ったものだが、しかし、広い世界に出れば控えの選手で終わる恐れもある。なぜ地元のヒーローの地位を犠牲にする？

「ああ、昨日帰ってきたよ」とわたしは認めた。「なんで知ってるんだ？」

「こいつだ」とクルトは一枚のポスターを広げて掲げてみせた。

わたしはホースの水を止めた。見出しには〝夢を追おう！〟とあり、その下に〝オス・スパ山岳ホテル〟と書いてあった。わたしは読んだ。クルトはたっぷり時間をくれた。わたしより一学年下だったから、わたしが学級担任に軽い難読症だと言われたことを知っていたのかもしれない。担任はうちの両親にそれを伝えたさい、難読症は往々にして遺伝することもあわせて伝えた。それを聞いて父は激怒し、あんたは息子を私生児だと言うつもりか、と食ってかかった。だが、そこで母が、オスロにいる父の従弟のオーラヴのことを思い出させた。オーラヴは難読症で、いろいろと苦労したらしい。カールはこの話を聞くと、わたしの〝読みかたの先生〟になると申し出た。本気なのがわかった。その任務のために喜んで時間を割くつもりなのが。だが、わたしは断わった。弟にものを教えてもらいたがるやつなどいるか？

そのポスターはオールトゥン公会堂でひらかれる出資者集会の案内だった。どなたでも歓迎、とあった。コーヒーとワッフルがふるまわれるし、出席してもなんの義務も生じないと。いちばん下の名前と署名までたどりつく前に、わたしはもう事情を察していた。これだったのだ。カールが帰ってきた理由は。

名前のあとに、なんと学位がついていた。カール・アベル・オプガル。経営学修士。

どう考えていいのかわからなかったが、早くもトラブルのにおいがした。

「こいつが街道のすべてのバス停と街灯に貼ってあ

る」クルトは言った。

どうやら今朝はカールも早起きをしたようだった。

クルトはポスターをふたたび丸めた。「許可なくこういうことをするのは、道路法三十三条違反だ。ポスターをはがせと弟に伝えてくれるか？」

「自分で言えばいいだろう」

「おれはあいつの電話番号を知らないし……」クルトはポスターを小脇にはさんで、細身のリーバイスのベルトに両の親指を引っかけると、北のほうを顎で示してみせた。「できれば行かずにすませたいんだ。頼むよ」

わたしはゆっくりとうなずき、クルトが行く手間を省きたがっているあたりを見あげた。このガソリンスタンドからオプガル農場は見えない。ヤイテスヴィンゲンのカーブと、崖のてっぺんの灰色の原野がわずかに望めるだけだ。家はその上の奥の、土地が平らになったところにあるので見えない。だが、今日は何かが見えた。何か赤いものが。わたしはそれがなんなのかわかった。ノルウェー国旗だ。カールが月曜に国旗を掲げないはずがない。国王はそうしているのではなかったか？　在宅の印として。わたしは思わず笑いそうになった。

「許可を申請することはできる」とクルトは言い、腕時計を見た。「話はそれからだ」

「わかった」

「よし」クルト・オルセンはかぶってもいないカウボーイハットに二本指をあててみせた。

ポスターをはがすには一日かかることも、それまでにはポスターは役目を終えていることも、おたがい承知していた。ポスターを見ていない連中も噂を聞きつけるはずだった。

わたしは向きなおってふたたびホースの水を出した。だが、それはまだ残っていた。肩甲骨のあいだのちりちりした感覚は。何年も前からそうだった。クルト・オルセンの疑念はゆっくりと着実に服を食いやぶり、皮膚を突きぬけて肉に達し、頑丈な骨に阻まれてようやく止まっていた。意志の力と強情さに阻まれ、証拠と事実の欠如に阻止されて。

「それは何だ？」とクルトが言うのが聞こえた。

わたしはふり返り、クルトがまだそこにいたことに驚いたふりをしてみせた。クルトは水が流れ落ちている床の鉄格子のほうへ顎をしゃくった。泥のかたまりがいくつかそこに引っかかっていた。

「は?」とわたしは訊きかえした。

クルトはしゃがみこんだ。「血がにじんでる。肉片だ」

「だろうな」

クルトはわたしを見あげた。煙草の残りはもはや火のついた先端だけになっている。

「轢かれたヘラジカさ」とわたしは言った。「フロントグリルに引っかかってたんだ。それを洗い流しに来るんだよ」

「たしかあんた、さっきはトラクターだと言ったぞ、ロイ」

「ゆうべ来た車のものだろう。エーギルに訊いてやろうか? そいつのことでおまえが何か……したいのなら」と、わたしは格子に引っかかっていた肉片に水流をあててコンクリートの上を滑らせ、クルトを飛びのかせた。

「調査か?」クルト・オルセンは目をきらりと光らせ、濡れてもいないジーンズの腿を払った。〝調査〟。その言葉をクルトが意図的に使ったのかどうかはわからないが、当時もクルトは同じ言葉を使った。これは当然調査されなくてはならないと。わたしはクルト・オルセンを嫌ってはいない。彼はたんに自分の職務を遂行しているだけの普通の男だ。しかし彼の〝調査〟ははっきりと嫌っている。そこにオプガルの名前がなければ、彼ははたしてそんなポスターを持ちこんできただろうか。


店内に戻ると、十代の女の子がふたり立っていた。ひとりはエーギルのあとカウンターにはいったユーリエだ。もうひとりは客で、わたしに背を向けていた。顔をうつむけて待っており、ドアがあいてもふり返ろうともしない。それでも、わたしにはその娘《こ》が屋根職人のモーの娘のナターリエだとわかった。ときおり表で暴走族の連中と一緒にいるのを見かけることがある。ユーリエがあけっぴろげで活発なタイプなのに対して、ナターリエ・モーの無表情な顔には繊細ながらも人を寄せつけないところがある。感情を表に出したら冷やかされたり馬鹿にされたりすると思っているようだった。そういう年頃なのだろう。だが、もう高校生ではなかったか? なんにせよわたしは事情を察し、恥じらいを感じ取り、ユーリエがわたしの顔を見ながら緊急避妊薬の棚のほうへ顎をしゃくってみせたのでそれを確信した。ユーリエはまだ十七歳だから、煙草と医薬品を販売することは認められていない。

わたしはカウンターの中にはいり、モーの娘の気まずさをなるべく早く終わらせてやることにした。

「〈エラワン〉か?」そう言って、彼女の前のカウンターに小さな白い箱を置いた。

「え?」とナターリエ・モーは言った。

「あなたの緊急避妊薬」ユーリエが容赦なく言った。

わたしはそれを自分のカードでレジに入力して、責任ある成人が販売を担当したことにした。モーの娘は帰っていった。

「あの娘、トロン・ベルティルと寝てるんだよ」とユーリエは言い、風船ガムをぱちんと鳴らした。「三十過ぎの妻子持ちと」

「若すぎるんだな」

「若すぎるって何に?」ユーリエはわたしを見た。不思議なことに、ユーリエは大柄ではないのにどこもかしこも大きく見える。ちりちりの髪も、ごつごつした手も、むっちりした胸と広い肩も。口は淫らなほど大きく、目ときたら、わたしの目をまっすぐに見つめてくるふたつの大きな青いのぞき窓だ。「三十過ぎの男とやるにはってこと?」

「つねに賢明な判断をするにはだ。そのうちに学ぶだろう」

ユーリエは鼻で笑った。「学ぶなら緊急避妊薬なんて要らないでしょ。それに、若くたって自分の欲しいものがわかんないわけじゃないよ」

「それについちゃ、きみの言うとおりかもな」

「なのに、あたしたちがあの娘みたいにうぶな顔をしてみせると、男はみんな、かわいそうな娘だと思っちゃうんだから。こっちの思う壺」ユーリエは笑った。

「男ってほんと単純」

わたしはビニール手袋をはめてバゲットにバターを塗りはじめた。「秘密結社でもあるのか?」

「え?」

「きみたち女はみんな、ほかの女がどう考えるか知ってると思ってる。みんなで教えあってるのか? そうやっておたがいの内面をすっかり把握してるのか? おれがほかの男のことで知ってるのは、自分は何も知らない、なんだってありうるってことだけだ。知ってると思ってることの四割ぐらいしかあたらないんだから」わたしはあらかじめスライスされて配達されてくるサラミと卵をバゲットに載せた。「しかもおれたちは〝単純〟だってことになってるしな。おれにできるのは、人類の半数の内面を百パーセント把握できるきみらを祝福することぐらいだ」

ユーリエは返事をしなかった。唾をぐっと呑みこんだのがわかった。高校中退の小娘を相手にこんな重砲をぶっ放してしまったのは、ゆうべの睡眠不足が原因にちがいない。早くから非行に染まって、まともなことは何ひとつできないような娘に。だが、そんな娘でも変わることはできる。ユーリエはうちの父が言うところの〝生意気さ《アティテュード》〟の持ち主で、反抗的ではあるが、反抗よりは励ましが必要だ。もちろんどちらも必要だが、励ましのほうが大切だ。

「きみはタイヤ交換のこつをつかんできたな」わたしは言った。

まだ九月だというのに、別荘地のある山の高所には先週末、雪が降った。うちはタイヤを販売していないし、タイヤ交換をすると宣伝してもいないのだが、SUVに乗った都会の連中が助けを求めてやってきた。女も男も。彼らは最低限の作業のしかたすら知らないのだ。太陽嵐で世界中の電子機器がいかれたら、一週間とたたないうちに死ぬだろう。

ユーリエはにっこりと微笑んだ。うれしそうに。なんとも変わりやすい天気だ。

「都会の人たちはいまのこんな道が滑りやすいと思ってる」とユーリエは言った。「ほんとに寒くなったらどうなると思う？　マイナス二十度とか三十度とか」

「ほんとに寒くなったら、あまり滑らなくなるんだ」わたしは言った。

ユーリエは怪訝そうにわたしを見た。

「氷というのは融点に近いほど滑りやすい」とわたしは言った。「いちばん滑りやすいのは零下七度きっかりだ。アイスホッケーのスタジアムじゃ、氷をその温度に保つようにしてる。氷が滑るのは、むかし考えられてたような、圧力と摩擦で生じる目に見えない薄い水の層のせいじゃなくて、その温度でゆるんだ分子が形成するガスのせいなんだ」

「なんでそんなことまで知ってんの、店長？」ユーリエはすっかり感心してわたしを見た。

おかげでわたしは自分でも我慢ならない、あの薄っぺらな知識を手当たりしだいにひけらかす馬鹿どものひとりになった気がした。感心されるようなことではなかったからだ。

「うちで売ってるものに書いてあるようなことさ」とわたしは雑誌のラックを指さした。そこには車やボート、狩猟や釣りなどの雑誌に混じって、《図説サイエンス》誌もならんでいた。それに《犯罪実話》誌と——営業部長の強い勧めにより——二、三のファッション雑誌も。

だが、ユーリエはわたしを賞賛するのをそう簡単にはやめなかった。

「三十歳ってそんなに年寄りじゃないよ、あたしに言わせれば。少なくとも、運転免許を取ったぐらいで大人になった気でいる二十歳の連中よりはまし」

「おれは三十過ぎだよ、ユーリエ」

「そうなの？　じゃ、弟さんはいくつ？」

「三十五」

「弟さん、昨日ガソリンを入れにきたよ」

「きみはシフトにはいってなかったはずだぞ」

「友達と一緒にここでクナルテンの車に乗ってたんだ。クナルテンがあれは店長の弟さんだって教えてくれた。みんながなんて言ったかわかる？　弟さんはＤＩＬＦだって」

わたしは黙っていた。

「でも、知ってる？　あたしに言わせれば、店長のほうがもっとＤＩＬＦだよ」

わたしは警告の目でユーリエをにらんだ。彼女はにやりとしただけだった。ほんの少しだけ背筋を伸ばして広い肩を後ろに引いた。「ＤＩＬＦってのはね——」

「せっかくだけど、それがどういう意味かは知ってると思う（〝ファックしたいおじさま〟の意）。それより〈アスコ〉の納品の対応をしてくれるか？」

〈アスコ〉のトラックがはいってきた。ミネラルウォーターとスイーツ類だ。

ユーリエは〝あたし、死ぬほど退屈〟という目でわたしを見た。さんざん練習した表情なのだろう。それから風船ガムをぱちんと弾けさせると、鼻をつんと上に向けて出ていった。

3

「ここに？」とわたしは呆れて言い、うちの放牧地《ウトマルク》を見渡した。

「ここにさ」カールは答えた。

石ころとヒース。吹きさらしの山肌。それはまあ、眺めはすばらしい。四方には青い山々が見え、下の湖には陽光がきらめいている。だが、それにしても。

「ここまで道路を通さなくちゃならない。水道も。下水も。電気も」

「ああ」とカールは笑った。

「メンテナンスもするんだぞ、こんな……こんな山のてっぺんに造ったものを」

「ユニークだろ？」

「それにすてき」とシャノンが言った。シャノンはわたしたちの後ろに腕組みをして立ったまま、あの黒いコートの下で震えていた。「きっとすてきになる」

わたしはガソリンスタンドから早めに帰ってきて、まっさきにあのポスターのことをカールに問い質したのだ。

「おれにひと言の相談もなしにか？」とわたしは言った。「おれが今日いったい何人から質問されたと思ってるんだよ」

「何人だ？　みんな前向きだったか？」その熱心な訊きかたからすると、蚊帳《かや》の外に置かれていたわたしの気持ちなどこれっぽっちも気にかけていないらしい。

「だけど、なぜこれが帰ってくる理由だと教えてくれなかったんだよ」

「中途半端な話を聞かせたくなかったからさ」とカールはわたしの肩に腕をまわして、あのいまいましくも人なつこい笑みを見せた。「ここを歩きまわってあれこれ反論をひねり出してほしくなかったんだ。兄貴は生来の懐疑屋だし、それは自分でもわかってるだろ。さあ、中にはいって夕食にしよう。そしたら何もかも話すよ。いいだろ？」

するとたしかに、わたしの気分はいくぶん上向いた。仕事から帰ってきたら食卓に夕食の仕度ができていたなんて両親が死んで以来初めてだったので、それだけでもうれしかった。

食事がすむと、カールはホテルの図面をわたしに見せた。それはまるで月面に建つイグルーだった。ちがいといえば、こちらの月面には二頭のトナカイが歩いていることとぐらいだ。外景にはそのトナカイと若干の苔しか添えられておらず、それを除けばかなり無機的でモダニズム風に見える。不思議なことにわたしはその建物が気に入ったのだが、それはおそらく火星のガソリンスタンドのようなものを連想したからであって、人々がのんびり楽しめるホテルではなかったからだろう。というのも、人はこういう場所にもう少し温かみと風格を求めるはずなのだから。もう少しノルウェー的ロマンを、薔薇の描かれた鏡板や芝土の屋根を、おとぎ話の王様の宮殿のようなものを。

そのあとわたしたちは、家から一キロ近く離れた建設予定地まで歩いていった。山肌のヒースと山頂の磨きあげられた花崗岩を夕陽が赤く染めていた。

「な、風景にしっくりなじむだろ」とカールはダイニングルームで見せたホテルを宙に指で描いてみせた。

「大切なのは風景と機能であって、山のホテルとはこうあるべきだという世間の思いこみじゃない。このホテルは建築に関する人々の考えに同調するんじゃなくて、それを一変させるんだ」

「なるほどな」とわたしは答えたが、懐疑的になる理由ならいくらでもあると考えているのは隠しようがなかった。

カールの説明によれば、ホテルの広さは一万一千平方メートル、客室数は二百。営業を開始できるのは、最初のスコップが土を掘りかえしてから——いや、ここに土はあまりないから、最初の発破が岩を爆破してから——二年後だった。カールの〝悲観的な見積り〟では四億かかるという。

「四億なんて金をどうやって——」

「銀行さ」

「オス貯蓄銀行か？」

「まさか」とカールは笑った。「あんなちっぽけな銀行じゃ無理だ。都市銀行だよ。DnB銀行さ」

「なんだってDnBが四億もの金をこんな……」わたしは最後まで言わなかったが、こんないかれた計画に銀行が金を貸してくれるはずがないと思っているのは伝わったようだった。

「だいじょうぶ。ぼくらは有限責任会社じゃなくて、DAを設立するんだから」

「DA?」
「分担責任会社《デルト・アンスヴァール》さ。村の人たちはあまり現金を持ってない。持ってるのは自分の暮らしてる農場と土地だ。DAなら、ひとくち乗るのに一クローネだって払う必要はない。それに参加者は誰でも、上下に関係なく同じだけの株を持ち、同じだけの利益を得られる。のんびり腰をおろして、自分の不動産に仕事をさせておけばいいいんだ。銀行はこれに融資するチャンスに涎を垂らして飛びつく。だって村をまるごと担保にできるなんて、これ以上安心なことはないんだから!」

わたしはぽりぽりと頭を搔いた。「てことは、こいつがポシャったら——」

「出資者は自分の持ち分にしか責任を持たない。かりに出資者が百人いて、会社が十万の負債を抱えて倒産したとしたら、兄貴やほかの出資者が責任を持つのは、それぞれ千クローネだ。たとえ何人かの出資者がその千クローネを都合できなくても、それは兄貴の問題じゃなくて、その債権者たちの問題だ」

「ほんとかよ」

「すばらしいだろ? だから、参加者が増えれば増えるだけひとりあたりのリスクは減る。もちろんそれは、これが軌道に乗った場合、個々の利益が減るってことでもあるけどね」

なかなか吞みこめなかった。すべて計画どおりにいけば、一クローネも支払わずに分け前をがっぽりもらえて、たとえ失敗したとしても、こちらが責任を負うのは自分の持ち分だけ。そんな会社があるだろうか。

「なるほど」と、わたしはどこかに落とし穴があるはずだと思いつつ言った。「だけど、出資なんかいっさいしないのなら、なんで出資者集会なんて呼ぶんだ?」

「それはただの〝参加者〟より〝出資者〟のほうが聞こえがいいからさ。そう思わないか?」カールは両手の親指をベルトにかけると、「〝おらあただの農民じゃねえ、ホテルの出資者だぞ、知らねえのかよ〟」と滑稽な口調で言い、ひとりで笑った。「純然たる心理学さ。村の半数が加入したら、あとの連中は自分が仲間はずれだと思うことに耐えられなくなる。隣の男はアウディを買ってホテル経営者を自称してるんだから、多少の金を失う危険は甘んじて受け入れるはずだ。隣人も同じ危険を冒してるかぎりはさ」

わたしはゆっくりとうなずいた。カールの心理学はその点に関してはあたっているようだった。

「このプロジェクトは鉄板だよ。難しいのは列車を走りださせるまでさ」カールは足元の地面を蹴った。

「最初の数人を仲間に引き入れる部分だ。その人たちがほかの連中に、このプロジェクトは参加する値打ちのあるものだと思わせてくれるかどうか、そこが鍵だ。そこがうまくいきさえすれば、誰も彼もがこの列車に乗りたがって、こいつは自力で走りだす」

「なるほど。で、どうやって最初の数人を説得するんだ?」

「自分の兄貴も納得させられないのに、と言いたいわけ?」カールはいくぶん悲しげな目をしてあの、人を惹きつけるあけっぴろげな笑みを浮かべた。「実はひとりでいいんだ」カールはわたしが返事をする間もなく言った。

「で、そのひとりってのは……?」

「村のリーダー。オースさ」

なるほど。元市議会議長（ノルウェーでは市議会議長が市長を兼任するので、これ以降は市長と訳す）。マリの父親か。オースは二十年以上にわたって市議会に君臨し、この労働党の牙城を、いいときも悪いときもがっちり支配したあと、後進に道を譲った。いまはもう七十を超えているはずで、ふだんは自宅で畑仕事をしているが、ときおり地元紙《オス日報》に記事を書いているので、人々はそれを読んでいた。そのため最初はオースにくみしなかった者も、彼の説得力ある言葉と知恵と、正しい判断をくだす紛れもない能力によって、ものごとを新たな目で見るようになるのだった。オースがいまでも市長だったら、村を迂回する国道計画など日の目を見なかったはずだと、みな本気で思っていた。オースがもし自分たちに、この計画はあらゆるものを衰退させ、通過交通のもたらす副収入を村から奪い、小さな自治体を地図から消し去って、補助金を受けた高齢の農民だけが土地にしがみついているゴーストタウンに変えてしまうと、そう説明してくれていたら、自分たちは計画に反対していたはずだと信じていた。なかには――いまの市長ではなく――オースに、陳情団を率いてオスロへ行って運輸大臣とかけあってはどうかと進言する者までいた。

わたしは唾を吐いた。ちなみにそれは、ゆっくりうなずくのとは逆で、不賛成を意味する。

「じゃ、おまえは岩だらけの山の上に建つスパ・ホテルなんかにオースが自分の農場と土地を賭けると思ってるわけか？　娘を裏切って海外へ逃げた男の手に、自分の運命をゆだねたがってると」

カールは首を振った。「わかってないな。オースはぼくのことが好きなんだよ。ぼくはあの人の将来の義理の息子だったただけじゃなくて、あの人がついに持てなかった息子でもあるんだから」

「みんなおまえが好きだったよ。だけど、おまえがマリの親友とファックしちまったあと……」

カールが警告の視線を向けてきたのでわたしは声を小さくし、ヒースのあいだにしゃがみこんで何かを観察しているシャノンには話が聞こえていないのを確かめた。

「……おまえの人気は少々落ちたんだ」

「オースはぼくとグレーテのあいだに何があったかなんて知らない。知ってるのは、自分の娘がぼくを捨てたってことだけだ」

「ほう？」とわたしは不信をあらわにした。だが、よく考えてみれば、それほど信じられなくもなかった。つねに体面を気にするマリは、村の人気者との破局については当然公式バージョンのほうを、つまり自分がカールを捨てたという話のほうを吹聴し、山の農家の倅《せがれ》なんかより上を狙っているのだと匂わせていたからだ。

「マリと別れた直後、ぼくはオースに呼び出されてさ、すごくがっかりしてると言われた。なんとかマリとよりなおせないものかと。自分と妻にも難しい時期があったが、こうして四十年連れ添ってると。ぼくが自分もそうしたいけれど、いまはしばらく離れる必要があると答えると、オースはそうかと言って、いくつか提案をしてくれた。マリの話だと、きみは学校の成績がいいようだから、アメリカの大学の奨学金をもらえるようにしてやれるかもしれないと」

「ミネソタの？　あれはオースだったのか？」

「オースはむこうのノルウェー人協会にコネがあったんだ」

「そんなこと、おまえ何も言わなかったじゃないか」

カールは肩をすくめた。「きまりが悪くてさ。こっちはあの人の娘を裏切ったっていうのに、あの人は誠心誠意ぼくを助けてくれたんだから。でも、あの人には理由があったんだと思う。ぼくが学位を取って戻ってきて、おとぎ話の若者みたいにお姫様と王国の半分を手に入れるのを期待してたんじゃないかな」

「なのにおまえはまたあの人に助けてもらおうってのか？」

「ぼくじゃない。村を助けてもらうんだよ」カールは言った。

「なるほど。村な。で、いったいいつからおまえはこの村に、そんな心温まる考えを持つようになったんだ？」

「で、いったいいつから兄貴はそんな薄情なひねくれ者になったのさ？」

わたしはにやりとした。日付と時刻まで正確に教えてやることができた。あの〝フリッツの夜〟からだと。

カールは大きく息を吸った。「世界の反対側にいるとそうなるんだよ。自分はほんとは何者なのか、どこから来たのか、どんな歴史の中にいるのか、どんな人たちが仲間なのか。そんなことを考えてるとね」

「で、これが自分の仲間だと気づいたってわけか？」とわたしは千メートル下の村里のほうへ顎をしゃくってみせた。

「ああ、良くも悪くもね。放棄できない遺産みたいなものさ。望もうが望むまいが、自分に返ってくるんだ」

「だからおまえは都会言葉を話すようになったわけか？　自分の文化に背を向けたのか？」

「まさか。都会言葉は母さんから受け継いだ文化だ」

「母さんが都会言葉を話したのは、自分の言葉だったからじゃない。長いこと家政婦として働いてたからだ」

「ならこう言おう。ぼくらが受け継いだのは母さんの柔軟性だと。ミネソタにはノルウェー人がたくさんいてさ。お上品な言葉で話してやると、潜在的投資家はとりわけ真剣に話を聞いてくれたよ」カールは母さんのように鼻にかかったしゃべりかたで、気取ったイントネーションを誇張してみせた。

「すぐにむかしのしゃべりかたに戻るさ」とカールは言った。「ぼくはオスの生まれなんだから。でも、それ以上にオプガルの人間だ。ぼくのほんとの仲間は、誰よりもまず兄貴だ。もし国道が村を迂回することになって、ほかに目的地になるようなものが村になかったとしたら、兄貴のガソリンスタンドは――」

「あれはおれのものじゃない。おれはあそこに勤めてるだけだ。どこの営業所の店長にだってなれる。会社は五百軒も営業所を持ってるんだから、おまえがおれを救う必要はない」

「ぼくは兄貴に借りがある」

「おれは何も必要としてない」

「いや、必要としてるよ。兄貴にほんとに必要なのは自分のガソリンスタンドを持つことだ」

わたしは黙りこんだ。たしかにそのとおりだった。なんだかんだ言ってもカールはわたしの弟だった。わたしのことを誰よりもよく知っていた。

「このプロジェクトがあれば、兄貴は必要な資金を貯められる。ここのガソリンスタンドを買うにしろ、どこのガソリンスタンドを買うにしろね」

わたしは貯金をしていた。稼いだ金は食費と、うちの店で夕食をとらないときにキングサイズのピザを温めるための電気代、旧式のボルボのガソリン代、それに家をそれなりの状態に保つための修繕費を除き、すべて貯めていた。そして本部と話し合い、フランチャイズ契約を結んでいまの店を引き継ぐ可能性を探っていた。本部の反応はかならずしも否定的ではなかった。まもなく街道に車が通らなくなることがわかっていたからだ。しかし売却価格はわたしが期待していたほどには下がらなかった。それは皮肉にもわたしのせいだった。単純にうちの店は売上成績がよすぎたのだ。

「かりにおれがそのDAとやらに賛同したとしても……」

「ようし！」とカールは声をあげた。いかにもカールらしく、早とちりして喜んでいる。

わたしはいらいらと首を振った。「賛同したとしても、おまえのホテルが完成して営業を開始するのは二年後だ。しかも、そいつが金を稼ぎ始めるのは、そこから最低でもさらに二年はかかる。つぶれなかったとしての話だぞ。とにかく、その間におれが店を買い取ることになって、すぐに融資が必要になったとしても、銀行に〝だめだ〟と言われるのがオチだ。〝あんたはもうここのDAプロジェクトで借金にどっぷりつかってる〟と」

カールはわたしの見え透いたでたらめを指摘しようともしなかった。DAに関わろうが関わるまいが、こんな将来性のない田舎のガソリンスタンドの買収に、銀行が融資などしてくれるはずはないのだ。

「兄貴はもうこのホテル計画の一部になってる。それだけじゃなくて、ホテルの建設が始まる前に、ガソリンスタンドを買う金もできる」

わたしはカールを見た。「どういうことだ？」

「ＤＡはホテルの建設予定地を買わなくちゃならない。でも、その土地は誰が持ってる？」

「おまえとおれだ」とわたしは言った。「だけど、それがなんだ？　岩だらけの山を数ヘクタール売ったからって、金持ちになんかならないぞ」

「それは誰が価格を決めるかによる」カールは言った。

　わたしはふだん、論理的で実際的な思考に関しては鈍くないほうなのだが、それでも話が呑みこめるまでに数秒かかった。

「てことは……」

「ぼくにはプロジェクトの説明をする責任がある。それはつまり出資者集会で示す個々の予算項目を、ぼくが決めるってことだ。もちろん土地の価格について嘘はつかないけど、でも、かりにそれを二千万だとすると——」

「二千万だと！　これが？」とわたしは憤慨してヒースをひっぱたいた。

「——二千万なんて総額の四億に比べたら小さなものだから、分割してほかの項目に乗せたって平気さ。項目一、道路と周辺エリア。項目二、駐車場。項目三、実際に建物が建つ部分……」

「で、誰かに一アールあたりの単価を訊かれたら？」

「もちろん教えてやる。ぼくらは泥棒じゃない」

「泥棒じゃないとしたら、おれたちは——」おれたち？　どうやってこいつはおれをまんまとこれに巻きこんだんだ？　まあいい、いまは細かいことを言うときではない。「おれたちはなんなんだ？」

「ぼくらはビッグな勝負をする実業家だ」

「ビッグな勝負？　相手はなんにも知らない村人なんだぞ」

「ただの田舎っぺってこと？　ああ、それはわかってるよ、ぼくらはここの生まれなんだから」カールは唾を吐いた。「父さんがキャデラックを買ったときも、みんな当惑してたもんな」

　カールはゆがんだ笑みを浮かべた。

「このプロジェクトはここの地価をみんなのために押しあげることになるんだよ、兄貴。ホテルの資金が調達できたら、ぼくらは第二段階へ移行する。スキーリフト、キャビン、ロッジ。ほんとの儲けがあるのはそっちだ。だったらいま二束三文で売る必要がどこにある？　地価が高騰するのはわかってるんだ。しかもそれを引き起こすのはぼくらなんだぜ。ぼくらは誰もだましたりはしないんだよ、オプガル兄弟が最初の数百万をつかもうとしてるなんて、大声で宣伝する必要はないだけでさ。で……？」とカールはわたしを見た。「兄貴はガソリンスタンドを買う金が欲しいの、欲しくないの？　どっち？」

わたしは悩んだ。

「小便をしてくるから、そのあいだに考えといてくれよ」

カールはそう言うと、小高い丘を登っていった。反対側におりれば姿が見えなくなると思ったのだろう。

そんなわけでわたしはカールが膀胱を空にするまで、考える時間をあたえられた。わが家が四代にわたって所有してきた土地を、ほかの状況だったら強盗だと見なされるような価格で売るかどうか。考えるまでもなかった。少なくともわが家に関するかぎり、わたしは〝四代〟などどうでもよかったし、いま問題になっている土地は、感傷的価値もなければ――レアメタルでも突然発見されないかぎり――ほかのどんな価値もない荒れ地だった。それにカールの言うとおり、わたしたちがいま儲けようとしている二千万が、いずれ村の参加者全員に分配されるケーキのアイシングになるのであれば、わたしとしてはかまわなかった。二千万。その半分はわたしのものだ。一千万あればすごいガソリンスタンドを買える。トップクラスの、立地のいい店舗を、借金ゼロで。完全自動の洗車場も、独立したレストランも。

「ロイ？」

わたしはふり向いた。風のせいでシャノンが近づいてくる音が聞こえなかったのだ。シャノンはわたしを見あげた。

「これ、病気だと思う」

わたしは一瞬、シャノンが自分のことを言っているのかと思った。風に吹かれてひどく寒そうに立っていて、わたしが子供のころにかぶっていた古いニット帽の下から、大きな茶色の目でわたしを見あげていたからだ。が、次の瞬間わたしは、シャノンが丸めた両手の中に何かを持っているのに気づいた。彼女は手を広げた。

それは一羽の小鳥だった。黒い頭頂に白い頭、薄茶色の胸。色がとても淡いから、雄にちがいない。生気がなかった。

「チドリだ」とわたしは言った。

「そこに横たわっていたの」とシャノンはヒースの茂みにできた窪みを指さした。卵がひとつ見えた。「踏んづけちゃうところだった」

わたしはしゃがんでその卵に触れた。

「ああ、チドリは卵を犠牲にするよりは、むしろ卵の上に座りつづけて自分を踏んづけさせるんだ」

「わたし、ここの鳥たちは春に卵を孵《かえ》すんだと思ってた——カナダではそうだもの」

「ここでもそうだけど。この卵は孵らなかったんだ、死んでるんだよ。彼はそれに気づいてなかったんだな、かわいそうに」

「彼？」

「チドリは雄が卵を孵して雛を育てるんだ」わたしは立ちあがって、シャノンの手の中の小鳥の胸をなでた。指にすばやい鼓動が伝わってきた。「こいつは死んだふりをしてる。おれたちの注意を卵からそらすために」

シャノンはあたりを見まわした。「雛はどこにいるの？　それに雌はどこ？」

「雌はどこかで別の雄とよろしくやってるさ」

「よろしくやってる？」

「わかるだろ、交尾だよ。セックス」

シャノンは疑わしげな顔をした。「鳥って、発情期以外にもセックスをするの？」

「冗談だけど、でも、そう考えたっていいじゃないか。それはともかく、そういうのをポリアンドリと呼ぶんだ」

シャノンは小鳥の背中をなでた。「雄が子供のためにすべてを犠牲にして、母親が浮気をしているときも家族をひとつにまとめるのね。珍しい」

「ポリアンドリってのは、実際にはそういうことじゃない。ポリアンドリってのは——」

「女が複数の夫を持つ婚姻形態、つまり一妻多夫制ね」シャノンは言った。

「へえ」わたしは言った。

「そう。世界のあちこちで見られる。とくにインドやチベットで」

「すごいな。どうしてそんなことを……」〝知ってるんだ？〟と言いかけたが、そこでこう言い換えた。「どうしてそんなことをするんだ？」

「通常は兄弟でその女の人と結婚するんだけど、それは家族の財産が分割されないようにするためなの」

「知らなかったな」

シャノンは小首をかしげた。「あなたがよく知ってるのは人間より鳥のことなんじゃない？」

わたしは答えなかった。するとシャノンは笑って、そのチドリを空へ放りあげた。チドリは翼を広げてまっすぐに飛んでいった。それを見送っていると、ふと視界の隅に動くものが見えた。初めは蛇かと思った。よく見ると、花崗岩の斜面を黒いものがくねくねと伝いおりてくる。視線を上げると、カールが岩のてっぺんに立って、リオのキリスト像よろしく下界を見おろしながらまだ小便をしていた。わたしは脇によけて咳払いをしたので、シャノンもそれに気づいて脇によけた。小便はそのまま村のほうへ流れくだっていった。

「きみはおれたちがこの土地を二千万クローネで売ることをどう思う？」わたしは訊いた。

「大金みたいね。あの巣はどうなるのかしら」

「米ドルにすると二百五十万になる。寝室が二百もある家を建てられるよ」

シャノンは微笑んで向きを変え、もと来たほうへ歩きはじめた。「それは大金ね。でも、先にここにいたのはあのチドリよ」


停電したのは就寝の直前だった。

わたしはキッチンで最新の決算報告書のプリントアウトを見ながら、本部が将来の利益をどのくらい割り引いてガソリンスタンドの売却価格を決定するかを考えていた。わたしの計算では、一千万あれば十年間のフランチャイズ権だけでなく、建物と土地をふくむいっさいを買い取れるはずだった。そうなればわたしは本当に自分の店を持ったことになる。

わたしは立ちあがって下の村を見た。村の明かりも消えていた。よし、なら停電はうちのせいではない。居間のほうへ二歩あるいてドアをあけ、暗闇をのぞきこんだ。

「ハイ？」わたしはためらいがちに声をかけた。

「ハイ」とカールとシャノンの声がひとつになって返ってきた。

わたしは手探りで母の揺り椅子まで行った。腰をおろすと、揺り子がギッと床板をきしませた。シャノンがくすくす笑った。ふたりは一杯やっていたのだ。

「すまないね」とわたしは言った。「これはうちのせいじゃない……むこうの、せいだ」

「平気よ」とシャノンは言った。「子供のころはしょっちゅう停電していたから」

わたしは闇に向かって言った。「バルバドスは貧しい国？」

「いいえ」とシャノンは答えた。「カリブ海ではもっとも豊かな国のひとつ。でも、わたしが育ったあたりでは、みんなが〝ケーブル・フッキング〟をするから……これ、ノルウェー語でなんていうの？」

「該当する言葉はないと思うな」カールが言った。

「みんなが勝手に架線につないで電気を盗むの。だからネットワーク全体が不安定になっちゃうんだけど。わたしは慣れっこだった。だってほら、どんなものでも突然消えちゃう可能性があるから」

わたしはなんとなく、シャノンが電気のことだけを言っているわけではないのがわかった。家庭や家族のことだろうか？　シャノンはチドリの巣を諦めずに見つけ出し、地面に小枝を突き立てて、次回わたしたちがそれを踏みつけないようにしていた。

「というと？」わたしは言った。

しばらくのあいだ暗闇の中で完全な沈黙がつづいた。


それからシャノンは弁解するように低い笑いを漏らした。「こんどはあなたが話してよ、ロイ」

シャノンがノルウェー語の単語や構文をまちがえたことはなかったのに、そのアクセントはなぜか、やはり彼女を外国人だと思わせた。それとも、そう思ったのはシャノンの作った食事のせいだろうか。あのモフォンゴというカリブ料理の。

「そうだよ、兄貴にしゃべらせよう。兄貴は暗闇の中でお話をするのが得意なんだ。むかしぼくが眠れなかったとき、よく聞かせてくれたもんさ」

おまえが泣いていて眠れなかったときだ、とわたしは思った。おれがおまえのベッドにおりていっておまえを抱きしめ、おまえの肌の火照りを感じながら、いまのことは考えるな、おれが話すお話のことだけを考えていれば眠気が訪れる、と慰めてやったときだ。そう思ったとたん、わたしは理由を悟った。それはアクセントのせいでもモフォンゴのせいでもなく、シャノンがここに、この闇の中にわたしとカールとともにいるせいだった。わたしたちの家の、わたしたちふたりだけのものであるこの闇の中に。

4

カールはすでに戸口で客が到着するのを待っていた。最初の車がヤイテスヴィンゲンに向かって坂をのぼってくる音が聞こえていた。ギアを落とし、また落とす音が。わたしがパンチボウルに強い酒をさらにつぎたすと、シャノンは怪訝な顔でわたしを見た。

「みんな果物より酒の味が強いほうが好きなんだよ」とわたしは言い、キッチンの窓から外をのぞいた。

一台のフォルクスワーゲン・パサートが家の前に停まり、五人乗りの車から六人がおりてきた。いつもそうだった。みんな相乗りをしてやってきて、女が運転をする。男たちがなぜこういう酒の出るパーティに関しては自分たちに優先権があると考えるのか、女たちがなぜ頼まれもしないうちから運転手役を買って出るのか、わたしにはわからない。だが、そういうことになっていた。男だけでやってくる連中は――独身者か、女が家に残って子供の面倒を見なければならない連中だが――じゃんけんをして誰が運転するかを決めていた。わたしたちが子供のころは、みんな酒を飲んで運転したものだった。うちの父も。だが、いまは誰もしない。いまだに妻は殴っても、飲酒運転だけはしない。

居間には〝HOMECOMING《おかえりなさい》〟と英語で書かれた横断幕が掲げられていた。それはわたしには少々珍妙に思えた。ホームカミングパーティというこのアメリカの習慣の意義は、帰郷した本人ではなく家族や友人がパーティをひらく点にあると思っていたからだ。けれどもシャノンは笑って、誰もやってくれないのなら自分でやるしかないと言った。

「パンチはわたしに任せて」とシャノンはわたしのところにやってきて、密造酒とフルーツカクテルの混合液をレードルですくい、わたしがならべたグラスにつぎはじめた。彼女は到着した日と同じく、黒のポロネック・セーターと黒のスラックスという服装だった。もちろん別の服だろうが、見た目はまったく同じだった。わたしは服のことに詳しくないが、控えめだが高級な品なのだろうという気がした。

「ありがとう。だけど、おれはかなり有能だよ」わたしは言った。

「だめ」と小柄な女はわたしを押しのけた。「あなたは古いお友達と話してきて。そしたらわたしはグラスを配ってまわって、みんなとちょっぴり知り合いになれる」

「わかった」とだけわたしは言い、彼らがカールの友達であって、わたしに友達などいないことは、わざわざ説明しなかった。それでもまあ、彼らが来てくれてわたしはうれしかった。みな戸口でカールを抱きしめて、カールの喉にものが詰まったとでもいうように背中をたたき、ここまで登ってくるあいだに考え出した冷やかしの言葉を、にやにやしながらかけていた。いくぶん興奮して、少しはにかみながら、大いに飲むつもりで。

だが、わたしとは握手をしただけだった。

これがわたしたち兄弟の何より大きなちがいかもしれない。この連中はカールと会うのは十五年ぶりだが、わたしとは年がら年じゅうガソリンスタンドで顔を合わせている。それなのに、わたしではなくカールのほうをよく知っているように感じている。いまここに立ってカールを観察していると、カールは友人の温かさと親しみを大いに享受していた——わたしが味わったことのないものを。わたしはうらやんでいるのだろうか？　まあ、人は誰しも愛されたいと思うものだ。しかしわたしはカールの立場になれるだろうか？　カールのように人々を近づけられるだろうか？　それはカールにはたやすいことに見える。だが、わたしには容易ではないはずだ。

「ハイ、ロイ。あなたがビールを手にしているなんて珍しいわね」マリ・オースだった。元気そうだ。マリはいつでもそうだった。癇癪《かんしゃく》を起こした双子の息子をベビーカーで連れ歩いているときでさえ、元気そうに見えた。それが村の女たちの神経をひどく逆なでするのをわたしは知っていた。女たちはつねづね、村のミス・パーフェクトがわたしたち凡人と同様に苦労する姿をいつか見てやりたいものだと願っているからだ。マリはすべてを持っていた。なにしろ銀の匙をくわえて生まれてきて、学校で一番になれる頭脳と、誰からも尊敬されるオースという姓を持っているばかりか、それらすべてに見合う容姿にまで恵まれているのだから。マリ・オースは母親からは暗く光る肌と女性らしい曲線を、父親からはブロンドの髪と冷たく青い狼の目を受け継いでいた。かつて少年たちがマリを妙に敬遠していたのは、その目と、毒舌と、高慢で冷ややかな雰囲気のせいかもしれない。

「わたしたち、もっと頻繁に出会わないのが不思議ね」とマリは言った。「で、調子はどうなのよ」

この〝なのよ〟は、〝元気だよ〟というありきたりの返答を望んでいるのではなく、答えが気になっている、知りたがっているというしるしだった。つまりマリは本気で訊いたのだろう。そもそもマリは誰に対しても友好的で親切だった。なのに人を見くだしている印象をあたえた。それはもちろん百八十センチという長身のせいかもしれないのだが、わたしは、かつてダンスのあと三人で車に乗って帰ったときのことをどうしても思い出してしまう。わたしが運転し、カールはへべれけで、マリはかんかんに怒っていた――「カール、わたしはね、わたしをこの村のみんなと同じレベルに引きずりおろすようなボーイフレンドを持つわけにいかないの、わかるでしょう？」と。

だが、レベルには満足していなくとも、マリがいたいのは明らかにここだった。マリはカールより勉強ができたのに、カールと同じ衝動は持っていなかった。村を出てひとかどの者になりたいという燃えるような願望は。それは彼女がもとから上層にいて、陽光を浴びつつそこを漂っていたからかもしれない。大事なのはむしろ、そこにいつづけることだった。だからこそマリはカールと別れたあと政治学の――村の連中に言わせれば〝お政治学〟の――短期コースを取って、ダン・クラーネと婚約指輪とともにまっすぐ帰ってきたのかもしれない。そして、ダンが地元の労働党機関紙の編集者として働きだしても、自分は完成させるつもりもない最終論文にまだ取り組んでいたのではないか。

「まあまあだ」とわたしは答えた。「ひとりで来たの？」

「ダンは子供たちを見ていたいって言うから」

わたしはうなずいた。子守など、隣に住む祖父母に頼めば喜んで引き受けてくれただろうが、ダンが言い張ったにちがいない。ダンの無表情な苦行僧じみた顔を見たのは、彼がビルケン長距離レースに出るための高そうな自転車のタイヤに空気を入れるために、ガソリンスタンドに来たときだった。ダンはわたしが誰なのか知らないふりをしていたが、敵意はありありと伝わってきた。わたしがダンの正式な妻となっている女とかつて寝ていた男と、多くのＤＮＡを共有しているというだけで。そう、ダンにここまで登ってきて妻の元恋人の帰郷を祝いたいという燃えるような願望など、あるはずがなかった。

「シャノンにはもう会った？」わたしは訊いた。

「まだ」とマリは答え、すでに人でいっぱいになった部屋を見渡した。家具はすべて片側に寄せてあり、全員が立っていた。「でも、カールはとっても面食いだから、ひと目でそれとわかる美人のはずよね」

その口調は、マリが外見についての話題全般をどう考えているのかをよく表わしていた。マリが卒業生総代としてスピーチをしたとき、校長は彼女を〝成績優秀なだけでなく、たいへんな美人でもある〟と紹介した。するとマリはスピーチの初めにこう述べた。「ありがとうございます、校長先生。この三年間の先生の御恩にひとことお礼を申しあげたいと思っていたのですが、どう表現していいかわかりませんでした。ですから、校長先生はご自分の外見に関してはずいぶん幸運でしたね、とだけ申しあげておきましょう」笑いは散発的で、言葉には少々毒がこもりすぎていて、市長の娘としては校長を持ちあげたのか貶めたのか、いまひとつはっきりしなかった。


「あなたがマリね」

マリは周囲を見まわしてから下を見た。すると頭三つ分下で、シャノンの白い顔と白い笑みがわたしたちを見あげていた。「パンチはいかが？」

マリはその華奢な女が殴り合いを挑んできたとでも思ったのか、怪訝そうに眉をあげた。そこでシャノンはトレイをさらに持ちあげてみせた。

「ありがとう。でも、けっこうよ」マリは言った。

「あら。ということは、じゃんけんで負けたの？」

マリはぽかんとしてわたしを見た。

わたしは咳払いをした。「じゃんけんで運転手を決める習慣のことをシャノンに――」

「ああ、あれ」とマリは薄笑いを浮かべてわたしをさえぎった。「いいえ、夫もわたしもお酒は飲まないの」

「あらまあ」とシャノンは言った。「じゃあアルコール依存症か、お酒で体を悪くしたのね」

マリの顔が強ばるのがわかった。「わたしたちはアルコール依存症じゃありませんけれど、世界的に見れば、一年間にお酒のせいで死ぬ人の数は、戦争と殺人と麻薬で死ぬ人の数を足したよりも多いんです」

「ええ、ありがたいことよね、戦争や殺人や麻薬のほうが多くないのは」とシャノンは笑顔で言った。

「わたしが言いたいのは、お酒など必要ないってことです」マリは言った。

「それはそうだけど、少なくとも今夜ここに来てる人たちは、来たときよりも話がはずんでる。あなたは自分で運転してきたの？」

「あたりまえよ。あなたの国じゃ女は運転しないのかしら？」

「運転するわよ、左側だけだけど」

マリは自分に理解できない冗談がそこにこめられているのかと問うように、戸惑い顔でわたしを見た。

わたしは咳払いをした。「バルバドスじゃ車は左側通行なんだ」

シャノンはうれしそうに笑い、マリは子供のたわいない冗談でも聞いたというように寛容に微笑んだ。

「あなた、夫の国の言葉を学ぶのに多大な時間と労力をかけたようだけど。夫にあなたの国の言葉を学ばせようとは思わなかったの？」

「いい質問ね、マリ。でも、バルバドスの言葉は英語なの。それに、あなたたちが陰で何を言ってるのかも、わたしはやっぱり知りたいし」シャノンはまた笑った。

女たちが何を話しているのかつねに理解できるわけではないわたしでも、これは女同士の闘いであり、邪魔してはならないことだけはわかった。

「いずれにしても、わたしは英語よりノルウェー語のほうを好き。英語の書き言葉なんて世界最悪だもの」とシャノン。

「英語よりノルウェー語のほうが、よね？」

「ラテン文字の背景にある考えかたというのは、記号が音を表わすということ。だからたとえばノルウェー語でａ《アー》と書くと、それはａ《アー》と発音される。ドイツ語やスペイン語やイタリア語なんかでもそれは同じ。ところが英語だと、ａ《アー》と書かれていてもいろんな発音がある。ｃａｒ《カー》、ｃａｒｅ《ケア》、ｃａｔ《キャット》、ｃａｌｌ《コール》、ＡＢＣ《エイビーシー》などなど、無秩序そのもの。十八世紀には早くもイギリスの百科事典編纂者のイフレイム・チェインバーズが、英語の正書法は既知のどんな言語よりも混乱していると指摘してる。一方わたしはノルウェー語をひと言も知らなかったのに、シグリ・ウンセット（ノルウェーのノーベル賞作家）の小説を音読してみたら、カールはどの言葉も全部理解してくれた！」シャノンは笑ってわたしを見た。「世界言語になるべきなのは英語じゃなくてノルウェー語ね！」

「ま、それはそうかも」とマリは言った。「でも、ジェンダー平等について真剣に考えるなら、シグリ・ウンセットなんか読むべきじゃないわね。あの人は反動的な反フェミニストだったから」

「あらそう。わたしはどちらかというと、ウンセットはエリカ・ジョングみたいな第二波フェミニストのはしりだと思う。読むべきではない作家に関するアドバイスには感謝するけれど、わたしは自分とものの考えかたを一致しない作家も読むようにしてるの」

「考えかたがね」とマリは訂正した。「あなたが言語や文学についてすごく考えてるのはわかったわ、シャノン。話しかけるならむしろリタ・ヴィルムセンとか、村のお医者さんのスタンレイ・スピンのほうがいいんじゃないかしら」

「あなたよりも？」

マリは薄笑いを浮かべた。「じゃなかったら、ノルウェー語の知識を役立てることを考えてみるのもいいかも。仕事を探すとか。このオスのコミュニティに貢献するような」

「幸いにも、わたしは仕事を探す必要はないの」

「そりゃそうでしょうね」とマリは言い、ふたたび攻撃モードにはいったらしく、村人からうまく隠してきたつもりでいるあの人を見くだしたような傲慢な目つきをして、こう言った。「なんだかんだ言っても、あなたには……夫がいるんだもの」

わたしはシャノンを見た。わたしたちが話しているあいだに客たちがトレイからグラスを取っていったため、シャノンは残ったグラスを移動させてバランスを取りなおした。「わたしが仕事を探さなくていいのは、すでに仕事を持ってるからなの。在宅でできる仕事を」

マリはまず啞然とし、それからほとんどがっかりしたような顔をした。「というと？」

「描くの」

マリはまたうれしそうな顔をした。「あらそう、描くの」と、そのような職業の人間には当然励ましが必要だといわんばかりに、過剰に肯定的な口調で繰りかえし、「あなた、芸術家なのね」と憐れむように言った。

「それはよくわからないけれど、日によってはそうかもしれない。あなたはどんなお仕事をしてるの、マリ」

マリは一瞬、虚を衝かれたあと、気を取りなおしてこう答えた。「わたしは政治学者よ」

「すごおい！　オスでは需要がたくさんあるの？」

マリは痛いところを衝かれたときに人が見せるようなすばやい笑みを浮かべた。「いまはわたし、母親業なの。双子の息子の」

「うそ！　ほんと？」とシャノンは興奮した驚きの声をあげた。

「ほんとよ。嘘なんかついたって――」

「写真！　写真はある？」

マリはためらい、横目でシャノンを見た。あの狼の目で相手をすばやく値踏みしたのだろう。痩せっぽちの雛鳥みたいな片目の女。そんなものにどれほどの危険がある？　マリは携帯電話を取り出し、ロックを解除して、写真をシャノンに見せた。シャノンは「うわあ」と、その双子がどれほどかわいらしいかを声に表わしてから、グラスのトレイをわたしに渡してマリの携帯を手に取り、写真をじっくりとながめた。

「どうすればこんな子がふたりもできるの？」


それがただのお世辞なのかどうかわたしにはわからなかったが、お世辞だとしたら、みごとな演技だった。マリ・オースの表情から敵意が消えた。

「もっとある？」とシャノンは訊いた。「見てもいい？」

「え、ええ」

「お客さんに飲み物を配ってきてくれる、ロイ？」シャノンは画面から目を離さずに言った。

わたしはトレイを持って客をかき分けながら一巡したが、グラスはわたしがおしゃべりに加わる暇もなく次々に消えた。トレイが空になったのでキッチンに戻ると、キッチンも同じように混んでいた。

「やあ、ロイ。おまえが嗅ぎ煙草の小さなブリキ缶を持ってるのを見たぞ。ちょっと分けてくれよ」

エリク・ネレルだった。ビールを手に冷蔵庫に寄りかかって立っている。エリクはいつもウェイトトレーニングをしていて、太くたくましい首とひどく小さい頭をしているため、両者の境目がほとんどわからない。まるでTシャツから木の幹でも生えているように見える。てっぺんにはクルーカットにした黄色い髪が、生のスパゲティの束のようにびっしりと生え、肩の下に控えた上腕二頭筋はつねに膨らませたばかりのように見える。実際そのとおりだったのかもしれない。エリクは元空挺部隊員で、いまは〈フリット・フォール〉という、村に一軒しかない本物のバーを経営している。元はカフェテリアだったのだが、エリクが買い取ってバーに変え、毎週月曜日にはディスコとカラオケとビンゴ大会を、水曜日にはクイズ大会をやっている。

わたしはポケットから〈ベリーズ〉の缶を取り出してエリクに渡した。エリクはひとつまみを上唇の内側に押しこんだ。

「どんな味か試してみたくてな。ほかにアメリカの嗅ぎ煙草をやってるやつは見たことがない。どこで手に入れた？」

わたしは肩をすくめた。「あちこちさ。むこうへ行く人たちに持ってきてもらうんだ」

「いい缶だな」エリクはそれを返してよこした。「自分でアメリカへ行ったことはあるのか？」

「ない」

「前々から不思議に思ってるんだが」とエリクは言った。「なんでおまえは下唇の内側に嗅ぎ煙草を入れるんだ？」

「アメリカ流《アメリカン・ウェイ》さ」とわたしは英語で答えた。「親父がいつもそうやってたんだ。上唇の内側に入れるのはスウェーデン人だけだし、スウェーデン人が戦争中臆病者だったのはみんな知ってると言って」

エリク・ネレルは上唇を膨らませて笑った。「弟はいい拾いものをしたな」

わたしは返事をしなかった。

「あのノルウェー語のうまさには恐れいるよ」

「彼女と話したのか？」

「踊りをやってたのかどうか訊いただけだ」

「踊りを？　なぜ？」

エリクは肩をすくめた。「バレリーナみたいに見えるからさ。まさに〝可愛いダンサー《タイニー・ダンサー》〟だ。それにバルバドスの出でもある。カリプソやあの……なんていうんだっけ？　ソカか！」

わたしの顔に表われた表情のせいだろう、エリクは笑った。

「落ちつけよ、ロイ、彼女はクールに受けながしてた。今夜あとで教えてくれるとさ。ソカを見たことあるか？　超セクシーだぜ」

「わかった」とわたしは言い、それはいいアドバイスかもしれないと思った。落ちつけというのは。

エリクはビールを瓶からひとくち飲んで、慎み深く手のひらにげっぷをした。女と暮らしているとそうなるのだろう。「いまフーケンで落石がたくさん発生してるかどうか知ってるか？」

「さあな」とわたしは答えた。「なんでそんなことを訊くんだ？」

「誰からも聞いてないのか？」

「何を？」腐った窓の隙間から冷たい風が吹きこんできたかのように、わたしはぞくりとした。

「保安官がな、おれたちにドローンで岩壁をチェックして、問題がなさそうなら残骸まで懸垂下降でおりてくれと言ってるんだ。数年前ならおれもふたつ返事で引きうけただろうが、いまは腹ぼてのグローが家にいることだし、ちょいと状況がちがうんだ」

いや、ただの隙間風ではない。注射だ、氷水の皮下注射。あの残骸。あのキャデラック。あれは十八年間あそこで眠ってきた。わたしは首を振った。「まあ、問題なさそうに見えるだろうが、落石の音はたしかにしてる。しじゅう聞こえてる」

エリクは探るような目でわたしを見た。気になるのは落石の危険性なのか、それともわたしの信頼性なのか。たぶん両方だろう。フーケンからうちの両親の遺体を回収していたときに起きたできごとは、エリクも話に聞いているはずだった。山岳救助隊のふたりが下までおりて遺体を載せたふたつのストレッチャーを吊りあげたときには、ストレッチャーが岩壁にぶつかっても石はひとつも落下しなかった。事故が起きたのは、ふたりが岸壁を登って上に戻ってこようとしているときだった。登っていた男が石を落としてしまい、下で確保していた男の肩にそれが命中して関節を砕いたのだ。わたしとカールは上のヤイテスヴィンゲンで救急車や救助隊や保安官の後ろに立っていた。何よりも鮮明に憶えているのは、夕方の冷たく静かな空気を通して聞こえてきた姿の見えないその男の悲鳴だった。それは下の岩壁のあいだで反響を繰りかえした。まるで痛みを測定してでもいるように、ゆっくりと抑制されたペースで、カラスの静かな警告の叫びさながらに。

「お、スピーチだぞ！」エリクが言った。

居間からカールの声が聞こえ、みんながそちらへ押しよせていくのが見えた。わたしは戸口のあたりに立つ場所を見つけた。カールはたいていの連中より頭ひとつ分背が高いのだが、それでも椅子の上に立っていた。

「懐かしい懐かしい友人の皆さん」とカールの声が響きわたった。「皆さんにふたたび会えて、ぼくは心からうれしいです。十五年……」カールはそこで言葉を切ってわたしたちにそれを味わわせた。「たいていの皆さんは毎日顔を合わせてたはずですから、ゆるやかな変化に気づいてないでしょうが、みんなすっかり年を取りました。だからひとつはっきり言わせてもらえば、皆さんの顔を見るかぎり……」とカールはそこで息を継ぎ、からかうようないたずらっぽい笑みを浮かべて周囲を見まわした。「ぼくのほうがずっとうまく年を取ってるようですね」

笑いと声高な抗議。

「いや、そうなんですよ、そうなんです！」とカールは声を張りあげた。「しかもさらに注目すべきは、衰えるような容姿を持っていたのはこのなかでぼくだけだったってことです」

さらなる笑いと口笛と野次。誰かがカールを椅子から引っぱりおろそうとした。

「でも」と、誰かに助けられて椅子の上で体勢を立てなおすとカールは言った。「女性の場合は逆ですよ。みんなむかしよりすごくきれいになってます」

女たちから喝采があがった。

「憶えてろよ、カール！」と男の声。

わたしは首をめぐらせてマリを探した。無意識に。その癖は治らなかった。シャノンはカールがよく見えるようにと、キッチンのカウンターに腰かけて背中を反らしていた。エリク・ネレルは冷蔵庫の脇に立ってシャノンをじっくり見ている。わたしはキッチンを出て階段をあがり、子供部屋に行くと、ドアを閉めてベッドの上段に寝ころんだ。カールの声が、キッチンを通りぬけてストーブの煙突穴から聞こえてきた。全部は聞き取れなかったものの、だいたいのところはわかった。わたしの名前を呼ぶのが聞こえ、それからしばしの間があった。

「屋外便所にでもいるんだろう」と男の声がし、笑いがあがった。

シャノンの名前。彼女の低い男性的な声。ふくろうの声を持つ雀。短い挨拶と、儀礼的で控えめな拍手。

わたしはビールをひとくち飲み、天井を見あげ、目を閉じた。

ふたたび目をあけると、だいぶ静かになっていた。わたしが眠っているあいだにパーティはおひらきになり、ちょうど最後の客たちが帰っていくところだった。あちこちでエンジンをかけて吹かす音が聞こえた。タイヤが砂利を踏む音。ヤイテスヴィンゲンの手前でブレーキが踏まれるたびに、カーテンが赤く染まる。

そのあとはほぼ完全に静まりかえった。聞こえるのはキッチンの小さな足音と低い話し声だけ。細々した日々のことがらについて話す大人たちの日常会話の声。子供のころに聞きながら眠りに落ちた音。安心の音。その安心はとても正しくて、幸せで、変わらない気がして、いつまでもつづくように思える。

わたしは夢を見ていた。一台の車が宙に飛び出して、一瞬、宇宙へ向かおうとするように見える。だがそこで重力と現実にとらえられ、重たいほうの側が、すなわちエンジンを積んだフロントエンドがゆっくりと下を向く。闇のほうへ。フーケンへと。そして悲鳴が聞こえる。それは父のものではない。母のものでもない。あの救助隊の男のものでもない。わたしの悲鳴だ。

子供部屋のドアのむこうから、シャノンの忍び笑いと、「だめ！」というささやきが聞こえた。つづいてカールの酔った声。

「兄貴は油断してる。いまからきみに、ぼくらの仲がどんなものだったのか見せてやる」

わたしを身を硬くしたが、カールがそんなまねをしないのはわかっていた。わたしたちの仲が本当はどんなものだったのか、シャノンに見せたりしないのは。

ドアがあいた。

「兄貴、寝てんのか？」酒くさいカールの息が顔にかかった。

「ああ」わたしは答えた。

「行こうよ」とシャノンはささやいたが、ベッドが揺れ、カールが下の段に寝ころんで彼女を引きよせたのがわかった。

「兄貴がパーティにいなくて困ったんだぞ」

「すまん」とわたしは言った。「ちょっと休憩したくなって、そのまま眠っちまったんだ」

「あのローネル族どもの馬鹿騒ぎの中でよく眠れたもんだな」

「ああ」とわたしは答えた。

「〝ローネル族〟ってなに？」シャノンが訊いた。

「暴走族のことさ。単純な楽しみしかない騒々しい連中のことだよ」とカールは鼻で嗤った。「アメ車や改造車のタイヤを焦がして喜んでる」カールが瓶からビールをあおる音が聞こえた。「でも、今夜うちに来たやつらは、かみさんたちがもうそういうことはさせてくれない。その伝統を受け継いでるのは、兄貴のガソリンスタンドにたむろしてるガキどもだ」

「じゃ、〝ローネル〟というのはどういう意味？」シャノンは訊いた。

「豚だよ」とわたしは言った。「雄の豚。さかりがついて危険な」

「危険でなくちゃいけないの？」

「去勢することもできる。そしたら〝ガルテ〟になる」

「ガルテ」とシャノンは鸚鵡《おうむ》返しに言った。

「だから厳密に言えば、今夜ここへ来た連中は〝ガルテ族〟だったたってことかな」カールはひとりで笑った。

「結婚して、落ちついて、去勢された。だけど明らかにまだ生殖能力はある」

「それをグラガルテと言う」とわたしは言った。「去勢ずみだが、本人はまだ気づいてないいんだ」

カールがけたたたましく笑った。


「グラガルテ」とシャノンは言った。「で、その人たちの何人かはアメリカの自動車を運転して、それをアメ車と呼ぶわけね」わたしたちが口にするノルウェー語のひとつひとつが彼女の言語野に蓄積されていくのがわかった。

「シャノンはアメリカの車を愛してる」とカールはつづけた。「なにせ十一のときから自分のビュイックを運転してるんだから。いてっ！」

下からシャノンの抗議のささやきが聞こえた。

「ビュイックね。悪くない」わたしは言った。

「嘘よ。運転なんかしてなかった」とシャノンは言った。「おばあちゃんがハンドルを握らせてくれただけ。大伯父のレオが遺した錆だらけの古い車の。レオはキューバでカストロと一緒にバティスタと戦って死んじゃってね。車もレオもばらばらになってハバナから戻ってきたんだけど、おばあちゃんがその車を自分で元どおりに直したの」

カールは笑った。「でも、レオのほうは元どおりにできなかったってわけか」

「それはどんなビュイック？」わたしは訊いた。

「五四年式のロードマスター」とシャノンは答えた。

「わたしがブリッジタウンの大学にはいると、おばあちゃんは毎日それでわたしを送り迎えしてくれた」

わたしは疲れていたにちがいない。あるいはパンチとビールでまだ酔っていたか。というのも、その手のビンテージもののビュイック・ロードマスターほど美しい車はこれまで見たことがないと、口走りそうになったからだ。

「残念ね、パーティのあいだじゅう眠ってたなんて」シャノンは言った。

「いや、兄貴は気にしてないよ。だってほんとは人が嫌いなんだからさ。ぼくを別にすればだけど」

「カールの命を救ったことがあるってほんと、ロイ？」シャノンは訊いた。

「いや」わたしは答えた。

「ほんとだって！」とカールが言った。「ふたりでヴィルムセンから中古のダイビング器材を買ったときのことだよ。講習を受ける金がなかったんで、なんの知識もなしにいきなり試してみたんだ」

「あれはおれのせいだ」とわたしは言った。「おれがそんなのは簡単だ、実際にやってみればいいと言ったんだから」

「そうは言うけど。もちろん兄貴はうまくやってみせた。で、次にぼくがやったら、マスクの内側に水がはいってきて、ぼくはパニックを起こしてマウスピースを吐き出しちゃってさ。兄貴がいてくれなかったら……」

「いやいや、おれはただボートの縁から身を乗り出して、おまえを水面まで引っぱりあげただけだ」

「その晩、ぼくはそのダイビング器材の自分の持ち分を兄貴に売った。二度と見たくなかったんだ。いくらもらったんだっけ？　百クローネだっけ？」

自分の頬がゆるむのがわかった。「おれが憶えてるのは、こんどばかりはおまえから安い買い物をしたと思ったことだけだ」

「そんなの百クローネ高すぎ！」とシャノンが声をあげた。「お兄さんに何か恩返しはしたの？」

「いや」とカールは答えた。「兄貴はぼくよりはるかにいい人なんだ」

シャノンが突然笑いだして、二段ベッドが揺れた。カールがくすぐったのだろう。

「それは本当？」シャノンはしゃっくりをした。

返事はなく、わたしはそれが自分に向けられた質問なのに気づいた。

「いや。嘘だ」

「そうなの？　じゃあ、カールはどんな恩返しをしたの？」

「宿題を直してくれた」

「そんなことしてない！」カールが反論した。

「おれが作文を提出しなきゃならない日の前の晩になると、カールはいつもいまきみがいるそのベッドから起き出して、おれの鞄からこっそり作文ノートを取り出してね。トイレに持ってって綴《つづ》りのまちがいを全部直してくれるんだ。それからノートを鞄に戻して、またこっそりベッドに這いこむんだよ。なんにも言わずに」

「そんなのは一回ぐらいだ！」カールは言った。

「毎回だった」とわたしは言った。「だけど、おれもそれについちゃ何も言わなかった」

「どうして？」シャノンのささやき声は室内の闇と同じ暗さを帯びていた。

「弟に問題を解決してもらって平気でいるなんて、みんなに知られるわけにはいかなかったからな。だけど一方じゃ、国語で合格点をもらう必要もあった」

「二回だ」とカールが言った。「せいぜい三回だよ」

わたしたちは黙りこんで横になっていた。沈黙を共有していた。カールの息づかいが聞こえた。あまりになじみぶかいので自分の息づかいを聞いているようだった。いま室内では第三者も息をしていて、わたしは激しい嫉妬を覚えた。カールの体に腕をまわして横になっているのがわたしではないことに。冷え冷えとした叫びが聞こえた。それは荒れ地から聞こえてきたようにも、フーケンから聞こえてきたようにも思えた。

下の段でぼそぼそと声がした。

「いまのはなんの鳴き声かとシャノンが訊いてる」とカールが言った。「ワタリガラスだよな？」

「ああ」とわたしは答え、待った。ワタリガラスは――――少なくともここに飛んでくるやつらは――ふつう二度鳴く。だが、今回は一度しか鳴かなかった。

「危険を知らせてるの？」シャノンが訊いた。

「かもしれない」とわたしは言った。「でなければ、五、六キロ離れたところにいるほかのワタリガラスに応えてるのか。おれたちには聞こえないところにいるやつに」

「鳴きかたにちがいがあるの？」

「ある」とわたしは言った。「人が巣に近づきすぎると別の鳴きかたをする。一般的に雌のほうがよく鳴く。ときどき、こちらには理解できない理由で大合唱が始まることもある」

カールがくすりと笑った。わたしはその音を愛している。ぬくもりが広がった。優しさが。「兄貴は鳥のことを何よりもよく知ってる。まあ、車を別にすればだけど。それとガソリンスタンドと」

「でも、人間のことは知らない」とシャノンは言った。その言いかたからでは、それが質問なのか断定なのか判断できなかった。

「まさしく」とカールは言った。「だから、そのかわり人間に鳥の名前をつけるんだ。父さんはヤマヒバリで、母さんはヒタキだった。ベルナル叔父さんは、修理工になる前に聖職者になる勉強をしてたからオオジュリンだ。オオジュリンは聖職者みたいに白いカラーを着けてる」

シャノンは笑った。「で、あなたは、ダーリン？」

「ぼくは……なんだったっけ？」

「マキバタヒバリだ」わたしは静かに答えた。

「なら、マキバタヒバリというのはきっと、ハンサムで、たくましくて、頭がいいのね」シャノンはくつくつ笑った。

「かもしれない」わたしは言った。

「それはほかの誰よりも高く飛ぶからさ」とカールは言った。「そのうえ、でかい頭とでかい口を持ってて、あれをやるんだよ、あの……なんて言うんだっけ？」

「フルクトスピル」わたしは言った。

「フルクトスピル」シャノンは繰りかえした。「いい言葉ね。どういう意味？」

わたしは一から十まで説明するのは面倒だといわんばかりに溜息をついた。「一種の求愛行動だよ。できるかぎり高くまで上昇したら、そこでさえずりはじめて、自分がどれほどの高みにいるかをみんなに示す。そうしたらこんどは翼を広げて降下し、ありったけの曲芸を披露するんだ」

「カールにぴったり！」シャノンは声をあげた。

「しかしマキバタヒバリというのは、見せびらかすのが好きではあっても、狡猾な詐欺師じゃない」とわたしは言った。「それどころか、かなりだまされやすい。だからこそ、カッコウは好んでマキバタヒバリの巣に卵を産んで抱卵させるんだ」

「かわいそうなカール！」とシャノンは言い、盛大なキスの音が聞こえた。「ロイ、わたしはなんの鳥だと思う？」

わたしは考えた。「何かな」

「言えよ」カールが言った。

「わからないな。ハチドリ？　おれは山の鳥のことしか知らないんだ」

「ハチドリはいや！」とシャノンは不服を唱えた。

「小さすぎるし、甘いものが好きだし。わたしが見つけたあれはだめ？　チドリは」

わたしはチドリの白い顔を思い浮かべた。あの黒い目と、クルーカットのようにも見える頭頂を。

「いいだろう。きみはチドリだ」わたしは言った。

「で、ロイ、あなたはなに？」

「おれか？　おれはなんでもない」

「みんな何かなの。言って」

わたしは答えなかった。

「兄貴はぼくらがなんなのかを教えてくれる語り手だ」とカールが言った。「だからみんなであって、特定の何かじゃない。名なしの山鳥さ」

「名なしの孤独な山鳥ね」とシャノン。「あなたみたいな名なしの雄は、配偶者を惹きよせるのにどんな歌を歌うの？」

カールは笑った。「ごめんよ、兄貴。でも、こいつは兄貴が自分の暮らしを洗いざらいしゃべるまでやめないぞ」

「わかったよ」とわたしは言った。「山鳥の雄に共通するのは、雌のために歌ったりはしないってことだ。歌など派手なナンセンスにすぎないと考えてるし、どのみちこんな山の上には、枝にとまって歌えるような木もない。だからかわりに巣をこしらえて、雌の気を惹くんだ」

「ホテルとか？　それともガソリンスタンド？」シャノンは訊いた。

ふたりは笑った。

「ホテルがいちばんよさそうだ」

「じゃあ、山のツグミをしばらく寝かせてやろう」カールが言った。

ふたりはベッドの下段から出た。

「お休み」とカールは言い、わたしの頭をなでた。

ふたりが出ていってドアが閉まり、わたしは横になったまま耳を澄ました。

カールは憶えていたのだ。そのむかし、わたしが自分のことをヤマツグミだと語ったことを。岩のあいだに隠れてしまう臆病で用心深い鳥だと。するとカールは言った。隠れる必要はない、怖がるべきものなんかないと。わたしはこう答えた。それはわかっている。わかってはいるが、それでも怖いんだと。

わたしは眠りに落ち、また同じ夢を見た。まるで夢が一時停止をしてわたしを待っていたかのようだった。落石を受けた男の悲鳴で目を覚ましたとき、わたしはそれがシャノンの叫びだということに気づいた。シャノンはまた叫んだ。それからまた。カールがうまく導いているのだ。いいことではあった。だがもちろん、そんな騒ぎのさなかに眠るのは難しい。ちょっと耳を澄ますと、シャノンは絶頂に達したように思われたが、声はいっこうにやまず、わたしは枕を頭に載せた。しばらくしてどけてみると、こんどは静かになっていた。ふたりは眠ってしまったようだった。だが、わたしはもう眠れなかった。輾転反側してベッドをきしませながら、エリク・ネレルが言ったことを考えた。保安官がクライマーたちをフーケンにおろしてキャデラックを調べたがっているという話を。

そのときようやくそれが聞こえた。ワタリガラスの二度目の鳴き声が。今回は危険を知らせているのがわかった。差し迫った危険ではないが、避けられない運命がどこかで待ちかまえているのが。そこで長いこと待ちかまえていたのが。辛抱強く。けっして忘れず。トラブルが。

第二部

5

カール。わたしの子供時代の記憶のほぼすべてにカールがいる。ベッドの下段にいるカール。一月に気温がマイナス十五度に下がったときや、別の事情でそうせざるをえなくなったとき、わたしがその横にもぐりこんだカール。わたしと口喧嘩をして、しまいには怒りのあまり泣きだして殴りかかってくるカール。だが、結果は毎回同じ——わたしはあっさりカールを組み敷き、馬乗りになって両腕を押さえつけ、鼻をひねりあげる。カールが暴れるのをやめてめそめそしはじめると、わたしはその弱さと諦めの早さにひどくいらだつものの、それもカールがあの無力な弟の表情をしてみせるまでだ。それを見るとわたしは胸がいっぱいになり、カールを立たせて肩に腕をまわし、何やかやと約束をしたものだ。けれどもその胸のつかえと後ろめた

さは、カールの涙が乾いたあとも長いこと消えなかった。一度、父がわたしたちの喧嘩を見ていたことがある。父はひと言も口を出さずに喧嘩をつづけさせた。わたしたち山の住人は自然が猛威をふるうのを、自分たちの山羊が巻きこまれないかぎりは介入せずに放っておくが、それと同じだ。最後はわたしとカールがソファに座って仲直りをして終わった。わたしはカールの肩に腕をまわし、どちらも涙ぐんで。父はいらだたしげに首を振っただけで部屋を出ていった。

わたしが十二でカールが十一のときのことも憶えている。叔父のベルナルが五十歳を迎えた日のことだ。叔父はわたしたちが両親の反応から理解したところでは、ずいぶんと派手なことをやった。みんなを都会に——あの大都会に——招待して〈グランド・ホテル〉で祝賀会をやったのだ。母がそのホテルにはプールがあると言ったので、カールとわたしは期待に胸を躍らせていた。ところがいざ到着してみると、プールなど当時もそれ以前にもなかったことが判明して、わたしはかなりつむじを曲げた。けれどもカールはそれほど気にしていないようだった。従業員のひとりがその十一歳の子供にホテル内を案内すると申し出たとき、わ

たしはカールの上着のポケットが膨らんでいるのに気づいた。水泳パンツをそこに突っこんでいたのだ。戻ってくると、カールは自分が見てきたすばらしいもののことを何もかも話して、このホテルはすごい宮殿だ、いつか自分もこんな宮殿を建ててやると言った。そしてそれからというものずっと、自分はあの晩〈グランド・ホテル〉のプールで泳いだのだと言い張った。

　そこがカールと母の共通点だったように思う。ふたりにとっては夢が現実に勝ち、外見が中身に勝るのだ。ものごとが自分の望んだとおりでなかった場合は、望んだとおりになるまで想像しなおし、あるべきでないものには多かれ少なかれ目をつむった。たとえば、母は家畜小屋のにおいの漂うわが家の廊下をいつも〝ホール〟と英語で呼んでいた。〝ホ——ル〟と長く引き延ばして。十代のころから海運業者の家でメイド兼家政婦として働いていて、いろんなものを上流っぽく英国風に呼ぶのが好きだったのだ。

　父は逆だった。父は家畜小屋用のシャベルを〝クソかきシャベル〟と呼んでいたし、身のまわりのすべてを、外見も、発音も、雰囲気もアメリカ風にしたがった。それも大都市のアメリカではなく、ミネソタのような中西部のアメリカ風に。父はミネソタに四歳から十二歳まで、わたしたちがついぞ会ったことのない父親とともに暮らしていたのだ。アメリカは父にとってキャデラックやメソジスト教会や〝幸福追求《パスート・オブ・ハピネス》〟の権利とともに、つねに約束の地でありつづけた。

　父はもともとわたしにカルヴィンという名前をつけたがった。アメリカ大統領カルヴィン・クーリッジ（任期一九二三－一九二九）にちなむもので、もちろん共和党の大統領だ。カリスマ的な前任者のウォレン・ハーディング——女《チック》、カード、汚職《コラプション》、コカインと、すべてcで始まるスキャンダルの数々をあとに残した男——とは対照的に、クーリッジは勤勉で真面目でのっそりした寡黙で無愛想な男で、父によれば、出世の階段を一歩一歩あわてることなくのぼったという。けれども母が反対したため、父はロイで妥協して、カルヴィンはミドルネームにしたのだった。

　カールはアメリカの国務長官だったエイベル・パーカー・アプシャー（任期一八四三－一八四四）にちなんで、アベルというミドルネームをつけられた。アプシャーは聡明で魅力的な男で、父によれば、壮大な夢を持っていたという。その夢によりテキサスは一八四五年アメリカに併合され、アメリカは一夜にして領土を大きく拡大した。アプシャーは交渉の一環としてテキサスが引きつづき奴隷州となることを認めたが、それは父に言わせれば、その状況のもとでは些細なことだったらしい。カールもわたしもたしかに、名前の由来となった人物によく似ていたかもしれない。だが、村の人間は元市長のオースを除けば誰も、元のカルヴィンとエイベルのことなど知らない。わたしのことを父に似ているとか、カールのことを母に似ているとか言うだけだ。けれども村人は自分たちが何を話しているかなどわかっていない。ただしゃべっているだけだ。

わたしが十歳のとき、父は一台のキャデラック・ドヴィルを運転して家に帰ってきた。それは〈ヴィルムセン中古車販売・解体ヤード〉のヴィルム・ヴィルムセンが自慢していた車で、所有者がアメリカから持ちこんだものの関税を払えずやむなく手放した美品、という触れ込みだった。一九七九年式のそのドヴィルは、ネヴァダの乾燥しきった砂漠を一直線に貫くハイウェイしか走っていないから、錆の心配などいっさいないというのだ。それを聞いて父はおそらくゆっくりとうなずいたはずだ。車のことなど何も知らなかったし、わたしが車に興味を持つのはまだ先の話だった。父は値切りもせずにそれを買い、二週間もしないうちに修理工場に持ちこむはめになった。その車は、ハバナの街路でコンクリートブロックに載せられているポンコツ車も顔負けの、欠陥と盗難部品だらけの車だったのだ。結局、修理代のほうが車本体より高くついた。地元の連中はそれを聞いて大笑いし、車のことなど何も知らないのだからそれも当然だ、ずるがしこい商売人のヴィルムセンの勝ちだ、と口々に言った。

だが、おかげでわたしは新しいおもちゃを手に入れた。いや、おもちゃというよりは学校だった。多数の部品からなるその複雑なガジェットからわたしは、時間をかけて構造を理解して、手と頭を使えばものは修理できるのだということを学んだ。

わたしはベルナル叔父の自動車修理工場に入りびたるようになった。叔父が言うところの〝手伝い〟をさせてもらっていたのだが、最初は手伝いというよりむしろ邪魔になっていた。それから父がボクシングを教えてくれた。そのころのカールの記憶は霞んでいる。カールの背が急激に伸びる前のことだ。そのころはわたしのほうが背が高くなるように見えたし、しばらくのあいだカールはひどいニキビに悩まされていた。学校の成績はよかったものの、無口で友達も少なく、たいていは自分の内に閉じこもっていた。その後カールが高校にはいり、わたしがますます修理工場で時間を過ごすようになると、顔を合わせるのは寝る前だけということも珍しくなくなった。

いまでも憶えているが、ある晩わたしは母に、早く十八になって運転免許を取りたいという話をした。すると母は涙ぐんで、あんたの頭にあるのは車に飛び乗ってオプガル農場を出ていくことだけなの？　と言った。

もちろん、そうしていればそれがいちばんよかった。だが、いろんなことがすでに崩壊しはじめていて、わたしは逃げ出すわけにいかなかった。事態を解決しなければならなかった。修復しなければ。だいいち、行くあてなどどこにもなかった。

それから父と母が死んだ日が来て、カールもまた記憶の映像の中に戻ってくる。わたしはもう少しで十八、カールはまだ十七にもなっていなかった。わたしたちは庭に立って、キャデラックが敷地を出てヤイテスヴィンゲンのほうへくだっていくのを見ていた。それはいまでも見るたびに新しい発見がある映画のようなものだ。

ゼネラルモーターズの工場で組み立てられた重量二トンのマシン、それが動きだし、徐々にスピードを増していく。すでに遠く離れているので、タイヤが砂利を踏む音は聞こえない。静寂、静寂と赤いテールランプ。自分の心臓がどきどきしているのがわかる。その鼓動が速くなっていくのも。ヤイテスヴィンゲンまであと二十メートル。道路整備局がガードレールの設置を進めていたのだが、農場までの最後の数百メートルは私道だからオプガル家の責任だということが判明して、ガードレールは設置されていない。あと十メートル。ブレーキランプが一瞬、トランクの蓋とぴかぴかのバンパーのあいだに走る二本のハイフンのように赤くともる。そして消える。何もかも消える。

6

「さてと、ロイ。きみは事故が起きた日の夕方の……七時半に家の外に立っていたと」シグムン・オルセン保安官はうつむいて書類に目を通しながら言った。その豊かな金髪は学校の体育館のモップを思わせ、垂れさがった髪は前も横も後ろも長さが同じだった。しかも分厚いセイウチ髭までたくわえていた。モップも口髭もおそらく七〇年代からそのままだったはずだ。オルセンにはそれが可能だった。うつむけた頭に地肌が透けて見えるところはなかった。「そして、ご両親が崖から飛び出すのを見たわけだな?」

わたしはうなずいた。

「で、ブレーキランプがつくのを見たと」

「はい」

「テールランプだけじゃないのは確かなんだね? どっちも赤いのは知ってるな?」

「ブレーキランプのほうが明るいです」

保安官はすばやく顔をあげてわたしを見た。

「きみはもうじき十八になるんだよな?」

わたしはまたうなずいた。書類にそう書いてあったのかもしれないし、保安官はわたしが中学で息子のクルトの一学年上だったことを憶えていたのかもしれない。

「高校生か?」

「叔父の自動車修理工場で働いてます」

保安官はまたうつむいてデスクの書類を見た。「そうか、じゃ、スリップ痕が残っていなかったのが不思議だということはわかるな。それに、血液検査でお父さんが酒を飲んでいたことが判明したとはいえ、それはあのカーブを忘れたり、ペダルを踏みまちがえたり、居眠り運転をしたりするほどの量じゃなかった」

わたしは何も言わなかった。保安官は考えうる三つの理由を一撃で葬り去ったのだ。わたしには四つめの理由は思いつかなかった。

「カールの話だと、きみたちは叔父さんのベルナル・オプガルを病院へ見舞いにいくことになってたそうだな。その叔父さんがきみの雇い主か?」

「はい」

「しかし、ベルナルに話を聞いたら、見舞いにくるなんて話は聞いていなかったそうだ。ご両親はいつも連絡なしに訪ねていたのか？」

「いいえ。連絡してから訪ねることもしませんでした」

保安官はゆっくりとうなずき、ふたたび書類に目を落とした。そうしているのがいちばん気楽なようだった。「お父さんは鬱《ふさ》いでいたと思うか？」

「いいえ」

「ほんとに？　われわれが話を聞いたほかの人たちは、ひどく落ちこんでいたようだと言ってたぞ」

「ぼくに父は鬱病だったと言わせたいんですか？」

オルセンはまた顔をあげた。「それはどういう意味かな、ロイ？」

「そうすれば話は簡単になるかもしれない。父が母を道連れにして自殺したんだと言えれば」

「なぜそれで話が簡単になると思うんだ？」

「父は誰からも好かれてませんでした」

「そんなことはない」

わたしは肩をすくめた。「いいでしょう、父は鬱病だったかもしれません。長い時間ひとりぼっちで過ごしていたし。ほとんど家の中に座っていて、口もあまり利かなかったし。ビールを飲んでいたし。鬱病の人はそういうことをしますよね」

「鬱病にかかった人たちはそれを隠すのがうまくなることもある」オルセン保安官はわたしの視線をとらえようとし、それに成功すると、目をそらさせまいとした。「お父さんは何か……生きるのがいやになった、というようなことを言ってなかったか？」

〝生きるのがいやになった〟その言葉を口にしてしまうと、シグムン・オルセンは最悪の部分を乗りこえたというように、穏やかな目でわたしを見つめた。

「生きるのが好きな人なんているんですか？」わたしは言った。

オルセンは一瞬ショックを受けたようだった。首をかしげると、長いヒッピー・ヘアが肩にかかった。本当にモップだったのかもしれない。いまはデスクの陰に隠れて見えないが、わたしはオルセンがバックルにバッファローの白い頭蓋骨がついた馬鹿でかいベルトを締めていることも、蛇皮のブーツをはいていることも知っていた。人は死をまとうのだ。

「好きじゃないなら、なぜ生きるんだ、ロイ？」

「わかりきってるじゃないですか」

「そうか？」

「死ぬほうがもっといやかもしれないからです」

　わたしの十八歳の誕生日は目前だったというのに、馬鹿げた規則のせいでカールとわたしにはまだ保護者が必要だった。県知事は叔父のベルナルをわたしたちの保護者に指名した。ノートオッデンの児童福祉局から女性がふたりやってきて叔父の家を点検し、すべて適切だと判断したようだった。叔父はわたしたちの寝室になった部屋をそのふたりに見せ、カールの様子について学校と定期的に話し合うと約束した。

　児童福祉局のふたりが帰ってしまうと、わたしはベルナル叔父に、ふた晩ほど上のオプガル農場で過ごしてもかまわないかと尋ねた。下のこの村の寝室は窓の外の街道の音がやかましいと。

　叔父はかまわないと答えて、肉とじゃがいものシチ《ラブスカウ》ュー《ス》の大きな鍋をわたしたちに持たせてくれた。

　それ以後わたしたちは、正式な住所はベルナル叔父の家だったにもかかわらず、二度と下に戻らなかった。それは叔父がわたしたちの面倒を見なかったということではないし、保護者として国から受け取る金もそのままわたしたちに渡してくれた。

　数年後、わたしが〝フリッツの夜〟として記憶するようになった一夜からだいぶたってから、ベルナル叔父はふたたび入院した。癌が転移しているのがわかったのだ。わたしはベッドの横で泣きながら叔父の話を聞いた。

「いいか、遠からずハゲタカどもがおまえの家に断わりもなしにはいりこんでくるからな」叔父は言った。

　娘夫婦のことだった。

　叔父はいつも、娘にひどい仕打ちを受けたわけではない、ただあまり好きではないだけだと言っていたが、娘のことをどう思っているのかは、難船掠奪者なるもののことを説明してくれたときにわかった。夜間に船を偽の火炎信号でおびきよせ、船が座礁するとそれを掠奪する連中のことだ。

　ベルナル叔父の娘は入院中の父親を二度見舞いにきた。一度目は父親に残された時間を知るため、二度目は家の鍵を受け取るためだった。

　叔父はわたしの肩に手をかけて、自動車がらみの古いおセンチなジョークをひとつ披露した。わたしを笑わせようと思ったのだろう。

「叔父さんは死ぬんだぞ！」わたしは大声を出した。腹を立てていたのだ。

「それはおまえも同じだ」と叔父は言った。「それにこれは死ぬ順序としちゃ正しい、そうだろ？」

「だけど、こんなところに横になってよくジョークなんか言えるね」

「まあ、首までクソに浸かったとき忘れちゃならんのは、つねに頭を起こしてることだからな」

　そこでわたしはたまらず笑った。

「最後にひとつ頼みがある」叔父は言った。

「煙草？」

「それもだが、もうひとつある。見習い工としてこの秋の学科試験を受けてほしい」

「もう？　五年の実務経験が必要じゃないの？」

「おまえにはもう五年の実務経験がある。残業時間を全部合わせればな」

「でも、残業時間なんかカウントされ――」

「おれはカウントする。おれは未熟な修理工に学科試験を受けさせるような男じゃない、それは知ってるだろ。だけどおまえは、おれがこれまでに雇った最高の修理工だ。そんなわけで、そこのテーブルに載ってるその封筒に、おまえがおれのところで五年間働いたことを証明する書類がはいってる。書いてある日付は気にするな。わかったか？」

「痛いほどよく」わたしは答えた。

　それはわたしたちふたりだけのジョークだった。ベルナル叔父のところで働いていた修理工が、微妙にまちがったその言いまわしをしじゅう使っていたのに、叔父はついにそれを直さなかったのだ。叔父の笑い声を聞いたのはそれが最後だった。


　わたしが学科試験に合格して、数カ月後に実技試験にも合格したときには、ベルナル叔父はすでに昏睡状態にあった。そして叔父の娘が医師に叔父を生かしている生命維持装置を切ってくれと伝えたあとは、二十一歳の若造のわたしが事実上、修理工場を切り盛りしていた。それでもやはり、遺書が読みあげられてベルナル叔父が工場をわたしに譲ってくれたことが判明したときには衝撃を……というと言いすぎだが、驚きを覚えた。

　娘は当然ながら不服を唱え、死んだ父親は病床でわたしに言いくるめられたのだと言いだした。わたしは言い争いはしたくないと答えた。叔父が工場を譲ってくれたのはわたしを金持ちにするためではなく、工場を家族以外の者に渡さないようにするためだ。だから彼女が望むなら、わたしは彼女の言い値で工場を買う、そうすれば少なくとも叔父の望んだ結果にはなると。そこで彼女は値段を言った。わたしは彼女に、自分はオプガルの人間だから値切り交渉はしないけれど、その金額は自分の支払い能力を超えているし、修理工場からの収入にもとうてい見合わないと伝えた。

娘は工場を売りに出し、価格を何度も下げたものの、結局、買い手がつかずにわたしのところへ戻ってきた。わたしが最初に提示した金額を支払うと、彼女は売買契約書に署名し、だまされたといわんばかりに足音も荒く工場を出ていった。

わたしは工場経営に全力を尽くした。といっても、経験もなければ市場動向も知らないのだから、大したことはなかったが。しかし周辺の修理工場が次々に閉鎖しはじめ、わたしのところに仕事がまわってくるようになったため、それほど悪くもなかった。おかげでマルクスをパートタイムで雇っておくこともできた。だが、夜にカールとともに帳簿に目を通すと――カールはビジネスコースを取っていて、借方と貸方のちがいを知っていた――修理工場よりも、オイルピットの前に据えつけてある二基の給油ポンプのほうが、明らかに儲かるようになっているのがわかった。

「道路管理局が検査に来たんだ」とわたしは言った。「免許を更新するつもりなら設備を新しくする必要があるとさ」

「どのくらいかかるの？」カールは訊いた。

「二十万。最低でも」

「うちにそんな金はないよ」

「わかってる。じゃ、おれたちはどうすればいい？」

〝おれたち〟と言ったのは、工場のおかげでわたしたちはふたりとも食べていけたからで、答えがわかっていながらカールに訊いたのは、カールの口からはっきり言ってほしかったからだ。

「修理工場を売って、給油ポンプを残す」カールは言った。

わたしはグレーテ・スミットが剃ってくれた首筋を、指先に剃り跡がざらざらとこすれるのを感じつつなでた。〝クルーカット〟――グレーテはそう呼んでいた。流行ではなく、すたれない髪型だから、十年後に写真を見ても恥ずかしさに身悶えしたりしないと。そのあとわたしはみんなから、ますます父親にそっくりになったと言われた。瓜ふたつだと。わたしはそれがいやだった。そのとおりだとわかっていたからだ。

「兄貴が給油より修理のほうが好きなのはわかってるけどさ」長い沈黙のあとでカールが言った。わたしはうなずくことも唾を吐くこともせずに黙りこんでいたのだ。

「それはいいんだ。どのみち修理はどんどん減ってるんだから」とわたしは言った。「それに、いまの車はむかしとはできがちがう。おれが引き受ける仕事の大半は馬鹿でもできる。いまどきの仕事に心なんか必要ないんだ」わたしはまだ二十一なのに六十歳の男のような口を利いた。

あくる日、ヴィルム・ヴィルムセンが修理工場を見にやってきた。ヴィルムセンは太った男だった。太っていなければならなかった。第一に体形がそれを要求していた。腹にそれだけの肉が、太腿と顎にそれだけの肉がついているからこそ、全体のバランスが取れてまとまりのある人間になっているのだ。第二に、ヴィルムセンの歩きかたも話しかたも身振りも、太った男にこそふさわしいものだった。これはどう説明していいかわからないが、とにかくやってみると——ヴィルムセンは家鴨のように足を広げてよちよち歩きまわり、野放図な大声で話し、自分の言っていることを大きな身振りとしかめ面で強調する。とにかく場所を取る男なのだ。そして第三に、ヴィルムセンは葉巻を吸った。名前がクリント・イーストウッドでないかぎり、人は太っていなければいっぱしの葉巻吸いとは認めてもらえない。ウィンストン・チャーチルやオーソン・ウェルズでもそれは難しかっただろう。

ヴィルムセンは中古車を商い、誰にも売りつけられそうにないと判断した車は部品をはぎ取っていた。わたしはときどきヴィルムセンから部品を買っていた。ヴィルムセンはほかの中古品もあつかっており、噂では、盗品を処分したければ相談に応じてくれるとも言われていた。同様に、急に融資が必要になったのに銀行に断わられた場合も、相談に応じてくれると。だが、それを期日までに返済できなかった場合は、神の助けを乞うしかないとも言われていた。そうなったらヴィルムセンは、デンマークからペンチやら何やらの商売道具を携えた取立屋を呼びよせ、母親を売り飛ばしてでも借金を返済させるのだと。実際には誰もその取立屋を見たことはなかったのだが、ある日、まだ子供だったわたしたちが〈ヴィルムセン中古車販売・解体ヤード〉の外にデンマーク・ナンバーの白いジャガーEタイプが駐まっているのを見たとき、その突飛な噂はわたしたちの想像力のなかで翼を広げた。デンマーク人取立屋の白い車。必要なのはそれだけだった。

ヴィルムセンは機械や工具など、取りはずしたり分解したりできるものをすべて見てまわったあと、買値を提示した。

「安いですね」とわたしは言った。「あんたもこの商売のことを知らないわけじゃないんだから、これがみんな最高級のものだってことぐらいわかるでしょう」

「ロイ、きみが自分で言ったんじゃないか。認可を取り消されないようにするには、設備を新しくしなくちゃならんと」

「だけど、あんたは別に認可修理工場をやろうとしてるわけじゃない。あんたがやろうとしてる修理なんて、あんたが売ってるポンコツが、売りつけたあとも一週間は走ってくれる程度のものでしょう」

ヴィルムセンは豪快に笑った。「わたしゃきみにとって価値のあるものに値をつけてるわけじゃないぞ、ロイ・オプガル。きみには価値のないものに値をつけてるんだ」

わたしは毎日なにかしら新しいことを学んでいた。

「ただし条件がつきますけどね。マルクスもそこにふくまれるという」

「もれなくついてくる妖精《トロル》みたいにか？　正直言って、マルクスは修理工というよりトロルだからな」

「そういう契約です」

「トロルを雇えるかどうかはわからんな。社会保険やら何やらがあるし」

「それはわかりますが、でもマルクスは、あんたの売る車が他人の危険にならないようにしてくれるんですよ。あんたはそこまでしない」

ヴィルムセンは顎の下の肉をつまんでコストを計算するような表情をした。それからタコのような大きな目の片方でわたしをじろりと見てから、さらに低い金額を提示した。

わたしはそれ以上我慢できず、いいでしょうと答えた。ヴィルムセンはすかさず手を差し出してきた。気が変わるとまずいと思ったのだろう。わたしはその五本の小さな灰白色の指を見た。まるで水を詰めたゴム手袋で、わたしはそれを握ると思わず身震いをした。

「明日、すべてを取りにくる」ヴィルムセンは言った。


ヴィルムセンは三カ月後、解雇手当を支払わなくてすむ試用期間中にマルクスを首にした。ヴィルムセンがマルクスに伝えた解雇理由とは、一度遅刻して警告を受けたのにまた遅刻したというものだった。

「それは事実なのか？」マルクスがいまはガソリンスタンドになったわたしの店に仕事を探しにきたとき、わたしはそう尋ねた。わたしはそこをひとりで切り盛りしていて、毎日十二時間働いていていた。

「ああ」とマルクスは答えた。「九月に十分。十一月に四分な」

というわけで、男三人が給油ポンプ二基の上がりで生活するはめになった。わたしは元の修理工場内にソフトドリンクとスナックの自販機を置いていたが、地元の連中にしてみれば生協のほうが近かったし品揃えも豊富だった。

「このままじゃだめだな」カールはそう言って、わたしと一緒に書きあげたバランスシートを指さした。

「谷のもうちょい奥のほうで、三カ所の別荘地が別荘を販売してる」とわたしは言った。「冬を待とう。新しい別荘を買った連中がみんなここを通るはずだ」

カールは溜息をついた。「まったく頑固なやつだな、兄貴は」

ある日、一台のSUVがはいってきた。男がふたりおりてきて、何かを探すようにぶらぶらと修理工場の建物や洗車場のあたりを歩きまわった。

「トイレをお探しならこっちですよ」わたしは声をかけた。

ふたりは近づいてきて、それぞれわたしに名刺をくれ、それでそのふたりが国内最大手のガソリンスタンド・チェーンの社員だとわかった。ふたりはわたしに、例の話はできるかと尋ねた。わたしは「なんの話です？」と訊きかえし、そこでカールがその会社と連絡を取ったにちがいないと気づいた。ふたりはわたしがわずかなものから多くを得ていることに感心したと言い、もう少しだけ手を広げればそれがどのくらいになるかを説明した。

「フランチャイズ契約です。十年間の」ふたりは言った。

彼らは谷の奥の新しい別荘地への大型投資のことも、街道の交通量の今後の見通しについても承知していた。「なんて返事をした?」わたしが帰宅すると、カールは興奮ぎみにそう訊いてきた。

「せっかくですが、と言っといた」わたしはそう答えて、キッチンのテーブルの前に腰をおろした。カールがミートボールを温めてくれていたのだ。

「〝せっかくですが〟? それはつまり……」とカールは、食べはじめたわたしの顔をうかがった。「断わったってこと? 嘘だろ、兄貴!」

「むこうはすべて買い取りたいと言うんだ。建物も土地も。そりゃ、大金にはなるが、おれは自分が持ってるほうが好きなんだ。おれの中の農民のせいだな、きっと」

「だけど、ぼくらがなんとか生きていくには、それしかできることはないんだぜ」

「あいつらが来ることをおれに伝えといてほしかったな」

「そしたら兄貴は、むこうの言い分も聞かないうちから断わっただろ」

「まあそうだろうな」

カールはうめき声を漏らして両手で顔をおおった。しばらくそのままでいてから、溜息をついてこう言った。「兄貴の言うとおりだ。余計なまねをしてごめん。力になりたかっただけなんだ」

「それはわかってる。ありがとう」

カールは片手の指のあいだを少しだけ広げてわたしを見た。「じゃ、今回の件で得るところは何もなかったわけ?」

「あったさ」

「というと?」

「帰り道は長いからな、あのふたりはうちで満タンにしてかなきゃならなかった」

7

父に少しばかりボクシングを教わったとはいえ、わたしは自分が喧嘩にさほど強かったとは思わない。

村のオールトゥン公会堂でダンスパーティがあったときのこと。いつものバンドが、そろいのぴっちりした白いスーツを着こんでスウェーデンのヒット曲を次々に演奏していた。ヴォーカルは、女の子を片端からものにすることを狙ってロッド・スチュアートの声とルックスを真似ていることからロッドと呼ばれている細身の男だったが、ノルウェー訛りのへんてこなスウェーデン語をわめきちらしているせいで、声だけ聞いていると、ときおり村にやってくるアルマン師という巡回説教師のように聞こえた。覚醒の大波が国じゅうに広がっている、それは良いことである、なぜならば審判の日は近いからだ――アルマンはそう説いていたが、その晩オールトゥンにいたら、まだまだやるべき仕事があるのを痛感しただろう。人々は老いも若きも男も女も、会場内に持ちこむと没収される密造酒でへべれけになり、公会堂の前の芝生を千鳥足で歩きまわったり、ロッドがあのゴールデンブラウンの瞳の歌をうたうあいだ、踊るというよりたがいにもたれかかったりしていた。やがてそれにも疲れると、こんどは芝生に出てまた酒をあおったり、白樺の林にはいりこんで性交をしたり、ゲロを吐いたり、くそをしたりした。なかには林に行くことすらしない連中もいた。

語り草になっているのは、われらのロッドが熱狂的女性ファンをステージにあげてバンドのオリジナル曲〈今夜はおれを思っていてくれるか〉を一緒に歌わせていたときのことだ。その曲はエリック・クラプトンの〈ワンダフル・トゥナイト〉にそっくりだったから、ロッドが真顔で歌っていられたのは奇跡と言ってよかった。二番まで歌いおわると、ロッドはギタリストに特別長いソロを弾いてくれと頼んで、その女とマイクとともに袖に姿を消し、三番の歌い出しが来ても戻ってこなかった。かわりにステージの外から何やらあえぎのようなものが聞こえてきた。三番の途中でようやくロッドはステージに、こんどはひとりで颯爽《さっそう》と戻ってきた。そしてステージの前にいる女の子たちにウィンクをしてみせ、その子たちのおびえたような表情に気づいて下に目をやり、自分の白いズボンに血がついているのを発見した。そのまま曲を最後まで歌い、マイクをスタンドに戻すと、ロッドは溜息と笑みともに「これはこれは……」と言い、次の曲のカウントを出した。

長くて明るい夏の夜。喧嘩が始まるのはたいてい十時をまわってからだった。男同士。原因はほぼかならず女だ。女に声をかけたとか、なれなれしくしすぎたとか、頻繁に踊りすぎたとか。前哨戦はその土曜の晩よりずっと前から公会堂で始まっていたのかもしれないが、アルコールと野次馬に煽りたてられて、ついにいま決着の時を迎える。女など、喧嘩をしたい連中にしてみれば口実にすぎないこともあったし、そういう連中は実際、大勢いた。自分が得意なのは喧嘩だけだと思っている連中、公会堂のダンスパーティを自分の晴れ舞台に利用する連中は。

もちろん嫉妬が本物だったこともある。カールが関係しているときはたいていそうだった。だが、カールがみずから喧嘩をしかけたことは一度もない。だから武闘派連中からすれば、カールはあまりにも憎めない、あまりにもチャーミングな、痛めつけたところでなんの自慢にもならない相手だった。カールを殴った連中は、一時の怒りに駆られたにすぎない。カール自身は何もしていないことさえあった。ただ女の子たちを笑わせ、彼女たちのボーイフレンドより少しだけロマンチックになり、何人かの目を自分の青い瞳に惹きつけただけだったことも。なにしろ自分にはガールフレンドがいたのだから。それもほかならぬ市長の娘が。カールが脅威になるはずはなかったのだが、アルコールのベールを通すとちがって見えたのだろう、そいつらは口のうまいナンパ野郎に教訓をあたえてやろうとして殴りかかった。そしてパンチが命中すると、カールの純然たる、ほとんど憐れむような驚きにますます腹を立て、自分を守ろうとしない態度にますますいきりたった。

そこでわたしが介入する。

思うに、わたしの才能は人を無害化すること、爆弾の信管をはずすのと同じで、そいつらが人に危害を加えられないようにすることにある。わたしは実際的だ。ものごとがどう作用するのかを理解している。だからなのかもしれない。重心や質量や速度などを理解している。そこでわたしは、弟をたたきのめそうとしている連中を阻止するのに必要なことをする。必要なことだけを。それ以上でも以下でもなく。だがもちろん、ときには必要以上にやることも必要だ。鼻や肋骨をいくつか折ったこともある。それに少なくともひとつは顎も。そいつはカールの鼻を派手に殴りつけたよその町の男だった。

わたしはやるべきことをすばやくやった。両の拳に血がにじんでいたのを憶えている。シャツの袖についた血と、誰かに「もう充分だ、ロイ」と言われたのも。だが、充分ではなかった。下にある血まみれの顔をもう一発殴る必要があった。そうすれば問題は永久に解決される。

「保安官が来るぞ、ロイ」

わたしは身をかがめて、両側に血が伝い落ちている耳にささやいた。

「二度とおれの弟に手を出すなよ、わかったか？」

酒と痛みでどんよりした虚ろな目がこちらに向けられていたが、見つめているのは内側だった。わたしは拳を振りあげてみせた。下の顔がうなずいたので、わたしは立ちあがり、服の埃を払い、ボルボ二四〇のほうへ歩いていった。エンジンはかけっぱなし、運転席のドアはあいている。カールはすでに後部席でのびていた。

「おれのシートカバーに血をつけるなよ」そう言いながらわたしはクラッチをつないで乱暴に加速し、芝を周囲にまき散らした。

山道の最初のカーブをいくつか通過すると、後ろから「兄貴」と力のない声が聞こえてきた。

「わかってる」とわたしは答えた。「マリには言わないよ」

「そうじゃないんだ」

「吐きたいのか？」

「いや。伝えたいことがあるんだ」

「いまはそんなことより——」

「愛してるよ、兄貴」

「カール、いまは——」

「そうさ！　ぼくは馬鹿でまぬけだ。けど兄貴は、そんなことを気にしないでやってきて、毎回ぼくを助け出してくれる」カールは涙ぐんでいた。「なあ兄貴……

…兄貴しかぼくにはいないんだ」

わたしはハンドルを握っている自分の拳を見た。酔いはすっかり醒め、血が体を心地よく駆けめぐっている。最後にもう一発あいつを殴ることもできた。地面に倒れていたあの男は、ただの嫉妬深い男であり、負け犬だったから、そんな必要はなかっただろうが。それでも、わたしは殴りたくてたまらなかった。

のちに判明したところでは、わたしが顎の骨をへし折ったのは札つきの不良で、自分が強いのを知られていないパーティに現われては、誰かを挑発してぼこぼこにするので有名なやつだった。顎の件を聞いたあと、わたしは召喚状が来るものと思っていたが、ついに来なかった。そいつは保安官のところへ行ったらしいのだが、保安官がカールも肋骨を折ったのだからと、訴えを取り下げるように助言したのだという。実際には肋骨など折れていなかったのだが。その後わたしは、そいつの顎を折ったのはなかなかいい投資だったと思うようになった。おかげで一種の評判を取り、カールが揉め事に巻きこまれて相手が退こうとしないときには、わたしがそいつらと向きあうだけでたいていはこと足りるようになった。

「くそ」帰宅してそれぞれのベッドに横になったあと、酔ったカールはそう言って鼻をすすり、喉を詰まらせた。「ぼくはただの平和なやつなんだ。女の子を笑わせるだけの。なのに男どもは腹を立てる。すると兄貴がやってきて、かわりにすべてを解決してくれる。おかげでぼくは兄貴に敵をたくさん作っちゃうんだ。くそ」カールはまた鼻をすすった。「ごめん」カールはわたしのマットレスの下の板をたたいた。「聞こえた？　ごめん」

「あんなやつらは馬鹿だ」とわたしは言った。「もう寝ろ」

「ごめん！」

「寝ろってば」

「わかったわかった。でも、兄貴……」

「ん？」

「ありがとう。ありがとう……」

「いいから黙れ、な？」

「……ありがとう、ぼくの兄貴でいてくれて。お休み」

静寂。やがて下のベッドから規則正しい寝息が聞こえてきた。安心。安らかな弟の寝息ほどすばらしいものはない。

しかし、カールがわたしを置いて町を出ていくきっかけになったパーティでは、一発のパンチも振るわれなかった。カールはべろべろだったし、ロッドは声が嗄《か》れていたし、マリは家に帰っていた。マリはカールと喧嘩したのか？　かもしれない。彼女は市長の娘だから、カールより体面を気づかったのだとしても驚くにはあたらない。だが、パーティでいつも飲みすぎるカールにうんざりしたということもありうる。あるいは早起きをして両親と教会に行かなければならなかったのかもしれないし、試験勉強をしなければならなかったのかもしれない。いや、マリはそこまで生真面目ではない。美人ではあっても、生真面目ではない。べろべろになったカールの面倒を見るのがいやで、その任務を親友のグレーテに任せたのだ。グレーテは大喜びで引き受けた。グレーテがカールに惚れているのは、相当の近眼でないかぎり誰の目にも歴然としていた。むろんマリがそれに気づいていなかった可能性も大いにあるし、いずれにせよマリは、そんな結果になろうとは思いもしなかったはずだ――ロッドがいつもどおりに〈ラヴ・ミー・テンダー〉でパーティを締めくくるなか、グレーテがカールを支えてダンスフロアを出たあと、白樺の林へ引きずりこむとは。カールの話だと、ふたりは立ったまま立木に寄りかかってファックしたらしい。カールは何が起きているのかよくわかっていなかった。彼女のダウンジャケットが樹皮を上下にこする音でようやく我に返った。生地が破れるとその音が不意にやんで、羽毛がミニチュアの天使さながらにふたりの周囲を舞ったという。カールはそう表現した。〝ミニチュアの天使〟と。そしてその静寂の中で、グレーテが声をまったく漏らしていないのに気づいた。魔法が解けないようにしていたのか、それともあまり感じていなかったからなのか。だからそこでカールはやめた。

「グレーテに新しいジャケットを買ってやると言ったんだけどさ」と翌朝カールはベッドの下段から言った。「グレーテはだいじょうぶだと言うんだ。縫えばいいと。だからぼくは訊いたんだ……」とカールはうめき、酒くさい息が宙に漂った。「縫うのを手伝おうかって」

わたしは涙がこぼれるほど笑い、カールが頭から布団をひっかぶる音を聞いて、ベッドの上段から身を乗り出した。

「で、どうするんだよ、ドン・ファアンくん」

「わからない」布団の下からくぐもった声が聞こえた。

「誰かに見られたか？」

誰にも見られていなかった。一週間たってもグレーテとカールに関するゴシップはいっさい聞こえてこなかった。マリも知らないようだった。カールは逃げ切ったように見えた。

あくる日グレーテが訪ねてくるまでは。わたしたちが〝冬の園〟に座っていると、彼女が自転車でヤイテスヴィンゲンのカーブを曲がってくるのが見えた。

「まずい」カールは言った。

「自分のもらうべき賞品を捜しにきたんだろうな。おまえを」わたしは言った。

カールに懇願されてやむなくわたしは外に出ていき、カールはひどい風邪をひいていると伝えた。うつりやすい風邪だと。グレーテはこころもち顎をあげ、汗ばんでてかてかした大きな鼻の先から、狙いでもつけるようにわたしを見つめた。それから背を向けて立ち去った。彼女が自転車に戻り、荷台にくくりつけてあったダウンジャケットを着ると、背中に手術痕のような縫い目が一筋走っているのが見えた。

次の日グレーテはまたやってきた。カールがドアをあけると彼女はいきなり、あんたを愛していると告げた。カールはこう答えた。あれはまちがいだった。本当に馬鹿なことをしてしまった。後悔していると。

あくる日マリが電話してきて、グレーテから何もかも聞いたとカールに伝えた。そんな不実な男とつきあうわけにはいかないと。そのあとカールはわたしに、マリは泣いていたが、それ以外は冷静だったと教えてくれた。でも、ひとつ理解できないことがある。カールはそう言った。それはマリが自分と別れたことではなく、グレーテが白樺林でのできごとをすべてマリに話したことだと。グレーテがジャケットや何かのことで自分に腹を立てたのは理解できる。復讐は。それは無理もない。でも、その結果、たったひとりの親友を失うなんて、いわゆる〝自分の足を撃つ〟みたいなものじゃないか？

わたしはどう答えていいかよくわからなかったが、ベルナル叔父から聞いた難船掠奪者の話を思い出した。そのむかし帆船時代に、偽の信号を送って船を暗礁に乗りあげさせ、積荷を掠奪した連中のことだ。このときからわたしはグレーテを暗礁だと思うようになった。

見えないところに横たわって、船底を引き裂く機会をひたすらうかがっている暗礁だと。自分の感情の激しさにとらわれているグレーテは、ある意味では気の毒だったが、しかしマリを裏切っているという点ではカールと少しも変わらなかった。わたしはグレーテにカールが気づいていないものを感じ取った。秘められた邪悪さを。自分が何かを破壊してしまうことの苦痛よりも、他人を引きずりおろすことがもたらす歓びのほうが勝るという心理。学校で銃を乱射する連中の心理を。ただしこの乱射犯はまだ生きている。少なくともまだ存在はしている。人々を日焼けさせ、髪を切って。

数週間後、マリは突然オスから都会へ出ていった。都会で勉強するのはずっと前から計画していたことだと、本人はそう言っていたが。

そしてその数週間後、こんどはカールが——まったく唐突に——アメリカはミネソタの大学で金融と経営を学ぶための奨学金をもらえることになったとわたしに打ち明けた。

「そうか、それは断われっこないよな」わたしは言い、ごくりと唾を呑んだ。

「断われないかもね」カールは悩んでいるような口ぶりで答えたが、もちろんわたしをだますことはできなかった。とっくに心を決めているのがわかった。

それからの数日間はいそがしかった。わたしはガソリンスタンドの日常業務を抱えていたし、カールは出発の準備にすっかり気を取られていて、おたがいに話をする時間はあまりなかった。わたしはカールを空港まで送っていった。数時間のドライブだったが、不思議なことに、そのときもあまり言葉を交わさなかった。激しく降る雨とワイパーの音が、沈黙をごまかしてくれた。

出発ロビーの外に車を停めると、わたしはエンジンを切り、声がまともに出るように咳払いをした。「帰ってくるのか?」

「え? もちろん」とカールは輝くような温かい笑顔で嘘をつき、わたしを抱きしめた。

雨は帰りの道中もずっと降りつづけた。

わたしが庭に車を駐めて亡霊たちの待つ家にはいったときには、すでに暗くなっていた。

8

金曜の夜だった。わたしはひとりでガソリンスタンドにいて、ひとりで物思いにふけっていた。カールが帰ってきたことについて。

カールがアメリカへ行ってしまったとき、わたしはもちろん、それはカールの才能と学校の成績を活かすためであり、狭いこの村を出て広い世界を知るためだと思っていたし、それと同じくらい、記憶から逃れるため、オプガル農場の上に広がる重苦しい影から逃れるためだろうとも思っていた。だがいま、こうしてカールが帰ってきてようやく、それはマリ・オースと関係があったのかもしれないと思うようになった。

マリがカールを捨てたのはカールがマリの親友とファックしてしまったからだが、しかし、それはマリにとってもカールと別れるいい機会になったとは言えないだろうか。マリの狙いは結局のところ、カール・オプガルなどという田舎者より上にあったのだから。それは彼女の選んだ夫を見ればわかる。マリとダン・クラーネはオスロの大学で知り合った。どちらも熱心な労働党員だし、ダンはオスロ西部のたいそう裕福な家の出だ。そして《オス日報》で編集者の職を得た。いま夫婦にはふたりの子供がいて、増築した家はマリの両親が住む母屋より大きくなっている。そしてマリは自分に関して嬉々としてささやかれる噂を、すなわちマリ・オースはカール・オプガルを満足させられなかったらしいとか、カールに復讐したんだとか、そんな悪意ある噂をことごとく打ち消してきた。

一方、カールには問題が残ったままだった。名誉は失われたままだった。それを回復して村人の信望を取りもどすことが、この帰郷の目的だったのではないか？　そのためにこそ、自分の有能な妻とキャデラックを見せびらかして、このあたりの連中が見たこともないような大きなホテルを建設しようとしているのではないか？

だが、そんな計画はとても正気とは思えない無謀なものだ。なぜかといえば、第一に、そのホテルはカールのこだわりで森林限界より上に建てられなければならないからで、それはすなわち何キロにもわたる道路を建設しなければならないということだからだ。そうすれば森林限界より下にある他のホテルのように〝山頂ホテル〟と宣伝しても、嘘にはならないというだけの理由で。

第二に、誰がわざわざ山の上まで来て、サウナにはいったり生ぬるい湯につかったりするというのか？　そんなものは都会の連中が下界でやることではないのか？

第三に、一握りの農民に家や土地を危険にさらせと説得するのは無理だから、リスクを分散して全員を巻きこむ必要があるとカールは言うが、しかし外部からはいってくる新奇なものに対する懐疑心を――それがフォードの車やシュワルツェネッガーの映画でないかぎり――生まれたときから植えつけられているような土地で、どうすればそんなまねができるというのか？

そして最後にもちろん、カールの動機という問題もある。カールに言わせればそれは、山とスパを売りものにしたホテルリゾートを建設してこの村を地図に載せ、緩慢な死から救うことだ。

しかし、カールの本心は別のところにあることを、ここの連中は見抜けるだろうか？　カールが実際に望んでいるのは自分の、カール・オプガルの銅像を建てることだと。なぜならカールのような人間はそのためにこそ故郷に帰ってくるのだから。広い外の世界では成功しても、故郷ではいまだに〝市長の娘に捨てられて逃げ出した女たらし〟でしかない者には、故郷で認められるほどうれしいことはない。自分がみんなに誤解されていると同時に理解されてもいる場所、疲れるけれどほっとする場所で。「おまえのことは知ってるぞ」と彼らはなかば脅すように、なかば安心させるように言う。それはおまえが本当はどんな人間か知っているぞ、嘘と虚飾の陰につねに隠れるわけにはいかないぞ、ということだ。

わたしは街道沿いに広場のほうへ目をやった。

透明さ。それが小さな村の呪いであり祝福でもある。どんなことも、遅かれ早かれ露見する。どんなことも。カールはその危険もかえりみず、広場に自分の銅像を建てるチャンスをつかもうとしている。その手の栄誉は通常、市長や聖職者やダンスバンドのヴォーカルのために取っておかれるものだというのに。

ユーリエがドアをあけてはいってきたので、わたしの物思いは中断された。

「店長が夜勤をやってんの？」ユーリエはすっとんきょうな声を出し、目を丸くしておおげさに驚いてみせた。ガムを勢いよく嚙みながら腕組みをして、体重を片足から反対の足へ移す。ぴちぴちのTシャツに短い上着を着て少々ドレスアップし、ふだんよりしっかりと化粧をしている。わたしがいるとは思わなかったので、そんな格好の自分を——金曜の夜に暴走族連中と遊ぶ〝ベイブ〟の自分を見られて、自意識過剰になっていた。わたしはまったく平気だったが、当人はちがうようだった。

「エーギルが病気でね」わたしは言った。

「なら誰かに電話すればよかったのに。あたしとかさ。店長が金曜の夜に——」

「急だったからな。いいんだよ」とわたしは言った。

「で、何が欲しいんだ？」

「なんにも」とユーリエは言い、終止符がわりにガムをぱちんと弾けさせた。「ちょっとエーギルに挨拶しによっただけ」

「そうか。エーギルに伝えとくよ。きみが来たと」

ユーリエはわたしを見ながらガムを嚙んだ。退屈そうな目をしている。少なくとも表面的には落ちつきを取りもどして、いつものタフなユーリエに戻っていた。

「若いころは金曜の晩に何をしてたの？」呂律がいくぶん怪しいので、外の車の中で何か飲んだのがわかった。

「ダンスだ」わたしは答えた。

ユーリエは目を丸くした。「店長が踊ったの？」

「ま、そういう言いかたもできる」

外で一台の車がエンジンを吹かした。夜行性の猛獣がうなるように。それとも求愛の叫びか。ユーリエはうるさそうにドアのほうをちらりとふり返った。それからレジに背を向け、後ろのカウンターに両手をついて短い上着をずりあげつつ、ぴょんと跳びあがって、カウンターに尻を載せた。

「たくさんガールフレンドがいた？」

「いや」とわたしは言い、給油ポンプのそばの防犯カメラの映像に目をやった。週末になると一日ひとりはかならず、給油をしたのに支払いをしないまま走り去る車がある。わたしがそう話すと、村の連中は驚いて、別荘のオーナーなんてのはみんな泥棒だと言う。だが、わたしに言わせればそれは逆で、別荘のオーナーたちは金持ちだから、金のことなど考えないのだ。ナンバープレートから突きとめた住所に請求書を送ると、十人中九人は、うっかりしていただけだという心からの謝罪の手紙とともにきちんと支払いをしてくれる。なぜならそういう人々は父やカールやわたしとはちがって、キャデラックに給油しているあいだじゅうポンプのカウンターをにらんで、数字がどんどん上昇していくのを見ながら、その金があればあれが買えたこれが買えたなどと考えたりはしないからだ――CDや、新しいズボンや、父親がいつも話しているアメリカ横断旅行のことなど。

「なんで？　店長はすごくセクシーなのに」ユーリエはくすりと笑った。

「むかしはちがったんだろう」わたしは言った。

「じゃ、いまは？　なんでガールフレンドがいないの？」

「いたんだ」とわたしは言いながら食品トレイをすべて洗いおえた。商売は好調だったが、週末の客はみなすでに自分の別荘へあがっていってしまい、次にここへ立ち寄るのは帰宅するときだった。「一度結婚したんだよ。おたがい十九だった。だけど、彼女はハネムーンの最中に水死したんだ」

「ええ？」作り話だとわかっているくせにユーリエは驚いてみせた。

「太平洋でヨットから海に落ちたのさ。ちょっとシャンパンを飲みすぎたんだろう。溺れながらおれに〝愛してる〟と言うと、そのまま沈んでった」

「飛びこんで助けようとはしなかったの？」

「あの手のヨットは人が泳ぐより速い。飛びこんだらおれも溺れてただろう」

「それでもさ。その人を愛してたんでしょ」

「ああ、だからかわりに浮き輪を投げてやった」

「そう、ならいいよね」ユーリエはカウンターに両手をついて身を乗り出した。「だけどさ、店長はその人を亡くしたあとも、生きる気力を失わなかったわけ？」

「人間てのは大したもんで、いろんなものがなくても生きていけるんだ。きみもそのうちわかる」

「そんなのいや。わかるまで待つなんて」とユーリエはつまらなそうに言った。「欲しいものはあたし、いま全部手に入れたい」

「そうか。で、何が欲しいんだ？」

その質問は無意識に口から出たものだった。わたしは上の空で適当に受け答えをしていただけだった。どんよりした目がぴたりとこちらを見すえ、笑みがにやりと浮かぶのを見たとき、わたしは自分の舌を嚙み切りたくなった。

「なら、ポルノをたくさん見たんじゃない？　その夢の娘《こ》が死んじゃってから。その娘が十九だったんなら、〝十九歳〟で検索するの？　〝十九歳〟プラス〝巨乳〟で」

　わたしは反論するのに時間がかかりすぎたし、ユーリエがそれを図星を衝いた証拠だと感じているのもわかった。おかげでますます言葉が見つからなくなった。会話はもはや脱線していた。ユーリエは十七歳で、わたしは彼女がものにしたいと思いこんでいるボスなのだ。わたしは自分のプライドを救うために、こう指摘してやってもよかった。いまのきみは酒のせいでちょっぴり大胆になっていて、車で待っている坊やたちを相手にしたときにはうまくいったからと、わたしにもうまくいくと思いこんでいるゲームをやっているにすぎないと。だが、それは酔ったティーンエイジャーをヨットから突き落とすにも等しいまねだ。だからわたしは、おたがいを救ってくれる浮き輪を探した。

　浮き輪はドアをあけて現われた。ユーリエはあわててカウンターから滑りおりた。

　男がひとり、戸口に立った。誰なのか即座にはわからなかったが、表に車ははいってこなかったので、地元の人間のはずだった。腰が曲がり、両の頰がこけて顔が砂時計のような形になっている。横になでつけたわずかな髪がなければ頭はつるつるだ。

　男は戸口で立ちどまった。わたしを見つめ、何はともあれ踵を返して出ていきたそうなそぶりをした。そのむかしわたしがオールトゥン公会堂の外の芝生でぶちのめした相手、烙印を残した相手、それを忘れていない相手なのかもしれない。男はためらいがちにCDのラックのところへ行き、ラックを回転させながらちらちらとこちらを盗み見た。

「誰だあれは？」わたしはささやいた。

「ナターリエ・モーのお父さん」ユーリエもささやき返す。

　なるほど。あの屋根職人か。まるで別人のようだ。体が縮んだように見える。病気なのかもしれない。最後のころのベルナル叔父を想起させる。

　モーは近づいてきてカウンターにCDを一枚置いた。

《ロジャー・ウィテカー名曲選》。特売価格。モーは自分の趣味が恥ずかしいというような、おどおどした顔をした。

「三十クローネです」とわたしは言った。「お支払いは……」

「現金だ」とモーは言った。「今日はエーギルはいないのか？」

「具合が悪いんです。ほかに何か要りますか？」

モーはためらった。それから「いや」と答え、釣りを受け取ると、CDをつかんで出ていった。

「なにあれ」ユーリエはそう言って、またカウンターに尻を載せた。

「あれって？」

「気づかなかった？　あのおやじ、あたしのこと知らないふりをした」

「おれが気づいたのは、緊張してるみたいだったってことと、エーギルがいてほしかったみたいだってことだけだ。エーギルから何を買いたかったのかは知らないが」

「どういう意味？」

「金曜の夜にわざわざ家を出てここへ来た理由が、急にロジャー・ウィテカーを聴きたくてたまらなくなったからだなんてはずはない。もじもじしてたのは音楽の趣味のせいじゃないだろう。あれはいちばん安いのを選んだだけだ」

「じゃあ、コンドームが欲しかったのに、怖じ気づいたのかな」とユーリエは笑った。自分にも経験があるような口ぶりだった。「誰かとつきあってるんだよ。あの一家だもん」

「よせよ」

「それとも、倒産したんで抗鬱薬が欲しかったのかな。店長の後ろの棚の薬を見つめてたのに気づかなかった？」

「それはモーが頭痛薬より強力なものをうちで買えると思ってたってことか？　倒産したとは知らなかったな」

「知るわけないよ。店長は人と話をしないから、みんなだって店長にはなんにも話さないもん」

「かもな。ところできみは、今夜は青春を謳歌しにいかないのか？」

「青春！」ユーリエは鼻を鳴らしてみせただけで、動こうとしなかった。居座る口実を懸命に探しているようだった。顔の前に風船ガムが膨らんできて、号砲のようにパンと弾けた。「シモンがね、あのホテルは工場みたいだって言ってた。誰も投資なんかしないって」

　シモン・ネルガルはユーリエの叔父だった。わたしは彼にまちがいなく自分の烙印を残しているはずだった。シモンはわたしより一学年上にいた粗暴なやつで、ボクシングを習っていて、町で何度か試合もやっていた。カールがシモンの好きだった女の子と踊った——理由はそれだけで充分だった。わたしが駆けつけたときには、シモンは野次馬に囲まれてカールの襟首をつかんでいた。わたしはどうしたんだと尋ね、シモンが答えようと口をあけたとたん、スカーフを巻いた拳をそこにたたきこんだ。歯が取れるぐにゃりとした感触があった。シモンはよろけて赤い唾を吐き、恐れではなく驚きの目でわたしを見た。格闘技を習っている連中は喧嘩にもルールがあると思っている。だから負けるのだ。けれどもシモンのために言っておけば、彼は諦めなかった。両の拳をあげて顎をガードし、わたしの前で軽く跳躍しはじめた。わたしは膝に蹴りを入れてその跳躍を止めた。太腿を蹴りつけてやると、シモンは目を丸くしてその効果に愕然とした。そんな大きな筋肉が内出血を始めたらどうなるか、考えたこともなかったのだろう。動けなくなり、棒立ちのまま嬲《なぶ》り殺しにされるのを待っていた。包囲されながらも最後の一兵まで戦うことを決意した部隊のように雄々しく。だがわたしはシモンに、サンドバッグになるという名誉すら残してやらなかった。背中を向けると、さも約束があるかのように腕時計を見て、時間はまだ充分にあるという顔で悠然と立ち去った。野次馬はわたしを追いかけろとシモンをけしかけたが、彼らはわたしが知っている事実、シモンがもはや一歩も動けないという事実を知らなかったので、こんどはシモンを嘲りはじめた。わたしがその夜シモンに残した烙印とは、やけに白い二本の差し歯ではなく、その屈辱だった。

「それはつまり叔父さんは図面を見たってことか？」

「叔父さんは町の銀行に知り合いがいて、その人が見たの。製紙工場みたいだって言ってたらしい」

「製紙ね。森林限界の上で。それは興味深い」

「え？」

　外でエンジンがうなりをあげ、別のエンジンがそれに応えた。

「マッチョどもがきみを呼んでるぞ」とわたしは言った。「行ってやれば二酸化炭素排出量が減る」

ユーリエはうめいた。「やだよ。あいつらガキだもん」

「なら、家に帰ってこれでも聴け」とわたしは、CDラックからついに撤去したJ・J・ケイルの《ナチュラリー》を一枚渡した。ケイルの控えめなブルースとミニマルなギターソロが村の連中の気に入るはずだと思い、特別に五枚も発注したのだが、ユーリエの言ったとおり、わたしは人と話をしないので、彼らのことがわかっていなかった。ユーリエはそのCDを受け取ると、しぶしぶカウンターからおりてドアのほうへ歩いていったが、そこでさっとこちらに人差し指を向けて、十七歳の少女だけが持つ計算された可愛らしさをありったけこめて尻を揺すり、盛大に挑発してみせた。

わたしはなぜかふと、この娘もうちで働きはじめた十六のころよりはだいぶ大人になったようだと思った。わたしはいったいどうしたというのか？　いままでユーリエをそんな目で見たことなどなかったというのに。それともあっただろうか？　いや。ユーリエがカウンターに跳びのろうと両手を後ろについたときにちがいない。上着の前がひらいて胸が露出され、押しつけられた乳首がブラとTシャツを通してはっきり見えたときだろう。いやいや、ユーリエは十三のときから胸が大きかったが、わたしはまじまじ見たことなどない。だとするとこれはなんなのか？　わたしはおっぱいマニアでもなければ、少女好きでもない。〝巨乳〟でも〝十九歳〟でも検索などしたことはない。

しかも謎はそれだけにとどまらなかった。

あの恥ずかしげな表情もそうだった。といってもユーリエの――暴走族とつきあう金曜日の自分をわたしに見られたと意識したときの――表情ではない。モーの表情だ。わたしの視線を避けようとして、目をきょときょと泳がせていたあの屋根職人の。ユーリエによれば、モーの視線はわたしの後ろの棚をさまよっていたという。わたしはふり向いて棚を見渡した。するとひとつの疑念が浮かんだ。すぐさま追いはらったものの、疑念はまた戻ってきた。まるでカールとわたしが遊んだあのゲーム機の、テニスボールみたいな白点のように。村で最初にして唯一のゲーム機がカフェバーのアイスクリーム自販機の横に置かれたとき、父はわたしたちをその店に連れていき、わたしたちが列にならんで待つあいだ、息子たちをディズニーランドにでも連れてきたような顔をしていたものだ。

わたしは前にもその恥辱の表情を見たことがあった。自分の家で。鏡の中に。見憶えがあった。それはこのうえなく深い恥辱だ。犯した罪がきわめて卑劣で許しがたいからだけでなく、また犯すのがわかってもいるからだ。これが最後だと鏡を見ながら誓うにもかかわらず、そのたびに繰りかえしてしまうからだ。その行為だけでなく、それ以上に自分の弱さにも、したくないことをしてしまう自分にも、恥辱を覚えるのだ。したいことをしたのであれば、少なくともそれは自分自身のまぎれもない純然たる邪悪さのせいにできるのだから。

9

土曜日の朝。マルクスがシフトを引き継ぐと、わたしは二速で坂を登っていった。家の前で車を停め、エンジンを吹かしてカールとシャノンにわたしが帰宅したことを知らせた。

ふたりはキッチンに座ってホテルの図面を見ながらプレゼンテーションの相談をしていた。

「シモン・ネルガルに言わせれば、誰も投資などしないとさ」わたしは戸口に寄りかかってあくびをしながら言った。「図面を見たという銀行の男から聞いたらしい」

「ぼくは少なくとも十人以上、この計画を気に入ったという人と話をしてるけどな」

「この村でか？」

「トロントで。もののわかってる人たちだ」

わたしは肩をすくめた。「おまえが説得しなきゃならない連中は、カナダに住んでるわけでも、ものがわかってるわけでもない。がんばれよ。おれはひと眠りする」

「ヨー・オースが今日ぼくと会ってくれることになった」カールは言った。

わたしは立ちどまった。「ほんとか？」

「ああ。パーティでマリに段取りをつけてくれないかと頼んでおいたんだ」

「おみごと。だからマリを招待したわけか？」

「ひとつにはね。それに、マリとシャノンを引き合わせたかったからでもある。ぼくらがここで暮らすつもりなら、ふたりがいがみ合わずにすむのがいちばんだからさ。それに、なんと」とカールはシャノンの肩に手をかけた。「うちの奥さんはあの氷の女王の心を溶かしたらしい」

「溶かした？」とシャノンは目を丸くして言った。

「カール、あの女《ひと》はわたしを嫌ってるのよ。そうでしょ、ロイ？」

「うーん」とわたしは言った。「きみがあの双子の写真を見て芝居をしてみせた分だけ、ましになったんじゃないかな」

家に帰ってきてから初めてわたしはシャノンをまともに見た。シャワーを浴びたばかりらしく、大きな白いドレッシングガウンをまとっており、髪はまだ濡れていた。これまではいつも黒のセーターとズボンを身につけていて、あまり肌を露出したことがなかったが、いまはほっそりとした脚と襟元の肌が見えており、顔と同様に白くて染みひとつないのがわかる。濡れた髪は色艶がいっそう深まり、ほとんど赤錆色に見えるし、これまでは気づかなかったが、鼻のまわりに薄いそばかすが散っているのもわかる。

シャノンは微笑んだものの、その表情にはどこか傷ついたようなところがあった。カールが何かまずいことを言ったのか？　それともわたしか？　たしかにまあ、あの双子の写真にうっとりしてみせたのはたちが悪いと、わたしがかなり露骨にほのめかしたせいだった可能性はあるが、しかし何かがわたしに、シャノンはその種のたちの悪さなどあっさり認めるはずだと告げていた。シャノンのような女性は自分のやるべきことをやり、赦しなど請わないはずだと。

「シャノンが今夜ノルウェー料理を作ってくれるとさ」とカールが言った。「たぶん――」

「今夜も夜勤なんだ。病欠者がいて」わたしは言った。

「え?」とカールは眉をあげた。「その穴を埋めてくれるスタッフがほかに五人いるんじゃなかったの?」

「みんなだめなんだ。週末だし、急な話だし」わたしは両手を広げて、これがガソリンスタンドの店長の宿命なのだ、全員の穴を埋めなくてはいけないのだ、という顔をしてみせた。そこが兄弟の困ったところで、いいのがわかった。カールがその言葉を信じていないちきな言葉はことごとく勘づかれてしまう。だが、わたしはほかになんと言えばよかったのか? おまえたちの夜の営みのせいで一睡もできないからだよ、か?

「ひと眠りしてくる」


わたしは物音で目を覚ました。とくに大きな音ではなかったものの、そもそも山の上ではあまり物音がしないし、その音はこのあたりでは聞かない音だったので、わたしの脳のフィルターはそれを通過させたのだ。それはブーンという、スズメバチと芝刈り機の中間のようなうなりだった。

わたしは窓の外を見た。起きあがってすばやく服を身につけ、階段を駆けおりると、ゆっくりとヤイテスヴィンゲンのほうへ歩いていった。


クルト・オルセン保安官とエリク・ネレルが、アンテナのついたリモコンを手にした男とともに立っていた。三人はわたしの眠りを妨げたもの、すなわち頭上一メートルほどのところに浮かぶディナープレート大の白いドローンを見あげていた。

「なるほど」とわたしが声をかけると、三人はわたしの存在に気づいた。「出資者集会のポスター探しか?」

「おはよう、ロイ」とクルトはくわえたままの煙草をひょこひょこさせながら言った。

「ここは私道だぞ」とわたしはあわてたせいで締め忘れたベルトのバックルを締めながら言った。「だったら問題ないはずだ、ちがうか?」

「ま、私道といえば私道だが」

「ほう?」わたしは言い、そこで冷静になったほうがいいのに気づいた。気をつけないと、頭に血がのぼりすぎてしまう。「公道だったら、道路整備局がガードレールを設置してたんじゃないか?」

「まあそうだが。しかし、このあたりは指定原野なんで、公共通行権てものがあるんだよ」

「おれが言ってるのはポスターのことであって、ここに立ってる権利がおまえにあるかどうかじゃない。おれは夜勤を終えたばかりなんだ。そのドローンでおれを起こすんだったら、先に知らせておいてくれてもよかったろう」

「それはまあそうだが。あんたを煩わせたくなかったんだよ、ロイ。これはすぐに終わる、写真を何枚か撮るだけだ。安全だと判断したら、改めて出なおしてきて人をおろすから、そのときはもちろん、あんたに前もって知らせる」クルトはわたしを見た。冷ややかにではなく、ただじっと。ドローンさながらに、わたしのスナップショットでも撮影しているかのように。当のドローンのほうはすでに崖の縁を越えて姿を消し、下のフーケンの様子をせっせと撮影していた。わたしは努めて無表情な顔でうなずいた。

「悪いな」とクルトはつづけた。「おれとしてもこれが……ま、微妙な問題なのは承知してる」と牧師みたいにもったいをつけて言った。「あんたに知らせておくべきだった。崖が家にこれほど近いのを忘れてたんだ。だけど、まあ、あんたも喜んでいいんだよ。事故が実際どんなふうに起きたのかはっきりさせるために、納税者の金が使われてるんだから。それがみんなの知りたがってることなんだから」

みんなだと？　と、わたしは心の中で叫んだ。おまえだろう、知りたがってるのは。おまえはむかしからずっとそれを原動力にしてきたんだ、クルト・オルセン。親父さんが解決できなかったものを解決しようとして。

「わかったよ」とわたしは心の中の叫びに蓋をして言った。「それにおまえの言うとおり、これは微妙な問題なんだ。カールとおれは何があったのか全体を知ってるから、そいつをちまちまほじくり返すよりも、むしろ忘れることに力を注いできたんでね」そう、冷静にいけ。その調子だ、その調子。

「無理もない」クルトは言った。

ドローンが崖のむこうからふたたび浮上してきた。静止し、宙に浮いたまま耳をさいなんだあと、わたしたちのほうへやってきて、リモコンを持った男の手に舞いおりた。まるでＹｏｕＴｕｂｅで見た、鷹匠の手袋に舞いおりる訓練された鷹のようだった。ビッグ・ブラザーに監視された全体主義国家を舞台にしたＳＦ映画を思わせ、見ていて不愉快だった。ドローンを操る男の皮膚の下にはケーブルの束でも走っているような気がした。

「早かったな」と保安官は言い、煙草を地面に落として踏みつけた。

「空気が薄いとバッテリーが消耗するんです」ドローンの操縦士は言った。

「でも、写真は撮れたんだろ?」

操縦士は自分の携帯電話の画面をタップし、わたしたちはそのまわりに集まった。

画面に映った映像は光量不足で粒子が粗く、音声も欠けていた。それとも、録音はされていたのに崖の下が静かだっただけなのだろうか。父のキャデラック・ドヴィルの残骸は、さながらあおむけにひっくりかえったまま死んだカブト虫だった。肢を宙でむなしくばたつかせているうちに、通りがかりの人間にうっかり踏みつけられて死んだカブト虫。雑草のからみついた錆びたシャーシと、宙にさらされたタイヤは無傷だったものの、車体の前後はヴィルムセンの解体工場のプレス機にでもかけられたように平たくつぶれていた。その映像の静寂と暗さのせいか、わたしは前にドキュメンタリー映像で見た海底に眠るタイタニック号の残骸を思い出した。キャデラックの姿がそれを連想させたのかもしれない。キャデラックもまた過ぎ去った時代の美しいラインをそなえていたし、その非業の死の物語もまた、頻繁に語られる一篇の悲劇になっていたからだ。あまりに何度も語られたために、いつしかわたしの想像力の中でも人々の想像力の中でも、そこになくてはならないもの、星々に記されているかのように感じられる悲劇に。その即物的でもあれば象徴的でもある光景。深淵に落下した無敵のはずのマシン。当時の状況をいまに伝えるその姿。これは死の訪れだ——そう気づきはじめた車内や船内の恐怖。それも、寿命が徐々に尽きるありふれた死ではない。予期せぬ突然の旅立ち、致命的な運命のめぐりあわせだ。わたしは身震いした。

「下にずいぶん落石がころがってるな」エリク・ネルが言った。

「百年前か千年前に落ちたものじゃないのか」とクルト・オルセンが言った。「車の上にはひとつもないし、シャーシに傷やへこみも見あたらないからな、救助隊の男に命中して以降、落石はまったく発生してないと見ていいだろう」

「あの男はもう救助隊員じゃない」とエリクは画面を

のぞきこみながら言った。「片腕は脇に垂れてるだけで、元の半分の長さしかない。鎮痛剤を長年のみつづけてる。馬をノックアウトできるぐらいの量だ」

「だけど、まだ生きちゃいる」とクルトはいらだたしげに言った。顔が赤らんでいる。〝生きちゃいる〟と言ったのは、キャデラックに乗っていたふたりとはちがって、という意味だったのだろうか？　いや、それは本人が意図しなかったもので、ほかにも何かがあった。先代の保安官のことを言っていたのだろうか？

父親のシグムン・オルセンのことを。

「この岩溝に落ちこむ石はほとんどが車に命中するはずだ」とクルトは画面を指さした。「なのにここは苔ですっかりおおわれてる。痕跡ひとつない。それが過去を物語ってる。人は過去から学べる。過去へ引ける線は未来へも引ける」

「おまえが肩に落石を食らうまではな。それとも頭か」わたしは言った。

エリク・ネレルが顎をなでながらゆっくりとうなずくのが見えた。クルトの顔がますます赤くなった。

「前にも言ったが、ここにいるとしじゅうフーケンに石が落ちるのが聞こえる」わたしはクルトをまっすぐに見ていたが、言葉を向けているのはむろんエリクだった。もうすぐ父親になろうとしているのはエリクなのだ。残骸調査の人員を崖下におろすべきか否か、専門家として判断する責任があるのもエリクだ。クルトはエリクの助言を無視できないはずだった。無視して何かあったら責任を取らなければならない。「石は残骸に直接は命中しないかもしれないが、その横には落ちる。おそらくそこに、あんたの調査員たちは立つんじゃないかな？」

クルトの返答を聞く必要はなかった。横目で見ただけで、わたしはその戦いに勝ったのがわかった。

ヤイテスヴィンゲンにたたずんで、飛んでいくカラスをながめていると、クルトたちの車の音は遠ざかっていき、やがてふたたび静寂が訪れた。

キッチンにはいっていくと、シャノンが例によって黒ずくめの服装でカウンターにもたれていた。その姿にわたしはまたしても衝撃を受けた。その服装のせいで痩せっぽちの少年のような体形が強調されてはいても、シャノンにははっきりと女性的なところがあったからだ。ティーバッグの紐が縁から垂れた湯気の立つカップを、小さな手で包みこんでいた。

「誰だったの？」シャノンは訊いた。

「保安官だよ。車の残骸を調査したがってるんだ。うちの親父がなぜフーケンに転落したのか、理由を突きとめるために」

「理由はまだわかってないの？」

わたしは肩をすくめた。「おれは一部始終を見てた。親父はブレーキを踏むのが遅すぎたんだ。ブレーキってのは間に合うようにかける必要がある」

「ブレーキってのは間に合うようにかける必要がある」とシャノンは復唱し、年寄りの農夫のようにゆっくりとうなずいた。わたしたちの肉体言語のほうも、彼女はすでに習得しつつあるようだった。それでわたしはまたあの手のＳＦ映画を連想した。

「残骸を回収するのは不可能だってカールは言ってたけど。そのままにしておくのは気にならない？」

「環境汚染を別にすれば？　気にならない」

「ならない？」シャノンは両手でカップを持ちあげて、ひとくち飲んだ。「どうして？」

「ふたりがダブルベッドで死んだのなら、おれたちだってそのベッドを捨てたりはしないさ」

シャノンは微笑んだ。「それって感傷的なのかしら、それともドライなのかしら」

わたしも微笑んだ。シャノンのまぶたが片方だけ垂れさがっているのは、もうほとんど気にならなかった。あるいは、到着したばかりで旅の疲れが取れていなかったときほどには、もう垂れさがっていないのかもしれない。

「環境というのは、おれたちが思ってる以上におれたちの感情生活を規定してるんじゃないかな。いくら小説が成就不能の愛を描こうと、十人中九人は、自分がものにできるとわかってる相手と恋に落ちるし」

「ほんとに？」

「十人中八人かな」

そう言うとわたしはシャノンの横に立って、彼女に見つめられているのを意識しながら、黄色い計量スプーンでコーヒーの粉を量ってポットに入れた。

「死にも愛にも実際的に対処する。それがここみたいな厳しい土地での生きかたなんだ。きみたちにしてみれば異常だろうが」

「なぜそれがわたしたちには異常になるの？」

「バルバドスは豊かな島だと、きみは言ったじゃないか。ビュイックに乗り、大学へ行き、カナダに移住したと」

シャノンは一瞬ためらったあと、こう答えた。「それはいわゆる社会階層移動というやつ。わたしは這いあがったの」

「つまり貧しい生まれだったってこと？」

「そうだとも言えるし、そうでないとも言える」シャノンは大きくひとつ息を吸った。「わたしは赤脚《レッドレッグ》なの」

「レッドレッグ？」

「アメリカのアパラチア山脈に住む下層階級の白人のことは、たぶん聞いたことがあるでしょう。ヒルビリーと呼ばれてる」

「《脱出》だな――ジョン・ブアマンの映画の。バンジョーに、近親相姦」

「そう、それがそのステレオタイプ。不幸にしてそのいくつかはあたってるけれど、バルバドスの下層白人のレッドレッグもそのヒルビリーによく似てる。十七世紀に島にやってきたアイルランド人やスコットランド人の子孫で、多くが流刑囚だった。オーストラリアの場合と同じね。彼らは事実上の奴隷で、島の労働をになったのはその人たちなの。アフリカから奴隷が輸入されはじめるまではね。でも、奴隷制が撤廃されて、アフリカ系の子孫たちが社会の中で上昇しはじめると、白人レッドレッグは大半が取り残された。ほとんどがスラムに住んでる。〝レンネル〟――ノルウェー語ではそう言うんだっけ。レッドレッグは社会の外にある社会で、貧困の罠から抜け出せない。無教育、アルコール依存、近親婚、病気。バルバドスのセントジョンに住むレッドレッグは、ほとんど何ひとつ持ってない。裕福な黒人向けの小さな店や農場を持つ人たちがほんの一握りいるけれど、あとの人たちは社会保障に頼っていて、黒人と褐色のバルバドス人からの掛け売りで暮らしてる。レッドレッグの見分けかたを知ってる？歯を見るの。歯があったとしてもたいていは茶色い……なんて言うの？　虫歯《デケイ》になってる」シャノンは虫歯を英語で言った。

「〝ローテ〟だ」とわたしはノルウェー語を教えてやった。「でも、きみの歯は……」

「わたしの場合は母が、きちんとしたものを食べて毎日歯を磨くように世話を焼いてくれたから。娘にはもっとましな暮らしをさせると心に誓って。母が死ぬと、祖母がその役割を引き継いでくれたの」

「そうだったんだ」それ以外に言うべき言葉が思いつかなかった。

シャノンは紅茶に息を吹きかけた。「少なくともわたしたちレッドレッグは、黒人とラティーノだけが貧困の罠から抜け出せないわけじゃないという証拠ではある」

「でも、きみは抜け出した」

「ええ。でも、わたしはちょっと人種差別主義者でね、抜け出せたのはわたしのアフリカ系の遺伝子のおかげだと思ってる」

「きみが？　アフリカ系？」

「母も祖母もアフリカ系バルバドス人だったの」シャノンはわたしの啞然とした顔を見て笑った。「この髪と肌は、わたしが三歳になる前に飲みすぎで死んだアイルランド系レッドレッグから受け継いだものよ」と狭い肩をすくめた。「祖母も母もセントジョンに住んでいて、それぞれアイルランド人とスコットランド人と結婚したのに、わたしはついに本物のレッドレッグだと見なしてもらえなかった。わが家が小さな土地を所有していたせいもあるけれど、わたしがブリッジタウンの西インド諸島大学に入学してからはとくにそうだった。わたしはわが家で初めてどころか、地区全体でも初めて大学に行った人間だったから」

わたしはシャノンを見た。彼女がそんなに長く自分の身の上を話してくれたのは、ここに来てから初めてだった。理由はおそらく単純で、わたしが訊かなかったからだ。少なくとも、シャノンとカールがベッドの下段に寝ころんでいたあの晩以来だ。あのときはむしろシャノンはわたしの話を聞きたいと言った。先にわたしのことを調べあげたかったのかもしれない。それはもうすんだのだろう。

わたしは咳払いをした。「そんな選択をするのはさぞたいへんだったろう」

シャノンは首を振った。「祖母が決めたの。祖母には家族が大勢いたから。おじとか、おばとか、いろんな人がみんなでわたしの授業料を分……分割してくれた？」

「分担してくれた、かな」

「分担してくれたし、そのあとはトロントでの学費も分担してくれたの。祖母が大学まで送り迎えしてくれたのは、ブリッジタウンに住むお金がなかったから。大学の講師に、わたしはバルバドスにおける新たな社会階層移動の一例だと言われたけれど、わたしはその人に、四百年たってもレッドレッグはまだ社会のセメントの中でもがいてるし、わたしが感謝すべきなのは社会改革者ではなくて家族ですと答えた。わたしは何から何まで家族の世話になってきたレッドレッグの娘であり、これからもずっとそう。だからたとえトロントで多少ましな暮らしをしてきても、このオプガル農場はわたしからすれば、やっぱり贅沢なの。わかる？」

わたしはうなずいた。「で、ビュイックはなくなっちゃったわけ？」

シャノンはわたしが冗談を言っているわけではないのを確かめるようにわたしを見た。「〝おばあさんは亡くなっちゃったわけ？〟じゃなくて？」

「おばあさんは健在だよね」わたしは言った。

「どうしてわかるの？」

「おばあさんの話をするときのきみの口調でさ。安定してる」

「もしかして自動車修理工のふりをした心理学者？」

「ただの自動車修理工だよ」とわたしは言った。「ビュイックはもうないんだよね？」

「祖母が、家の外に駐めたときにハンドブレーキをかけ忘れちゃって。崖から転落して、下のゴミ捨て場でぺしゃんこになっちゃった。わたしは何日も泣いた。わたしがビュイックの話をしたときの口調でわかったの？」

「ああ。一九五四年式のビュイック・ロードマスターじゃ無理もない。理解できるよ」

シャノンは頭を左右にかしげて、わたしをルービックキューブか何かみたいにさまざまな角度からじっくりとながめた。

「車と美ね」とひとりごとのように言った。「知ってる？　ゆうべわたし、ずいぶん前に読んだ本のことを夢に見たの。まちがいなくあのフーケンの残骸のせいだと思う。J・G・バラードの『クラッシュ』という本。自動車の衝突事故《クラッシュ》に興奮を覚えていく人たちの話。自分や他人の事故と怪我に。その映画を見たことある？」

わたしは思い出そうとした。

「デイヴィッド・クローネンバーグの」とシャノンは助け船を出してくれた。

わたしは首を振った。

シャノンはまたためらった。ガソリンスタンドで働く男の関心など引きそうにない話題を持ち出したことを、後悔しているふうだった。

「おれは映画より本のほうが好きなんだが。でも、それは読んだことがない」とわたしはシャノンを救うために言った。

「その本に、どこかの見通しの悪いカーブが出てくるの。そこは夜に車がしょっちゅう道路から飛び出して下の荒れ地に転落するんだけど、残骸を引きあげるのはお金がかかりすぎるから、崖の下に車の墓場みたいなものができていてね。その山が年々高くなっていくの。最後にはきっと崖が埋まって、車がカーブから飛び出しても残骸の山に救われるはず」

わたしはゆっくりとうなずいた。「車の残骸に救われる、か。おれも読むべきかもしれない。でなければ映画を見るか」

「実はわたし、映画のほうが好き」とシャノンは言った。「小説のほうは一人称で語られてるから、なんだか倒錯的だし、主観的で……」彼女はそこで言い淀んだ。「〝イントルーシヴ〟ってノルウェー語でなんていうの？」

「ごめん、それはカールに訊かないとわからないな」わたしは答えた。

「カールはヨー・オースのところへ話をしにいってる」

わたしはキッチンのテーブルを見た。図面はそこにまだ載っていたし、カールのラップトップも残されていた。カールはオースを資料漬けにしないほうが、村にスパ・ホテルが必要だと説得できる可能性が高いと判断したのかもしれない。

「〝押しつけがましい《ポートレンゲンデ》〟かな」とわたしは言ってみた。

「ありがとう。映画のほうはそんなに押しつけがましくない。一般的にカメラはペンよりも客観的だから。クローネンバーグ監督は作品の本質をうまくつかんでる」

「その本質というのは？」

わたしが本当に興味を持ったのを知って、シャノンの正常なほうの目がきらりと光り、声が生き生きとしてきた。

「損なわれたものの美かな。一部が破損したギリシャ彫刻は、破損してない部分から元の美しさを想像できるから、なおさら美しい。こうだったかもしれない、こうだったはずだ、こうだったにちがいないって」

シャノンは後ろのカウンターに両手をつくと、尻を持ちあげて腰かけようとするように背中を反らした。まさにパーティのときと同じ〝可愛いダンサー〟だ。やばい。

「面白いな」とわたしは言った。「じゃ、おれはもうひと眠りしてくるよ」

表示器のようにシャノンの目から光が消えた。

「コーヒーはどうするの？」とシャノンはがっかりした口調で言った。やっと話し相手を見つけたと思ったのだろう。バルバドスではきっとみんな四六時中おしゃべりをしているのだ。

「あと二時間は寝る必要がある。わかるんだよ」とわたしは言い、コンロの火を消してポットをおろした。

「そうなの」とシャノンは言い、カウンターから手を離した。

それから三十分、わたしはベッドに横になっていた。眠ろうとし、何も考えまいとした。ラップトップのキーボードをたたく音と紙のこすれる音が穴を通して聞こえてきた。勝ち目はなかった。

わたしは諦めて身じたくをした。ベッドから出て、服を着て、あわただしく出かけた。「じゃ、あとで！」と声をかけて、背後でばたんとドアを閉めた。何かから逃げているように聞こえたにちがいない。

10

「あ、どうも」エーギルはドアをあけるなりそう言い、きまりが悪そうな顔をした。戦争ゲームの音と仲間たちの興奮した声が、居間からわたしのところまで聞こえているのがわかったからだろう。「もうよくなったんですよ」とあわてて言った。「今夜は働けます」

「治るまでゆっくり休んでくれ」とわたしは言った。

「そのことで来たわけじゃないんだ」

ではいったいなんだろう、とエーギルは記憶を探るような顔をした。思いあたることがいくつかあるようだ。

「モーは何を買いにくるんだ?」わたしは訊いた。

「モー?」そんな名前は聞いたことがないという口調だった。

「屋根職人の。モーにきみはいないのかと訊かれたぞ」

「ああ、あの人ですか」エーギルは微笑んだが、その目には不安が浮かんでいた。

「モーは何を買いにくるんだ?」エーギルが質問を忘れているかもしれないというように、わたしはもう一度訊いた。

「特別なものじゃないです」

「いいから教えてくれ」

「憶えてません」

「モーは現金で払うのか?」

「はい」

「それが思い出せるのなら、何を買うのかも思い出せるだろう。さあ」

エーギルはわたしを見つめた。そのおどおどした目の奥に、できることなら白状してしまいたいという気持ちが見て取れた。

わたしは溜息をついた。「このままじゃきみはずっと不安なままだぞ、エーギル」

「え?」

「モーはきみの弱味を握ってる、そうだろ? なんらかの形できみを脅してるんだろ?」

「あの人が? いいえ」

「なら、どうしてモーをかばうんだ?」

エーギルはきょときょとしていた。奥の居間では戦闘が激しさを増している。エーギルの絶望的な表情の奥に混乱が見て取れた。

「あの人は……その……」

そんなまねはしたくなかったが、わたしは効果を高めるために声を低くした。「作り話はよせよ、エーギル」

エーギルは喉仏をごくりとエレベーターのように上下させると、うろたえて廊下の奥に半歩下がり、ドアをぴしゃりと閉めそうになったが、そこで思いとどまった。わたしの目の中に何かを見て取ったのかもしれない。何か公会堂でわたしにノックアウトされた連中の噂に結びつくものを。彼はついに屈服した。

「あの人は、何を買ってもぼくに釣り銭をくれるんです」

わたしはうなずいた。もちろんエーギルには、うちで働きだしたときに、チップをもらってはいけないと伝えてあった。客がどうしてもと言ったら、その金額をレジに打ちこんで金を取っておき、誰かがうっかり釣り銭を多く渡してしまったときにそれを充当すると。その誰かはたいていエーギルだったが、彼は忘れていたのかもしれないし、わたしもいまはそんなことを持ち出すつもりはなかった。自分の疑念を確かめたいだけだった。

「で、モーは何を買ったんだ？」

「法律に違反することは、ぼくもあの人もしなかったです」

わたしはあえて指摘しなかったが、エーギルがそんなふうに過去形を使ったということは、モーとの取り決めはいまここで終わったということであり、したがってその取り決めが正式なものだった可能性も低いということだった。わたしは待った。

「〈エラワン〉です」エーギルは言った。

やっぱり。緊急避妊薬だったのだ。

「どのくらいの頻度で？」わたしは訊いた。

「週に一度」

「誰にも話さないでくれと言われたのか？」

エーギルはうなずいた。顔色が悪かった。顔色が悪くて頭もトロかったが、何もわからないほど鈍いやつではなかった。たとえモーが、エーギルに二と二を足すことなどできまいと高をくくっていたのだとしても、エーギルはちゃんと見抜いていたはずだ。それは彼の顔を見ればわかった。たんにばつの悪い思いをしているだけでなく、すっかり恥じ入っていた。それ以上に重い罰はない。わたしはその苦さを繰りかえし味わってきた者として、その恥辱に付け加えられるものなど裁判官にはないことを身をもって知る者として、そう断言する。

「じゃ、きみは今日は病気だが、あしたは元気になるということにしておこう。いいか？」わたしは言った。

「はい」とエーギルはもう一度声に力をこめようとしつつ答えた。

わたしが立ち去ったとき、後ろでドアが閉まる音は聞こえなかった。エーギルは戸口に立ったままわたしを見つめていたのだろう。これからどうなるのだろうと案じつつ。

わたしはグレーテ・スミットのヘアサロンにはいった。それはまるでタイムマシンから戦後すぐのアメリカにおり立つようなものだった。一方の隅には継ぎをあてられた赤い革張りの堂々たる理容椅子が鎮座していた。グレーテによれば、ルイ・アームストロングが座ったことのあるものだという。反対の隅には一九五〇年代のサロン・ヘアドライヤーが置かれていた。あのスタンドつきのヘルメット型のドライヤーで、老婦人たちがよくその下に座って雑誌を読んだり古いアメリカ映画の話をしたりしていたが、わたしはそれを見るといつも《未来世紀ブラジル》のジョナサン・プライスとロボトミーの場面を思い出す。グレーテはそのヘルメットを、彼女の言う〝シャンプー・アンド・セット〟なるもののために使用していた。それはまず特別なシャンプーで髪を洗い、カーラーをつけたのち、そのヘルメットの内部に頭を突っこんでゆっくり乾かすというものだが、頭を突っこむときにはなるべくスカーフをかぶっていたほうがいい。そうすればその旧式ドライヤーの、まるでトースターの内部を思わせる赤く光った電熱線に触れずにすむ。グレーテに言わせれば、〝シャンプー・アンド・セット〟はいまやレトロなお洒落であり、ふたたび流行の兆しを見せているという。問題は、そもそもこのオスではそれが一度も廃れなかったことだろう。いずれにせよわたしの見るところ、そのヘルメットをもっとも活用しているのは、頭から垂れたドブネズミ色の髪につねにパーマをかけているグレーテ自身のはずだった。

壁にはむかしのアメリカ映画のスターたちの写真が飾られている。アメリカ製でないものといえば、グレーテが使っている有名な理容師鋏だけだっただろう。ぴかぴかのステンレス製で、グレーテが――話を聞いてくれる相手には――誰かれかまわず自慢するところによれば、日本製のニイガタ一〇〇〇という、一万五千クローネもする永久保証つきのしろものだった。

グレーテは顔をあげたが、ニイガタは切りつづけた。

「クルトは？」わたしは訊いた。

「あら、ロイ。クルトは日光浴中」

「それはわかってる、あいつの車があるからな。日光はどこだ？」わたしは日本製の高級鋏が客の耳たぶの危険なほど近くでちょきちょき動くのを見ながら言った。

「彼は邪魔されたくないと思うけど……」

「奥か？」わたしは店内にある別のドアのほうを示した。そこにはブロンズ色に日焼けしたビキニ姿の女の子が必死に微笑むポスターが貼ってある。

「終わるまであと……」とグレーテは横のテーブルに置いたリモコンに目をやった。「十四分。外で待っててくれない？」

「それでもいいが。男だって日焼けとおしゃべりぐらいなら、同時にふたつのことができる」わたしは理容椅子に座ったまま鏡に映るわたしを見つめている婦人に会釈すると、そのドアをあけた。

そこはまるで安手のホラー映画の世界だった。室内はほぼ真っ暗で、ドラキュラの棺を思わせる二台のサンベッドがならんでいるのが、一台の側面に走る亀裂から漏れてくる青っぽい光でわかった。あとは椅子が一脚あるだけで、背にはクルト・オルセンのジーンズと薄手の革ジャンがかけてある。内側のランプから不吉な振動音が聞こえてくるため、何やら恐ろしいことが起こりそうな予感がいやがうえにも高まる。

わたしは椅子をサンベッドの横に引きずっていった。音楽がシャカシャカとイヤフォンから漏れてくるのが聞こえた。わたしは一瞬それをロジャー・ウィテカーの曲だと勘ちがいして、これはまさにホラー映画だと思ったが、そこでジョン・デンバーの〈故郷へかえりたい〉だと気づいた。

「おまえに通報しにきた」わたしは言った。

棺の中で身じろぎする音がし、何かが蓋にぶつかって全体が揺れ、低い悪態が聞こえた。音楽がやんだ。

「性的暴行の疑いがあるんだ」わたしは言った。

「ほう？」クルトの声はブリキ缶の中でしゃべっているように聞こえ、外にいる声の主をわたしだと認識しているかどうかは判然としない。

「ある人物が肉親のひとりと性的関係を持ってる」わたしは言った。

「で？」

　わたしはためらった。この状況がカトリックの懺悔と妙に似かよっていることに、ふと気づいたからかもしれない。まあ、罪を犯したのはわたしではなかったが。今回は。

「屋根職人のモーが週に一回、緊急避妊薬を買ってる。知ってのとおり、あの男には十代の娘がいる。その娘がこのあいだ緊急避妊薬を買いにきた」

　それだけ言うと、わたしはクルト・オルセン保安官が明白な結論に達するのを待った。

「なぜ週に一回で、なぜここなんだ？」とクルトは訊《き》いた。「なぜ町でまとめ買いしない？　なぜその娘にピルをのませない？」

「毎回これで最後だと考えるからだ。やめられると思ってるんだよ」

　サンベッドの内部でカチリとライターをつける音がした。「どうしてそんなことがわかるんだ？」

　ドラキュラの棺から漏れてきた煙草の煙が青い光の中で渦を巻きつつ闇に消えていくのを見ながら、わたしは正しい答えかたを探した。そしてエーギルと同じように、白状してしまいたいという衝動を覚えた。崖から飛び出してしまいたい。落下してしまいたいと。

「人というのは、明日にはもっとましな人間になれると信じたがるもんだからさ」わたしは答えた。

「そんなことをこんな村で長期間秘密にしとくなんてのは、容易なことじゃないぞ。どんなことであれモーが疑われてるなんて噂は聞いたことがない」

「モーは倒産した。することもなく家でぶらぶらしてる」

「だけど、モーはいまだに一滴も飲んでない」とクルトは言い、わたしの思考の流れについてきてはいることを示した。「ものごとが少々うまく行かなくなったからって、みんながみんな自分の娘を犯しはじめるわけじゃない」

「週一で緊急避妊薬を買いはじめたりもしないがな」わたしは言った。

「かみさんにまた妊娠してほしくないだけかもしれん。あるいは娘が誰かとつきあってて、モーはたんに娘を気づかってるだけとか」そこで煙草をひとくち吸う音が聞こえた。「あいつは娘にその程度のところでとどまっててほしいんだ。そうじゃないと、娘が誰かれかまわず寝るようになるんじゃないかと、しじゅう気を揉むはめになる。モーは倫理に厳しいペンテコステ派なんだよ、知ってるだろ」

「いや、知らなかったが、ペンテコステ派だったらちょっとした近親相姦が発生しなくなるというわけじゃない」

近親相姦という言葉を使ったとき、棺の蓋の下でクルトが身じろぎしたのがわかった。

「そんな重大な告発をするつもりなら、当人が避妊薬を買ってるという以上の証拠をつかんでからのほうがいいぞ」とクルトは言った。「あるのか？」

なんと答えればいい？　モーの目に恥辱を見たんだ、か？　あれほどの恥辱はおれからすれば何よりも強力な証拠だ、か？

「まあとにかく、おれは伝えたからな」とわたしは言った。「あの娘から話を聞くことを勧めるよ」

わたしは〝勧め〟たりなどすべきではなかったかもしれない。仕事のやりかたを指図しているように聞こえることに気づくべきだったかもしれない。だが、それを承知のうえで、それでもかまわないから言ってしまえと思ったのかもしれない。いずれにせよ、クルトの声が半音高くなり、一デシベル大きくなった。

「ならおれはあんたに、この件はおれに任せとくことを勧めるね。ただし、もっと差し迫った問題のほうを今後も優先するはずだってことは、はっきり言っとくぞ」その口調は最後に〝ロイ〟とわたしの名を付加する余地を残していたが、クルトは結局、そこを空白のままにした。のちにわたしの告発が事実だったことが判明した場合、保安官事務所が何も手を打たなかったのは寄せられた情報が匿名だったからだと主張できるほうが都合がいい——そんな考えがよぎったのだろう。とにかく、わたしはそれに引っかかった。

「差し迫った問題というと、どんなものだ？」と訊いてしまい、舌を嚙み切りたくなった。

「あんたの知ったことじゃない。それと、その田舎ゴシップはあんたの胸にしまっとくことを勧めるね。その手のヒステリーはこの村に必要ない」

わたしが唾を呑みこんでさらに何か言おうとしたときにはもう、ジョン・デンバーがふたたび始まっていた。

わたしは立ちあがってサロンに戻った。グレーテは客を洗面台に移動させて、そこで客の髪をすすぎながらおしゃべりをしていた。美容室というのは髪を切る前に洗髪をするものだとわたしは思っていたが、この店はちがうらしく、髪に対してなんらかの化学戦が実施されていた。洗面台の縁に数本のチューブが載っていて、グレーテも客もそちらに気を取られており、わたしには気づかなかった。わたしはドアの横にあったリモコンを手に取った。クルトの残り時間はあと十分だった。わたしは上向きの矢印を押してディスプレイの数字を20にした。〝顔〟と書かれたところのボタンを押すと、ディスプレイ上にドットがひとつだけ点灯したスケールが現われた。矢印を三回押すと、それがすべて点灯した。サービス業に従事するわたしたちは、顧客が料金に見合ったサービスを——それもたっぷりと——受けていると実感することの大切さを知っているのだ。

グレーテと客のそばを通りすぎると、会話の断片が聞こえてきた。「……いまは嫉妬してるわけよ、だってほら、彼は弟に恋をしてたから」

グレーテはわたしに気づくと顔を強ばらせたが、わたしはうなずいてみせただけで、聞こえなかったふりをした。

外に出るとわたしは思った。これではまるで同じことの繰りかえしじゃないか。全部前にも起こったことだ。それがまた起こるんだ。で、同じ結果になるんだと。

11

年に一度の村祭りでさえ、これほど多くの人を集めたことはなかった。わたしたちは村の公会堂の大ホールに六百の椅子をならべていたが、それでも立っている人たちがいた。わたしは人を探すようなふりをして後ろをふり返り、ホールを見渡した。誰も彼もが来ていた。マリとその夫のダン・クラーネ。ダンはジャーナリストの目でみずからも会場内を見渡している。中古車ディーラーのヴィルム・ヴィルムセンと、上品な妻のリタ。リタは隣に座っている夫より頭ひとつ分背が高いのがわかる。現市長のヴォス・ギルベルト。ヴォスは地元のサッカークラブ〈オスＦＫ〉の審判も務めているが、あまり役に立ちそうには見えない。エリク・ネレルと身重の妻のグロー。それにクルト・オルセン保安官もいた。日焼けしすぎの顔を赤提灯さながらに輝かせ、憎しみに満ちた視線をわたしに向けてきた。グレーテ・スミットは両親を連れてきていた。ふたりが駐車場からすたすたと歩いてくる様子が目に浮かんだ。ナターリエ・モーは両親のあいだに座っていた。わたしは父親の視線をとらえようとしたが、父親は顔をうつむけていた。わたしにばれているのに気づいたからかもしれない。それとも、自分の会社が倒産したことは村じゅうが知っているのに、自分がこのホテル計画に投資したら、村の債権者全員を敵にまわすことになるのがわかっているからだろうか。だがまあ、モーは集会に顔を出す程度なら大目に見てもらえるはずだ。おおかたの出席者は、投資意欲よりも好奇心に駆られてここに来ているのだから。

というわけで、ヨー・オース元市長がこのホールにこれほどの人が集まったのを目にしたのは、七〇年代に巡回説教師のアルマンがやってきたとき以来だった。オースは演壇を前にして人々を見渡していた。長身で、すらりとしていて、旗竿なみに細い。真っ白な上がり眉は年々高さを増しているように見える。

「かつて神のお告げだの、病気や脚萎えの治療だのが、村の映画館で上映される映画とまったく同様に、娯楽として人気を博した時代がありました」とオースは語りはじめた。「しかもそれらは無料でした」

狙いどおりの笑いが起こった。

「さて、皆さんが今日ここへ来たのは、わたしの話ではなく、帰郷したわれらが息子のひとり、カール・アベル・オプガルの話を聞くためであります。彼の説教が果たしてこの村に救いと永遠の命をもたらすかどうか、それはわたしにはわかりませんが、皆さんはそれに関して自分の心を決めねばなりません。わたしがこの若者とその計画を紹介することに同意したのは、目下この村は、われわれの置かれた状況にかんがみれば、フレッシュな提案を、それがいかなるものであれ歓迎すべきだからであります。われわれには新たな思考が必要なのです。しかしまた、古い思考も必要であります。参加が必要なのです。時の試練に耐えてきた思考、この不毛ではあっても美しい土地でわれわれが暮らしつづけることを可能ならしめてきた思考も。ですからどうか皆さん、ひらかれた公平な心でこの若者の話に耳を傾けてください。彼はこのあたりの純朴な農家の息子が広い世界でも成功できることを実証した男です。では、カール、舞台をきみに譲ろう！」

盛大な拍手が起こったものの、カールが演壇の前に立ったときには明らかに小さくなっていたから、その拍手はカールよりもオースに向けられたものだったのだろう。カールはスーツにネクタイといういでたちだったが、上着は脱いで、シャツの袖をまくりあげていた。彼は家でその衣装を着てみせ、わたしたちに意見を求めた。上着を着ないのはなぜかとシャノンが訊くので、わたしはこう説明した。それはカールがアメリカの大統領候補者たちを見ているからだ。大統領候補たちは工場労働者たちの前で演説するさいには、気さくに見えるようにそうしているのだと。

「そういうときはウィンドブレーカーに野球帽だけどね」シャノンは言った。

「大事なのはちょうどいいバランスを見つけることだよ」とカールは言った。「堅苦しくて偉そうに見えるのはまずい。ぼくらはなんと言ってもこのあたりの出だし、このあたりの連中はトラクターに乗って、ゴム長で歩きまわってるんだから。だけどそうは言っても、ぼくらは真剣で専門家らしく見える必要もある。ネクタイを締めずに堅信礼に来ることはないし、来たとしても受けさせてもらえない。上着を持ってはいても脱いでいるというのは、この仕事を重んじて真剣に取り組むことを伝えてると同時に、熱心で、やる気に燃えていて、すぐにでも取りかかれることを示してもいるわけさ」

「自分の手を汚すのを恐れないということだな」わたしは言った。

「まさしくまさしく」カールは言った。

外へ出て車まで行く途中で、シャノンはふくみ笑いをしながらわたしにこう言った。「わたしったらね、さっきの言いまわしを〝爪の裏を汚す〟だと思ってたの。それってまったくのまちがい？」

「何を言おうとしてるかによるな」わたしは答えた。

「ぼくがまず皆さんに申しあげたいのは」とカールが演壇に両手をついて話しだした。「皆さんに参加を呼びかけるこの冒険について話を始めるにあたり、こうして多くの懐かしい顔を前にしてこのステージに立てることは、ぼくにとって本当にすばらしいこと、本当に感動的な経験だということです」

会場にはなりゆきを用心深くうかがう空気が流れていた。かつてのカールは誰からも好かれていた。それもとりわけ村を出ていったときのカールは。少なくとも、ガールフレンドがカールにあまり好意を持ちすぎていなかった連中からは。だが、いまのカールはまだあのカールなのか？　あの明るい笑顔の、陽気でいたずら好きな楽しいやつなのか。老若男女誰にでも気軽に言葉をかけた、あの親切で思いやりのある少年なのか。それとも招待状に記されていたとおりのやつになってしまったのか。経営学修士？　誰も呼吸ができない高みを飛ぶ山鳥？　カナダ。不動産王。お飾りでそこに座っているカリブ海出身のエキゾチックで高学歴の妻。このあたりの普通の娘はいまのカールには地味すぎるのか？

「本当にすばらしく、感動的です」とカールは繰りかえした。「なぜかと言えば、ぼくはいまついにここに立って、彼の気分を味わうことができましたからね、あの……」と、聴衆を見渡してネクタイを直す巧みな間。「……ロッドの気分を」

短い間のあと、笑いがどっと起こった。

カールの明るい笑顔。これでたしかにカールは聴衆をつかんだ。長い腕を演壇の左右にまるで自分のもののように載せた。

「おとぎ話というのは普通、〝むかしむかし〟で始まりますが、このおとぎ話はまだ書かれていません。でも、書かれるときが来たら、それはこう始まるでしょう。むかしむかし、ひとつの村がありました。村人たちは村のオールトゥン公会堂で集会をひらいて、ホテルを建設することについて話し合いました――と。そして、そこでわたしたちが話し合うホテルというのが……これです」

カールはリモコンをタップし、背後の巨大なスクリーンに図面を映し出した。聴衆は〝あー〟とあえぎを漏らした。だが、兄のわたしにはカールがもっと大きなあえぎを期待していたのがわかった。もう少し正確に言えば、もっと肯定的なあえぎを。しかし、それはやむをえないのだ。前にも言ったように、人というのは月面のイグルーよりも王様の庭園や暖かい暖炉のほうを好むものなのだから。とはいえ、そこにはある種のエレガンスがそなわっているのも事実だった。均整の取れたその線と形にはどこか普遍的な美しさがあった。氷の結晶や、白波や、雪山の持つ美しさ、さらに言えばガソリンスタンドの持つ美しさが。

カールはすぐさま、聴衆を説得するためにやるべきことを見て取った。次の攻撃のために自分をいわば再編制し、動員し、結集した。そして図面を見ながらひとつひとつ説明しはじめた。スパ・エリア、ジム、プール、子供用のプレイルーム、さまざまなクラスの客室、フロントとロビー、レストラン。そしてそのすべてが最高水準のものになること、おもなターゲットは高級志向の客層になることを強調した。すなわち分厚い財布を持った人々だと。ホテルの名前は村の名前と同じ、オス・スパ山岳ホテル。それはあらゆるメディア・プラットフォームで宣伝される。村の名前が品質の代名詞となるのだと。たしかに富裕層向けにはなりますが、それ以外の人々を排除するわけではありません。カールはそう言った。普通の収入の家族が週末をここで過ごすことは可能ですと。でも、そのためには貯金をしてもらわなくてはなりません。ここに来るのを楽しみにしてもらわなくては。村の名前は歓びと結びつけられなくてはならないのです。そう言ってカールは微笑み、その歓びを少しばかり聴衆に見せた。わたしにはカールが聴衆の心をつかみはじめているように見えた。さらに言えば、聴衆も乗り気を見せはじめていた。このあたりではなかなかお目にかかれないことだ。とはいえ、次に聴衆があえぎを漏らしたのは、経費の総額を聞いたときだった。

四億。

あーという嘆息とともに、会場の熱は一気に冷めた。カールはこの嘆息を予測していた。だが、表情からすると、これほど大きいとは思わなかったようだ。

聴衆の関心を失うまいとしてカールは早口でしゃべりはじめた。当該地域の土地所有者にとってホテルと別荘の開発による地価の上昇は、それだけでも投資額に見合うものになるはずです。小売店やサービス業を営む者にとっても同様に、ホテルや別荘が村に呼びこむ客が続々と金を落としてくれるでしょう。なぜならそういう客は金を持っていて、それを使うのが好きだからです。それどころか、別々に考えれば、村はホテル自体よりもこちらのほうからいっそう多くの利益を得るでしょうと。

カールはそこでいったん言葉を切った。聴衆は身じろぎもせずに無言で座っていた。すべてが静止しているように見えた。そのとき、五列目に座ったわたしの目に、何かが動くのが見えた。強風の中の旗竿のようなものが。最前列に座っているオースだった。その白髪頭はほかの頭に抜きんでていた。オースはうなずいた。ゆっくりとうなずいた。誰もがそれを目にした。

そこでカールは切り札を切った。

「ただしそのためには前提条件として、ホテルが建設されて営業を開始しなければなりません。必要な努力をいとわない人々がいなくてはなりません。一部の人々が、ある程度のリスクを負ってこのプロジェクトに出資する必要があります。ほかの人たちのために。村の全員のために」

概してこのあたりの住民は都市部の住民より教育水準が低い。小難しい映画や都会的コメディの要点を理解するのはあまり早くない。だが、言外の意味をつかむのは得意だ。必要最低限のことしか言わないのがこの村の理想なので、人々は口にされていない部分を理解するのに長《た》けている。いまの場合、口にされていないこととは、このプロジェクトに投資する〝一部の人々〟の仲間に加わらないとすれば、それは〝ほかの人たち〟になるということだった。自分ではなんの貢献もせずにおこぼれの利益にあずかる輩に。

ゆっくりとしたうなずきがほかにも見え、徐々に広がりはじめた。

だがそこで、ひとりの男が声をあげた。父にあのキャデラックを売りつけた男、ヴィルム・ヴィルムセンだった。

「そんなにいい投資なんだったら、カール、なぜわれわれが必要なんだ？　なぜそのケーキをそっくり自分のものにしとかない？　でなけりゃ、ひとりで食えるところまで目一杯自分のものにして、残りをほかの二、三の大物に任せりゃいいじゃないか」

「なぜかと言えば、ぼくは大物じゃないからです」とカールは答えた。「それに、皆さんの多くもそうでしょう。もちろん、ぼくひとりが大きな分け前をもらってかまいませんし、資金が充分に集まらなかった場合には残りを喜んで引き受けます。でも、この計画を携えて帰ってきたときのぼくの理想は、お金に余裕のある人たちばかりではなく、みんなに参加するチャンスがあるべきだということです。だから、ぼくはこれをDA、すなわち分担責任会社にしようと考えています。それはつまり、このホテルの共同所有者になるために前もってお金を出す必要はないということです。一オーレも！」とカールは演壇をたたいた。

間。静寂。わたしにはみんなの考えていることがわかった。〝そりゃまたいったいどういうペテンだ？　こいつはアルマン師の再来か？〟

　そこでカールは聴衆に福音を語った。金を払わずにホテルを所有できるという喜ばしい知らせを。そして聴衆はこの経営学修士の言葉に耳を傾けた。

「つまり、投資者が増えれば増えるほど、ひとりひとりのリスクは減るわけです」とカールは言った。「もし全員が参加したら、個々のリスクはせいぜい車一台分程度の金額になります。そこにいるヴィルムセンから中古を買った場合は別ですが」

　笑い。会場の後ろのほうから拍手までいくつか聞こえた。その中古車の売買のいきさつなら誰もが知っていたからだが、その車がその後どうなったかをいま思い出している者はいないようだった。カールは挙手をした男をにやにやしながらあてた。

　男は立ちあがった。背が高かった。カールと同じくらい高かった。そこで初めてカールはその男が誰なのかに気づいたようだった。その男に意見を言う機会をあたえたのを後悔していたかもしれない。シモン・ネルガルだった。シモンが口をひらくと、ほかよりも明らかに白い歯が二本のぞいた。気のせいだったかもしれないが、折れた鼻がきちんと治らなかったせいで、しゃべると鼻孔からひゅうひゅうと音が漏れてくるように思えた。

「そのホテルはおまえら兄弟の土地に建てられるわけだからな……」シモンはそこで間を取り、言葉をしばらく宙ぶらりんにした。

「だから？」とカールはしっかりした大きな声で言った。わたし以外は誰も気づかなかっただろうが、その声は少々しっかりしすぎていたし、少々大きすぎた。

「……おまえらがそれにいくら要求するつもりなのか、それを知っときたいもんだな」

「要求する？」カールは目だけを動かして聴衆を見渡した。会場はふたたび静まりかえった。その言葉は紛れもなくカールの時間稼ぎのように聞こえたし、そう思ったのはわたしだけではなかったはずだ。少なくともシモンもそう思ったらしく、次に口をひらいたときには、ほとんど勝ち誇ったような口調になっていた。

「もしかしたら経営学修士様には、〝売値は？〟と訊いたほうがわかりやすかったかな」

笑いがちらほら。それから、なりゆきをうかがう沈黙。聴衆はまるで遠くからライオンが水場に近づいてくるのを見た動物たちのように頭を起こしていた。

カールは微笑んだ。目の前の書類に顔をうつむけて、旧友からの友好的な野次にでも苦笑するかのように肩を震わせた。それから書類をきちんとひと重ねにまとめると、しばらく間を取って、答えをどう組み立てるのが最適か結論を出した。わたしはそれを感じた。周囲をすばやく見まわすと、誰もが同じことを感じているのがわかった。いよいよなのだ。これが決断の時なのだと。わたしの二列前で、まっすぐな背筋がさらに伸ばされるのが見えた。シャノンだった。演壇を見あげると、カールの視線がわたしにぴたりと向けられた。そこにこめられていたもの、それは謝罪だった。カールは負けたのだ。チャンスをつかみそこねたのだ。家族にとってのチャンスを。わたしたちはいまふたりともそれを悟ったのだ。カールは自分のホテルを持てないし、わたしも自分のガソリンスタンドを持てないと。

「ぼくらは何も要求しません」とカールは言った。「兄とぼくは土地を寄付します」

最初、わたしは聞きまちがえたのかと思ったし、見ると、シモンも同じことを思っているのがわかった。だが、そこでざわめきがホールに広がり、みんなもわたしと同じ言葉を聞いたのがわかった。誰かが拍手しはじめた。

「待ってください、待って」とカールは両手をあげてそれを制した。「先はまだ長いんです、皆さん。いまはまず、充分な数の人たちが、参加の意思を示す準備書類に署名してくださることが必要です。そうすれば市に許可を申請したさいに、これが本気のプロジェクトだということを伝えられますから。よろしくお願いします！」

拍手が広がり、どんどん大きくなって、すぐに全員が手をたたきはじめた。たたいていないのはシモンと、ヴィルムセンと、わたしだけだった。

「しかたなかったんだ！」とカールは言った。「あれは成否を決する瞬間だったんだから。わからなかったのか？」

カールは車まで小走りにわたしのあとをついてきた。わたしはドアをあけて運転席に乗りこんだ。カールの提案でわたしたちは、ぴかぴか点滅するドル・マークも同然のカールの車ではなく、わたしの地味なボルボ二四〇で会場にやってきたのだ。わたしはエンジンをかけると、カールが助手席のドアを閉めもしないうちにアクセルを踏み、クラッチをつないだ。

「頼むよ、兄貴！」

「なにが頼むよだ」とわたしはののしり、ミラーを調節した。オールトゥン公会堂が背後で小さくなっていくのが見える。後部席のシャノンのおびえて黙りこんだ顔も見えた。「約束したじゃないか、おまえ！　土地の価格を訊かれたら教えると。馬鹿野郎」

「ちょっと待ってくれよ！　兄貴だってあの雰囲気は感じたはずだ。顔に書いてあったぞ。あそこでぼくが、〝はい、訊かれたのでお答えしますが、シモン、兄とぼくはあの岩山になんと二千万要求するつもりです〟なんて答えたら、そこで話は終わってたはずだ。そしたら兄貴がガソリンスタンドを買い取る金もパアだったんだぞ」

「おまえは嘘をついた！」

「ああ、ついたよ。おかげで兄貴はまだ自分のガソリンスタンドを手に入れるチャンスがあるんだ」

「チャンスなんかあるか！」わたしはアクセルを踏みこみ、タイヤがバリバリと砂利を跳ねあげる音を聞きつつハンドルを切って、横滑りしながら本道に出た。タイヤは悲鳴をあげてからアスファルトに吸いつき、後部席からも小さな悲鳴が聞こえた。「ホテルが多少の利益を出しはじめるのは十年後ぐらいか？」わたしはそう怒鳴り、アクセルを目一杯踏みこんだ。「おまえは嘘をついたんだぞ、カール！　嘘をついて、あいつらに百三十ヘクタールのおれの……おれの土地をただでくれてやったんだ！」

「十年なんかかかるもんかよ、まぬけ。せいぜい一年でチャンスが来る」

〝まぬけ〟というのはわたしたちのボキャブラリーでは親愛の言葉に近いものだったから、カールが休戦を求めているのがわかった。

「ほう、一年後にはどうなるんだ？」

「一年後には別荘用地が売りに出される」

「別荘用地だと？」わたしはハンドルを殴りつけた。

「なに言ってるんだ、別荘地のことなんか忘れろ！　知らないのか？　市議会はこれ以上の別荘開発を中止することを決めたんだぞ」

「ほんとか？」

「別荘なんか建っても市には金がはいってこない。出費だけだ」

「そうなの？」

「別荘の持ち主は居住地で税金を払うし、ここには平均で年に六週末しか滞在しないから、連中が落とす金じゃそういう別荘のために市が使う経費をまかなえない。水道、下水、ゴミ収集、除雪。別荘客はうちの店でガソリンを入れたりハンバーガーを買ったりするから、うちのスタンドやほかの一握りの店は儲かっても、市にしてみれば焼け石に水だ」

「それは知らなかったなあ」

わたしは横目でカールを見た。カールはにやにやしながらわたしを見返した。ふざけやがって。もちろん知っていたのだ。

「ぼくらが市を相手にやるのは、温かいベッドを売ることだ。冷たいベッドじゃなくて」カールは言った。

「どういうことだ？」

「別荘は冷たいベッドだ。九割の週末は空いてる。それに対してホテルは温かいベッドだ。市にいっさい負担をかけずに金を落としてくれる連中で一年じゅう埋まってる。温かいベッドは地方自治体のあこがれなんだよ。市は条例なんか気にせずに建築許可を出してくれるさ。それがカナダのやりかただし、ここのやりかたでもある。でも、兄貴とぼくにでかい儲けをもたらしてくれるのはホテルじゃない。別荘地の販売許可を得たときだ。許可はきっと得られる。ぼくらは市に対して三対七の取引を提案をするんだから」

「三対七？」

「三割の温かいベッドと引き換えに、七割の冷たいベッドの建築許可を申請するのさ」

わたしはスピードを落とした。「で、おまえは市がそれに乗ってくると思うわけか？」

「普通なら市は逆の提案であれば乗るだろう。七対三なら。だけど、来週の議会じゃ国道のルート変更の影響も討議されるはずだ。そこへぼくがこの計画を提出して、今夜村じゅうが賛成したホテル建設案を伝えたらどうなるか、想像してみてくれよ。連中が傍聴席に目をやると、そこにはエイブラハム・リンカーンが座ってて、それはいい計画だ、とうなずいてるんだぜ」

リンカーンとは父がヨー・オースにつけた綽名《あだな》だった。たしかに、わたしにはその光景が目に浮かんだ。議会はまさにカールが要求するものをあたえてくれるだろう。

わたしはミラーに目をやった。「きみはどう思う？」

「わたし？　わたしはね、あなたってさかりのついた豚みたいな運転をする人だと思う」

わたしたちは目を合わせて笑いだし、すぐにカールも笑いだした。わたしがあまりに激しく笑うので、カールはかわりにハンドルを操作しなくてはならなかった。わたしはふたたびハンドルを取りもどすと、ギアを落として砂利道に曲がり、ヘアピンカーブの連続する山道を農場へと登りはじめた。

「見て」シャノンが言った。

わたしたちは見た。

青いライトを点滅させた車が一台、道のまんなかに停まっていた。わたしはスピードを落とし、ヘッドライトがクルト・オルセンの姿をとらえた。クルトは腕組みをしてランドローバーのボンネットに寄りかかっていた。わたしはバンパーがクルトの膝に触れそうになるところでようやく車を停めたが、クルトは微動だにしなかった。運転席の横に歩いてきたので、わたしは窓をおろした。

「飲酒運転検査だ」とクルトは言い、懐中電灯の光をわたしの顔にまっすぐ向けた。「車からおりろ」

「おりろ？」わたしは手で光をさえぎりながら訊きかえした。「車内で袋に息を吹きこむだけじゃだめなのか？」

「おりろ」とクルトは言った。厳しく、冷静に。

わたしはカールを見た。カールは二度うなずいた。一度目は〝クルトの言うとおりにしろ〟という意味で、二度目は〝わかった、あとのことは任せろ〟という意味だった。

わたしは車からおりた。

「こいつが見えるか？」とクルトは砂利道におおむねまっすぐに延びた溝を懐中電灯で照らした。カウボーイブーツの踵で引いたのだろう。「これに沿って歩いてもらおう」

「冗談だろ？」

「いや、おれは冗談は言わないんだ、ロイ・カルヴィン・オプガル。スタートはここだ。行け」

わたしは言われたとおりにした。さっさと終わらせるために。

「おっと、気をつけろよ、慎重にな」とクルトは言った。「もう一度、こんどはもっとゆっくり頼む。そいつをロープだと思え。足を毎回その上に載せるんだ」

「どんなロープだよ」わたしはもう一度歩きだしながら言った。

「峡谷に張りわたされた綱渡りのロープさ。岩壁の岩がひどくゆるんでるんで、識者を自称する連中が報告書に、その場のいかなる調査にも反対するという勧告を書くような、そんな峡谷だ。そのロープを一歩でも踏みはずせば、ロイ、あんたは谷底に落ちる」

ファションモデルみたいな歩きかたをさせられているせいか、それともちらちらする懐中電灯の光のせいか、バランスを取るのが途轍もなく難しくなってきた。

「おれが酒を飲まないのは知ってるだろう。なのになぜこんなまねをする？」わたしは言った。

「たしかにあんたは飲まない。それはつまり弟はふたり分飲めるってことだ。だからおれが思うに、監視すべき相手はあんたなんだ。つねにしらふでいる人間は何かを隠してる、そうは思わないか？　そういうやつは酔って自分の秘密を暴露しちまうのを恐れてる。だから人の集まるところにもパーティにも近づかないいんだ」

「誰かを嗅ぎまわりたいなら、屋根職人のモーを嗅ぎまわれよ、クルト。それはもうやったのか？」

「うるせえ。話を逸らそうとしてもそうはいかないぞ」クルトの口調から冷静さが失われつつあった。

「性的虐待をやめさせようとすると、話を逸らすことほうが、時間の使いかたとして有意義だと思うのか？」

「おっと、線を踏みはずしたぞ」クルトは言った。

わたしは足もとを見た。「踏みはずしてなんかいないだろ」

「そこを見ろ、ほら」とクルトは線をはずれたところにあるひとつの足跡を照らした。カウボーイブーツの跡だった。「一緒に来てもらったほうがよさそうだな」

「ふざけるな、クルト、アルコールチェッカーを出せ！」

「あれは誰かがぶっ壊しちまった。まちがったキーを押してパアさ」クルトは言った。「あんたはバランス・テストに落第したんだ、こっちとしちゃそれを信頼するしかない。知ってのとおり、保安官事務所には居心地のいい留置房があるから、医者が来て血液サンプルを採取してくれるまで、そこで待っててもらおう」

わたしがあまりにも唖然とした顔をしたので、オルセンは懐中電灯を顎の下にあてて「うらめしや～」と声をあげてから、不気味に笑ってみせた。

「ライトには気をつけろよ」とわたしは言った。「おまえはさしあたりもう充分に放射線を浴びたみたいだからな」

クルトはとくに腹を立てたようにも見えなかった。なおも笑いながらベルトから手錠をはずした。

「むこうを向け、ロイ」

第三部

12

煙突の穴からその話が聞こえてきたのは、ある夜のことだった。わたしは十六歳で、下のキッチンの絶え間ない話し声をぼんやりと聞きながら眠りに落ちようとしていた。しゃべっているのは例によってもっぱら母で、しなければならないことや、立てなければならない計画について話していた。大したことではない。日常の些細なことがらだ。父はほとんど〝ああ〟とか〝いや〟とか答えるだけで、ごくたまに母を止めて、現状を伝えたり、やるべきことや、やるべきでないことを、言葉少なに指示したりした。そんなときでも父はほとんど声を荒らげることはないのだが、そのあと母はたいていしばらく黙りこんだ。それからまた何か別のことを、まるで前の話題などなかったかのように、静かに話しはじめるのだ。

奇妙に聞こえるのは承知のうえで言うが、わたしはついに母を本当に知ることはなかった。それはわたしが母を理解してなかったからかもしれないし、関心が足りなかったせいかもしれないし、母が父の横で自分を消していたのでわたしの目には見えていなかったからかもしれない。たしかに奇妙なことではある。誰よりも自分と近しい人、すなわち自分を産んで十八年間毎日をともにしてくれた人の考えていたことや感じていたことが、まったく謎のままだというのは。母は幸せだったのか？　どんな夢を持っていたのか？　母は父とはおしゃべりができたし、カールとも少しはできたのに、なぜわたしとはほぼまったくできなかったのか？　母のほうもわたしのことがよく理解できなかったのだろうか？

キッチンにいる母、牛小屋にいる母、繕い物をしながらわたしたちに父に言われたことをしなさいと命じる母、そんな母の胸の奥を、わたしは一度だけ垣間見たことがある。それはベルナル叔父の五十歳を祝うあの祝賀会の晩のことだった。〈グランド・ホテル〉のロココ風の広間で食事をしたあと、大人たちは白い上着を着た太っちょトリオの演奏に合わせて体を揺すっており、わたしはカールがホテル内を案内してもらっているあいだテーブルに残って、ダンスをする人たちをながめている母を見ていた。母はわたしが初めて見る表情を浮かべていた。うっとりと微笑みながら、いくぶんぼんやりした目をしていた。そのとき生まれて初めてわたしの頭に、自分の母はきれいなのかもしれないという考えが浮かんだ。そこに座って、前に置かれた飲み物に合った赤いドレスをまとってハミングをしている姿は、とてもきれいではないかと。母がクリスマス・イヴ以外に酒を飲むのは見たことがなかったし、そんなときでもアクアヴィットを一杯飲むだけだったのに、父に〝ダンスをしない？〟と尋ねたときの母の声には聞き慣れない興奮がこもっていた。父は首を振ったものの、母に微笑みかけていたから、もしかしたらわたしと同じものを母に見ていたのかもしれない。すると、父よりいくぶん若い男がやってきて母をダンスに誘った。父はビールをひとくち飲むと、誇らしげににっこりとその男にうなずいてみせた。わたしは見たくないと思いながらも、ダンスフロアに出ていく母を目で追った。あまりみっともないことにならなければいいが、とそればかり念じていた。母が男に言葉をかけ、男がうなずくと、ふたりは踊りはじめた。初めはくっついて、それからもっとくっついて、それからぐっと離れて踊り、まずはすばやく、次はゆっくりと踊った。母はみごとに踊れた。わたしには思いもよらないことだったが、思いもよらないのはそれだけではなかった。母がその見知らぬ相手を見る様子もそうだった。まるでこれから食べるつもりの鼠をおもちゃにする猫のような、半分閉じた目と、顔に貼りついたままの笑み。そのとき、わたしは父が横でそわそわしはじめたのに気づいた。そして突如、見知らぬ人物とはその男ではなく、わたしが母と呼ぶ女だったのだと悟った。

やがてダンスが終わり、母はわたしたちの席に戻ってきた。その晩遅く、わたしとカールに割りあてられたホテルの部屋でカールが眠ってしまったあと、廊下から声が聞こえてきた。いつになく大きく甲高い母の声だった。わたしは起きていってドアを細くあけ、外をのぞいてみた。父と母が自分たちの部屋の戸口に立っていた。父は何か言い、母は手をあげて父をひっぱたいていた。父は頰に手をあてて穏やかな低い声で何か言った。すると母は反対の手をあげてまた父をひっぱたいた。そして父の手から鍵をひったくると、ドアをあけて部屋にはいっていった。残された父はいくぶん肩を落として頬をなでながら、わたしが暗がりからのぞいているドアのほうを見ていた。その姿は情けなく寂しげで、テディベアをなくした子供に近かった。ドアが細くあいているのに父が気づいていたのかどうか、それはわからないが、自分がその晩、父と母に関わる何かをのぞき見てしまったことだけはわかった。何かわたしにはよく理解できないもの、それ以上知りたいのかどうか自分でもわからないものを。そしてあくる日、オスに帰るともう、すべてはいつもどおりに戻っていた。母は父に淡々と日常の些細なことがらを話し、父が〝ああ〟とか〝いや〟とか答えたり、ひとしきり咳きこんだりすると、母はしばらく黙りこむのだった。

二十年前のその晩、わたしが特別な関心をもってふたりの会話に耳を傾けたのは、長い間《ま》のあとで口をひらいたのが、母ではなく父だったからだ。しかもその間は、どう話すのがいちばんいいか考えていた間のように聞こえた。そのうえ父の声はいつもよりさらに低く、ほとんどささやきに近かった。もちろんふたりは自分たちの声が煙突の穴から二階の寝室にいるわたしたちに聞こえているのは承知していたが、それがどれほどよく聞こえるのかはわかっていなかった。穴もさることながら、煙突そのものの働きによって音が増幅されるため、まるでふたりのあいだに座っているかのようにはっきりと聞こえてくるのだ。カールもわたしも、それはふたりに教えてもしょうがないという点で意見が一致していた。

「今日シグムン・オルセンに言われたんだが」と父は言った。

「なあに？」

「カールの教師のひとりから〝懸念の通報〟とやらを受けたというんだ」

「それで？」

「教師が言うには、カールのズボンの尻に血がついているのを二度目撃したんで、どうしたのかと訊いたら、カールのやつ、その教師の言葉で言えば〝とても信じられない説明〟をしたらしい」

「どんな説明？」母もいまや声を低めていた。

「オルセンは具体的には教えようとしなかった。ただカールに話を聞きたいと伝えてくれと言われただけだ。十六歳未満から事情を聞くには両親に知らせなきゃならんらしい」

わたしは頭から冷水をぶちまけられた気がした。

「ちなみに、おれたちもカールが望めば同席してかまわんし、カールは無理に応じる必要もないそうだ」

「あなたはなんて答えたの？」と母はささやいた。

「もちろん息子は保安官と話をするのを拒まないはずだが、その前におれ自身が本人から話を聞きたい、息子が教師にどんな信じがたい説明をしたのか教えてもらえると助かる、とそう答えた」

「保安官はそれに対してなんて言った？」

「考えこんでからこう言った。カールのことはもちろんよく知ってる、自分の息子と同じクラスだからと。なんて名前だったかな」

「クルト」

「そう、クルトだ。だからカールが正直でまっすぐな子だってことは知ってる、個人的にはカールの説明を信じると。その教師は教員養成学校を出たばかりだし、近ごろはこういうことに目を光らせるように教えこまれてるから、なんにでもそういうものを見ることになるんだとさ」

「そりゃそうだけど。でも、カールは先生になんて言ったんだって？」

「納屋の裏に積んである板の山に腰かけたら、そこにたまたま釘が突き出てたんだそうだ」

〝二度も？〟わたしは母が次にそう質問するのを待ったが、その質問はついに聞こえてこなかった。母は知っているのだろうか？　勘づいているのだろうか？

わたしは固唾《かたず》を呑んだ。

「なんてことかしら、ライモン」母はそれしか言わなかった。

「あの板の山はとうのむかしに片付けとかなきゃいけなかったんだ」と父は言った。「あしたすぐにやろうと思ってる。そのあとカールから話を聞こう。そんな怪我をしたのに親に黙ってるなんてのは、ほっとくわけにいかん。錆びた釘なんて、敗血症どころじゃすまなくなることだってある」

「話をしたほうがいいわね。それと、ロイにも弟の面倒を見るように言いましょう」

「それは必要ないだろう、ロイはそればかりやってる。正直言うと、おれは少々不健全だと思うんだ。あいつが弟の面倒を見るあの様子は」

「不健全？」

「まるで夫婦みたいだ」

沈黙。ついに来たか、とわたしは思った。

「カールは自立することを憶えなけりゃだめだ」と父は言った。「前々から考えてたんだが、そろそろあいつらに銘々の部屋をあたえるべきだな」

「でも、部屋なんてないじゃない」

「おい、マルギット、おまえだってわかってるだろ。寝室のあいだにおまえが欲しがってる浴室を造る金はうちにはないが、壁をふたつばかり動かしてもうひとつ寝室を造るぐらい、大した出費じゃない。おれが二、三週間でやれる」

「そう？」

「こんどの週末に取りかかるよ」

寝室を分けるというこの決断は明らかに、父が母に伝えるずっと以前にくだされたものだった。わたしとカールがどう考えるかなど、はなから無視されていた。わたしは拳を握りしめ、唇を嚙んで悪態をこらえた。父が憎かった。憎くてたまらなかった。カールが黙っていてくれるのはまちがいなかったが、それだけでは安心できなかった。保安官。学校。母。父。とても手に負えなかった。多すぎた。何かを知った人や、何かを見た人、突然すべてを悟った人たちが。わたしたちはじきに恥辱の大波に襲われて、押し流されてしまうだろう。その恥辱に。耐えがたい恥辱に。その恥辱に耐えられる者など、誰ひとりいないだろう。

13

フリッツの夜。

カールもわたしもそう呼んだことはないのだが、わたしは頭の中であの一夜をそう名づけていた。

それは焼けるように暑い秋の日だった。父と母を乗せたキャデラックがフーケンに転落してから二年がたち、わたしは二十歳になっていた。

「少しは落ちついたか？」シグムン・オルセン保安官がそう言って頭上で竿を振った。糸が伸びていき、リールがからからと、聞いたことのない鳥のさえずりのように音程を下げながら鳴った。

わたしは答えず、黙ってスピナーのあとを目で追った。それは日射しの中で一瞬きらめいたあと、わたしたちの乗っているボートからはるか遠くの水面に落下して見えなくなったが、ポチャンという音がしたのかどうかは遠すぎてわからなかった。行きたいところまでボートで行くこともできるのに、なぜそんな遠くまでスピナーを投げなくてはならないのか、わたしは訊きたかった。それは巻きあげるさいにおおむね水平になるほうが生きた魚のように見えるという事実と関係があるのかもしれなかった。わたしは釣りに関しては何も知らなかったし、知ろうとも思わなかったので、口をつぐんでいた。

「そうは思えないかもしれんが、世間で言われてることは実のところ本当でね、どんな傷も時が癒やしてくれるもんなんだよ」保安官はそう言って、モップのような髪をサングラスから払いのけた。「まあ、傷のいくつかは」

わたしはそれには答えようがなかった。

「ベルナルはどうしてる？」保安官は訊いた。

「元気です」わたしは答えた。叔父の余命があと数カ月だとは、そのときは知るよしもなかった。

「きみたち兄弟は、児童福祉の人たちに言われたようにベルナルの家に住まずに、ほとんどオプガル農場にいるそうだな」

それにもわたしは答えようがなかった。

「まあ、きみはもうそんなことは関係ない年齢になったわけだから、わたしもそれについちゃうるさいことを言うつもりはない。カールはまだ高校に通ってるんだよな」

「そうです」

「で、だいじょうぶなのか？」

「はい」ほかになんと答えればいい？　冗談ではなく。カールはいまだに母のことをよく考えると言っていたし、〝冬の園〟で昼も夜もひとりで過ごして、そこで宿題をしたり、父がアメリカから持ち帰った二冊の小説を繰りかえし読んだりしていた。シオドア・ドライサーの『アメリカの悲劇』と、スコット・フィッツジェラルドの『グレート・ギャツビー』だ。ほかに本格的な小説を読んでいるところは見たことがなかったが、この二冊は大好きだったらしく、ことに『アメリカの悲劇』は、夜にわたしのために一部を朗読して、難しい単語を翻訳してくれることもあった。

　一度カールはフーケンから父母の悲鳴が聞こえてきたと言いだしたが、わたしはただのカラスだと教えてやった。わたしたちふたりが刑務所に入れられる夢を見たと言われたときには、わたしも不安を覚えたが、そういうことは徐々に減ってきた。カールはあいかわらず顔色が悪くて痩せていたものの、食欲旺盛で背もぐんぐん伸び、じきにわたしより頭ひとつ分高くなった。

　そんなわけで、ものごとはしかるべき場所に収まり、落ちつきを取りもどした。わたしにはそれがなかなか信じられなかった。けれども世界の終わりは訪れて去り、わたしたちは生き延びたのだ。少なくともわたしたちの多くは。死んだ人たちは、父がよく英語で言っていた〝巻き添え被害者《コラテラル・ダメージ》〟だったのだろうか？　意図せざる死者ではあっても、戦いに勝つためにはやむをえない犠牲だったのだろうか？　わたしにはわからない。戦いに勝ったのかどうかさえ。戦火がやんだのはたしかだが、停戦状態が長くつづくとそれは平和と混同されやすくなる。それが〝フリッツの夜〟の前日の状況だった。

「前はよくクルトを一緒に連れてきたもんだが、あいつはどうも釣りにはあまり興味がないようだ」オルセンは言った。

「まさか」わたしは信じられないという口調で言った。

「もっと言えば、あいつはわたしのすることにはいっさい興味がないらしい。きみはどうだ、ロイ？　自動車整備工になるのか？」

わたしにはオルセン保安官が自分のボートでわたしをブダル湖に連れ出した理由がわからなかった。そうすればわたしがリラックスすると思ったのだろうか。事情聴取のときには話さなかったことを話すかもしれないと。それとも、保安官としてある程度の責任を感じていて、話をしたかっただけ、その後の様子を聞きたかっただけなのだろうか。

「ええ、そのつもりですけど」わたしは答えた。

「そうか、きみはむかしからものをいじるのが好きだったからな。いまクルトが興味を持ってるのは女の子のことだけだ。いつもちがう娘とデートしてる。きみとカールはどうだ？　目をつけてる娘はいるのか？」

オルセンはその質問を、わたしが暗い水中をのぞきこんでスピナーを見つけようとしているあいだそのままにしていた。

「たしかきみには、これまでガールフレンドがいたことはないよな？」

わたしは肩をすくめた。二十歳の若者にガールフレンドはいないのかと尋ねるのと、いたことはないのかと尋ねるのはちがう。シグムン・オルセンはもちろんそれを承知していた。オルセンがそのモップ頭にしたのは何歳のころだったのだろう。いずれにせよ、それは本人からすれば成功だったにちがいない。

「いいなと思う相手とつきあったことはないです」とわたしは答えた。「ガールフレンドがいると言いたいがために誰かとつきあってもしょうがないですから」

「そりゃそうだ。女の子なんてまったく必要としない人間だっているしな。人それぞれだ」

「ええ」わたしは言った。まさにそのとおりだと、オルセンが知ってさえいたら。だが、誰も知らなかった。カール以外は。

「誰も傷つかないかぎりはだが」オルセンは言った。

「もちろんです」わたしは不安になっていた。いま話しているのは実際にはなんの話なのか、この湖上での釣りはいつまでつづくのかと。工場には明日までに仕上げなくてはならない車があったし、ボートはわたしの好みから言うと少々沖へ出すぎていた。ブダル湖は広くて深い。わたしたちからすれば大海も同然で、父は冗談で〝大いなる未知《グレイト・アンノウン》〟と呼んでいたほどだ。ブダル湖には風と三本の川の流出入とによって生じる水平の流れがあるが、本当に怖いのは——とりわけ春の——水温差によって生じる強い縦の流れだ。わたしたちは学校でそう習った。その流れが、三月にどうしてもそこで泳ぎたくなった者を深みに引きずりこむほど強いものなのかどうかはわからないが、授業中のわたしたちはそうなのだろうと想像して目を丸くした。そのせいでわたしは湖上でも湖中でも本当には安心できなかったのかもしれない。あのダイビング器材をカールと試してみたときも、実験場所に選んだのはもっと小さな、流れのない、ボートがひっくりかえっても岸まで泳ぎ着ける、山の湖だった。

「ご両親が亡くなった直後にわたしと話をしたときに、わたしがこう言ったのを憶えてるか？　鬱病にかかってることを隠してる人は大勢いると」オルセンは水のしたたる糸を巻きあげた。

「憶えてます」わたしは言った。

「そうか。記憶力がいいな。実はわたし自身も鬱になるのがどんなもんか経験したことがあるんだ」

「そうなんですか？」わたしは驚いたように言った。それがオルセンの期待しているものだと思ったからだ。

「薬ものんでたよ」オルセンはわたしを見て微笑んだ。

「たとえ首相だって、それを認めるのは許されていい。だいいち、むかしのことだしな」

「びっくりです」

「それでもわたしは自分の命を絶とうとは思わなかった。そんなことをしたらどうなると思う？　妻とふたりの子供をあとに遺すことになるんだぞ」

わたしはごくりと唾を呑んだ。停戦が危機に瀕していることがなんとなくわかった。

「それはあんまりだ」とオルセンは言った。「きみだったらどう思う？」

「さあ」

「わからないか？」

「ええ」わたしは垂れてもいない洟をすすった。「ここでいったい何を釣ってるんです？」オルセンの視線をしばらく受けとめてから、水面のほうへ頭を振ってみせた。「鱒や鰈に、銀鱒や鮭ですか？」

オルセンはリールに何かすると――ロックしたのだろう――竿をボートの底と自分が腰かけている板のあいだにはさみこんだ。それからサングラスをはずし、デニムのズボンのベルトを引っぱりあげた。ベルトには革のホルダーに入れた携帯電話を下げていて、ときどきそれをチェックしていた。オルセンはわたしの目をじっと見つめた。

「ご両親は保守的な人たちだった。厳格なクリスチャンだった」

「それはどうでしょうね」わたしは言った。

「メソジスト教会の教会員だった」

「それは父がたんにアメリカから持ち帰ったものです」

「同性愛にかならずしも寛容じゃなかった」

「母はとくに反対してませんでしたけど、父は嫌悪してました。その人たちがアメリカ人で、共和党から立候補してれば別ですけど」わたしは冗談を言ったわけではなく、父の口から聞いた言葉をそっくりそのまま繰りかえしたにすぎない。のちに父は日本兵もその短いリストに付け加えた。日本兵は〝あっぱれな敵〟だ——父は戦争に行ったこともないくせにそう言った。賞賛していたのはハラキリの習慣だった。父はすべての日本兵がいざとなればそうするはずだと信じていた。「失敗は許されないんだと悟ったら、そこまでやれる連中だっているんだぞ。失敗した者は社会の体から自分を癌みたいに切除しなくちゃならないと悟ったらな」父は狩猟ナイフを研ぎながら、そばに座って見ていたわたしにそう言った。わたしはオルセンにそれを話すこともできた。だが、そんな必要がどこにある？

オルセンは咳払いをした。「きみ自身は同性愛をどう思う？」

「どう思う？　思うってのはどういうことです？　茶色の髪の人たちを、人はどう思うべきなんでしょう？」

オルセンはふたたび竿を手に取ってリールを巻きはじめた。そのときわたしはふと、同じ方向に手をまわすのは、かまわないから話せと相手を励ます仕草と同じだと気づいた。しゃべってしまえと。だが、わたしは口をつぐんでいた。

「じゃあ、ずばり言わせてくれ、ロイ。きみはゲイか？」

オルセンが〝同性愛〟から〝ゲイ〟へと言いかたを変えた理由はわからない。そのほうが感情を害する可能性が低いと考えたのかもしれない。水中でルアーがぎらりと光るのが見えた。水中のほうが光がゆっくりと進むかのような間延びした鈍いきらめきが。「おれに言い寄ってるんですか、保安官？」

そう来るとは思っていなかったのだろう、オルセンはリールを巻くのをやめて竿をぐいと立て、ぎょっとした顔でわたしを見つめた。「え？　まさか、よしてくれ。わたしは……」

その瞬間、スピナーが水面を破って飛魚のように舟縁を越えてきた。それはわたしたちの頭上を一周してから竿のほうへ戻り、オルセンの後頭部にそっと着地した。モップは見た目よりも厚かったらしく、オルセンは気づいてもいないようだった。

「もしおれがゲイだとしたら、おれはまだカミングアウトしてないわけです。カミングアウトしたら、あなたもほかの村人もみんな、十五分でその噂を耳にしたはずですからね。てことはおれは内緒にしてるほうが好きだってことになります。もうひとつの可能性は、おれがゲイじゃないって可能性です」

オルセンはまずびっくりした顔をした。それから、その理屈をじっくり考えているような顔をした。

「わたしは保安官だ、ロイ。きみのお父さんとは知り合いだったから、あの自殺がどうにも腑に落ちないんだ。少なくとも、お母さんを道連れにするような人じゃなかった」

「自殺じゃなかったからですよ」とわたしは低い声で言い、それと同時に頭の中で、〝何度も言ってるだろ、親父はカーブを曲がりきれなかったんだって〟と叫んだ。

「かもしれん」オルセンは顎をなでた。

何かつかんでいるのだ、このおっさんは。

「こないだアンナ・オラウセンと話をしたんだ」とオルセンは言った。「知ってるだろうが、アンナはしばらく前まで診療所の看護師をしてた。いまはアルツハイマー病にかかって老人ホームにいるがね。女房の従姉なんで、数日前に面会に行ったんだ。女房が花瓶に水を汲みにいってるあいだに、アンナはわたしに、ずっと後悔してることがあると言った。守秘の誓いを破ってでもわたしに知らせればよかったと。それは何かというと、きみの弟のカールが診療所に来たときに、カールの肛門に出血斑が認められたというんだ。裂傷もあったということだ。どうしてそうなったのか、カールはアンナに教えたがらなかったらしいが、考えられることはそう多くない。しかし一方でアンナは、男と性的関係を持ったわけではないと答えたときのカールがずいぶん冷静に見えたんで、それはレイプではなかったのかもしれないと考えた。合意のうえだったのかもしれないと。なにせカールはあのとおり……」とオルセンは湖上に目をやり、後頭部に引っかかったスピナーが揺れた。「……ま、きれいな子だからな」

オルセンはまたわたしのほうを向いた。

「アンナはわたしには知らせなかったが、きみの両親には伝えたそうだ。そしてその二日後に、きみのお父さんは車で崖からフーケンに飛びこんだんだ」

わたしは射ぬくようなオルセンの視線から目をそむけた。鷗《かもめ》が穏やかな湖上を低く飛んで餌を探しているのが見えた。

「いま言ったようにアンナはアルツハイマー病だから、彼女の話は割り引いて聞く必要がある。しかしわたしはそれを、その数年前に学校からあった通報と結びつけた。カールのズボンの尻に血がついてるのに二度気づいたという教師からの通報だ」

「釘ですよ」わたしは低い声で言った。

「なんだって？」

「釘です！」

わたしの声は異様に静まりかえった湖面を岸のほうへ漂っていった。そして岩壁に跳ねかえって〝……です〟〝……です〟と二度こだました。何もかも自分に跳ねかえってくるんだ。わたしはそう思った。

「わたしはただ、きみの両親がもう生きていたくないと思った理由にきみが光をあててくれるんじゃないかと思っただけだよ」

「あれは事故だったんです。もう帰りませんか？」

「ロイ、これだけは理解してもらいたいんだがな。わたしはこれをこのままにしておくわけにいかないんだ。いずれ何もかも明らかになるはずだから、きみにとっていちばんいいのは、きみとカールのあいだで何が起きていたのか、いまここで洗いざらいわたしに話してくれることだ。心配しなくても、それできみが不利になることはない。これはいかなる意味でも正式な事情聴取じゃないんだから。釣りの最中にふたりだけで話したことだ。わたしは関係者全員にとってなるべく穏便な形ですませるつもりだし、きみが協力してくれるなら、罰を受けるとしても可能なかぎり寛大なものになるようにする。というのも目下の状況からすると、これが行なわれていたのはカールが未成年のときだ。となると、ひとつ年上のきみは罪に――」

「あのですね」とわたしはさえぎった。喉が締めつけられていて、まるで煙突を通りぬけてきたような声が出た。「おれには修理しなくちゃならない車があるし、今日のあなたには魚信《あたり》は来そうにないですよ」

オルセンはわたしの心がいわゆる〝ひらいた本のように〟読めるといわんばかりに、長いあいだわたしをじっと見つめた。それからうなずき、竿をボートの床に置こうとして悪態をついた。モップヘアの下の日焼けした首筋に針が引っかかり、皮膚が引きつれたのだ。オルセンが針をつまんではずすと、首筋に血がぽつりと浮かんでその場でぷるぷる震えているのが見えた。オルセンは船外機を始動させ、五分後わたしたちはボートを、彼のキャビンの下のボート小屋に引っぱりあげた。そこからオルセンのプジョーで村まで戻り、オルセンはわたしを修理工場の前でおろしてくれた。それは耐えがたい沈黙の十五分間だった。


カローラの修理に取りかかってわずか三十分後、ステアリング・ボックスを交換しようとしていると、洗車場で電話が鳴るのが聞こえた。ややあってベルナル叔父の声がした。

「ロイ、おまえにだぞ。カールからだ」

わたしは持っていたものを取り落とした。カールが修理工場まで電話してきたことはなかった。わが家の人間は緊急事態でないかぎりどこへも電話しない。

「どうした？」わたしは叔父が車を洗うジェット水流の音が車体の部位に合わせてけたたましく上下するなか、それに負けない大声で怒鳴った。

「オルセン保安官のことだ」カールは言った。声が震えていた。

本当に緊急事態なのだと悟り、わたしは気を引きしめた。あのお節介おやじが嫌疑を公にしたのだろうか？　カールを犯したのは兄のわたしだと。

「姿が見えなくなった」カールは言った。

「見えなくなった？」わたしは笑った。「ばか言え。四十五分前までおれと一緒にいたんだぞ」

「ほんとだってば。それにたぶん、あの人は死んだと思う」

わたしは受話器を握りしめた。「〝思う〟ってのはどういうことだよ」

「わからないってことだ。とにかく見えなくなったんだ。でも、予感がするんだよ。あの人はたぶん死んだって」

それを聞いてわたしはまずこう思った。カールは完全に自制心を失っている。酔っている気配はまったくないし、多少軟弱ではあっても何かを〝見る〟ような過敏なたちでもないと。次にこう思った。まさに願ったりかなったりのタイミングでシグムン・オルセン保安官が地上から姿を消したのだとしたら、それはいくらなんでもできすぎだろうと。そして最後にこう思った。これはあのときと同じなのだ、ドッグの一件の再来なのだ。自分に選択の自由はない。弟を守れなかったせいで、自分は生涯払いつづけなければならない借金を背負っている。これもまた、支払期限を迎えた返済金にすぎないのだと。

14

「親父が行方不明になったあと事情が変わったんだよ」クルト・オルセンはコーヒーのカップをわたしの前のテーブルに置いた。「おれははなから警官になるつもりだったわけじゃないんだ」

クルトは腰をおろし、ブロンドの前髪を払いのけて煙草を巻きはじめた。わたしたちがいる部屋は留置房として使用されていたものの、物置としても機能しているようだった。壁沿いの床にフォルダーや書類が積みあげてあった。勾留された連中が暇つぶしにそこで自分や他人の記録を調べられるようにという配慮だったのだろうか。

「だけど父親が死ぬと、事情が少々変わったように見えるもんだよな？」

わたしはコーヒーをひとくち飲んだ。クルトがわたしを連行する口実にした血液検査でアルコールが検出されるはずなどないのは、おたがい承知のうえだった。

いまクルトは和平を申し入れていた。わたしはそれに応じた。

「あんたは言ってみれば一晩で大人になった。ならざるをえなかった」とクルトは言った。「で、父親が担ってた責任がだんだん理解できるようになった。自分が父親の役目をあの手この手で困難なものにしてたのが。父親の忠告にことごとく耳をふさいで、考えや言葉にさからって、なんとか父親に似ないようにしようとしてたのが。それは内心じゃ自分の行き着くところがわかってたからかもしれない。父親のコピーになることが。人ってのは円を描くからな。行き着く先は出発した場所しかない。みんなそうだ。あんたは山の鳥に興味を持ってるんだよな。カールがあんたにもらった羽根を学校に持ってきて、おれたちにからかわれたっけ」クルトは思い出を懐かしむように微笑んだ。

「で、その鳥の話をするとだな、ロイ、鳥ってのは世界を股にかける。たしか〝渡り〟というんだよな。だけどあいつらは先祖が行ったことのない場所には絶対行かない。毎年同じ時期に、同じ棲息地や同じ繁殖地に現われる。鳥のように自由？　そんなのは幻想だ。人が信じたいものにすぎない。おれたちは同じ円の内側をまわってるだけだ。籠の鳥さ。だけどその籠がやたらとでかくて、格子がやたらと細いんで、おれたちの目には見えないんだよ」

クルトは自分の長広舌に効果があったかどうか確かめるようにわたしを見た。わたしはゆっくりうなずこうかとも思ったが、やめた。

「それはあんたとおれも同じだ、ロイ。でかい円や小さい円にとらわれてる。でかい円は、おれがこの保安官事務所を親父から引き継いだことだ。小さいほうは、親父にはいつも気になってた未解決事件があって、おれにも同じものがあるってことだ。おれの場合は自分の父親の失踪だ。似てると思わないか？　ふたりの男が絶望したか鬱になったかして自分の命を絶つってのは」

わたしは肩をすくめ、無関心を装おうとした。くそ、狙いはそれだったのか？　シグムン・オルセン保安官の失踪だったのか？

「ちがいといやあ、親父の事件の場合には死体もないし、正確な場所もわかってないってことだけだ。湖だとしか」

「大いなる未知《グレイト・アンノウン》だ」わたしはそう言ってゆっくりとう

なずいた。

クルトは鋭くわたしを見た。それから自分もわたしに合わせてうなずきはじめたので、わたしたちは一瞬、シンクロした二基の油井ポンプのようになった。

「で、あんたは生きてる親父を見た最後から二番目の人間だし、あんたの弟は最後の人間だからな、いくつか質問したいことがある」

「まあその気持ちはわかるよ」とわたしは言い、コーヒーをもうひとくち飲んだ。「だけどおれはもう、親父さんと釣りに出かけたときのことはおまえに詳しく話してる。そのときの調書がきっとここにあるはずだぞ」と壁ぎわに積みあげられた書類の山のほうへ顎をしゃくった。「だいいち、おれがここに連れてこられたのは、血中アルコール検査を受けるためだよな？」

「そのとおり」クルト・オルセンは煙草を巻きおえて、それを煙草入れにしまった。「だからこれは正式な事情聴取じゃない。メモは取らないし、ここで何を話そうと証人もいない」

こいつの親父さんに湖へ連れていかれたときとまさに同じか。わたしはそう思った。

「おれがとりわけ具体的に知りたいのは、親父が六時にあんたを修理工場でおろしたあと、何があったのかだ」

わたしは大きくひとつ息を吸った。「とりわけ具体的にか？　おれはトヨタ・カローラのステアリング・ボックスとベアリングを交換した。たしか一九八九年式だったと思う」

クルトの目が険しくなり、和平が危機に瀕したようだった。わたしは戦略的撤退を行なった。

「親父さんはうちの農場まであがってって、カールから話を聞いた。親父さんが帰ったあと、カールはおれに電話してきた。停電したのに原因がわからなかったからだ。発電機は古いし、何度か地絡があったし、あいつはかならずしも器用なやつじゃないからな。おれが直しにいった。暗くなってきたんで直すのに数時間かかって、修理工場に戻ったときにはだいぶ遅くなってた」

「調書によれば、あんたが戻ったのは十一時だ」

「まあそんなところだろう。むかしのことだ」

「で、目撃者のひとりは、親父が九時に車で村を通りぬけるのを見たと思ってる。すでに暗かったから、断言はできないそうだが」

「なるほど」

「わからないのは、親父がオプガル農場を出たのがカールによれば六時半で、村で目撃されたのが九時だとすると、その間親父は何をしてたのかだ」

「それは謎だな」

クルトはわたしをじっと見つめた。「何か考えはあるか？」

わたしは驚いた顔をしてみせた。「おれに？　まさか」

外に車が停まる音がした。医者が到着したにちがいない。クルトは腕時計に目をやった。ゆっくり来てくれとでも言ったのだろう。

「それはそうと、その車はきちんと動くようになったのか？」クルトはさりげなく訊いた。

「車？」

「そのトヨタ・カローラは？」

「ああ、たしか」

「ほう？　事情聴取をチェックして、古いトヨタを持ってたのが誰か調べてみたんだ。たしかに八九年式だったよ。ヴィルムセンがそいつを販売する前に修理を依頼したんだ。いちおう走る程度にだろうがな、どうせ」

「まあそんなところだろう」わたしは言った。

「ところが、そうはならなかったんだ」

「ええ？」わたしは声をあげた。

「きのうヴィルムセンから話を聞いたんだ。ヴィルムセンはベルナルがその車をあんたに修理させとくと約束したのを憶えてた。なぜ憶えてたかというと、客が百キロも離れたところから試乗にきたのに、車はあんたらが約束したとおりには直ってなかったからだ」

「おや、そうだったかな」わたしは目を細めて、暗くおぼろな過去をのぞきこむような顔をしてみせた。

「じゃあきっと、地絡を見つけて直すのに手間取って、間に合わなかったんだな」

「それがな、あんたは車の修理に充分時間を費やしてるんだよ」

「そうなのか？」

「おとといグレーテ・スミットから話を聞いたんだ。まったく驚くぜ。人間てのは日常の些細なことでも、保安官が失踪したというような特別なできごとと結びつくと、ちゃんと憶えてるもんなんだな。グレーテは朝の五時に目を覚まして窓の外を見たのを憶えてた。

修理工場に明かりがついていて、あんたの車が駐まってたとさ」

「客に約束をしたら、それを守るためにできるかぎりのことをする。たとえ約束は果たせなくても、それはやはり人として大切な心がけだ」わたしは言った。

クルト・オルセンは不快きわまりない冗談を言われたとでもいうようにわたしをにらみつけた。

「わかったわかった」とわたしは軽薄に言った。「で、フーケンに人をおろすというほうはどうなってるんだ？」

「いまにわかるさ」

「ネレルが反対してるのか？」

「いまにわかる」クルトはまた言った。

ドアがあいた。医師のスタンレイ・スピンだった。ここでインターンをやり、その後フルタイムで働くために戻ってきた医師で、ノルウェー南西部の聖書地帯の出身だった。外交的で愛想のいい三十代の男で、服も髪もみごとなまでに手入れされていない。服は〝適当に身につけたらそれなりに調和している〟といったふうだし、髪は〝梳《と》かさずにそのままにしているだけ〟という感じだ。体は引き締まった部分と弛《たる》んだ部分が奇妙に同居していて、まるで筋肉をどこかで買ってきたかのようだ。噂によればスタンレイはゲイで、コングスベリに妻子持ちの愛人がいるらしい。

「血液検査をしてもいいかな？」スタンレイは言った。

「いいようだ」クルト・オルセンはわたしから目を離さずにそう答えた。


スタンレイに採血をされたあと、わたしは彼と一緒に保安官事務所を出た。

クルト・オルセンはスタンレイがはいってきた瞬間から事件について話すのをぴたりとやめたので、調査はさきほどの言葉どおり、いまの段階ではまったく個人的なもののようだった。出ていくわたしにクルトは小さくうなずいてみせただけだった。

「公会堂にぼくも行ったよ」スタンレイはそう言いながら、保安官事務所の外の広場のさわやかな夜気を吸いこんだ。事務所は一九八〇年代に建てられた特徴のない建物に、ほかの地元当局のオフィスとともにはいっている。「弟さんはまちがいなくみんなの心に火をつけたな。スパ・ホテルができることになりそうじゃないか」

「まずは市議会を通さないと」

「議会がうんと言ったら、ぼくは断じて参加するね」

わたしはうなずいた。

「どこかまで送ろうか？」スタンレイは訊いた。

「いや、せっかくだけど。カールを呼ぶよ」

「ほんとに？　それほどまわり道じゃないよ」スタンレイはわたしの目をほんの一瞬だけ長く見つめすぎたように思われた。それとも、わたしが少々意識しすぎだったのだろうか。

わたしは首を振った。

「じゃ、またこんど」スタンレイはそう言って車のドアをあけた。ここに越してきて以来、車に鍵をかけるのをやめたようだった。都会の人たちはよくそうする。田舎の村では車に鍵をかける人間などいないというロマンチックな幻想を抱いている。だが、それはまちがいだ。わたしたちは家にもボート小屋にも鍵をかけるし、車には絶対にかける。

スタンレイの車のテールランプが小さくなっていくのを見送りつつ、わたしは携帯電話を取り出し、カールと合流するために歩きだした。ところが二十分後、迎えにきたキャデラックが前方の路肩に停まったとき、そのハンドルを握っていたのはシャノンだった。彼女の説明によると、カールは帰宅したあとシャンパンを持ち出してきて、それをほとんどひとりで飲んでしまったという。シャノンはほんのひとくちしか飲んでいなかったので、カールを説得して自分が運転してきたのだった。

「きみらはおれが留置場に入れられたのを祝ってたんだろ」わたしは言った。

「カールがね、あなたはきっとそう言うはずだから、あなたが釈放されるのを祝ってたんだと言えって、そう言ってた。カールは祝杯をあげる理由を見つけるのが得意なの」

「たしかに。何かとうらやましいやつだよ」〝何か と〟というのは誤解を招く恐れがあるのに気づいて、わたしは弁解しようとした。それはわたしにはない能力をいくつも持っているという意味であって、それ以外の意味はないのだと。だが、わたしはむかしからものごとをややこしくしてしまう男だった。

「いろいろ考えてるのね」シャノンは言った。

「そうでもない」

シャノンは微笑んだ。彼女の小さな手のあいだにあるとハンドルが巨大に見えた。

「きみはちゃんと見えてるわけ？」わたしは前方の闇を切り裂くヘッドライトの光のほうへ顎をしゃくってみせた。

「これは眼瞼下垂《トーシス》というの」とシャノンは言った。「トーシスというのはギリシャ語で〝下がる〟という意味。わたしの場合は先天的なものでね。目を訓練すれば、弱視になる可能性は低くなる。弱視というのは俗に〝怠け目〟と呼ばれるけど、わたしは怠け者じゃないから、なんでも見える」

「それはよかった」

最初のヘアピンカーブにさしかかり、シャノンはギアを落とした。「たとえば、あなたの気持ちもちゃんと見えてる。わたしにカールを奪われたような気がしてるのよね」シャノンが加速するとホイールアーチに砂利がカラカラと飛んだ。一瞬わたしは聞こえなかったふりをしようかと思った。だが、そんなことをしてももう一度同じことを言われるだけだろうという気がした。

わたしはシャノンのほうを向いた。

「ありがとう」シャノンはわたしが何も言わないうちに言った。

「ありがとう？」

「いろいろと譲歩してくれて。思慮深くていい人でいてくれて。あなたとカールがおたがいにとってすごく大切な存在だってことはよくわかってる。わたしは赤の他人なのに、あなたの弟と結婚して、あなたたちの物理的領域に割りこんできちゃったわけだし。あなたがかつて寝ていた場所を、文字どおり奪っちゃったわけだから。嫌われてもおかしくないのに」

「いやまあ……」とわたしは言い、大きく息をついた。とんでもなく長い一日だった。「おれはかならずしも〝いい人〟として知られちゃいない。それに、きみには嫌うべき点がほとんどなくてむしろ困ってる」

「あなたの店で働いてる人たちと何人か話したことがあるんだけどね」

「ほんとに？」わたしは心から驚いて言った。

「狭い村だもの。それにたぶん、わたしはあなたよりもよく村の人たちと話をしてる。だからわかるんだけど、あなたはまちがってる。いい人だとほんとに思われてる」

わたしは鼻先で笑った。「ならきみは、おれが歯をたたき折ってやった連中とは話をしてないんだ」

「そうかもしれないけど。でもそれだって、弟を守ろうとしてやったことでしょう?」

「あまりおれに期待しすぎないほうがいい。がっかりするだけだ」

「あなたがどんな人かは、わたし、もう知ってると思う。眠そうな目をしてることの利点は、みんなわたしがきちんと聴いてないと思って、本性を現わしてくれることだから」

「じゃ、きみはカールについて知るべきことも、何もかも知ってると思うと、そう言ってるわけ?」

シャノンは微笑んだ。「恋は盲目って言うでしょう?」

「ノルウェー語じゃ、恋は人を盲目にすると言う」

「ふうん」シャノンは低い笑いを漏らした。「でも、そっちのほうが英語の〝恋は盲目である《ラヴ・イズ・ブラインド》〟より正確ね。英語のほうはどのみち全然まちがった意味で使われてるし」

「へえ?」

「普通それは愛する人のいい面しか見ないという意味で使われるけれど、ほんとは、キューピッドが目隠しをして矢を射ることを指してるの。つまり矢は無作為に命中して、誰を好きになるかは人間には選べないってこと」

「だけどそれはほんとかな。ほんとに無作為かな?」

「わたしたち、まだカールとわたしのことを話してる?」

「具体的に言うと?」

「そうねえ、恋に落ちるのって、無作為ではないかもしれないけれど、かならずしも自分の意志ではないでしょう。わたしには、あなたたち山の人たちが考えてるほど人間が愛と死の問題に実際的だとは、どうしても思えない」

車は最後の坂を登りきり、ヘッドライトが家の壁を掃射した。光を浴びた居間の窓から幽霊のように白い、目だけが黒い穴になった顔が、こちらを見つめていた。シャノンは車を駐め、ライトを消してエンジンを切った。

唯一の騒音源を停止させると、山の上ではたちまち静寂が訪れる。突然の轟音のように。わたしは座席から動かなかった。シャノンも動かなかった。

「きみはどこまで知ってるんだ?」とわたしは訊いた。

「おれたちのことを。うちの家族のことを」

「ほぼすべて、だと思う。結婚してここに来る条件として、わたしカールに、何もかも包み隠さずに話してちょうだいと要求したの。悪いこともふくめて。というか、とくに悪いことを。で、カールが話してくれなかったことは全部、ここに来てから自分の目で見た」

シャノンは自分の半分垂れさがったまぶたを指さした。

「で、きみは……」わたしはごくりと唾を呑んだ。

「きみは自分の知ったことと折り合いをつけていけると思う？」

「わたしが育った通りでは、兄が妹と寝たり、父親が娘を犯したりしてた。息子が父親と同じ罪を犯して親を殺したり。でも、人生はつづく」

わたしは皮肉を交えずにゆっくりとうなずきつつ、嗅ぎ煙草入れを取り出した。「まあ、そうだろうな。でも、折り合いをつけていくのはたいへんそうだ」

「そうね。たしかに。でも、誰にだって何かしらあるものでしょう。それはもうむかしのことだし、人は変わるものよ。わたしは心からそう信じてる」

わたしはそこに座ったまま、これこそ――外部の人間に知られることこそ――起こりうる最悪の事態だと想像していたのに、いっこうにそんな気がしないのはなぜだろうかと考えていた。答えは明白だった。シャノン・アレイン・オプガルは外部の人間ではないからだ。

「家族。それがきみにとっては大切なわけだな」わたしはそう言いながら煙草を下唇の裏に押しこんだ。

「すべてよ」シャノンはためらうことなく答えた。

「じゃ、家族愛もきみを盲目にする？」

「どういう意味？」

「キッチンでバルバドスのことを話してくれたとき、きみが言わんとしてたのは、おれの解釈だと、人の忠誠心とは主義主張よりも家族や感情と結びつくものじゃないかということだ。政治的意見や世間一般の善悪の概念よりもね。おれの解釈は正しい？」

「ええ。家族が唯一の原理。善悪もそこから生じる。ほかのことは全部二次的なものよ」

「ほんとに？」

シャノンはフロントガラス越しにわたしたちの小さな家を見つめた。「ブリッジタウンに倫理学の教授がいてね、わたしたちにこう教えてくれたの。法の支配の象徴である女神ユスティティアは、片手に正義を表わす天秤を、片手に罰を表わす剣を持っていて、キューピッドと同じように目隠しをしている。普通の解釈だとこれは、法のもとでは万人が平等だということ。法は中立であり、家族や愛のことなど気にかけない、気にかけるのは法のみだということを意味する」

シャノンはわたしのほうを向き、雪のように白い顔が暗い車内に浮かびあがった。

「でも、目隠しをしていたら、天秤の傾きも剣の先も見えない。教授が言うには、ギリシャ神話では目隠しというのは内なる目だけを使って、内なる答えを見つけることを意味したんだって。つまり、目隠しされた賢人には自分の愛するものしか見えなくて、外にあるものはなんの意味も持たないの」

わたしはゆっくりとうなずいた。「おれたちは家族か？　きみとおれとカールは」

「血はつながっていないけれど、家族よ」

「よし。それならきみも家族の一員として、カールとおれの軍議に参加してもらおう。煙突に耳を澄ますだけじゃなくて」

「煙突？」

「ひとつの言いまわしさ」

玄関からまわってきたカールが、砂利を踏んでわたしたちのほうへ歩いてきた。

「じゃあ、軍議というのはなぜ？」

「これは戦争だからだ」

わたしはシャノンを見た。戦闘態勢を整えたアテナのように両目がきらりと光った。そのシャノンのなんときれいだったことか。

それからわたしは彼女に〝フリッツの夜〟のことを話した。

15

水流の音にかき消されてベルナル叔父には声が聞こえないことを祈りつつ、わたしは受話器に向かって怒鳴った。

「カール、どういうことだ、死んだという確信はあるのか？」

「すごく下まで落ちたはずだ。それに下からは何も聞こえてこない。でも、確信はない。とにかく見えなくなった」

「見えなくなったって、どこへ？」

「フーケンに決まってるだろ。落ちたんだ、縁から身を乗り出しても、あの人は見えない」

「カール、そこにいろ。誰にも言うな、なんにも触るな、なんにもするなよ、いいか？」

「どのくらいで来れ――」

「十五分だ。いいな？」

わたしは電話を切り、洗車場を出てヤイテスヴィンゲンのほうを見あげた。山肌に切りこまれた道そのものは見えないが、車が走っていれば車体の上半分は見える。崖の縁に明るい色の服を着た人間が立っていれば、晴れた日にはそれも見えるのだが、いまはもう陽が傾きすぎていた。

「家に帰らなくちゃならないことができた」わたしは叫んだ。

ベルナル叔父はホースの口金をひねって水流を止めた。

「どうした？」

「アースのトラブルで」

「ほう。そんなに急ぐのか？」

「今夜電気がないとカールが困るんだ。片付けなきゃならない宿題があるらしい。終わったら戻ってくるよ」

「そうか。じゃ、おれはあと三十分で上がるが、おまえは自分の鍵ではいれ」

わたしはボルボに乗りこんで走りだした。制限速度は守ったものの、村でただひとりの法執行官が谷底に倒れているとすれば、スピード違反で止められる可能性は低かった。

行ってみると、カールはヤイテスヴィンゲンに立っていた。わたしは家の前にボルボを駐めてエンジンを切り、ハンドブレーキを引いた。

「何か聞こえたか？」とフーケンのほうを顎で示した。

カールは首を振った。黙ったまま目を血走らせている。そんなカールを見るのは初めてだった。両手で頭をかきむしったのか、髪がぼさぼさに逆立っていた。瞳孔はショックを受けたかのように拡大している。いや、実際にショックを受けていたのだろう、かわいそうに。

「何があったんだ？」

カールは山羊がよくやるようにカーブのまんなかに座りこんだ。うなだれて顔を両手でおおい、トロルのような長い影を砂利の上に落とした。

「あの人がここへ上がってきたんだ」としぶしぶ言った。「兄貴と釣りに行ったと言って、あれこれ質問しはじめたんで、ぼくは……」カールは黙りこんだ。

「じゃ、シグムン・オルセンがここへ来たわけだ」わたしはそう言って、カールの隣に座った。「で、オルセンはおれからいろいろ聞いたと言って、おれが未成年だったおまえを犯したことを認めてくれるかと、そうおまえに訊いたんだな」

「そうだよ！」カールはわめいた。

「しいっ」とわたしはなだめた。

「いちばんいいのはぼくらふたりが事実を認めて、なるべく早くそれを乗りこえることだって、あの人はそう言った。それがいやなら、自分の持ってる証拠を、長くてつらくてすごく人目にさらされる法廷に持ち出すしかないって。ぼくはちがうって言ったんだ。そんなことはなかった、兄貴にそんなふうに触られたことはないって……」カールはわたしなどそこにいないかのように地面に向かってしゃべった。「でもあの人は、こういう場合、被害者が加害者に同情するのは珍しいことじゃないって言うんだ。こんなことが起きた責任は自分たちにもある、それが何年もつづいていたとすればなおさらだって」

まあ、その点はおおむねオルセン保安官の言うとおりだ、とわたしは思った。

カールの口から嗚咽が漏れた。「それからあの人はこう言った。診療所のアンナが父さんと母さんにぼくらのしてたことを伝えた二日後に、父さんたちはフーケンに落ちた。父さんはいつかきっとそれが露見するとわかってたから、保守的なキリスト教徒としてそんな恥辱に耐えられなかったんだって」

だから母を道連れにしたというわけか。子供部屋にいるふたりの男色者ではなく。

「ぼくはあの人に、それはちがうと伝えようとしたんだ。あれは事故だったんだって。まったくの事故だって。だけどあの人は聞く耳を持たなくて、なおも言うんだ。父さんの血中アルコール濃度は最低レベルだったし、しらふのときにカーブからあんなふうに飛び出す人間はいないって。それでぼくは焦っちゃって、この人はほんとに法廷に持ちこむつもりだってわかったから……」

「そうさ」とわたしは言い、尻の下からとがった石ころを取りのけた。「オルセンのやつはとにかく自分の見つけた大事件を解決したいんだ」

「そしたらぼくらはどうなるの？　刑務所に入れられちゃうの？」

わたしはにやりとした。刑務所か？　ああ、入れられるかもしれない。だが、それについてはあまり考えたことがなかった。というのも真相が露見した場合、わたしにとって耐えがたいのは刑務所に入れられることではなく、恥辱だったからだ。真相がほかの連中に、村じゅうに知れわたったら、わたしひとりが長年闇の中で耐えてきた恥辱だけではすまなくなるからだ。予測のつかない不名誉なことがらがすべて明るみに出され、たたかれ、笑いものにされることになる。オプガル家の全員がさらし者になるのだ。そんなふうに考えるのはいわゆるパーソナリティ障害なのかもしれないが、父はハラキリの論理を理解していたし、わたしもそうだった。恥辱に打ちひしがれた者にとって、死は唯一の解決法だということを。だがそうは言っても、死なずにすむなら誰しも死にたくはない。

「時間があまりない。何があったんだ？」わたしは言った。

「ぼくは焦っちゃってさ」カールはそう言うと、何かを告白しようとするときの癖で、上目づかいにわたしを見た。「だからあれは事故だったっていう確信がある、証明できると言っちゃったんだ」

「なんだと？」

「何か言わなきゃならなかったんだよ！　だからタイヤがひとつパンクしてた、そのせいで車は崖から落ちたんだって、そう言っちゃったんだ。だって、車自体は誰もチェックしてないだろ、死体をウィンチで引き揚げただけでさ。あの救助隊員が落石を受けたから、そのあとは誰も下におりようとしてない。だから言っちゃったんだよ――あの人たちがパンクに気づかなかったのはそんなに不思議じゃない、車が裏返しになってタイヤが空を向いてたらパンクしてるかどうかなんてわからない、でもぼくは二週間ぐらい前に双眼鏡を持ってきて、手がかりになるしっかりした岩のあるところをおりていって身を乗り出してみたって。そしたら左の前のタイヤが少ししぼんでるのがわかった、タイヤは車が崖から飛び出す前にパンクしたにちがいない、なぜかといえば車台はまったく無傷だし、車は空中で半回転して屋根から地面に落ちたんだからって」

「で、オルセンはその話を真に受けたのか?」

「いや。自分の目で見たがった」

話の行きつく先が見えた。「だからおまえは双眼鏡を持ってきた。そしたら……」

「あの人は崖っぷちのぎりぎりのところまで行って、そしたら……」カールは肺から息を吐き出すと、目を閉じて先をつづけた。「岩がはずれる音と悲鳴が聞こえて、あの人は消えた」

消えたといっても、完全にではない、とわたしは思った。

「ぼくの話を信じないの?」

わたしは谷を見おろした。十二歳のときの記憶が頭をよぎった。〈グランド・ホテル〉でベルナル叔父の五十歳の誕生日を祝った日のことが。「これがどう見えるか、おまえわかってるのか? 重大犯罪の捜査をしてる保安官が、おまえに事情聴取をしにきた結果、下で死んでるんだぞ。死んでたらの話だが」

カールはゆっくりとうなずいた。もちろんわかっていた。わかっていたからこそ、山岳救助隊でも医者でもなく、わたしを呼んだのだ。

わたしは立ちあがって尻の埃を払った。「納屋からロープを持ってこい。長いやつを」

わたしはロープの片端を家のそばに駐めたボルボの牽引ヒッチに固定し、反対の端を自分の腰にまわしてしっかりと縛った。それからロープを延ばしつつヤイテスヴィンゲンのほうへくだりはじめた。百歩あるくとロープがぴんと張った。崖の縁から十メートルのところだ。

「ようし！」とわたしは叫んだ。「ゆっくりとだぞ、いいか！」

カールはボルボの窓から手を出して親指を立ててみせると、車をバックさせはじめた。

大事なのはロープをつねにぴんと張っておくことだ、そうカールに説明しておいたので、いまはもう引き返せなかった。わたしはロープに身を預けて、自分たちを車もろとも谷へ引っぱりこもうとするように崖のほうへ進んだ。最悪だったのは崖っぷちだった。頭ではだいじょうぶだとわかっていても、体が抵抗して、ついひるんでしまったのだ。カールはわたしが縁で躊躇《ちゅうちょ》しているのに気づかなかったので、ロープがたるんだ。わたしはカールに少し戻れと叫んだが、カールには聞こえなかった。そこでわたしはフーケンに背を向け、後ろへ一歩下がって飛びおりた。落ちたのはせいぜい一メートルだったはずだが、腰にまわしたロープがぴんと張った拍子に息を絞り出されて脚を突っぱるのを忘れてしまい、前に振られて膝と額を岩壁にぶつけた。悪態をつき、靴底を岩に押しつけてどうにか体を支えると、垂直の壁を後ろ向きに歩いておりはじめた。上を見あげると空は薄青く澄んで晴れわたり、早くも星がちらほら見えた。ボルボのエンジン音はもう聞こえず、それどころか完全な静寂が支配していた。その静寂と、星々と、そんなふうに無重力でぶらさがっているせいだったのか、わたしはスペースカプセルにつながって宇宙に浮かんでいる宇宙飛行士のような気分になった。デヴィッド・ボウイの歌に出てくるトム少佐を思い出して、ふと、いつまでもこうしていられたらいいのにと思った。このまま最期を迎えたってかまわない、どこかへ漂っていけたらいいのにと。

やがて岩壁が終わり、わたしはしっかりした地面におりたった。ロープがわたしの前にコブラのようにとぐろを巻き、ふた巻きか三巻きしたところで止まった。わたしはロープを目で追い、てっぺんを見あげた。排気ガスの小さな雲が見えた。カールは車を崖のきわまで目一杯バックさせたにちがいない。ロープはほぼぎりぎりの長さしかなかったわけだ。

わたしは向きを変えた。そこは周囲の岩壁から時とともにはがれ落ちた大小の岩が堆積したガレ場だった。崖はヤイテスヴィンゲンから垂直に切れ落ちていたものの、鋭い柱の基部のあたりはどこもやや傾斜しているため、頭上に四角くのぞいている夕空はわたしの立っている十メートル四方ほどのガレ場よりも広かった。太陽の光がほとんど射しこまないこの場所に植物は何も生えておらず、においもしなかった。あるのは岩だけ。空間と岩だけだった。

宇宙船は——父の黒いキャデラック・ドゥヴィルは——山岳救助隊の男たちが下の様子を語ってくれたときにわたしが想像したとおりの状態で横たわっていた。

四輪を空に向けて逆さまにひっくり返っていた。屋根の後ろのほうはぺしゃんこにつぶれているものの、前のほうはほとんどつぶれていないため、運転席と助手席にいた者は助かったのではないかとも思える。だが、父も母も車の外で見つかった。車の先端が地面に激突したさいにフロントガラスを突き破って車外に放り出されたのだ。ふたりがシートベルトを締めていなかったという事実は、自殺説をいっそう強固なものにし、わたしがいくら父は主義としてシートベルトを締めなかったのだと説明しても、相手にしてもらえなかった。父は別にシートベルトの効用を知らなかったわけではない。それが父の言う〝お節介国家〟が押しつけてくる義務だったからだ。オルセン保安官が村内で何度かシートベルトをして運転している父を見かけたと思ったのは、父が保安官の気配を察知するとシートベルトを締めていたからにすぎない。父にしてみれば、罰金を科されるほうが、国のお節介よりもさらに腹立たしかったのだ。

カラスが一羽、オルセン保安官の腹の上にとまって、バッファローの頭蓋骨のついた大きなベルトバックルを鉤爪でつかんだまま、わたしを用心深く見つめていた。オルセンは下半身がシャーシの後端を斜めに横切るような形で倒れており、上半身はわたしのところから見えない後部側に垂れさがっていた。首を巡らせてこちらの動きを追うカラスに見つめられつつ、わたしは車をまわりこんだ。ガラスの破片を踏みしだき、いくつかの落石は手を使って乗りこえて。オルセンの上半身はトランクとナンバープレートの後ろにだらんと垂れさがっていた。背中が不自然にも直角に折れているせいで、まるで案山子《かかし》のように見える。服の内側に藁を詰めこんだだけの、関節のない人形のように。頭からモップヘアが垂れさがり、下の石にピチャッ、ピチャッと小さな音を立てて血がしたたっていた。そんなふうに両手を宙に——つまり地面に向かって——伸ばしていると、降伏の合図でもしているように見える。

父がいつも言っていたとおり、〝人間は死んだら負け〟なのだ。オルセンはどう見ても死んでいた。そしてにおった。

わたしが一歩近づくと、カラスはその場を動きもせずにわたしに金切り声を浴びせた。クロトウゾクカモメの仲間だとでも思ったのだろう。ほかの鳥から食べ物を奪って生きる小ずるい海鳥だと。石をひろって投げつけてやると、カラスは飛び立ち、わたしへの憎しみをこめた叫びと自分の無念を表現した叫びと、ふたつの叫びを残して去っていった。

早くも岩壁から闇が広がってきており、ぐずぐずしてはいられなかった。

まず考えなければならないのは、たった一本のロープでどうやってオルセンの死体を崖の上まで引きあげるかだった。死体がどこかに引っかかったりロープからすっぽぬけたりする危険は最小限に抑えなければならない。人間の死体というのは、あの縄抜け奇術師のフーディーニみたいなもので、ロープを胸にまわして縛れば、左右の腕と肩がすぼまってロープからすりぬける。ロープをズボンのベルト通しや腰にまわして縛り、死体を腰の曲がった海老のような形で引きあげると、こんどはどこかで重心がずれて逆さまになり、これまたズボンやロープからすっぽぬける。そこでわたしは、引き解け結びを作ってそれをオルセンの首にかけるのがいちばん手っ取り早いと結論した。それなら重心が低くなるから傾く心配はないし、頭と肩から障害物を通過するのでどこかに引っかかる可能性も低い。わたしがなぜ、通常なら首をくくろうとしている人しか知らないような結びかたを知っていたのかは、想像におまかせする。

わたしは実際的なことがらだけに意識を集中して手際よく作業を進めた。そういうことは得意だった。この光景が――オルセンがグロテスクな船首像よろしく黒い宇宙船の船尾であんぐり口をあけている光景が――いずれよみがえってくるのはわかっていたが、それはまた別の機会、別の場所での話だった。

あたりが暗くなったころ、わたしは荷の準備ができたと上のカールに声をかけた。結局三度叫ばなければならなかった。カールがボルボのCDプレーヤーでホイットニー・ヒューストンをかけていて、〝アイ・ウィル・オールウェイズ・ラヴ・ユー〟という彼女の歌声が山々にこだましていたのだ。ようやくカールがエンジンをかけて、半クラッチで車をそろそろと前進させる音が聞こえてきた。ロープがぴんと張ると、わたしは死体を抱きかかえて岩壁まで移動させ、そこで手を離した。下から見あげていると、死体は首を引き伸ばされた天使さながらに天へ昇っていき、ゆっくりと闇に呑みこまれた。やがて聞こえるのは死体が岩をこする音だけになった。すると不意に、短いヒュッという音が闇を貫いて、わたしからほんの数メートルのところに何かがガチンと勢いよく落ちてきた。まずい、死体がぶつかって岩がはずれたのだ。もっと落ちてくるかもしれない。そう思ったわたしは、身を隠せる唯一の場所へ避難した。キャデラックのフロントガラスから中へ這いこんだのだ。そこに座って計器盤をながめ、メーター類を逆さまから読んでみた。このあとのことを考えた。計画の次の段階をどう処理するか。細々した実際的なことがら、正しく行なわれなければならないすべてのこと、当初の計画に問題が生じた場合の代替案。実際的に考えるというこの行為が、わたしを少し落ちつかせてくれたにちがいない。状況はもちろん異常だった。ひとりの男が死んだという事実を隠蔽しようとしているのだから。しかしそれが逆にわたしを冷静にしてくれた。

それとも、そういう実際的な思考のおかげではなく、においのせいだったのだろうか。革張りのシートには数々のにおいが染みこんでいた。父の汗、母の煙草と香水、買ったばかりのキャデラックで都会へ出かけたときのカールのゲロ。そのドライブでカールはたちまち車酔いし、村へくだるヘアピンカーブをすべて通過しもしないうちに、もうシートに嘔吐していた。母は煙草を消して窓を巻きおろし、父の銀色の缶から嗅ぎ煙草を取り出した。けれどもカールは村を通りぬけるあいだも、ゲロ袋をひらく間もないほど唐突に前触れもなく吐きつづけたので、窓をすべてあけていても車内には悪臭がこもった。カールが後部席に横になってわたしの膝に頭を載せ、目を閉じてしまうと、ようやく事態は落ちついた。母は吐物を拭きとると、わたしたちにビスケットの袋を渡してくれ、父は〈ラブ・ミー・テンダー〉をひどくゆっくり、やたらとビブラートをきかせて歌った。いま思えば、あれはわたしたちが経験した最高のドライブだった。

あとは迅速に進んだ。

カールがロープを投げおろしてよこすと、わたしはそれを腰に巻いて、準備オーケーと叫び、逆回しにした映画のように、おりてきたときとは逆の要領で岩壁を登った。足を置いている場所は見えなかったものの、石は落とさなかった。さきほど落石を受けそうにさえならなかったら、わたしはここをきわめて安全な山だと言っただろう。

オルセンはヤイテスヴィンゲンの路上でヘッドライトの光の中に横たわっていた。目に見える外傷は少なかった。モップヘアがぐっしょりと血に染まり、片手がつぶれているように見え、首にロープの跡が赤く残っていた。それがロープによる変色なのか、それとも死んで間もない死体は出血することもあるのか、わたしにはわからなかった。だが、明らかに背骨は折れているし、内傷もたくさんあるはずだから、病理学者なら死因は縊死《いし》ではないと断定できるはずだった。それに溺死でもないと。

わたしはオルセンのズボンのポケットに手を突っこんで車のキーを取り出し、反対のポケットからオルセンがボート小屋を施錠するのに使っていた鍵束を見つけた。

「父さんの狩猟ナイフを取ってこい」わたしは言った。

「え？」

「玄関ホールにかかってる。ショットガンの横に。ぐずぐずするな」

カールが家に駆けもどっていくと、わたしは山の住人なら誰でも一年じゅう車に積んでいる雪掻きシャベルを取り出し、オルセンが引きずられた場所の砂利をかき集めてフーケンに投げこんだ。砂利は音もなく消えた。

「ほら」と戻ってきたカールが、息を切らしながらナイフを渡してよこした。血溝の刻まれたナイフ、かつてわたしがドッグにとどめを刺したナイフだ。

そしていま、カールはあのときと同じようにわたしの後ろに立って、わたしがナイフを使うあいだ顔をそむけていた。わたしはオルセンのモップヘアをつかんで、ドッグの頭を抱えたときのようにオルセンの頭を抱え、切っ先を額にあてて骨にぶつかるまで突き刺すと、生えぎわをぐるりと楕円を描くようにして切りはじめた。耳のすぐ上を通り、首の付け根のごつごつした骨のかたまりを越え、切っ先をつねに頭蓋に押しつけて。父はわたしに狐の皮をはぐ方法を教えてくれたが、これはちがった。これは頭の皮をはぐのだ。これは頭の皮をはぐのだ。これがそこにいると光があたらない」

「どけ、カール、おまえがそこにいると光があたらない」

カールがわたしのほうを向いて息を呑み、車の反対側へ歩いていく音が聞こえた。

わたしが頭蓋から頭皮をせっせとはがしていると、ホイットニー・ヒューストンがまた歌いはじめた。自分は絶対に、何があっても絶対に、あなたを愛するのをやめないと。

わたしたちはボルボのトランクにゴミ袋を敷きつめると、蛇革のブーツを脱がせてから、傷んだ死体をそこに積みこんだ。それからわたしはオルセンのプジョーの運転席に座り、ルームミラーを見て頭の皮の位置を直した。その金髪のモップをかぶっていてもわたしはシグムン・オルセンには見えなかったが、オルセンのサングラスをかけるとだいぶ本人らしくなり、暗い通りで外からわたしを見る人々ならだませそうだった。そういう人々は保安官の車を運転しているのが保安官でないとは思いもしないはずだった。

わたしはゆっくりとだが、ゆっくりになりすぎることもなく、プジョーで村を通りぬけた。クラクションを鳴らして注意を引いたりする必要はなかった。外を歩いている村人が何人かいて、おのずとこちらへ顔を向けたので、その連中の脳が保安官の車を認識して、どこへ行くのだろう、少なくとも湖のほうへ向かっているな、とぼんやり考えたのがわかった。ことによるとその半分眠ったような田舎者の脳で、オルセンは自分のキャビンへ行くのだろうと想像したかもしれない。それがどこにあるのかは知らないにしても。

キャビンに着くと、わたしはボート小屋の前にプジョーを駐めてエンジンを切ったが、キーは挿したままにしておいた。ヘッドライトを消したのは、見える範囲に人が住んでいたからではなく、何があるかわからなかったからだ。もしシグムン・オルセンの知り合いが通りかかって光を見たら、挨拶をしに立ち寄ろうとするかもしれない。わたしはハンドルと、シフトレバーと、ドアの取っ手を拭った。それから腕時計を見た。カールにはわたしのボルボを修理工場まで運転していき、外のよく見える場所に駐車したら、わたしが渡した鍵で中にはいり、明かりをつけてわたしが作業をしているように見せかけろと指示してあった。オルセンの死体は車のトランクに入れっぱなしにしておけ。二十分ぐらい待ったら、誰も道を歩いていないのを確認してから車を出し、キャビンまでわたしを迎えにこいと。

わたしはボート小屋の鍵をあけてボートを引き出した。ボートはゴロゴロと音を立てて横木の上を滑ったあと、湖に受けとめられて安堵の吐息のようなものを漏らした。わたしは蛇革のブーツを布で拭い、シグムン・オルセンの鍵束を右のブーツの中に落としこむと、ブーツを両方ともボートに放りこんで、ボートを湖上に押し出した。そこに立ってボートが大いなる未知《グレイト・アンノウン》を目指して滑っていくのを見送っていると、自分がなんだか誇らしくなってきた。そのブーツのあつかいにはいわゆる天才のひらめきがあったからだ。だって、持ち主の家の鍵とブーツだけが残された無人のボートが発見されたら、そうとしか言えないだろう？　ブーツ自体が遺書のようなものじゃないか？　この世での放浪もこれでおしまいです、敬具、生きる気力をなくした保安官。そんなメッセージじゃないか？　美しいと言ってもいいくらいだ――これほどまぬけな話じゃなければ。捜査対象者の目の前で百メートルも下の谷底へ転落するなんて。信じがたいほどまぬけだ。おれだってそんな話はとうてい信じられない。

そこに立ってそんなことを考えていると、事態はますますまぬけになってきた、ボートが岸のほうへゆらゆらと戻ってきたのだ。わたしはもう一度、こんどはもっと強くボートを押し出したが、結果は同じだった。一分後には竜骨がふたたび湖岸の砂利をこすっていた。いったいどういうことなのか。ブダル湖の水平潮流と風向きと川の流出について学校で習ったことが確かだとすれば、ボートは沖へ遠ざかっていくはずなのだが。もしかしたらこのあたりは淀みになっていて、どんなものも堂々めぐりをするだけなのかもしれない。きっとそうだ。ボートをもっと沖へやらないと、潮流に乗って南のシェッテレルヴァ川のほうへ流されてくれないのだろう。ボートがそちらへ流されてくれれば、オルセンが飛びこんだと思しき水域も広大になるから、死体がついに発見されなくても不思議はなくなる。

わたしはボートに乗ってエンジンをかけ、少し走らせてからまたエンジンを切り、惰性で沖へ進ませた。スロットルグリップはきれいに拭ったが、あとはそのままにしておいた。ボートの指紋を調べられた場合、わたしの指紋が見つからなかったら、ますます不審に思われてしまう。わたしはその日の午後、そのボートに乗っていたのだから。岸のほうへ目をやった。二百メートル。そのくらいならなんとかなるだろう。舟縁を乗りこえて水にはいることも考えてみたが、それだとボートの前進運動を止めてしまうのに気づいたので、漕ぎ座に立ちあがって水に飛びこんだ。冷たい水の衝撃は不思議なほど解放的で、加熱していた脳がつかのま冷却されたような気がした。わたしは泳ぎはじめた。服を着たまま泳ぐのは予想以上に困難で、動きはぎこちなかった。教師に聞かされた垂直方向の潮流のことが思い出され、それが感じられるような、自分が底へ引っぱりこまれるような気がした。いまは春ではなく秋だ、心配要らない。そう自分に言い聞かせつつ、ぎこちない平泳ぎでゆっくりと水を掻き分けていった。目標にできるような目印が何もなかったので、やはりヘッドライトをつけておくべきだったのかもしれない。脚のほうが腕よりも強いと教わった記憶があったので、全力をふり絞ってキックを繰りかえした。

するとだしぬけに突然、わたしは何かにとらえられた。沈み、水を飲み、ふたたび水面に顔を出して激しくもがき、襲いかかってきたものから逃れようとした。それは潮流ではなく何かほかの……ものだった。そいつはわたしの手を放そうとせず、歯か口で手首をくわえこんでいた。わたしはふたたび沈んだが、今回は少なくとも口は閉じていた。指先をすぼめて手を細くし、すばやく自分のほうへ引いた。手は自由になった。ふたたび浮上してハアハアと息を吸いこんでいると、一メートルほど先の闇に何かがぷかぷか浮かんでいるのが見えた。浮きだった。わたしは漁網に突っこんでいたのだ。

呼吸を落ちつけていると、ヘッドライトをハイビームにした車が街道を通りすぎていき、オルセンのボート小屋の輪郭が見えた。おかげで残りは何ごともなく泳ぎ切った。ただし岸にあがってみると、わたしが見たのはオルセンのボート小屋ではなく、別の小屋だったことが判明した。おそらく漁網の所有者のものだろう。大きく離れてはいなかったものの、人がいかに簡単に方角を見失うものかこれでよくわかった。わたしは靴をぐちょぐちょいわせながら木立を抜けて街道に出て、そこからオルセンのキャビンに戻った。

立木の陰に隠れて座っていると、ようやくカールがボルボでやってきた。

「びしょ濡れじゃん！」カールはそれがこの晩最大の驚きだとでもいうように声をあげた。

「修理工場に行けば乾いた服がある」わたしはそう言おうとしたものの、歯がガチガチと、東ドイツ製ヴァルトブルク三五三の2ストローク・エンジンなみにけたたましく鳴っていた。「行け」

　十五分後、わたしは体を拭いて二枚のつなぎを重ね着していたが、それでもまだがたがた震えていた。わたしたちはボルボをバックで修理工場に入れ、ドアを閉めると、トランクから死体をおろして、あおむけにXの字にして床に寝かせた。それから死体を見た。オルセンから何かが失われたように見えた。釣りをしていたときにはあったものが。頭のモップがなくなったせいだろうか。それともブーツか。それとも何かほかのものだろうか。わたしは魂など信じないが、オルセンをオルセンたらしめていた何かがあったのはたしかだ。

　ボルボをもう一度外に出して、表からでもはっきり見える位置に駐車した。これからやらなければならない作業は完全に実際的で技術的なものであり、必要なのは運でもひらめきでもなく、適切な道具だけだった。そして、ここに何かがあるとすればそれは道具だった。どこに何を使ったのか、こまごまと説明はしないが、とにかくわたしたちはまずオルセンのベルトをはずし、それから服を切り裂き、そのあと体の各部を切断した。いや、わたしが、だ。カールはまた車酔いにかかっていた。わたしはオルセンのポケットをすべて検《あらた》め、金属類はすべて取りのぞいた。硬貨、ベルト、バックル、ジッポのライター。それらはあとで湖に放りこむつもりだった。それからわたしはその体の各部とモップヘアをすべて、ベルナル叔父が冬に雪掻きに使っているトラクターのバケットに入れた。それが終わると、〈フリッツ〉の工場用強力洗剤を六缶取ってきた。

「何これ？」カールが訊いた。

「洗車場を掃除するときに使ってるものだ」とわたしは言った。「ディーゼル油、アスファルト、なんでも取りのぞいてくれるし、漆喰だって溶かしてくれる。ふだんはこれ一デシリットルを水五リットルで薄めて使ってる。てことは、薄めなければどんなものでも取りのぞいてくれるってことだ」

「やったことがあるの？」

「叔父さんから聞いたんだ。叔父さんは正確にはこう言ってた――〝そいつが指にかかったら、すぐに洗い流さないと、指とさよならすることになるぞ〟」

わたしは雰囲気を和らげるためにそんなことを話したのだが、カールはにこりともしなかった。まるですべてはわたしのせいだといわんばかりに。わたしはそれ以上考えなかった。考えたら、たしかにわたしのせいだ、ずっとわたしのせいだったのだと、そう思うに決まっていたからだ。

「とにかく」とわたしは言った。「それが理由で金属缶にはいってるんだろう。プラスチック容器じゃなくて」

わたしたちはボロ布とテープを使って口と鼻をおおうと、缶の栓をはずして中身を次々とバケットに空け、その灰白色の液体でシグムン・オルセンのばらばら死体をすっかりおおった。

そして待った。

だが、何ごとも起こらなかった。

「明かりを消したほうがよくない？」とカールがボロ布ごしに言った。「誰かがひょっこり挨拶しにくるかもしれない」

「いや。外に駐まってるのは叔父さんの車じゃなくて、おれの車だ。おれはあんまり――」

「わかったわかった」とカールが途中でさえぎったので、わたしは最後まで言わずにすんだ。〝あんまり人がおしゃべりをしにくるような相手じゃない〟

さらに数分が経過した。わたしは自分のいわゆる〝大事な部分〟がつなぎと接触するのを最小限にするため、身じろぎをしないようにしていた。バケットの中でどんなことが起こると想像していたのか自分でもわからないが、とにかくそれは起こらなかった。〈フリッツ〉の評判はおおげさだったのか？

「埋めたほうがいいんじゃない？」カールが咳払いをして言った。

わたしは首を振った。「このあたりには犬や狐や穴熊がやたらといる。そいつらに掘りかえされる」

それは事実で、墓地にいる狐たちはボナケル家の墓まで穴を掘ってしまった。

「ねえ、兄貴？」

「うん？」

「兄貴がフーケンにおりたとき、もしオルセンがまだ生きてたらさ……」

カールがそれを訊いてくるのはわかっていたが、訊かずにいてほしかった。

「……兄貴はどうしてた？」

「状況によるな」わたしはそう答えつつ、タマを掻きたいという誘惑にあらがった。内側に着ているのがベルナル叔父のつなぎだということに気づいたからだ。

「ドッグのときみたいに？」カールは訊いた。

わたしは考えてみた。

「あそこで命が助かってたら、オルセンは少なくともあれは事故だったんだとみんなに伝えられただろうな」わたしは答えた。

カールはうなずき、体重を片足から反対の足に移した。「でもオルセンはさ、たんに落っこちたかっていうと、そうでもなくて――」

「しいっ」とわたしは言った。

フライパンで卵が焼けるような、ジリジリという小さな音がしていた。わたしたちはバケットをのぞきこんだ。液体の白さが増して死体の各部はもはや見えなくなり、表面に泡がぷつぷつ浮いていた。

「見ろよ。〈フリッツ〉が歌ってるぞ」わたしは言った。

「で、それからどうなったの？　死体はすっかり溶けたの？」シャノンは訊いた。

「ああ」とわたしは答えた。

「でも、骨はちがった。その夜じゃなかった」カールが言った。

「じゃあ、それはどうしたの？」

わたしは深呼吸をした。山の端に昇った月が、ヤイテスヴィンゲンのキャデラックのボンネットに座ったわたしたち三人を見おろしていた。南東から異様に暖かい風が吹いてきた。山から吹きおろすその暖風《フェーン》をわたしは、自分が行ったこともなければ行くこともないはるか南方の、タイなどの国々から吹いてきたものだと想像するのが好きだった。

「おれたちは夜明けの直前まで待った。それからトラクターを洗車場まで移動させて、バケットを空にした。若干の骨と肉の線維が格子に引っかかったんで、それをもう一度バケットに放りこんで、また〈フリッツ〉をかけた。それからトラクターを工場の裏に駐めて、バケットをいちばん上まであげておいた」わたしは両手を頭上にあげてそれを説明した。「通りがかりの人が中をのぞいてみたくなるとまずいからさ。数日後、それも洗車場に空けた」

「ベルナル叔父さんは？　何も訊かなかったの？」シャノンは言った。

わたしは肩をすくめた。「なぜトラクターを移動させたんだと不思議そうに言うから、車の修理を依頼する電話が三件立てつづけにあって、場所を空ける必要があったんだと答えておいた。三人とも現われなかったのはたしかに奇妙だけど、そういうことはあるもんだ。叔父貴はそれより、おれがヴィルムセンのトヨタをまだ仕上げてないことのほうにいらだってた」

「ま、兄貴はいそがしすぎたからな」とカールが言った。「とにかく、叔父さんもほかの連中と同じで、保安官が自殺したことのほうにもっと気を取られてた。ブーツだけが残されたボートが見つかって、みんな死体を探してたからさ。だけど、この話はもうしたよな」

「こんなに詳しくはなかったけどね」シャノンは言った。

「兄貴のほうがぼくよりよく憶えてるんだよ」

「で、それで終わったの？　生きてる保安官を最後に見たのはあなたたちでしょう？　事情を訊かれなかったの？」

「そりゃ訊かれたさ」とわたしは答えた。「隣の地区の保安官に手短にね。おれたちは事実を話した。オルセンは事故のあとおれたちがどうしてるか様子を見にきてくれた、とても思いやりのある人だったと。まあ、実際にはおれは、思いやりのある人だと言って、オルセンがまだ生きてると思ってるふりをしたんだが。誰もがもうオルセンは溺死したんだと思ってたのにね。近くにキャビンを持ってる男が、暗くなってからオルセンの車が到着した音を聞いたと思うと証言した。ボートのエンジンがかかって、それからまもなくバシャンという水音がしたように思うと。男はボート小屋の前の湖をざっと見渡してみたが……ま、何も見つからなかったらしい」

「死体がついに見つからなかったことには誰も不審を抱かなかったの？」シャノンは訊いた。

わたしは首を振った。「世間じゃ水死体はかならず見つかるものだと思われてる。遅かれ早かれ浮きあがってきて、岸に打ちあげられて、誰かに発見されると。

だけど、そんなのは例外でね。基本的には永遠に消えちまうものなんだ」

「じゃあ、オルセンの息子が知ってててこちらが知らないことって、何かあると思う?」まんなかに座っていたシャノンは、まずわたしのほうを向いてから、次にカールのほうを向いた。

「ないだろうな」とカールが答えた。「何もかも始末したんだから。かりに見落としがあったとしても、雨と霜と時間の経過でもう洗い流されてる。ぼくが思うに、あいつは親父さんと同じで、ひとつの未解決事件に取りつかれてるだけなんだよ。それが親父さんにとってはここの下に落ちてるキャデラックで、クルトにとってはなんのメッセージも残さずに失踪した父親なのさ。だからありもしない答えを探しはじめたんだよ。そうだろ、兄貴?」

「かもしれないが、あいつはこれまでこの件を嗅ぎまわってるような様子はなかった。なぜいまごろになって始めたのかな」

「ぼくが帰ってきたからかもしれない。あいつの親父さんを最後に見かけた人間が。かつての同級生で、オプガルの山猿だったやつが、地元の新聞によればカナダで成功したという。そしていま、村を救うつもりで帰ってきた。要するにぼくはでかい獲物で、あいつはハンターなんだよ。だけど、あいつには弾がない。あるのは、親父さんがぼくと会った直後に車で走り去ったまま行方不明になったのは何かおかしいという直感だけ。だからぼくが帰ってくると、あいつはふたたび考えはじめた。十数年も経ってるから、ものごとに対して距離を置いて、冷静な頭で明晰にものを考えられるようになってる。で、こう推測しはじめる。親父さんが湖にたどりつかなかったとしたら、どこにたどりついたのかと。フーケンだ、あいつはそう考えたんだ」

「かもしれないが、あいつは何かつかんでる。何か理由があるからあれほど谷底を調べることにこだわってるんだ。そして遅かれ早かれ、あいつはそれを実行する」

「でも、兄貴はエリク・ネレルが反対するはずだと言わなかったか? 落石の危険があるから」

「ああ。でも、おれがそのことを訊いたら、クルトは〝いまにわかる〟と生意気な態度で答えたからな。別の方法を考えついたんだと思うが、それより重要なのは、あいつがいったい何を探してるのかだ」

「その人はたぶん、死体は完璧な隠し場所にあると考えてるのよ」シャノンが日光浴でもするように目を閉じたまま、顔を月に向けて言った。「わたしたちが死体を谷底の車のトランクに隠してると」

わたしはシャノンの横顔をしげしげと見た。月の光に照らされた彼女の顔には、目を逸らすことを不可能にする何かがあった。それと似たようなことが、パーティのときシャノンを淫らな目でながめていたエリク・ネレルにも起きたのだろうか？　いや、エリクが見ていたのは一度寝てみたい女にすぎない。わたしが見ていたのは……なんだろう？　このあたりの山では見たことのない珍しい鳥か。シャノン・アレイン・オプガルはヒタキ科の鳥だ。ヒタキ科の鳥はシャノンと同じように小柄で、なかにはハチドリより小さい種類もいる。ほかの種のさえずりを憶えるのが得意で、すぐさま真似をする。順応性が高く、冬の脅威が迫ってくると、環境に溶けこむために羽毛や体色を変化させるものもある。シャノンが自分をわたしたちにふくめて、〝わたしたち〟が死体を隠していると言ったとき、その口調はごく自然だった。シャノンは自分が身を置くことになった新たな環境に、何かを放棄させられたと感ずることもなく順応していた。ためらうことも、その言葉をまず試してみることもなく、わたしを〝お兄さん〟と呼んだ。なぜならわたしたちはもう家族だったからだ。

「まさしくまさしく！」とカールが言った。「それは海外にいるあいだに憶えて、恋に落ちた言いまわしらしい。「だからもしクルトがそう思いこんでるなら、その考えがまちがいだってことを、あいつが下におりて自分で確かめられるようにしてやるべきだ。そうすりゃ問題は解決する。ぼくらは資金調達が必要な事業計画を抱えてて、村じゅうの支援を必要としてる。疑惑なんか、どんなものであっても持たれちゃまずい」

「まあそうだが」とわたしは言い、頬を掻いた。かゆかったからではなく、そんなふうに気を散らすことで、これまで考えてもみなかったことが頭に浮かんだりするからだ。そのとき閃いたのは、ここには思いもよらないことがひそんでいるという予感だった。

「だけどおれは、あいつが下で何を探すつもりなのか、どうしても知りたいな」

「あいつに訊けば？」カールは言った。

わたしは首を振った。「クルトがエリク・ネレルと一緒にここへ来たとき、クルトは白《しら》を切って、それは親父さんに関することじゃなくて、事故に関することだというふりをした。だからクルトがおれたちに手の内を明かすはずはない」

わたしたちはしばらく沈黙した。尻の下のボンネットは冷たくなっていた。

「そのエリクって人ならクルトの手の内を知ってるかもしれない」とシャノンが言った。「その人なら教えてくれるかも」

わたしたちはシャノンを見た。彼女はまだ目を閉じていた。

「なぜエリクがそんなことをするんだ？」わたしは訊いた。

「教えたほうが身のためだから」

「へええ？」

シャノンはわたしのほうを向き、目をあけて微笑んだ。湿り気を帯びた歯が月の光できらめいた。何を考えているのかはもちろんわからなかったが、彼女も父と同じように、家族を優先せよという自然の理に従っていることはわかった。善悪よりも、その他の全人類よりも、家族を優先せよ。いつだってわたしたち対その他なのだと。

16

あくる日は風向きが変わった。

起床してキッチンにおりてみると、シャノンが寒そうに腕を抱えこんで薪ストーブのそばに立っていた。わたしの古いウールのセーターを着ているが、彼女には滑稽なほど大きすぎた。どうやら自分のポロネックの〝芸術家〟セーターは在庫切れになったようだ。

「おはよう」とシャノンは言った。唇が青ざめている。

「早起きだね。デッサンのほうはどう？」と、わたしはキッチンテーブルに載っている紙のほうへ頭を振ってみせた。

「まあまあ」とシャノンは言いながらテーブルに近づいて、わたしに見られないうちに紙を集めた。「でも、ベッドに横になったまま眠れないでいるよりは、ぱっとしない仕事でもしているほうがいい」彼女は紙をフォルダーに収めてまたストーブのそばに戻った。「ねえ、これって普通なの？」

「普通？」

「一年のこの時期としては」

「気温のこと？　ああ」

「でも、きのうは……」

「あれも普通だよ」とわたしは言いながら窓辺まで行って空を見あげた。「というか、急変するのもこの時期としては普通なんだ。山だから」

シャノンはうなずいた。〝山〟の一語でたいていのことが説明できるのに慣れてきたようだ。わたしはコンロにコーヒーポットが半分ずらして載せてあるのに気づいた。

「いれたてよ」シャノンは言った。

わたしは自分の分をつぎ、シャノンを見たが、シャノンは首を振った。

「エリク・ネレルのことを考えてたんだけどね。あの人には妊娠中のガールフレンドがいるのよね？」

「ああ」とわたしは答え、ひとくち飲んだ。うまい。いや、客観的に言えばうまくないコーヒーなのだが、まさにわたし好みの味だった。コーヒーの好みが同じでないとすれば、わたしがいれるところを観察していたにちがいない。「いますぐあいつから何かを引き出す差し迫った必要はないと思うよ」

「そう？」とシャノン。

「雪が降りそうだ」

「雪？」シャノンはまさかという顔でわたしを見た。

「九月に？」

「運がよければ」

シャノンはゆっくりとうなずいた。頭がいいので理由は訊かなくてもわかるのだ。クルト・オルセンがフーケンで何をしようと企んでいるにせよ、雪が降れば、安全に下へおりるのもそこで何かを見つけるのも、ぐっと困難になる。

「でも、雪はまた消えるかもしれない」とシャノンは言った。「天候は急変するもの……」とわたしに眠たげな笑みを向けた。「山だから」

わたしはくすりと笑った。「トロントだって寒くなると思ったけどな」

「ええ。でも、わたしたちが住んでいた家では、外に出るまで寒さに気づかなかった」

「だんだん楽になるよ。今日みたいな日がいちばんつらいんだ。北風が吹いて、むきだしの地面に最初の霜がおりるころが。冬が来て雪が増えればもっと暖かくなる。火を焚きはじめてから熱気が壁に浸透するまでに数日かかるけどね」

「じゃあそれまでは、ただ凍えてるわけ？」シャノンが震えているのがいまやわたしにもわかった。

わたしはにやりとして、カウンターにコーヒーのマグを置いた。「暖かくしてあげるよ」そう言ってシャノンのほうへ近づいた。わたしと目が合うと、シャノンはぎくりとして小さな胸の前でいっそうきつく腕を組み、白い頬に炎の舌のように赤みが広がった。わたしは彼女の前にしゃがんで薪ストーブの扉をあけた。案の定、大きな薪がたくさんはいりすぎていて、火が消えていた。いちばん大きいやつを手で引っぱり出し、くすぶるその薪をストーブの前の敷板に置くと、わたしはふいごを使った。ふたたび扉を閉めたときには、火は勢いよく燃えていた。

わたしが立ちあがると、カールがはいってきた。服はまだきちんと着ていないし、髪はぼさぼさだ。電話を手にして満面の笑みを浮かべている。

「議会の審議順序が発表になった。ぼくらが最初だ」

ガソリンスタンドに行くと、わたしはマルクスに、

二、三週間前に発注したアイススクレーパーと不凍液のボトルとともに、軽量の雪掻きを陳列してくれと頼んだ。

《オス日報》に目を通すと、第一面の大半は来年の市議会選挙の話題にあてられていたものの、公会堂での出資者集会についての記事も内側のページに掲載されているという案内があった。めくってみると、一ページがまるまるその話題に割かれていて、二枚の大きな写真が添えられていた。一枚は満員の大ホールを写したもので、もう一枚は、カールがヨー・オース元市長の肩に腕をまわしてにこやかにポーズを取っているものだ。オースは不意をつかれたように、少々戸惑った顔をしている。ダン・クラーネの社説も新しいスパ・ホテルに触れてはいたが、ダンがそれに賛成なのか反対なのかは判然としなかった。いや、ダンが内心ではこの計画をつぶしたがっていることはわかった。それを村が救われることを期待して人々がしがみついている〝スパ・ホテルもどき〟と呼ぶ匿名の情報源の言葉を引用している箇所で。その情報源とはおそらくダン自身だったはずだ。けれどもダンは明らかにジレンマに陥っていた。肯定的になりすぎると、自分の義父を後押しするために公器を利用しているように見えてしまうし、否定的になりすぎると、妻の元ボーイフレンドをやっつけたがっているのだと批難されかねない。地方紙の記者というのは、これでなかなかバランスを取るのが難しい職業なのだ。たぶん。

九時ごろ小雨が降りだした。ヤイテスヴィンゲンではそれが雪になっているのが見えた。

十一時には村でも雪が降りだした。

十二時に営業部長がはいってきた。

わたしが客の相手を終え、その客が雪掻きを手に出ていくと、営業部長はにやにやしながら言った。「あいかわらずあらゆる事態に備えができてるね」

「おれたちが住んでるのはノルウェーですから」

「きみにひとつ提案があるんだ」と部長は言い、わたしはまた新たな販促キャンペーンでも押しつけられるのだろうと思った。キャンペーンをやるのは別にかまわない。十回中八回はうまくいくし、本社の連中は自分たちの商売を心得ている。けれどもパラソルとバレーボールとか、こじゃれたスペイン風ソーセージと〈ペプシ・マックス〉の組み合わせとか、そんなものを全国規模で特売品にするのはいささか無理がある。

地元のニーズや好みを知っていることも大切だ。「ボスのひとりから電話が来るはずだ」と営業部長は言った。

「へええ」

「スールランデの大型営業所のひとつがちょっと苦戦しているんだ。立地はいいし、設備も最新なんだが、店長がうまくまわせていなくてね。キャンペーンには従ってくれないし、報告をしかるべきときにしかるべき形であげてもくれないし、スタッフはやる気がないし……ま、わかるだろう。立てなおしてくれる人間が必要なんだ。わたしの仕事ではないんだが、前もってきみに知らせておこうと思ってね。きみを推薦したのはわたしなんで」大したことではないといわんばかりに両腕を広げる仕草から、盛大な感謝を期待されているのがわかった。

「それはどうも」とわたしは言った。

部長はにこにこしながら待った。答えを聞かせてもらって当然だと考えているのかもしれない。

「それはまた急な話ですね」とわたしは言った。「先方の話を聞いたうえで、ちょっと考えてみます」

「ちょっと考えてみる？」営業部長は笑った。「これはうんと考えるべきことがらだよ。収入が増えるというだけじゃなくて、大きな舞台で自分の能力を示すチャンスでもあるんだからな」

自分をミニ実力者のように見せるためにわたしをその職に就けようとしているのなら、部長はまずい相手を選んだことになる。もちろん彼には知るよしもないのだが、どんな舞台であれ、舞台に出ると考えるだけで、わたしは手にじっとりと汗をかくのだ。

「考えてみます」とわたしは言った。「チーズバーガーのキャンペーンならやれますけど、どうです？」


一時にユーリエがはいってきた。店内には誰もおらず、ユーリエはまっすぐわたしのところに来て頰にキスをした。悠然と、唇を柔らかくしたまま、少々長めに。なんの香水をつけているのかはわからなかったが、多すぎることだけはわかった。

「ふうん、それで？」ユーリエが唇を離してわたしを見あげると、わたしは言った。

「新しい口紅を試してみただけ」とユーリエはわたしの頰を拭いながら言った。「仕事が終わったらアレックスと会うから」

「フォード・グラナダのアレックスか？　キスのあとにどのくらい口紅が残るのか調べたわけか」

「ちがう、口紅をつけると唇の感覚がどのくらい鈍るのかだよ。男のコンドームみたいなもん。でしょ？」

わたしは返事をしなかった。そういう話題に踏みこむつもりはなかった。

「アレックスはすごく優しいんだよ」とユーリエは言い、首を傾げてわたしをしげしげと見た。「あたしたち、キス以上のことをするかも」

「幸せもんだな、アレックスは」わたしはそう言いながら上着を着た。「きみひとりでもだいじょうぶだな？」

「ひとり？」ユーリエの顔に失望が浮かんだ。「だけど今日は——」

「わかってる、せいぜい一時間で戻ってくる。いいか？」

失望は消え、こんどは額に皺が現われた。「お店はみんな閉まってるよ。もしかして女？」

わたしはにやりとした。「何かあったら電話をくれ」


村を通りぬけ、ブダル湖沿いの道に曲がった。雪は平地の道路と畑には、降ってもいなかったが、山の上のほうには積もっているのが見えた。時計を見た。失業中の屋根職人が平日の午後一時にひとりで在宅している可能性はかなり高い。わたしはあくびをした。よく眠れなかったのだ。横になったままふたりの寝室から聞こえてくる物音に耳を澄ましていて。何も聞こえなかったが、そのせいでさらに眠れなくなった。ますます耳を凝らし、ますます緊張したからだ。

モーの家まで車を走らせていると、彼の白い家と最寄りの隣家のあいだには少なくとも百メートルはある耕地があるのに気づいた。

アントン・モーは車が近づいてくる音に気づいて見ていたのだろう。わたしがベルを鳴らすとすぐにドアをあけた。薄い髪が風にそよぎ、モーは訝《いぶか》しげにわたしを見た。

「はいってもいいですか？」わたしは言った。

モーはためらった。断わる理由を探していたのかもしれないが、まもなく脇によけてわたしを中に入れた。

「靴ははいたままでいてくれ」

わたしたちはキッチンテーブルに向かいあって腰を

おろした。壁には聖句や十字架の刺繡が額に入れてかけてあり、カウンターにはコーヒーがポット一杯できている。モーはわたしの視線に気づいたらしい。

「けっこうです」

「コーヒーは？」と訊いた。

「弟さんのホテルに投資する人間を探してるのなら、手間を省いてやるよ。いまうちに現金はあまりないんだ」モーは恥ずかしそうに微笑んだ。

「娘さんのことです」

「ほう？」

わたしは窓辺に置かれた小さなハンマーに目をやった。「娘さんは十六歳で、オールトゥン高校に通ってる、そうですね？」

「そうだ」

ハンマーにはこう刻まれていた。〝二〇一七年　屋根職人オブ・ザ・イヤー〟

「娘さんにはノートオッデンの高校へ転校してほしいんです」わたしは言った。

モーは驚いてわたしを見た。「なぜ？」

「あっちの学校のほうが将来のためになるコースがいろいろあるので」

モーはわたしを見た。「それはいったいどういう意味だ？」

「なぜむこうに行かせるのかとナターリエに訊かれたら、そう答えてほしいという意味です。将来のためになるコースがいろいろあるからだと」

「ノートオッデンへ？　車で二時間もかかるぞ」

「ええ。それに寮にもはいれます」

モーの顔には何も表われていなかったが、うっすらと気づきはじめたようだった。「ナターリエの将来を
心配してくれるのはありがたいが、おれはオールトゥンでいいと思う。あの娘はもう二年生になってる。ノートオッデンは大きな街だし、大きな街じゃ悪いことが起こるもんだ、わかるだろ」

わたしは咳払いをした。「おれが言いたいのは、ノートオッデンが当事者全員にとっていちばんいいってことです」

「当事者全員？」

わたしは大きく息を吸った。「そうすれば娘さんは毎晩、父親が自分を犯しにくるのではないかと心配せずに寝られます。あんたも娘さんや家族や自分自身を毎晩辱めることなく寝られますから、みんないつかそ

のうちそんなことは忘れて、何もなかったふりができるようになるかもしれない」

アントン・モーは顔を真っ赤にして、いまにも破裂しそうな目でわたしをにらみつけた。「なんの話をしてるんだ？　酔ってるのか？」

「恥辱の話ですよ。積もり積もった家じゅうの恥辱の。家族全員が知っていながら何もしていないから、家族全員が自分にも責任の一端があると考えてる。どうせすべてが失われているのだから、このまま放置してももう失われるものはないと考えてる。すべてが失われても、ひとつは残ってますからね。家族が。おたがいが」

「病気か、おまえは！」モーは声を荒らげたが、それでも人よりは細く弱々しく聞こえた。「もう帰ったほうがいいぞ、オプガル」立ちあがってそう言った。

わたしは腰をあげなかった。「娘さんの寝室へ行ってシーツをはがして、保安官のところへ持ってって精液の染みがついてるか、それがあんたのものかどうか調べてもらうこともできます。あんたにおれを止めることはできないはずです。でも、それはたぶん関係ないでしょう。娘さんはあんたの不利になる証言をして警察に協力したりはしないはずですから。父親を助けたがるはずですから。かならず、何があろうと。だからこんなことを終わらせるにはこれしか……」わたしは言葉を切って顔をあげ、モーの目を見つめた。「だっておれたちはみんな、これを終わらせたいと思ってるんですから、そうでしょ？」

モーは返事をせず、死んだような冷たい目でわたしをにらみつけているだけだった。

「ナタールリエがノートオッデンに行かなかった場合、おれはあんたを殺すしかない。だからこれが唯一の方法です。ナタールリエはむこうで週末を過ごし、あんたは訪ねていかない。母親はかまわないが、あんたはだめだ。一度でも。ナタールリエがクリスマス休暇で帰ってくるときには、あんたは自分の両親か義理の両親を呼んで一緒にクリスマスを祝い、ここに泊まってもらう」わたしはギンガムチェックのテーブルクロスの折り目を手で伸ばした。「質問は？」

蠅が一匹、ブンブンうなりながら窓ガラスにぶつかっていた。

「どうやっておれを殺すつもりだ？」

「殴り殺す。そう考えてました。それがたぶんいちばん……」わたしは唇をちゅっと鳴らした。心理戦だ。

「……聖書的？」

「ま、たしかにおまえさんは人を殴ることにかけちゃ有名だったからな」

「じゃ、同意してもらえますか？」

「そこの聖句が見えるか？」モーはわたしたちの上にかかっている刺繍のひとつを指さし、わたしはその入り組んだ文字をひとつひとつ読んでいった。〝主はわが牧者なり。われ乏《とも》しきことあらじ〟

ドスッという鈍い音がして痛みが右手から腕に駆けあがり、わたしはわめき声をあげた。モーは屋根職人オブ・ザ・イヤーのハンマーを振りあげてふたたび振りおろそうとしており、わたしが左手を引っこめたとたん、ハンマーががつんとテーブルを殴りつけた。右手があまりに痛むので立ちあがるとくらくらしたが、わたしはスピードを活かして左のアッパーカットを放った。それはモーの顎をとらえたものの、あいだにテーブルがあったため、角度が大きくなりすぎて充分に体重を載せられなかった。モーはわたしの頭めがけてハンマーを振るい、わたしは頭を下げて飛びのいた。モーは突進してきた。テーブルの脚がきしみ、椅子が倒れた。わたしはフェイントをかけてモーをだまし、左の拳で鼻を殴りつけた。モーは悲鳴をあげ、ふたたびハンマーを振るった。二〇一七年には優秀な屋根職人だったとしても、今回は空振りした。モーがまだバランスを崩しているうちにわたしは近くまで踏みこんで、左の拳で右の腎臓にすばやいパンチを三発たたきこんだ。モーが痛みにあえぐのを聞きながら、つづいて片足をあげて膝を思いきり蹴りつけると、何かがぽきりと折れる感触があり、モーが終わったのがわかった。モーは床にくずおれたが、灰色のリノリウムの上で跳ねまわってわたしの両脚にがっちりと腕をまわした。わたしは倒れまいとして右手でレンジにつかまったものの、モーのハンマーでどこかを損傷したらしく、手に力がはいらなかった。あおむけに倒れると、すぐさまモーが上にのしかかってきて膝で腕を押さえつけ、ハンマーの柄で喉を圧迫してきた。わたしはむなしく息を吸おうとし、意識が遠のくのを感じた。顔の右横にモーの頭があり、耳もとでモーの押し殺した声が聞こえた。

「自分を何様だと思ってやがるんだ？　おれの家にはいってきて、おれとおれの家族を脅すとは。おまえが何者か教えてやるよ、山に住む薄汚い未開人だ」

低い笑いを漏らしてモーが体重を前にかけてきたので、肺から最後の空気を押し出されたわたしは、車の後部席で眠りに落ちる瞬間のような甘美なめまいに襲われた。眠っている弟の柔らかな体とからみあい、後ろの窓からは星空が見え、前では両親が低い声でおしゃべりをして笑っている、そんな瞬間。わたしは手を離して自分の中へと落ちていった。するとコーヒーと煙草のにおいのする息と唾が顔にかかった。

「おまえはガニ股で難読症の、山羊とまぐわうホモ野郎だ」モーがささやきかけてきた。

こんなふうだったのだ、とわたしは思った。こんなふうにこいつは娘にささやきかけたのだ。

わたしは腹筋に力を入れて背中を少し丸め、いったん反りかえってから頭突きを食らわせた。ゴツッという音がした。通常なら命中したのは鼻のはずだが、なんであれ、喉にかかっていた圧力を一瞬弱めるだけの効果はあり、わたしは残りの筋肉組織に酸素を行きわたらせられるだけの空気を吸いこんだ。モーの膝の下から左手を抜き、耳を力いっぱい殴りつけた。モーがバランスを崩すと、その体をはねのけてもう一度殴りつけた。もう一度。もう一度。

手を止めたときには、モーはリノリウムの上で胎児のように体を丸めており、鼻から流れ出た血の小川が、倒れた椅子の座面に達して止まっていた。

わたしはモーの上に身を乗り出すと、聞こえたかどうかは定かでないものの、血だらけの耳にこうささやいた。

「おれはガニ股じゃねえ」

「悪い知らせを伝えておくと、内側の関節がまずまちがいなく砕けているね」とスタンレイ・スピンがデスクのむこうから言った。「いい知らせとしては、このあいだ採取したきみの血液中のアルコール濃度はゼロパーセントだった」

「砕けてる？」そう言ってわたしは自分の中指を見おろした。おかしな角度に曲がり、通常の倍ほどの太さになっている。皮膚は裂けているし、裂けていないところはペストを思わせるような不気味な青黒さを帯びている。「ほんとに？」

「ああ。でも、紹介状を書いてあげるから、町の病院でレントゲンを撮ってもらうといい」

「そんなに確信があるなら、なぜレントゲンなんか?」

スタンレイは肩をすくめた。「手術をする必要があるはずだからね」

「で、その手術をもししなかったら……?」

「そうしたら、これは断言できるが、きみはその指を二度と動かせなくなる」

「で、手術をしたら?」

「十中八九、その指は二度と動かせなくなる」

わたしは指を見た。まずい。とはいえ、わたしがまだ修理工をやっていたとしたら、もっとまずいことになったはずだ。

「ありがとう」そう言ってわたしは立ちあがった。

「待て待て、まだ終わってないよ」スタンレイはキャスターつきの椅子を、紙シートでおおわれた診察台のところまで転がした。「ここに座って。その指は少しずれてる、元に戻さないと」

「どういう意味だ?」

「まっすぐにするんだ」

「痛そうだな」

「局所麻酔をする」

「それでも痛そうだ」

スタンレイはゆがんだ笑みを浮かべた。

「一から十までで言うと?」わたしは訊いた。

「八は堅い」

わたしもゆがんだ笑みを返した。

わたしに注射をしたあと、スタンレイは麻酔が効いてくるまでに数分かかると言った。わたしたちは無言で座っていた。彼は静寂がわたしほど苦にならないようだった。それがどんどん大きくなって耳を聾するほどになると、わたしはたまらず彼のデスクに載っているヘッドフォンを指さして、どんなものを聴くのかと尋ねた。

「オーディオブックだ」とスタンレイは答えた。「チャック・パラニュークならなんでも聴く。《ファイト・クラブ》は見た?」

「いや。パラニュークのどこがそんなにいいんだ?」

「そんなにいいとは言ってないよ」スタンレイは微笑んだ。「でも、彼はぼくと同じように考える。そしてそれを表現できる。覚悟はいい?」

「パラニュークね」とわたしは言い、手を差し出した。目と目が合った。

「いちおう言っておくけど、ぼくは新雪で滑って手をつきそこねたというきみの説明は信じてないからね」

「わかった」

温かい手がわたしの指を包むのが感じられた。わたしは麻酔が完全にかかっていてくれることを祈った。

「《ファイト・クラブ》といえば」と言いながらスタンレイは指を引っぱりはじめた。「ぼくにはきみがファイト・クラブのミーティングからそのまま来たみたいに見えるね」

八は堅い、というのは誇張でもなんでもなかった。

診療所を出るとき、わたしは待合室でマリ・オースとすれちがった。

「ハイ、ロイ」とマリは言った。最高の笑みを浮かべていたものの、わたしには彼女が赤面しているのがわかった。挨拶のさいに相手の名前を添えるのは、マリとカールがつきあっていたころに始めたことだった。カールが何かの研究プロジェクトについて読んだところによると、調査員が話しかけるさいに相手の名前を添えたら、人々は自分でも気づかないうちに肯定的反応を四十パーセントも増加させたというのだ。わたしはその人々のうちにふくまれていなかった。

「ハイ」とわたしは手を後ろに隠したまま答えた。

「雪にはまだ早いね」そう、これが村人どうしの挨拶のしかただ。

車に戻るとわたしは、包帯を巻いたずきずきする指を使わずにどうやってイグニションをまわしたものかと頭を悩ませ、さらに、さきほどマリはなぜ赤面したのだろうかと、その理由にも頭を悩ませた。恥ずかしがるような不調を何か抱えているのだろうか？ それとも、不調を抱えていること自体が恥ずかしかったのだろうか？ というのもマリは赤面するタイプではないからだ。マリとカールがつきあっていたころ、マリとばったり出くわすと、赤面するのはわたしのほうだった。とはいえ実際には、そう、マリが赤面するところも何度か見かけたことはある。一度は、カールがマリの誕生日にネックレスを買ったあとのことだ。大したものではなかったのだが、カールが一文なしなのを知っていたマリはカールを問い質し、ベルナル叔父の机の抽斗《ひきだし》から二百クローネ盗んだことを白状させた。わたしはもちろんそれを知っていたから、ベルナル叔父がマリのすてきなネックレスを褒めたときには、マリが激しく赤面するのを見て、血管が破裂するのではないかと心配になった。マリもわたしと同じで、そういう些細な盗みやつまらない否認のようなことがらは、絶対に乗りこえられないのかもしれない。そういうものは体内に封じこめられた銃弾みたいなもので、寒い日にはあいかわらず痛むし、夜中にいきなり疼きだすこともある。百歳になってもまだ、恥ずかしさのあまり顔が赤くなるのを感じるはずだ。

ユーリエはわたしがかわいそうだと言った。スピン先生はもっと強力な痛み止めを出してくれるべきだったと。それに、アレックスとのことは自分の作り話にすぎない、ほんとは誰ともつきあっていないし、キスなんか誰にもさせるつもりはないとも言った。わたしはいい加減に聞いていた。手がずきずきしていたので、家に帰るべきだと思ったが、帰ったところで痛みが引くわけでもなかった。

ユーリエは身を乗り出してきて、包帯を巻いた指を心配げな表情でしげしげと見た。上腕に柔らかい胸が押しつけられ、顔に風船ガムくさい息がかかるのがわかった。口がわたしの耳のすぐそばにあるので、牛が湿地を歩くようなクチャクチャという音が聞こえてきた。

「ちょっぴり妬けなかった？」ユーリエは十七歳の娘に可能なかぎりのずるがしこい無邪気さをこめてささやいた。

「妬ける？　あのな、おれは五歳のときからずっと焼きもちを焼きっぱなしなんだよ」

ユーリエはわたしが冗談を言ったみたいに笑ったので、わたしも無理に微笑んでそれを冗談だと思わせてやった。

17

わたしはカールが生まれた日からカールに焼きもちを焼いていたのかもしれない。いや、それよりもさらに前、母が大きなおなかを愛おしそうになでながら、もうすぐ弟が生まれるんだよと言ったときからかもしれない。けれども記憶にあるかぎりで初めて嫉妬に直面して、そのちくちくと刺すような感覚に名前をあたえられたのは、五歳のときだ。「弟に焼きもちを焼かないの」そう言ったのはカールを膝に座らせていた母だったと思う。カールはそこに長いあいだ座っていた。のちに母は、カールのほうがたくさん愛情を受けたのは、カールのほうがたくさん愛情を必要としていたからだと言った。それはそうだったかもしれないが、母はもうひとつの理由のほうは口にしなかった。カールのほうが愛しやすかったからだとは。

そしてカールを誰よりも愛していたのはわたしだった。

だからこそわたしは、周囲の人々がカールに示す無条件の愛情にだけでなく、カールが愛情を示す相手にまで焼きもちを焼いていたのかもしれない。たとえばドッグとか。

あるいは、ひと夏のあいだここの別荘を借りていた一家の男の子とか。その子はカールと同じぐらいハンサムで、カールは朝も昼も夜もその子と遊んでいて、わたしは夏が終わるのを指折り数えていた。

あるいはマリとか。

ふたりがつきあいはじめてから数カ月のあいだ、わたしはよく、マリが事故に遭って自分がカールを慰める立場になるところを空想したものだ。その焼きもちが愛情に変わったのがいつのことだったのかはよくわからないし、本当に変わったのかどうかもわからない。そのふたつの感情は併存していたのに、結局、愛情のほうがほかのすべてを押し流してしまったのかもしれない。それは重い病のようなものだった。わたしは食べることも眠ることも、普通の会話に集中することもできなくなった。

マリがカールに会いにくることを、わたしは恐れると同時に切望してもいて、マリにハグされたり、急に話しかけられたり、見つめられたりすると赤面した。当然わたしはそんな自分の気持ちを深く恥じていた。すっぱり諦められずに、おこぼれをありがたがっていること。ふたりと同じ部屋に座って、自分の同席を正当化しようと、自分が自分とはちがう人間、愉快で面白い人間だというふりをしていることを。やがてわたしは自分の役割を見つけた。それは無言の存在でいることだった。ふたりの話を聴いていて、カールの冗談に笑ったりマリの話にゆっくりとうなずいたりすることだった。マリが何かで読んだり父親から聞いたりしたことに。ふたりを車でパーティに連れていくのもわたしの役割になった。そこでカールは酔っぱらい、マリは精一杯カールをしゃんとさせておこうとした。いつもしらふでいるのはつまらなくない？　マリにそう訊かれたとき、わたしは平気だと答えた。おれは飲むよりも運転するほうが好きだし、カールの世話を焼くのにふたりの力が必要になることもあるからねと。マリはにっこりして、二度と同じ質問はしなかった。理解したのだと思う。たぶんみんな理解していたのだと思う。カール以外は。

「もちろん兄貴も一緒に行くさ！」カールはスキーに行くとか、週末に町のパーティに行くとか、オース家の老いぼれ馬たちに乗りにいくという話があると、かならずそう言った。理由は言わなかったが、そのあけっぴろげで楽しげな顔から充分に伝わってきた。世界は善人しか住んでいない善なる場所であり、誰でもそこにいるだけで幸せになるはずだと。

もちろんわたしはマリを口説いたりなどしなかった。そんな馬鹿ではなかった。マリがわたしを、少々むっつりしてはいるがどんなときでも自分たちを助けてくれる献身的なお兄さん、としか見ていないことはわかっていた。

ところがある土曜の晩、村の公会堂でグレーテがわたしのところへやってきて、マリはあんたに恋をしているよと言った。カールはわたしが前の週にかかったインフルエンザで家で寝ていたので、わたしは運転手役から解放されて、エリク・ネレルがいつも持ってくる密造酒を飲んでいた。グレーテも酔っていて、目の奥では魔女がダンスを踊っていた。わたしとてグレーテがいたずらをしかけようとしているだけ、ものごとを少々混乱させようとしているだけなのはわかっていた。グレーテがどんな女なのかも、カールをどんなふうに見ていたのかも知っていたのだから。それなのに、まるでアルマン師がダンスバンド風のスウェーデン訛りで、〝贖《あがな》い主は生きておられる、死後の生はあるのです〟と叫ぶのを聞いた聴衆のように、わたしはそれを信じてしまった。人間というのは、どう考えてもありえないことを誰かが主張しても、それが自分の聞きたくてたまらないことなら、心のどこかで、弱い部分で、それを信じてしまうものなのだ。

マリが入口のそばに立っているのが見えた。どこかの若者としゃべっていたが、村の若者ではなかった。このあたりの連中はマリに声をかけることなど怖くてできない。マリがカールのガールフレンドだからではなく、マリが自分たちより頭がいいこと、自分たちを見くだしていること、マリにはねつけられるときには人前でさらし者にされることを知っているからだ。なにしろ公会堂にいる連中は、誰もが市長の娘の一挙一動をつねに目の隅で見ているのだから。

だが、わたしはカールの兄なので、マリに近づいてもかまわなかった。少なくともわたしとマリのあいだでは。

「ハイ、ロイ」マリは微笑んだ。「こちらはオットー。オスロで政治学を勉強しているの。彼、わたしも同じことをするべきだって」

わたしはオットーを見た。オットーはビール瓶を口にあててそっぽを向いていた。わたしを会話に参加させたくなかったのだろう。できるかぎり早く消えてほしかったのだ。わたしは瓶の底を殴りつけたくなるのをこらえてマリに集中し、唇をなめた。

「踊らないか？」

マリはいくぶん面白がるような表情でわたしを見た。

「でもあなた、踊れないんでしょう」

わたしは肩をすくめた。「教わることはできる」思った以上に酔っているようだった。

マリは声を立てて笑い、首を振った。「わたしからはむり。わたしだって先生が必要なんだもの」

「ぼくが力になろうか？」とオットーが言った。「暇なときにスイングを教えてるんだ」

「ええ、お願い！」マリはいともたやすくスイッチを入れられるあのにこやかな、世界にはほかにあなたしかいないといわんばかりの笑顔を、オットーに向けてみせた。「みんなに笑われるのが怖くなければだけど」

オットーは微笑んだ。「いや、そんなにひどいことにはならないと思うよ」そう言ってビール瓶を階段に置いたので、わたしはチャンスがあるうちにそれを口にたたきこんでやらなかったことを後悔した。

「それが勇者というものね」そう言いながらマリはオットーの肩に手を載せた。「あなたもそれでかまわない、ロイ？」

「ああ、もちろん」とわたしは言い、頭をたたきつけられる壁を探して周囲を見まわした。

「ということは、勇者がふたりね」とマリはもう一方の手をわたしの肩に載せた。「教師と生徒。わたしはあなたたちがダンスフロアで一緒に踊るのを見て楽しむから」

そう言うとマリは立ち去り、数秒ののちようやくわたしは何が起きたのかを理解した。オットーとわたしはたがいを見つめながらそのまま突っ立っていた。

「それよりも殴り合うか？」わたしは訊いた。

「そうだな」オットーは呆れたように天井を仰ぎ、瓶をひろいあげて姿を消した。

まあ、どのみちわたしは酔いすぎていたが、翌朝目を覚ましたときの頭痛と後悔は、オットーから受けたかもしれないパンチよりはるかにひどかった。前夜のできごとを、グレーテの言ったことを除いてすべて話してやると、カールは咳をしながら笑い、また咳をした。

「兄貴はやっぱり最高だ！　そういう馬鹿どもを弟のガールフレンドから遠ざけるためなら、ダンスだってするんだから」

わたしはうなった。「マリとならな。オットーとかいう野郎とじゃない」

「それでも、盛大なキスをさせてくれ！」

わたしはカールを押しのけた。「やめてくれ――またインフルエンザにかかりたくない」

マリに対する自分の気持ちをカールに話さなかったことについて、罪悪感はとくになかった。むしろカールがそれに気づいていないことのほうが驚きだった。わたしは洗いざらい話すこともできた。話せばカールは理解してくれただろう。少なくとも、理解すると言ってはくれたはずだ。小首を傾げて思いやりのこもった目でわたしを見つめ、そういうことは起こるものだし、いずれ過ぎ去るものだと、そう言ってくれただろう。それがわかっていたからこそ、わたしは口をつぐんだまま事態が過ぎ去るのを待ったのだ。比喩的にも文字どおりの意味でも、二度とマリをダンスに誘ったりはしなかった。

ところが、マリのほうがわたしを誘いにきた。

それはグレーテがマリにカールと関係を持ったという話を伝えて、マリがカールを捨ててからふた月後のことだった。カールはミネソタの大学へ行ってしまい、わたしはひとりで農場に住んでいた。ある日、誰かがドアをノックした。マリだった。マリはわたしを抱きしめ、わたしの胸に乳房を押しつけたまま、自分と寝たいかとわたしに尋ねた。正確に言うと、「わたしと寝るつもりある?」とわたしの耳にささやいてから、「ロイ」と付け加えたのだ。それは名前を添えると相手がより好意的になるという研究結果によるものではなく、わたしに尋ねているのだと強調するためだった。

「やりたいのは知っている。ずっと前から知っていたのよ、ロイ」わたしのためらいに気づくと、マリはそう言った。

「いや。それは誤解だ」わたしは言った。

「嘘をついてもだめ」マリはわたしたちのあいだに手を滑りこませた。

わたしは体をもぎはなした。マリが来た理由はもちろんわかっていた。たとえマリのほうからカールを捨てたのだとしても、屈辱を感じているのはマリだった。もしかすると本当は別れたくなかったのに、別れるしかないと思ったのかもしれない。なにしろマリ・オースは市長の娘であり、山の農家の倅に浮気をされたなどという事実は、グレーテが村の半数に広めていても、受け入れるわけにいかなかったからだ。だが、カールをお払い箱にするだけでは不充分だった。失われたバランスを回復する必要があった。あれから二カ月が経過しているという事実は、マリがその決断をしぶしぶくだしたことを示していた。言い換えれば、わたしがいまマリと寝ても、それは破局を経験した女の心の隙につけこんだことにはならないはずだった。マリのほうこそ、最愛の弟に見捨てられた男の心の隙につけこんだことになったはずだ。

「ほら。わたしに手伝わせて」マリは言った。

わたしは首を振った。「きみじゃないんだよ、マリ」

マリは床のまんなかで足を止め、信じられないという顔でわたしを見つめた。「じゃあ、あれは本当だったの？」

「あれって？」

「みんなが言ってること」

「知るもんか、そんなもの」

「あなたは女の子に興味がないって噂。あなたの頭にあるのは……」とマリは間を置いて言葉を探すふりをしたが、マリ・オースはかならずそれを見つけた。

「……車と鳥だけだって」

「おれが言いたかったのは、問題はきみじゃなくて、カールのほうだってことだよ。あいつはどう考えても正しくない」

「そのとおりよ、正しくない」

いまやわたしにも、村の連中がつねづねマリに感じているあの人を見くだすような高慢さが感じ取れた。だが、ほかにも何かが感じ取れた。知っているはずのないことをマリが知っているような気配が。カールが何かしゃべったのだろうか？

「復讐なら別の方法を探したほうがいい」とわたしは言った。「グレーテに相談しろよ。グレーテならそういうことが得意だから」

するとマリは赤面して、こんどは本当に言葉を失った。足音も高く出ていくと、車に乗りこんで、砂利を後ろへ跳ねとばしながら猛然とヤイテスヴィンゲンのほうへくだっていった。

数日後に村で出会うと、マリはまた顔を赤らめて、わたしに気づかないふりをした。あった。こんな小さな村で顔を合わさないわけはないかない。けれども時がたち、マリがオスロへ行って政治学を勉強して帰ってきたときには、わたしたちはほぼむかしどおりに話ができるようになっていた。ほぼ。なぜならわたしたちはもうおたがいに関心を失っていたからだ。マリもわたしと同様にわかっていたのだ。これはマリの体内に残るしこりみたいなものだということを。わたしはマリを拒絶したのではなく、マリを、裸のマリを見てしまったのだということを。裸で醜いマリを。

わたしのしこりのほうは依然として体内にあったはずだが、もはや成長を止めていた。いくら待っても、ときめきは訪れなかった。おかしな話だが、わたしはマリとカールの恋が終わるのとほぼ同時に、マリに恋をするのをやめたのだ。

18

モーの家に行った二日後、本社から電話があって、南部地方《スールランデ》の営業所を任せたいと言われた。せっかくですが、とわたしが断わると、むこうはがっかりしたようだった。理由を訊かれたのでこう答えた。わたしの営業所はいま、国道のルート変更によっていろいろと興味深い課題に直面しており、わたしはそれに取り組むのを楽しみにしているのだと。むこうは感銘を受けたらしく、それは残念ねと言った。あなたこそわたしたちが必要としている人材だと信じていると。

その日の後刻、クルト・オルセンが店にやってきた。クルトは両脚を広げてカウンターの前に立ち、親指と人差し指で《イージー・ライダー》風の口髭をなでながら、わたしが客の対応を終えるのを待った。店から人がいなくなると、クルトは言った。

「アントン・モーがあんたを重傷害で訴えてきてる」

「あの男にしちゃ洒落た言いまわしだな」わたしは言った。

「かもしれん。モーがあんたから謂れない批難を受けたと言うんで、おれはナターリエから話を聞いた。ナターリエは父親に触れられたことなどないと断言してる」

「おまえ、何を期待してたんだ？　あの娘が〝はい、父はわたしをファックしてます〟なんて答えるとでも思ったのか？」

「それがレイプのことを言ってるなら、おれはたぶんちがうと——」

「なに言ってるんだ、おれはレイプだなんて言ってないぞ、厳密にはな。だけどやっぱりレイプなんだよ、おまえだってそれはわかってるだろ」

「いいや」

「あの娘は抵抗が足りなかったと思ってるのかもしれない。まだ幼いころに始まったんだとしても、おかしいと気づかなくちゃいけなかったんだと」

「ちょっと待て、どうしてそんなことが——」

「いいから聞けよ。子供というのは親のすることはなんでも正しいと思うものだよな？　だけど、秘密だぞと言われたのも憶えてる。だから心のどこかじゃ、それが悪いことなのに気づいていたのかもしれない。だとすると自分もその秘密の共犯者になるわけだし、家族への忠誠心は神や保安官への忠誠心に勝るから、自分にも責任があるんだと思いこむ。で、十六になったいま、自分は自発的な共犯者だったんだと自分に言い聞かせれば、その重荷に耐えやすくなるのかもしれない」

クルトは口髭をなでた。「まるで社会学でも専攻してモーの家に住み込んでたみたいな口ぶりだな」

わたしは答えなかった。

クルトは溜息をついた。「十六歳の子に父親の不利になる証言を強要することはできない、それはわかってくれ。だけどその一方じゃ、あの子はもう自分の言うことには責任を持たなきゃならない年齢でもある」

「それはつまり、合意のうえだったのかもしれないし、いまはもうあの娘は性交同意年齢を超えてもいるから、見て見ぬふりをするってことか？」

「ちがう！」クルト・オルセンは周囲を見まわして誰もはいってきていないのを確かめると、また声を落とした。「直系家族の近親相姦はいかなる場合でも法律で罰せられる。たとえあの娘が三十歳で、行為が百パーセント合意のうえでも、モーは六年の実刑を食らう可能性がある。だけど誰もしゃべらないのに、おれはどうやって何かを証明すりゃいいんだ？　父親を逮捕したって、スキャンダルになって関係者全員の人生をぶち壊しにするだけだ。途方もない精力をつぎこんでも有罪にはできない。そのうえ村の名前は全国紙によって泥まみれにされるんだぞ」

そのうえ個人的にはおまえの名前に大きな汚点がつくしな。わたしはそう思いながらクルトを見た。だが、クルトの顔と声には本物の無力感が表われていた。

「じゃ、あんたならどうする？」とクルトは両腕を広げて溜息をついた。

「あの娘を父親から引き離す」とわたしは答えた。

「たとえばノートオッデンに引っ越させるとか」

クルトはわたしの視線から目を逸らし、何か興味深いものがそこにあるとでもいうように新聞スタンドを見つめ、それからゆっくりとうなずいた。

「なんにせよ、モーはあんたを訴えてきてるからな、おれとしても何かしなくちゃならない、それはわかるだろ？　下手をすりゃ四年食らいこむぞ」

「四年？」

「顎の骨が二カ所折れてるし、片耳は一生難聴になるかもしれん」

「だったらまだひとつは残ってる。そっちの耳にささやいてやれよ。その訴えを取り下げれば、娘との関係は少なくとも世間の知るところにはならないぞと。あいつがこの訴えを起こした唯一の理由は、そうしなければあいつに対するおれの批難が正当に見えてしまうからだ。それはおれもおまえも知ってるし、あいつも知ってるはずだ」

「その理屈は理解できるが、ロイ、おれは保安官として、あんたが他人に重大な障害を負わせた事実に目をつむるわけにはいかない」

わたしは肩をすくめた。「正当防衛だよ。あいつはおれが手を触れもしないうちにハンマーで殴りかかってきたんだ」

クルトは短い笑いを漏らしたが、目は笑っていなかった。「で、あんたはそれをどうやっておれに信じさせるつもりだ？　これまで一度も問題を起こしたことのないペンテコステ派の信者が、村いちばんの喧嘩好きで知られるロイ・カルヴィン・オプガルを襲ったなんて」

「おまえの頭と目を使ってだよ」わたしは両手を平らにしてカウンターに置いた。

クルトはそれを見つめた。「それで？」

「おれは右利きだ。これまでおれと殴り合ったことのあるやつなら誰もで教えてくれるはずだが、おれはそいつらを右でノックアウトしてる。だとしたらなんで左手の関節は全部皮がむけてるのに、右手はこの指を除いてまったく無傷なんだ？　モーに説明してやれよ――あいつがおれを襲ったんだと判明したら、娘のことだけじゃなく重傷害もふくめて、このすべてがはたしてどんなふうに見えるか」

クルトは口髭をなでながら考えこんだ。そしてうなずいた。「モーと話してみる」

「ありがとう」

クルトは顔をあげてわたしをにらんだ。その目に怒りがよぎるのが見えた。わたしの礼の言葉をからかいだと感じたらしい。モーと話をするのは、わたしのためではなく自分のためなのだろう。ナターリエと村のためでもあるかもしれないが、とにかくわたしのためではないのだ。

「この雪はじきに消える」クルトは言った。

「そうか？」とわたしは軽く言った。

「予報だと来週は穏やかな天気になるらしい」


市議会は五時に始まった。カールが出かける前に、わたしたち三人はダイニングルームで、山鱒とじゃがいもときゅうりサラダのサワークリーム添えという、わたしの作った食事をした。

「料理が上手ね」とシャノンは食卓を片付けながら言った。

「ありがとう。でも、実際にはすごく簡単な料理なんだよ」わたしは遠ざかっていくキャデラックのエンジン音を聞きながら言った。わたしたちは居間に腰をおろし、わたしはコーヒーをついだ。

「ホテルの件が議題の一発目だ」とわたしは時計に目をやりながら言った。「てことはカールはわりとすぐに行動に移るはずだ。おれたちはあいつがうまくブラセネを乗りこえてくれるのを祈るしかない」

「ブラセネを乗りこえる？」

「この言いまわしは初めて？　困難を乗りこえるという意味だ」

「ブラセネってなに？」

「なんだろう。船乗りの言葉だけど。そっちの方面にはあんまり関心がなくて」

「ワインを飲まなくちゃね」シャノンはキッチンへ行ってグラスをふたつと、カールが冷蔵庫で冷やしておいたスパークリングワインを持ってきた。

「じゃあ、あなたが関心のあることってなに？」

「関心のあることと？」とわたしはボトルをあけるシャノンを見ながら言った。「おれは自分のガソリンスタンドが欲しいし、それに……ま、それぐらいかな」

「奥さんとか子供は？」

「そうなるならそれはかまわない」

「どうしてガールフレンドがひとりもいなかったの？」


わたしは肩をすくめた。「必要なものが欠けてるんじゃないかな」

「つまり自分には魅力がないと思ってるわけ？　それがあなたの言ってること？」

「半分冗談だったんだけど、ま、そうだ」

「ふうん、だったら言わせてもらうけど、そんなことはないわよ、ロイ。これは同情からじゃなくて、事実だから言ってるの」

「事実？」わたしはシャノンが差し出したグラスを受け取った。「そういうことは主観的なものじゃないか？」

「主観的な事実もあるの。で、男の総合的な魅力というのは、女の魅力以上に、見ている女の主観に左右されるはず」

「それは不公平だと思わないか？」

「男のほうが自由かもしれない。だって外見はそれほど重要視されないんだから。でも、社会的地位のほうを重要視されるから、女が美しさを求められることに文句を言うなら、男は地位を求められることに文句を言ってもいいとは思う」

「で、美しさも社会的地位も持ちあわせない場合は？」

シャノンは靴を脱ぎすてて椅子の上に両足をあげると、ワインをひとくちゆっくりと飲んだ。楽しんでいるようだった。

「地位というのも美しさと同じように、さまざまな秤や物指しで測られる」と彼女は言った。「極貧でも天才の画家は、女たちのハーレムを持ってるかもしれない。だって女は有能な男に惹かれるものだから。大衆から抜きんでている男に。美しさも社会的地位も持ちあわせない場合は、かわりに色気とか、性格の強さとか、ユーモアとか、そういう美点をそなえていなくちゃだめなわけ」

わたしは笑った。「じゃ、おれはそこで得点をあげてると、きみはそう思ってるわけ？」

「そう」とシャノンはあっさり言った。「乾杯」

「乾杯、ありがとうを百万回言うよ」そう言ってわたしはグラスを掲げた。小さな泡たちがシュワシュワと何やらささやきかけてきたが、何を言っているのかはわからなかった。

「どういたしまして」

「じゃあ、カールみたいなやつは楽だな」とわたしは言い、おたがいのグラスがほとんど空になっているのに気づいた。「で、きみはカールのどこに惹かれたんだ？ 外見？ 地位？ それとも色気？」

「頼りなさと、優しさ。カールの美点はそこにある」シャノンは言った。

わたしは右手をあげて、たしなめるように人差し指を振ろうとしたが、包帯でぐるぐる巻きにされた中指を曲げられなかったので、左手に替えざるをえなかった。「そんなダーウィン的生殖理論を唱えておきながら、同時にその例外を主張することは認めないぞ。頼りなさと優しさなんてだめだ」

シャノンはにっこりして、おたがいのグラスをふたたび満たした。「まあそうだけど、そんな感じだったの。わたしの合理的な動物脳は子孫を残すための相手を探していたはずなのに、わたしのおっちょこちょいな人間性が見て恋に落ちたのは、男のそのはかない美しさだったわけ」

わたしは首を振った。「外見？　地位？　それともそれを補う美点？」

「そうねえ」とシャノンは言いながら卓上灯の光にグラスをかざした。「外見」

わたしはうなずいただけで、何も言わなかった。だが、林の中のカールとグレーテのことが頭に浮かんだ。グレーテの上着が幹にこすれて破れる忌まわしい音が。別の音も頭に浮かんだ。クチャクチャという、牛が湿地を歩くような音。柔らかな乳房。ユーリエ。わたしはその想念を追いはらった。

「もちろん美は絶対的なものじゃない」とシャノンは言った。「それはわたしたちがそれぞれに感じるものだから。美はつねに各人の文脈の中にあって、その人のそれまでの経験と関連してる。その人が感じ、学び、つなぎあわせてきたすべてのものと。どこの国の人もたいてい、たまたま自分の国の国歌になっているものを世界一の国歌だと考えるし、自分の母親の料理がいちばんだとか、町いちばんの美女が世界でもいちばんの美女だとか考える。新しくて耳慣れない音楽に出会うと、最初は好きになれない。本当に耳慣れない音楽だとね。その人にとってまったく新しい音楽を、その人が気に入ったり愛したりするとしたら、それはその人がエキゾチックなものの概念が好きだからであって、それが刺激的で、さらに言えば、自分は他人よりすぐれた感受性と宇宙理解力の持ち主だという感覚をあたえてくれるからにすぎない。でも、そういう人が本当に好きなのは、その人が無意識のうちに知っているものなのよ。時がたつにつれて、かつては新しかったものもその人の経験基盤の一部になり、条件つきで学習したこと、つまり何がすてきで何が美しいかを規範化したものが、その人の美的感覚の一部になる。二十世紀前半、アメリカ映画は世界中の人たちに白人映画スターの美を発見させるようになった。それからこんどは黒人スターの。そして最近五十年は、アジア映画がアジア人スターのために同じことをしてる。音楽に似てはいるけれど、映画スターの美は大衆に認められるものでなくちゃならない。アジア人はアジア的すぎてはだめで、確立された美の理想に似ている必要がある。いまだに白人であるお手本にね。そういう意味では、美学に用いられる〝感覚〟という語は、控えめに言っても不正確だと思う。人はたいてい生まれたときから視覚と聴覚を持ってるけれど、美学に関してはまっさらなんだから。つまり――」

シャノンは突然話をやめた。無関心な聞き手に講釈を垂れていたことに気づいたというようにふっと微笑んで、ワイングラスを口もとに運んだ。わたしたちはしばらく無言で座っていた。やがてわたしは咳払いをしてこう言った。

「何かで読んだんだけど、人は誰でも、たとえものすごく孤立した部族でも、顔のシンメトリーを好むらしい。それは生得のものもあるという証拠じゃないかな?」

シャノンはわたしを見た。笑みが顔をよぎり、彼女は椅子の上で身を乗り出した。

「そうかもね。でも、シンメトリーのルールというのはすごく単純で厳密だから、世界中でシンメトリーが好まれるのも驚きではないとも言える。たとえば高次の力への信仰だって、頼りやすいものだから世界中に見られるけれど、生得のものじゃないでしょう」

「じゃあ、もしおれがきみはきれいだと思うと言ったら?」言葉が口を衝いて出てしまった。

シャノンはまず驚いた顔をし、それから垂れさがったまぶたを指さした。口をひらいたとき、その声はもう温かく深みのあるものではなく、きんきんした耳ざわりなものになっていた。「それは嘘か、でなければ、美についてのもっとも基本的な原則を理解してないかね」

わたしは一線を越えてしまったのを悟った。「てことは原則があるわけだ」と正しい側へ戻ろうとして言った。

シャノンは大目に見ようかどうしようか考えるような表情でわたしを見てから、こう言った。「シンメトリー。黄金比。自然を模した形。補色。和音」

わたしはうなずいて、会話が元の軌道に戻ったことにほっとしたものの、失言をした自分を延々と責めることになるのはわかっていた。

「それに建築で言えば、機能的な形がそう」とシャノンはさらにつづけた。「それは本質的には自然を模した形と同じなの。蜂の巣房の六角形とか。ビーバーの調整ダムとか。狐のトンネル網とか。ほかの鳥たちの住み処《か》にもなるキツツキの巣穴とか。こういうものはどれも美しさを求めて作られたものじゃないけれど、やっぱり美しい。住みやすい家は美しいのよ。本質的にはそのぐらい単純なことなの」

「じゃあ、ガソリンスタンドは？」

「ガソリンスタンドだって美しくなりうる。それの果たす機能が賞賛に値すると見なされるものであれば」

「じゃあ、絞首台は……？」

シャノンは微笑んだ。「……美しくなりうる。死刑が必要なものだと見なされるかぎりは」

「そんなふうに考えるには、死刑囚を憎まなくちゃならないんじゃないかな」

シャノンはその考えを味わってみるかのように唇をなめた。「死刑が必要だと思えばそれで充分だと思う」

「でもキャデラックは、現代の車と比べてそれほど機能的じゃない形をしていても、美しいじゃないか」とわたしはワインを注ぎたしながら言った。

「キャデラックには自然を模したラインがある。まるで鷲みたいに空を飛んで、ハイエナみたいに歯をむきだして、鮫みたいに水中を泳ぎそうな形をしてる。空気力学的にもすぐれていそうだし、宇宙まで飛んでいけるロケットエンジンを積むスペースもありそう」

「だけど、あの外見は機能と一致しないし、おれたちはそれを知ってる。それでもやっぱり美しいと思うだろ」

「そうね、無神論者だって教会を美しいとは思うしね。でも、信者のほうがもっとずっと美しいと思うはずよ、だって教会は永遠の命を連想させるんだから。それは女の体が、自分の遺伝子を残したがってる男に影響をおよぼすのと同じ。女が不妊だということを知ったら、女の体に対するその男の欲望は無意識のうちに少ししぼむはず」

「そうかな」

「試してみる？」

「どうやって？」

シャノンは力なく微笑んだ。「わたしは子宮内膜症なの」

「内膜症？」

「子宮の内側をおおう組織層が子宮の外で生長してしまう病気。つまりわたしは子供を産めそうにないということ。これであなたも、中身に不足があるのがわかると外見の魅力が薄れることに同意するでしょう？」

わたしはシャノンを見た。「いや」

シャノンはにやりとした。「そう答えてるのはあなたの表面的で意識的な部分よ。あなたの無意識にこの情報をしばらく咀嚼《そしゃく》させてみて」

ワインのせいか、いつもは真っ白な頬がほんのり染まっていた。わたしが答えようとしたとき、シャノンはけらけらと笑ってそれをさえぎった。

「まあでも、あなたはわたしの義理のお兄さんなんだから、モルモットにはあんまりふさわしくないわね」

わたしはうなずいた。それから立ちあがってCDプレーヤーの前へ行き、J・J・ケイルの《ナチュラリー》をかけた。

わたしたちは静かにそのアルバムを聴いた。アルバムが終わると、シャノンはわたしに、もう一度最初からかけてと言った。

〈ドント・ゴー・トゥ・ストレンジャーズ〉の途中でドアがあいて、戸口のむこうにカールが現われた。がっかりしたような深刻な顔をしており、スパークリングワインの瓶のほうへ顎をしゃくってみせた。

「なんだってそんなものをあけてるんだ？」と沈んだ声で言った。

「わかってたからよ」とシャノンが言った。「あなたならきっと議会に、ホテルこそここに必要なものだと納得させてくれるはずだって。好きなだけ別荘を建てていいと認められるはずだって。だから先にお祝いをしてたの」とグラスを掲げてみせた。

「この顔が、そんな結果になったように見えるか？」とカールは暗い顔でわたしたちを見た。

「その顔はね、お芝居が下手くそな人みたいに見える」とシャノンは言い、ワインをひとくち飲んだ。

「自分のグラスを持ってきて、ダーリン」

カールの仮面がはがれた。彼は大声で笑い、腕を広げて近づいてきた。「反対票は一票だけだった。みんな気に入ってくれたよ！」

カールはスパークリングワインの残りをほとんどひ

とりで飲みながら、興奮を後光のように発散させて議会の様子を生き生きと語った。

「一語一句むさぼるように聴いてくれたよ。ひとりがなんと言ったと思う？　〝すべてはよりよくできる、というのがわれわれ自由党のモットーだが、しかし今日はもう、これ以上よりよくできることはない〟だとさ。その場で土地利用計画の変更を了承してくれたから、これでぼくらは別荘を建てられる」カールは窓を指さした。「採決のあとヴィルムセンがぼくのところへ来て、おめでとうと言ってくれた。傍聴席で聴いていたが、きみは自分と家族を金持ちにしただけじゃなく、村じゅうの連中の農地をまさに油田に変えたんだと言ってさ。あのおっさん、もっと山を買っておかなかったのを後悔してると言って、その場でぼくらの土地に三百万出すと持ちかけてきたよ」

「で、おまえはなんて答えたんだ？」わたしは訊いた。

「それはきのうの土地価値の倍かもしれないけれど、いまは十倍に跳ねあがってると言ってやったよ。いや、五十倍だ！　乾杯！」

　シャノンとわたしは空のグラスを掲げた。

「ホテルのほうは？」とシャノンが訊いた。

「気に入ってくれたよ。大いに気に入ってくれた。要求された変更点はごくわずかだった」

「変更点？」赤毛の眉が右目の上で吊りあがった。

「むこうが言ってるのは、ちょっと……無機的だってことだと思う。もうちょいノルウェーの山地らしさを出してほしいんだよ。心配するようなことじゃない」

「山地らしさ？　どういう意味？」

「細かいことだよ。屋根に芝土を載せたり、そこかしこに丸太を使ったり、入口の両側にでかい木彫りのトロルを置いたり。そういうくだらないことさ」

「それで？」

　カールは肩をすくめた。「了承したよ。大した問題《イッツ・ノー・ビッグ》じゃない《・ディール》」と英語で付け加えた。

「なによそれ？」

「あのね、ダーリン、これは心理学なんだよ。連中は自分たちが主導権を握ってると思いたいんだ。自分たちは海外から帰国したばかりの小生意気な野郎に威張りちらされる田舎っぺじゃないんだと。わかる？　だからこっちは何かあたえてやらなくちゃならないんだ。ぼくはこの譲歩がこっちにとって痛手になるふりをしてやったから、むこうはもう精一杯自己主張をしたと思ってる。これ以上の要求はしてこないはずだよ」

「妥協はしないと、あなたそう約束したじゃない」にらみつけるシャノンの目がぎらりと光った。

「怒るなよ、ダーリン。ひと月後に最初の地面を掘りかえすころには、運転席に座ってるのはぼくらになるんだから、そうしたら連中にそういうキッチュなものがやっぱり使えないのはなぜか、実際的な説明をしてやろう。それまでは連中に、自分たちの望みどおりのものができると思わせておくさ」

「そうやってあなたはみんなに、それぞれの望みどおりのものができると思わせてるわけ？」

シャノンの声にはこれまで聞いたことのない冷ややかさがあった。

カールは椅子の上でもじもじした。「ダーリン、いまはお祝いのときであって――」

シャノンはぷいと立ちあがり、そのまま出ていった。

「なんだったんだい、いまのは？」玄関ドアがばたんと閉まるとわたしはカールに訊いた。

カールは溜息をついた。「シャノンのホテルなんだ」

「シャノンの？」

「シャノンが設計したんだよ」

「シャノンが設計した？　建築家でもないのに？」

「建築家なんだよシャノンは」

「ほんとに？」

「なんならトロント一優秀な、と言ってもいい。だけど、シャノンは自分のスタイルと考えにこだわっててね、残念なことにちょいとハワード・ロークなんだ」

「ハワード・ロークって？」

「『水源』っていう小説に出てくる建築家だよ。自分の設計どおりに建ててもらえなかった作品を爆破するんだ。シャノンはどんな些細な点も譲らない。もうちょい融通がきけば、トロント一優秀なだけじゃなくて、トロント一の売れっ子にもなってたはずなのに」

「別にそれが重要だというわけじゃないが、なんだっておまえ、シャノンが設計したと言わなかったんだ？」

カールは溜息をついた。「図面にはシャノンの会社の名前がはいってる。それで充分だろうと思ったんだ。プロジェクトの言い出しっぺが自分の妻に――それも若い外国人に――設計を任せてたら、人はどうしたってこの計画には専門性が欠けてるんじゃないかと怪しむ。もちろん、シャノンの実績を見てもらえばそれですむ話だけど、出資者と議会が賛同してくれるまでは、そういう騒ぎはないほうがいいと思ったんだよ。シャノンも同意してくれた」

「なるほど。だけど、おれにまで黙ってたのはなぜだ？」

　カールは大きく腕を広げた。「そうすりゃ兄貴だってあちこちで嘘をつかずにすむだろ。いや、嘘じゃないんだけどさ、シャノンの会社の名前がはいってるんだから。だけど……ま、わかるだろ」

「不安材料が減るってわけか？　何を口走るかわからないやつが」

「なに言ってるんだよ、兄貴」とカールは悲しげな美しい目でわたしを見つめた。「ぼくはここで無数のボールをお手玉をしてる。だから気を散らされるようなものは最小限に抑えようとしてるだけだ」

　わたしは考える時間を稼ぐために、歯のあいだから大きく息を吸いこんだ。そんなことをするようになったのは最近のはずだ。父はよくそれをやったが、わたしは不快に思ったものだ。「わかった」

「よかった」

「お手玉から気を散らすものといえば、こないだ診療所でマリに出会った。おれを見て顔を赤らめてた」

「へええ、ほんと？」

「何か恥じることがあるみたいだった」

「たとえば？」

「わからん。だけど、おまえとグレーテのことがあって、おまえがアメリカへ行ったあと、マリはおまえに復讐しようとした」

「どうやって？」

　わたしは大きく息を吸ってから答えた。「おれに言い寄ってきた」

「兄貴に？」カールはけらけらと笑った。「それでぼくには、自分に情報を伝えないといって文句を言うわけ？」

「それがマリの狙いだったんだよ、おれがおまえに伝えるのが。で、おまえが傷つくのが」

　カールは呆れたように首を振り、地元訛りでこう言った。「侮辱された女を見くびっちゃいけねえ。で、チャンスをものにしたの？」

「いや」とわたしは答えた。「マリが真っ赤になったのを見たとき、おれはふとこう思った。この女はまだ復讐を果たしてないし、根に持つタイプでもあるから、いまだにその件をしこりみたいに体内に抱えてるはずだと。そんなわけで、おまえはマリに気をつけたほうがいいぞ」

「何か企んでると思うわけ？」

「あるいはすでにそれを実行したか。あまりにひどいことなんで、オプガル家の一員を見ただけで恥ずかしくなるような何かを」

カールは顎をなでた。「たとえばぼくらのプロジェクトに影響をあたえかねないようなこととか？」

「おまえをひどい目に遭わせるようなことを何か仕込んだのかもしれん。わからないが」

「で、その根拠といえば、たまたますれちがったときにマリが赤面するのを見たっていうだけ？」

「馬鹿げた話に聞こえるのはわかってる。だけど、マリは赤面するようなタイプじゃない、それはおまえも知ってるだろ。マリは自信にあふれた女で、恥ずかしがることなんかこの世にないに等しい。けれど、マリはモラリストでもある。憶えてるか？　おまえがベルナル叔父さんからくすねた金でマリにネックレスを買ってやったときのことを」

カールはうなずいた。

「マリはあのときと同じ顔をしてた。悪いとわかってることに関与してるみたいな、だけど、いまさら後悔しても遅いというような顔だ」

「わかった。マリに気をつけるよ」カールは言った。

わたしは早めに就寝した。床板を通して、居間にいるカールとシャノンの声が聞こえてきた。会話ではなく、言い合いが。やがてふたりは黙りこんだ。それから階段をのぼる足音と、寝室のドアが閉まる音。そしてセックス。

わたしは枕を耳に押しつけて、頭の中でJ・J・ケイルの〈ドント・ゴー・トゥ・ストレンジャーズ〉を歌った。

19

雪はもう溶けていた。

わたしはキッチンの窓辺に立って外を見た。

「カールはどこにいる？」

「請負業者と話をしてる」と、シャノンはカウンターに腰かけて《オス日報》を読みながら答えた。「現場にいるんじゃないかしら」

「建築家も一緒にいなくていいの？」

シャノンは肩をすくめた。「自分ひとりでやりたいんだって」

「新聞にはなんて書いてある？」

「議会は水門をひらいた。オスは裕福な都会人の休暇村に変貌し、われわれは使用人になるだろう。いっそ本当にわれわれを必要としている人々のために、難民受入センターでも建設したほうがましではないか」

「ひどいな。そう書いてるのはダン・クラーネ？」

「読者から送られてきたものだけど、すごく大きくあつかわれてるし、一面にも言及がある」

「クラーネの社説のほうは？」

「アルマン師のことが書いてある。信仰復興運動集会と奇蹟の治療について。師が献金箱を持ってオスをあとにしてから一週間後、彼が癒やした人々はふたたび車椅子に戻っていた、だって」

わたしは笑って、ブダル湖の南端にあるオッターティン山の上空を観察した。相反する徴候に満ちていて、どんな天候になるのか予測するのは難しい。「要するに、クラーネはカールを正面から批判する度胸はないが、そうする連中にはたっぷりスペースをあたえるというわけだ」

「なんにしても、そっちに関してはわたしたち、あんまり心配しなくてよさそうね」

「そっちはそうかもしれない」わたしはシャノンのほうを向いた。「クルト・オルセンが何を探してるのかまだ突きとめられると思うのなら、いまがチャンスだと思う」

〈フリット・フォール〉は市場の規模にみずからを合わせるタイプのバーだ。それはこの店の場合、あらゆる要求に応えるということだった。ビールを飲みたい客のための長いカウンターとスツール、食事をしたい客のための小さな丸テーブル、体を動かしたい客のためのこぢんまりしたダンスフロアとディスコライト、じっとしていられない客のための、羅紗布《らしゃ》に穴のあいたビリヤード台、それに夢を失わない客のための、競馬の投票用紙とレースを映したテレビモニター。ときどきテーブルのあいだを闊歩《かっぽ》している黒い雄鶏が誰のものかは知らないが、誰にも迷惑はかけないし、ちょっかいを出す者もいない。ビールの注文を取ることもないし、〝ジョヴァンニ〟と名前を呼ばれて返事をすることもない。だが、ジョヴァンニが死んだところで誰も悲しまないはずで――エリク・ネレルの言によれば――少々硬いけれどまあまあのワイン煮にされて常連たちにふるまわれる予定だという。

シャノンとわたしは三時にその店にはいった。ジョヴァンニの姿はなく、男がふたり、たてがみをなびかせてコーナーに殺到する馬たちをテレビで見ているだけだった。わたしたちは窓辺のテーブル席に座った。わたしは打ち合わせどおり、シャノンのラップトップを取り出してふたりのあいだに置くと、立ちあがってカウンターまで行った。カウンターではエリク・ネレルが《オス日報》を読むふりをしながら、はいってきたときからずっとわたしたちの様子をうかがっていた。

「コーヒーをふたつ」わたしは言った。

「了解」エリクは大型のサーモスの注ぎ口の下にカップを置いて、てっぺんを押した。

「何か起きてるか？」わたしは訊いた。

エリクは怪訝そうな顔をした。わたしは新聞のほうに顎をしゃくってみせた。

「ああ、これか。いや。ま、はっきり言って……」エリクはカップを入れ替えた。「何も」

わたしがコーヒーを持って戻ったときには、シャノンはもうラップトップを起動させていた。わたしはむかいに座った。スクリーンセイバーの画像はなんの変哲もない長方形の黒い高層ビルだったが、シャノンの説明によると、シカゴのIBMビルといって、傑作なのだという。ミースという人物が設計したものらしい。

わたしは周囲を見まわした。「さてと。どうしたらいい？」

「わたしたちは軽く雑談をしながらしばらくコーヒーを飲む。ちなみにそれはひどいコーヒーだけど、顔をしかめたりはしない。彼がこっちを見てるから」

「エリクが？」

「そう。それにテレビの前のあのふたりも。コーヒーを飲みおわったら、あなたはラップトップを引きよせて、そこにある何かにすごく興味を惹かれたふりをして、キーボードを使ったりしてみて。顔はあげないで。あとはわたしに任せてちょうだい」

「わかった」とわたしは言い、コーヒーをひとくち飲んだ。たしかに薬くさいひどい味がした。白湯のほうがまだましだっただろう。「子宮内膜症についてググってみたよ。従来の方法がうまくいかない場合は、人工受精を試してみるといいと書いてあった。それについては考えてみた？」

シャノンは片目を大きく見ひらいた。腹を立てたようだ。

「雑談をしろと言ったのはきみだぞ」わたしは言った。

「いまのは雑談じゃない。深刻な話」シャノンは押し殺した声で言った。

「なら、ガソリンスタンドの話でもしようか」とわたしは肩をすくめて言った。「でなけりゃ、利き手の中指が曲がらないときに生じる滑稽で屈辱的な問題の話とか」

シャノンはにっこりした。彼女の気分は標高二千メートルの天気のようにくるくる変わるが、その笑みに包まれるのは温かい風呂につかるような気分だった。

「たしかに子供は欲しい。それがわたしの最大の望み。心からの」

そう言うと、シャノンはわたしの肩越しにエリクのほうを見て、エリクと目が合ったのか、にっこりと微笑んだ。エリクがクルトの探しているものを知らなかったらどうする？　はたしてこれが名案なのかどうか、わたしは自信がなくなってきた。

「あなたは？」とシャノンは訊いた。

「何が？」

「子供」

「そりゃまあ、欲しいよ。たしかに。ただ……」

「欲しい？」

「いい父親になれるかどうか」

「なれるわよ、わたしにはわかる」

「でも、それには少なくとも母親が必要だ。おれにはないものを補ってくれて、そのうえガソリンスタンドの経営にどれだけ時間を食われるか理解してくれる母親が」

「父親になるころにはあなたも、世界はガソリンスタンドだけでできてるなんて思わなくなるかもしれない」

「アルマイトの高層ビルだけでできてるわけでもないからね」

シャノンは笑った。「じゃ、行くわよ」

わたしたちは一瞬目を見交わした。それからわたしはラップトップを引きよせ、Ｗｏｒｄ文書をひらいてキーを打ちはじめた。単語を思い浮かべ、それらを正確に綴ることにだけ集中して。しばらくそうしていると、シャノンが立ちあがって歩いていく音がした。腰を余計に揺らしているのは見なくてもわかった。くそいまいましいソカの腰振りだ。わたしはカウンターに背を向けており、スツールの脚が床をこする音でシャノンがカウンター席に腰かけたのがわかった。エリク・ネレルとおしゃべりを始めたのも、エリクの視線があの帰郷パーティのときと同じように彼女に釘づけになっているのも。わたしがそうやってスペルの練習に没頭していると、テーブルの反対側の椅子に誰かがどさりと腰をおろした。一瞬わたしはシャノンが任務を達成しないまま早々に戻ってきたのかと思い、理屈に合わない奇妙な安堵を覚えた。だが、それはシャノンではなかった。

「ハイ」グレーテが言った。

まず気づいたのは、グレーテのパーマヘアが金髪になっていることだった。

「ハイ」とわたしはそっけない口調で答え、とんでもなくいそがしいのだと伝えようとした。

「あらあら、美しいうえに浮気性なのね」グレーテは言った。

わたしは思わずグレーテの視線の先を見た。

シャノンとエリクがカウンターの端をはさんでおたがいのほうへ身を乗り出しており、ふたりの横顔が見えた。シャノンは何かを言ってにこにこ笑っており、エリクはさきほどわたしが楽しんだのと同じ温かい湯につかっていた。もしかするとそれはグレーテに〝美しい〟という語を植えつけられていたからにすぎなかったかもしれないが、その瞬間わたしはこう実感した。シャノン・アレイン・オプガルはたんにきれいなだけでなく、美しいと。光を吸収すると同時に反射もする彼女の姿には何かがあると。わたしはシャノンから目を離せなかった。だが、そこでグレーテの声がふたたび聞こえた。

「おやおや」

わたしはグレーテのほうを向いた。彼女はもうシャノンではなくわたしを見ていた。

「なんだよ」

「なんでもない」とミミズのような唇に皮肉な笑みを浮かべた。「今日はカールは？」

「建設用地にいると思うけど」

グレーテは首を振り、わたしはなぜ彼女にそれがわかるのかは考えまいとした。

「じゃ、知らないな。出資者たちと打ち合わせでもしてるんじゃないか」

「そっちのほうがありうるかな」とグレーテは言い、もっと言おうか迷うようなそぶりをした。

「きみが〈フリット・フォール〉の常連だとは知らなかったな」わたしは話題を変えるために言った。

グレーテは競馬の投票用紙をひとつかみ持ちあげてみせた。はいってくるときにテレビの下のテーブルから取ってきたのだろう。「父さんのためにね。ま、馬よりホテルに賭けることを考えちゃいるみたいだけど。基本はおんなじらしいから。最小限の出費でどかんと儲かる可能性があるって言ってる。その理解で合ってる？」

「出費は必要ない。どかんと儲かる可能性はたしかにあるが、どかんと請求書が来る可能性もある。まず最悪のシナリオに耐えられる金があるか確認すべきだ」

「最悪のシナリオ？」

「すべて失敗に終わった場合さ」

「ああ、そういうことね」グレーテは投票用紙をバッグに滑りこませた。「売り込みはカールのほうがあんたより上手みたいね、ロイ」グレーテはわたしを見あげて微笑んだ。「まあでも、カールはむかしからそうだったから。よろしく伝えといて。それと、カールのあのバービー人形ちゃんには気をつけて。あそこでカールを出しぬこうとしてるみたいだから」

わたしはふり返ってシャノンとエリクを見た。どちらも携帯を取り出してテキストを入力していた。わたしが向きなおったときにはグレーテはもう店を出ていくところだった。

わたしは画面に目をやり、自分の書いたものを読んだ。なんだこれは。正気を失っていたのか？　スッールがふたたび床をこする音がしたので、わたしはあわててその書類をゴミ箱にドラッグした。

「もういい？」シャノンが訊いた。

「ああ」わたしはラップトップを閉じた。

「それで？」ボルボに乗りこむとわたしは訊いた。

「わたしの読みだと、今夜実行されることになりそう」シャノンは言った。


シャノンを農場まで送ったあと、わたしはふたたび村におりてガソリンスタンドに行き、早上がりしたいと言っていたマルクスを安心させた。

「何かニュースは？」ユーリエに訊いた。

「ない」ユーリエはそう言ってガムを膨らませた。

「アレックスがあたしにかんかんになってる。誘っておいてさせない女だって。それとナターリエが引っ越す」

「どこへ？」

「ノートオッデン。気持ちはわかるな、ここじゃなんにも起きないもん」

「たしかにな」わたしはそう言って、レジの下の抽斗から鍵を取り出した。「ちょっと修理工場へ行ってるよ、いいか？」

ガレージのドアはあけずに事務所のドアから中にはいった。淀んだ空気のにおいで、ここにはいるのが久しぶりだということがわかった。外が寒すぎると車をここに入れてタイヤ交換をすることはあるものの、グリースピットのほうは工場を閉鎖してからほとんど使っていなかった。カールが出ていって農場にひとりきりになったあと、わたしは修理工場の奥にちっぽけな部屋をこしらえてベッドとテレビとホットプレートを置き、冬のもっとも寒い時期はそこに住んでいた。上までの道も農場も雪に埋まり、仕事から帰ってひとりで過ごす数時間のために家を暖めてもしょうがない気がしたのだ。

わたしは洗車場の扉を閉めてシャワーを浴びた。これ以上きれいになりようがないほど。それから修理工場に戻ってマットレスを点検した。乾いている。ホットプレートも使える。テレビも、最初にためらったあとはきちんと映った。

それから作業場にはいった。

わたしたちがシグムン・オルセンの手脚と首を切断した場所に立った。いや、わたしが切断したのだ。カールは見ていることさえできなかった。だが、それは別にかまわない。そんな必要はなかったのだから。トラクターはバケットを宙にあげたまま外に置いておき、三日後にわたしが洗車場まで移動させて中身を空け、それが格子の下へ淀みなく流れ落ちていくのを見守ったのだ。あとはバケットをホースの水できれいに洗い、それでおしまいだった。同じ場所にふたたび立つ気分は？　ここに幽霊はいるのか？　もう十六年も前のことだ。それにあの夜わたしはほとんど何も感じなかった。そんな余裕はなかった。幽霊がいるとしてもそれはフーケンであって、ここではない。

店に戻ると、ユーリエが「ねえ、てんちょーお」と母音を長く引き延ばして声をかけてきた。「行ってみたい夢の場所ってある？」旅行雑誌をぱらぱらめくってビーチの写真をわたしに見せた。肌を露出した若いカップルが灼熱の太陽の下に寝そべっている。

「あるとしたらノートオッデンかな」わたしは言った。

ユーリエは口をぽかんとあけてわたしを見た。「これまでに行ったいちばん遠い場所は？」

「おれはどこへも行ったことがない」

「いいじゃん、教えてよ」

「南部へ行ったことはある。北部にも。だけど、外国へ行ったことはない」

「ないわけないじゃん！」ユーリエは首を横に傾げてわたしをまじまじと見つめてから、いくぶん自信を失ってこう付け加えた。「誰だってあるよ？」

「遠くへは何度か行ったことがある。だけど、それはここなんだ」と包帯を巻いた指でそっと額をつついた。

「どういう意味？」ユーリエは力なく微笑んだ。「頭がおかしくなっちゃったってこと？」

「おれは人をばらばらにしたことも、無防備な犬を撃ったこともある」

「そうだよね、シャンパンで酔って海に落ちた奥さんに浮き輪を投げたこともあるしね」ユーリエは笑った。

「どうしてあたしと同年代の男子って、店長みたいに面白くないの？」

「面白くなるには時間がかかるんだよ。時間と労力が」

その晩、わたしが農場に帰ってみると、シャノンはカールの古いキルティングのアノラックを着てわたしの帽子をかぶり、ウールの毛布を膝にかけて〝冬の園〟に座っていた。

「ここは寒いけれど、日が沈んだばかりのときがすごくいい」とシャノンは言った。「バルバドスだと、夕暮れはあっというまだから一気に暗くなっちゃう。トロントだと、真っ平らで高層ビルがたくさんあるから、夕陽はある時点でふっと消えちゃう。でも、ここでは、いっさいがスローモーションで進行する」

「ノルウェー語では〝ゆっくりな映画《サクテ・シーノ》〟と言うんだ」とわたしは教えた。

「映画《シーノ》？」シャノンは笑った。「なるほどねえ。光がいろんなことをするんだものね。湖にあたる光、山にあたる光、山のむこうの光。写真家がライティングに凝るみたいなものね。わたしノルウェーの自然て大好き。ノルウェーの野性的でむきだしの自然て」とおおげさな皮肉っぽい熱意をこめてそう付け加えた。

わたしはキッチンから持ってきたコーヒーのカップを手にシャノンの横に腰をおろした。「カールは？」

「プロジェクトにとって重要な人のところへ相談にいってる。中古車を売ってる人」

「ヴィルムセンだ。ほかには？」わたしは訊いた。

「ほかにって？」

「何かあった？」

「たとえば？」

雲の切れ間から月が白い顔をのぞかせた。それは芝居が始まる前に緞帳《どんちょう》の陰から客席をのぞく役者を思わせたが、月明かりに照らされたシャノンの顔を見ると、いまのシャノンはまさにそれなのだ、始めたくてうずうずしている役者なのだとわかった。

「あの人、八時までしか待てなかった」とシャノンは言い、毛布の下から手を出して携帯を渡してよこした。「わたし、あの人のことが好きだとか、ここで退屈しているとか言って、何か写真を送ってくれないかって頼んだの。どんな写真がいいかって言うから、ノルウェーの自然がいいって答えた。ノルウェーの野性的でむきだしの自然が。できれば花盛りの」

「そしたらむこうはこれを送ってきたわけか」わたしはエリク・ネレルの手のこんだ自撮り写真を見た。それはもうたんなるモロ画像の域を超えていた。暖炉の前のトナカイの革らしきものの上に当人が裸で横になり、ローションを塗った鈍い光沢を放つ筋肉を隆起させてみせている。そして写真の中央では、一物がみごとに屹立していた。

たしかに顔は写っていないものの、妊娠中のガールフレンドが見れば一発でわかるはずだ。

「あの人はわたしの言ったことを誤解したんだと言い張るかもしれない」とシャノンは言った。「でも、わたしはこれをとんでもなく不快だと思う。あの人の義理のお父さんもきっとそう思うはず」

「義理のお父さん？　ガールフレンドじゃなくて？」わたしは訊きかえした。

「考えてみたんだけどね。エリクはすごく口がうまい。だからガールフレンドに対しては言い逃れできると踏んでるんだと思う。平身低頭して、ああだこうだと許しを乞えばね。でも、義理のお父さんだったら……」

わたしはくすりと笑った。「きみはほんとに悪いやつだな」

「いいえ、わたしはいい人よ」とシャノンは真面目に答えた。「わたしは自分の愛する人たちを愛しているし、その人たちを守るためならどんなことでもする。たとえそれが悪いことであってもね」

わたしはうなずいた。その口ぶりからすると、今回がかならずしも最初ではないようだった。わたしが何か言おうとしたとき、八気筒のアメリカ車の低いエンジン音が聞こえてきた。つづいてヘッドライトの光と、ヤイテスヴィンゲンを曲がってくるキャデラック。わたしたちはキャデラックが駐まってカールがおりてくるのを見ていた。カールは車の横に立って携帯を耳にあて、小声で話しながら家のほうへ歩きだした。わたしは椅子にそっくりかえって、後ろの壁にある電灯のスイッチを入れた。カールがわたしたちの姿を見てはっとしたのがわかった。まるで悪事の現場を押さえられたとでもいうように。だが、それは逆だった。わたしのほうこそ、シャノンと一緒に暗がりに潜んでいる現場を押さえられたくなかったのだ。わたしはまた明かりを消し、自分たちは暗くしておくほうが好きなのだと伝えた。他意はないと。そうしながら気づいたのだが、その判断は正しかった。

「おれは修理工場へ引っ越すよ」わたしは低い声で言った。

「ええ？」とシャノンも低い声で訊きかえした。「どうして？」

「きみらふたりにもっと空間をあたえるために」

「空間？　空間ならたっぷりあるでしょう。三人しかいないのに、家が一軒と山がまるごと。ここにいてくれない、ロイ？　わたしのために」

　わたしはシャノンの顔を見ようとしたが、月はまた雲に隠れてしまい、シャノンもそれしか言わなかった。

　居間とつながるドアからカールがはいってきてわたしたちに加わった。

「これでオス・スパ山岳ホテル分担責任会社への参加は締め切った」そう言いながら、栓を抜いたビールを手に、どっかりと籐椅子に腰をおろした。「参加者は四百二十名——実質的には、金に余裕のある村人全員だ。銀行とは話がついてるし、請負業者とも打ち合わせをした。基本的には、明日の参加者会議のあと掘削機を入れられる」

「何を掘るんだ？　まずは発破をかけないと」わたしは言った。

「わかってる、わかってる、ただの絵ヅラだよ。掘削機ってのはまあ、この山を征服しにきた戦車みたいなもんさ」

「米軍みたいにまず爆撃しろよ」とわたしは言った。

「生き物を根絶やしにしろ。それから進軍して征服するんだ」

　無精ひげが襟にこすれる音がして、闇の中でカールがわたしのほうを向いたのがわかった。きっと考えているのだろう。いまのわたしの言葉には別の意味が隠されているのだろうかと。それがなんであるにせよ。

「ヴィルム・ヴィルムセンとヨー・オースが役員に就任してくれることになった」とカールは言った。「参加者会議でぼくが経営責任者に選出されることを条件にね」

「どうやらおまえが完全に仕切ってるみたいだな」

「そう言ってもいい。分担責任会社のいいところは、有限責任会社とちがって、役員だの会計士だのの取締役が法律上必要ないってことだ。ぼくらは役員も会計士も置くけど、それは銀行の要請だからであって、実際には経営責任者が英明な独裁者みたいに会社を仕切れるから、すべてがぐっと簡単になるんだ」ぐびりと瓶からビールを飲む音がした。

「お兄さんたら、引っ越すんだって。修理工場へ」シャノンが言った。

「ばかばかしい」カールは言った。

「わたしたちにはもっと空間が必要なんだって」

「わかったわかった。空間を必要としてるのはおれのほうかもしれない」とわたしは言った。「長年ひとり暮らしをしてきたんで偏屈になっちまったんだろう」

「だったら引っ越すべきなのはぼくとシャノンのほうだ」カールは言った。

「いや、おれはここに複数の人間が住んでいてほしい。家だってそのほうが幸せだろ」

「それならふたりより三人のほうがもっといいはずだよ」カールがシャノンの膝に手を置いたのが気配でわかった。「ひょっとしたら、そのうち四人になるかもしれないし」しばらく完全な沈黙があり、それからカールは気を取りなおしてまた言った。「わかんないけど。そんなことを思ったのは、さっきエリクとグローが夕方の散歩をしてるのを見かけたからだ。グローはすっかりおなかが大きくなってた」やはり反応なし。またビールをぐびぐび飲む音。げっぷ。「なんだってぼくらはこんな暗いところでいつまでも話をしてるんだ？」

　そうすれば表情で何かがばれたりしないからだ。わたしはそう思った。「あしたエリクと例の件について話をしてみるよ。で、夕方には引っ越す」

　カールは溜息をついた。「兄貴……」

わたしは立ちあがった。「そろそろ寝る。おまえたちはすばらしい人間だし、おれはふたりとも愛してるけど、朝起きたときにほかの人間の顔を見なくてすむようになるのが楽しみだよ」

　その夜わたしはぐっすりと眠った。

20

エリック・ネレルが住んでいるのは集落の外だった。わたしたちが集落の〝外〟と言うとき、それはブダル湖畔の道をシェッテレルヴァ川方面へくだることを意味する――わたしはシャノンにそう説明していた。けれども湖は逆V字形をしていて、村はその頂点にあるため、集落の〝内〟と〝外〟というのは方位を示すのではなく、出発点からどちらへ向かうかを伝えているにすぎないと。街道はいずれにしても湖沿いを走っているからだ。オースと屋根職人のモーとヴィルムセンの家は集落内にあった。そこは土地が比較的平らで日当たりもいいので、少しばかり上だと見なされている。それに対してオルセンのキャビンやエリクの農場は集落外に、日陰になる側にあった。オースのキャビンにつづく小径は、カールやマリやその仲間たちが十代のころによく抜け出していっては徹夜パーティをやった場所だが、そこも集落外だった。

そんなことを思い出しつつわたしは車を走らせた。

納屋の前のレトロなフォード・コーティナの後ろに駐車すると、エリクのパートナーのグローがドアをあけた。エリクはいるか、とわたしは尋ねながらも、グローがその短い腕でどうやって大きな腹の前まで手を伸ばしてドアノブをつかんだのか不思議に思っていた。横向きで近づくしかなかったのではないか。わたしもその方式でこれにあたるつもりだった。

「エリクはいまトレーニング中」とグローは納屋のほうを指さした。

「ありがとう」とわたしは言った。「もうじきだよね？」

グローは微笑んだ。「ええ」

「でも、きみたちはまだ夕方の散歩をしてるんだって？」

「このおばあちゃんと犬を運動させないといけないから」とグローは笑った。「いまはもう家からせいぜい三百メートルぐらいだけどね」

エリクにはわたしがはいっていくのが見えも聞こえもしなかった。彼はベンチに寝ころんでバーベルを上げ下ろししていた。息をあえがせながらバーを胸の上で休ませ、ふたたびうなり声をあげて持ちあげた。バーがもう一度ラックに戻されるのを待ってから、わたしはエリクの視界にはいっていった。エリクが耳からイヤフォンをはずすと、〈スタート・ミー・アップ〉の旋律が聞こえてきた。

「やあ、ロイ。早起きだな」エリクは言った。

「あんたも調子がよさそうだ」

「ありがとう」エリクは起きあがって汗ばんだTシャツの上にフリースを着た。Tシャツには七〇年代イギリスのロックバンドだったハリウッド・ブラッツの写真がプリントされている。エリクの従兄のカジノ・スティールはそのバンドでキーボードを弾いていたことがあり、エリクがつねづね力説するところでは、タイミングさえもう少しよければセックス・ピストルズやニューヨーク・ドールズよりもビッグになっていたはずだという。エリクは彼らの曲を何曲かかけてくれたが、わたしには問題はタイミングだけではなかったように思えた。だが、エリクの肩入れは微笑ましく思えた。基本的にわたしはエリク・ネレルがかなり好きだった。けれど、いまそれは関係ない。

「実は、解決しなきゃならない問題があるんだ」とわたしは言った。「あんたがシャノンに送った写真がまずいことになってってね」

エリクは青ざめた。目をぱちぱちと三度しばたたかせた。

「シャノンがおれのところに来たんだよ。カールには見せたくない、怒りくるうはずだからと言って。保安官のところへ行くと言うんだ。法的に言えば、あれは実際には猥褻《わいせつ》物陳列だからな」

「いやいや、ちょっと待ってくれ、シャノンはおれに――」

「シャノンは自然の写真を送ってくれと言ったんだ。なんにせよ、おれはシャノンを説得して通報はやめさせた。そんなことをしたら誰にとっても面倒なことになるし、グローにはとんでもないトラウマになるはずだからな」

パートナーの名前を出してやると、エリクの顎の筋肉が強ばったのがわかった。

「シャノンはあんたらに子供が生まれることを知ると、だったらあんたの義理の父親に写真を見せて、どうすべきか決めてもらうと言いだした。言いにくいんだが、シャノンはこうと決めたら譲らないタイプでね」

エリクの口はまだあいたままだったが、言葉はもはや出てこなかった。

「おれがここへ来たのはあんたを助けたいからだ。シャノンを止められるかどうかやってみようじゃないか。大騒ぎしたり喧嘩したりするのはいやだからさ、わかるだろ」

「ああ」とエリクは答えたが、そのあとにほとんど聞き取れないほどの疑問符をつけた。

「たとえばの話、おれは親父とお袋が死んだうちの地所で他人に何かをほじくり返されたくない。どうしてもやると言うのなら、どういうことなのか知っておきたい」

エリクはまた目をしばたたいた。理解したと伝えようとしているようだった。わたしが取引を持ちかけていることを。

「クルトはとにかく人をフーケンへおろそうとしてるんだよな？」

エリクはうなずいた。「クルトはドイツに防護スーツを注文してる。爆発物処理班が使うようなやつを。それはつまり、どでかい岩が直撃しないかぎり安全ってことだ。それに、動きまわることもできる」

「あいつは何を探してるんだ？」

「おれが知ってるのは、あいつがあそこへおりたがってるってことだけだ」

「いや。おりるのはあいつじゃない、あんただ。だとすれば、あいつは探すべきものをあんたに伝えてるはずだ」

「伝えてたとしても、おれはそれを他人に話すことはできないんだ、そこのところは理解してくれよ、ロイ」

「いいとも」とわたしは答えた。「だとすればあんたにも理解してほしいんだが、おれはシャノンみたいに怒りくるってる女を止めることはできない気がするな」

エリク・ネレルはベンチに座ったまま、情けない犬のような目でわたしを見つめた。背中を丸め、両手を膝に置いて。太腿のあいだに置かれたイヤフォンからまだ〈スタート・ミー・アップ〉がシャカシャカと聞こえてくる。

「おまえら、おれをはめたな。おまえとあのアマは」とエリクは言った。「あそこの底にあるんじゃないのかよ」

「何が?」

「先代の保安官の携帯電話がさ」

わたしは片手でボルボを運転しながら片手で電話をかけた。「シグムン・オルセンの携帯電話は、オルセンが行方不明になった日の夜の十時まで、まだ信号を発信してたんだ」

「なんの話だ?」とカールはうめいた。どうやら二日酔いらしい。

「電源がはいってる携帯電話というのは三十分ごとに信号を出してて、それはその電話機の通信範囲内にある基地局に記録される。つまり基地局の記録を見れば、その電話機がいつどこにあったのかわかるんだ」

「で?」

「クルト・オルセンは最近町へ行って電話会社から話を聞いたらしい。父親が行方不明になった日の記録を手に入れてる」

「そんなむかしの記録がまだ残ってるの?」

「そうらしい。シグムン・オルセンの携帯はふたつの基地局で記録されてて、それらが示してるのは、証言者がシグムンのキャビンで車が停まる音とモーターボートのエンジンがかかる音を聞いた時刻には、シグムンが——というか、少なくともシグムンの携帯電話が——そこにあったはずはないってことだ。音を聞いたのは暗くなってからだったんだから。それどころか実際には、基地局の記録によると、うちの農場と、シグムンの携帯電話があった区域にはいるのは、うちの農場と、フーケンと、シモン・ネルガルの農場と、シモンのところと村のあいだの森だけだ。それはシグムン・オルセンが午後六時半にうちの農場から帰っていったという、おまえが警察に話した内容と一致しない」

「ぼくは保安官の行き先なんか話してない、帰っていったと言っただけだ」カールはいまやすっかり目が覚めたようだった。「ぼくにわかるのは、保安官がうちと村のあいだのどこかで停まったんじゃないかってことだけだ。それに、証言者が暗くなってから聞いた車とボートの音は、誰か別人のものだったのかもしれない。オルセン以外にもあそこにキャビンを持ってる人は何人もいるんだから。あるいは、証言者は時刻をまちがえてたのかもしれない。はっきりと記憶に残るようなことでもないんだからさ」

「たしかにな」とわたしはのろのろ運転のトラクター

に急速に接近しつつ言った。「だけど、おれがいちばん心配してるのは、時系列に関して生じる疑問じゃない。クルトがフーケンでその携帯を見つけたらどうなるかってことだ。エリク・ネレルによれば、クルトが下へおりて探したがってるのはそれなんだから」

「ああくそ。でも、ほんとに下にあるの？　保安官の持ち物は兄貴が全部始末したんじゃないの？」

「したよ」とわたしは答えた。「何ひとつ残さなかった。だけど憶えてるか？　死体を引っぱりあげたときにはもう暗くなってたし、途中で石が落ちてくる音がしておれは車の残骸の中に隠れたんだ」

「それで？」

わたしは反対車線にはいった。トラクターがまもなくカーブにさしかかろうとしているのがわかったが、それでも追い越しをかけた。アクセルを踏みこんでカーブの入口でトラクターの前に滑りこむと、運転手が呆れたように首を振っているのがルームミラーで見えた。

「あれは落石じゃなかったんだ。携帯電話だったんだ。シグムンは携帯を、ベルトに引っかけるだけのタイプのホルダーに入れてた。死体を岩壁沿いに引きずりあげたとき、そいつがはずれ落っこちたんだが、暗かったんでおれにはそれが携帯だとわからなかったんだ」

「どうしてそんなにはっきり言えるの？」

「作業場で死体をばらばらにしたとき、おれはシグムンのベルトを抜いて、服は切り裂いて脱がせた。ポケットを検めて金属類を全部出してから、ほかのものは〈フリッツ〉に任せた。残ったのはコインと、ベルトのバックルと、ライターだった。携帯電話はなかった。そんなもののことは頭に浮かびもしなかった。シグムンがあのまぬけな革ホルダーをつけてたのを、おれは知ってたってのに」

カールは電話のむこうでしばらく黙りこんだ。「じゃ、どうするの？」やがてそう訊いてきた。

「もう一度フーケンにおりるしかない。クルトたちがおりる前に」わたしは言った。

「むこうはいつおりるの？」

「落石よけの防護スーツがきのう届いた。エリクは十時にあいつと会ってそれを試着したあと、まっすぐヤイテスヴィンゲンへ向かうことになってる」

電話のむこうからカールの荒い息が聞こえてきた。

「やばいな」

21

フーケンへおりるのは二度目だったが、前回よりもたもたしているようでもあれば、すばやくなっているようでもあった。すばやくなっていると感じたのは、わたしたちが技術的な問題をすでに解決していて、やりかたを憶えていたからだ。もたついているように感じたのは、クルトたちがいつやってくるかわからないので焦っていたからで、わたしは悪夢の中で誰かに追われて逃げようとするのに水中を走っているような、あのもどかしい感覚を味わった。シャノンはヤイテスヴィンゲンの外側の縁に陣取って、下の公道からこちらの道へはいってくる車を見張っていた。

ロープは前回と同じものを使用したので、カールはボルボをどのくらい崖の縁まで後退させればわたしが下に着くか、正確にわかっていた。

下の地面におり立つと、わたしは岩壁のほうを向いたまま体からロープをはずし、ゆっくりと反対側を向いた。あれから十六年が経つ。だが、下は時間が止まっていたかのようだった。南側の岩壁の下のほうが部分的に張り出しているため、雨は直接には落ちてこず、ヤイテスヴィンゲン側の上のほうの垂壁を伝い落ちて、岩々のあいだから流れ出してくる。おそらくそのおかげで車の残骸に錆が不思議なほど少なく、タイヤも、ゴムがいくぶん劣化したように見えるだけで、ほぼ元のままなのだろう。動物も父のキャデラックを住み処にしておらず、シートも内装も無傷のようだった。

わたしは腕時計を見た。十時半。まずい。あのとき何かが地面に落ちる音がした場所を、目を閉じて思い出そうとした。たしかにむかしのことではある。だが、重力の影響しか受けていないのであれば、携帯は死体からまっすぐに落下したはずだ。鉛直線上を。水平方向の速度を持たないものはまっすぐに落下するという単純な物理法則。あのときわたしはその法則を敢えて忘れていたが、今回もそうしたほうがいいのかもしれない。

わたしは懐中電灯を手にして、ロープが垂れさがっている岩壁の近くの大石のあいだを捜しはじめた。前回とまったく同じ手順を繰りかえし、ほぼ同じ位置で車をバックさせたのだから、携帯はそのあたりに落下したはずだった。だが、そこからどこかへ滑り落ちて岩のあいだに隠れている可能性もあり、そうだとすれば捜す場所は無数にあった。それにもちろん、岩で跳ねかえってまったく別の場所に落ちた可能性もある。ひとつ幸いなのは、革のホルダーにはいっているので、破片がそこらじゅうに散らばった可能性は低いということだ。まあ、そいつが見つかればの話だが。

系統立ててやらなければならないのはわかっていた。携帯がどこに落ちたのか、勘に頼ってやみくもに走りまわるだけでは、父が首を切り落としたあと母が手を離してしまった鶏たちと変わらない。わたしは携帯があるはずだと合理的に推測できる範囲に正方形を設定し、左上の角から取りかかった。膝をついて、持ちあげられる石は持ちあげ、持ちあげられないものは石と石の隙間を懐中電灯で照らした。のぞきこむことも手で探ることもできない隙間には、カールのスマートフォンと自撮り棒を使った。カメラをビデオ録画にして、ライトをつけて。

十五分後、わたしが正方形の中央で、冷蔵庫大のふたつの岩のあいだに自撮り棒を差しこんだとき、上からカールの声が聞こえた。

「兄貴……」

それがなんなのか、わたしにはもちろんわかった。

「シャノンが、あいつらが見えたと言ってる！」

「どこに？」わたしは叫び返した。

残された時間はせいぜい三分だ。わたしは自撮り棒を引っぱり出して動画を再生した。暗がりにひと組の目が見えて思わずぎくりとした。鼠だった。そいつはライトから体をそむけ、尻尾をひと振りして姿を消した。するとそれが見えた。鼠にかじられた跡だらけだったが、その黒い革ホルダーには見憶えがあった。シグムン・オルセン元保安官の携帯電話だ。

わたしは腹這いになって岩の下に腕を差しこんだが、手が届かず、指は花崗岩か空気を引っかくばかりだった。くそ！　わたしに見つけられたということは、あいつらにも見つけられるということだ。このくそいまいましい岩をどかすしかない。わたしはそいつに背中を押しつけて膝を曲げ、両足を岩壁に押しあてて踏んばった。だが、そいつはびくともしなかった。

「あいつら、ヤーパンスヴィンゲンのカーブまで来てるぞ」カールが叫んだ。

わたしはもう一度踏んばった。額から汗が噴き出し、筋肉と腱が限界まで膨れあがるのがわかった。いまのは岩が少し動いたのか？　もう一度踏んばると、背中にまたそれを感じた。たしかに動いたのだ。わたしは痛みに耐えてわめき声をあげた。くそおおお！　そこで力尽きた。まだ動けるか？　ああ、だけど背中が死ぬほど痛む。

「兄貴、あいつらが――」

「おれが〝前進〟と言ったら車を二メートル前進させろ！」

わたしはロープを引っぱった。長さに余裕がなかったので一回だけ岩に巻きつけ、父が舫《もや》い結びと呼んでいた方法で結んだ。それから岩の後ろに立ち、ボルボがそれを少しでも持ちあげたら一緒に押せるように身がまえた。

「前進！」

エンジンをふかす音がして、だしぬけに小石がばらばらと降ってきた。ひとつが頭に命中したが、わたしは岩が動くのを感じてアメリカンフットボールのラインバッカーさながらにそれを押した。岩はぐらりと持ちあがり、ボルボの空転するタイヤが砂利を降らせた。岩が起きあがると、地面からふわりと腐臭が立ちのぼった。突然の光にあわてた虫たちが逃げまどうなか、わたしは膝をついて携帯電話をつかんだ。その瞬間、ブツッという音がした。顔をあげると、切れたロープの端が岩壁を駆けあがっていくのが見え、岩がこちらへ倒れてきた。わたしは飛びのいて尻もちをつき、荒い息をして震えながら、元の場所に戻った岩を見つめた。危うくはさまれるところだった。

カールは抵抗がなくなったことに気づいたらしく、ボルボはすでに停まっていた。かわりにこんどは別のエンジン音が聞こえてきた。急坂を登ってくるランドローバーの、トラクターを思わせるうなりが。音はよく伝わるので、まだカーブ二つか三つ分離れている可能性もあったが、ロープの端は岩壁上を七、八メートル上まで行ってしまっていた。

「バックしろ！」わたしは叫びながら、岩のまわりに残ったロープをはずしてまとめ、上着のポケットにオルセンの古い携帯電話とともに押しこんだ。

ロープの端はさきほどより下がっていたが、三メートルほど上で止まっており、カールがもうぎりぎりまで車を後退させているのがわかった。怪我をしていない左手で岩をつかんで登ろうとすると、その岩全体がぐらついた。わたしはクルトにここのすべての岩がゆるんでいるような言いかたをしたが、その岩は本当にゆるんでいた！　だが、ほかに選択肢はなかった。次に右手を岩壁の出っぱりにかけた。幸いにも背中の痛みが激しすぎて、中指の疼きは気にもならなかった。両足をどうにか岩角に載せ、左手でさらに上のホールドをつかむと、足を引きあげて尻を尺取り虫のように突き出してから、体を伸ばして右手でロープをつかんだ。だが、次は？　左手はつかまっていなければならないし、片手でロープは結べない。

「ロイ！」とシャノンの声がした。「あの人たちもう最後のカーブにさしかかる」

「前進！」とわたしは叫びながら、右手でロープの五十センチ上をつかみなおして手首に一回半巻きつけた。

「行け！　行け!!」

指示が上で中継されるのが聞こえ、体が引っぱりあげられるのを感じると、わたしは左手でもロープをつかんで腹筋に力を入れ、足をあげて靴底を岩壁に押しつけた。それからまっすぐ天に向かって走りだした。

カールに行け行けと命じたのは、クルトたちがすぐそこまで来ているからというより、手の力だけでロープにぶら下がっていられる秒数には限界があるからだった。そしてその日、わたしは垂直百メートル走の世界記録のようなものを樹立したのではないかと思う。世界最高のスプリンターたちと同じく、一度も息をしなかったのではなかろうか。頭にあったのは、ぐんぐん広がっていく落下距離と、一秒ごと、十メートルごとにいよいよ確実なものになっていく死だけだった。だからヤイテスヴィンゲンの崖の縁を乗りこえてもロープを握りしめたまま放さず、砂利の上を数メートル引きずられてようやく、安心して手を離した。シャノンが立たせてくれ、わたしたちは走っていってボルボに乗りこんだ。「納屋の裏まで行け」とわたしはカールに指示した。

ボルボがぬかるんだ敷地へ曲がった瞬間にちらりと、ランドローバーがヤイテスヴィンゲンのカーブを曲がってくるのが見え、わたしはクルトに自分たちの姿も、ボルボが後ろの草地にアナコンダのようにくねくねと引きずっているロープも、見られていないことを祈った。

わたしが助手席で息を整えようとしているあいだに、

カールは飛びおりていってロープを巻きはじめ、シャノンは納屋の角まで走っていってヤイテスヴィンゲンの様子をうかがった。

「あそこに車を駐めてる」とシャノンは言った。「おかしな格好をした人がいる。あれみたいな……〝ビーキーパー〟ってノルウェー語でなんて言うの？」

「養蜂家《ビーレクテル》だ」とカールが答えた。「下にスズメバチでもいるんじゃないかと心配してるんだろう」

わたしは笑ってしまい、背中にナイフを突き立てられたような痛みを覚えた。

「カール」とわたしは静かに言った。「おまえ、なんでゆうべヴィルムセンのところにいたなんて嘘をついたんだ」

「え？」

「ヴィルムセンは集落内に住んでる。エリクとゆうべおまえが会ったエリクのガールフレンドは集落の外に住んでる」

カールは返事をしなかった。「兄貴はどう思うんだ？」やがてそう訊いてきた。

「おれに推測させたいわけか。で、そのとおりだと答えられるものならそう答えて、事実を言わずにすますつもりか」

「わかったよ」とカールは言い、ミラーをのぞいてシャノンがまだ納屋の角でクルトたちを見張っているのを確かめた。「ちょっとドライブをして考えをまとめる必要があったんだと言ってもよかったんだけどさ。それなら嘘にはならないし。メインになる請負業者がきのう突然、見積額を十五パーセント引きあげてきたんだよ」

「ほんとか？」

「あいつら、ここへ来たんだ。着工を延期するつもりでいる。こっちが現場の状況をきちんと説明しなかった、あんな厳しい環境だとは知らなかったといって」

「で、銀行はそれに対してなんと言ってるんだ？」

「銀行は知らない。それにぼくはもうこの事業全体を四億で参加者に売っちゃってるから、いまさら六千万も上乗せした見積額をしれっと提示するわけにもいかない。まだ着工もしてないうちからさ」

「じゃ、どうするつもりなんだ？」

「メインの請負業者にはくそ食らえと伝えて、ぼくが自分で下請業者と話をつけるつもりだ。手間はかかるけどね。工務店とか、石材屋とか、電気屋とか、そういう会社とすべて話をしなきゃならないし、手落ちがないようにしなくちゃならないから。だけど、電気工事会社を雇うだけのために元請業者に一割か二割取られるよりは、ずっと安くあがる」

「だけど、ゆうべ集落の外へ行ったのはそれが理由じゃないだろ？」

カールはうなずいた。「実は……」

後ろのドアがあいてシャノンが乗りこんできたので、カールは話すのをやめた。

「あの人たちはいま、下へおりる準備をしてる」とシャノンは言った。「しばらくかかりそう。なんの話をしてたの？」

「兄貴にゆうべどこへ行ってたのか訊かれてたんだ。で、オルセンのキャビンまで行ってたと言おうとしたところさ。ボート小屋までおりてみたんだ。兄貴があの晩経験したことを全部想像してみようとして」カールは大きく息を吸った。「兄貴は自殺を擬装して、溺れそうになった。それは全部ぼくを助けるためだ。兄貴はうんざりしたりしないの？」

「うんざりする？」

「ぼくの尻拭いに」

「オルセンがフーケンに落ちたのはおまえのせいじゃない」わたしは言った。

カールはわたしのほうを見た。だが、わたしの考えていることが見えたかどうかはわからない。鉛直線のことや、シグムン・オルセンが岩壁から五メートルも離れた車の端に落下していたことが。それともそれが見えたからこそ大きく息を吸い、こう切りだしたのだろうか。「兄貴、あのときのことで兄貴が知っとかなくちゃならないことがあるんだけどさ――」

「知っとかなくちゃならないことは全部知ってるさ」とわたしはさえぎった。「それはおれがおまえの兄貴だってことだ」

カールはうなずいた。顔は笑っていたものの、いまにも泣きだしそうに見えた。「そんなに単純なことなの？」

「ああ。単純なことさ」

22

ヤイテスヴィンゲンにいる連中が作業を切りあげたとき、わたしたちはキッチンに座ってコーヒーを飲んでいた。わたしは双眼鏡を持ってきて、そこにいる連中の顔に焦点を合わせていた。もう三時だったから、彼らは四時間近くいたことになる。窓を少しあけておいたので、クルト・オルセンが何やらわめく声が聞こえてきた。珍しく煙草をくわえていないクルトの口は、誤解しようのない単語を次々と吐き出し、顔はもはや紫外線を浴びすぎただけとは言えないほど真っ赤になっていた。エリクの態度はもう少しそっけなく、早々にその場を離れたがっている様子がうかがえた。クルトに何か疑われていると思ったのかもしれない。保安官とエリクに協力していたふたりの男は少々戸惑っているようだった。この作業の実際の目的をはっきり伝えられていなかったのだろう。村のゴシップというものをクルトは充分に心得ているから、最小限の人間にしか知らせない方針を取っていたに決まっている。

エリクはその滑稽な防爆スーツを脱ぐと、ほかのふたりとともにクルトのランドローバーに乗りこんだが、クルトだけはその場に残ったままわが家のほうをにらんでいた。窓には日射しが直接あたっていたから、わたしたちの姿はもちろん見えないはずだったが、ことによると双眼鏡に光がきらりと反射したのかもしれない。それとも、クルトはタイヤの空転した跡とロープの跡が砂利道に生々しく残っているのに気づいたのだろうか。それとも、わたしは被害妄想に陥っていたのだろうか。なんにせよ、クルトは地面に唾を吐くと、三人の待つランドローバーに乗りこんで走り去った。

わたしは家じゅうをまわって私物をまとめた。少なくとも自分が使いそうなものはすべて。遠くへ行くわけではないのだから、そこまでする必要はなかったのに、二度と戻ってこないかのような、おおげさな荷造りをした。

子供部屋でイケアの青い大型バッグに羽根ぶとんと枕を詰めこんでいると、後ろからシャノンの声がした。

「そんなに単純なことなの？」

「引っ越しのことか?」わたしはふり返らずに言った。「あなたがカールのお兄さんだっていうこと。それがカールをつねに助ける理由?」

「ほかに何がある?」

シャノンは中にはいってきてドアを閉め、壁に寄りかかって腕組みをした。「小学校二年生のときにわたし、友達のひとりを押し倒したことがある。そしたらその娘はアスファルトで頭を打っちゃって、その後まもなく眼鏡をかけるようになった。目が悪いなんて話はそれまで聞いてなかったから、わたしはそれを自分のせいだと思いこんだ。口にはしなかったけれど、その娘がわたしを押し倒してくれて、わたしもアスファルトで頭を打てばいいと思った。五年生になってもその娘はまだボーイフレンドができなくて、それを眼鏡のせいにしたから、わたしはそのことでも自分を責めて、その娘と頻繁に遊ぶようになった。ほんとはそれほど一緒に遊びたくもなかったのに。その娘は勉強もあまりできなくて、六年生で落第したの。わたしはそれも頭を打ったせいだと思いこんで、自分も一緒に落第した」

わたしは手を止めた。「落第した?」

「授業をサボったり、宿題をやらなかったり、口頭試験でものすごく簡単な問題をわざとまちがえたりして」

わたしは箪笥をあけて、たたんだTシャツと靴下と下着をバッグに詰めはじめた。「で、その娘にとってものごとは結局よくなったわけ?」

「ええ」とシャノンは答えた。「彼女は眼鏡をかけるのをやめた。で、驚いたことにある日、わたしのボーイフレンドと一緒にいるところに出くわした。彼女はわたしに申し訳ないことをしたと言って、いつかわたしも同じようにして彼女を悲しませてくれるといいと、そう言ったの」

わたしはにやりとしながらバルバドスのナンバープレートをバッグに入れた。「で、その話の教訓は?」

「罪悪感というのはときとして無駄であり、誰のためにもならないこともある」

「おれが何かに罪悪感を覚えてると思ってるわけか?」

シャノンは小首を傾げた。「ちがう?」

「なんに対して?」

「わからない」

「おれにもわからないな」わたしはそう言いながらジッパーを閉めた。

ドアをあけようとすると、シャノンはわたしの胸に手をあてた。その感触に全身が熱くなると同時に冷たくもなった。

「カールはわたしにすべてを話してくれてないと思うの、ちがう？」

「なんについて？」

「あなたたちふたりのことについて」

「すべてを話すなんて不可能だよ。誰のことであれ」

そう言うとわたしは部屋を出た。

カールは母の〝ホーール〟で大きな温かい無言のハグとともにわたしを見送ってくれた。

わたしは外に出た。

大小ふたつのバッグを後部席に放りこんで、車に乗りこむと、ハンドルに自分の額を打ちつけてからエンジンをかけ、ヤイテスヴィンゲンのほうへくだりはじめた。すると一瞬、それもいいのではないかという考えが脳裡をよぎった。問題を永久に解決して、事故車と死体の山をさらに大きくするのも。

三日後、わたしは〈オスＦＫ〉のホームグラウンドに立って、自分がヤイテスヴィンゲンのカーブで結局ハンドルを切ってしまったことを後悔しかけていた。雨は土砂降り、気温は五度、試合は〇対三。そのスコアに失望していたわけではない。サッカーの試合になどわたしはなんの関心もない。そうではなく別の試合が、クルトと過去に対する試合、わたしたちが勝ったと思っていた試合が、まだ半分もプレーされていなかったことが判明したのだ。

23

カールがキャデラックで迎えにきた。

「うれしいよ一緒に行ってくれて」カールはそう言いながら作業場をぶらぶら歩きまわった。

「相手はどこだ?」わたしは長靴をはきながら訊いた。

「忘れた」カールはそう言って旋盤の前で足を止めた。「とにかく、この試合に勝たないと降格になるらしい」

「どこのリーグへ?」

「なんでぼくが兄貴よりサッカーに詳しいと思うんだよ」カールは壁にかかった道具類に手を這わせた。どれもヴィルムセンが持っていかなかったものだ。「はああ、この場所が何度も悪夢に出てきたな」その道具類のいくつかをわたしが解体に使ったのを思い出したのかもしれない。「あの夜、ぼくはゲロを吐いたよね?」

「ちょっとな」

カールはくすりと笑った。おかげでわたしはベルナル叔父が言ったことを思い出した。時がたてばどんな思い出もいい思い出になる。叔父はそう言った。

カールは棚からプラスチックのボトルを一本おろした。「まだあの洗浄液を使ってるんだ」

「〈フリッツ〉の工場用強力洗剤か? ああ。だけど、あんなに濃縮するのはもう禁じられてる。EUの規則でな。よし、仕度できたぞ」

「じゃあ、行こう」カールはにっこり笑ってハンチング帽を振った。「〝行け行けオス、アンズを嚙み砕け、砕いて吐き出せ!〟憶えてるか?」

わたしは憶えていたが、わたし以外のホームのサポーターたち、すなわち寒さに震える百五十人ほどの人々は、むかしからのそのチャントをもう忘れたようだった。あるいは、それを叫ぶ理由を見出せなかったのだろうか。開始十分で早くも〇—二にされていたのだから。

「おれたちがなぜここにいるのか、もう一度教えてくれるか」わたしはカールに言った。わたしたちが立っているのは、人工芝ピッチの西側中央に組まれた幅七メートル、高さ二・五メートルの観客スタンドの前だった。その木製スタンドは、何枚かのポスターが明らかにしていたように、オス貯蓄銀行がスポンサーになっていた。古いシンダー・ピッチの上にいま敷かれている人工芝のほうは、誰もが知っていることだったが、ヴィルムセンが金を出したものだった。当人は東部の一流クラブでほんの少しだけ使用したものを買ったと公言していたが、実際には人工芝が登場したばかりのころのもの、すなわち試合が終わったときにはチームにたいてい、火傷や足首の捻挫のほか、十字靭帯を切った者までひとりはいた時代の遺物だった。しかもヴィルムセン自身がそれをはがすことを条件に、ただでもらってきたしろもので、そのあとそこはもっと安全なピッチに改装されたのだった。

スタンドはある程度の見晴らしを提供していたものの、その何より重要な役割は西風を防ぐことと、村の富裕層のための非公式のVIPエリアとなることだった。最上段の七列目にはそういう人々が陣取っていた。審判のヴォス・ギルベルト現市長。それに、〈オスFK〉の青いユニフォームの胸にもそのロゴが描かれているオス貯蓄銀行の支店長。さらには、ユニフォームの背番号の上に〝ヴィルムセン中古車販売・解体ヤード〟の文字をねじこんでいる、ヴィルム・ヴィルムセンもいた。

「地元のサッカークラブを応援してることを示すためだ」カールは答えた。

「じゃ、そろそろ声援を送るべきかもしれない。ぼろくそにやられてる」わたしは言った。

「今日はほんの顔見せだよ」とカールは言った。「これで来年ぼくらがクラブを財政的に支援したときには、その金が逆境のときも順境のときもクラブを応援してきたふたりの本物のファンから出てることに、みんな気づくわけさ」

わたしは鼻で嗤った。「おれが試合を見にきたのは二年ぶりだし、おまえにいたっては十五年ぶりだぞ」

「でも、ぼくらは今シーズンの残り三回のホームゲームをすべて見にくる」

「すでに降格が決まってるのにか？」

「すでに降格が決まってるからだよ。ぼくらは敗北のときにも彼らを見捨てなかった、人はそういうことに気づくもんだ。それに金を手にすれば、ぼくらが来なかった試合のことは全部忘れてくれる。ちなみにこれからは、〝彼ら〟じゃなくて〝ぼくら〟になる。〈オスＦＫ〉とオプガルはひとつのチームだ」

「なぜ？」

「なるべく大勢の人にホテルに好意を持ってもらいたいからさ。それにはぼくらがクラブのサポーターだと認識してもらう必要がある。来年の今ごろには、クラブはナイジェリアからすごいストライカーを雇い入れて、いまユニフォームの〝オス貯蓄銀行〟と書かれてる場所には、〝オス・スパ山岳ホテル〟と書かれてるはずだ」

「それはプロ選手ってことか？」

「そんなわけないだろ。でも、ぼくの知り合いが、オスロの〈ラディソン・ホテル〉で働いてるナイジェリア人と知り合いでさ。そのナイジェリア人はサッカーをやるんだ。どの程度のプレーヤーかは知らないけど、その彼に、ぼくらのホテルで同じ仕事をもう少しましな給料でやらないかと打診してみる。来てくれるかもしれない」

「ああ、そうだな」とわたしは言った。「いずれにせよ、この連中よりひどいってことはないだろう」ピッチではわがほうの左サイドバックが、雨中のスライディング・タックルのチャンスをつかんだところだった。だが、なんと、その鮮やかな緑のプラスチックの芝にはこの雨でもまだ充分な摩擦力があり、そいつはつまずいて相手選手の五メートル手前に腹から倒れこんでしまった。

「で、兄貴にはぼくと一緒にあそこに立ってもらうつもりだ」とカールは最上段のほうへ頭を振ってみせた。わたしは後ろをふり返ってみた。現市長のヴォス・ギルベルトが、貯蓄銀行の支店長とヴィルムセンとともにそこに立っていた。カールの話では、ギルベルトは正式着工のしるしの鍬入れを自分が行なうことに同意したという。カールはすでに主要業者たちと契約を結んで、霜がおりる前に着工することを決めていたため、計画は前倒しされていた。

向きなおったわたしは、クルト・オルセンが〈オスＦＫ〉のベンチのそばに立って監督に話しかけているのに気づいた。監督は不愉快そうだったが、チームのかつての得点王から助言を受けるのをあからさまに拒むわけにもいかないようだった。クルトはわたしの姿を見ると、監督の肩に手をかけて最後の助言をあたえてから、ガニ股でこちらへやってきた。

「オプガル兄弟がサッカーに関心があるとは知らなか

ったな」クルトは言った。

カールは笑顔を見せた。「いや、きみが決勝戦でどこかの大チームを相手に得点をあげたときのことは憶えてるよ。奇数だったよね」

「ああ。一―九で負けた」クルトは答えた。

「クルト！」と背後から声がかかった。「もうあんたが出てくれよ、クルト！」

大きな笑い。クルトは煙草をくわえたまま声の主のほうへにやりとうなずいてみせてから、わたしたちのほうへ注意を戻した。「それはそうと、ちょうどよかった。おまえに訊きたいことがあったんだ、カール。それに、あんたにもぜひ聞いてもらいたいんだ、ロイ。ここで話すのと、むこうのホットドッグ・スタンドで話すのと、どっちがいい？」

カールは迷った。「ホットドッグってのは悪くない考えだね」

わたしたちは風雨を衝いてゴールポストの後ろにあるホットドッグ・スタンドのほうへ歩いていった。きっとほかの観客はわたしたちを注視していたことだろう。〇―二というスコアと、市議会の議決のことを考えると、いまの時点ではカール・オプガルのほうが〈オスＦＫ〉よりも興味深いはずだった。

「訊きたいことってのは、うちの親父が行方不明になった日の時間の流れについてだ」とクルトは言った。

「おまえの話だと、親父がオプガル農場を出たのは六時だ。それでいいか？」

「ずいぶんむかしのことだからな。でも、そうだよ、報告書にそう書いてあるのなら」カールは答えた。

「ああ、書いてある。しかし基地局が受信した信号から、親父の携帯はあの晩十時までおまえの農場の周辺エリアにあったことが判明してる。で、そのあと信号は途絶えてる。可能性として考えられるのは、バッテリーが切れたか、何者かがＳＩＭカードを抜いたか、それとも携帯が壊れたか。あるいは信号を送れないほど深いところへ埋められたかだ。埋められたとなると、金属探知器で農場の周辺エリアを調べなけりゃならない。それはつまり、あのあたりのものには何ひとつ手を触れちゃならないってことであり、おれが聞いてる着工日は、追って通知があるまで延期してもらわなけりゃならないってことだ」

「ええ？　だ、だけど……」とカールは口ごもった。

「だけどなんだ？」クルトはホットドッグ・スタンド

の前で立ちどまり、口髭をなでて平然とカールを見た。

「それはどのくらいの期間だ?」

「そうさな」とクルトは下唇を突き出して計算するような顔をした。「エリアが広いからな。三週間、いや、四週間ぐらいか」

カールはうめき声をあげた。「勘弁してくれよ、クルト、それじゃこっちは大損だ。業者には約束どおりの日時にやってきて仕事を始めてもらわなきゃならない。それに霜が――」

「気の毒だが」とクルトはさえぎった。「不審死の捜査ってのは、ひと儲けしたいというおまえの気持ちなんぞ斟酌《しんしゃく》してられないんだ」

「これはぼくの儲けだけの問題じゃない」カールの声はいくぶん震えていた。「村全体の問題だ。ヨー・オースに訊いてみろよ、きっと同じことを言うから」

「それはあの元市長か?」クルトはホットドッグ・スタンドの女性に指を一本立ててみせた。それで意図が伝わったらしく、女性はトングをつかんで自分の前のソーセージ鍋に突っこんだ。「おれはさっき現市長と話をしてきた。実際に決定をくだす人物と。それはあそこにいるヴォス・ギルベルトだ」とクルトはスタンドのほうを顎で示してみせた。「おれが問題を伝えたとき、ギルベルトが何より心配したのは、新しいホテル計画を推進してる男が殺人事件に関与してるかもしれないというニュースが広まることだった」女性はホットドッグを蠟引きのサンドイッチペーパーに載せてクルトに渡した。「だがギルベルトは、もちろん自分にはおれを止める権限はないと、そう言ってくれた」

「で、着工が延期になったと発表するさいに、おれたちはマスコミなんて言えばいいんだ?」わたしは訊いた。

クルトはふり向いてわたしを見つめ、それからポキリと湿った音を立ててソーセージをかじった。「そんなことはおれにはわからんよ」と豚の腸を頰ばりながら言った。「だけどダン・クラーネはきっと、そいつを面白いネタだと思うだろうな。さてと、時間の流れについての答えは聞いたし、着工はできないって話はおまえに伝えたし、カール。後半戦はもっとがんばれよ」

クルト・オルセンは見えないステットソン帽に二本指をあててみせてから、立ち去った。

カールはこちらを向いてわたしを見た。

見て当然だった。

わたしたちは残り十五分というところで試合場をあとにし、チームは〇―四で負けた。

わたしたちはまっすぐ作業場へ戻った。

わたしはずっと考えていた。

やらなければならないことがいくつかあった。


「こんなもん？」とカールが訊いた。その声はがらんとした作業場の壁に反響した。

わたしは旋盤の上に身をかがめてできばえを点検した。カールが錐を使ってオルセン元保安官の携帯電話の金属部分に大文字で名前を刻んだのだ。シグムン・オルセン、くっきりした文字でそう記されていた。少々くっきりしすぎだったかもしれない。

「あとでちょっと汚したほうがいいな」とわたしは言い、携帯を革ホルダーに戻した。それからホルダーを手近にあった太めの紐に引っかけて上下に振ってみて、クリップがはずれないことを確かめた。「来い」

わたしは作業場と事務所のあいだの廊下に置いてある金属製ロッカーの扉を引きあけた。するとそれがはいっていた。

「まじかよ」とカールは言った。「ずっとここに置いといたの？」

「ま、最初に試してみたあの一回を除けば、使ったことはないけどな」そう言ってわたしは黄色い空気タンクを揺すり、いくぶん劣化したウェットスーツをつまんだ。マスクとシュノーケルは上段に載っていた。

「シャノンに電話して遅くなると伝えとくよ」カールは言った。

24

その夜、作業場へ戻ったとき、わたしは寒くて震えが止まらなかった。これで寒さを追いはらえと、カールに車内でヒップフラスクを渡されていた。それを持ってわたしが車をおりると、カールはシャノンのもとへ帰っていった。彼女はきっと暖かいダブルベッドに横になってカールを待っているのだろう。わたしはそう思った。そう、わたしは嫉妬していた。そうでないふりをするのはもう諦めていた。そんなことをしたところでなんの役にも立たない。受け入れられないのだから。受け入れたくないのだから。わたしはモーと同じように自分の煩悩と絶望的な戦いをつづけていた。その病は一度克服したと思っていたのに、またぶりかえしていた。距離を置いて忘れるしかないのはわかっていたが、これには誰かが介入してきてわたしをノートオッデンのようなよその土地へ行かせてくれたりしないのもわかっていた。それは自分でやるしかないのだ。

洗車場の鍵をあけ、送水管にホースをつなぎ、わたしは服を脱いで、火傷するような熱い水流の前に立った。それが体温の急上昇によるものだったのか、男が絞首刑にされたさいに起こるのと同様の生理反応だったのか、それとも湯の熱が頭の中でダブルベッドの羽毛ぶとんの下の熱気に変換されて、自分がそこに横になっている気になったからなのか、それはわからない。が、目を閉じてそこに立っていると、少なくともふたつのことはわかった。喉から嗚咽が漏れていることと、自分がびんびんに勃起していることは。

シャワーの音がやかましくて鍵がまわる音が聞こえなかったにちがいない。いきなりドアがガタンとあく音がして、わたしは目をあけた。ドアのむこうの暗がりに人の輪郭が見え、あわてて背を向けた。

「あ、ごめん！」水流の音のむこうからユーリエの叫ぶ声が聞こえた。「明かりが見えたから、洗車場は閉まってるはずなのにと思って——」

「いいんだ！」とわたしはウィスキーと涙と羞恥で濁った声でさえぎった。

背後でドアが閉まる音がすると、わたしはそこに立ったまま首をうなだれた。自分を見おろすと、興奮は去っていた。一物はもはやしぼみ、パニックで心臓がどきどきしているだけだった。これでもう自分がむきだしになったような気がした。自分が何者で、何をしたのか、世間に知れわたってしまったような気がした。裏切り者で、臆病者で、人殺しで、淫らなやつだと。赤裸々に、とんでもなく赤裸々に。だが、やがて動悸も落ちついてきた。「すべてを失うことのいいところは、これ以上失うものはないってことだ」ベルナル叔父は死期を悟ったあと、わたしが病院に見舞いに行くとそう言った。「それはある意味じゃ救いだよ、ロイ。そうなりゃもう怖いものはないんだから」

ということは、わたしはすべてを失ってはいないのかもしれない。まだ怖いのだから。

体を拭いてズボンをはき、靴をひろおうとしてふり返った。

ユーリエがドアの横に椅子に座っていた。

「だいじょうぶ?」そう訊いてきた。

「いや。指が折れてる」わたしは言った。

「ふざけないで。見たんだから」

「そうか」とわたしは靴をはきながら言った。「あんなに元気なところを見せてやったのに、だいじょうぶかと訊かれるのはちょっと心外だな」

「ふざけないでってば。泣いてたじゃん」

「いや。シャワーを浴びてるときに湯が顔にかかるのは珍しいことじゃない。きみは今晩のシフトにはいってないはずだぞ」

「うん。車の中にいたらおしっこしたくなっちゃったんだけど、林に行くのはいやだったから。ここのを使わせてくれない?」

わたしはためらった。店のトイレを使えと言うこともできたが、暴走族の連中には店の駐車スペースを集会場がわりにすることだけでも文句を言っていたので、店のトイレに行かせるのは論外だった。それに、こうして頼まれてしまっては、木陰でやれと言うわけにもいかない。

わたしは服を着おえると、ユーリエを後ろに連れて作業場を通りぬけた。

「居心地よさそう」用を足しおわるとユーリエはそう言って、わたしの部屋の壁を見まわした。「なんで廊下に濡れたウェットスーツがかけてあるの?」

「乾かすためさ」わたしは言った。

ユーリエはふくれ面をした。「カップを借りていい？」そう言うと、勝手にコーヒーメーカーのところへ行って水切りラックからきれいなマグを取り、コーヒーをついだ。

「あいつらが待ってるぞ」とわたしはうながした。

「じきに森を捜索しはじめる」

「まさか」とユーリエは言い、ベッドのわたしの横に腰をおろした。「アレックスと喧嘩しちゃったから、みんな家に帰っちゃうと思う。ここで何するの？　テレビを見るの？」

「そんなところだ」

「あれなあに？」ユーリエはわたしが簡易キッチンの上に飾っておいたナンバープレートを指さした。わたしはそれを『世界の自動車ナンバープレート集』という本で調べて、Jというのはセントジョン地区を意味することを突きとめていた。Jのあとには数字が四つならんでいたが、国旗など国籍を示すものは、キャデラックについているモナコのプレートとはちがい、何もなかった。それはたぶんバルバドスが島国で、国内で登録される車が国境を越えることはまずないからだろう。さらにわたしは〝レッドレッグ〟をグーグルで検索して、そのほとんどがセントジョン地区に住んでいることも調べていた。

「ジョホールの自動車ナンバープレートだ」とわたしは言った。ようやく体が暖まって余裕が出てきた。

「マレーシアにあったスルタン国さ」

「うっそ」とユーリエは、プレートにかスルタン国にかわたしにかは知らないが、畏敬の念に打たれた口調で言った。腕と腕が触れるほどそばに座っていたので、そこで顔をわたしのほうに向けてわたしが同じことをするのを待った。わたしがこの状況から抜け出す方法を考えていると、わたしの携帯をベッドの端へ放ってわたしに抱きつき、首もとに顔を押しつけてきた。

「ちょっと横になれない？」

「無理なのはわかってるだろ」わたしは動くことも抱きしめかえすこともしなかった。

ユーリエはわたしの目の前に顔をあげた。「お酒のにおいがするよ。飲んでたの？」

「ちょっとな。きみもだろ、察するところ」

「なら、おたがい言い訳が立つじゃん」ユーリエは笑った。

わたしは返事をしなかった。

ユーリエはわたしを押したおして上にまたがると、馬に拍車をあてるように左右の踵をわたしの腿に押しつけた。はねのけるのは簡単だったが、わたしは動かなかった。ユーリエはそこに座ってわたしを見おろした。「つかまえたからね」低い声でそう言った。

わたしはやはり返事をしなかった。けれども自分自身がふたたび硬くなるのがわかった。ユーリエもそれを感じたらしく、ゆっくりと腰を動かしはじめた。わたしはそれを止めずに黙って見つめていた。彼女の視線がうつろになり、呼吸が荒くなってくると、わたしは目を閉じて、もうひとりの女を想像した。ユーリエの左右の手がわたしの手首をマットレスに押しつけ、風船ガムの息が顔にかかった。

そこでわたしはユーリエを壁のほうへ転がして立ちあがった。

「どうしたの」流しの前へ歩いていくわたしに、ユーリエが後ろから声をかけてきた。わたしは蛇口からグラスに水をついで飲み、もう一杯ついだ。

「きみは帰ったほうがいい」

「でも、したいんでしょ！」ユーリエは言い返した。

「ああ。だからこそきみは帰るべきなんだ」

「だけど、誰にもばれないよ。あいつらはあたしがうちに帰ったと思うし、うちの親はあたしがアレックスのところに泊まってると思うし」

「できないんだ、ユーリエ」

「なんで？」

「きみは十七歳で……」

「十八だよ、あと二日で十八」

「……おれはきみの上司だし……」

「あした辞めたっていい！」

「……それに……」わたしはためらった。

「それに？　それに何？」ユーリエはわめいた。

「それに、ほかに好きな人がいる」

「好き？」

「愛してる。ほかに愛してる人がいる」

それにつづく静寂のなかで、わたしは消えていく自分の言葉のこだまに耳を澄ました。それは自分に聞かせるために口に出した言葉だったからだ。口に出して確かめてみたのだ。本当らしく聞こえるかどうか。もちろん聞こえた。本当らしく聞こえた。

「誰よ、それ？」とユーリエはしゃっくりでもするように言った。「あのお医者さん？」

「え？」

「スピン先生？」

わたしが答えに窮して、グラスを手にしたままそこに立っていると、ユーリエはベッドからおりて上着を着た。

「やっぱりね！」押し殺した声でそう言い、わたしを押しのけて出ていった。

わたしはあとを追い、アスファルトを踏み割ろうとでもするように荒々しく給油エリアを横切っていくユーリエを、戸口に立って見送った。それからドアに鍵をかけ、部屋に戻ってベッドに寝ころぶと、携帯にヘッドフォンをつなぎ、J・J・ケイルの〈涙の瞳《クライング・アイズ》〉をかけた。

25

あくる朝、一台のポルシェ・カイエンが給油エリアにはいってきた。男がふたりと女がひとりおりてきて、男のひとりが給油をする間に、あとのふたりはあたりをぶらついた。女は金髪で、ノルウェー風のセンスのいい服装をしていたものの、別荘族だとは思えなかった。男は起毛ウールの上着を着てスカーフを巻き、滑稽なほど大きなサングラスをかけている。女たちが自分は美人ではないけれど個性的な人間だと知ってほしいと思っているときにかけるようなものだ。活発なボディランゲージとおおげさな身振りで、あちこちを指さしては女に説明している。だが、賭けてもいいが、ここへ来るのは初めてだったはずだ。それに、これもやはり賭けてもいいが、ノルウェー人でもないはずだった。

店は暇でわたしは退屈していたし、旅行者というのは面白い話を聞かせてくれることもある。だから給油エリアへ出ていってポルシェのフロントガラスを拭き、どこへ行くんですかと尋ねた。

「西部地方」と女は答えた。

「そうですか、だったら迷いっこない」わたしは言った。

女は笑ってサングラスの男にそれを通訳すると、男も笑った。

「ぼくの新作映画のロケ地を探してるところでね」と男は英語で言った。「ここもなかなかよさそうだ」

「監督さん?」わたしは訊いた。

「監督であり俳優でもある」と男はサングラスをはずした。手入れのいきとどいた顔と、まっ青な目をしている。なんらかの反応を期待しているのがわかった。

「こちらはデニス・クウォリー」女は控えめにわたしをうながした。

「ロイ・カルヴィン・オプガルです」わたしはにっこりしてフロントガラスを拭きおえると、ふたりをそこに残してほかのポンプを掃除しにいった。まあ、いいだろう。でも、面白い話が聞けることも本当にあるのだ。

キャデラックが給油エリアにはいってきた。カールがせわしなくおりてきて、ポンプのノズルをフックからはずし、わたしがいるのに気づくと、問いかけるように眉をあげた。サッカーの試合のあと湖に潜ってからの二日間で、十回は同じ質問をしてきた。あいつらは餌に食いついたか? わたしは首を振り、それと同時に、助手席にシャノンが座っているのを見て胸をどきりとさせた。シャノンのほうも青い目のアメリカ人を見て胸が高鳴ったのかもしれない。手を口にあて、あわててバッグからペンと紙を取り出すと、車をおりてデニス・クウォリーのところへ行った。クウォリーは笑顔でサインに応じた。クウォリーのアシスタントが歩いてきて、ふたりが立ち話をしているあいだにポルシェに乗りこんだ。シャノンが立ち去ろうとすると、クウォリーはシャノンを呼び止めてもう一度ペンを受け取り、紙の裏にすばやく何事かを書きつけた。

わたしはカールのところへ行った。浮かない顔をしている。

「心配か?」わたしは訊いた。

「ちょっとね」

「あれは映画スターだ」

カールは苦笑いした。「そのことじゃない」わたしにからかわれているのは知っているのだ。カールには嫉妬というものが理解できない。オールトゥンのダンスパーティで毎度手遅れになるまで状況を正しく把握できなかったのは、それが理由でもある。「正式着工のことだよ」とカールは溜息をついた。「ギルベルトが電話してきて、やっぱり鍬入れはできない、事情ができたと言うんだ。どんな事情かは言おうとしなかったけど、どう考えてもクルト・オルセンだ。あのくそったれめ！」

「落ちつけよ」

「落ちつけ？　そこらじゅうからジャーナリストを招待してるんだぞ。危機的状況だよ」カールは空いているほうの手で顔を拭いながらも、銀行に勤めていると思われる男に「どうも」と笑顔で挨拶し、男が声の届かないところへ行ってしまうと、さらに話をつづけた。

「見出しが目に浮かばないか？　〝殺人事件の捜査でホテル建設に遅れ。事業主自身が第一容疑者〟」

「まず、殺人だの容疑者だのについて書くような根拠はないし、それに、正式着工までまだ二日ある。それまでには事情が変わってるかもしれない」

「いま変わってくれなきゃだめなんだよ。起工式をキャンセルするなら、きょうの午後しかないんだから」

「夕方にしかけた網というのは普通、翌朝に引きあげるもんだ」わたしは言った。

「何かまずいことが起きたと言ってるわけ？」

「持ち主がもう少しそのままにしてる可能性もあると言ってるんだ」

「だけど、網をあんまり長くしかけっぱなしにしてると、かかった魚はほかの魚に食われちゃうと、自分で言ったよね」

「まさしく」とわたしは言い、いつから〝まさしく〟などと言うようになったのだろうと不思議に思った。

「だからあの網は十中八九けさ引きあげられたはずだ。所有者が警察へ通報するのにもたついてるだけかもしれない。だからあわてるな」

ポルシェが映画関係者らを乗せて街道へ出ていくと、シャノンがこちらへやってきた。顔を輝かせ、心臓を落ちつかせようとでもするように片手を胸にあてている。

「恋しちゃったか？」カールが訊いた。

「全然」

シャノンがそう答えると、カールはいままでの会話などもう忘れたかのように大声で笑った。

一時間後、見慣れた車輛が軽油ポンプのそばに停まった。これは面白くなってきたぞと思いつつわたしが給油エリアに出ていくと、クルト・オルセンがランドローバーからおりてきた。クルトの険悪な表情を見て、わたしはついに面白い話がやってきたのを悟った。

バケツにスポンジを浸し、ランドローバーのワイパーを引きあげた。

「拭かなくていい」とクルトは断わったが、わたしはもうフロントガラスを石鹼水で濡らしていた。

「視界がよすぎて困るってことはないぞ。ことに秋が近づいてるいまの季節」

「あんたの助けがなくても充分よく見えてる」

「そんなこと言うなよ」とわたしは汚れた水をフロントガラス全体に広げた。「カールが電話してきた。今日じゅうに起工式をキャンセルしなけりゃならないとさ」

「今日？」クルトはそう言って顔をあげた。

「ああ。残念な話だよ。学校のブラスバンドはずっと練習してたから、さぞがっかりするだろう。おれたちも国旗を五十枚も買ったのにな――一枚残らず。死刑が土壇場で猶予される見込みは絶対にないのか？」

クルト・オルセンは下を向き、地面に唾を吐いた。

「弟に起工式を進めていいと伝えてくれ」

「ほんとに？」

「ああ」とクルトは低い声で言った。

「事件に何か進展があったのか？」言葉の選択はともかく、口調が皮肉にならないように注意しながらわたしはそう言い、さらに石鹼水を広げた。

クルトは顔をあげ、咳払いをした。「今朝オーゲ・フレドリクセンから電話があった。オーゲはうちのキャビンのそばに住んでて、うちのボート小屋のすぐ沖に網をしかけてる。もう長年やってるんだ」

「へええ」とわたしは言いながらスポンジをバケツに放りこみ、クルトの鋭い視線に気づかないふりをしてスクイージーを手に取った。

「で、オーゲの網に今朝珍しい魚がかかった。うちの親父の携帯電話だ」

「ほんとかよ」スクイージーでガラスをこすると、ゴムが低い悲鳴を漏らした。

「オーゲの考えはこうだ。その携帯は十六年間同じ場所に沈んでた。泥におおわれてたんで、当時うちの親父を捜索したダイバーたちには見つけられなかった。オーゲが網をおろすたびに網は携帯の上をこすってたんだが、今朝網を引きあげたとき、網の裾の糸がたまたまホルダーのクリップの下に滑りこんで、その携帯が網とともにあがってきた」

「すごい話だな」わたしはそう言いながらロールペーパーを一枚破り取って、スクイージーのブレードを拭いた。

「すごいなんてもんじゃない」とクルトは言った。「十六年せっせと網をおろしつづけて、今朝それに携帯が引っかかったんだぞ」

「それがカオス理論てやつの本質じゃないか？　およそありえそうにないこともふくめて、すべてが遅かれ早かれ起こるってのが」

「それは認めよう。おれが納得できないのはそのタイミングだ。事実にしちゃちょいとできすぎだ」

いっそのことクルトはこう言ったほうがよかったかもしれない。〝あんたとカールにとっちゃできすぎだ〟と。

「それにそいつは当日の時間経過とも一致しない」とクルトは言い、わたしの顔を見て反応を待った。

クルトが何を望んでいるのかはわかった。わたしに反論してほしいのだ。証人というのはかならずしも信頼の置けるものじゃないとか。みずから命を絶つほど絶望した人間の行動というのは、それほど論理的なものじゃないのかもしれないとか。ことによると基地局の記録自体がまちがってるのかもしれないとか。だが、わたしは誘惑に打ち克った。親指と人差し指を顎にあて、それからゆっくりとうなずいた。きわめてゆっくりと。そして言った。「たしかにそのようだな。軽油か？」

クルトはわたしを殴りたそうな顔をした。

「そうか。ま、少なくともこれで道はよく見えるようになったぞ」わたしは言った。

クルトは乗りこんで乱暴にドアを閉め、エンジンを吹かした。だが、そこでアクセルをゆるめ、穏やかにUターンしてゆっくりと街道に出ていった。ミラーでこちらを見ているのはわかっていたので、わたしは手を振ってやりたいという衝動をかろうじてこらえた。

26

奇妙な光景だった。

激しい北西の風が吹き、このあたりの人々が〝猫とウサギが降る〟と表現するような土砂降りの雨が降っていた。それでも数百人の雨具を着た人々がこの山に登ってきて、スーツ姿のカールが市長の頸飾りをつけて政治家のとっておきの笑みを浮かべたヴォス・ギルベルトとともにスコップを手にポーズを取っているところを、震えながら見つめていた。地元紙をはじめとするマスコミのカメラマンがさかんにシャッターを切り、奥のほうでオールトゥン高校のブラスバンドが演奏する〈愛国歌〉が、強風の合間に切れ切れに聞こえてくる。ギルベルトは冗談混じりに〝新市長〟と紹介されていたものの、当人はさほど憤慨していなかった。ヨー・オースが引退して以降、どの市長もそう呼ばれてきたからだ。わたしはヴォス・ギルベルトに別段恨みはないが、ギルベルトは前頭部が禿げあがっているうえ、姓と名前が入れ替わったような妙な名前をしているから、どうにも胡散くさく見える。それは彼がオス市長になるのを阻むほどではなかったものの、今後自治体の合併でもあって競争が激しくなれば、まちがいなくその髪型が障害になるだろう。

カールがギルベルトに、最初のスコップを入れるようにと合図した。ギルベルトのスコップはその機会のために花とリボンで飾ってあった。そこでギルベルトは言われたとおりにしつつ、カメラマンたちに笑顔を向けたが、濡れた髪が禿げあがった額にぺったりとぶざまに貼りついていることには気づいていないようだった。大声で何やら冗談を飛ばしたものの、誰にも聞こえなかった。だが、まわりの連中はお義理で笑った。全員が拍手をすると、ギルベルトは裏返しになった傘を差しているお付きのところへそそくさと移動し、わたしたちはぞろぞろと道路脇に駐まっているバスのところまでおりていった。それに乗って〈フリット・フォール〉へ行き、正式着工を祝うのだ。

黒い雄鶏のジョヴァンニが客とテーブルの脚のあいだをそわそわと歩きまわるなか、わたしはエリクに無言でにらまれつつカウンターから飲み物を取った。カールのところへ行こうと思ったが、カールはヴィルセンとヨー・オースとダン・クラーネと話をしていたので、かわりにシャノンのところへ行った。シャノンは賭けテーブルのそばで、スタンレイとギルベルトとシモン・ネルガルと立ち話をしていた。彼らはデヴィッド・ボウイの《ジギー・スターダスト》の話をしているようだった。たぶんスピーカーから〈スターマン〉が大音量で流れていたからだろう。

「あの男は変態に決まってる、女みたいな格好をしてるんだから」とシモンが言った。早くも少々酔って攻撃的になっている。

「きみの言う変態というのがホモセクシュアルのことだとしたら、まあ、ヘテロセクシュアルにも女装を好む連中はいるよ」スタンレイが言った。

「病気だな、おれに言わせりゃ」とシモンは新市長を見ながら言った。「自然じゃない」

「いや、そうでもない」とスタンレイは言った。「動物も女装をする。ロイ、きみは鳥に詳しいから、ある種の鳥は雄が雌の真似をするのを知ってるだろう。同じ羽衣《うい》を用いて雌に擬態するんだ」

ほかの三人がこちらを見たので、わたしは顔が赤くなるのがわかった。

「それも特別な場合だけじゃない」とスタンレイはつづけた。「一生涯この雌の表現型を維持するんだよな?」

「おれのよく知ってる山鳥にはいないな」わたしは答えた。

「ほらな?」とシモンが言い、スタンレイはわたしをこの裏切り者といわんばかりの目で見た。「自然ての は現実的なんだよ、女みたいな格好をすることにいったいどんな利点があるってんだ?」シモンがさらに言った。

「利点はきわめて単純よ」とシャノンが言った。「擬態した雄は、生殖市場で潜在的競争相手を撃退しようとするアルファ雄に目をつけられずにすむ。アルファ雄がほかの雄と戦ってるあいだに、こっそり交尾してるの」

ギルベルト市長は陽気に笑った。「悪くない戦略だ」

スタンレイがシャノンの腕に手をかけた。「ついに恋愛ゲームの複雑さを理解してくれる人が現われたよ」

「まあ、別にロケット科学の話じゃないから」とシャノンは笑いながら言った。「人はみんな、いちばん楽な生存戦略を探してる。で、それが個人的にであれ社会的にであれうまくいかない状況に陥ったら、やむをえずそれほど楽ではない戦略を試すの」

「そのいちばん楽な戦略というのはどういうものかな？」ヴォス・ギルベルトが訊いた。

「社会のルールに従うものです。いわゆる道徳ですね。それなら制裁を受ける心配はありませんから。それがうまくいかなかったら、人はルールを破ります」

　ギルベルトは太い眉の片方を吊りあげた。「それがかならずしもいちばん楽ではなくとも、道徳に従って行動してる人は大勢いるがね」

「それはたんに、周囲から不道徳だと見られるのがいやなので、道徳が判断において大きな比重を占めているからにすぎません。でも、人がもし透明人間で、制裁を受ける心配がないとしたら、道徳なんてまったく気にしないはずです。なぜなら人はみんな心の奥では、生き残ることと自分の遺伝子を残すことを人生で最優先させるご都合主義者だからです。だから自分の魂を喜んで売りわたすんですよ。売りわたす値段が人とちがう人もいるだけで」

「そのとおり」とスタンレイが言った。

　ギルベルトは笑いながら首を振った。「それはわれわれの頭上を通りすぎる都会のおしゃべりだな。そうじゃないか、シモン？」

「垂れ流しのションベンてやつですね」シモンはそう言いながらグラスを空にすると、おかわりを求めて周囲を見まわした。

「こらこら、シモン」とギルベルトは言った。「しかし、忘れないでもらいたいんだが、オプガル夫人、われわれの住んでいるこの地域には、第二次世界大戦中、正しい道徳的価値を求めて命を捧げた人々がいたんだ」

「市長が言ってるのは、何度も映画化されてる（《テレマークの要塞》など）あの重水工場破壊に関わった十二人のことだよ」とスタンレイが言った。「あとの人間は多かれ少なかれ、ナチにやりたい放題をさせてたんだ」

「おまえは黙ってろ」とシモンが言った。まぶたがとろんと垂れさがっている。

「その十二人は道徳的価値のために命を捧げたのでは

ないでしょう」とシャノンは言った。「国のために捧げたんです。村のため、家族のために。ヒトラーがもし、経済的にも政治的にもドイツと同じ状況にあったノルウェーに生まれていたとしたら、ノルウェーでも同じように権力を握っていたでしょう。そうなったら、その破壊工作員たちはヒトラーのために戦ってたはずです」

「なんだと！」とシモンはわめき、わたしは止めなければならなくなった場合にそなえて一歩前に出た。

けれどもシャノンを止めることはできなかった。

「それともあなたは、一九三〇年代や四〇年代のドイツ人は全員がとんでもない反道徳者で、当時のノルウェー人のほうは幸いにもそうでなかったと、そう思ってるのかしら」

「それはまたずいぶんと手厳しい意見だね、オプガル夫人」

「手厳しい？　たしかにこれは、自分たちの歴史に深い愛着を持っているノルウェー人からすれば、挑発的で不快なものかもしれません。でもわたしはたんに、道徳は人間の動機づけとして過大評価され、群れに対する忠誠心は過小評価されていると、そう言おうとしてるだけです。人は自分たちの集団が脅威にさらされていると感じると、自分たちの目的にかなうように道徳を作りあげます。歴史上枚挙にいとまのない虐殺や血の復讐を行なったのは、けっして悪魔たちではなく、わたしたちみたいなごく普通の、道徳的に正しいことをしていると信じていた人間なんです。人は自分自身に対してまず忠実ですが、その次に忠実なのは、自分たちの集団の要求に応えてつねに変化する道徳に対してなんです。わたしの大伯父はキューバ革命に参加しましたが、フィデル・カストロに対しては今日でもふた通りの、正反対ではあっても道徳的には同じように独断的な見方があります。そしてその見方を決めるのは、自分が政治的に右か左かではなくて、カストロが自分の肉親の歴史にどの程度影響をあたえたかなんです。つまり、肉親がハバナの政府の一員となったりマイアミの難民になったりした程度なんですよ。それ以外はすべてつけ足しです」

わたしは誰かに上着の袖を引っぱられるのを感じてふり向いた。

グレーテだった。

「ちょっと話せる？」と声をひそめて言った。

「やあ、グレーテ。いまちょうど興味深い話をしてるところなんで――」

「こっそり交尾している。そう言ってたわね」グレーテは言った。

その言いかたを聞いてわたしは改めてグレーテを見た。その言葉はわたしがすでに感じていた予感と共鳴した。すでに考えていたことと。

「じゃ、ちょっとだけだぞ」そう言うとわたしは、背中にスタンレイとシャノンの視線を感じつつグレーテとバーのほうへ行った。

「あんたからカールの奥さんに伝えてほしいことがあるの」声の聞こえないところまで来るとグレーテはそう言った。

「それはなぜだ?」〝なんだ〟ではなく〝なぜだ〟と聞いたのは、〝なに〟かはもうわかっていたからだ。

グレーテの濁った目を見ればわかった。

「あんたの言うことなら彼女、信じるから」

「なんでおれが伝えれば信じるんだ?」

「あんたはそれを自分の考えみたいにして伝えるから」

「で、なぜおれはそんなことをするんだ?」

「あたしと同じものを望んでるからよ」

「で、同じものとは?」

「あのふたりが別れること」

ショックは受けなかった。驚きさえしなかった。ただ魅了された。

「なによ、ロイ、あんただってカールとあの南国娘はおたがいにふさわしくないってわかってるでしょ。あたしたちはあのふたりのために最善のことをするだけ。ほっといたら彼女はそれを自分で知っちゃって、じわじわと苦しむことになる。かわいそうにね」

わたしは喉を湿らせようとした。背を向けて立ち去りたかったが、できなかった。「知っちゃうって何を?」

「カールがマリとまたよろしくやってることを」

わたしはグレーテをまじまじと見た。パーマをかけた髪が血色の悪い顔のまわりに後光のように広がっている。髪をよみがえらせると称するシャンプーの広告に人がだまされるのが、わたしは不思議でならない。髪にはよみがえるような生命などそもそもないからだ。髪は死んだ物質であり、毛包から生長した角質の層だ。そこにふくまれる生命など、人がひりだしたクソにふくまれる生命と同程度のものだ。髪は歴史であり、自分が存在したこと、食べたものやしたことの結果だ。元には戻らない。グレーテのパーマヘアは過去のミイラであり、永久凍土であって、死そのものと同じくらいおぞましかった。

「オースのキャビンでやってるの」

わたしは返事をしなかった。

「あたし、この目で見たんだから。道路から見えないように森の中に車を駐めたあと、キャビンで会ってるんだよ」

カールのあとを尾けまわすのにどれだけ時間を費やしてるんだ。そう訊きたくなったが、訊かなかった。

「でも、カールが相手かまわずやりまくるのは驚きじゃない」グレーテは言った。

それはどういう意味だ、とわたしに訊いてほしいようだった。だが、何かがわたしにそれを躊躇させた。何かを確信しているようなグレーテの表情が、母に『赤ずきんちゃん』を読んでもらったときのことを思い起こさせたのだ。子供のころわたしは、赤ずきんちゃんがなぜおばあさんに化けた狼にあの最後の質問をしなければならないのか、どうしても理解できなかった。そいつが狼だということに勘づいているのに、〝どうしてそんなに大きな歯をしているの？〟なんて、なぜ訊くのか。狼は自分の正体がばれているのに気づいたら、彼女をつかまえてぺろりと食べてしまうに決まっている。赤ずきんちゃんはそれが理解できなかったのだろうか？　わたしがそこから学んだ教訓――〝どうしてそんなに大きな耳をしているの？〟のあとはもう質問してはいけない。薪小屋へもっと薪を取りにいくなどして、そのまま逃げるべし。それなのにわたしはそこに立ちつづけた。そして赤ずきんちゃんと同じように、こう訊いた。「それはどういう意味だ？」

「相手かまわずやりまくるってこと？　だってみんなそうするでしょ、子供のころに性的虐待を受けた人たちって」

わたしは呼吸を止めていた。身じろぎもできなかった。口をひらいたとき、声はしゃがれていた。「なんだってカールが虐待されてたなんて思うんだ？」

「だってカールが自分で言ったんだもの。酔っぱらって、オールトゥンの林であたしをファックしたあと、泣きながら。後悔してるけど、どうしようもないんだ、ぼくみたいな人間は色情狂になるって何かで読んだって」

　わたしは唾液を求めて口じゅうを舌で探ったが、口は干草納屋なみに乾燥していた。

「色情狂」どうにかそれだけつぶやいたが、グレーテには聞こえなかったようだ。

「それに、兄貴はぼくが虐待されてたことで自分を責めてる、とも言ってた。だからいつもぼくのことを気にかけてくれるんだ。ぼくに負い目みたいなものを感じてるんだって」

　わたしは声帯からまた少し声を絞り出した。「そんな話、きみは自分でも嘘だとわかってるはずだ」

　グレーテは微笑んで、いかにも残念そうに首を振った。「カールはすごく酔ってたから、そんなことを言ったのを自分でも忘れちゃったに決まってるけど、でも、言ったの、ロイ。あたしはなぜお兄さんのあんたが自分を責めるんだって、カールに訊いた。カールを虐待したのはあんたじゃなくて、あんたたちのお父さんなのにって。そしたらカールはこう言った。それは兄貴が兄貴だからだと思うって。ぼくの面倒を見るのが自分の務めだと思ってるんだ、だから最後にはぼくを救い出してくれたんだって」

「つまり、きみはあいつがそう言ったのを憶えてると思ってるわけだ」わたしはそう言ってみたが、グレーテには効き目がなかった。

「カールはたしかにそう言ったの」グレーテはうなずいた。「でも、いくら訊いても、あんたがカールをどういうやって救ったのかは教えてくれなかった」

　わたしは終わっていた。ミミズのような唇が動くのが見えた。「だからいま訊くんだけど。あんた何をしたの、ロイ？」

　わたしは顔をあげてグレーテの目をのぞきこんだ。期待に満ちていて、楽しげだった。口を半びらきにして餌を待っている。わたしは胸の奥で何かが泡だつのを感じた。笑いが込みあげてきて抑えられなかった。

「なによ」とグレーテは言い、わたしがけらけら笑いだすと驚いた顔をした。

　わたしは正直言って……なんだろう？　うれしかった？　ほっとした？　犯行が露見した殺人犯と同じで、ようやく待機状態が終わり、恐ろしい秘密を自分ひとりで抱えなくてすむようになって、気が楽になったのかもしれない。それとも、わたしはただの狂人だったのだろうか？　わたしみたいなやつは頭がおかしいにきまっているのだから。弟を陵辱していたのは父なのに、自分がそれに対して何もしなかったという事実を世間に知られるよりは、自分が陵辱者だと思われるほうがましだと思うやつは。それとも、それは狂気ではなくもっと単純なことだったのかもしれない。つまり、嘘と憶測から生じた村じゅうの嫌悪には耐えられても、そこにわずかでも真実がふくまれると、耐えられなかったのかもしれない。そしてオプガル農場で起きたことに関する真実には、父が弟を陵辱していたことだけでなく、意気地のない臆病な兄が手をこまねいてそれを見ていたこともふくまれる。知っていたのに口を閉ざしていたこと、自分を恥じながらも立ちあがらなかったせいで、鏡に映る自分の姿を見るのにも耐えられなかったことも。そしていま、起きうるかぎりで最悪の事態が起きていた。グレーテ・スミットが何かを知ってそれを話題にすれば、その何かはヘアサロンじゅうに知れわたることになるし、そうなれば村じゅうに知れわたることになる。それがまさにいまの状況だった。では、なぜわたしは笑ったのか？　それは起きうる最悪の事態が起きてしまったからであり、それがすでに数秒前のことになっていたからだ。これですべてが瓦解する恐れはあったが、わたしは自由になっていた。

「で？」とカールの明るい声がした。「このあたりじゃ何が話題になってんのかな？」そう言って片腕をわたしの肩に、反対の腕をグレーテの肩にまわして、シャンパンくさい息をわたしに吐きかけた。

「うーん。なんだろうなグレーテ？」わたしは言った。

「競馬」グレーテは言った。

「競馬？」カールは大声で笑い、カウンターのトレイからシャンパンのグラスを取った。かなり酔っている、それはまちがいない。「兄貴がお馬さんを追っかけてるとは知らなかったな」

「あたしがいま関心を持たせようとしてるとこ」グレーテが言った。

「で、きみのピッチは？」

「あたしの〝ピッチ〟？」

「きみの売り文句さ」

「〝買わなきゃあたらない〟。ロイもそれはわかってると思う」

カールはわたしのほうを向いた。「わかってる？」

わたしは肩をすくめた。

「兄貴はむしろ、買わなきゃはずれないと考えるタイプだな」カールは言った。

「全員が勝てるゲームを見つけりゃいいのよ。あんたのホテルみたいにさ、カール。敗者はいない、勝者だけのハッピーエンド」

「そいつに乾杯だ！」とカールは言い、グレーテとグラスを打ち合わせると、こんどはわたしのほうを向いた。

わたしは自分がまだあのまぬけな笑いを浮かべたままなのに気づいた。

「グラスはあっちにあるんだ」とわたしはシャノンたちのほうへ頭を振り、戻ってこないつもりでそちらへ歩きだした。

歩きながらわたしの心は歌っていた。理屈に合わないが、まるで両親の棺の上に牧師が土をかけたときにどこかで陽気にさえずっていたハシグロヒタキのように、不遜なほど能天気に歌っていた。ハッピーエンドなどなくとも、意味もなくハッピーなときというのはあるし、それは毎回最後になるかもしれないのだから、声をかぎりに歌おうじゃないか。世界に伝えよう。そして生が――もしくは死が――自分を打ちのめすのは、別の日に任せよう。

近づいていくと、わたしが来るのを知っていたかのようにスタンレイがこちらへ顔を向けた。微笑みもせずに、ただわたしの視線をとらえた。温かいものがじわりと体に広がった。理由はわからない。わかっていたのは、いよいよそのときが来たということだけだった。いよいよ自分がヤイテスヴィンゲンに向かって車を走らせ、カーブを曲がりそこねるときだ。得られるものといえばせいぜいが数秒間の自由と悟りと真実ぐらいだと知りつつ、道から飛び出して落下していくときだ。そうすれば自分は地面に激突して最期を迎えられる。残骸を回収できない場所に激突して、そこで慈悲深い孤独と平和に包まれて静かに朽ち果てることができる。わかったのはそれだけだった。

なぜその瞬間を選んだのかもわからない。一杯のシャンパンが勇気をあたえてくれたのかもしれない。グレーテからあたえられたささやかな希望を即座にたたきつぶさないと、自分がそれにすがって大きく育ててしまうのがわかっていたからかもしれない。グレーテが差し出している褒美など欲しくはなかった。それよりは人生が差し出す孤独を甘受するほうがましだった。

わたしはスタンレイの脇を通りすぎ、競馬の投票用紙の横にあったシャンパン・グラスを手に取り、新市長の話に耳を傾けているシャノンの後ろに立った。新市長はこの村にとってのホテルの意義を熱心に語っていたが、実際には、来たるべき選挙にとっての意義だったはずだ。わたしはシャノンの肩に軽く手をかけ、耳のほうへ顔を寄せた。シャノンのにおいがわかるほどそばまで。それはわたしの知っている女や愛しあったことのある女のにおいとはまったく異なっていたが、それでもわたし自身のにおいのように、なじみ深く感じられた。

「ごめん」とわたしはささやいた。「でも、おれにはどうしようもないんだ。きみを愛してる」

シャノンはこちらを向かなかった。なんと言ったのかと訊きかえしもしなかった。まるでわたしがギルベルトの言葉を小声で通訳でもしているかのように、表情を変えずにそのままギルベルトを見ていた。だが、わたしには一瞬、シャノンのにおいが強まったのがわかった。まるでわたしの体に広がったのと同じ温もりが彼女にも広がり、においの分子が皮膚を離れて立ちのぼってきたかのように。

わたしは出口のほうへ歩いていき、古めかしいコイン式ゲーム機の前で足を止めると、シャンパンの残りを飲みほしてグラスをその木製のゲーム機の上に置いた。見ると、雄鶏のジョヴァンニがそばに立って批難がましい鋭い目でこちらを見つめていた。それから——ほとんど軽蔑したように——顔をそむけ、コケコッコーとひと声鳴いて、ヒトラー風の小さな赤いとさかを震わせた。

わたしは外に出た。目を閉じて、雨に洗われた空気を吸いこんだ。頬に押しつけられた剃刀の刃さながらに冷たい空気を。そう、今年は冬の訪れが早そうだった。

ガソリンスタンドに戻ると、本部に電話をかけて人事部長につないでもらった。

「ロイ・オプガルです。スールランデの営業所の店長職はまだ空いているかなと思いまして」

第四部

27

人はわたしのほうが父に似ていると言う。

寡黙で堅実。親切で実際的。平均的な働きものタイプ。これといった才能もないのに、人生に多くを望まないからなのか、つねになんとかやっていく。孤独を好むが、必要とあらば社交的にもなる。それなりに共感力はあるので、誰かが困っていればそれとわかるが、恥というものを知ってもいるから、他人の人生には干渉しない。父が他人に干渉されるのを拒んだのと同じだ。人々が言うように、父は自尊心は強いけれど傲慢ではなかったし、他人に敬意を示した分だけ自分にも敬意を示されたものの、村の指導者ではなかった。そういうことはもっと学があって雄弁で押しの強い、もっとカリスマ的でビジョンのある人々に任せていた。世のオースやカールたち、もっと恥を知らない連中に。

なぜなら父は恥を知っていたからだ。そしてその資質こそ、わたしが父から受け継いだものだった。

父は自分のありようと自分のしたことを恥じていた。わたしは自分のありようと自分のしなかったことを恥じていた。

父はわたしが好きだった。わたしは父を愛していた。だが、父はカールを愛していた。

わたしは長男として、三十頭の山羊を飼う山の農場の経営法を徹底的にたたきこまれた。ノルウェーで飼育される山羊の数は祖父の時代の五倍に増えていたのに、山羊農家のほうは直近の十年だけでも半減していたから、わが家のそんな小規模な山羊飼育では将来暮らしていけなくなることを、父はたぶん悟っていたはずだ。けれどもこう言っていた。いつの日か電力が使えなくなって世界が大混乱に陥り、頼りは自分だけという状況になる可能性はつねにあると。

だが、わたしのような人間はそんなときでもなんとかやっていくだろう。そしてカールのような人間は没落するだろう。

だからこそ父はカールのほうをいっそう愛したのかもしれない。

それともカールがわたしのようには父を崇拝しなかったからだろうか。

わたしにはよくわからない。父があんなことをしたのは、父親としての保護本能と息子に愛されたいという欲求のなせるわざだったのか。それともカールがむかしの母によく似ていたからなのか。カールは話しかたも、笑いかたも、考えかたも、身のこなしも母に似ていたし、父と知り合ったころの母の写真ともそっくりだった。カールはエルヴィスなみにハンサムだ――父はよくそう言っていた。たぶん母のそこに惚れたのだろう。エルヴィスみたいな外見に。ラテン系やアメリカ先住民の特徴もそなえた北欧の金髪のエルヴィスに。アーモンド形の目と、滑らかでつややかな肌と、くっきりとした眉と、つねに出番を待っているように見える笑みと笑い声に。父はもう一度母に惚れたのかもしれない。母にそっくりなカールに。

よくわからないが。

わかるのは、父が子供部屋で就寝前のわたしたちに本を読み聞かせる役を引き受けたことと、その時間がしだいに長くなっていったことだけだ。わたしがベッドの上段で眠ってしまったあとも父は長いあいだ読みつづけていたから、わたしは何も知らずにいたのだが、ある夜、カールの泣き声と父がカールをなだめる声で目を覚ました。ベッドの縁から顔を出してみると、父の椅子は空っぽだった。父はベッドのカールの横に這いこんでいたのだ。

「どうしたの？」わたしは訊いた。

下から返事がなかったので、わたしはもう一度訊いた。

「カールはちょっと悪い夢を見たんだ。いいから寝ろ」父が言った。

だからわたしはまた眠ってしまった。罪なき者の罪深い眠りに戻ってしまった。そんなことをつづけていると、ある夜またカールが泣いていた。こんどはもう父はいなくなっていたから、カールはひとりぼっちで、慰めてくれる者はいなかった。そこでわたしは下のベッドにおりていって弟を抱きしめ、どんな夢を見たのか話してみろと言った。そうすれば怪物たちはいなくなると。

するとカールは洟をすすってこう言った。誰にもしゃべるなと怪物たちに言われたんだ、しゃべったら戻ってきて兄貴と母さんも連れていくぞ、ぼくたちをフーケンの底へ連れてかれないのか？」わたしは訊いた。

カールは返事をしなかったので、その怪物が自分たちの父親だということ、〝父さん〟だということを、わたしがその場で理解して封印したのか、それとも理解したいと思っただけで、あとになって理解したのか、それはわからない。それに、母がそれを理解したかったのかどうかもわからない。だが、母の場合には意志が欠けていたことはわかる。なにしろそれはわたしたちの目と耳のすぐ前で起こっていたのだから。それゆえ、見て見ぬふりをして止めようとしなかったという点では母もわたしと同罪だということも、いまではわかる。

ついにそれを実行したのは十七のときで、わたしは父とふたりだけで納屋にいた。父が棟木の下の電球を交換するあいだ梯子を押さえていたのだ。山の農場の納屋の天井はさほど高くないが、それでもわたしは数メートル上にいる父にとって自分が脅威になりうるのを感じていた。

「カールにあんなことをするのはやめてよ」

「うむ、わかった」と父は静かに言い、電球をすべて交換しおえた。

それから、わたしが精一杯しっかりと押さえている梯子をおりてきた。父は古い電球を下に置くと、襲いかかってきた。顔は殴らず、体だけを、それも柔らかくていちばん痛む場所を選んで攻めてきた。わたしが息もできずに干草に倒れこんでいると、父はわたしを見おろしてかすれた濁声《だみごえ》でこうささやいた。

「そういうことで父親を批難するのはよせ、ロイ、殺されたいのか。父親を止める方法はひとつしかない。黙って機をうかがい、チャンスが来たら殺すんだ。わかったか？」

もちろんわかった。それこそ赤ずきんちゃんがすべきだったことだ。だが、わたしは口が利けなかったし、うなずくこともできなかった。わずかに頭を持ちあげると、父が目に涙を浮かべているのが見えた。

父はわたしを助け起こしてくれ、一緒に夕食を食べ、その夜またカールのベッドに這いこんだ。

あくる日、父はわたしを納屋に連れていった。そこには父がノルウェーに帰国するさいにミネソタから持ってきた大きなサンドバッグが吊るしてあった。カールとわたしにボクシングをさせようとした時期があったのだ。しかしわたしもカールも、ミネソタ出身の有名ボクサーであるギボンズ兄弟のことを聞かされても、まるで関心を示さなかった。弟のトミー・ギボンズは父のお気に入りだった。わたしたちに写真を見せ、カールのことをその金髪長身のヘビー級ボクサーにそっくりだと言った。わたしはどちらかといえば、弟より小柄でキャリアもそれほどぱっとしなかった兄のマイク・ギボンズに似ていた。どちらもチャンピオンにはならなかったものの、トミーはあと一歩のところまで行った。一九二三年にかのジャック・デンプシーを相手に十五ラウンドを戦い抜いて、判定で負けたのだ。試合が行なわれたのはモンタナ州のシェルビーという、グレイトノーザン鉄道の分岐点にあるちっぽけな町で、会社の重役ピーター・シェルビーに言わせれば——町はその男にちなんで名づけられたのだが——〝神に見捨てられた泥の町〟だった。その試合で町は確実にアメリカの地図に載るはずだったから、町の人々は有り金ばかりか、それ以上を投資して大型スタジアムを建設した。だが、観戦に来たのはわずか七千人で、あとは金を払わずに忍びこんだ連中が少々いたにすぎなかったので、町じゅうが——四つの銀行をふくめて——破産した。トミー・ギボンズはタイトルもなく、ポケットに一セントもないまま、少なくとも挑戦はしたという思いだけを胸に、失意の町をあとにした。

「体の具合はどうだ？」父は訊いた。

「平気だよ」とわたしは答えたものの、まだそこらじゅうが痛んだ。

父は立ちかたと基本のパンチを教えると、すりきれた古い自分のボクシンググローブをわたしにはめさせた。

「ガードは？」とわたしは自分が見たデンプシー対ギボンズの試合のニュース映画を思い出して訊いた。

「おまえは先に強打するんだから、そんなものは必要ない」父はそう言ってサンドバッグのむこう側に立った。「こいつは敵だ。殺される前に殺すんだと自分に言い聞かせろ」

そこでわたしは殺した。父はサンドバッグがあまり揺れすぎないようにしっかりと押さえていたが、ときどき、わたしの殺すべき相手が誰なのか教えるように後ろから顔をのぞかせた。

「悪くない」わたしが汗をぽたぽた垂らしながら体を

折って膝に手をついていると、父はそう言った。「こんどは手首にテープを巻いてグローブなしでやるぞ」と。

三週間もしないうちにサンドバッグに穴があき、それを太い糸でかがった。その縫い目にあたって拳が血まみれになると、二日間傷を癒やしてから、また血まみれにした。そうしていると少し気が楽になった。痛みは痛みを和らげ、屈辱を和らげてくれた。そこに立ってサンドバッグを殴りつけているばかりで、ほかに何もできない屈辱を。

なぜならそれはつづいていたからだ。

以前ほど頻繁にではなかったかもしれないが。よく憶えていない。

憶えているのは、わたしが眠っているかどうかなど、父はもはや気にかけていなかったことだけだ。母が眠っているかどうかも気にかけず、自分がこの家の主人だと示すこと、主人は好き勝手にふるまうものだと示すこと、それだけを気にかけていた。それと、わたしを肉体的に対等な敵対者にしたてることだ。まるで自分はわたしたちを肉体的にではなく精神的に支配しているのだ、といわんばかりだった。肉体的なものははかなく消え去っても、精神的なものは永遠に残るのだと。

わたしは屈辱を覚えていた。覚えながらも、思考は下のベッドの物音から逃れよう、ぎしぎしと揺れる二段ベッドのフレームから逃れよう、その家から逃れようとしていた。そして父がいなくなると下段へおりていって、カールが泣きやむまで抱きしめてやった。いつか、いつか遠くへ行こう。自分が父を阻止してやる。自分にそっくりなあのくそったれを阻止してやると。屈辱をさらに大きくするだけのむなしい言葉をカールの耳にささやきながら。

わたしたちはパーティに行ける年齢になった。カールは必要以上に飲んだ。そして必要以上に厄介事に巻きこまれた。わたしはそれを歓迎した。家ではやれなかったことをやれる場があたえられるからだ。弟を守る場が。それは簡単だった。父に教えられたとおりにやるだけだった。先に強打するのだ。相手の顔を。父の顔が描かれたサンドバッグを殴るように。

その日はいずれ来るはずだった。

そしてついにその日はやってきた。

カールがわたしのところに来て、医者に行ってきたと告げたのだ。診察してもらったら、いろいろ質問された。怪しまれていると。わたしがどうしたんだと訊くと、カールはズボンをおろしてそれを見せた。わたしは怒りのあまり泣きだした。

その夜ベッドにはいる前に、わたしはホールの壁から狩猟ナイフを取ってきた。それを枕の下に置いて待った。

四日目の夜、父はやってきた。いつもどおりわたしはドアのきしむ音で目を覚ました。父は廊下の明かりを消していたので、見えるのは戸口に立ったシルエットだけだった。わたしは枕の下に手を差しこんでナイフの柄を握った。戦争中のオスにおける破壊工作についてあらゆるものを読んでいたベルナル叔父に訊いたところ、叔父はこう教えてくれた。声を立てさせずに敵を殺すには、背中の腎臓の高さあたりにナイフを刺すことだ。喉を掻き切るのは映画で見るよりずっと難しい。敵を押さえつけている自分の親指を切るはめになる場合が多いと。腎臓がどのへんにあるのかはよく知らなかったが、何度も突き刺せば一度は腎臓に刺さるだろうとわたしは考えていた。それでもだめなら、父の喉と自分の親指を切るまでだ。かまうものかと。

戸口の人影がほんの少し揺らいだ。いつもよりビールを余計に飲んだのかもしれない。道をまちがえたのだろうかとためらうように、いつまでもそこに立ちつくしていた。たしかにまちがえていたのだ、何年も前から。だが、それもこれが最後だった。

物音がした。父が息を吸いこんだか、においをかいだような音が。

ドアが閉まり、室内が真っ暗になり、わたしは身がまえた。胸がどきどきして、心臓が文字どおり肋骨を圧迫するのがわかった。そのとき、階段をおりていく足音が聞こえ、父が気を変えたのがわかった。

玄関のドアがあく音がした。

勘づかれたのだろうか？　何かで読んだことがあるのだが、アドレナリンには特徴的なにおいがあるのだという。脳はそのにおいを——意識的にせよ無意識的にせよ——認識して自動的にわれわれを警戒させるらしい。それとも父は戸口にたたずんでこう決心したのだろうか。もうやめよう。今夜だけでなく、二度とやるまいと。

そのまま横になっていると、体が震えだした。息を吸うと、喉がかすれた音を立てたので、ドアのきしみが聞こえたときからずっと息を止めていたことに気づいた。

しばらくすると、どこかから静かな泣き声が聞こえてきた。わたしはまた息を止めてみたが、それはカールの泣き声ではなかった。カールは規則正しい寝息を立てていた。泣き声はストーブの煙突を通して聞こえてきた。

わたしはベッドから這い出すと、服をはおって階下へおりた。

薄暗いキッチンのカウンターのそばに母が座っていた。キルトのコートのように見える赤い部屋着をまとい、窓の外の納屋のほうを見つめていた。納屋には明かりがついていた。母はグラスを手にしており、テーブルには長年未開封のまま戸棚にしまってあったバーボンの瓶が置いてあった。

わたしは腰をおろした。

そして母と同じように納屋のほうを見た。

母はグラスを干して、また注いだ。クリスマス・イヴ以外に母が酒を飲むのを見たのは、あの〈グランド・ホテル〉の晩以来初めてだった。

ようやく口をひらいたとき、母の声はかすれて震えていた。

「あのね、ロイ、わたしはお父さんをとても愛してるから、お父さんなしでは生きていけないの」

それは長いこと心の中で自分自身と議論を重ねたすえの結論のようだった。

わたしは何も言わずに納屋を見つめ、そこから物音が聞こえてくるのを待っていた。

「でも、お父さんはわたしがいなくても生きていける。知ってる？　カールが生まれたとき、いろいろと問題があったのを。わたしは大量に出血して意識を失っていたから、お医者さんはお父さんに決断をゆだねるしかなかった。選択肢はふたつあって、ひとつは胎児にとってリスクがあり、もうひとつは母親にとってリスクがあるものだった。お父さんはわたしを危険にさらすほうを選んだの。あとでわたしに、おまえだってやっぱり同じ選択をしたはずだと言ったけれど——そしてそれはそのとおりだけれど——でも、決断したのはわたしじゃない。お父さんなの」

わたしは納屋からどんな物音が聞こえてくると思っていたのか。いまはわかる。銃声だ。わたしが階下へおりてきたとき、玄関のドアがあいていて、いつもはホールの壁の高いところにかかっているショットガンがなくなっているのが見えた。

「でも、わたしがあんたの命とカールの命のどちらを救うか選ばなければならなくなったとしたら、わたしはカールを選んだはず。これでわかるでしょう。わたしはあんたにとってその程度の母親だったの」そう言うと母はグラスを口もとへ運んだ。

母がそんなふうに話すのを聞いたのは初めてだったが、わたしは気にしなかった。頭にあったのは、納屋で何が起きているのかだけだった。

わたしは立ちあがって外へ出た。火照った頬に夜気が涼しく感じられた。わたしはあわてなかった。大人の男のような落ちついた足取りで歩いていった。あいたままの納屋の扉から漏れる光で、ショットガンが扉の脇に立てかけてあるのが見えた。近づいていくと、屋根の梁の一本に梯子がかけてあり、その梁からロープが垂れさがっているのが見えた。

サンドバッグのビニールの表面を殴りつけるドスドスという鈍い音が聞こえた。

わたしは扉の手前で立ちどまったが、そこからでも父の姿は見えた。サンドバッグにジャブやパンチをたたきこんでいた。わたしがそこに描いた顔が自分だと知っていたのだろうか？　知っていたのだろう、たぶん。

ショットガンが立てかけてあるのは、やろうとしたことをやり遂げられなかったからだろうか？　それともわたしへの誘いだろうか？

頬はもう火照っていなかった。全身が急に氷のように冷たくなり、かすかな夜風が幽霊のように体を吹きぬけた。

わたしは父を見ながらそこに立ちつくしていた。もちろん父はわたしに止めてほしいと思っているのだ。自分のしていることを止めてほしい、自分の心臓を止めてほしいと。何もかもお膳立てされていた。父は自分が実行したように見えるように用意を整えてあり、そのロープまでが明らかなメッセージを発していた。だからわたしがしなければならないのは、至近距離から父を撃って、死体のかたわらにショットガンを置いておくことだけだった。わたしは震えあがった。自分の体がもはや制御できなかった。全身がいうことをきかず、手脚がぶるぶる震えていた。もはや怒りも恐怖も感じなかった。感じているのは無力さと屈辱だけだった。わたしにはできなかったからだ。父も死にたがっているし、わたしも父に死んでほしいと思っているのに、どうしてもできなかった。なぜなら父はわたし自身だったからだ。わたしは自分を憎みつつも自分を必要としていたのと同様、父を憎みつつも父を必要としていた。納屋に背を向けて立ち去るわたしの耳に、父がうめいては殴り、悪態をついては殴り、すすりあげては殴る音が聞こえてきた。

あくる日の朝食の食卓は、まるで何ごともなかったかのようだった。すべてはわたしの見た夢だというように、父はキッチンの窓から外をのぞいて天気についてひとこと言い、母はカールを学校に遅刻させまいとして急きたてた。

28

わたしが父を納屋に残して立ち去ってから数ヵ月後、ヴィルムセン夫人が作業場の前に五八年式サーブ・ソネット・ロードスターを乗りつけてきて、その車の整備を予約した。村で唯一のカブリオレだ。

村の人々に言わせると、ヴィルムセン夫人は七〇年代ノルウェー歌謡界の女王に夢中で、あらゆる点でその女王の真似をしようとしているのだという。車も、服装も、化粧も、歩きかたも。さらにはその有名な太い声まで。わたしはまだ若すぎてそのポップスターを憶えていなかったが、ヴィルムセン夫人が女王だということは、はっきりわかった。

ベルナル叔父は医者の予約があって不在だったので、わたしが自分でそのマシンをざっと見て、明らかな問題があるかどうか確かめなくてはならなかった。

「美しいラインですね」そう言いながらわたしはフロントのフィンに手を這わせた。ファイバーグラス強化プラスチック。ベルナル叔父によれば、生産台数は十台以下だったから、ヴィルムセンは相当の出費を強いられたにちがいない。

「ありがとう」と夫人は言った。

わたしはボンネットをあけてエンジンをざっと見渡した。リード線をチェックしてキャップがきちんとかぶさっているのを確かめた。わたしも人の真似をしていたのだ。この場合はベルナル叔父の。

「内部のあつかいも心得てるみたいね。ずいぶんお若いようだけれど」夫人は言った。

こんどはわたしが礼を言う番だった。

暑い日だった。わたしはトラックの整備をしている最中で、つなぎの上半分をおろしていたので、夫人がやってきたときには上半身裸だった。納屋でせっせとボクシングをするようになっていたから、前は骨と皮だったところに筋肉がついていて、夫人はやってほしいことを伝えながらわたしの体に目を這わせた。わたしが車を検める前にTシャツを着ると、夫人はがっかりしたような顔をした。

わたしはボンネットを閉めて夫人のほうを向いた。夫人はただでさえ背が高いのに、ハイヒールをはいているのでわたしを見おろすほどだった。

「で？」と夫人は言い、そこでいやに長い間を置いてからこうつづけた。「いま見ているものは気に入ったかしら？」

「問題なさそうですけど、もっとよく見てみないと」わたしはさも自信ありげに、見るのはベルナル叔父ではなくわたしだと思わせるような口ぶりで答えた。

そのときわたしは夫人が見かけより歳を食っているのに気づいた。眉は剃り落としてから引きなおしたように見えたし、上唇の上には細かい皺がある。だが、それにもかかわらず、ヴィルムセン夫人はベルナル叔父が言うところの〝豪華帆船〟だった。

「で……」夫人は小首を傾げて、肉屋のカウンターに置かれた肉でも見るようにわたしを値踏みした。「よく見たあとは？」

「そのあとはエンジンを点検して、交換する必要のあるものはすべて交換します」とわたしは答えた。「もちろん、お客さんの納得できる常識的な範囲内で」この台詞もベルナル叔父の真似だった。途中で唾を呑みこまなければならなかったのは別だが。

「納得できる常識的な範囲ねえ」夫人はわたしがオス

カー・ワイルド級の機知に富んだ台詞でも披露したかのように微笑んだ。まあ、当時のわたしはオスカー・ワイルドなど知りもしなかったのだが。そのあたりでようやくわたしは、その会話にあらゆる性的妄想を読みこんでいるのが自分だけではないことに気づいた。それはもはや疑いようがなかった。ヴィルムセン夫人はわたしと戯れていたのだ。夫人がそれ以上のことを望んでいるとはさすがに思わなかったものの、目の前の毛糸玉に軽くじゃれついてから立ち去る大人の猫のように、わざわざ時間を割いて十七歳の少年とささやかなゲームをしているのはまちがいなかった。それだけでわたしは誇らしくなり、いささか自信過剰になった。

「でも、ざっと見ただけでも、修理が必要なところは大してないのはわかります」そう言いながらつなぎのポケットから嗅ぎ煙草の銀色の缶を取り出して、ボンネットに寄りかかった。「この車はすばらしいコンディションに見えますよ。年齢のわりには」

ヴィルムセン夫人は笑った。

「リタよ」そう言って、血のように赤いマニキュアをしたまぶしいほど白い手を差し出した。

わたしがもっと積極的だったらその手にキスをしていただろうが、わたしは嗅ぎ煙草入れをしまって尻ポケットに垂らしていたボロ布で手を拭うと、夫人の手をしっかりと握った。「ロイです」

夫人は優しい目でわたしを見た。「わかったけれどね、ロイ。そんなにきつく握らなくてもいいのよ」

「え?」

「〝え〟なんて言っちゃだめ。〝はい?〟か〝失礼ですが〟と言うの。もう一度やってみて」夫人は改めて手を差し出した。

わたしはもう一度それを握った。こんどは慎重に。

夫人は手を引っこめた。

「盗品みたいにあつかえとは言ってないわよ。わたしがあなたに手を差し出したら、そのあいだその手はあなたのものなの。だから優しく、また預けてもらえるようにあつかって」

夫人はもう一度手を差し出した。

わたしは両手でそれを包みこんだ。

それからなでた。頬に押しつけた。どこからそんな勇気が湧いてきたのかはわからない。わかったのは、納屋の外で戸口にショットガンが立てかけてあるのを見たときには欠けていた勇気が、いまはあるということだけだった。

　リタ・ヴィルムセンは笑い、すばやくあたりを見まわしてまだ誰にも見られていないのを確かめると、もう少しだけわたしに手を預けてから、ゆっくりと引っこめた。

「呑みこみが早いわね。とっても早い。それにあなたはもうすぐ大人になるし。きっと誰かを幸せにするんじゃないかしら」

　一台のメルセデスがわたしたちの前に停まった。ヴィルム・ヴィルムセンがせかせかとおりてきて、わたしへの挨拶もそこそこに、夫人のために車のドアをあけた。いや、いまはもう〝リタ〟か。それから手を取って、ハイヒールに、高く盛りあげた髪に、タイトなロングスカートという装いのリタを車に乗りこませた。

　メルセデスが走り去ると、わたしは自分の前に突如現われたものについて考え、興奮と戸惑いを覚えた。興奮の源は、ヴィルムセン夫人の手を握ってあの長い爪を手のひらに感じたことであり、夫人がヴィルムセンに——すなわち父をだましてあのキャデラックを売りつけ、そのあとそれを自慢げに吹聴した男に——明らかに宝物のように大切にされているという事実だった。一方、戸惑いの原因はエンジン・コンパートメントだった。そこに収められたものはすべて後ろ前になっているように見えた。つまり、ギアボックスがエンジンの前にあるのだ。のちにベルナル叔父が説明してくれたところによると、それはソネットの特殊な重量配分のせいだった。サーブはこの車のクランクシャフトを、ほかのすべての車と逆に回転させることさえしたという。サーブ・ソネット。なんという車だ。なんとゴージャスで無意味な時代遅れの美しさか。

　わたしは夜遅くまでそのサーブを整備し、点検や、締めつけや、交換を行なった。新たに猛烈な活力が体にみなぎっていたが、それがどこから来るのかはわからなかった。いや、実はわかっていた。リタ・ヴィルムセンからだ。彼女はわたしに触れ、わたしも彼女に触れた。彼女はわたしを男として見てくれた。少なくとも、わたしが将来なれるはずの男として。それが何かを変えていた。グリースピットに立ってその車のシャーシに手を這わせていると、自分自身が硬くなってくるのがわかった。わたしは目を閉じて想像した。想像しようとした。半裸のリタ・ヴィルムセンがそのサーブのボンネットに横たわり、人差し指でわたしをさし招いているところを。あの赤いマニキュアをした指で。ああくそ。

わたしは耳を澄まし、作業場に自分しかいないのを確かめると、つなぎのジッパーをおろした。


「兄貴?」わたしがベッドの上段にそっと這いこもうとしたとき、カールがささやいた。

わたしは修理工場で残業したんだというようなことを言おうとした。遅いからもう寝ようと。だが、カールの声の何かがそれを思いとどまらせ、わたしは下段のベッドの上の明かりをつけた。カールの目は泣いたせいで赤らみ、頬は腫れていた。わたしは胃がきゅっと縮むのを感じた。ショットガンを持って納屋に行ったあの夜以来、父はカールに近づいていなかった。

「また来たのか?」わたしはささやいた。

カールは黙ってうなずいた。

「しかも……殴ったのか?」

「うん。それに窒息させられるかと思った。ものすごく荒れてた。兄貴はどこだって訊かれた」

「くそ」

「なんでここにいてくれなかったんだよ。兄貴がいればあいつは来ないのに」

「おれだっていつもここにいるわけにはいかない」

「じゃ、ぼくはどこかへ逃げるしかない。もう耐えられないよ……これ以上誰かにこんなまねをされるのはもう……」

わたしは片腕をカールの体に、もう片方の腕を頭の後ろにまわして、嗚咽で両親が目を覚まさないようカールの顔を自分の胸に押しつけた。

「おれがなんとかしてやる」とカールの金髪にささやきかけた。「約束する。おまえはあいつから逃げる必要はない。おれがなんとかしてやる、聞こえたか?」


夜が白々と明けるころ、計画は固まった。

まだ考えているだけで、実行するとはかぎらなかったが、自分がもう腹をくくっているのはわかっていた。リタ・ヴィルムセンに言われたことを思い返した。もうすぐ大人になると言われたことを。たしかにもうすぐだった。こんどは尻込みするつもりはなかった。あのショットガンから逃げるつもりはなかった。

29

サーブ・ソネットの整備をしているあいだにわたしはいくつかのことを学んでいた。ソネットはエンジンが後ろ前に搭載されているだけでなく、ブレーキ・システムも簡単なものだった。現代の車はダブル・ブレーキング・システムを備えているから、一本のブレーキホースが切れても、ブレーキはまだ、少なくとも二本の車輪に対しては作動する。ところがソネットは一本のホースが切れたら、たちまち惰力で転がっていくだけの荷車に早変わりする。そこでふと、これはたいていの古い車にあてはまることだと気づいた——父の一九七九年式キャデラック・ドゥヴィルにも。実際には、キャデラック・ドゥヴィルは二本のブレーキホースを備えているにしても。

このあたりの男たちはありふれた病気では死なない。田舎道で自動車事故に遭うか、納屋で首を吊ったりショットガンの引金を引いたりして死ぬ。わたしはショットガンを使うチャンスをせっかく父にあたえられたのにそれをふいにしていたし、父がもう一度チャンスをくれるはずがないこともわかっていたのだろう。こんどは自分で考えるしかないと。そして考え抜いたすえ、ついに最善の手を思いついた。それは〝死なばもろとも〟というような捨て身のものではなく、ごく実際的なものだった。自動車事故なら、ショットガンで頭を吹っ飛ばしたときのような調査は行なわれないはずだった。少なくともわたしは、自分をそう納得させた。それに、父を納屋に誘い出して撃っても母に事態を悟られずにすむ方法もわからなかったし、父なしでは生きていけないと言っていた母が、その父が殺されたとき、警察に嘘をついてくれるかどうかもわからなかった。〝わたしはあんたにとってその程度の母親だったの〟

一方、キャデラックのブレーキに細工をするのは簡単だったし、結果も容易に予測できた。父は毎朝、起床するとまず山羊の様子を見て、それから自分のコーヒーを温め、カールとわたしが朝食を食べるのを黙って見ていた。カールとわたしが自転車で——カールは学校へ、わたしは修理工場へ——出かけてしまうと、自分はキャデラックに乗って、郵便物を受け取ったり新聞を買ったりするために村へおりていった。

キャデラックは納屋の屋根の下に駐めてあり、わたしは父が出かけるところを数えきれないほど見ていた。エンジンをかけ、車を出し――道に雪や氷がなければ――ヤイテスヴィンゲンにさしかかるまではブレーキを踏むこともハンドルを切ることもない。

ダイニングルームでそろって夕食を食べたあと、わたしは納屋へ行ってサンドバッグをたたいてくると告げた。

誰も何も言わなかった。母とカールは皿から最後の料理をすくっていたが、父はわたしに訝しげな目を向けた。父とわたしはふだん、自分が何をするつもりかなど他人に伝えたりはせず、黙って実行するだけだったからかもしれない。

わたしは修理工場から持ってきた道具をトレーニングバッグに入れて持っていった。作業は思っていたよりも少々複雑だったものの、三十分後にはわたしは、止めネジをゆるめてステアリングシャフトをラックギアに固定していたボルトをはずし、二本のブレーキホースに穴をあけてブレーキオイルをバケツに受けていた。それからトレーニングウェアに着替えてさらに三十分サンドバッグをたたいたあと、汗をしたたらせて居間へはいっていくと、両親は六〇年代の広告から抜け出てきた夫婦さながらに、父は新聞を、母は編み物を手にして座っていた。

「おまえ、ゆうべは帰りが遅かったんだな」父は新聞から顔をあげずに言った。

「残業だよ」わたしは答えた。

「女の子とデートしてたのなら、そう言ってくれていいのよ」と母は言い、にっこりした。まるでわが家はそういう家族なのだ、くそったれな広告に描かれた平均的家族なのだといわんばかりに。

「ただの残業だよ」わたしは言った。

「そうか」と父は新聞をたたみながら言った。「なら、これからはもっと残業が増えるかもな。いまノートオッデンの病院から電話があってな。ベルナルが入院することになった。きのう医者に診せたとき、よくないものが見つかったらしい。手術しなけりゃならないかもしれん」

「ほんと?」とわたしは言い、体が冷たくなるのを感じた。

「ああ、ベルナルの娘は休暇で家族とマヨルカへ行ってて、帰ってこられない。だから病院はおれたちに来てほしがってる」

カールがはいってきた。「どうしたの？」と訊いた。声はまだ麻酔をかけられたようにかすれており、頬は腫れこそ引いてきたものの、ひどい青痣が残っていた。

「みんなでノートトオッデンに行く」と父は言い、椅子から立ちあがった。「仕度しろ」

わたしはパニックに陥った。朝、玄関のドアをあけてみたら気温がいつのまにかマイナス三十度に下がっていたときのようなパニックに。強風が吹いていても寒さを感じないような、突然の完全な麻痺状態に。わたしは口をあけ、また閉じた。麻痺は脳にも影響をおよぼすのだ。

「あした大事な試験があるんだ」とカールが言い、わたしをじっと見ているのがわかった。「兄貴が今夜テストしてくれる約束になってる」

試験のことなどわたしは何も聞いていなかった。カールが事態をどこまで理解しているのかはわからなかったが、わたしがノートトオッデンに行かずにすむ方法を必死で探していることは察したようだった。

「そういうことなら」と母が父を見ながら言った。「ふたりは行かなくても――」

「話にならん」と父はにべもなく言った。「家族はすべてに優先する」

「カールとおれはあした学校が終わってからバスでノートトオッデンに行く」わたしは言った。

三人は驚いてわたしを見た。みんな感じたのだと思う。突然わたしが父のような口の利きかたをしたのを。父の心が決まり、それ以上話し合う必要がないときのように、もう決まったことだという態度を取ったのを。

「いいわ」と母はほっとした口調で言った。

父は何も言わずにわたしをじっと見つめていた。

父と母が出かける支度を整えると、カールとわたしはふたりのあとについて庭に出た。

夕暮れのなか、夕食をすませた家族四人が車の前に立って別れようとしていた。「気をつけて運転して」とわたしは言った。

父はうなずいた。ゆっくりと。もちろんわたしもほかの人たちのように、最後の言葉というものをおおげさに考えすぎている可能性はある。まあ、父の場合には言葉ではなく、無言のうなずきだったが。しかしそこには明らかに何か、ほとんど了承のように見えるものがあった。それとも承認だろうか？　息子が大人になったという事実の承認。

ふたりはキャデラックに乗りこみ、キャデラックは咆哮とともに始動した。その咆哮が低いうなりに変わると、車はヤイテスヴィンゲンのほうへ走りだした。

ブレーキランプが明るくともるのが見えた。ブレーキランプはペダルとつながっているから、ブレーキが作動しなくてもランプはつく。車の速度が上がった。カールが声を出した。わたしの心の目にハンドルをまわす父の姿が見えた。だが、ステアリングシャフトはかすれた音を立て、ハンドルは抵抗もなくまわってタイヤになんの影響もおよぼさない。父はそこで悟ったはずだ。わたしはそう思っている。そう願っている。父は理解して受け容れてくれたのだと。母のこともふくめて、この結末のすべてを受け容れてくれたのだと。母は父がしたことには耐えられても、父なしでは生きていけなかったのだから。

それは静かに起こり、不思議なほどドラマに欠けていた。必死に鳴らされる警笛も、タイヤのきしみも、悲鳴もなかった。聞こえたのはタイヤが砂利を踏む音だけで、車はそのまま虚空に消え、チドリが孤独の歌を歌った。

フーケンの底から聞こえてきた衝突音は、まるで遠くから遅れて轟いてきた雷鳴のようだった。カールが何か言ったか叫んだかしたが、わたしの耳にははいらなかった。わたしはこれでもうカールと自分はこの世界でふたりきりなのだと、それればかり考えていた。前方の道に人けはなく、いまこの夕暮れのなかで見えるものといえば、山々のシルエットとそのむこうに広がる空だけだった。西はオレンジに、北と南はピンクに染まった空。それは日の入りと日の出を同時に見るような、これまで見たこともないほど美しい光景に思えた。

30

葬儀のことは断片的にしか憶えていない。

ベルナル叔父は手術をしないことになってふたたび退院していた。泣いていたのは叔父とカールだけだった。教会を埋めた参列者たちはみな——わたしの知るかぎり——うちの両親とは、オスのような村では絶対に避けられないものを除けば、ほとんどつきあいのなかった人たちだった。ベルナル叔父は簡単な挨拶をして、花輪に添えられた悔やみの言葉を読みあげた。いちばん大きいのは〈ヴィルムセン中古車販売・解体ヤード〉からの花輪で、おおかた節税目的で交際費にでも計上していたはずだ。カールもわたしも人前で何かを話したいとは思わなかったし、牧師も無理強いはしなかった。せっかく多くの聴衆を得たのだから、自分がゆっくりと話せるほうがよかったのだろう。だが、牧師が何を話したのか、わたしは憶えていない。たぶん聞いていなかったのだと思う。それから悔やみの言葉と沈鬱な青白い顔がぞろぞろと、まるで踏切を通過していく列車のように果てしなくつづいた。列車の乗客は一見するとこちらを見ているようでも、実際にはまったく別の場所へ向かっていた。

多くの人がわたしに、さぞつらいでしょうねと言ってくれたが、わたしはそれほど悪い気分でもなかった。もちろんそんなことは口が裂けても言えなかったが。

村のベルナル叔父の家に引っ越す前の日、カールとふたりで農場のダイニングルームに立っていたことをいまでも憶えている。もちろんそのときは、たった数日でオプガル農場に戻ってくることになるとは思ってもいなかった。農場は静まりかえっていた。

「これはもう全部ぼくらものだ」カールは言った。

「ああ。だけどおまえ、欲しいものなんてあるか？」

「あれさ」とカールは父が数箱のバドワイザーと何本かのバーボンをしまっていた戸棚を指さした。わたしは〈ベリーズ〉の嗅ぎ煙草のカートンをもらい、それ以来嗅ぎ煙草をやるようになったのだが、そう頻繁にではなかった。なにしろ次にいつ〈ベリーズ〉が手にはいるかわからなかったし、しかるべく発酵させた煙草の味をひとたび憶えたら、あのスウェーデン産のまがいものなど、とてもやる気になれなかったからだ。

　葬儀の前に早くも、わたしたちは事情聴取を受けていた。保安官自身はそれを〝ただの雑談〟と称していたものの、ヤイテスヴィンゲンになぜブレーキ痕がなかったのかを気にしていて、お父さんは鬱病だったのかとわたしたちに尋ねた。だが、カールもわたしも自分たちの言い分をあくまで変えなかった。あれは事故のように見えた。父は少々スピードを出しすぎていたし、わたしたちが見送っているかどうか確かめようとルームミラーに目をやっていて、注意が一瞬おろそかになったのかもしれない。等々。最後には保安官も納得したようだった。

　だがわたしは、保安官が事故と自殺のふたとおりの可能性しか考えていなかったのは、自分たちにとって幸運だったのだと感じてもいた。ブレーキホースに穴をあけてブレーキオイルを抜き、車の制動力をいちじるしく低下させただけでは、発見されてもさほどの疑惑は招かないだろう。ブレーキ系統に空気がはいりこむのは、古い車ではよくあることだからだ。しかし、ステアリングシャフトを固定している止めネジがゆるんでハンドルが利かなくなっているのが発見されたら、そうはいかない。キャデラックは屋根を下にして落下していて、思ったほど完全にはつぶれていない。警察が残骸を調べたらどうなる？　固定されたものはすべて、たとえ止めネジであってもゆるむことはあるという結論に落ちついた可能性もなくはないが、しかしネジがゆるんでいて、なおかつブレーキホースに穴があいている？　しかも車が走ったあとの地面にブレーキオイルの漏れた痕跡がない？　それはなぜだ？　ということになる。だからいま言ったように、わたしたちは幸運だったのだ。

　いや、もっと正確に言えば、わたしが幸運だったのだ。もちろんわたしとて、カールがあの事故にはわたしがなんらかの形で関与していると気づいていることは知っていた。カールはあの晩、自分とわたしがキャデラックに同乗するのは何があろうと避けなければならないことを直感的に悟っていたし、わたしがなんとかしてやると誓ったあの約束も、憶えていたはずだからだ。しかしカールは、わたしが具体的にはどうやったのかについては、ついに尋ねなかった。ブレーキだということはおそらく察していただろう。ブレーキランプがつくのが見えたのに、キャデラックは減速せずに走りつづけたのだから。だが、むこうが訊いてこない以上、こちらが教える理由もなかった。知らなければカールは罰せられることもない。それにわたしも、両親の殺害容疑で万一つかまったとしても、その罪をひとりで引き受ければよかった。父が母を道連れにしたようにカールを道連れにする必要はなかった。なぜならカールは母とちがって、わたしがいなくても充分に生きていけるからだ。少なくともわたしはそう思った。

31

カールが生まれたのは秋の初めで、わたしが生まれたのは夏休みの時期だった。だからカールは誕生日にクラスメイトからプレゼントをもらったりパーティをひらいてもらったりしたのに、わたしは誰にも誕生日を祝ってもらえなかった。まあそれがとくに不満だったわけでもないのだが。だからその歌が聞こえたとき、わたしはそれが自分のために歌われているのだと気づくのにちょっと時間がかかった。

「十八歳のお誕生日おめでとう！」

わたしは日向に積み重ねたパレットに腰かけて休憩しているところで、目を閉じてイヤフォンでクリームを聴いていた。顔をあげてイヤフォンをはずし、目の上に手をかざして日射しをさえぎった。その声を憶えていなかったわけではないのだが、やはりリタ・ヴィルムセンだった。

「ありがとう」とわたしは言い、いけないことをしていたわけでもないのに顔と耳が赤らむのを感じた。

「誰に聞いたんです？」

「これで大人ね」リタ・ヴィルムセンは質問に答えずそう言った。「選挙権。運転免許。悪いことをしたら刑務所にも入れられる」

サーブ・ソネットは彼女の後ろに、数カ月前とまったく変わらない形で駐められていた。だが、あのときとは何かがちがう気もした。あのとき彼女がわたしに何かを約束して、それをいま果たしに来たような感じがした。自分の手がかすかに震えているのを感じつつ、イヤフォンを尻のポケットに突っこんだ。わたしはもはやキス未体験というわけではなく、オールトゥンの公会堂の裏でブラの下をちょっぴりまさぐったこともあったのだが、れっきとした童貞だった。

「ソネットから異音がするの」リタは言った。

「どんな音です？」

「わたしと一緒にドライブすれば、自分の耳で聞けるんじゃないかしら」

「いいですよ。ちょっと待っててください」わたしは事務所にはいった。

「しばらく出かけてくる」

「そうか」とベルナル叔父は、当人が言うところの〝くそいまいましい書類仕事〟から顔をあげずに答えた。書類は叔父が入院していたあいだに大きな山になって周囲に積まれていた。「いつごろ戻るんだ？」

「わからない」

叔父は老眼鏡をはずしてわたしを見あげ、「そうか」とこんどは質問のように言った。ほかに言っておきたいことはあるか？ というように。言いたくなければそれでもかまわない、おまえを信頼する、というように。

わたしはうなずくと、ふたたび日射しの中に出た。

「こんな日は本来ならルーフをおろしたほうがいいんだけれどね」リタ・ヴィルムセンはそう言いながらソネットを発進させて街道へ出た。

わたしはなぜそうしないのかとは訊かなかった。

「どんな音がするんです？」

「このあたりの人たちは、わたしがこの車を買ったのはルーフがおろせるからかと訊くの。ここじゃ夏はひと月半しかないのにと、そう思ってるんでしょうね。でも、あなたは理由がわかる、ロイ？」

「色ですか？」

「いかにも女を馬鹿にした答えね」とリタは笑った。「名前よ。ソネットという名前。何のことだか知ってる？」

「サーブの車名」

「詩の形式よ。ふたつの四行連とふたつの三行連とからなる全部で十四行の叙情詩。ソネットの大家といえばフランチェスコ・ペトラルカというイタリア人で、ある伯爵の妻であるラウラという女性を熱烈に愛していてね。三百十七ものソネットをラウラに捧げたの。すごいと思わない？」

「惜しかったですね、その女《ひと》が結婚してて」

「全然。激しい愛の鍵になるのは、自分の愛する人を完全には手に入れられないということ。人間というのは、そういうことにかけては案外と非現実的にできてるものなのよ」

「へええ」

「まだまだ学ばないとだめね、聞いているとわかる」

「そうかもしれませんけど。聞いてても車から異音はしませんね」

リタ・ヴィルムセンはミラーに目をやった。「朝エンジンをかけるときに聞こえるんだけど。エンジンが温まると聞こえなくなるの。しばらく車を駐めて、エンジンがきちんと冷えるのを待ちましょう」

彼女は合図を出し、木々の茂った小径へ曲がった。前にも来たことがあるらしく、しばらく走ったあとさらに狭い小径へ曲がり、低く垂れさがった松の梢《こずえ》の下に車を停めた。

彼女がエンジンを切ったとたんに訪れた突然の静寂に、わたしはうろたえた。その静寂を何かで埋めなくてはならないことを直感的に悟った。なにしろそれはひどくぴりぴりしていて、わたしが考えつくような言葉では太刀打ちできそうになかったからだ。すでに人殺しだったわたしだが、身じろぎする勇気も彼女のほうを見る勇気もなかった。

「じゃあ教えて、ロイ。前回わたしと話したあと、女の子とデートした？」

「何人か」わたしは言った。

「特別な娘《こ》は？」

わたしは首を振り、横目でちらりと彼女を見た。彼女は赤いシルクのスカーフとゆったりとしたブラウスを身につけていたが、胸の輪郭ははっきりと見て取れた。スカートはずり上がり、素脚の膝がのぞいている。

「誰かあなたと……した娘はいるの?」

胃の中に甘い波が湧きおこった。嘘をつこうかとも思ったが、そんなことをしてなんになる?

「最後までは、ないです」わたしは言った。

「そう」と彼女は言い、シルクのスカーフをゆっくりとはずした。ブラウスの上のボタンが三つ、すでにはずしてあった。

わたしは硬くなり、ズボンが突っぱるのを感じて、それを隠すために両手を膝に置いた。そこに座っているとホルモンが攪乱されてしまい、そのせいで状況をまったく誤解している可能性もなくはなかったからだ。

「じゃあ、女の手の握りかたが上手になったかどうか、見てみましょう」と彼女は言い、右手をわたしの膝の上の右手に重ねた。まるで熱気が手を通過して性器までまっすぐ放射されたかのようで、わたしはそれだけでいってしまうのではないかと不安になった。

じっとしていると、彼女はわたしの手を取って自分のほうへ引きよせ、ブラウスの前をわずかに広げてその内側に引き入れ、左胸のブラの上にあてがった。

「これを長いこと待っていたんでしょう、ロイ」彼女はうふふと笑った。「しっかりとつかんでみて。乳首をちょっとつまんで。わたしたちみたいなもう若くない女は、もう少しきつめが好きよ。だめだめ、それはちょっときつすぎ。そうそう。わかってるかしら、ロイ、あなた筋がいいと思うわよ」

彼女は身を乗り出してきてわたしの顎を親指と人差し指で支え、キスをした。リタ・ヴィルムセンはどこもかしこも大きく、その舌も鰻のよう乱暴に力強くわたしの舌に巻きついてきた。それに彼女はわたしがそれまでディープキスをしたことのあるふたりの少女よりはるかに味わい豊かだった。美味ではないが、豊か。もしかしたら少々豊かすぎるほど——わたしの感覚は刺激されて過敏になっていた。彼女はキスを終えた。

「でも、まだもう少し先があるの」と笑みを浮かべつつわたしのTシャツの下に手を滑りこませて胸をさすった。わたしは石をたたき割れるほど硬くなっていたものの、自分が落ちついてきたのがわかった。こちらは多くを要求されておらず、ハンドルを握っているのは彼女であり、速度も行く先も彼女が決めていたからだ。

「少し歩きましょう」彼女は言った。

わたしはドアをあけ、鳥たちの甲高いさえずりが響きわたる夏の震える暑さのなかへ出た。そこで初めて彼女が青い運動靴をはいているのに気づいた。

　わたしたちは丘の上へカーブしながらつづく小径を歩いていった。夏の休暇シーズンなので村にも道路にも人は少なく、こんな丘の上で人に遭遇する危険性は限りなく低かった。それでも彼女はわたしにつねに五十メートル後ろを歩いて、自分が合図したらすぐに木の陰に隠れるよう命じた。

　丘の頂上近くまで来ると、彼女は立ちどまってわたしを手招きした。

　そして眼下にある赤く塗られたキャビンを指さした。「あれが市長のキャビン。で、あっちのあれが……」と彼女は小さな夏の農場を指さした。「……わたしたちの」

　〝わたしたち〟というのが彼女とわたしのことなのか、それとも彼女と夫のことなのかはよくわからなかったものの、とにかくそこが目的地だということはわかった。

　彼女はドアの鍵をあけ、日射しで暖められたむっとする部屋にわたしを招じ入れると、ドアを閉めた。運動靴を脱ぎすて、両手をわたしの肩にかけた。靴をはいていなくてもわたしより背が高かった。最後の直線を足早に歩いたので、どちらも荒い息をしていた。だからキスをしたときには、たがいに口をむさぼりながらあえいだ。

　彼女の指は、これまでそればかりやってきたとでもいうようにわたしのベルトをはずしたのに、わたしのほうはブラのホックをはずすのを恐れていた。それが自分の務めだと思ったからだが、そうではなかったらしい。彼女はわたしを主寝室らしきカーテンの引かれた部屋へ連れていってベッドに押し倒し、自分が服を脱ぐところを見せた。それから近づいてきて、乾いた汗でひんやりした肌を押しつけた。わたしにキスをし、裸のわたしに体をこすりつけ、まもなくわたしたちはまた汗まみれになって、二頭の濡れた海豹《アザラシ》のようにたがいのまわりを滑りまわった。彼女は強烈な香りを発散させ、わたしがずうずうしくなりすぎると手を押しのけた。わたしはやたらと積極的になったり、どうしようもなく受け身になったりを繰りかえし、ついに彼女はわたしをつかんで自分の中に導きいれた。

「動かないで」わたしの上にじっと座ったままそう言った。「ただ感じて」

するとわたしは感じた。そして、これで晴れて男になったと思った。ロイ・オプガルはもはや童貞ではないと。

「あしただと思ってたよ」その日の午後わたしが修理工場に戻ると、ベルナル叔父が言った。

「何が？」

「おまえが運転免許試験を受けるのがさ」

「あしただよ」

「ほんとか？　やけににやにやしてるから、もう行って合格してきたのかと思ったぞ」

32

ベルナル叔父はわたしの十八歳の誕生日プレゼントにボルボ二四〇をくれた。

わたしは言葉を失った。

「そんな顔でおれを見るなよ」と叔父は照れて言った。「中古だ、大したもんじゃない。それに、山にいるおまえとカールには車が要る。冬じゅう自転車に乗ってるわけにはいかないだろ」

ボルボ二四〇のいいところは、いじりまわすのに最適な車だということ、製造は一九九三年に終了していてもパーツは簡単に手にはいるから、大切にしてやれば一生乗れるということだ。フロント・サスペンションのベアリングと軸受けと、中間シャフトのユニバーサルジョイントが少々摩耗していたものの、あとは錆もなく良好な状態だった。

わたしは運転席に座り、もらったばかりの運転免許証をグラブコンパートメントに入れると、イグニションをまわした。街道を走っていき、〝オス〟と記された標識を通りすぎたとき、ふと気づいた。この道はどこまでもつづいているのだ。どこまでも。全世界がこの赤いボンネットのむこうに広がっているのだと。

長くて暑い夏だった。

毎朝わたしはカールを、夏のあいだアルバイトをしている生協までボルボで送ってから修理工場へ行った。その夏のあいだにわたしは有能な運転手になっただけでなく、リタ・ヴィルムセンに言わせれば、完璧ではないにせよ満足のいく愛人にもなっていた。

わたしたちはたいてい午前中の遅い時間にキャビンで会った。それぞれ自分の車で行き、別々の農道に車を駐めて、誰にも関係を悟られないようにした。

リタ・ヴィルムセンはひとつだけ条件をつけた。

「わたしとつきあっているあいだは、ほかの娘たちとつきあわないでほしいの」

それには三つの理由があった。

第一に、リタは勤め先の診療所で村に性感染症が流行しているのを知っていて、そういうものににかかりたくなかったからで、わたしみたいな連中が相手にするのは決まって尻軽だったからだ。といっても、クラミジアやケジラミをことさら恐れていたわけではない。そんなものはノートオッデンの医者に行けばすぐに治る。そうではなく、ヴィルムセンがいまだにときおり夫婦の営みを求めることがあったからだ。

第二に、尻軽でも恋をすることがあるからだ。その娘がこちらのひと言ひと言を分析し、言い訳をことごとくメモし、内緒で森へ行ったことをひとつひとつ追及し、知るべきではないことを知ってしまえば、突然、大スキャンダルに見舞われるかもしれない。

第三に、リタはわたしを手放したくなかったからだ。それはいかなる意味でもわたしが特別だったからではなく、オスのような狭い村で愛人を替えるのはリスクが大きすぎたからだ。

要するにその条件は、ヴィルムセンに知られないためのものだった。ヴィルムセンはいかにも抜け目のない実業家らしく、リタと婚前契約を交わしていて、リタが所有しているものといえば、自分の体ひとつだけだった。慣れ親しんだ暮らしをつづけたければ、夫に依存するほかなかった。わたしはそれでも一向にかまわなかった。人生が突然、生きるに値するものになったのだから。

　リタ・ヴィルムセンが持っているのは、本人の言葉によれば、教養だった。彼女はノルウェー東部の良家の生まれだったが、父親が家産を浪費したため安定を選んで、魅力はなくとも裕福で仕事熱心な中古車販売業者と結婚した。そして二十年間というもの、自分は避妊をしていないから問題は精子のほうにあるにちがいないとヴィルムセンを言いくるめてきた。そして夫にどうしても感銘をあたえられなかったすばらしい言葉の数々や、絵画と文学に関する無用の知識を、かわりにわたしに教えた。セザンヌやファン・ゴッホの絵を見せてくれ、シェイクスピアの『ハムレット』やイプセンの『ブラン』を朗読してくれた。それにヘッセの『荒野の狼《ステッペンウルフ》』とハクスリーの『知覚の扉《ドアーズ・オブ・パーセプション》』も。それまでわたしはそれらを書名ではなくバンド名だと思っていた。けれどもリタがいちばん好きなのは、フランチェスコ・ペトラルカのラウラへのソネットを朗読することだった。それもたいていは洗練された新訳で、たいていは声をかすかに震わせて。わたしたちはマリファナを吸い――リタはそれをどこで手に入れたのか絶対に言わなかった――グレン・グールドの弾くゴルトベルク変奏曲を聴いた。リタとそのキャビンで密会していたときに通った学校は、どんな大学や専門学校よりも多くのものをわたしにあたえてくれた――と言うといくらなんでも言いすぎだろうが、しかしその学校はまちがいなくわたしに、ボルボ二四〇を村の外へ走らせるときと同じ効果をおよぼした。村の外にはまったく別の世界があるという事実に目をひらかせてくれた。その深遠な暗号を解読できさえしたらその世界を自分のものにできると、そう空想させてくれた。実際にはそんなことが起こるはずはなかったが。難読症のわたしには。


　カールには世界を旅したいという衝動があるようには見えなかった。

　むしろ逆だった。夏が秋になり秋が冬になるにつれて、カールは自分をどんどん孤立させていった。何をふさぎこんでいるんだと訊いても、ボルボでドライブにでも行かないかと誘っても、まるでわたしなどそこにいないかのように、穏やかな笑みを浮かべてぼんやりとこちらを見るだけだった。

「妙な夢を見るんだ」ある晩、〝冬の園〟に座っていると、カールは藪から棒にそう言った。「兄貴が人殺しでさ。凶悪な男なんだ。で、ぼくは凶悪な兄貴がうらやましくなるんだよ」

もちろんカールは、わたしが何か細工をしたからあの晩キャデラックはヤイテスヴィンゲンの崖から転落したのだということを、ある程度知ってはいたはずだ。けれどもそれに関してはひと言も口にしなかったし、わたしもそんなことをわざわざ打ち明けるつもりはなかった。打ち明けられたのに通報しなければ、カールは共犯者になってしまう。だからわたしは返事をせず、お休み、とだけ言ってテラスをあとにした。

それはわたしがこれまででいちばん満足に近いものを感じていた時期だ。愛する仕事と、行きたいところへ行ける車があり、十代の少年なら誰もが抱く性的空想を現実のものにしていたのだから。ただしそれは人に自慢するわけにはいかなかった。カールにさえ。

〝誰にも〟しゃべってはいけないとリタに釘を刺されていたし、わたしも弟の魂にかけてしゃべらないと誓っていたからだ。

だが、ある晩ついに、起こるべきことが起こった。

リタはいつもどおり、一緒のところを見られないようにわたしより先にキャビンを出た。わたしはいつも二十分ほどあとにキャビンを出ていたのだが、その晩は遅くなってしまった。前の夜もその日も工場で根を詰めて働いていたので、ベッドに寝ころんですっかりくつろいでいた。なにしろそのキャビンは、ヴィルムセンが自費で購入して改装したものだったとはいえ、当人は太りすぎで歩くのが苦手だったし、そこへ来る径は長くて険しいので、二度と来ないはずだと、リタが言っていたからだ。リタによれば、ヴィルムセンがそこを買ったのは、ひとつにはそこがオース市長のキャビンより大きいうえ、オースのキャビンを見おろすことができたからで、もうひとつには、石油がノルウェーを裕福な国へと変貌させつつあった時代、それが田舎の自然への純然たる投資になると考えたからだった。ヴィルムセンは当時からすでに、何年ものちに訪れることになる山小屋ブームのにおいを嗅ぎつけていたのだ。ブームが街道のさらに上まで来たのはまったくの幸運であり、いち早くブザーを鳴らしたよその市議会のおかげだったが、ヴィルムセンはそれを見越していたわけだ。

そんなわけで、ベッドに寝ころんで時間が来るのを待っているうちに、わたしは眠りこんでしまった。目が覚めたのは朝の四時だった。

四十五分後、わたしはオプガル農場に戻った。カールもわたしも両親の部屋で寝る気にはならなかったから、わたしたちは子供部屋で寝ていた。カールを起こしたくなかったので、わたしはそっと部屋にはいった。ところが上段のベッドにあがろうとしていると、カールがぎくりとした。見ると、闇の中で目を爛々と見ひらいていた。

「ぼくらは刑務所へ行くんだ」カールは朦朧としたままつぶやいた。

「え?」

カールはぱちぱちと瞬きをして我に返った。夢を見ていたようだった。

「どこにいたのさ?」

「車を整備してたんだ」わたしはそう言いながら手すりをまたいだ。

「ちがうよ」

「ちがう?」

「ベルナル叔父さんがシチューを持ってきてくれた。兄貴はどこへ行ったって訊かれたよ」

わたしは大きく息を吸った。「女と一緒だったんだ」

「女? 女の子じゃなくて?」

「そのことはあした話そう。あと二時間で起きなくちゃならないんだから」

わたしは横になったままカールの寝息が聞こえてくるのを待った。だが、聞こえてこなかった。

「刑務所ってのはなんのことだ?」ついにわたしは訊いた。

「夢を見たんだよ。ぼくらが殺人罪で刑務所に行くことになるっていう」カールは言った。

わたしは大きく息を吸ってから訊いた。「誰を殺して?」

「そこがめちゃくちゃなんだよ。おたがいをなんだ」

33

ある朝のことだった。わたしは車を相手に単純な機械の問題を解決して過ごす一日を楽しみにしており、その後の展開などまだ知るよしもなかった。

いつもどおり作業場に立って、この二年間ほぼ毎日そうしてきたように作業に取りかかろうとしていると、ベルナル叔父が出てきて、電話だぞと言った。わたしは叔父のあとから事務所にはいった。

かけてきたのは保安官のシグムン・オルセンだった。ちょっと話がしたい、オルセンはそう言った。様子を聞きたい、自分のキャビンの近くで釣りでもしよう、街道をほんの数キロ行ったところだ、午後に迎えにいくと。電話の声は優しかったものの、わたしにはそれが誘いではなく命令なのがわかった。

当然わたしは不安になった。あたりさわりのないただのおしゃべりだとしたら、なぜそんなに急ぐ？

わたしはエンジンの修理に取りかかった。昼食後は寝板に寝ころんで車の下にもぐりこみ、世界から逃避した。脳に蟻が這いこんだときにはエンジンの手入れほど心安らぐものはない。どのくらいそうしていたのかわからないが、誰かが咳払いをするのが聞こえた。わたしはいやな予感がした。だからかもしれないが、しばらく間を置いてから寝板ごと体を外へ押し出した。

「きみがロイか」と、そこに立ってわたしを見おろしていた男が言った。「きみはわたしのものだったものを持ってるな」

ヴィルム・ヴィルムセンだった。〝わたしのものだった〟。過去形。

わたしはまったく無防備でヴィルムセンの前に寝ころんでいた。「なんのことでしょう？」

「憶えがないとは言わさんぞ」

わたしはごくりと唾を呑んだ。このままでは何もしないうちに踏みつけられて息の根を止められてしまう。それはオールトゥンで見たことがあり、やりかたは知っていたものの、避けかたは知らなかった。わたしが身につけていたのはいち早く強打する戦法であって、自分をガードする方法ではなかった。わたしは首を振った。

「ウェットスーツだ」とヴィルムセンは言った。「それにフィン、マスク、酸素ボンベ、レギュレーター、シュノーケル。締めて八千五百六十クローネだった」

わたしがほっとした顔をすると、ヴィルムセンはからからと笑った。わたしの表情を驚きと誤解したようだった。「わたしゃどんな取引も忘れないんだ」

「そうなんですか」と言いながらわたしは立ちあがって、長いボロ布で指先を拭った。「じゃあ、うちの父がキャデラックを買ったときのことも？」

「もちろんだとも」ヴィルムセンは懐かしい思い出だといわんばかりに宙を見あげ、くすりと笑った。「値切るのが嫌いだったな、きみの親父さんは。あんなに嫌いだと知ってたら、わたしももうちょい低い金額から始めてたんだがな」

「へええ？　それは気が咎《とが》めてるってことですか？」

ヴィルムセンが訊きにきたのが例のことだった場合にそなえて、わたしは先手を取ろうしていたのかもしれない。よく言うように、攻撃は最大の防御だ。といっても防御すべきものがあると思っていたわけではない。恥じることは何もなかった。それに関しては。わたしは人妻に引っかけられた若いツバメにすぎないのだから。そういう問題は夫婦間で解決すべきであり、わたしは領土権争いをするつもりはなかった。だが、いちおう右拳にボロ布を巻きつけた。

「いつも咎めてるよ」とヴィルムセンは微笑んだ。「だが、わたしに天性の才能がひとつあるとすれば、それは良心の呵責のあしらいかただ」

「へええ？　どうやるんです？」

ヴィルムセンは肉づきのいい顔に両目が埋もれて見えなくなるほどにやりとして、自分の肩を指さした。「右肩の悪魔が左肩の天使と何かを議論するとき、わたしはまず悪魔に主張を述べさせる。でもってそこで議論を打ち切るんだよ」ヴィルムセンはまた笑った。笑いのあとに何かがきしるような音がつづいた。車がまだ前進しているのにギアをバックに入れたときのような、致命的な病でも抱えているような音が。

「ここへ来たのは、きみのことをリタから聞いたからだ」ヴィルムセンは言った。

わたしは状況を検討した。ヴィルムセンはわたしより大柄で体重もあるが、銃でも持っていないかぎり物理的な脅威にはならない。ほかにわたしに対して脅威になりうることがあるだろうか？　わたしは金銭面でもほかのどんな形でも、ヴィルムセンには依存していないし、カールとベルナル叔父も、わたしの知るかぎりでは弱味を握られていない。

だがもちろん、ヴィルムセンが脅せる人物がひとりいる。リタだ。

「あいつはきみにとても満足したと言ってる」

わたしは返事をしなかった。外の通りを車が一台ゆっくりと通りすぎたが、作業場にはわたしたちしかいなかった。

「ソネットはかつてないほど快調だそうだ。だから車を一台運んできた。きみにそいつを点検して必要最低限の修理をしてもらいたいんだ。最低限の修理だけでいい」

ヴィルムセンの悪魔の肩ごしに外を見ると、青いトヨタ・カローラが駐めてあった。わたしは安堵を顔に表わすまいとした。

「ただし問題は、あしたまでにそいつを仕上げてもらいたいってことだ」とヴィルムセンは言った。「遠方からはるばる客が来るんだよ。ほとんど電話だけでそいつを買ったような客なんで、失望させるようなことがあると、どちらにも残念なことになる。要点はわかったか？」

「わかりました。残業になりそうですね」

「はは、ベルナルは時給計算になる仕事なら喜んで引き受けるだろう」

「それに関しては本人と話し合ってください」

ヴィルムセンはうなずいた。「ベルナルの健康状態を考えると、時給について話し合うのがきみとわたしになるのも時間の問題だろう、ロイ。だからいまのうちに、この修理工場のいちばんのお得意さまが誰なのか、きみに知っといてもらいたいんだ」ヴィルムセンはわたしに車のキーを渡すと、今日は結局雨は降りそうにないな、と言いながら帰っていった。

わたしはカローラを中に入れてボンネットをあけてみて、うめき声をあげた。徹夜になりそうだった。しかもあと三十分でシグムン・オルセンが迎えにくるから、すぐに取りかかることもできない。考えなくてはならないことが急に増えたが、それは平気だった。これはまだ幸福な時間だった。だが、そのあとわかるとおり、幸福な時間を味わった最後の日だった。

34

「車が仕上がってなくてヴィルムセンがかんかんに怒ってたぞ」〝フリッツの夜〟の翌朝わたしが修理工場に遅刻していくと、ベルナル叔父がそう言った。

「思ったよりやることがたくさんあったんだ」わたしは言った。

ベルナル叔父は大きな四角い頭を横に傾げた。その頭が載っている小さな体も同じように四角い。叔父をからかいたいとき、カールとわたしは彼をレゴ・マンと呼んだ。心から愛していたのだ。「たとえばなんだ？」と叔父は訊いた。

「女」そう答えながらわたしはカローラのボンネットをあけた。

「なんだと？」

「ちょっとダブルブッキングしちゃってさ。きのうも一発やる段取りをつけてたんだ」

ベルナル叔父は思わず短く笑った。それから苦労して真顔に戻った。「お楽しみは仕事のあとだ、ロイ。わかったか？」

「わかった」

「トラクターはなんで外にあるんだ？」

「中に置いとくスペースがないからだよ。あとで車が三台来ることになってる。別荘の人たちの」

「なるほど。だけどなんでバケットを高くあげてあるんだ？」

「あのほうが場所を取らない」

「おまえ、外のあの駐車場に場所が不足してるとでも思うのか？」

「わかったよ、あれはおれがゆうべやってた仕事のお祝いだ。カローラじゃないほうの」

ベルナル叔父は両のアームを誇らしげにあげている外のトラクターに目をやると、首を振り振り立ち去った。けれども事務所の中からまた笑い声が聞こえてきた。

わたしはカローラの整備を再開した。その晩遅くなってようやく、シグムン・オルセンが行方不明になったという噂が広まりはじめた。

シグムン・オルセンのブーツが残されたボートが発見されると、誰もがシグムンは入水したのだと信じこみ、調査をしようともしなかった。それどころか、みんな自分がいかにはっきりとその徴候を見たかを、競って語り合った。

「もちろんシグムンはあの笑顔とジョークの裏につねに暗さを抱えてたんだが、誰もそれに気づかなかったんだ。世間てのはそういうことに鈍感だからね」

「前の日にあの人、雲が広がってきたようだってあたしに言ったんだけど、あたしはもちろん、天気のことを話してるんだと思ってた」

「診療所には当然、守秘義務があるはずだけど、おれの聞いたところじゃ、シグムンに精神安定剤を処方してたらしい。ああ、数年前のことだ。あのころはまだシグムンの頬はまるまるとしてた、憶えてるか？　だけど最近はずいぶんこけてた。薬をのまなくなったんだよ」

「見ればわかりましたよ。あの人は心に何か抱えてたんです。何かで悩んでたのに、それを解決できなかったんです。そして答えが見つからないとき、意味を見出せないとき、イエス様を見つけられないとき、まあ、こういうことになるんです」

隣の市から女性保安官がやってきて、こういう話をすべて聞いたはずだったが、失踪当日にシグムンと会った者たちからも話を聞きたがった。わたしはカールが保安官にどう話すべきかを本人と相談し、こう提案した。いちばんいいのは可能なかぎり事実を話し、やむをえないものだけを除外することだ。だから、シグムン・オルセンが農場に訪ねてきたのはいつかとか、何時ごろ帰ったのかとか、オルセンにとくに変わった様子はなかったとか、そういうことは事実どおりに話せと。カールはオルセンが落ちこんでいるように見えたと言ったほうがよくはないかと反論したが、わたしはこう説明した。第一に、その女性保安官はもうみんなから、オルセンがその日いつもどおりに見えたという話を聞いているはずだ。第二に、その保安官が誰かの関与を疑っているとしたら、その誰かはどんなことを言うと思う？

「オルセンは自殺したんだと熱心に思いこませようとすれば、かえって怪しまれる」わたしは言った。

カールはうなずいた。「なるほど。ありがとう、兄貴」

二週間後、そして〝フリッツの夜〟以後初めて、わたしはふたたびヴィルムセンのキャビンのベッドに横になっていた。

いつもとちがうことをしたわけではなかったが、リタ・ヴィルムセンはいつも以上にこの定期的な性の営みの結果に満足したようだった。

彼女は肘枕をしてメンソール煙草を吸いながら、わたしをしげしげと見た。

「あなた、変わったわね」

「ほんとに？」とわたしは言い、〈ベリーズ〉をひとつまみ下唇の裏に押しこんだ。

「前より大人になった」

「それってそんなに驚くこと？　あんたがおれの童貞を奪ってからずいぶんたつよね」

リタは心持ちはっとした。いつものわたしはそんな話しかたはしなかった。

「前回会ったときからってことよ。あなたは別人になった」

「前のおれとどっちがいい？」そう訊きながら、わたしは煙草のかたまりを人差し指で掻き出してベッド脇の灰皿に入れ、リタのほうを向いて彼女の太腿に手を載せた。リタはわざとらしい態度でそれを見た。いつ愛を交わしていつ休むかは、わたしではなくリタが決めるという暗黙のルールがあったのだ。

「あのね、ロイ」とリタは言い、煙草をひとくち吸った。「実を言うとわたし今日、そろそろ関係を終わらせる潮時だって言うつもりでいたの」

「ほんとに？」

「友達に言われたのよ、あのグレーテ・スミットというヘアドレッサーの娘が、わたしが若い男と密会してるっていう噂を広めてるって」

わたしはうなずいたが、自分もそろそろ潮時かもしれないと考えていたことは黙っていた。キャビンまで来てファックし、リタの持ってきた手料理を食べ、またファックして帰る、という繰りかえしに飽きてきていたのだ。だが、そう内心でつぶやいたときにはもちろん、自分が何に飽きているのか本当にはわかっていなかった。それに、わたしを待っていてくれる別のリタ・ヴィルムセンがいたわけでもない。

「でも、こんな思いをさせてもらっちゃったら、終わらせるのはもう少し先でもいいかなと思いはじめてる」リタはそう言うと、煙草を灰皿でもみ消して、わたしのほうを向いた。

「なぜ？」わたしは訊いた。

「なぜ？」リタは自分でも答えがわからないのか、しばらく考えこむような目でわたしを見つめた。「シグムン・オルセンが湖で死んだからかな。人はいつ死ぬかわからないと気づいたの。生きることは絶対に先延ばしできないじゃない？」

リタはわたしの胸と腹を愛撫した。

「オルセンは自殺したんだよ。死にたかったんだ」わたしは言った。

「そのとおり」リタは自分の手と、赤く塗った爪を見た。「そしてそれは誰にでも起こりうることでしょう」

「そうかもしれないけど」とわたしはベッド脇のテーブルから自分の腕時計を取りあげた。「でも、おれはもう帰らなきゃならない。一度ぐらい先に帰っても気にしないでくれるといいけど」

リタは驚いた顔をしたが、すぐに気を取りなおして薄笑いを浮かべ、誰かとデートの約束でもあるの？とからかうように訊いてきた。

返事のかわりにわたしは、こちらもからかうような笑みを浮かべ、立ちあがって服を着た。

「あの人、今週末は留守なの」リタはどことなく拗ねたような顔でベッドからわたしを見あげてそう言った。ヴィルム・ヴィルムセンという名前は決して口にされなかった。

「遊びにきてくれてもいいのよ」

わたしは服を着る手を止めた。「あんたの自宅に？」

リタはベッドの縁から身を乗り出し、バッグに手を突っこんで鍵束を取り出すと、そこから一本をはずしはじめた。

「暗くなってから来て、裏庭からはいってちょうだい、そこなら近所から見えないから。これは地下室のドアの鍵」

リタははずした鍵をわたしの前にぶらさげた。わたしは驚きのあまり、それを見つめることしかできなかった。

「受け取んなさいよ、馬鹿！」リタはむっとした口調で言った。

わたしはそれを受け取ってポケットに突っこんだが、

使わないのはわかっていた。受け取ったのは、リタ・ヴィルムセンの表情に初めて脆さのようなものを見て取ったからだ。声に込めたその怒りで、リタはわたしがこれまで考えもしなかったことを隠そうとしていた。わたしに拒絶されるのを恐れていることを。

小屋からの径をくだりながら、わたしはリタ・ヴィルムセンと自分のあいだのバランスが変わってきたことに気づいていた。

カールも変わってきた。

言ってみれば、もっと胸を張るようになった。自分の殻に閉じ籠もるのをやめ、外に出て人とつきあいはじめたのだ。それはほぼ一夜にして起きた。〝フリッツの夜〟に。カールもわたしと同じく、〝フリッツの夜〟を体験したことで人より抜きんでた存在になったような気がしていたのかもしれない。父と母がフーケンへ落下したときのカールは、ただの傍観者であり、救助された被害者だった。だが今回は共犯者であり、カール自身もやるべきことをやっていた。周囲の人々には想像もできないことを。わたしたちは一線を越えてからまたこちら側へ戻ってきたのだ。ひとたびそんなところへ行ってしまったら、人は変わらざるをえない。言い換えれば、カールはこれでようやく本来の自分になることができたのかもしれない。〝フリッツの夜〟が繭に穴をあけてカールを羽化させてくれたのかもしれない。カールはすでにわたしより背が高かったが、その冬のあいだにこんどは、ひ弱で内気な少年から、恥じることは何もないのだと悟った若者に変貌していた。むかしから人に好かれるタイプではあったが、いまでは人気者にもなっていた。カールが友人たちとたむろしているとき、その場のリーダーはカールであり、カールの言うことにみな耳を傾け、カールのジョークにみな笑うことにわたしは気づくようになった。彼らが仲間を感心させようとしたり笑わせようとしたりしたとき、真っ先に見る相手はカールだった。みなカールを手本にした。女の子たちもそれに気づいた。それはカールの少女的な可愛さがハンサムな男らしさへと成熟したからだけでなく、ふるまいかたも変わったからだ。公会堂のダンスパーティに行くと、わたしはカールが話しかたにも動きかたにも自然な自信を身につけているのに気づいた。本当に深刻なことなど何もないといわんばかりに羽目をはずしてふざけたあと、ガールフレンドのことで悩んでいる仲間や失恋した女友達と一緒に腰をおろして、相手の話を親身になって聞いてやり、まるで彼らには不足している経験や知恵を自分は持っているかのように助言をしたりしていた。

わたしのほうもたぶん、従来の自分以上のものになったと思う。もちろん自信もついた。なぜならわたしはもう、いざというときにはやるべきことをやれるのがわかったからだ。


「兄貴がここで本を読んでるのか？」ある土曜の晩、カールが言った。時刻は深夜零時を過ぎており、カールは明らかにほろ酔いで帰宅したところで、わたしのほうは〝冬の園〟に座って『アメリカの悲劇』を膝の上に広げていた。

わたしは一瞬、自分たちを外から見ている気がした。いまやわたしがカールの居場所にいた。ひとりぼっちで話し相手もなく座っていた。ただしそこはカールの居場所ではなかった。わたしの居場所をカールがしばらく借りていたにすぎない。

「どこへ行ってたんだ？」わたしは訊いた。

「パーティさ」

「おまえ、ベルナル叔父さんにパーティは少し自重すると約束しなかったっけ？」

「したよ」カールは笑いとともに、心から反省したような口調で言った。「ぼくは約束を破りました」

わたしたちは笑った。

カールと笑うのは気分がよかった。

「楽しかったか？」と訊きながらわたしは本を閉じた。

「マリ・オースと踊った」

「ほんとか？」

「ああ。ちょっと惚れちゃった気がする」

その言葉はなぜかナイフのようにわたしを切り裂いた。

「マリ・オースねえ」とわたしは言った。「市長の娘とオプガルの倅か？」

「なにが悪い？」カールは言った。

「そりゃまあ、夢を見るのを禁じる法律はないけどな」とわたしは言い、醜くて意地の悪い自分の笑い声を聞いた。

「そういうこと」とカールはにっこりした。「じゃ、上に行って夢のつづきを見るとするか」

数週間後のある日、わたしはコーヒーショップでマリ・オースを見かけた。

とてもきれいだった。そして誰かが言ったように"危険なほど知的"に見えた。実際、マリが弁論のしかたを心得ているのはまちがいなかった。地元紙によれば、地方選挙の前に労働者青年同盟の代表としてノートオッデンでディベートに参加したさいに、はるかに年上の若手政治家たちをやりこめたという。マリ・オースは心もち身を乗り出して店内に立ち、チェ・ゲバラのTシャツを胸で押しあげ、太いブロンドの三つ編みを揺らしつつ、冷たく青い狼の目で周囲を見まわしたが、その視線はわたしなどその場にいないかのようにわたしを素通りしていった。探しているのは狩るに値するものであって、わたしではないというように。恐れを知らない目だ、わたしはそう思った。食物連鎖の頂点にいるものの目だと。

ふたたび夏が巡ってくると、夫とアメリカ旅行に行っていたリタ・ヴィルムセンが、キャビンで会いたいというテキストメッセージを送ってきた。わたしに会えなくて寂しかったと書いてあった。つねに主導権を握っていたリタが、いつしかメッセージにそんなことを書くようになっていた。リタがひとりだったあの週末に、地下室の鍵を渡されたわたしが自宅に忍んでいかなかったとき以来、とりわけ。

キャビンに行ってみると、リタはいつになく興奮しているようだった。プレゼントをくれたのであけてみると、シルクの下着のパンツと、男性用香水の小瓶だった。どちらもニューヨークで買ったものよ、リタはそう言った。だが、何よりありがたかったのは、ふたカートンの〈ベリーズ〉の嗅ぎ煙草だった。ただしそれを家に持ち帰ることは禁じられた。わたしたちのキャビンのものにする、リタはそう言い、嗅ぎ煙草をキャビンの冷蔵庫にしまった。わたしの家にある分がなくなったら、それを餌にわたしを釣ろうと考えているようだった。

「服を脱げよ」わたしは言った。

リタは一瞬びっくりしてわたしを見た。それから言われたとおりにした。

終わったあと、わたしたちは汗まみれのぬるぬるした体でベッドに横になっていた。室内はパン屋のオーヴンさながらで、夏の太陽が屋根をあぶり、わたしはリタのべっとりとした抱擁から文字どおり体を引きはがした。

ベッド脇のテーブルからペトラルカのソネット集を取りあげ、適当にページをひらいて読みあげた。

「清く涼しく甘い流れ、かけがえのないかのひとが、美しい姿態《からだ》をゆだねたその岸よ（池田廉訳）」

わたしはぱたんと本を閉じた。

リタは事態が理解できずに目をぱちくりさせた。

「水ね」と言った。「一泳ぎしにいきましょう。わたしワインを持っていく」

わたしたちは服を着て、リタは下に水着をつけた。それから外に出ると、先に立ってキャビンの上のほうへ登っていき、小山の陰にある山の湖まで行った。その張り出した樺の木の下に、ヴィルムセン家のものらしい一艘の赤いボートがあった。そこまで登ってくるあいだに空はすっかり曇っていたものの、わたしたちは愛の営みと険しい山径のせいでまだ体が火照って汗を掻いていたので、湖にボートを出して沖へ漕いでゆき、通りかかる人がいてもわたしたちだとわからないところまで行った。

「泳ぎなさいよ」スパークリングワインの瓶をふたりで半分ほど空けたところでリタが言った。

「寒すぎる」わたしは答えた。

「軟弱者」そう言うとリタは服を脱いで水着になり、俗に言う〃しかるべきところ〃がすべてきゅっと締まった運動選手らしい肢体と広い肩をさらけだした。そういえば、若いころは有望な水泳選手だったと言っていた。リタが漕ぎ座の片側に立ちあがったので、わたしはボートが転覆しないように反対側へ身を乗り出した。風が出てきて、湖面は失明した目のような灰白色に変わっていた。小さな波が短い間隔で連続して押しよせてきて、波というよりは波紋に近く、それにわたしがはっと気づいたときには、リタはもう飛びこもうとして膝を曲げていた。

「待った！」わたしは叫んだ。

「はは！」とリタは笑ってジャンプした。その体は優雅な放物線を宙に描いた。リタ・ヴィルムセンもたいていの水泳選手と同じように、飛びこみかたを心得ていたのだ。けれども風が水面に立てる波の様子から水深を知る方法は知らなかった。リタの体は音もなく水中に滑りこみ、そこで急に停まった。その一瞬の姿は、ベルナル叔父が見せてくれたピンク・フロイドのアルバム・ジャケットのダイバーのように見えた。男が水底に手を突いて逆立ちしていて、鏡のように滑らかな水面から下半身が生えているように見えるやつだ。ベルナル叔父の話だと、カメラマンはその一枚の写真を取るのに何日もかかったらしい。カメラマンが吐き出すタンクの空気の泡で水面が乱されるのが最大の問題だったのだ。一方こちらの絵ヅラを壊したのは、直立していたリタ・ヴィルムセンの下半身の崩落だった。まるでテレビで見る高層ビルの爆破解体のようだったが、もっとぶざまだった。

リタが緑の藻を額にくっつけたまま怒りの表情で立ちあがると、水は臍の深さまでしかなく、わたしは後ろに倒れこんでボートが転覆しそうになるほど笑った。

「馬鹿！」とリタは押し殺した声で言った。

わたしはそこでやめることもできた。やめるべきだった。ワインのせいだったのかもしれない。飲み慣れていなかったのだろう。とにかく、わたしは漕ぎ座の下にあったオレンジ色の救命胴衣をつかんでリタに放った。それはリタの横の水面に落ちて浮かび、わたしはそこで初めて、自分がやりすぎたのを悟った。修理工場で初めて会ったときわたしを圧倒した女、わたしを指図してここまで一歩一歩導いてきたリタ・ヴィルムセンが、その瞬間ただの迷子になったように見えた。大人の形《なり》をした捨て子のように。というのも、そのときにはもう化粧がすべて流れ落ち、わたしたちのあいだを隔てる皺と年齢差が、容赦ない昼の光の中であらわになっていたからだ。リタの肌は生白く、寒さで粟《あわ》立ち、水着の端々はたるんでいた。わたしはもう笑うのをやめていて、リタはわたしの表情からわたしが見たものを悟ったのか、わたしの視線から身を守ろうとするように胸の前で腕を組んだ。

「ごめん」とわたしは言った。それが口にすべき唯一の正しい言葉だったかもしれないが、最悪の言葉だったかもしれない。それとも、言っても言わなくても変わりはなかっただろうか。

「わたし、泳いで帰る」リタはそう言うと、するりと水に潜って視界から消えた。

ふたたび姿が見えたのは、だいぶたってからだった。リタはわたしが漕ぐよりも速く泳ぎ、ボートが岸にたどりついたときにはもう、濡れた裸足の足跡だけを残していなくなっていた。わたしはボートを水から引きあげ、ワインの残りを空けると、リタの服をひろいあつめた。キャビンに着いたときにはすでに、リタはいなくなっていた。わたしはベッドに寝ころんで〈ベリーズ〉をひとつまみやり、所定の二十分まであとどのくらいあるか時計を見て確かめた。下唇の内側には発酵した煙草の熱を、心の内には恥ずかしさを感じた。リタを辱めてしまったことに対する恥ずかしさだ。それがなぜ自分の不甲斐なさに対する恥ずかしさよりそれほど大きいのか？　ただの若造を愛人に選んだ女を少々笑いすぎたことのほうが、自分の母親を殺したり保安官をばらばらにしたりすることよりなぜ恥ずかしいのか？　それはわからない。とにかく恥ずかしかった。

わたしは二十分待ってから、家に帰った。二度と来ないのはわかっていたが、〈ベリーズ〉のカートンを持ち帰るのは思いとどまった。

35

夏の終わりも近いある日曜のこと。ベルナル叔父が連絡どおり鍋いっぱいの肉とじゃがいものシチューを持ってオプガル農場にやってきて、わたしがそれを温めているあいだ、キッチンの椅子に座って自分の健康以外のあらゆることを話した。そのころにはもう叔父はすっかり痩せ衰えていて、おたがいその話題は避けていた。

「カールは？」

「じきに帰ってくる」わたしは答えた。

「あいつはどうしてる？」

「元気だよ。よく勉強してる」

「酒は？」

わたしはその質問をしばらく考えてから首を振った。

叔父が父の酒への渇望のことを考えているのはわかっていた。

「生きてたら、親父さんはおまえのことを誇りに思うだろう」叔父は言った。

「そう？」わたしはそれしか言わなかった。

「あんまり口には出さんだろうが、きっと思うはずだ」

「ふうん、叔父さんがそう言うなら」

ベルナル叔父は溜息をついて窓の外を見た。「ま、おれはまちがいなくおまえを誇りに思ってるぞ。それはそうと、カールが帰ってきた。連れがいるな」

わたしは窓の外を見たが、カールと連れはもう家の北側へまわっていた。やがてホールに足音がして、親しげな低い話し声が聞こえてきた。片方は女の声だった。それからキッチンのドアがあいた。

「こちらはマリ」とカールが言った。「シチューは足りる？」

わたしは背筋を伸ばして立ち、大きく背が伸びた弟と、狼の瞳を持つ背の高いブロンド娘を見つめた。木べらを持った手は、ふつふつと煮えている鍋を機械的にかきまわしていた。

わたしはこれを予期していたのか、いなかったのか、どちらだろう？

これは一方ではまったくのおとぎ話だったと言える。親のいない山の農家の倅が王様の娘を、誰よりも聡明なお姫様を勝ち取ったのだから。しかしもう一方では、これはほとんど必然だったとも言える。ふたりがカップルになったのは、そのとき夜空の星々がオスを照らしていたのと同じくらい理にかなっていた。それでもわたしは目を丸くしてカールを見た。自分がこの腕で抱きしめてやった弟、ドッグにとどめを刺してやることもできなかった弟、〝フリッツの夜〟にパニックを起こしてわたしに助けを求めてきた弟が、わたしにはとうてい真似のできないことをやり遂げたのだから。マリ・オースのような娘に近づいて、話しかけ、自分を売り込んだのだから。自分はマリの注目に値する男だという自信を持って。

それからわたしはマリを見た。前回村のコーヒーショップで見かけたときとは雰囲気がまるでちがった。今回のマリはわたしに微笑みかけ、あの冷たい狩人の目は、隔てなく人を受け容れる、温かいとさえ言える目に変わっていた。もちろんその笑顔をもたらしたのはわたし個人ではなく、状況だということはわかっていたものの、そのときその場ではマリがこのわたしも、ちっぽけな農場生まれの兄もまた、彼女の世界に仲間入りさせてくれたような気がした。

「で？」とベルナル叔父が言った。「真剣な関係か、それともただの友達か？」

マリはいくぶん神経質な甲高く震える笑いを漏らした。「ああ、いえ、わたしたち――」

「真剣だよ」とカールがその言葉をさえぎった。

マリは心もちカールから身を離し、眉をあげてカールを見ると、手をカールの腕の内側に滑りこませた。

「そうお。ならそういうことにしときましょう」

夏が終わり、秋は長雨がつづいた。

リタは十月と十一月に一度ずつ電話してきた。画面にRの文字が見えたが、わたしは出なかった。

ベルナル叔父はふたたび入院した。週を追うごとに病状は悪化し、体は衰弱していった。わたしは働きすぎだったし、食べる量は少なすぎた。週に二、三回ノートオッデンの病院へ通った。義務だと思ったからではなく、叔父と最小限の言葉で交わす会話と、J・J・ケイルを聴きながらひとりで国道を往復する長いドライブが楽しかったからだ。

カールもときどき同行したが、普段はほかのことでいそがしかった。カールとマリは村の華やかなカップルになっていた。ふたりの周囲にはいつも社交的な催しがあり、わたしも暇なときには参加した。なぜかカールがわたしに来てほしがったからであり、わたしのほうも自分に友達がいないのに気づきはじめていたからだ。けれどわたしには向かなかった。ひとりぼっちにされたわけでも、話し相手がいなかったわけでもないが、退屈だった。リタに薦められた本を読んでいるほうがよかった。それらはたいていノートオッデンの図書館にあった。読むのが遅すぎて一度にあまり多くは借りられなかったが、借りたものはどれも最後まで読んだ。『オン・ザ・ロード』『蝿の王』『ヘビトンボの季節に自殺した五人姉妹』『日はまた昇る』『蜂工場』。ベルナル叔父にも、チャールズ・ブコウスキーの『郵便局』という本を読んで聞かせた。叔父は本など一冊も読んだことのない男だったが、それには大笑いして、しまいには咳の発作に見舞われた。発作が治まると、疲れたようだった。来てくれてありがとう、だがもう帰ったほうがいい、そう言った。

そしてある日ついに、叔父はわたしに、自分はもうすぐ死ぬと告げた。それからフォルクスワーゲンのジョークを披露して場をなごませようとした。

そのあと叔父の娘がやってきて家の鍵を受け取った。ベルナル叔父のことをカールに知らせたとき、わたしはカールがおいおい泣きだすだろうと思ったのだが、カールは覚悟ができていたのか、悲しげにしばらく首を振っただけだった。そうすればその知らせを払いのけられるとでもいうように。〝フリッツの夜〟もカールはそうやって払いのけてきたように見えた。何があったのかときどき忘れたように見えることさえあった。あの夜のことをわたしたちはおたがい決して口にしなかった。充分な沈黙と時間で包みこんでしまえば、いつか過去からの遠いこだまになると、暗黙のうちに了解していたのだろう。むかしの悪夢が一瞬フラッシュバックして、実際にあったことのように思えても、すぐに夢だったのを思い出して、脈拍がふたたび平常に戻るのと同じだと。

わたしはカールに、おまえは両親の寝室へ引っ越すべきだと思うと伝えた。わたしより八センチも背が高くなったのだから、もっと大きなベッドが必要だというのが表向きの理由だったが、本当はわたしが子供部屋であまりにもひどくうなされるせいだった。カールにはもうフーケンからの悲鳴は聞こえなかった。こんどはわたしに聞こえるようになっていた。

カールは葬儀でベルナル叔父のためにすばらしい弔辞を述べ、叔父がどれほど立派で誠実で剽軽《ひょうきん》な人だったかをたっぷりと語った。兄弟を代表して兄のわたしではなく弟のカールがしゃべったことを奇異に思った人もいただろうが、わたしは泣きくずれてしまいそうで怖かったので、カールに頼んだのだ。カールはわかったと言って、わたしから素材を、叔父の逸話やコメントを残らず聞き出した。わたしのほうがベルナル叔父と親しかったからだ。カールはそれをメモして原稿を書き、推敲し、自分なりの台詞を付け加えて、鏡の前で練習し、その任務に全力を尽くした。カールがそれほど多くの大人びた考えを持っているとは思いもしなかったが、しかし人間というのはそういうものだ。自分の手のひらのようによく知っているはずの相手でも、不意にこちらのまったく知らない面を見せることがある。

同じようなことはいくらでもある。たとえばズボンのポケットというのは——自分のポケットでさえ——ブラックボックスのようなものではないか。底を探ると思いがけず十オーレ硬貨や、宝くじや、ホイルに包まれたままのアスピリンが出てきたりする。あるいは人というのは、相手のことをよく知りもしないくせに自殺しかねないほど絶望的な恋をしたりする。そんなとき人はこう考えはじめる――その十オーレはたんにきのう受け取ったものではないのか、この胸のときめきはたんに自分が作り出したものではないのか。その娘はたんなる口実で、自分があこがれていた場所、ここではないどこかへ行くための言い訳にすぎないのではないのかと。

だが、わたしがよく市外まで――あるいはノートオッデンまで本を借りに――車を走らせたのは、考えごとがしたかったからではない。長い直線道路の果てにあるトンネルの入口脇の岩壁に突っこんでしまおうとか、自分もフーケンに落下してしまおうとは一度も思わなかった。かならず戻ってきた。カレンダーのその日を斜線で消して、次の日を待った。それがマリを見かける日であれ、見かけない日であれ。

人を殴るようになったのもそのころのことだ。

36

ベルナル叔父が亡くなったあとは暗黒の時代だった。わたしは修理工場を引き継いで四六時中働いていて、それが救いになっていたように思う。それとオールトゥンでの喧嘩が。

唯一の気晴らしが、その土曜の晩のダンスパーティだった。カールは酔って女の子とじゃれあっていて、わたしはどこかの阿呆が嫉妬で自制心を失うのを待っていた。そうすれば自分の惨めな似姿に拳をたたきこんで、そいつを繰りかえし繰りかえし、毎週毎週、殴り倒せる。

パーティから帰宅するのが深夜零時をまわることもしょっちゅうだった。カールは下段のベッドにへべれけで倒れこんで、屁をしたり、くすくす笑ったりした。そしてふたりでその夜の冒険をふり返ったあと、こう嘆息した。

「ああ、兄貴がいるってのはいいもんだ！」

そう言われるとわたしは胸がじんと温かくなった。たとえ嘘でも。そのころにはもう兄はカールのほうだとおたがいわかっていたのだから。

カールのガールフレンドに恋していることをカールに打ち明けようとは一度も思わなかった。ベルナル叔父にも話さなかったし、もちろんマリにもそんな気配はいっさい見せなかった。この恥辱にはひとりで耐えるしかなかった。鏡で自分の姿を見ることさえ我慢ならなかった。似たようなものを父も感じていたのかもしれない。自分の息子に欲情するような男は生きるに値しないと考え、わたしがかわりに撃ってくれるのを期待して納屋の外にショットガンを置いておいたのかもしれない。わたしは父のことがいっそうよくわかるようになってすっかり怖くなったのだろう、自己嫌悪を軽減するようなことはいっさいしなかった。

カールに勉強をつづけたいと言われたとき、自分がどう考えてなんと答えたのかよく憶えていない。が、正直なところ、そう言われるのは察しがついていた。それはたんにカールが成績優秀だったからでも、労働者タイプでなかったからでもなく、マリも大学へ行くことが決まっていたからだ。そしてもちろん、ふたりは同じ都会で学生になるつもりだった。わたしはふたりがオスロかベルゲンの小さなアパートを共同で借りているところや、休暇で村へ帰ってきてむかしの仲間たちとつきあうところを想像した。そこに自分も加わっているところを。

ところがそこで、グレーテとカールのあのオールトゥンでの一件があり、グレーテがそれをマリに洗いざらいしゃべったため、すべてが御破算になった。

カールがアメリカへ行ってしまったとき、残されたわたしはこう感じた。カールはいっさいから逃げ出したのだ。小さな村のスキャンダルからも、マリ・オースからも。農場に対する責任からも、わたしからも。というのもわたしは、カールがわたしを頼りにする以上にカールを頼るようになっていたからだ。そしてもしかすると、カールにはまたあのフーケンからの悲鳴が聞こえるようになっていたのかもしれない。

カールが行ってしまうと、少なくとも静かにはなった。

やたらと静かには。

石油会社が作業場と土地を買いあげてくれて、二十代初めの若造だったわたしは突如ガソリンスタンドの経営者になった。わたし自身が気づいていないことを会社が気づいていたのかどうか、それはわからないが、とにかくわたしは昼も夜も働いた。とくに意欲があったからではない、意欲が芽生えたのはもっとあとだ。そうではなく、山の農場にぽつねんと座ってフーケンからの悲鳴と孤独なチドリの歌に耳を澄ましているのは、思いのほかつらかったからだ。チドリは話し相手を探していた。友人ではなくとも、せめて話し相手を。それはすべて仕事場にいれば解決できた。まわりに人がいて、さまざまな音がして、やることがあり、みんなに自分の考えを伝えていれば、同じことをくよくよ考えているだけの暮らしから逃れられた。

わたしは手術で腫瘍を取りのぞくように、マリを自分の心から切り離した。それがマリとカールの別れと同時に起きたのが偶然ではないことにはもちろん気づいていたが、それについてはあまり考えないようにしていた。いろんなことが絡み合っていたはずだし、カフカの『変身』(ある朝目覚めたらおぞましい昆虫になっていた男の物語)を読んだばかりだったから、自分の潜在意識をほじくりかえしたらかなりの確率で不愉快なものが出てくるはずだと、気づいていたからでもある。

リタ・ヴィルムセンには当然ながらときどき出くわした。リタは元気そうで、歳月による衰えはなさそうだった。彼女はいつも誰かと一緒だったり、人に囲まれていたりしたので、わたしに普通の村人どうしの曖昧な笑顔を向けて、ガソリンスタンドはうまくいっているかとか、カールはアメリカで元気にやっているかとか、あたりさわりのない質問するだけだった。

ある日、リタが給油ポンプのそばにいるのを見かけた。彼女はソネットに給油しているマルクスに話しかけていた。いつもならヴィルムセン本人が給油するのだが、マルクスはハンサムだし、無口で優しい男だったから、わたしはマルクスがリタの新しいプロジェクトになったのだろうかと勘繰った。けれども不思議なことに、少しも気にならなかった。ふたりがうまくいくことを願った。マルクスが給油口のキャップを閉めると、リタは車に乗りこもうとしてふと、店舗のほうを向いた。わたしの姿が見えたとは思わないが、それでもリタは片手をあげて手を振るような仕草をしてみせた。わたしも手を振りかえした。マルクスがはいってきて、ヴィルムセンが癌になったそうだと告げた。でも、完全に回復すると言われたらしいと。

次にリタを見かけたのは、五月十七日の憲法記念日にオールトゥンで毎年開催される祝典でだった。民族衣装《ブナド》を着たリタはとてもきれいで、夫と手をつないで歩いていた。そんな姿を見たのは初めてだった。ヴィルムセンは痩せていた。というか、少なくとも脂肪はだいぶ減っていて、はっきり言って彼には似合わしくなかった。顎の下の皮膚が蜥蜴《とかげ》のようにたるんで揺れていた。けれどもふたりが会話をするときには、一方が他方へ身を乗り出して、相手の目を見ながら微笑み、うなずき、ひと言たりとも聞き漏らすまいとするように耳を傾けていた。もしかすると癌はひとつの啓示だったのかもしれない。リタは自分を崇拝してくれるその男との暮らしが幸せなものだったことに気づいたのかもしれない。それにひょっとすると、ひょっとするとだが、ヴィルムセンもわたしが考えていたほど盲目ではなかったのかもしれない。なんにせよわたしは、リタがあの給油ポンプの前から手を振ったのは最後のさよならだったのだと気づいた。それはかまわなかった。わたしたちはおたがいを必要としていた時期に、おたがいにとってなにがしかの意味を持っていたのだから。わたしの見るところ、幸せな結末を迎える不倫というのは数少ないが、一緒にいるふたりの姿を見たとき、リタとわたしはある意味でその数少ない幸運なふたりだったのかもしれないと思った。それに、ことによるとヴィルム・ヴィルムセンも。

というわけで、わたしはまたチドリに戻った。


だが、その一年後、わたしは以後五年にわたって秘密の愛人になる女性と知り合った。オスロ本社での会議のあとにひらかれた夕食会で、ピア・シセという女性に出会った。ピアは人事部長で、わたしの左側に座っていたから、わたしの正式なディナー・パートナーではなかったのだが、しばらくするとわたしのほうを向いて、左側に座っている紳士から自分を救い出してくれないかと頼んできた。その男はかれこれ一時間も石油についてしゃべっているけれど、石油についてしゃべることなど実際にはそんなにないと。わたしはワインを何杯か飲んでいたので、女を楽しませる責任を男にばかり負わせるのは——どちらが優位かはともかく——一種の性優位主義ではないかと言った。するとピアはそれに同意したので、わたしは彼女に、三分あたえるからわたしを面白がらせることか、笑わせることか、怒らせることを言ってみてほしいと言った。できなければわたしが右側の正式なパートナーのほうへ、すなわちコングスベリから来た眼鏡のブルネットで、ウンニと名乗った以外はほとんど口を利いていない女性のほうへ戻るのを許してほしいと。するとこ驚いたことに、ピア・シセはその三つの要求にすべて、それも優に三分以内に応えてみせた。

そのあとわたしたちは一緒に踊り、ピアはわたしに、あなたほどダンスが下手な相手は初めてだと言った。それぞれの部屋へあがるエレベーターの中でわたしたちはキスをしはじめたが、ピアはわたしに、あなたはキスも下手だと言った。

そしてホテルのピアの部屋で一緒に目覚めると——人事部長の彼女にはスイートが割りあてられていた——ピアはあからさまに、ゆうべのセックスは平均をはるかに下回ったと言った。

けれども、この十二時間ほど笑ったこともあまりない、とも言った。

おれの場合は四回のうち一回は平均以上だ。わたしがそう言うと、ピアはまた笑った。そしてそれから一時間、わたしはその第一印象を変えようとしてがんばった。変えられたと思いたい。いずれにせよピア・シセはわたしにこう言った。二週間以内にあなたを本社に呼び出す、話し合う内容は〝ゆるい〟ものになるはずだと。

ホテルのフロントでチェックアウトの列にならんでいると、わたしの正式なディナー・パートナーだったウンニがわたしに、オスまで車を運転していくのかと訊いてきた。だとしたら途中のコングスベリまで乗せていってくれないかと。

道中わたしたちはあまり口を利かなかった。ウンニが車のことを訊き、わたしはそれが叔父からのプレゼントで、自分にとっては感傷的な価値があるのだと答えた。さらにこう話してもよかった。どの部品も一度は交換されているものの、ボルボ二四〇は傑作車だ。たとえば、もっと高級なV七〇はタイロッドとステアリングアームがよく故障するが、二四〇はそういう問題とは無縁だ。自分は将来この二四〇の中に埋葬されたいと思っていると。だが、わたしは退屈なことをべらべらとしゃべるかわりに興味のないことを質問して、ウンニが経理部に勤めていること、子供が

ふたりいて、夫はコングスベリの中学の校長だという
ことを知った。彼女は週に二日在宅で働き、二日オス
ロに通勤し、毎週金曜日を休みにしているという。

「休みの日は何をするの？」わたしは訊いた。

「何もしない」

「それって難しくない？　何もしないなんて」

「いいえ」

それがわたしたちの会話のすべてだった。

わたしはJ・J・ケイルをかけ、全身に深い安らぎが広がるのを感じた。それはおそらく睡眠不足と、ケイルのゆったりとしたミニマリズムと、ウンニの標準モードが自分と同じく沈黙だということに気づいたからだろう。

はっとして目を覚まし、対向車のヘッドライトが雨に濡れたフロントガラスに拡散するのが見えたとき、脳はこう結論をくだした。一、わたしは居眠り運転をしていたのだ。二、雨が降りだしたのもワイパーを作動させたのも憶えていないから、眠っていたのは数秒ではなかったはずだ。三、とっくに休憩を取っていなければいけなかったのだ。わたしはとっさに片手をあげてハンドルに置いた。が、つかんだのはハンドルではなく、すでにそれを操作している温かいもうひとつの手だった。

「居眠りをしてたみたいね、あなた」ウンニは言った。

「起こさないでくれてありがとう」

ウンニは笑わなかった。わたしは横目で彼女を見た。口の端にかすかに笑みが浮かんでいたかもしれない。のちにわたしは、表情に関するかぎりそれがその顔の限界なのだと知ることになる。そしていま初めて、ウンニがきれいなのに気づいた。マリ・オースのような古風な美人でも、前に写真を見せてもらった若いころのリタ・ヴィルムセンのような艶《あで》やかな美人でもない。はっきり言えば、ウンニ・ホルム＝イェンセンが誰の目から見てもきれいかどうか、わたしにはわからない。というのもわたしが言おうとしているのは、そのときその光の中でその角度から見たら、それまでよりきれいに見えたというにすぎないだからだ。恋をしてしまうような美しさではない。わたしはウンニ・ホルム＝イェンセンに惚れたことはないし、ウンニもわたしに五年あまりのあいだ一度も惚れたことはない。だが、いまこのとき、ウンニはずっと見ていたくなるようなきれいな女に見えた。そしてもちろん、わたしはずっ

と見ていることもできた。ウンニは前方の道路から目を離さずにハンドルを握りつづけており、わたしは心から信頼できる人がそこにいるのに気づいた。

おたがいの中間地点で、つまりノートオッデンで二度会って一緒にコーヒーを飲み、三度目に〈ブラットレイン・ホテル〉へはいって初めて、ウンニはオスロでの夕食会のあいだにすでに心を決めていたのだとわたしに話した。

「あなたとピアはおたがいを気に入ったのよね」

「ああ」

「でも、わたしはもっとあなたが気に入った。それに、あなたがわたしのほうをもっと気に入ってくれるのもわかってた」

「どうして？」

「わたしとあなたは似ているけれど、あなたとピアは似ていないもの。それにノートオッデンならそう遠くないし」

わたしは笑った。「きみはノートオッデンならオスロほど遠くないから、おれがピアよりきみを気に入ってると思うのか？」

「人の相性というのは実際的なものだから」

わたしはまた笑い、ウンニは微笑んだ。かすかに。

結婚生活に不満があるわけではない、とウンニは言った。

「あの人はいい男だし、良き父親でもある。でも、わたしに触れないの」ウンニの体は痩せっぽちの少年のように細くて硬かった。彼女はジョギングをしたり、鉄亜鈴を持ちあげたりして、少々体を鍛えていたのだ。

「人間は誰かに触れられる必要がある」

ウンニは夫に浮気がばれることはあまり心配していなかった。理解してもらえるだろうと考えていた。心配しているのは子供たちのことだった。

「あの子たちにはきちんとした安全な家がある。それを何かで台なしにするわけにはいかない。子供たちがつねに優先、この手の幸せよりも優先される。わたしはあなたとのこの時間が心から好きだけれど、それが子供たちの幸せや安全をほんの少しでもおびやかすのなら、すぐに放棄する。わかった？」

急にそう厳しく質問された。まるで娯楽アプリをダウンロードしたら、突然ひどく真面目な、人を脅すような利用規約を記したフォームが現われて、それに同意しなければお楽しみを始められないと告げられた感じだった。

　ある日わたしはウンニに、もし危機に直面したとき、子供たちが生き延びる可能性が四十パーセント増すとしたら、わたしと夫を撃つのもいとわないかと尋ねた。彼女の経理脳は数秒考えてからその質問に答えた。

「ええ」

「三十パーセントなら?」

「ええ」

「二十なら?」

「いいえ」

　わたしにとってウンニのいいところは、自分の相手にしているものがきちんとわかることだった。

37

　カールは大学からメールや写真を送ってきた。白い笑顔と、生まれたときからの知り合いのような友人たち。どうやらうまくやっているようだった。むかしから順応力のあるやつだった。「あの子を湖に放りこんだら、水に濡れもしないうちに鰓ができてるわね」母はよくそう言っていた。いまでも憶えているが、カールはわたしがうらやむほどかわいい別荘客とつきあっていたある夏の終わりごろには、オスロ訛りで話せるようになっていた。そしてこんどはアメリカ風の表現がメールに、父が使っていたよりたくさん登場するようになってきた。カールのノルウェー語は、徐々にではあるが確実に衰えはじめているように思えた。もしかするとそれがカールの望みだったのかもしれない。ここで起きたことのすべてを忘却と距離のかなたへ葬り去るのが。新人医師のスタンレイ・スピンは、わたしが車の荷物入れをアメリカ風に〝トランク〟と呼んだとき、忘れることに関してこんな話をしてくれた。

「ぼくが育ったヴェスト・アグデルでは、いくつもの村がこぞってアメリカへ移住したんだけど、のちに戻ってきた人たちもいた。そこで判明したのは、ノルウェー語を忘れてしまった人たちは故郷のこともほぼすべて忘れてしまったということだ。まるで言語が記憶を保持するみたいにね」

その話を聞いてからしばらく、わたしは新しい言語を学んでみたらどうだろう、ノルウェー語を二度と使わなかったら助けになるだろうか、と考えていた。というのも、フーケンから聞こえるのは悲鳴だけではなくなっていたからだ。静寂が訪れると、低い話し声が聞こえるようになっていた。まるで死者たちが下で相談でもしているかのように。何かを計画し、企んでいるみたいに。

カールは金に困っていると書いてきた。いくつかの試験に落第して奨学金を失ったと。わたしは金を送ってやった。それは問題なかった。わたしには給料があったし、出費は最小限だったから、多少の貯金まであった。

翌年、大学の学費が値上がりしてカールはさらに金が必要になった。その冬、わたしは使われていない作業場に小部屋を造り、それで電気代と燃料代を節約した。農場のほうは賃貸ししようとしたものの、借り手が見つからなかった。ウンニに密会の場所を〈ブラットレイン〉からもっと安い〈ノートオッデン・ホテル〉に変更しようと提案すると、彼女はわたしに、お金に困っているのかと訊いてきた。そして一時主張していたように、ホテル代を割り勘にしようと言ってくれた。わたしはそれを断わり、結局わたしたちは〈ブラットレイン〉で密会をつづけたのだが、次に会ったときウンニは、会計帳簿を調べてみたらあなたの給料はもっと小規模なガソリンスタンドの店長の給料より低いことがわかった、と教えてくれた。

そこでわたしは本社に電話して、しばらくやりとりをしたあと、昇給について決断を下せるという人物に電話をまわしてもらった。

電話に出た相手は明るい声でこう名乗った。「ピア・シセです」

わたしは電話を切った。

最後の学期——少なくとも本人はそれを最後だと言っていた——を前にして、カールは深夜に電話をよこし、二万一千ドル、すなわち二十万ノルウェー・クローネ足りないとわたしに泣きついてきた。ミネアポリスのノルウェー人協会の奨学金を今日もらえるものと思っていたのに、もらえなかった。あしたの朝九時までに学費を支払わないと、除籍になって最終試験を受けさせてもらえない。最終試験を受けられないと、これまでの勉強はすべて水の泡になると。

「ビジネス・アドミニストレイションって学問は、何を知ってるかじゃなくて、何を知ってると思ってもらえるかが大事なんだよ、兄貴。で、みんなが信じるのは試験とディプロマなんだ」

「学費はほんとにおまえが入学してから倍になったのか？」わたしは訊いた。

「ああ、まったく……アンフォーチュニットだよ」とカールは言った。「二カ月前ノルウェー人協会の会長から、なんの問題もないはずだと言われてたんだから。ほんとに心苦しいんだけどさ」

わたしは銀行の外で開店を待った。銀行があくと支店長は、農場を担保にして二十万借りたいというわたしの申し出に耳を傾けてくれた。

「きみとカールは共同であの農場と土地を所有しているからね、担保にするにはきみたちふたりの署名が必要になる」支店長はセントバーナード犬のような目をした蝶ネクタイの男だった。「それに手続きと文書化に数日かかる。しかしもちろんわたしはきみが今日これを必要としていることは理解しているから、本社からあたえられた権限で、きみの正直さを信じて十万用立てよう」

「担保なしで？」

「うちはこの村の人たちを信頼してるんだ、ロイ」

「必要なのは二十万なんです」

「だが、そこまでは信頼してない」支店長は微笑み、その目はますます悲しげになった。

「カールは九時に除籍になるんです。ノルウェー時間の午後四時です」

「大学がそんなに厳しい体制で運営されてるなんて話は聞いたことがないね」と支店長は手の甲を掻きながら言った。「しかし、きみがそこまで切羽つまってるなら……」と支店長はなおも手の甲を掻きつづけた。

「なら？」わたしは我慢できずに訊き、腕時計に目をやった。あと六時間半しかない。

「まあ、わたしのところへ来るんじゃなくて、ヴィルムセンに話をしたほうがいいかもしれない」

わたしは支店長の顔を見た。では、村の噂はやはり本当だったのだ。ヴィルムセンが担保も取らずに法外な利率で金を貸しているというのは。担保を取らないということは、なんらかの方法で金を回収する自信があるということだ。問題が起これば、噂のあの取立屋をデンマークから呼んで解決させるのだろう。わたしはエリク・ネレルがあの〈フリットト・フォール〉バーを購入したさいにヴィルムセンから実際に金を借りたのを知っていたが、力ずくで取り立てられたという話は聞かなかった。それどころかエリクの話では、ヴィルムセンは気長に待ってくれて、一度エリクが猶予を求めたときにはこう答えたという。「利息がはいってくるかぎり、わたしゃ何もしやしないよ、エリク。複利ってのはこの世の天国だからな」

わたしは〈ヴィルムセン中古車販売・解体ヤード〉へ車を走らせた。リタがいないのはわかっていた。そこを嫌っていたからだ。ヴィルムセンは自分のオフィスでわたしに会った。デスクの奥の壁には、まるで外から壁を突き破ってきて目の前の光景に愕然としているかのような、牡鹿の首が飾ってあった。ヴィルムセンはその下に座って椅子にふんぞり返り、二重顎をシャツの襟の上に載せて、まるまるとした短い指を胸の上で組み合わせていた。ときおり右手をあげて葉巻の灰をぽんと落としながら、頭を横に傾げてしげしげとわたしを観察した。いわゆる信用格付けというやつをしているのだ。わたしはそう気づいた。

「月利二パーセントだ」ヴィルムセンはわたしが自分の問題を説明してタイムリミットを伝えると、そう言った。「銀行に電話してすぐに送金してやるぞ」

わたしは嗅ぎ煙草入れを取り出して唇の裏にひとつまみ押しこみながら、頭の中でそれを計算した。

「それじゃ年利二十五パーセント以上だ」

ヴィルムセンは葉巻を口から離した。「金勘定の早い坊やだな。さすがはあの親父さんの息子だ」

「だからおれも値切らないだろうと、そう踏んで出した数字か？」

ヴィルムセンは笑った。「ああ、いまのがきみに提示できる最低の利率だ。いやなら帰れ。時間は刻々と過ぎてるぞ」

「どこに署名すればいい？」

「なあに、これで充分だよ」とヴィルムセンは言い、デスクのむこうから手を差し出してきた。まるで膨れあがったソーセージを房にしたような手だった。わたしは身震いをこらえてそれを握った。

「恋をしたことある？」とウンニが訊いた。わたしたちは〈ブラットレイン・ホテル〉の広々とした庭園を散歩していた。雲が空とヘッダル湖の湖面をぐんぐん流れていき、色彩が光とともに変化している。たいていの夫婦やカップルは年を経るにつれて会話が減るという。だが、わたしたちの場合は逆だった。どちらも饒舌なタイプではなかったし、最初の数回はもっぱらわたししかしゃべらなかったからだ。わたしたちはほぼ月に一回のペースでもう五年も密会をつづけていたので、ウンニも当初ほど無口ではなくなっていたものの、前置きもなくいきなりこんな話題を持ち出してくるのは珍しいことだった。

「一度。あんたは？」わたしは言った。

「ない」とウンニは言った。「どう思う？」

「恋をすることを？」

「ええ」

「あこがれるようなことじゃないな」吹きつけてくる風に上着の襟を立てながらわたしは答えた。

ちらりとウンニを見ると、それとわからないほどかすかな笑みが浮かんでいた。この話題をどこへ向かわせようとしているのだろうか。

「何かで読んだんだけど、人生で本当に恋に落ちるのは二度だけなんだって」とウンニは言った。「最初は作用で、二度目は反作用。それがふたつの大地震。それ以外は小さな感情の震えにすぎないんだって」

「ふうん。てことはつまり、あんたにはまだチャンスがあるってことだ」

「でも、わたしは地震なんて欲しくない。子供たちがいるから」

「なるほど。だけど、地震てのはあんたが望もうが望むまいが起こる」

「そうよね。それにいまあなた、恋なんてあこがれるようなことじゃないと言ったけど、それは片思いだったからでしょう？」

「まあそうかな」

「だからいちばん安全なのは、地震が起こりやすい場所からはいっさい離れることなの」

わたしはゆっくりとうなずいた。彼女の言おうとしていることが徐々にわかってきた。

「わたしはたぶん、あなたに恋をしはじめてる」ウンニは歩くのをやめた。「でも、コングスベリのわたしの家はそんな地震に耐えられないと思う」

「だから……」とわたしは言った。

ウンニは溜息をついた。「だから地震が起こりやすい場所から……」

「……離れなくちゃならない」と、わたしはかわりに最後まで言った。

「そう」

「永久に？」

「ええ」

わたしたちは無言でそこに立っていた。

「止めるつもりは……？」ウンニは言った。

「ない。あんたはもう決心したんだ。それにおれはたぶん親父に似てる」

「お父さんに？」

「値切るのが苦手だ」

ふたりの最後の時間をわたしたちは部屋で一緒に過ごした。スイートを予約してあり、ベッドから湖をながめた。夕暮れには空が晴れてきて、ウンニはディープ・パープルのあの歌を思い出すと言った。スイスのレマン湖畔にあったホテルについての歌を。歌の中のあのホテルは火事で全焼するんだ、わたしはそう言った。

「そうね」とウンニは言った。

わたしたちは日付が変わる前にチェックアウトし、駐車場で別れのキスを交わしてノートオッデンをあとにし、それぞれの方角へ走り去った。それ以来二度とウンニには会っていない。


その年のクリスマス・イヴにカールが電話をよこした。背後からパーティの喧噪と、マライア・キャリーが〝クリスマスに欲しいのはあなただけ〟と歌う声が聞こえてくる。わたしのほうは一本のアクアヴィットと、ヴォッサ・ソーセージと、蕉甘藍《コールラビ》のペーストを添えたできあいのフィヨルラン産仔羊《ピンネショット》のリブとともに、作業場の自分の部屋にひとりで座っていた。

「寂しい？」カールは訊いた。

わたしはためらった。「ちょっとな」

「ちょっと？」

「かなりだよ。おまえは？」

「オフィスでクリスマス夕食会をやってるところだ。飲み会を。電話の取り次ぎを遮断して——」

「ねえ、カールぅ。踊りましょうよお」拗ねたような鼻にかかった女の声が、会話をさえぎってスピーカーからもろに聞こえてきた。どうやらカールの膝に座っているらしい。

「聞いてくれ、兄貴、もう切らなきゃならない。でも、ちょっとしたクリスマス・プレゼントを贈ったから」

「ほんとに？」

「うん。銀行口座をチェックしてみて」

そう言うとカールは電話を切った。

わたしは言われたとおりにした。ログインしてみると、アメリカの銀行から送金が一件あり、メモ欄にこう書かれていた。〝金を貸してくれてありがとう、親愛なる兄貴。良い新年を！〟六十万クローネ。わたしが学費として送金した額よりはるかに多い。利息を複利で加えたとしてもだ。

わたしはにっこり笑った。その金がうれしかったのではない。自分の暮らしはなんとかなっていた。そうではなく、カールがなんとかやっていることがうれしかったのだ。もちろん、そんな大金をどうやってわずか数カ月のあいだに不動産会社の初任給で稼ぐことができたのか、疑問に思わなかったわけではない。だが、自分がその金で何をするつもりかはわかっていた。農場の本格的断熱工事と浴室造りだ。来年のクリスマス・イヴもこの作業場で過ごすのだけはごめんだった。


都会と同様にこの村でも、わたしのような不信心者が教会へ行くのはクリスマスのときだけだ。都会のようにクリスマス・イヴにではなく、クリスマス当日に。

礼拝が終わって外に出ようとしていると、スタンレイ・スピンがやってきてわたしをボクシング・デイの朝食に招待してくれた。ほかにも何人か誘っているという。それは少々意外だったし、急な話でもあったので、わたしはスタンレイがいましがた誰かから、あのロイ・オプガルはこのクリスマスにひとりぼっちで工場にいる、かわいそうな男だと、そう聞かされたにちがいないと気づいた。いいやつなのだ、スタンレイは。

だが、わたしは彼に、ほかの従業員に休みを取らせるためにクリスマスはずっと働いているのだと話した。それは事実だった。スタンレイはわたしの肩に手をかけて、きみはいい人だなと言った。つまり、スタンレイ・スピンは人間の専門家ではないのだ。というのもわたしはそこで「失礼」と言ってスタンレイから離れ、駐車場へ向かっているヴィルムセンとリタを足早に追いかけたからだ。

ヴィルムセンはふたたび本来の大きさにまで膨れあがっていた。リタも元気らしく、頬は薔薇色で、毛皮のコートの内側はいかにも温かそうだった。そして、いい人だと言われた不倫野郎のわたしは、ヴィルムセンのソーセージの房――幸いにも今回は手袋をはめていた――を握り、ふたりによいクリスマス《ゴー・ユール》をと言った。「楽しいクリスマス《グレーデリ・ユール》を」とリタが応じた。

もちろんわたしは、洗練された人々のあいだではクリスマス・イヴまでは〝よいクリスマスを〟と言うけれど、クリスマス当日から大晦日までは〝楽しいクリスマスを〟と言うのだとリタに教えられたことを忘れてはいなかった。だが、わたしのような田舎者がそんな繊細さになじんでいるのをヴィルムセンに悟られたら怪しまれるかもしれないので、わたしはその訂正に気づかなかったふりをしてうなずいた。どこが〝いい人〟なんだか。

「金を貸してくれたことに礼を言いたいだけなんだ」

わたしはヴィルムセンに白い無地の封筒を渡した。

「ほう？」と言いながらヴィルムセンは手の上でその重みを確かめてわたしを見た。「ゆうべあんたの口座に金を振り込んだ。そこにはいってるのはプリントアウトだ」

「利息は最初の営業日までだ。つまりあと三日先だ、ロイ」

「ああ、それも計算に入れてある。多少の色をつけて」

ヴィルムセンはゆっくりとうなずいた。「気分がいいもんだよな？　借りがなくなるってのは」

何を言っているのかわたしにはよくわからなかった。言葉の意味はもちろん理解できたのだが、ヴィルムセンの真意が理解できなかったのだ。

しかし年が改まる前に、それを理解することになった。

38

クリスマス当日に教会の外で夫とともにわたしと遭遇したとき、リタは表情にも身振りにもにも何も表わさなかった。それはみごとなものだった。けれどもそれをきっかけに、心の内で何かが動きだしたようだった。忘れるべきことは忘れたまま、思い出す価値のあることだけ思い出したのだろう。三日後、クリスマス休暇後の最初の営業日に、テキストメッセージを送ってきた。

〝明後日十二時にキャビン〟

おなじみの短くて事務的なメッセージだったので、わたしは全身がぞくりとして、パヴロフの犬のように涎を垂らしはじめた。いわゆる条件反射というやつだ。

行くべきかどうか、自分自身と短く激しい議論を交わした。良識あるロイは完敗した。会うのをやめたときになぜそれを解放のように感じたのかは忘れたまま、ほかのことだけを濃厚な細部までありありと思い出した。

十二時五分前に、わたしはキャビンが見える森の空き地に着いた。砂利道に駐まっているサーブ・ソネットを目にするたびに勃起しつつ、小径を歩いていった。その年は雪が降るのが遅かったものの、黒霜がおりていた。太陽はちらちら垣間見えるだけで、空気は凜としていて息を吸うのが気持ちいい。煙突から煙が立ちのぼり、居間の窓のカーテンは閉まっていた。いつものリタはそんなことをしなかったので、わたしは彼女がサプライズを計画しているのだと思った。すっかり準備を整えて横になっているのかもしれない。暖炉の前で、薄暗さが必要とされるような姿でわたしを待っているのかもしれない。そう考えるだけで体がぞくぞくしてきた。ひらけた場所を横切って戸口にたどりついた。ドアは少しあいていた。以前はたいていわたしが来るときには閉まっていたし、場合によっては施錠されていて、ドア枠の上から予備の鍵を取らなければならないこともあった。リタはわたしが夜中に文字どおり泥棒のように侵入してくる感覚が好きなのではないか、わたしはそう思った。だからあのとき地下室の鍵をくれたのだと。わたしがいまでも持っていて、ときどき使いたいという誘惑に駆られるあの鍵を。わたしはドアをすっかり押しあけて薄暗いキャビンにはいった。

　そしてすぐさま、何かがおかしいのに気づいた。それはにおいだった。

　リタ・ヴィルムセンが葉巻を吸うはずはない。

　目が闇に慣れる前に、居間の中央の肘掛け椅子に座ってこちらを向いている人影が何者なのかわかった。

「よく来てくれたな」ヴィルムセンは背筋がぞっとするような愛想のいい声で言った。

　毛皮のコートと帽子を身につけているので、まるで熊のように見える。手にはライフルを持っていて、わたしのほうへ向けていた。

「ドアを閉めろ」

　わたしは言われたとおりにした。

「ゆっくりと三歩、こっちへ来い。そしてひざまずけ」

　わたしは三歩近づいた。

「ひざまずけ」ヴィルムセンはもう一度言った。

　わたしはためらった。

　ヴィルムセンは溜息をついた。「あのな。わたしは毎年大枚をはたいて外国へ行っちゃ、これまで撃ったことのない獣を撃ってる。たいていの獣は一頭は撃ってるが――」とヴィルムセンは片手をあげてチェックをつけるまねをした。「ロイ・オプガルはまだだ。だからひざまずけ！」

　わたしはひざまずいた。そこで初めて、入口のドアから肘掛け椅子まで、ペンキ塗りのときに使う養生ビニールが敷いてあるのに気づいた。

「車はどこに駐めてきた？」ヴィルムセンは訊いた。

　わたしは教えた。ヴィルムセンは満足げにうなずいた。

「嗅ぎ煙草入れだよ」

　わたしは返事をしなかった。頭の中は、答えではなく疑問でいっぱいだった。

「どうしてバレたんだと不思議に思ってるんだろう、ロイ。答えは嗅ぎ煙草入れだ。癌のあと医者から、健康のためにできる最善のことは、もっと健康にいい食事をして、もっと運動をすることだと言われてな、散歩をするようになったんだ。ここまで登ってきたりとかな。何年も来てなかったが。そしたら冷蔵庫にこいつがいくつかはいってた」

ヴィルムセンは〈ベリーズ〉の銀色の缶をわたしの前のビニールに放った。

「そいつはノルウェーじゃ売ってない。もちろんこの村でも。リタに訊いたら、去年このキャビンを改装したポーランド人作業員どもが置いてったんだろうと言う。で、わたしはそれを信じた。おまえがわたしのオフィスへ融資を頼みに来たとき、おまえが同じ缶を取り出すのを見るまではな。わたしは簡単な足し算をした。嗅ぎ煙草。サーブ・ソネットの修理。キャビン。それに、一夜にしてこのうえなく優しく従順になったリタ。あいつがそうなるのは隠し事をしてるときだけだ。そこでわたしはあいつの携帯を調べた。すると、アグネーテという名前の下に、あいつが削除してなかった古いメッセージをひとつ見つけた。日にち、時間、キャビン、それだけだ。番号案内で調べてみたら、案の定、アグネーテの番号はおまえの番号だったよ、ロイ・オプガル。だからおととい、わたしはもう一度リタの携帯を拝借して、おまえに同じメッセージを、時間だけ変えて送ったわけさ」

ひざまずいているとヴィルムセンを見あげていなくてはならず、首が疲れてきたのでわたしは下を向いた。

「何カ月も前につかんでたのなら、なぜいままで何もしないで待ったんだ？」

「おまえぐらい暗算の得意なやつならすぐにわかるはずだがな」

わたしは首を振った。

「おまえはわたしから金を借りてた。わたしがおまえの頭を吹っ飛ばしたら、誰がおまえの借りた金を返してくれる？」

わたしの心臓の鼓動は、速まるどころかゆっくりになった。信じがたい話だった。ヴィルムセンはハンターのように忍耐強く、獲物がしかるべき場所に来るまで待った。わたしが借金を返すまで、複利の利息を払いきるまで待ち、わたしから搾り取れるだけ搾り取った。そしていま、こんどは自分が借りを返そうとしているのだ。それが教会の駐車場でわたしに〝借りを返すのは気分がいいもんだよな〟と言ったとき、ヴィルムセンが言わんとしたことだった。彼はわたしを撃つつもりでいた。それがこれの目的なのだ。わたしを怖がらせたり脅したりして逃がすことなく、きっちりと殺すのが。ヴィルムセンはわたしが誰にも外出先を教えていないことを知っていた。ここへ登ってくるのを誰にも見られないようにしていたことも、わたしが車を遠くに駐めてきているので、誰もこのあたりでわたしを捜そうとは考えないはずだということも。あとはただ、わたしの額に弾を撃ちこんでから、どこか近くに埋めればいい。あまりに単純明快な計画なので、わたしは思わず頬がゆるんだ。

「にやにやするんじゃない」ヴィルムセンは言った。

「あんたの奥さんとはもう何年も会ってない。そのメッセージの日付を見なかったのか？」

「削除されるべきものが残ってたってことは、おまえらふたりが長いあいだつづけてたってことだ。しかし、もう終わりだ。最後の祈りを唱えろ」ヴィルムセンはライフルを頬にあててかまえた。

「ああ、それはもう唱えたよ」とわたしは言った。心臓はまだゆっくりと鼓動していた。安静時の脈拍。いわゆるサイコパスの脈拍だ。

「じゃ、いいんだな？」ヴィルムセンは息を吸い、頬の肉がライフルの銃床にかぶさった。

わたしはうなずいてまた頭を垂れた。「ああ、いいとも。そうしてもらえるとおれも助かるよ、ヴィルムセン」

乾いた笑い。「おまえは死にたがってるとわたしに思いこませようとしてるのか、ロイ？」

「いや。でも、おれは死ぬ運命なんだ」

「それは誰でもそうさ」

「ああ、だけど二カ月以内に死ぬわけじゃない」

ヴィルムセンが引金の上で指をさまよわせる音がした。「誰に言われた？」

「スタンレイ・スピンさ。あんたも見たかもしれないが、教会で彼から聞いたんだ。彼はおれの脳腫瘍の最新の写真を受け取ったばかりでね。腫瘍はもう一年以上あるんだけど、いま急速に大きくなってる。あんたがちょうどここを狙ってくれたら……」とわたしは人差し指の先を額の右寄りの、生え際のすぐ上にあてた。「そいつも同時に取りのぞけるかもしれない」

中古車販売業者の計算器の作動音が聞こえたような気がした。

「おまえはやけくそで嘘をついてるんだ」ヴィルムセンは言った。

「そう思うのなら、かまわないから撃ってくれ」わたしは言った。ヴィルムセンの脳が本人になんと告げているかわかっていたからだ。こいつの言うことがもし本当なら、ロイ・オプガル問題はじきに、おまえにはなんのリスクもなしに自然消滅する。しかし、こいつがもし嘘をついていたら、おまえは二度と手にはいらない絶好のチャンスをふいにすることになる。つまり、こんどチャンスがあっても、こいつは準備ができているから、もっと困難になるはずだ。リスクと利益。コストと収入。借方と貸方。

「スタンレイに電話してみてくれ」とわたしは言った。「おれがまず彼に、守秘義務を解除していいと伝えるからさ」

そのあとしばらくのあいだ、聞こえるのはヴィルムセンの呼吸音だけになった。このジレンマにより脳が酸素供給量の増加を求めたのだ。わたしは祈った。自分の魂のためではなく、この緊張によりヴィルムセンがいまここで発作を起こしますようにと。

「二カ月だぞ」とヴィルムセンは唐突に言った。「今日から二カ月後、おまえがまだ死んでなかったら、わたしはまた現われるからな。いつ、どこで、どんなふうに現われるか、おまえにはわからんぞ。誰が現われるかも。だが、おまえが最後に聞く言葉はデンマーク語になるかもしれん。こいつは脅しじゃないぞ、約束だ。いいか？」

わたしは立ちあがった。「長くても二カ月だ。この腫瘍は強力だからね、あんたの期待は裏切らないよ。それともうひとつ……」

ヴィルムセンはまだライフルをわたしに向けていたが、片眉をあげてわたしに先をつづけろと合図した。

「冷蔵庫にあるおれの嗅ぎ煙草を持ってってもいいかな？」

厚かましいのはもちろんわかっていたが、わたしは死を間近にした男なのだから、死にかたなどいまさら気にしていないはずだった。

「わたしは嗅ぎ煙草はやらん、好きにしろ」

わたしは嗅ぎ煙草の缶を持ってキャビンをあとにした。日が翳りはじめた林の中を駆けおりると、弧を描いて西へ向かい、それから岩陰に身を隠しつつ湖のほうへ登った。あの最後の日にリタが、日の光と若者の視線に老けた裸身をさらして、屈辱を味わった湖のほうへ。

そして北側からふたたびキャビンに近づいた。北側には窓がなく、分厚い木の壁が全面をおおっている。人間的な砦だ。攻撃はつねに北から来るのだから。

その壁ぎわまでたどりつくと、そっと角をまわりこんで戸口の脇へ行った。それから右拳にスカーフを巻きつけて待った。ヴィルムセンが出てくると、わたしは面倒なことはしなかった。手っ取り早く片付けた。もっとも簡単な方法を採用した。頭蓋が脳をあまり保護していない耳の真後ろに一発と、腎臓に二発、パンチをたたきこんだ。腎臓にパンチを食らうと相手は苦痛のあまり悲鳴すらあげられず、おとなしくなる。ヴィルムセンはがくりと膝をつき、わたしはヴィルムセンが肩にかけていたライフルを取りあげた。それからこめかみを殴りつけ、彼をふたたび中へ引きずりこんだ。

養生ビニールは片付けられ、肘掛け椅子は暖炉の横の壁ぎわに戻してあった。

わたしはヴィルムセンが息を整えて顔をあげ、自分のライフルの銃口をのぞくのを待ってから、話しはじめた。

「わかると思うが、おれは嘘をついた。だけどそれは腫瘍に関してだけで、リタには何年も会ってないというのは本当だ。それに、おれがメール一本でいそいそと尻尾を振りながらここへ登ってきたわけだから、終わらせたのはおれじゃなくてリタだってことも察しがつくだろう。横になってろ！」

ヴィルムセンは小さく悪態をついたが、さからわなかった。

「つまりこれは、あんたが知らずにいてくれれば、誰も傷つかずに終わるハッピーエンドの物語になってたかもしれない。だけど、あんたはおれの言葉を信じずに、おれを殺すつもりだと宣言した。だからおれにはあんたを殺す以外に選択肢がない。正直言って、おれはそんなことをしたって少しも楽しくないし、まもなく未亡人になるその女性との情事を、これ幸いと再開するつもりもない。つまり、あんたを殺すのはまったく不必要に思えるんだが、現実問題としちゃ、残念ながらそれしか解決法がない」

「なんの話をしてるのかさっぱりわからんが、そんなまねをしたらかならずつかまるぞ。そういうことは計画的に行なう必要がある」

「ああ。だからちょっと考えてみたんだが、おれを殺すためのあんたの計画が、逆にあんたを殺すための千載一遇のチャンスをおれにあたえてくれてるんだよ。ここにいるのはおれたちだけだし、出入りするところを人に見られてもいない。三十歳から六十歳までの男性の死亡原因でいちばんありふれてるのはなんだか知ってるか？」

　ヴィルムセンはうなずいた。「癌だ」

「ちがう」わたしは言った。

「いや、そうだ」

「癌じゃない」

「じゃ、自動車事故か」

「ちがう」だが、家に帰ったら検索してみようと思った。「自殺だ」

「馬鹿言え」

「この村だけだって、うちの親父をオルセン保安官とあんたに加えりゃ、三人はいる勘定になる」

「わたし？」

「クリスマス週間だ。男が自分の銃を持って、誰にも告げずにひとりで自分のキャビンへ行って、その居間で、かたわらに転がった銃とともに発見される。こんなありふれた話もないぞ。ああ、それに雪は積もってない。だから足跡は、このキャビンへつづくものも、キャビンから出ていくものも、いっさいない」

　わたしはライフルをかまえた。ヴィルムセンはごくりと喉を鳴らした。「わたしゃ癌にかかってるんだ」

その声はかすれていた。

「かかっていただろ。悪いが、あんたは回復した」

「くそっ」とヴィルムセンは喉を詰まらせた。わたしは引金に指をかけた。ヴィルムセンは額に汗を浮かべてがたがた震えだした。

「最後の祈りを唱えろ」とわたしはささやき、そのまま待った。ヴィルムセンは嗚咽を漏らし、熊の毛皮の下に水たまりが広がった。

「だがもちろん、別の解決法もある」わたしは言った。

　ヴィルムセンの口がひらいて閉じた。

　わたしは銃をおろした。「それはおれたちが殺し合わないことに同意して、一か八か、おたがいを信頼した場合だ」

「ああ？」

「いまおれは身をもって示してるんだよ。おれを殺す理由なんかないことをあんたはきっと理解してくれるはずだから、おれもあんたを殺す絶好のチャンスを放棄するつもりだと。これをおれは英語で〝信頼の飛躍《リープ・オブ・トラスト》〟と呼んでる。信頼ってのは良性の伝染病なんだよ。だからあんたがおれを殺さないのなら、おれもあんたを殺すつもりはない。どうだ、ヴィルムセン？　おれと一緒にその飛躍をしてみないか？　手打ちにしようじゃないか」

ヴィルムセンは額に皺を寄せ、ためらいがちにうなずいた。

「よし。貸してくれてありがとう」とわたしはライフルを差し出した。

ヴィルムセンは驚いたように目をぱちくりさせてわたしを見つめた。ライフルを受け取ろうとせず、何かトリックがあるのではないかと疑るような顔をした。

そこでわたしはライフルを壁に立てかけた。

「わかってるだろうが、わた……」ヴィルムセンは咳払いをして洟水と涙と痰を取りのぞいた。「……わたしゃいまならどんなことにでも同意するはずだ。飛躍なんぞしてない。したのはおまえだけだ。だとしたらわたしはどうやっておまえにわたしを信頼させりゃいい？」

わたしはちょっと考えた。

「なあに、これで充分だよ」そう言って手を差し出した。

39

元日に雪が降り、四月の終わりまで残っていた。イースターにはかつてないほどの人々がそれぞれの別荘へ向かい、ガソリンスタンドは記録的な売上をあげた。県内の最優秀店として表彰までされたので、店の雰囲気はよかった。

そこへ道路網整備に関する報告書が発表され、トンネルを造って国道はオスを迂回させるという結論が示された。

「まだずいぶん先の話だ」と党でオースの後継者になったヴォス・ギルベルトは言った。そうかもしれないが、次の地方選挙はそれほど先ではないから、彼の党は負けるだろう。それは理の当然だ。ペンをちょっと動かしただけでひとつの村がノルウェー地図から消えるとしたら、その村にはロビー活動をする者がいなかったということなのだから。

わたしは本社と話し合い、牛がいるかぎりは乳を搾りつづけることで合意した。そのあとは再建、規模縮小――すなわち余剰人員の削減だ。小規模の営業所も必要とされている。仮にうまくいかなくても心配するにはおよばない。彼らはそう言った。

「あなたならいつでも歓迎よ、ロイ」とピア・シセは言った。「新しいことに挑戦したいなら、電話してくれるだけでいい。わたしの番号は知ってるわよね」

わたしはギアを一段あげ、これまで以上に働いた。それはかまわなかった。わたしは働くのが好きだった。それにわたしには、自分のガソリンスタンドを持つという目標もあった。

ある日、コーヒーメーカーを掃除していると、ダン・クラーネがはいってきた。カールについて現在書いている記事のために、いくつか質問をしていいかという。

「聞くところによると、彼はむこうでうまくやっているそうだ」ダンは言った。

「へええ」とわたしは言い、掃除をつづけた。「じゃ、それは肯定的な記事になるんだよな？」

「というか、われわれの仕事は両面を示すことだ」

「あらゆる面じゃなくて？」

「ふうん、きみは編集長よりうまいことを言うな」とダン・クラーネは薄笑いを浮かべた。

わたしはこの男が好きではなかった。だが、考えてみれば、わたしにはそういう人間がたくさんいる。ダンが初めて村に来たとき、わたしは別荘客がよくSUVに乗せてくるあのイングリッシュ・セッターを連想した。痩せていて、落ちつきがないが、それなりに人なつこい。だが、その人なつこさは、もっと遠くのゴールを目指す手段として発揮される冷静なもので、しばらくするとわたしはそれこそが、つまりマラソンランナーこそがダン・クラーネの本来の姿なのだと気づくようになった。現場では決して忍耐心を失わず、諦めずに食らいついていく戦略家だ。なぜなら自分の持っているような持久力があれば、最終的にはトップに立てることを知っているからだ。その確信は本人の態度にも、考えを述べるさいの口調にも、目の輝きにも、おのずと表われていた。たとえいまは地方紙のしがない編集者にすぎなくとも、自分はいずれ出世するはずだ。俗に言うところの、もっと大きな器なのだと。ダンはオースと同じく労働党員だったが、労働党を公然と支持している《オス日報》も、内規では編集者が自身の廉潔を疑われかねない政治的地位に就くことを禁じていた。そのうえダンは幼い子供を持つ父親としても多忙な身だったから、こんどの選挙には立候補しないはずだった。その次の選挙か、その次の次の選挙なら可能性はあったが。ダン・クラーネがその骨ばった手で市議会議長の槌を握ることになるのは時間の問題だったのだから。

「弟さんはリスクを冒す人で、学生時代からショッピングモールへの投資でけっこう儲けていた」ダンはジャック・ウルフスキンのジャケットのポケットからメモ帳とペンを取り出した。「きみもひとくち乗ったのか？」

「なんの話かわからないな」わたしは言った。

「おや。その株を購入するためにきみが最後の二十万を提供したと、そう聞いてるけど？」

　わたしは体に走った衝撃に気づかれないことを願った。

「そんなこと誰から聞いたんだ？」

　またしてもあの、笑うとどこかが痛むというような薄笑い。「悪いけれど、ぼくらみたいな地方紙でも、情報源は守る必要があってね」

　銀行の支店長か？　それともヴィルムセンか？　それとも銀行の別の誰かか？　そいつが金の行方を追ったのか？

「ノーコメント」わたしは言った。

　ダンは静かに笑ってそれを書きとめた。「ほんとにそんなふうに言いたいのか、ロイ？」

「そんなふうにとは？」

「ノーコメント。そんなのは都会の大物政治家かセレブの言い草だ。問題が発覚したときの。かえっておかしな印象をあたえるんじゃないかな」

「その印象を作りあげるのはむしろあんただとおれは思ってるよ」

　なおもにやにやしながらダンは首を振った。細くて硬いさらさらの髪を。「ぼくは人々が言うことを書くだけだよ、ロイ」

「なら書けよ、この会話を書け。そっくりそのまま。ノーコメントというコメントについての、あんたの虫のいいアドバイスもふくめて」

「インタビューは編集せざるをえないんだ。重要な点に焦点を絞るために」

「で、あんたがその重要な点を決めるんだよな。てことはあんたが印象を作りあげるってことだ」

ダンは溜息をついた。「突っぱねるようなその態度からすると、きみとカールがそのリスクの高いプロジェクトに加わったことは、世間に知られたくないわけだね」

「カールに訊いてくれ」とわたしは言い、コーヒーメーカーのカバーを閉めて〝オン〟のスイッチを押した。「コーヒーは？」

「ああ、いただくよ。じゃあきみは、カールがアメリカ証券取引委員会から市場操作の疑いで調査を受けたあと事業をカナダに移したという事実にも、コメントは控えるわけだ」

「あんたが奥さんの元ボーイフレンドについて記事を書いてることについてなら」とわたしはダンにコーヒーの紙コップを渡しながら言った。「おれはコメントするぞ。聞きたいか？」

クラーネはまた溜息をつくと、メモ帳を上着のポケットに戻して、コーヒーをひとくち飲んだ。「自分たちとなんらかのつながりのある人物について記事を書けないとすれば、こんな小さな村の地方紙は記事なんか一本も書けなくなる」

「それはわかるが、あんたはその記事の最後に自分についての情報を入れるんだよな？　これを書いたのはカール・オプガルの後釜にすわった男だと」

マラソンランナーの目がついにぎらりと光った。長期戦略がプレッシャーにさらされて、最終目標のためにならないような言動を取りそうになっているのだ。

〝それもカールの兄のロイが後釜にすわるのを断わったあとで〟

そこまではわたしもさすがに言わなかった。言ったらダン・クラーネがどんなふうにリズムを狂わすか、想像はしてみたが。

「時間を割いてくれてありがとう」ダンはそう言いながら防水ジャケットのファスナーを引きあげた。

「どういたしまして。二十クローネです」

ダンはコーヒーの紙コップから顔をあげた。わたしは彼の薄笑いを真似してみた。

《オス日報》は、海のむこうで成功した地元出身の若者カール・アベル・オプガルについての記事を、ダンの金融ジャーナリストのひとりによる署名付きで掲載した。

ダンと話をしたあと、帰宅したわたしは農場の裏手に登って、見つけていたいくつかの巣を点検してまわり、納屋で古いサンドバッグを三十分たたいた。それから二階の新しい浴室へ行ってシャワーを浴びた。そこに立って髪を泡に包まれたまま、浴室と断熱工事ばかりか新しい窓の費用までまかなえるほどの金のことを考えた。それから顔をあげ、温かい水流を浴びてその日一日を洗い流した。新たな一日が待っていた。わたしは自分のリズムを見つけていた。目標があり、戦略もあった。わたしは市議会議長など目指していたわけではなく、自分のガソリンスタンドが欲しいだけだった。それなのにマラソンランナーに変貌しつつあった。

そのあとカールが電話をよこし、帰郷すると言ってきた。

第五部

40

途方もないスピードで、獣は奈落へと突進していく。金属、クローム、革、プラスチック、ガラス、ゴム、におい、味、永遠に残るだろうと思っていた記憶、失うはずがないと思っていた愛おしい人々、それらすべてがひとつの黒い塊となって遠ざかっていく。それを最初に動かしたのはわたしだ。この物語のできごとの連鎖を始動させたのは。だが、ある時点で——時と場所を正確に言うのは難しいが——物語そのものが決定をくだしはじめる。重力が運転席に移動し、獣はどんどん加速して自律的になり、いまではわたしが考えを変えたところで結果にはなんの影響もおよぼさない。その途方もないスピードには。

こんなことはすべて起きなければよかったと思っているか？　あたりまえだ。

それでもやはりわたしは、三月のオッターティン山の雪崩を見ると魅了されてしまう。その雪がブダル湖の氷に激突する光景には。七月の山火事を見て、古いGMCの消防車がそこまで登れないのを知ると、つい興奮してしまう。秋の最初の本格的な嵐が下の村を襲うのを見て、今年もひとつは納屋の屋根がはがされるだろうと思うと、やはりわくわくしてしまう。巨大な鋸さながらに嵐が畑を横切って納屋の側面に吹きつけ、それをばらばらにするのが見られるだろうと思うと。そしてまさにそのとおりになると、次に考えるのは、その鋸が襲ってきたとき誰かが畑に立っていたらどうなるかということだ。もちろんそんなことは望んでいないが、しかしその考えを完全に放逐することもできない。さぞや見物《みもの》だろうと思ってしまう。いや、それを願っているわけではないから、自分がこんなできごとの連鎖を引き起こそうとしているのだと知っていたら、わたしはきっとちがうやりかたをしていたはずだ。だが、知らなかったのだから、もう一度チャンスをあたえられても新たな情報がなければ、ちがうやりかたをしたとは言い切れない。

それにたとえ、わたしの意志が突風を操って納屋の屋根をはがしたのだとしても、そのあとに起こることはわたしの手に負えない。屋根は鋭いトタン板の車輪となってその畑にぽつんと立っている人物のほうへ転がっていき、わたしにできるのは、恐怖とないまぜになった好奇心とともに事態を見守ることだけだ——これも自分が望んでいたことの一部なんだと悔やみつつ。だが、次に訪れる考えには覚悟ができていないかもしれない。自分がその畑にいる人物ならよかったのにという慚愧《ざんき》の念には。

41

わたしは人事部長のピア・シセと、二年間スールランデで働いたら自由にオスの店長職に復帰できるという雇用契約書を交わした。

そのガソリンスタンドはスールランデのクリスチャンサンにあり、欧州自動車道をはさんでむかい側には動物園とアミューズメント・パークがあった。当然、オスのものよりはるかに大規模で、従業員数もポンプ数も多く、店舗も大型で品揃えも豊富、売上も大きかった。けれども最大のちがいは従業員の質だった。前任の店長が従業員を無能な給料泥棒のようにあつかったため、そこにいたのは必要最低限のことかそれ以下のことしかしない、やる気がなくて愚痴の多い反抗的な人々だった。

「ガソリンスタンドというのはそれぞれ異なっています」本社の営業部長グース・ミーレはわたしたちへのレクチャーで毎年そう述べた。「看板も同じ、ガソリンも同じ、物流も同じですが、しかし最終的にはわが社のスタンドがあつかうのは、車《ビーレル》でもガソリン《ベンシーン》でもパン《ボッレル》でもなく、人なのです。カウンターの中に立つ人と、前に立つ人、その両者の出会いなのです」

　ミーレはその台詞を、披露するのは年々飽きてきたけれど、それでもやはりこれは自分のヒット曲なのだという調子で歌った。自作にちがいない〝ビーレル、ベンシーン、ボッレル〟という過剰なまでにふざけた頭韻から、これまた――時とともに――過剰なまでに押しつけがましくなる〝人〟の生真面目さまで、彼のメッセージは毎回わたしにオールトゥンでのあの信仰復興集会を思い起こさせた。なぜならミーレの仕事も説教師の仕事と同じく、誰もが心の底ではたんなるナンセンスだと知っていること、それでも真実だと信じたがっていることを、聴衆に信じこませることだったからだ。信じれば生は――そして説教師の場合ならば、死は――はるかに対処しやすいものになる。自分は特別な存在であり、あらゆる出会いもそれゆえ特別なものだと心から信じてしまえば、自分をだましてある種の無垢を、永遠の清らかさを信じるようになり、客の顔に唾を吐きかけたり退屈でゲロを吐いたりしなくなるのかもしれない。

　だが、わたしは自分を特別だとは思わなかったし、そのガソリンスタンドも――いま述べたようなちがいはあっても――特別ではなかった。このガソリンスタンド・チェーンは厳格なフランチャイズ方式を採用しているため、国のどこかの小さな営業所から別の場所にあるもっと大きな営業所に移ることも簡単にできるのだ。同じベッドのシーツを交換するようなものだ。着任してから二日で、わたしはこの営業所がオスの営業所と技術的に異なる箇所を学び、四日で従業員全員と話をして各人がどんな抱負を持っているか、どこを改革すればこの営業所がもっと働きやすい職場になり、客に喜ばれるガソリンスタンドになると思うか、それぞれの考えを聞いた。そして三週間でそれらの改革の九割を導入した。

　それから保安担当者に一通の封筒を渡し、八週間後の従業員会議で改革の結果を検討するときまで開封しないようにと念を押した。会議は地元のカフェを借り切って行なった。わたしは一同に挨拶をすると、あとは従業員らに任せ、ひとりが売上と利益の数字を、別のひとりが病欠数の集計を示した。三人目は、簡単な顧客満足調査の結果と、もっと非公式な、職場の雰囲気評価を発表した。そのあと一同は大いに議論したすえ、自分たちが提案した改革の八割を多数決で取り下げた。わたしはそれを黙って見ていた。それから、どの改革をみんなが有効だったと考え、どれを継続することにしたかをまとめると、では食べて飲もうじゃないか、バーはあいている、と宣言した。すると従業員のなかから本物のひねくれ親爺が手をあげて、あんたの担当はバーだけか、と皮肉を言った。

「いえ。わたしの担当は、皆さんにこの八週間、皆さん自身のボスになってもらうことでした。ロッテ、改革を導入する前に渡した封筒を開封してくれないか」

ロッテは封筒をあけて、わたしが成功するだろうと考えた改革と、しないだろうと考えた改革のリストを読みあげた。わたしの事前予測が彼ら自身がたったいま存廃を決定したものと、ふたつを除いて一致していることが明らかになるにつれ、ざわめきが広がった。

「ここで大事なのは、皆さんにわたしはなんでも知ってる男だと思ってもらうことじゃありません」とわたしは言った。「ほら、わたしはふたつまちがえてます。コーヒー・カードはうまくいくと思ったし、前日のパンを五個で一個分の値段で販売するのはうまくいかないと思った。でも、ほかの十二個は正しかったから、わたしはガソリンスタンドの経営に関して多少はものを知ってるのかもしれない。でしょう？」

何人かが同意してうなずくのが見えた。南部ではうなずきかたも少しちがう。もっとゆっくりだ。うなずきが広がるにつれて低いざわめきが起こった。最後にはひねくれ親爺もうなずいていた。

「われわれはいま、県内ガソリンスタンド・ランキングの下から二番目です」とわたしは言った。「わたしは本社と話をして、ひとつ約束を取りつけました。次回のランキングで十位以内にはいったら、全員をデンマーク・フェリーで旅行に招待する。五位以内にはいったら、ロンドン旅行に。一位になったら予算は出すから、賞品は自分たちで決めていい、そういう約束です」

一同はぽかんとわたしを見つめた。それから歓声があがった。

「今夜は……」とわたしが声を張りあげると、騒ぎはたちまち鎮まった。「今夜はまだ、われわれは県内のビリから二番目ですから、バーがあいているのは一時間だけです。そのあとはみんな家に帰って、あしたのためにに英気を養ってください。われわれはあさってからじゃなく、あしたからそのランキングを登りはじめるんですから」

わたしは市街から橋を東へ渡ったところにあるスームという静かな住宅街に居を定めた。広々とした三部屋のアパートを借りて、ふた部屋分しかない家具をそこに置いた。そして、いまごろはカールが父親に陵辱されていたという噂が野火のようにオスに広がっているることだろうと想像した。それを耳にしていないのはカールとわたしだけだろうと。十五年待ったとはいえ、グレーテはカールに打ち明けられたことをみんなに話そうと決めたとき、真っ先にわたしに話にきたわけだから、いまごろは自分のヘアサロンで毎日しゃべりまくっているだろう。カールは自身はそれに気づいてもうまく対処できるだろうし、気づかないまま終わるのであれば、それはそれでいい。いずれにしろ誰よりも責任と恥辱を感じているのはわたしだった。わたしはそれに耐えられなかった。腰抜けだった。だが、それがオスを離れた最大の理由ではなかった。最大の理由はシャノンだった。

寝ても覚めても、わたしはシャノンの夢を見た。食事をしているときも、職場へ車を走らせているときも、接客しているときも、運動しているときも、洗濯をしているときも、便器に腰かけているときも、マスターベーションをしているときも、オーディオブックを聴いているときも、テレビを見ているときも、つねにシャノンのことを夢想していた。

あの眠たげで官能的な目、ほかの人の両目を合わせたよりも多くの感情を、多くの温かさと冷たさを表現するあの片目のことを。あるいはリタの声のように低いけれど、それでいてまったく異なる柔らかい声、温かいベッドに横になるようにそれに包まれたくなるあの声のことを。シャノンとキスをすることを。ファックすることを。彼女を洗ってやること、抱きしめてやること、解放してやることを。日に輝く赤毛のこと、ぴんと伸びた背筋のこと、それとわからないほどかすかな肉食獣のうなりが自信とともに聞こえてくる笑いのことを。

わたしは自分にこう言い聞かせようとした。これもマリのときと同じ物語、弟のガールフレンドに恋をしてしまうという物語だ。なんらかの病気か、脳の接続不良だ。手に入れられないもの、手に入れてはいけないものを追い求めて頭がおかしくなっているにすぎない。たとえなんらかの奇跡で彼女のほうもわたしを求めたとしても、マリのときの繰りかえしにしかならない。山の上にかかった虹が、車を運転していると見えなくなるように、この愛もいずれ消えていくはずだ。それはこの愛が幻だからではなく、虹というのは外側から一定の角度で一定の距離を置いて見なければ見えないものだからだ。それにもし、こちらが山の上に到達してもまだそこに虹があったとしても、その虹の端からおとぎ話のように金貨の壺が見つかったりはしない。見つかるのは悲劇と、ぼろぼろになった人生だけだ。

わたしは自分にそう言い聞かせたが、効き目はなかった。まるでマラリアにかかったかのようだった。そして、二度目にジャングル熱にかかると重症化するという話は本当かもしれないと思った。汗を流して追い出そうとしても、かならずぶりかえした。眠って忘れようとしても、動物園から聞こえてくる悲鳴で目が覚めた。動物園は十キロ近く離れていたのだから、そんなはずはなかったのだが。

わたしは出かけてみた。クリスチャンサンのパブを人に薦められたが、結局カウンターにぽつねんと座っていただけだった。人と知り合う方法がわからなかったし、知り合いたいという気もなかった。知り合わなくてはいけないと思っていただけで。なぜならわたしは寂しくならないからだ。いや、寂しくはなるのだが、とくに気にならないからだ。頭にあったのは、女なら助けになってくれるかもしれない、女ならこの熱病に対する薬になってくれるのではないか、という思いだけだった。だが、わたしのほうを一秒以上見る女はいなかった。これが〈フリット・フォール〉ならばビールを二、三杯飲んでいれば、誰かがあんたはどこの誰だと訊いてくるはずだった。けれどもここの女たちはその一秒のあいだに、こいつは都会の一夜を求めてやってきたどこかの田舎者だ、気にかける値打ちはない、と見抜いたようだった。ことによると、グラスを持ちあげるさいのわたしの中指が曲がらないのに気づいたのかもしれない。だからわたしはその〝ペールラガー〟の——水みたいに薄いアメリカのビール〈ミラー〉の——残りを飲みほすと、バスに乗って家に帰り、ベッドに横になって猿やキリンの叫び声を聞いていた。

父の虐待についてグレーテが誰にもしゃべっていなかったことが判明したのは、ユーリエが店の棚卸しのことでいくつか専門的質問をするために電話をかけてきたときだった。わたしはそれらを説明したあと、ユーリエに最新のゴシップを教えてくれと頼んだ。ユーリエはそれを教えてくれたものの、少し驚いたようだった。これまでわたしはその手のことになんの関心も示さなかったからだ。それがどうでもいいゴシップだとわかると、わたしはうちの家族に関するもの、父とカールに関するものはないかと単刀直入に尋ねた。

「ないよ。なんでそんなもんがあるわけ？」その口調からすると、本当になんの話かわからないようだった。

「棚卸しのことでほかにわからないことがあったら、また電話してくれ」

そう言って電話を切った。

わたしは頭を掻いた。

グレーテがカールと父の噂を広めなかったのはさほど不思議ではないのかもしれない。グレーテは十五年間ずっと口を閉ざしてきた。なぜかといえば、グレーテはいろいろ狂っているが、何よりもまず恋に狂っているからだ。わたしと同じように。だからカールを傷つけたくないと思い、口を閉ざしつづけるつもりなのかもしれない。しかし、だとしたらグレーテはなぜわたしに自分の知っていることをしゃべったのか？　あのときグレーテはわたしがどうやってカールを救ったのか訊いてきた――〝あんた何をしたの、ロイ？〟と。あれは脅しだったのだろうか？　父と母がフーケンに転落したのは誰のせいかわかったと、わたしに伝えようとしたのだろうか？　カールに対する自分の計画を邪魔するようなまねは一切させないと。

だとしたら、それは考えるだけでもぞっとするようないかれた話だ。

が、少なくともそれは、わたしがオスから離れている理由がひとつ減ったということではあった。

わたしはクリスマスに帰省しなかった。

イースターにも。

カールは絶えず電話してきて、ホテルに関する最新情報を知らせてよこした。

冬の訪れが予想よりも早かったために雪が長いあい

だ残っていて、建設は予定より遅れている。それに、議会が材木をもっと多くして、むきだしのコンクリート部分を減らしてほしいと要求してきたため、図面にも若干の修正を加えなければならないと。

「シャノンは怒りまくってる。わかってないんだよ、議会に望みどおり木造の壁をあたえてやらなかったら、ぼくらは開発局から許可をもらえないってことがさ。シャノンは木造じゃ強度が足りないと反論したけど、もちろんそれはでたらめだ。気にかけてるのは建物の美しさだけ、自分のサインをそこに入れられるかどうかだけなんだ。でもまあ、建築家相手のこの手の議論は毎度のことさ」

そうかもしれないが、カールの声からは、その口論が建築家相手の通常のものよりもう少し激しいものだったことがうかがえた。

「シャノンは――」わたしは咳払いをして質問を中断した。〝元気か？〟と自然な口調で最後まで言うのは不可能だと気づいたのだ。少なくともカールの耳には不自然に聞こえるはずだと。だが、〈フリット・フォール〉での着工パーティの最中にわたしがあの愚かな愛の告白をしたことを、シャノンがカールに話していないことだけはわかった。話していれば、カールの声の調子にわたしはそれを聞き取っていたはずだ。それがスイングドアのように反対側にも振れるのを。だがいまのところ、カールがバドワイザーを何本か飲んでいることしかわからなかった。

「シャノンはもう落ちついてるか？」

「ああ、そりゃもう」とカールは言った。「自分の知ってるものと大きくちがうものに順応するには時間がかかるんだよ。たとえば、兄貴がいなくなったあとしばらく、あいつはひどく口数が少なくなって、むっつりしてた。もちろん子供が欲しいわけだけど、それはそう簡単じゃない。あいつには問題があるからね、試験管しか道はないように思える」

胃のあたりがきゅっと引き締まるのがわかった。

「それもいいんだけど、いまはちょっといそがしすぎる。そうそう、それにあいつは、夏にトロントへ行っていくつかのプロジェクトを仕上げてくることになってるんだ」

いま調子はずれな音が聞こえなかっただろうか？それともたんなる気のせいだろうか？　わたしが聞きたかっただけなのだろうか？　もはや自分の判断力さ

え信頼できなくなっていた。

「そしたら兄貴は休暇を取ってこっちへ来なよ」とカールは言った。「ふたりで家を独占できる。どう？　パーティタイムだ。むかしみたいにさ！　いいだろ！」

カールのその懐かしいはしゃぎぶりにはいまだに伝染性があり、わたしはもう少しで、行く、と答えるところだった。

「どうかな。夏はピークシーズンみたいなもんで、行楽客が南部にどっと押しよせてくるんだ」

「いいじゃないか。兄貴にも休暇が必要だよ。そっちへ行ってから一日でも休んだ？」

「ああ、休んださ」と数えながらわたしは答えた。

「シャノンはいつ出発するんだ？」

「シャノン？　六月の最初の週だよ」

わたしは六月の二週目に帰省した。

42

奇妙なことが起きたのは、バーネハウゲンを越えてオス市の標識を通過し、水車池のように穏やかなブダル湖が目の前に現われたときだった。喉が詰まり目の前がにじみはじめたので、わたしは激しく目をしばたたいた。まるで退屈のあまりテレビでお涙ちょうだいの三流映画をぼんやり見ていたら、突然――すっかり油断していたので――涙が込みあげてきたときのようだった。

わたしは四日間の休暇を取っていた。

四日間、カールとわたしは農場でのんびりと夏をながめて過ごした。決して沈みそうにない太陽を見ながら、〝冬の園〟でビールを次から次へとあけ、むかしのことを話した。学校のこと、友達のこと、パーティのこと、オールトゥンやオースのキャビンでのダンスパーティのこと。カールはアメリカのことやトロントのことも話した。過熱する不動産市場に流れこむ資金のこと。結局手に負えなかったプロジェクトのこと。

「何が悔しいって、あれはうまくいったかもしれないんだ」カールはそう言いながら、窓台にならぶ空瓶の列に新たな瓶を加えた。カールの列はわたしの三倍も長かった。「タイミングの問題にすぎなかったんだよ。あと三カ月あのプロジェクトを生かしておけたら、ぼくらはいまごろどえらい金持ちになってた」

それが完全にだめになると、ほかのふたりのパートナーがカールを訴えると脅したのだという。

「すってんてんになってないのはぼくだけだったから、むこうはぼくから少しばかり金をゆすり取れると思ったんだ」カールはそう言って笑うと、もう一本ビールをあけた。

「おまえ、やるべき仕事が山ほどあるんじゃないのか？」わたしは訊いた。

わたしたちは建設現場を訪れて、ひととおり見てまわっていた。作業は始まっていたものの、本格的に始動しているようには見えなかった。重機はたくさんあるのに、人がそれほどいないのだ。はっきり言えば、九カ月前に着工したときから見た目はあまり変わっていなかった。まだ地下の工事をやっているところだし、道路や上下水道の整備というのは時間がかかるんだ。カールはそう言い訳した。実際の建物に取りかかれば、作業は一気に加速すると。

「実を言えば、ホテルはぼくらがこうしているあいだも、どこか別の場所で造られてるんだよ。モジュール工法とかエレメント工法と言ってさ。ホテルの半分以上が、すでにできあがった大きな箱の形で届いて、それを現場で組み立てるわけだよ」

「基礎の上に？」

カールは曖昧にうなずいた。「ある意味ではね」人がそういう言いかたをするときは、複雑で説明が難しいので詳細を省きたいときか、自分でもよくわからないという事実を隠したいときだ。カールは作業中の男たちと話をしにいってしまい、わたしのほうはヒースの中を歩きまわって新しい鳥の巣を探した。ひとつも見つからなかった。鳥たちは騒音と車輛の往来におびえて移動したのかもしれないが、そう遠くない場所で卵を温めているはずだった。

カールが戻ってきて、額の汗を拭った。「潜りにいかないか？」

わたしは笑った。

「なんだよ」カールはいらだった。

「あの装備はもう古すぎる、自殺するようなもんだ」

「じゃ、泳ぐのは？」

「いいだろう」

だがもちろん、わたしたちはこの〝冬の園〟にまた戻ってきただけだった。五本目か六本目のビールのあいだに、カールは突然こう訊いてきた。「エイベルがどんなふうに死んだか知ってる？」

「兄のカインに殺されたんだ」聖書に出てくるアベルのことだと思って、わたしはそう答えた。

「ぼくが言ってるのは、ぼくの名前の由来になったエイベルのことだよ。アメリカの国務長官だったエイベル・パーカー・アプシャー。彼はポトマック川で軍艦プリンストン号の視察してたときに死んだんだ。大砲の威力を示す実演が行なわれたとき、その大砲が破裂して、ほかの五人とともにね。一八四四年のことだから、エイベルは自分の人生最大の功績である、翌年のテキサス併合が実現するところは結局見られなかったんだ。どう思う？」

わたしは肩をすくめた。「気の毒？」

カールはけらけらと笑った。「少なくともそのコメントは兄貴のミドルネームにふさわしいな。知ってる？　カルヴィン・クーリッジの隣に座ってた女の人がさ……」

わたしは半分しか聞いていなかった。その逸話ならもちろん知っていたからだ。父はその話をするのが大好きだった。晩餐会でクーリッジの隣に座っていた女性が、寡黙で知られるその大統領から三語以上の言葉を引き出してみせるという賭けをした。食事が終わるころ、大統領はその女性のほうを向いてこう言った。

「あなたの負けだ《ユー・ルーズ》」

「ぼくらはどっちが父さん似で、どっちが母さん似かな？」カールは言った。

「わかりきってるだろ」とわたしは義務的にバドワイザーに口をつけた。「おまえが母さんで、おれが父さんだ」

「ぼくは父さんみたいに酒を飲む。兄貴が母さんだよ」カールは言った。

「合致しないのはそこだけだ」

「じゃ、兄貴が変態なわけ？」

わたしは答えなかった。どう答えていいかわからなかった。虐待が行なわれていたときでさえ、わたしたちはそれを話題にしたことはなかった。直截には。わたしはカールが父親から殴られただけだというように、カールを慰めていたにすぎない。問題の核心に触れるようなことはいっさい言わずに報復を約束した。もっと率直に話していたら、言葉を解放していたら、ちがう結果になっていただろうか。それを耳に聞こえるものに、現実のものにしていたら、わたしたちの頭の中で起きていることではないもの、ただの妄想だと撥《は》ねつけられてしまわないものにしていたら、ものごとは変わっていただろうか。わたしは何度もそう自問してきた。だが、答えなど出るはずもない。

「いまでもあのことを考えるか？」わたしは訊いた。

「考えるとも言えるし、考えないとも言える。それについて読むほうがつらいな」

「読むほう？」

「虐待のほかの被害者たちのことをさ。でも、書かれたり話題にされたりするのは、たいていものすごく傷つけられた人たちだ。ぼくみたいなのはそういう人たちの陰に、たぶんごまんといるんだろう。文脈の問題だな」

「文脈？」

「性的虐待が有害なのは、もっぱらそれをめぐる社会的批難と恥辱のせいだ。ぼくらは虐待でトラウマを負うはずだと教えられるから、人生でうまくいかないことは何でもそのせいにする。たとえばユダヤ人の男の子は割礼を受けるよね。それは一種の性器切除であり、虐待だ。もてあそばれるよりはるかにひどい。でも、その子たちが割礼から精神面に悪影響を受けてることをうかがわせる証拠はあまりない。なぜかと言うと、割礼が行なわれる文脈が、これはかまわないんだ、我慢しなくちゃならないものなんだ、文化の一部なんだと、そう言ってるからだ。もしかすると最悪の影響を受けるのは、虐待が行なわれたときじゃなくて、本人がそれは限度を越えてると気づいたときなのかもしれない」

　わたしはカールを見た。本気で言ってるのか？　これがカールなりの理屈付けなのか？　そうやって乗りこえようとしてるのか？　だとしたら、かまわないじゃないか。夜を乗りこえられるなら《ホワットエヴァー・ゲッツ・ユー・スルー・ザ・ナイト》、なんだって《イッツ・オール》いい《ライト》。

「シャノンはどこまで知ってるんだ？」

「全部知ってる」カールは瓶を唇にあてると、首をのけぞらせるのではなく瓶を上向きに立てた。トクトクという音。笑っているというより、泣いているような。「シャノンはおれたちがクルトにフーケンの底を調べられる前に隠蔽工作をしたのは知ってるけど、親父とお袋が死んだときにおれがキャデラックのブレーキとステアリングに細工をしたのも知ってるのか？」

カールは首を振った。「あいつに教えたのはぼくに関することだけだ」

「何もかもか？」とわたしは訊き、窓の外に目をやった。低い夕陽がまぶしかったが、カールが怪訝そうにこちらを見ているのは目の隅でわかった。

「去年の着工パーティのときにグレーテがおれのところへ来たんだ」とわたしは言った。「おまえとマリがオースのキャビンでまたこっそり会ってると言ってたぞ」

カールはしばらく黙りこんでいた。やがて低い声で「くそ」とつぶやいた。

「ああ」

外の静けさのなかでカラスがすばやく二度鳴くのが聞こえた。警告の叫びだ。するとその質問がやってきた。「なんでグレーテはそれを兄貴に教えたんだ？」

そう訊かれるだろうと思っていた。だからこそわたしはこれまでカールにその話をしなかったのだ。訊かれたらごまかさなくてはならない。ありのままに答えたら――グレーテはおれがシャノンをものにしたがってると思ってるんだ、などと答えたら――それがいくら突飛に聞こえようと、いくらグレーテがいかれた女なのをおたがいに知っていようと、その考えはカールの心に根づいてしまう。そうなったらもう遅い。カールはわたしの顔にそれがでかでかと書いてあるかのように、真相を見抜くはずだ。

「さっぱりわからん」とわたしは軽い口調で答えた。軽すぎたかもしれない。「グレーテはいまでもおまえが好きだ。薔薇の園を丸焼けにしたかったら、こっそり忍びこんで端っこに火をつけて、燃えひろがるのを期待して逃げるだろ。それと同じようなもんじゃないかな」

わたしは瓶を口にあて、自分の説明が少々くだくだしいのに気づいた。譬えがいささか凝りすぎで、自然なものに思えない。カールのコートにボールを打ち返す必要があった。「だけどそれはほんとなのか？　おまえとマリのことは」

「そりゃそうだよね」そう言いながらカールは空になった瓶を窓台に置いた。

「何が？」

「兄貴にはさっぱりわからないってことが。わかってたら、とっくにぼくに話してたでしょ。警告してたでしょ。とにかくその話をぼくに突きつけてたはずだ」

「もちろん本気にしちゃいなかったさ。グレーテはだいぶ飲んでたから、いつもよりもっといかれてた。おれはそんなことがあったのも忘れてた」

「じゃ、なんでいまごろ思い出したのさ」

わたしはわからないというように肩をすくめた。それから納屋のほうへ頭を振ってみせた。「塗りなおしが必要だな。ホテルの塗装業者に見積もりを頼めるんじゃないか？」

「ああ」とカールは言った。

「じゃ、折半にするか？」

「いまのは兄貴のもうひとつの質問への答えだよ」

わたしはカールを見た。

「ぼくとマリのことさ。また会ってる」とカールは言い、げっぷをした。

「おれの知ったことじゃない」わたしはもうひとくちビールを飲んだが、それはすでに気が抜けていた。

「言い出しっぺはマリだ。帰国パーティのときに訊かれたんだよ、ふたりきりで話をして、おたがいの誤解を取りのぞけないかって。だけど、いまはみんなの目がぼくらに集まってるから、どこか人目につかないところで会うのがいちばんだ、そうすれば無用な噂が立つのを避けられる。そう言って、キャビンはどうかと提案してきた。おたがいに自分の車で行って、別々の場所に駐めといて、ぼくがマリのしばらくあとに到着するんだ。なかなか賢いだろ？」

「賢いな」

「マリがそれを思いついたのは、グレーテから、リタ・ヴィルムセンが前にキャビンで若いツバメと会うときに同じやりかたをしてたと聞いたからなんだ」

「ほんとかよ。情報通だな、あのグレーテ・スミットは」自分の声が乾いているのがわかった。わたしはカールに、オールトゥンで酔っぱらったときグレーテに父のことを話したのを憶えているかどうかは訊かなかった。

「どうかしたの、兄貴？」

「いや。なんで？」

「顔色が悪いからさ」

わたしは肩をすくめた。「教えられないんだ。おまえの魂にかけて誓ったんで」

「ぼくの魂に？」

「ああ」

「そんなもの、とうのむかしになくしてる。教えてくれよ」

わたしはまた肩をすくめた。あのとき自分は永遠に秘密を守ると誓ったのか――まだ十代だったのに――それとも一定期間だけ守ると言ったのか、思い出せなかった。「リタ・ヴィルムセンのその若いツバメってのは、おれだったんだ」

「兄貴だった？」カールは目を丸くしてまじまじとわたしを見た。「冗談だろ」そう言うと膝をたたいて笑い、自分の瓶をわたしの瓶にカチンと打ちつけた。

「話してくれよ」

わたしは話した。あらましだけは。カールはときどき笑い、ときどき真剣になった。

「で、この秘密を兄貴は十代のころからずっとぼくに隠してたわけ？」わたしが話しおえると、カールはそう言いながら首を左右に振った。

「そういうことはうちの家族のあいだでもあっただろ」とわたしは言った。「さて、こんどはおまえがマリとのことを話す番だ」

カールは話した。その最初の再会で、ふたりはさっそくベッドに潜りこんだと。「だって、ぼくを誘惑することにかけちゃ、マリは経験豊富だからさ。ぼくの好きなことを知ってるんだ」どこか憂わしげな笑みを浮かべてそう言った。

「じゃ、自分にはどうしようもなかったと思ってるわけだ」意図した以上に批難口調になっているのがわかった。

「そりゃまあぼくも悪いけどさ、マリの狙いは明らかにそれだったんだ」

「おまえを誘惑することか？」

「自分こそがぼくの本命だってことを、自分にもぼくにも証明してみせることさ。ぼくがすべてを危険にさらすのもいとわないことを。シャノンやシャノンみたいな女は、これまでもこれからもマリ・オースの代役でしかないことを」

「すべてを裏切るだ」わたしは嗅ぎ煙草を取り出しながら言った。

「え？」

「おまえはいま、すべてを危険にさらすと言った」こんどはもう批難の口調を隠そうとする気にもならなかった。

「なんでもいいけど。とにかくぼくらは会いつづけた」

わたしはうなずいた。「おまえが会合だと言って出かけて、シャノンとおれが家で待ってた晩はすべて」

「ああ。ぼくは節操のないやつだ」

「ヴィルムセンのところへ行ったと言ったくせに、エリク・ネレルとかみさんが夕方の散歩をしてるのを見かけたときもか？」

「ああ、あのときはもう少しでばれるところだった。ぼくはもちろんキャビンから帰ってくるところだった。もしかしたら自分でも、ばれてほしかったんじゃないかな。つねに罪悪感を抱えて歩きまわるのは楽じゃない」

「だけど、どうにかばれずにすんだ」わたしは言った。

カールは棘のある口調に気づき、首をうなだれた。

「何度か会ったあと、マリは目的を達成したと思ったんだろう、ぼくを捨てた。またしても。でも、それはいいんだ。あれはただの……ノスタルジアだった。それ以来ぼくらは一度も会ってない」

「村の中じゃ顔を合わせてるだろ」

「まあ、そういうことはあるよ、もちろん。でも、マリは何かに勝ったみたいに微笑んでみせるだけだ」カールはにやりと冷笑を浮かべた。「そして、ベビーカーに乗せた双子をシャノンに見せるんだけど、そのベビーカーはもちろんあのブン屋が押してる。あいつは苦力《クーリー》みたいにマリのあとをついてまわってる。きっと何か勘づいてるはずだ。くそ真面目で気取ったツラをしちゃいるけど、その裏にはぼくを殺したがってる男が隠れてる」

「ほんとに？」

「ああ。ぼくに言わせりゃ、あいつは絶対マリに訊いたはずだし、マリはあいつにわざと疑惑の余地を残すような答えをあたえたはずだ」

「なんでそんなことをするんだ？」

「あいつに緊張感を持たせておくためさ。そういうまねをするんだよ、ああいう女たちは」

「ああいう女たちって？」

「わかるだろ。マリ・オースやリタ・ヴィルムセンみたいな女だよ。ああいうのは女王様症候群にかかってる。それで苦しむのはぼくら雄蜂のほうだ。女王はもちろん自分の肉欲を満たしたいけど、何より大切なのは自分が臣下から愛され崇拝されることだ。だから陰謀をめぐらせちゃ、ぼくらを人形みたいに操るんだ。まったくうんざりするよ」

「それはちょっとおおげさじゃないか?」

「おおげさじゃない!」カールはビール瓶を窓台にどんと置き、衝撃で空瓶が二本、床に転げ落ちた。「血縁関係のない男女のあいだに本物の愛なんか存在しないんだよ、兄貴。血が必要なんだ。同じ血が。本物の無私の愛が存在する場は家族しかない。兄弟姉妹のあいだや親子のあいだだけだ。それ以外は……」カールはおおげさに手を振ってまた瓶を倒したので、わたしはカールが酔っているのに気づいた。「どうでもいい。ジャングルの掟だ。人はみんな自分がかわいいんだから」カールは鼻声になっていた。「兄貴とぼくにはさ、ぼくらしかいないんだよ。ほかには誰もいないんだ」

だとしたらシャノンはどうなるんだ。わたしはそう思ったが、口には出さなかった。

二日後、わたしは南部に戻った。

市の標識を通過したさいにルームミラーに目をやると、そこにはオスではなくオズと書いてあるように見えた。

43

八月に一通のテキストメッセージが届いた。それがシャノンからだとわかると、わたしの胸はときめいた。

それから数日間何度も読みかえして、ついにそれが意味するものを解読した。

シャノンはわたしに会いたがっているのだ。

〝ロイ、お久しぶりですね。九月三日にノートオッデンで依頼人になるかもしれない人と会うことになっています。どこかいいホテルを知りませんか？　ハグを。シャノン〟

最初に読んだときは、わたしがよくノートオッデンのホテルでウンニと会っていたのを知っているという意味だろうと思った。だが、その話をシャノンにしたことはなかったし、カールに話した記憶もなかった。なぜカールに黙っていたのか、それはわからない。人妻と不倫をしているのが後ろめたかったからではない。わたしの中の寡黙なカルヴィンが口を閉ざしていたわけでもない。最近までカールはわたしのことをいちばんよく知っていた。ことによると、どこかの時点でわたしが悟ったからかもしれない。カールもわたしにすべてを話してはいないと。

シャノンはわたしならオスの近傍でいい宿泊先を知っているだろうと考えただけなのだ、わたしはそう思った。そしてそのテキストメッセージを――もちろんもう暗記していたのに――改めてじっくり読んだ。三つのごく日常的な文からなるテキストを深読みしてはならない。そう自分に言い聞かせつつ。

それなのに。

なぜ一年ぶりに連絡してきてノートオッデンのホテルのことをわたしに訊くのか？　実際は選ぶべきホテルなどせいぜい二、三軒しかないし、〈トリップアドバイザー〉のほうが当然わたしなどより正確で最新の情報を持っている。メッセージが届いた翌日にネットで調べたので、それはまちがいない。それに、なぜノートオッデンへ行く日をわたしに伝えたのか？　仕事上の客と会うこともそうだ。それもシャノンがひとりで来ることをわたしに伝えている。そして最後にいちばん重要なこと——二時間のドライブで家に帰れるというのに、なぜノートオッデンに泊まるのか？

まあ、シャノンは真っ暗なあの道を車で走るのは気が進まないのかもしれない。客と一緒に夕食を食べるのかもしれないし、ワインを一杯飲めるようにしたいのかもしれない。あるいは農場暮らしの気分転換として、ホテルに泊まるのを楽しみにしているだけなのかもしれない。ことによるとカールとしばらく離れたいのかもしれない。それこそが、この少々手のこんだメッセージでわたしに伝えようとしたことなのかもしれない。

いや、いや！　これはたんなる普通のテキストメッセージだ。義兄が「きみを愛している」などと告白してすべてをぶち壊しにしたあと、その義兄との正常なコミュニケーションを再開しようとするいささか頼りない努力にすぎない。

わたしはメッセージを受け取った晩にこう返信した。

〝やあ——そうだね、久しぶり。〈ブラットレイン〉はなかなかいいよ。眺めがすばらしい。ハグを。ロイ〟

もちろん一字一句、慎重に考えてあった。〝元気？〟といった疑問符付きの文や、やりとりの継続を望んでいるように見えるものは、送ってはならなかった。シャノン自身のメッセージのこだま、それ以上でも以下でもないもの——それでなくてはならなかった。

一時間後に返信が来た。

〝情報ありがとう。大きなハグを〟

そこに深読みできるものは何もなかったし、どのみちシャノンにできるのは、わたしの抑制された短い返信に合わせることだけだった。だからわたしはまた彼女の最初のメッセージに戻るしかなかった。これはノートオッデンへの招待なのかと。

それから二日間、わたしは悶々とした。単語を数えてみたら、シャノンが最初に送信してきたのが二十四語で、わたしが返信したのが十二語、それに対してシャノンが送ってきたのが六語だった。この半減の繰りかえしは偶然だろうか？　それとも次はこっちが三語を送信して、一語半の返信が返ってくるかどうか見てみるべきかな？　はっは。

頭がおかしくなってきた。

わたしは三語でこう書いた。

〝楽しい旅を《ゴー・トゥール・ダー》〟

横になって眠ろうとしていると返信が来た。
〝ありがとう《タック》。X〟
一語半。xがキスの印だというのはもちろん知っていたが、どういうキスなのか？　翌朝ググってみた。確かなことは誰も知らなかったが、xというのは手紙の封じ目の×印の上からキスをした時代のなごりだろうと書いている人がいた。そうかと思えば、xはむかしのキリストの象徴だから、祝福のキスのような宗教的キスを意味するのではないか、と考えている人たちもいた。だが、わたしがいちばん気に入ったのは、xはふた組の唇が触れ合った様子を表わしているというものだった。

　ふた組の唇の触れ合い。

　それがシャノンの伝えようとしたものだろうか？　いやいや、まさか、そんなはずはない。

　カレンダーを見て九月三日まであと何日あるかを数えはじめ、そこでふと我に返った。

　ロッテが戸口から顔を出して、四番ポンプのディスプレイが消えたと知らせ、わたしのカレンダーが床に落ちているのはなぜかと訊いた。

　ある晩クリスチャンサンのバーで、帰ろうとして立ちあがったわたしのところへ、ひとりの女が近づいてきた。

「もう帰るの？」

「まあね」そう言ってわたしは女を見た。美人と言ったら言いすぎだっただろう。が、かつては美人だったのかもしれない。いや、美人ではないにしても、クラスで最初に男子の注目を集めた女子のひとりだったのではないか。厚かましくて、生意気で、はすっぱだったので。いわゆる〝期待させる〟タイプだ。そしてその期待に少々性急に応えすぎてきたのかもしれない。見返りに何かもらえると思い、男たちが欲しがっているものを、乞われる前からあたえてしまったのかもしれない。それからいろいろなことがあったが、そのほとんどは彼女自身が、なければよかったのにと思うようなことだったのではないか。自分に対してなされたことだけでなく、自分が自分にしたこともふくめて。

　いま、女はほろ酔い気分で相手を探していたが、心の奥では自分がまたしても失望を味わうことになるのを承知していた。だが、希望を捨ててしまったら何が残る？

だからわたしは女にビールを奢り、名前と配偶者の有無、職場と住まいの場所を教えた。それから女にも同じ質問をして、あとは勝手にしゃべらせておいた。彼女の人生を台なしにしたこれまでの男たちを片端からこきおろさせておいた。女の名前はヴィグディスといい、園芸センターに勤めていて、今日は病欠している。子供はふたり。どちらも今週はそれぞれの父親のところにいる。ひと月前に三人目の男を家から追い出したばかりだ。わたしはそれを聞いて、額の青痣はそのときにできたものだろうかと思った。ヴィグディスは言った。夜になるとそいつが家の外を車で巡回して、あたしが誰かを家に連れこむかどうか見張っている、だからあんたの家に行くのがいちばんだと。

わたしは考えてみた。だが、ヴィグディスの肌は白さが足りなかったし、体は大きすぎた。それにたとえ目をつぶっていたとしても、そのキンキン声で──それが長いあいだ沈黙していられないことはすでにわかっていた──幻想はうち砕かれるはずだった。

「せっかくだけど、あしたは仕事に行かなくちゃならないんだ。またこんど」わたしはそう言った。

ヴィグディスの口が醜くゆがんだ。「自分だって大した男じゃないくせに」

「大した男だなんて思っちゃいないよ」わたしはそう言い、グラスを干して店を出た。

通りを歩きだすと、後ろからカッカッとアスファルトをたたくヒールの音が聞こえてきた。ヴィグディスだった。わたしと腕を組むと、火をつけたばかりの煙草の煙をわたしの顔に吐きかけた。

「せめてうちまでタクシーで送ってよ。あんたと同じ方角だから」

わたしはタクシーを止め、最初の橋を渡ったあと、ルンド地区にある一軒の家の外で彼女をおろした。

歩道ぎわに駐められた車のうちの一台に人影が見えたので、タクシーがふたたび走りだしたときに車内から振り返ると、男がひとりおりてきて足早にヴィグディスのほうへ歩いていくのが見えた。

「止めて」とわたしは運転手に言った。

タクシーは減速し、ヴィグディスが路上に倒れるのが見えた。

「バックしてくれ」わたしは言った。

わたしと同じものを見ていたら、運転手はたぶんバックしてくれなかっただろう。わたしはタクシーから飛びおり、右拳に巻きつけるものを探してポケットをさぐりながら男のほうへ歩いていった。男は倒れたヴィグディスの脇に立って何やらわめいていたが、何を言っているのかは、通りの家々の目も口もない壁に反響して判然としなかった。どうせ悪態だろうと思って近づいていくと、聞こえてきたのはこんな言葉だった。「おまえを愛してるんだ！　愛してるんだ！　愛してるんだ！」

わたしはそばまで行くと、ふり返った男の泣き顔を殴りつけた。拳の皮がむけたのがわかった。くそ。もう一発、こんどはもっと柔らかい鼻を殴ると、男のものか自分のものかわからない血がほとばしった。さらにもう一発。そいつは身を守ろうともパンチを避けようともせず、ふらふらしながらわたしの前に立って懸命に足を踏んばっていた。そうすればもっと殴ってもらえる、ぜひそうしてほしいといわんばかりに。

わたしはサンドバッグを殴るのと同じ要領で、すばやく手際よく男を殴った。拳をさらに傷めるほど強くはないが、男が出血して血が顔を伝い落ちるほどには力をこめて殴っていると、男の顔が空気マットさながらに膨らんできた。

「愛してる」と男はパンチの合間に、わたしにではなくひとりごとを言うようにつぶやいた。

男の膝ががくんとゆるみ、つづいてもう一度ゆるんだので、わたしは徐々に低い位置を狙わざるをえなくなり、男はモンティ・パイソンの映画に出てくる黒騎士のようなありさまになった。両脚を切断されても降参せず、ついに地面を跳びまわる胴体だけになってしまうあの騎士だ。

最後の一発を決めようと肩を後ろに引いたとき、腕が何かに引っかかった。ヴィグディスだった。背中におおいかぶさってきたのだ。

「やめて！」あのキンキン声が耳に響いた。「やめて！　この人を殴らないでよ、馬鹿野郎！」

わたしはヴィグディスを払いのけようとしたが、彼女は手を離さなかった。そして目の前の男の腫れあがった泣き顔に異様な笑みが広がるのが見えた。

「あたしの男なんだよ！」とヴィグディスは叫んだ。「あたしの男なんだよ、馬鹿野郎！」

わたしは男を見た。男もわたしを見たので、わたしはうなずいてみせた。ふり返るとタクシーはいなくなっており、わたしはスームのほうへ歩きだした。ヴィグディスは十メートルか十五メートル、わたしにしがみついてきてから手を離した。駆けもどっていく彼女の足音と、慰めの言葉と、男の嗚咽が聞こえてきた。

わたしは眠っている街々を抜けて、東のE十八号線方面に向かって歩きつづけた。雨が降りだし、こんなときにかぎって本降りになった。靴をぐちょぐちょと鳴らしながら、全長五百メートルのヴァロドブロ橋をスーム方面へ向かって渡りはじめた。途中でふと、別の選択肢もあることに気づいた。だいいち自分はすでにずぶ濡れだと。わたしは橋の縁から緑がかった黒い川面を見おろした。三十メートルぐらいか？　だが、早くもわたしは疑問を抱きはじめていたらしい。そこから飛びこんでも、自分は脳に命じられもしないうちに生き延びてしまうだろう。生存本能が働いて、岸に泳ぎついてしまうだろう。何カ所か骨折したり臓器に損傷を受けたりするのはまちがいなさそうだが、それは命を縮めることにはならず、人生がもっと悲惨になるだけの話だ。たとえ運よく溺死できたとしても、死ぬことで得られるものが本当にあるだろうかと。というのもそこで、こんなことを思い出したからだ。先代の保安官から、人はなぜ人生が楽しくなくても生きつづけるのかと質問されたとき、わたしはこう答えた。〝死ぬほうがもっといやかもしれないからです〟と。そしてそれを思い出したらこんどは、ベルナル叔父が癌を宣告されたときに言った言葉を思い出した。〝首までクソに浸かったとき忘れちゃならんのは、つねに頭を起こしてることだ〟

わたしは笑った。狂人のようにひとりでその橋の上に立って大声で笑った。

それからふたたびスームのほうへと、足取りも軽く歩きだした。いつのまにかモンティ・パイソンのあの歌を口笛で吹いていた。エリック・アイドルが十字架にかけられた場面で歌われるあの、人生の明るい面をつねに見ようという歌を。この世のヴィグディスたちが希望を失わずに奇跡を望みつづけられるのなら、なぜわたしもそうしてはいけないのか？

九月三日午後二時、わたしはノートオッデンに到着した。

44

白みがかった高い青空。夏のなごりの温かさ。松の木々と刈りたての芝のにおい。だが、吹きつけてくる風には、温和な南部では感じることのできないぴりぴりした冷たさもある。クリスチャンサンからノートオッデンまでは三時間半のドライブだった。わたしはゆっくりと運転した。途中で何度か考えなおしたものの、最後にはこう結論した。いまやっていること以上に惨めなまねはひとつしかない。それは途中で引き返すことだ。

街の中心部に車を駐めると、通りを歩いてシャノンを探しはじめた。子供のころのわたしたちには、ノートオッデンは大きくて、よそよそしくて、どこか怖い街に見えたものだが、いまはクリスチャンサンで長らく暮らしていたせいか、不思議なほど小さく、田舎びて見えた。

わたしはキャデラックを探していたものの、シャノンが乗っているのはヴィルムセンから借りた車だろうという気がした。カフェやレストランをのぞきこみながら湖のほうへ歩いていき、映画館の前を通りすぎた。そこでついに小さなカフェにはいってブラックコーヒーを注文し、入口の見える場所に座って地元紙をめくりはじめた。

ノートオッデンにカフェやバーはそうたくさんないので、シナリオとしていちばん望ましいのは当然、わたしがシャノンを見つけるのではなく、シャノンのほうがわたしを見つけることだった。シャノンがはいってきて、わたしが顔をあげ、たがいの目が合う。するとわたしは彼女のまなざしを見て、自分が用意していた作り話など必要ないことを悟るのだ。売出中のガソリンスタンドを見にきたんだ。きみがノートオッデンに来ると言っていたのは憶えているけれど、今日だとは思わなかった。依頼人の相手で一日じゅういそがしくなければ、夕食のあと一緒に一杯やってもいいね。ほかに予定がなければ、いっそ夕食をともにしてもいいし――。

ドアがあいたのでわたしは顔をあげた。ぺちゃくちゃうるさい高校生の一団だった。しばらくするとまたドアがあいて、また高校生の一団がはいってきたので、わたしは学校が終わったのだと気づいた。三度目にドアがあいたとき、彼女の顔が見えた。記憶にある顔とは全然ちがっていた。この顔は心をひらいているように見えた。むこうはこちらを見なかったので、わたしは新聞の陰からじっくりと彼女を観察できた。彼女は連れの男の子の話をじっと聞いていた。笑いも微笑みもしなかったし、まだ警戒心のようなものが感じられて、傷つきやすい心を守ろうとしているのがわかった。だが、その少年とのあいだには、他人を近づけなければ得られない結びつきのようなものがあるのもわかった。やがて彼女の視線は店内をめぐり、わたしの視線と出くわすと、ぴたりと止まった。

ナターリエが事情を知っていたのかどうかはわからない。父親がなぜこのノートオッデンの高校に自分を転校させたのかも。なぜ自宅のキッチンであんな大怪我をしたのかも。どちらの件にもわたしが関わっていたのを彼女はおそらく知らなかったと思う。だが、知っていたとしたら？　彼女がここへやってきて腰をおろし、なぜそんなまねをしたのかとわたしを問い詰めたら、わたしはどう答えるべきか？　おれが干渉したのは、弟に同じことをしてやれなかったという忸怩たる思いからだ、か？　きみのお父さんを半殺しの目に遭わせたのは、お父さんがうちの父親の顔を貼りつけたサンドバッグだったからだ、か？　実際にはきみの家族ではなく、おれとおれの家族の問題だったんだ、か？

一瞬ののち、ナターリエの視線はまたさまよいはじめた。わたしだと気づかなかったのかもしれない。いや、気づいたはずだ、もちろん。だが——わたしが彼女の父親を殺すと脅したことは知らなかったとしても——緊急避妊薬を売ってくれた男になど、気づかないふりをしたかったのかもしれない。いまはもう、オスにいたころのあの内気でおびえた少女とは別人になるチャンスをつかんだのだから。

見ていると、ナターリエは少年が話していることに集中できないらしく、わたしから顔をそむけて窓のほうを向いた。

わたしは立ちあがって店を出た。ひとつにはナターリエをそっとしておくためであり、もうひとつには、シャノンが現われたときオスの人間に目撃されたくなかったからだ。

五時にはもう、わたしはノートオッデンじゅうのカフェとバーとレストランをのぞいてしまった。あとは〈ブラットレイン・ホテル〉のレストランだけで、そこは六時になるまであかないはずだった。

ホテルの正面玄関へ向かって駐車場を歩いていくと、一瞬、ウンニに会いに行くときにいつも感じた、胃がむずむずするような期待感を覚えた。だが、それはたんにパヴロフの犬と同じで、状況に反応して涎を垂らしただけのことだったらしく、次の瞬間にはもうその感覚は不安に取ってかわられていた。おれはいったい何をやってるんだ？　これなら川に飛びこんで自殺したほうがましだ。いま車に飛び乗れば、日没までにはあの橋に着けるぞ。そう思ったが、わたしはそのまま歩きつづけ、ホテルにはいった。ロビーはわたしが最後にそこを出たときと少しも変わっていなかった。何年も前と。

彼女は人けのないレストランに座ってラップトップで作業をしていた。ダークブルーのスーツに白のブラウス。短い赤毛は横分けにしてヘアピンで留めてある。ストッキングに包まれた膝も黒のハイヒールも、テーブルの下で左右をきちんとそろえていた。

「ハイ、シャノン」

シャノンは顔をあげてわたしを見た。約束していた会合にわたしがようやく現われたというように、驚いた様子もなく微笑んで、眼鏡をはずした。そんな眼鏡をかけているところは前には見たことがなかった。大きく見ひらかれたほうの目は、再会の喜びを表わしていた。心からのものではあっても隠れた意味は何もない、義理の妹としての喜びを。一方、半分閉じたほうの目は、まったくちがう物語を語っていた。それはわたしに、ベッドの上でこちらを向いたばかりの女を連想させた。朝の光で瞳がきらきらと輝くさまや、前夜のセックスの余韻にまだひたったままの眠たげな表情を。わたしはどきりとして、悲哀のような重いものを覚えた。唾を呑みこんでからシャノンのむかいの椅子に腰をおろした。

「ここにいたのね。ノートオッデンに」シャノンは言った。

問いかけるような口調だった。いいだろう、やはりしばらく探りを入れ合うことになるわけだ。

わたしはうなずいた。「よさそうなガソリンスタンドを見にきたんだ」

「気に入った？」

「大いにね」とわたしはシャノンから目を離さずに言った。「そこが問題なんだ」

「なぜ問題なの？」

「売り物じゃないから」

「かわりはいつでも見つかるわよ」

わたしは首を振った。「おれはあれが欲しいんだ」

「じゃあ、どうするつもり？」

「店が赤字を出してるんだったら、どのみちいつかは店を失うことになると言って、オーナーを説得する」

「その人は経営方法を変えるつもりでいるかもしれない」

「そりゃそのつもりだろうし、そう宣言もしてるだろうし、自分でもそれを信じてるとは思うよ。だけど、しばらくすれば何もかも元に戻ってしまうはずだ。従業員は去り、スタンドはつぶれ、当人は見込みのない事業にさらに何年も費やすはめになる」

「だからあなたがそのスタンドを引き継げば、その人に恩恵をもたらすことになると、そう言いたいわけ？」

「おれたち全員に恩恵をもたらすんだ」

シャノンはわたしを見た。その顔に浮かんだのはためらいだったのだろうか？

「きみのほうのミーティングはいつ？」わたしは訊いた。

「十二時からだった。三時前には終わった」

「もっと長くかかると思ったわけ？」

「いいえ」

「じゃ、なぜホテルの部屋を予約したの？」

シャノンはわたしを見て肩をすくめた。わたしは息が止まりそうになった。勃起してくるのがわかった。

「食事はした？」わたしは訊いた。

シャノンは首を振った。

「ここは六時にならないとあかない。散歩でもどう？」わたしは言った。

シャノンは自分のハイヒールに顎をしゃくってみせた。

「ここも悪くないね」わたしは言った。

「ここで誰を見かけたと思う？」シャノンは訊いた。

「おれ」

「デニス・クウォリー。映画スターの。前にロケハンでオスに来たでしょ、憶えてる？　ここに泊まってるんだと思う。その映画を撮ってるという記事を何かで読んだから」

「愛してるよ」とわたしはささやいたが、シャノンはまさにその瞬間、不必要なほど勢いよくラップトップの蓋を閉めて、聞こえなかったふりをした。

「最近は何をしてるのか教えて」彼女は言った。

「きみのことを考えてる」

「それはやめてほしかった」

「おれもそう思う」

沈黙。

シャノンは重い溜息をついた。「これは失敗だったかも」

だった。過去形。たんに〝失敗かも〟と言ったのであれば、それはまだ迷っていることを意味するが、〝失敗だったかも〟はすでに心を決めたことを意味する。

「たぶんね」とわたしは言い、姿を見せたウェイターに、来なくていいと手を振った。開店前だったが、厨房から何か持ってきましょうかと言いにこようとしているように思われたのだ。

「ファダ・ヘッド」とシャノンはバルバドス英語で悪態のようなものをつぶやいて、自分の額をぴしゃりとたたいた。「ロイ？」

「なに？」

シャノンはテーブル越しに身を乗り出してきた。小さな手をわたしの手に重ねて、目を見つめた。「こんなこと、なかったことにできる？」

「もちろん」

「さよなら」シャノンはどこかが痛むかのようにすばやく微笑むと、ラップトップを手にして出ていった。わたしは目を閉じた。背後の寄木細工の床をカツカツと遠ざかっていくハイヒールの音で、あの夜クリスチャンサンで背後から聞こえてきたヴィグディスの足音を思い出した。ただしあれは近づいてきたのだが。わたしは目をあけた。手はまだテーブルに載せたままだった。ここにはいってきてからわたしたちが触れ合ったのは一度きりだったが、その感触がまだ、熱いシャワーを浴びたあとのようにじんじんと、皮膚の下に残っていた。

フロントに行くと、赤いスーツの上着を着た長身痩軀の男が微笑みかけてきた。「こんにちは、オプガルさん。またお目にかかれてうれしいです」

の前に立った。

「やあ、ラルフ」わたしはそう言いながらカウンター

「はいってくるところをお見かけしたので、本日最後の空室を勝手に予約しておきましたよ」ラフルは目の前の画面に顎をしゃくった。「土壇場で誰かにさらわれちゃ困りますからね」

「ありがとう。だけど、おれはシャノン・オプガルがどの部屋に泊まってるのか知りたいだけなんだ。それともシャノン・アレインかな」

「三三三です」ラルフは画面など見る必要もないという顔で答えた。

「ありがとう」

わたしが三三三号室のドアを押しあけたとき、シャノンはベッド上のバッグに荷物を詰め終えて、ジッパーを閉めようと奮闘しているところだった。バルバドス英語で悪態らしきものをいくつかつき、バッグの二方を押しつぶしてふたたび試みた。わたしはドアを半びらきにしたまま中にはいり、シャノンの後ろに立った。シャノンは諦め、両手を顔にあてて肩を震わせはじめた。シャノンの体に両腕をまわすと、声を立てずに泣いているのが伝わってきた。

そのままわたしたちはしばらく立っていた。

やがてわたしはシャノンをこちらに向かせ、二本の指で涙を拭い、キスをした。

するとシャノンはしゃくりあげながらキスを返し、わたしの下唇を噛んだので、わたしの血の甘ったるい金属的な味と、彼女の唾液と舌のスパイシーで強烈な味が混じり合った。わたしはシャノンが少しでもいやがるそぶりを見せたらいつでも引き下がれるよう、自分を抑えていた。けれどもシャノンはそんなそぶりを見せず、わたしは自分を抑えていたものを徐々に捨て去った。良識を捨て、あとのことを考えるのをやめた。下段のベッドでカールを抱きしめていた自分の姿も――すなわちカールが失っていない唯一のもの、カールをまだ裏切っていない唯一のものも――脳裡を離れて漂い去っていき、残っているものといえば、わたしのシャツの裾を引っぱりあげているシャノンの手と、わたしを彼女の体に押しつけているその爪と、わたしの舌にアナコンダのように巻きついてくる彼女の舌、わたしの頬を伝う彼女の涙だけになった。ハイヒールをはいていてもシャノンはとても小さいので、わたしは膝を曲げて彼女のタイトスカートをたくしあげようと

した。

「だめ」とシャノンはうめいて体を引き離したので、わたしは何よりもまずほっとした。シャノンがおたがいを救ってくれたのだと。わたしは一歩後ろに下がって、まだ少し震えてふらふらしながら、シャツの一方の裾をベルトの下にたくしこんだ。

どちらも同じリズムでハアハアとあえいでいた。廊下から足音と携帯電話で話をする声が聞こえてきた。それが遠ざかるまで、わたしたちは用心深くおたがいをじっと見つめていた。男と女としてではなく、さながらふたりのボクサーのように。いまにもぶつかり合おうとする興奮した二頭の牡鹿のように。戦いはもちろんまだ終わっていなかったのだから。始まってさえいなかったのだから。

「そのドアを閉めて」シャノンは押し殺した声でそう言った。

45

「おれが得意なのは人を殴ることだ」とわたしは答え、嗅ぎ煙草をひとつまみシャノンに渡すと、自分も下唇の裏にひとつまみ押しこんだ。

「そんなことをほんとにやってるの？」とシャノンはわたしが腕を枕に戻せるように頭をあげながら言った。

「いつもじゃないけど、ま、喧嘩はたくさんやってきたよ」

「遺伝だと思う？」

わたしは三三三号室の天井を見つめた。そこはウンニとわたしがよく一緒に時間を過ごした部屋ではなかったものの、見かけはそっくりで、においも同じだった。洗剤のほのかな香りのせいだろう。「親父が殴るのはもっぱらサンドバッグだったけど。そうだな、喧嘩好きは親父譲りなんだと思う」

「人は親の過ちを繰りかえすものなの」

「自分自身の過ちもね」わたしは言った。

シャノンは顔をしかめ、嗅ぎ煙草をつまみ出してベッド脇のテーブルに置いた。

「慣れの問題だよ」わたしは言った。嗅ぎ煙草のことだ。

シャノンは体をすり寄せてきた。小さな体は想像したよりもさらに柔らかく、肌はさらに滑らかだった。胸は真っ白な肌の雪原にわずかに隆起し、そこから乳首がふたつの烽火台《のろし》のように屹立している。何やら甘くて強烈なスパイスの香りがし、腋の下と性器の周囲は皮膚がいくぶん黒ずんでいる。体はオーヴンさながらに火照っていた。

「堂々めぐりをしてるみたいな気分になることはある？」シャノンは訊いた。

わたしはうなずいた。

「自分の足跡をたどってるのに気づくって、道に迷った証拠じゃない？」

「かもね」とわたしは答えたものの、いまこの瞬間にはそんなふうに思わなかった。たしかに、そのセックスは愛するというより番《つが》うという感じだった。優しさよりも闘志がまさり、喜びや快感よりも怒りと不安がまさっていた。途中でシャノンは体を引き離してわたしの顔をぱちんとひっぱたき、やめてと命じた。わたしが言われたとおりにすると、シャノンはまたわたしをひっぱたいて、なんでやめたのよ、と言った。わたしが笑いだすと、シャノンは枕に顔を埋めて泣きだした。髪をなで、強ばった背中をさすり、首筋にキスをしてやると、シャノンは泣きやみ、こんどは荒い呼吸をしはじめた。そこでわたしはシャノンの尻のあいだに手を滑りこませ、彼女を噛んだ。するとシャノンはバルバドス英語で何やら叫んでわたしをベッドに押したおし、腹這いになって尻を突き出した。わたしは興奮のあまり、わたしにのしかかられたシャノンの叫びが、彼女とカールが一緒のときに寝室から聞こえてきた叫びと同じでも、まったく気にならなかった。いやちがう、それこそが果てたときのわたしが考えていたことなのかもしれない。それに気を取られていたからこそ、抜くのが少々遅れてしまったのではないか。だが、ぎりぎりのところで弾薬の残りがシャノンの背中に落ちるのが見えた。真珠の首飾りのように、外の駐車場から射しこむ照明の光で灰白色にきらきら光っていた。わたしはタオルを取ってきてそれを拭ったあと、ふたつの黒っぽい汚れも拭き取ろうとしたが、それは拭き取れなかった。そしてこれも、いま自分たちがしたこともまた、拭い去れない汚点なのだと気づいた。

だが、セックスはそんなものではないこと、もっとちがうものだということを、わたしは知っていた。愛の営みは喧嘩ではない。たんなる肉体の出会いではなく、ふたつの魂の出会いだ。陳腐に聞こえるのはわかっているが、ほかにどう表現していいかわからない。ふたつの魂、それがわたしたちであり、わたしはいま安らぎの場にいた。シャノンはわたしの足跡であり、わたしはそれを見つけたのだ。望むことといえば、ここにいて堂々めぐりをすることだけだった。一種の譫《せん》妄《もう》状態で、われを忘れて、シャノンと一緒に。

「わたしたち、後悔するかな?」シャノンが言った。

「わからない」とわたしは答えたが、後悔しないのはわかっていた。シャノンをおびえさせたくなかっただけだ。彼女を愛するあまりわたしがほかのことなどいっさい気にかけていないのを知ったら、彼女はきっとおびえたはずだ。

「わたしたちには今夜しかない」シャノンは言った。

わたしたちは遮光カーテンを引いて夜を引き延ばし、残り時間をぎりぎりまで活用した。


シャノンの悲鳴で目が覚めた。

「寝過ごしちゃった!」

シャノンはわたしがつかまえる間もなくベッドを抜け出した。後ろから伸ばしたわたしの腕は、脇のテーブルに載っていた彼女の携帯にぶつかり、携帯はベッドから少し離れた床に落ちた。わたしはこれで当分のあいだ見納めになるはずのシャノンの裸体を見ようとして、カーテンを勢いよくあけた。日の光がどっと射しこんできて、浴室にはいっていくシャノンの背中がちらりと見えた。

わたしはベッドの影の中に落ちている携帯をじっと見おろした。画面が勝手にオンになっており、ガラスは割れていた。その砕けた画面の鉄格子のむこうからカールがこちらを見あげていた。わたしはごくりと唾を呑んだ。

シャノンの背中はほんの一瞬見えたにすぎない。

だが、それで充分だった。

わたしはまたベッドに寝ころんだ。あの山の湖でリタ・ヴィルムセンが水中から惨めな水着姿で、冷たさのあまり青ざめた肌をして立ちあがったとき以来、これほど赤裸の、これほど日の光であらわにされた女を見たことはなかった。わたしがこれまで少しでも疑念を持っていたとしたら、それがいまはっきりと示されたのだ。

シャノンがどういうつもりでわたしに人を殴る癖は遺伝かと訊いたのか、ようやくわかった。

46

カールはわたしの弟だ。問題はそこだった。

ふたとおりの意味で。

具体的に言えば、ひとつにはわたしがカールを愛していることだ。もうひとつには、カールがわたしと同じ遺伝子を受け継いでいることだ。わたしはなぜこれほど単純に、カールにはわたしや父のような暴力性はないと思いこんでいたのだろう。それはたぶん、カールが母に似ていると広く認められていたからだ。蠅も傷つけられないと。だが、蠅は傷つけられなくても人間は傷つけられるのだ。

わたしは起きあがって窓辺に行き、シャノンが駐車場のキャデラックのほうへ駆けていくのを見送った。おそらくシャノンは後悔していたのだろう。行かなければならないところなどなかったのに、目が覚めたとたん、これはまちがいだ、帰らなくてはならないと、そう悟ったのだろう。

シャワーを浴び、浴室で服を着て、たぶん化粧をしたのだろう。出てくると、わたしの額に義妹としてキスをした。オスでホテルに関する会議があるのだとぶつぶつ言いながら、バッグをつかんで部屋を飛び出していった。見ているとブレーキランプがともり、キャデラックは道路に出たとたん、ゴミ収集車とぶつかりそうになった。

室内の空気はまだ前夜のセックスと香水と睡眠でどんよりしていたので、わたしは窓をあけた。ゆうべ途中で閉めたのだ。というのも、シャノンがあまりに大声をあげるので人がやってくるのではないかと不安になったからであり、わたしたちにとって夜はまだまだ終わらないのがわかっていたからだ。それは正しかった。どちらかが目覚めると、ごくたわいのない愛撫からでさえ新たなラウンドが、決して満たされることのない飢えのように始まるのだった。

さっきカーテンをあけたときにわたしが気づいたのは、皮膚の変色だと思っていたものが実は打ち身だったということだ。それらはこの一夜のあいだにシャノンの白い肌にできた赤いキスマークや筋とはちがい、二、三日で消えるようなものではなかった。数日から数週間は残るような、激しい殴打によるものだった。カールが顔も殴っていたのだとしたら、多少の化粧でごまかせる程度に手加減していたのだろう。

殴ったといえば、母もあのとき〈グランド・ホテル〉の廊下で父をひっぱたいた。その記憶がわたしの脳裡をよぎったのは、カールがわたしに、シグムン・オルセンが崖からフーケンに転落したのは事故だったのだと思いこませようとしたときのことだ。母とカール。誰かと一緒に暮らしていて、その人たちのことは何もかも知っていると思っていても、知らないことなど実際にはいくらもある。はたしてカールの頭に、わたしがカールの知らないところでカールの妻と寝るような男だという考えが浮かぶだろうか？　まず浮かばないはずだ。わたしはとうのむかしに、人はみなおたがいのことを何も知らないのだと悟っていた。それにもちろん、シャノンの打ち身だけでカールが暴力的な男だと気づいたわけでもない。弟が人殺しだということに。それは単純な事実が教えてくれたのだ。打ち身と鉛直線が。

47

南部に帰ったあと何日も、わたしはシャノンが電話してくるのを待っていた。メッセージでもメールでもなんでもいいから送ってくるのを。シャノンのほうが主導権を取らなくてはならないのは明らかだった。失うものが多いのはシャノンなのだから。少なくともわたしはそう思っていた。

だが、音沙汰はなかった。

そしてもはや疑問の余地はなくなった。シャノンは後悔しているのだ。しないはずがなかった。これはわたしが彼女に愛していると告げて立ち去ったときに植えつけたおとぎ話であり、夢物語だったのだから。静かで穏やかな、ほかになんの刺激もない村での退屈な日々の暮らしのなかで、シャノンが非現実的なものに変えてしまった夢物語。現実のわたしにはとうてい生きられないような非現実的なおとぎ話なのだから。だがこれで、シャノンはそれを自分の心から一掃して普通の暮らしに戻ることができる。

だから問題はこんどは、わたしがいつそれを自分の心から一掃できるかだった。わたしは自分にこう言い聞かせた。ふたりで一夜を過ごすこと、それが目的だったのだ。それはもう達成されたのだから、やることリストから削除して先へ進もうと。それなのに、毎朝いちばんにやるのはシャノンからメッセージが来ていないかと携帯をチェックすることだった。

むなしく。

そこでわたしはほかの女たちと寝るようになった。なぜかわからないが、突然、女たちがわたしを発見したようだった。まるで女だけの秘密の社会があって、そこにわたしが弟の妻と寝たというニュースが広まったため、こいつはセクシーな男にちがいないと、そう思われるようになったかのようだった。よく言われるように、悪評は好評にもなるのだ。あるいはたんに、わたしがいかにも投げやりな顔をしていたせいかもしれない。わたしはバーにいる無口で悲しげな目をした男になっていたのかもしれない。望む相手だけはものにできない、だから投げやりになっている、そんな噂のある男に。だから女たちはみなその男に、それはまちがいだ、希望はある、救いはある、もうひとりいる、それはあたしだと、そう証明したがっていたのかもしれない。

　そしてそう、わたしはそれにつけこんだ。割りあてられた役を演じ、身の上を語り、名前は伏せたまま弟が関係していることだけを話し、相手がひとり暮らしなら相手の家に、そうでなければスームのアパートに連れて帰った。

　だが、事態は改善していた。まちがいなく改善していた。だからいつの日か、シャノンのことを考えずに過ごせるようになるはずだった。マラリアは寄生虫疾患であり、病原体が血中から完全にいなくなることはないにしても、無力化することはできる。シャノンから距離を置いて会わずにいれば、本当につらい時期はせいぜい二、三年で終わるだろう。わたしはそう思っていた。

　十二月にピア・シセから電話があり、うちのガソリンスタンドの売上が南部全体の六位にはいっていると知らせてきた。本来ならその手のニュースは営業部長のグース・ミーレが知らせてくるべきものだったから、ほかにも何か伝えたいことがあるのがわかった。

「来年契約が終了したあとも、あなたにそちらの経営をつづけてもらいたいの」とピアは言った。「条件はもちろん、会社がとても満足しているという事実と、あなたならそちらの営業所をもっと上位に押しあげられるはずだという期待とを、反映したものになるはず」

　それは願ったりかなったりだった。わたしはオフィスの窓の外を見た。起伏のない風景、大きな工場ビル、自動車専用道路。ループ状のその入出ランプを見るたびに、わたしはヴィルムセンの中古車販売店の奥の部屋の床にしつらえられたレーシングカー・コースを連想した。父親が表で車を買うのであれば、子供たちはそこで遊ぶことができるのだ。そこへ行きたいと駄々をこねる子供たちのおかげで、かなりの中古車が売れたのではないかと思う。

「考えさせてください」わたしはそう言って電話を切った。

　そしてそのまま動物園のそばの森にかかる靄を見つめた。なんと、木々の葉はまだ緑だった。一年二カ月前にここに来て以来、雪はひとひらも見ていなかった。

南部にはまともな冬など来ないと人は言う。雨ともいえないような、大気中をじとじと漂うだけの、降るのか、やむのか、そのままでいるのかわからないような小便雨が降る程度だと。寒暖計もそれは同様で、来る日も来る日も摂氏六度を示す。わたしは靄をじっと見つめた。それは厚い羽毛布団のようにあたりをおおって、風景をいっそう起伏のないぼやけたものにしている。南部の冬とは時のなかで静止したままの雨だった。そこに浮かんでいるだけだった。だからふたたび電話が鳴ってカールの声が聞こえても、わたしは二秒ほど、あの凍えるような冷たい風と、砂粒のように顔にたたきつけてくる雪を懐かしんで――そう、懐かしんで！――いた。

「調子はどう？」カールは訊いた。

「ぼちぼちだな」わたしは答えた。ときどきカールは様子を尋ねるためだけに電話してくる。だが、今日はそれが理由ではないのが声でわかった。

「ぼちぼち？」

「すまん、南部じゃそんなふうに言うんだよ」わたしはその〝ぼちぼち〟という南部の言いかたが嫌いだった。冬と同じで、どっちつかずで。ここの人々は道で知り合いに出会うと〝それで？〟と言う。思うにそれは質問と挨拶の中間であり、〝元気か？〟の一種なのだが、まるで尋問でもされているみたいに聞こえる。

「で、おまえのほうは？」

「順調だよ」

順調ではなさそうだった。わたしはカールが〝だけど〟とつづけるのを待った。

「ただちょっと予算オーバーでさ」カールは言った。

「ちょっとというのは？」

「大した額じゃない。実を言うと、資金繰りが少々うまくいってないんだ。業者からの請求書が予定してた支払期日より早めに届いてさ。現金を追加投入する必要はないけど、ちょいと早めに必要になってるんだ。銀行には作業が予定より若干早く進んでると伝えたんだけどね」

「で、早く進んでるのか、おまえたちの作業は？」

「ぼくらだよ、ぼくら。兄貴も共同所有者なんだからさ。忘れたの？　いや、早く進んじゃいない。そんな手品みたいなまねができるわけないよ。あんな大勢の馬鹿どもをまとめなくちゃならないんだから。建設業界ってのは下請業者の特異な寄せ集めでさ、みんな高校中退でしかたなく誰もやりたがらない仕事に就いた連中なんだ。ところが一部のやつらは引っぱりだこだから、好き勝手に来たり帰ったりできるんだよ」

「〝後の者が先になる〟ってやつか（聖書の譬え話にもとづく言いまわし）」

「南部でもそう言うの？」

「ふた言めにはな。こっちの連中はなんでも鈍《のろ》いのが好きなんだ。ここに比べりゃオスなんて、何もかも倍速だぞ」

カールは温かい笑い声をたて、わたしも温かい幸せな気持ちになった。人殺しの笑い声を聞いて。

「ところが銀行の支店長からさ、こう指摘されたんだ。融資契約には追加の信用貸しをする前に一定の工程に達していなくてはならないと規定されている。現場をひとわたり見てきたが、ぼくが伝えた進捗状況は正確じゃないと。つまり信用の危機に近いものがあったんだ。もちろんぼくはなんとか取り繕ったけど、銀行はこんどはぼくに、追加融資をする前に参加者に通知する必要があると言ってきてる。参加者合意書に書いてあるんだよ、参加者には無限責任があるから、プロジェクトに追加資金が必要な場合は役員会の公式決議が必要だと」

「なら、それがおまえのしなくちゃならないことだ」

「ああ。そりゃまあ、そうだとは思うけど。ただささ、それだと良くない雰囲気になるかもしれないし、原則として役員会は全体会議を招集してすべてをストップさせられる。ダンがあれこれほじくり返しはじめてるいまはとくにまずいんだ」

「ダン・クラーネか？」

「あいつは秋のあいだずっと、ぼくをやっつけるネタをほじくり出そうとしてた。請負業者にかたっぱしから電話して、進捗状況や予算のことを尋ねて、全面的な危機に仕立てあげられるようなネタを探してるんだ。ま、確実なものがつかめないかぎりは何ひとつ掲載できないんだけど」

「それに、あいつの読者の四分の一と義理の父親がそのホテルに関与してるかぎりはな」

「そういうこと。自分の巣にクソはしないもんだ」

「ジェンツーペンギンは別だけどな」とわたしは言った。「ジェンツーペンギンはそこを自分の巣にするために糞をするんだ」

「ほんとに？」とカールは疑うように言った。

「糞は太陽光を集めるから、それで氷が溶けて窪みができて、一丁あがり、巣ができる。それと同じ方法でジャーナリストは読者を集めてる。メディアはクソの集客力で食ってるわけさ」

「面白いイメージだね」

「まったくだ」

「でも、ダンにしてみればこれは個人的な問題なんだ、それはわかってる?」カールは言った。

「で、おまえはそれをどうやって阻止するつもりだ?」

「請負業者たちと話をして、口を閉ざしてると約束してもらった。幸いむこうも、何が自分たちの利益になるかはわかってる。ところがきのうカナダの友達から、ダンがあのトロントの事業のことをほじくり返しはじめたと言ってきたんだ」

「あいつがむこうで見つけることなんてあるのか?」

「大してない。たんなる意見の食いちがいさ。複雑な話なんで、ダンみたいなちゃちなジャーナリストにはとうてい理解できないよ」

「あいつが本気になってれば別だがな」

「ちぇ、兄貴、励ましてもらうために電話してるんだぞ」

「なんとかなるさ。だめだったら、ヴィルムセンに頼んで例の取立屋をダンに差し向けてもらえばいい」

わたしたちは笑った。カールは少し気分がほぐれたようだった。

「家のほうはどうだ?」漠然とした質問だったので、声帯は妙な震えかたをほとんどしなかった。

「そうだな、家はまだ建ってるよ。シャノンは冷静になったように見える。ホテルへの不満に関してはちがうけど、子供を作りたいとはもう言わなくなってる。いまはこれで手一杯でそんなことをしてる場合じゃないと悟ったんだろう」

わたしは適当に相槌を打って、それは興味深い情報だと伝えたが、それだけだった。

「だけど電話したほんとの理由は、キャデラックに若干の修理が必要になったからなんだ」

「どんな修理だよ、具体的には?」

「兄貴は専門家で、ぼくは素人なんだぜ。シャノンがあれに乗ってたら異音がしたらしいんだ。シャノンはキューバのビュイックで育ったから、アメリカの古い車に対する耳は持ってる。クリスマスに帰ってきたとき作業場で見てくれないかとさ」

わたしは返事をしなかった。

「だってクリスマスには帰ってくるんだよね？」カールは言った。

「休暇を取りたがってる従業員が大勢いるんで――」

「だめだめ！　従業員が欲しがってるのは残業代だよ。それに従業員はそっちに住んでるんだし、兄貴はクリスマスに帰省するんだ！　だいいち約束したじゃないか。兄貴には家族がいるんだぜ。大家族じゃないけど、兄貴の家族は、兄貴にまた会えるのをめちゃくちゃ楽しみにしてるんだ」

「カール、おれは……」

「仔羊《ピンネショット》のリブ。シャノンはピンネショットの作りかたを独習したんだ。それに蕪甘藍《コールラビ》のマッシュも。嘘じゃない。あいつはノルウェーのクリスマス料理が大好きなんだよ」

　わたしは目を閉じたが、シャノンが現われたのでまた目をあけた。くそ。くそじゃないが、くそ。なぜ適当な言い訳を考えておかなかったのか。どのみちクリスマスのことが話題になるのはわかっていたのに。

「なんとかなるかやってみるよ」わたしは言った。

よし。これで考える時間ができる。カールが受け容れてくれそうな言い訳を。たぶん。

「きっとうまくいくよ」とカールは大喜びした。「ぼくらが本物の家族的クリスマスをこっちで準備しとくから、兄貴はなんにも心配しなくていい！　庭に車を乗り入れて、ピンネショットのにおいを嗅いで、玄関で弟からアクアヴィットのグラスを受け取ってくれれば、それでいい。兄貴がいなくちゃ同じにならないんだ、絶対に来てくれよ。聞こえてる？　絶対に来て！」

48

クリスマス・イヴの前日。ボルボは快調に走り、ハイウェイの脇には除雪された雪が巨大なコカインのラインのように延びている。ラジオからクリス・レアの〈ドライビング・ホーム・フォー・クリスマス〉が流れてきた。それはそれでふさわしくはあったものの、わたしはJ・J・ケイルのCDをプレーヤーに入れて〈コカイン〉をかけた。

速度計の針は制限速度内。脈拍は正常。

わたしは一緒に歌った。といってもコカインなどやるわけではないのだが。カールがカナダから珍しくよこした手紙に同封されていたものを、試したことがあるだけだ。そのときはどのみち、わたしはすでにハイになっていた。だからいまひとつ違いに気づかなかったのかもしれない。それともひとりぼっちだったからだろうか。ひとりぼっちでハイ、いまと同じだ。路傍に市の標識が立っていた。ハイで、脈拍は正常。それが幸せと呼ばれるものだろう。

クリスマスに帰省しないための言い訳は結局考えつかなかった。それに、金輪際二度と家族に会わないなんてことができるはずもない。だからわたしは三日間のクリスマス休暇をどうにかして取るしかなかった。シャノンと同じ家での三日間。そのあとはまたひとり暮らしのアパートにまっすぐ戻るのだ。

わたしは家の前の茶色のスバル・アウトバックの横に車を駐めた。そういう色合いの茶色にはきっと名前があるにちがいないが、わたしは色に詳しくない。積雪は一メートル以上あり、太陽は沈もうとしていて、西の丘のむこうに一羽の鶴のシルエットが見えた。

玄関のほうへまわりこんでいくと、カールがもう戸口に立っていた。むかしおたふく風邪にかかったときのように、顔がいくぶん広がって見える。

「新車か?」カールを見るなりわたしは声をかけた。

「中古だよ」とカールは答えた。「冬用に四駆が必要だったんだけど、シャノンが新車を買わせてくれなくてさ。二〇〇七年式で、ヴィルムセンの店で五万で買ったんだ。同じ車を持ってる大工に言わせると、あれが五万なんてただ同然だってさ」

「おい、それは値切ったってことか？」わたしは訊いた。

「オプガルの男は値切らない」カールはにやりとした。

「だけど、バルバドスのレディたちは値切るんだ」

カールは外のステップの上で長々とわたしを抱きしめた。前より体が大きくなったような感じがした。それにアルコールのにおいもした。早々とクリスマスを祝いはじめているんだ、カールはそう言った。この一週間はきつかったから、緊張をほぐす必要がある。〝幸日〟のあいだだけでもほかのことを考えたいと。幼いころ、休日《ヘッリダーゲネ》のことを幸日《ヘルディダーゲネ》と呼んでいたのだ。

キッチンへ行くまでのあいだもカールはしゃべりつづけた。ホテルのほうはようやくいろんなことが進みだした。業者に圧力をかけて壁と屋根を造らせたから、もう内部工事に着手できる、春まで待たなくてもいいと。

キッチンにはほかに誰もいなかった。

「職人は冬のあいだ屋内で作業できれば、もっと安い金額を提示してくる」カールはそう言った。というか、そう言ったのだと思うが、わたしは聞いていなかった。ほかの物音が聞こえないかと耳を澄ましていたのだ。だが、聞こえるのはカールの声と、もはや正常とはいえない自分の心臓の鼓動だけだった。

「シャノンは現場に行ってる」とカールは言い、わたしはカールの話に注意を戻した。「図面どおりになるようにものすごく気を配ってるんだ」

「それはいいな」

「良し悪しだよ。建築家ってのはコストを考えない。頭にあるのは、自分の思いどおりのすばらしい傑作を造ることだけだ」カールは苦笑いしてみせたが、その裏に怒りがふつふつとたぎっているのがわかった。

「腹は減ってる？」

わたしは首を振った。「おれはキャデラックを作業場へ持っていこうかな、邪魔にならないように」

「無理だ。シャノンが乗ってった」

「ホテルの建設現場までか？」

「ああ。道はまだそんなに良くないけど、いちおう現場まで開通したからさ」誇らしげでもあれば辛そうでもある妙な口調だった。大金がかかったのだといわんばかりの。それが事実だとしてもわたしは驚かなかった。斜面は急だし、爆破しなければならない岩もたくさんあったからだ。

「そんな状態の道なのに、なぜシャノンはスバルで行かなかったんだ?」

カールは肩をすくめた。「オートマ車が嫌いなんだ。でかいアメ車のほうが好きなんだよ、子供のころからなじんでるから」

わたしは鞄を子供部屋に運んでから、また下におりた。

「ビールにする?」カールは一本を手に持ってそこに立っていた。

「いや。下まで行ってスタンドに顔を出したあと、作業場からまともなシャツを取ってくる」

「なら、シャノンに電話して、キャデラックをまっすぐ作業場に持っていけと言っとくよ。帰りは兄貴の車に乗っけてもらえと。かまわない?」

「ああ、かまわないよ」とわたしは言い、カールはわたしを見た。というか、見たと思うのだが、わたしは手袋の縫い目のほつれを調べるのにいそがしかった。

ユーリエがエーギルとともに勤務についていた。彼女はわたしを見ると、喜びで顔を輝かせて悲鳴をあげ、レジの前に客がならんでいるというのに、カウンターの奥から出てきてわたしの首に抱きついた。まるで親子の再会のようだったが、たしかにそのとおりだった。以前ならそこには何かほかのものが、あこがれと欲望がむんむんと渦巻いていたはずだが、それはもはやなかった。わたしはほんの一瞬だが失望のようなものを覚えた。自分はユーリエを失ったのだ、少なくとも彼女の十代のころのあこがれではなくなったのだと。そんな関係は望んだこともないし、応じたこともなかったとはいえ、寂しいときにはよく、応じていたらどうなっただろうかと考えたものだ。

「いそがしいか?」ユーリエがようやく離れると、わたしはそう言って店内を見まわした。どうやらマルクスはクリスマスの飾りつけも品揃えも、わたしたちが以前に成功していたやりかたをそっくり真似たようだった。頭のいいやつだ。

「うん」とユーリエは興奮ぎみに叫んだ。「あたし、アレックスと婚約したんだ」

彼女は片手をあげてみせた。なるほど、指輪がはまっていた。

「よかったな」わたしは微笑み、カウンターの奥へ行っていまにも焦げそうなハンバーガーをひっくり返した。「元気か、エーギル？」

「元気ですよ」エーギルはそう言いながら、クリスマスに小鳥がついばめるように飾る麦束と電動シェーバーをレジに読み取らせた。「よいクリスマスを、店長！」

「きみもな」とわたしは言い、かつての自分の定位置からしばらく世の中をながめた。自分のものだったはずのガソリンスタンドのカウンターの奥から。

そのあとわたしはまた外に出て、冬の宵の寒さのなか、白い息を吐きながら足早に通りすぎる人たちに挨拶をした。はち切れそうなスーツを着た男がポンプのそばに立って煙草を吸っていたので、その男のところへ行った。

「ここで煙草は吸えませんよ」

「いや、吸える」声帯に損傷を受けているのではないかと思われる低いかすれ声だった。そのふた言でどこの訛りか特定するのは無理だったが、南部訛りのように喉音がきつい。

「吸えません」

男は微笑んだのか、にきびだらけの顔の内で目が細い条になった。「おれをよく見ろ《ワッチ・ミー》」と英語で言った。

わたしは見た。男を観察した。背は高くなく、わたしより低い。年齢は五十前後だが、赤く腫れたような顔にはにきびがいくつもある。遠くからだと会計士風のスーツを着た小太りの男に見えたが、そのスーツがきつそうに見えるのは肥満のせいではないのがいまはわかった。肩。胸。背中。上腕。この男の歳でこれだけの筋肉量を維持するにはステロイドが必要だろう。男は煙草を口もとに運んで長々と吸った。先端が赤く光り、不意にわたしの中指がむずむずした。

「ここはガソリンスタンドの給油エリアです」とわたしは言い、大きな〝禁煙〟標示を指さした。

動いたのは見えなかったが、男は突然わたしのすぐ前に来ていた。わたしが殴ってもパンチに力をこめられないほど近くに。

「だったらどうするつもりだ？」男はさらに低い声で言った。

南部ではない。デンマークだ。筋肉よりもそのスピードがわたしを不安にした。それにその細い目にみなぎる攻撃性、痛めつけてやるという意志、いや、欲望が。まるで闘犬の口をのぞきこんでいるような気がした。コカインを試したときのようだった。一度やったら二度とやりたいとは思わない。わたしは怖じ気づいた。そう、怖じ気づいた。そして思った。あのオールトゥンの少年や若者たちもわたしに殴られる直前、きっと同じように感じたにちがいないと。わたしもいま、彼らと同じように気づいていた。目の前の男は自分より強いし、すばやいし、こちらが持っているような一線など平気で越えるつもりだと。自分がのぞきこんだその意志と狂気、それがわたしを引き下がらせた。

「どうもしません」とわたしは男と同じように静かに言った。「よいクリスマスをお迎えください、地獄で」

男はにやりとして後ろへ下がったが、わたしから目を離さなかった。男もわたしに、わたしが男に見たものと同じものを見て、敬意を表したのだろうと思う。それから背を向けて、魚雷を思わせる車高の低い白のスポーツカーに乗りこんだ。ジャガーEタイプ、年式は七〇年代後半。デンマーク・ナンバー。太い夏用タイヤ。

「ロイ!」後ろから呼ぶ声がした。「ロイ!」

わたしはふり向いた。スタンレイだった。店から出てきたところで、クリスマス向けの包装紙がのぞく袋をどっさり抱えたまま、よたよたとわたしのところへやってきた。「戻ってきてくれてうれしいよ!」と、両手がふさがっていたので頰を差し出したが、わたしはすばやくハグをした。

「十二月二十三日にガソリンスタンドでクリスマス・プレゼントを買う男たちか。はは」わたしは言った。

「典型的光景だろ?」スタンレイは笑った。「ほかの店はどこも行列だったからここへ来たんだ。ダン・クラーネが今日の新聞に書いてたけど、オスの小売の売上高は記録的らしい。かつてないほど大勢が、かつてないほどたくさんクリスマス・プレゼントに金を使ってるんだよ」そこでスタンレイは眉を寄せた。「顔色がよくないね、だいじょうぶ?」

「ああ、だいじょうぶだ」そう答えたとき、低い咆哮につづいてゴロゴロというようなりが聞こえ、ジャガーは国道を走り去った。「前にあの車を見たことはあるか?」

「ああ、さっきダンのオフィスを訪ねたとき、走り去るのを見かけた。お洒落だよね。近ごろはお洒落をする人が増えてる気がする。ま、きみはちがうけど。それにダンも。そういえば彼も今日は顔色が悪かったな。インフルエンザがはやってるんでなければいいんだが。静かなクリスマスを過ごしたいからね、聞いてる?」

流線形の獣は十二月の闇に消えていった。南へ。故郷のアマゾンを目指して。

「指のぐあいは?」

わたしは中指が曲がらないままの右手を持ちあげてみせた。「まだこういう使いかたはできる」

スタンレイはそのくだらないジョークにお義理で笑ってくれた。「それはよかった。で、カールのほうは?」

「何もかも順調、だと思う。おれは今日帰ってきたばかりなんだ」

スタンレイは何か言おうとしかけたが、そこで思いなおしたようだった。「またあとで話そう、ロイ。それはそうと、例年どおりクリスマス当日にうちで、誰でも歓迎の朝食会をやるんだけど、来ないか?」

「せっかくだけど、クリスマス当日は早めに南部へ帰るつもりなんだ。仕事に戻らなくちゃならないんで」

「じゃあ、大晦日は? パーティをやる。大半はきみの知ってる独り者だよ」

わたしはにやりとした。「独身者《ロンリー・ハーツ》クラブ?」

「そんなところかな」スタンレイは笑い返した。「そこで会える?」

わたしは首を振った。「大晦日は働くという条件でクリスマス・イヴに休みを取ったんだ。でも、ありがとう」

たがいに「よいクリスマスを」と言って別れると、わたしは駐車場を横切っていって、作業場の鍵をあけた。ドアをあけたとたんに、あの懐かしいにおいが押しよせてきた。エンジンオイル、自動車用洗剤、焼けた金属、油まみれのボロ布。ピンネショットや焚火や樅の枝でさえ、このカクテルほど芳しくはない。わたしは明かりをつけた。何もかも出ていったときのままだった。

ベッドを置いたアルコーヴにはいり、戸棚からシャツを取り出した。それから事務所に行き、ファンヒーターを最強にしてつけた。極小の部屋だから最速で暖まる。時計を見た。もういつ来てもおかしくない。胸がどきどきしているのは、あの給油ポンプのそばにいたにきび面の男のせいではもはやなかった。鏡をのぞいて髪を整えた。学科試験を受けたときのように喉がからからだった。英領バストランドのナンバープレートをまっすぐに直した。釘にかけたそのプレートは、寒くなって壁が収縮すると一方に傾く癖がある。で、夏になるとこんどは反対側に傾くのだ。

不意に窓がノックされ、わたしはぎくりとしてオフィスチェアをきしませた。

暗い窓の外をのぞいた。最初はガラスに映った自分の顔しか見えなかったが、そこにシャノンの顔が加わった。まるでふたりが同じ人物であるかのように、わたしの顔に重なっていた。

わたしは立ちあがってドアをあけた。

「ぶるぶる」シャノンはそう言いながら中に滑りこんできた。「寒い！　寒中水浴で体を鍛えていてよかった」

「寒中水浴」とわたしは鸚鵡返しに言ったが、喉が強ばっていて、出てきたのは空気と曖昧な音だけだった。両腕を広げて突っ立っているわたしの体は、案山子なみにこちこちだった。

「そう、想像できる？　リタ・ヴィルムセンが寒中水浴をする人でね、わたしをふくめて何人かを誘ってくれて、週に三回、朝にやってたんだけど、いま残ってるのはわたしひとりだけでね、リタが氷に穴をあけて、そこにポチャンてふたりでつかるの」シャノンは息もつがずにまくしたてたので、わたしはうれしくなった。緊張しているのはわたしだけではなかったのだ。

そこでシャノンは口をつぐんでわたしを見あげた。あのシンプルでエレガントな建築家のコートを黒いキルティングのジャケットに替え、耳まですっぽりおおう黒い帽子をかぶっている。だが、それはシャノンだった。本当にシャノンだった。きわめて現実的、肉体的な意味で一緒に過ごしたことがあるのに、まるで夢の中の存在のように思われた女。その女が、九月三日からわたしが繰りかえし見てきた夢から現われ、いまここで、喜びに目を輝かせて笑っていた。あの日からわたしが百十回お休みのキスをした口をほころばせて。

「キャデラックの音がしなかったね」とわたしは言った。「そうそう、それと、きみに会えて心からうれしいよ」

シャノンは首をのけぞらせて笑った。その笑いでわたしの中の何かがゆるんだ。雪が積もりすぎると、気温がわずかに上昇するだけでも崩落が起こるように。

ンは言った。

「明るいところに駐めたの。スタンドの前に」シャノ

「それと、まだきみを愛してる」

シャノンは何か言おうとして口をひらいたが、また閉じた。喉がごくりと動き、目がきらきらしてきた。それが涙だとわかったのは、ひと粒が頬にこぼれて伝い落ちたときだった。

それからわたしたちは抱き合った。


二時間後、農場に帰ってみると、カールは父の肘掛け椅子で鼾《いびき》をかいていた。

わたしはもう寝ると伝え、シャノンがカールを起こす声を聞きながら二階にあがった。

その夜、わたしはこの一年あまりで初めてシャノンの夢を見なかった。

そのかわりに、落下する夢を見た。

49

三人でのクリスマス。

わたしは十二時まで寝ていた。この数週間、働きづめだったので、不足した睡眠を取りもどすためにたっぷりと寝た。階下におりて、クリスマスおめでとうと声をかけ、コーヒーを温めて古いクリスマス雑誌をめくり、シャノンにノルウェー独特のクリスマスの習慣をいくつか説明し、カールを手伝って蕪甘藍をつぶした。カールとシャノンはほとんど言葉を交わさなかった。それから——この数日雪は降っていなかったようだが——雪掻きをし、小鳥用の麦束を替え、納屋の小鬼《エルフ》のためにおかゆを作って持っていき、サンドバッグを軽くたたいた。そのあと、庭でスキーをはいた。最初の数メートルは、異様に太い夏用タイヤの残した轍を滑った。それから道路脇に積もった雪を踏みこえ、自分のスキーの跡を残しつつホテルの建設現場のほうへ滑りだした。

荒寥とした山肌に出現した建設現場の光景は、なぜかわたしに月面基地を連想させた。寂寥と静寂、風景にそぐわない人工感。カールが話していたプレハブの大きな木造モジュールがそれぞれ基礎の上に建てられ、ハリケーン級の突風が吹いてもびくともしないというワイヤーで支えられていた。いまはクリスマス週間で休みなので、作業員宿舎に明かりはない。闇がおりてきた。

帰る途中で、長くもの悲しいあの鳴き声が聞こえたが、チドリの姿は見えなかった。

どのくらい食卓を囲んでいたのかはわからない。せいぜい一時間だったはずだが、四時間にも感じられた。ピンネショットはすばらしかった。カールは少なくともそれを褒めちぎったし、シャノンはそれを見おろして微笑み、ありがとう、と礼儀正しく応じた。カールはアクアヴィットの瓶を手元に置いていたが、絶えずわたしのグラスに注ぎたしていたから、わたしも相当飲んでいたにちがいない。カールはトロントの盛大なサンタクロース・パレードのことを話してくれた。そこで初めてシャノンと出会ったのだという。ふたりはそのパレードに共通の友人たちと参加して、友人たちの飾りつけた橇に乗っていた。気温はマイナス二十五度だったから、カールはシャノンに、シープスキンの膝掛けの下に手を入れて暖めるといいと勧めた。

「ところがシャノンは、木の葉みたいに震えてるのに、けっこうですと言うんだ」カールは笑った。

「あなたのことを知らなかったんだもの」とシャノンは言った。「それにあなたは仮面をかぶってたし」

「サンタクロースの仮面だよ」とカールはわたしを見て言った。「サンタクロースを信用しなかったら誰を信用するんだ？」

「だいじょうぶ、あなたはもう仮面を脱いでるから」シャノンは言った。

食事のあとわたしはシャノンを手伝って後かたづけをした。キッチンへ行くと、シャノンは湯で皿を洗っており、わたしは彼女の腰に手をあてた。

「やめて」シャノンは小声で言った。

「シャノン……」

「やめて！」彼女はわたしのほうを向いた。目に涙を浮かべている。

「このまま何もなかったみたいなふりをしてるわけに

はいかないよ」わたしは言った。

「してなきゃいけないの」

「なぜ?」

「わかってるでしょう。いけないの、嘘じゃない。だからわたしの言うとおりにして」

「きみの言うとおりとは?」

「このまま何もなかったふりをして。だって、なんにもなかったんだから。あれは……あれはただの……」

「ちがう。何もなかったわけじゃない。あれはすべてだった。おれにはわかる。きみだってわかってるはずだ」

「お願い、ロイ。頼むからやめて」

「わかったよ」とわたしは言った。「だけど、きみは何を恐れてるんだ? あいつにまた殴られることか? あいつがそこまできみに手を出すなら……」

　シャノンは笑いとも泣き声ともつかぬ声を出した。

「危険にさらされてるのはわたしじゃないの」

「おれか? きみはカールがおれをぶちのめすと思ってるのか?」わたしは笑った。笑いたくなかったが、笑ってしまった。

「ぶちのめすわけじゃない」シャノンは寒けがするというように胸の前で腕を抱えた。たしかに寒くなっていたにちがいない。外の気温が急速に下がって、壁がミシミシいいはじめたからだ。

「プレゼントだ!」とカールが居間から叫んだ。「誰かがここの樅の木の下にプレゼントを置いてくれてるぞ!」

　シャノンは頭痛がすると言って早めに寝てしまった。カールは煙草を吸いたがり、厚着をして〝冬の園〟へ行こうと言って譲らなかった。〝冬の園〟というのは、気温がマイナス十五度を下まわるときにはどう考えても誤解を招く呼び名だった。

　カールはジャケットのポケットから葉巻を二本取り出し、一本をわたしに差し出した。わたしは首を振り、自分の嗅ぎ煙草入れを持ちあげてみせた。

「なんだよ。勝利の葉巻に火をつけるときのために、いまから練習しとかなくちゃ」

「また楽観主義者に戻ったのか?」

「ぼくはいつだって楽観主義者だ」

「このあいだ話したときには問題がいくつかあったはずだぞ」わたしは言った。

「そうだっけ？」

「資金繰りの問題と、ダン・クラーネがいろいろつつきまわしてるという問題と」

「問題ってのは解決するためにあるんだ」カールがしゃべると、凝結した呼気と葉巻の煙が口から一緒に漏れた。

「で、おまえはそれをどうやって解決したんだ？」

「重要なのは解決したってことさ」

「もしかして、どっちの問題の解決にもヴィルムセンが関与してないか？」

「ヴィルムセン？　なんでそう思うんだ？」

「たんにおまえがそこに持ってる葉巻は、ヴィルムセンが取引相手に配るのと同じブランドだからさ」

カールは葉巻を口から離してその赤い帯を見た。

「これが？」

「ああ。つまりそいつはとくに高級品じゃない」

「そうなの？　もっと早く教えてくれよ」

「で、ヴィルムセンとどんな取引をしたんだ？」

カールは葉巻を吸った。「どんな取引だと思う？」

「あいつから金を借りたんだろう」

「ちぇ」カールはにやりとした。「頭がいいのはぼくのほうだと思ってる人もいるのにな」

「おまえ、売っちまったのか？　ヴィルムセンに魂を売っちまったのか？」

「魂？」カールはアクアヴィットの残りをばかばかしいほど小さなグラスに注いだ。「魂なんか信じてなかったんじゃないの？」

「答えろよ」

「魂ってのはつねに買い手市場なんだ。それを考えればあのおっさんはぼくの魂にいい値段をつけてくれたと思う。それにあのおっさんの商売だって、この村が破産しちゃ成り立たない。しかもいまじゃ本人もあのホテルに多額の投資をしてるわけだから、ぼくがコケたら自分もコケるわけだ。誰かから金を借りるなら大金を借りることだよ、兄貴。そうすりゃこっちもむこうを、むこうがこっちを支配するのと同じくらい支配できる」カールはわたしにグラスを掲げてみせた。

わたしにはグラスもなければ返す言葉もなかった。

「あいつは何を担保に取ったんだ？」

「ふだんヴィルムセンはどんな担保を要求する？」

わたしはうなずいた。きみの言葉だけでいい。魂だけで。だが、そういう場合、貸付金額はそれほど大きくないはずだ。

「でも、別のことを話そう、金の話なんかつまんないからさ。ヴィルムセンはシャノンとぼくを年越しパーティに招待してくれたんだ」

「おめでとう」とわたしはそっけなく言った。ヴィルムセンの年越しパーティには村の有力者がこぞって集まる。新旧の議長、別荘地の所有者、金のある連中や、金のあるふりができるぐらい大きな農場を持っている連中。この村の目に見えない境界線の内側にいる人々は誰もかれも。もちろん当人たちは境界線の存在など否定するが。

「それはそうと、ぼくのかわいいキャデラックはどこが悪かったんだ？」

わたしは咳払いをした。「些細な問題だ。無理もないよ、かなりの距離を走ってるし、酷使されてるし。オスには急坂が多いからな」

「じゃ、修理できないところはないんだ？」

わたしは肩をすくめた。「そりゃまあ、とりあえずはおれが修理できるけど、そろそろあのポンコツを処分して新しいのを買うことを考えるべきかもな」

カールはわたしを見た。「なんで？」

「キャデラックは複雑だ。小さな部品がだめになりだしたら、それはもっとでかいトラブルが起こる前兆だ。おまえは車についちゃ専門家じゃないだろ？」

カールは渋い顔をした。「それはそうだけど、ぼくはあの車がいいんだ。修理できるの？　できないの？」

わたしは肩をすくめた。「決めるのはおまえだ」

「よかった」そう言うとカールは葉巻を吸い、それから葉巻を口から離して見つめた。「ある意味じゃ残念だよね、兄貴とぼくがなし遂げたことを生きて見られないなんてさ」

「親父とお袋のことか？」

「うん。生きてたら父さんはいまごろ何してると思う？」

「棺の蓋の内側を引っかいてる」わたしは言った。

カールはわたしを見た。それから笑いだした。わたしはぶるっと身震いし、腕時計を見て、あくびをしてみせた。

その夜、また落下の夢を見た。わたしはヤイテスヴィンゲンの崖の縁に立っていて、下から父と母がわたしを呼ぶ声がしていた。こっちへ来いと。わたしは崖から身を乗り出して下をのぞいた。前の保安官が転落する前にそうしていたとカールが言うように。車のフロントエンドは岩壁に近すぎて見えなかったが、後部のトランクの上に、二羽の巨大なカラスがとまっているのが見えた。二羽は飛びたってこちらへ飛んできた。近づいてくると、そいつらはカールとシャノンの顔をしていた。通りすぎざまにシャノンが二度叫ぶのが聞こえ、わたしははっとして目を覚ました。闇を見つめて息を凝らしたが、寝室からはなんの物音も聞こえてこなかった。

クリスマスの日、わたしは我慢できなくなるまでベッドから出なかった。ようやく起きたときには、もうカールとシャノンは教会の礼拝に出かけていた。中流階級らしく控えめにめかしこんで、スバルで出かけていくのが窓から見えた。わたしは母屋と納屋のまわりをぶらついて、ものをいくつか修理した。下の村から冷たい空気に乗って清々しい教会の鐘の音が聞こえてきた。そのあとボルボで作業場に行き、キャデラックの整備に取りかかった。やるべきことは充分にあったので、夜まで作業に没頭していられた。九時にカールに電話して、整備がすんだから取りにこいと伝えた。

「ぼくはもう運転できる状態じゃない」カールは言った。もちろんわたしはそれを期待していたのだが。

「じゃ、シャノンをよこしてくれ」わたしは言った。

カールはためらった。「そしたらスバルは兄貴のところに置いとくしかなくなる」

そこで、どうでもいい考えがわたしの脳裡をよぎった。カールがこの作業場を〝兄貴のところ〟と呼んだこと、それはつまり農場を自分のところだと考えているということだ。

「おれがスバルを運転して、シャノンがキャデラックを運転すればいい」わたしは言った。

「そしたらボルボがあとに残される」

「わかったよ。じゃ、おれが上までキャデラックを運転してくから、シャノンがおれを下まで乗せてきて、おれがボルボで帰ればいい」

「まるで山羊と燕麦だな」カールは言った。

わたしは息を詰めた。カールは本当にそう言ったのか？　シャノンとわたしを同じ場所でふたりきりにしておくのは、山羊を好物の燕麦とともに残していくのと同じだと？　いつから知っていたのか？　これからどうなるんだ？

「聞こえてる？」カールは言った。

「ああ」わたしは妙に冷静に言った。むしろほっとしていた。安堵を覚えていた。そう。修羅場にはなるだろうが、少なくともこれでもう、いかさま師のようにこそこそしなくてすむのだ。「もう一度言ってくれ。山羊と燕麦ってのはなんのことだ？」

「山羊はさ」とカールは辛抱強く言った。「行きも帰りもボートに乗ってなくちゃならないんだよ、そうだろ？　くそ、頭がこんがらかる。いいからキャデラックは作業場の外に置いといて、帰ってきなよ。あとでシャノンかぼくが取りにいくからさ。お疲れさん。もうこっちへきて一緒に飲んでくれ」

気づくとわたしは、痛めた中指がずきずきするほどきつく電話を握りしめていた。カールが言ったのは人と物のやりくりのことだったのだ。手漕ぎボートで山羊と燕麦の袋を運ぶにはどうしたらいいかという、あの古くからある難問だ。わたしは詰めていた息を吐いた。

「わかった」

わたしたちは通話を終えた。

わたしは電話をじっと見つめた。あいつは人と物のやりくりのことを話してたんだよな？　そうに決まってる。オプガル家の男は、心の内にあることをかならずしもすべて話しはしないが、謎かけはしない。

農場に帰ると、カールは居間に座っていて、一杯飲めとわたしに勧めた。シャノンはもう寝ていた。わたしはあまり飲みたくないと答えた。疲れたし、クリスチャンサンに戻ったらそのまま仕事に直行しなければならないのだと。

ベッドにはいっても夢うつつの状態で朝まで輾転反側し、七時になるとベッドを出た。

キッチンは暗かったので、「電気をつけないで」と窓辺からささやき声がすると、わたしはぎくりとした。

そのキッチンなら何がどこにあるか目隠しされていてもわかったので、わたしは戸棚からマグを取り出して、温かいポットからコーヒーを注いだ。窓辺に行き、雪明かりに照らされたシャノンの横顔を見て初めて、その腫れに気づいた。

「どうしたんだ？」

シャノンは肩をすくめた。「わたしがいけないの」

「へええ？　浮気でもしたのか？」

シャノンは溜息をついた。「もううちに帰って。このことはこれ以上考えないで、ロイ」

「おれのうちはここだ」とわたしはささやき、その腫れにそっと手をあてた。シャノンは止めなかった。

「それに考えるのもやめられない。四六時中きみのことを考えてる。止めるのは不可能だ。おれたちはもう止まれない。ブレーキが壊れてるんだ。修理不能なんだ」

しゃべっているうちに声が大きくなり、シャノンは思わずストーブの煙突と天井の穴に目をやった。

「で、このままこの道を走りつづけたら、わたしたちは崖から飛び出す」とシャノンはささやいた。「あなたの言うとおりブレーキは利かないから、わたしたちはほかの道を行くしかない。崖に近づかない道を。あなたはほかの道を行かなくちゃだめなの、ロイ」シャノンはわたしの手を取って唇にあてた。「ねえ、ロイ、お願い。まだ時間があるうちに逃げて」

「愛してる」

「やめて」

「でも、真実だ」

「それはわかってるけど、そう言われるとつらくてたまらない」

「なぜ？」

シャノンは顔をしかめた。そのせいで急に彼女の顔から美しさが消え、わたしはそこにキスをしたくなった。彼女にキスをしたくなった。せずにはいられなかった。

「わたしはあなたを愛してないから。あなたが欲しいのはたしかだけど、でも、愛してるのはカールだから」

「嘘だ」わたしは言った。

「人は誰でも嘘をつくの。自分は本当のことを言っていると思ってるときでさえ。人が真実と呼ぶのは、自分にいちばん都合のいい嘘にすぎない。そして、必要な嘘を信じる人間の能力に限界はない」

「だけど、きみは自分でもそれが真実じゃないのを知ってるだろ！」

シャノンは人差し指を唇にあてた。

「真実じゃなきゃいけないの、ロイ。だからもう帰って」

ボルボとわたしが市の標識を通りすぎたとき、あたりはまだ真っ暗だった。

三日後、わたしはスタンレイに電話して、おれはまだ年越しパーティに招かれているかと尋ねた。

50

「来てくれてうれしいよ」スタンレイはそう言いながらわたしの手を握り、黄緑色のスラッシュみたいなものがはいったグラスを渡してくれた。

「楽しいクリスマスを」わたしは言った。

「やっと〝よい〟と〝楽しい〟を使い分けられる人が来てくれたよ！」とスタンレイはウィンクしてみせた。わたしは彼のあとについてほかの客がすでに到着している部屋にはいった。

スタンレイの家は豪邸とはとても言えない家だった。そもそもオスにそんな家はない。例外はヴィルムセンの家とオースの家だけだが、オースの家のしつらえは農民の良識と古くからの資産家の余裕に満ちた慎みとが調和しているのに対して、スタンレイのヴィラはロココと現代アートがでたらめに入り混じっていた。

居間には、アンティークの椅子と丸テーブルの上の壁に、《死って、わたしにとってどんないいことがある?》と題した本の表紙をラフに描いた大きな絵がかかっていた。

「ハーランド・ミラーだ」とスタンレイはわたしの視線の先を見て言った。「ひと財産注ぎこんだよ」

「そんなに好きなんだ」

「たぶんね。でも、たしかにちょっぴり模倣の欲望がふくまれていたかもしれない。だって、ミラーを欲しがらない人なんていると思うか?」

「模倣の欲望?」

「ごめん。ルネ・ジラールだ。哲学者の。ジラールは人が自分の賞賛する人々と同じものをいつのまにか欲しがるようになることを、そう名づけたんだ。きみのヒーローがどこかの女性に恋をしたら、きみはその女性をわがものにすることを無意識のうちに目標とするようになるわけさ」

「なるほど。だとすると、あんたは実際のところ、男と女のどっちに恋をしてるんだ?」

「こっちが知りたいね」

わたしは周囲を見まわした。「ダン・クラーネが来てるな。クラーネはヴィルムセンの年越しパーティの常連だったんじゃないか?」

「目下の彼はあっちよりもこっちに親しい友人が多いんだ」とスタンレイは言った。「ちょっと失礼するよ。キッチンで料理を用意しなくちゃならないから」

わたしは室内を一周した。おなじみの十二の顔に、おなじみの十二の名前。シモン・ネルガル、クルト・オルセン。グレーテ・スミット。わたしはそこに立って船乗りのように体を揺らしつつ、会話に耳を傾けていた。手にしたグラスをまわし、時計を見ないようにして。客たちはクリスマスのことや、国道のこと、天気のこと、気候変動のこと、大雪の予報のことを話題にしていた。外には早くも雪が積もりつつあった。

「異常気象だ」誰かが言った。

「よくある大晦日の大雪さ」と別のひとりが言った。「過去の記録を見てみろよ、五年に一度は来てるから」

わたしはあくびを噛み殺した。

ダン・クラーネは窓ぎわに立っていた。つねに冷静で慇懃なこの新聞記者のそんな姿を見るのは初めてだった。誰とも話さず、妙にすさんだ目で客たちを観察しながら、強い黄緑の酒を何杯も飲んでいる。

気乗りはしなかったが、わたしはクラーネのところへ行った。

「で、調子はどうだ？」わたしは訊いた。

　クラーネはわたしを見た。誰かに話しかけられるとは思っていなかったようだ。

「やあ、オプガル。きみはコモドドラゴンに詳しいか？」

「あのオオトカゲのことか？」

「そのとおり。アジアの小さな島々のいくつかにしか棲息していない。そのひとつがコモド島で、オス市と同じぐらいの広さだ。オオトカゲとは言っても、実際にはそれほど大きくない。少なくとも一般に思われているほどには。体重は人間の大人と同じぐらいだ。動きは鈍いから、きみもぼくも走れば逃げられる。だからむこうは待ち伏せをするほかない。そう、卑劣な待ち伏せだ。しかしその場で殺すことはしないんだよ、嚙みつくだけなんだ。どこでもいいから。脚をちょっと甘嚙みするとかね。そこできみは逃げて、助かったと思うんだ。そうだろう？　ところがあにはからんや、むこうはきみに毒を注入している。それも弱い遅効性の毒を。なぜ弱い毒なのかについてはあとで説明するとして、ここでは、その毒を生み出すには途方もない労力が必要になるからだ、とだけ言っておく。毒が強くなれば労力もそれだけ必要になるわけだ。コモドドラゴンの毒は血液が凝固するのを妨げる。だからきみは突如血が止まらなくなり、脚の傷は治らず、嚙み傷による内出血も治まらない。すると、きみがそのちっぽけなアジアの島のどこへ逃げようと、コモドドラゴンは嗅覚器でもある長い舌で血のにおいを嗅ぎつけて、えっちらおっちら追いかけてくる。日が経つにつれてきみはどんどん衰弱する。やがてドラゴンに追いつかれて、もうひと嚙みされる。それからもうひと嚙み。全身からひたすら血が流れ出して、止まらない。きみの血は徐々に徐々に空になっていく。だが、もちろんきみは逃げられない、きみはこの小さな島にとらえられていて、きみのにおいはそこらじゅうに残されているからな」

「で、この話は結局どこに行きつくんだ？」わたしは訊いた。

　ダン・クラーネは話すのをやめてわたしをにらんだ。気分を害したようだった。おそらくわたしの質問を、早くレクチャーを終わらせろという意味だと解釈したのだろう。

「狭い土地に棲む有毒生物というのは、獲物が実際的な理由やら何やらでそこから逃げられない場合には、貴重な即効性の毒など作らなくてもいいんだ。このいまいましくも緩慢な拷問を実践できるんでね。それは実践における進化だよ。きみならなんと言う、オプガル？」

オプガルにはなんとも言えなかった。クラーネが話しているのが人間版の有毒生物だということはもちろん理解していた。だが、それはあの取立屋のことなのか？　それともヴィルムセンのことなのか？　それとも誰かほかの人物のことなのか？

「予報によれば風は夜のあいだにやむらしい」わたしは言った。

クラーネは呆れたような顔をすると、わたしを無視して窓の外を見つめた。

一同がテーブルについてようやく、話題はホテルのことに移った。テーブルを囲んでいる十二人のうちの八人がプロジェクトに関与していた。

「なんでもいいが、建物がしっかり固定されてることを祈るぜ」とシモンが、強風にきしむ大きなピクチャーウィンドーのほうに目をやりながら言った。

「だいじょうぶ」とひとりが確信のある口調で言った。「ホテルが飛ばされる前にうちのキャビンが飛ばされるはずだけど、うちのはもう五十年も無事に建ってる」

わたしは辛抱しきれなくなって腕時計を見た。

わが村には大晦日の深夜零時前に広場に集まるという伝統がある。スピーチだのカウントダウンだのといった儀式ばったことはいっさい抜きで、たんに人々が集まってロケット花火が打ちあげられるのを待ち、カーニバルを思わせる渾沌と無秩序のなか、年が改まる瞬間に集団で盛大な抱擁を交わして、一年の残りの九千時間近くは触れ合うこともない人々と体や頬を押しつけ合うのだ。ヴィルムセン邸の年越しパーティでさえその時間にはおひらきになり、客たちが下々と交じり合えるようにする。

誰かが、この村はいま上昇期にあるというようなことを言った。

「それはカール・オプガルの功績とされるべきだ」とダン・クラーネが口をはさんだ。みなはクラーネがやや鼻にかかった声で静かに意見を述べるのに慣れていたが、いまのクラーネの口調は乱暴で腹を立てているように聞こえた。「もしくは責任か。見かたによりけりだな」

「というと？」誰かが訊いた。

「つまりだな、カールがオールトゥンで行なったあの資本主義復興演説、あれのせいでみんな、旧約聖書に出てくる民のように黄金の子牛像を崇めるようになって、そのまわりで踊ってるわけだよ。そうそう、ついでに言えば、ホテルの名前はそれにすべきだな。黄金の子牛スパに。もっとも……」とクラーネは爛々とした目で一同を見まわした。「オス・スパというのもなかなか適切だがね。オスパというと、ポーランド語で天然痘という意味になるんで。二十世紀までは村を全滅させていたような伝染病だ」

グレーテの笑い声が聞こえた。クラーネの言葉はいつもどおりの知的で気の利いたものではあったが、いまはそこに攻撃性と冷ややかさがこめられていて、一同は黙りこんだ。

空気を察したスタンレイが、グラスを掲げてにっこりした。「たいへん面白い話だね、ダン。でも、それはおおげさに言ってるよね？」

「そうかな？」ダン・クラーネは冷ややかに微笑んで、わたしたちの頭上の壁の一点に目を据えた。「金がなくても誰でも投資できるこの事業、これは一九二九年十月の株価暴落のときの状況とまさに瓜ふたつだ。ウォール街の高層ビルから飛びおりたあの銀行家たちなど、氷山の一角にすぎない。本当に悲惨だったのは何百万という零細な小口投資家でね、好況が永遠につづくかのような甘い話をする株式ブローカーを信頼して、有り金以上に株を買っていたんだ」

「なるほど」とスタンレイは言った。「でも、まわりを見ても楽観論ばかりだ。はっきり言って、ぼくには大きな危険の徴候は見えないけどな」

「それこそがまさに暴落の本質なんだ」クラーネの声はどんどん大きくなってきた。「何も見えないんだよ、突然すべてが見えるまでは。不沈船と謳《うた》われたタイタニック号が沈んでから十七年もたつのに、人は何も学んでいない。直前の一九二九年九月には株式取引は史上最高を記録していたんだ。集合知はすばらしい、市場は正しい、みんなそう考えている。誰もが買いたい買いたいと言っているときには、狼が来るなんてもちろん誰も叫ばない。人間は群居性動物だからね、勘ちがいするんだよ。群れにいたほうが安全だ、群衆のなかにいればだいじょうぶだと……」

「だけど、たしかに安全だ」とわたしは小声で言った。だが、たちまち沈黙がおりたので、自分の皿から目をあげなくても全員がわたしを見ているのがわかった。

「だから魚も羊も群れを作るんだ。だから人は有限責任会社や共同事業体を作るんだ。群れで行動するほうが実際に安全だからな。もちろん絶対に安全とはいえない。鯨がやってきて群れごと丸呑みされる恐れはつねにある。だけど、比較的安全ではある。それが進化による試行錯誤の結果だ」

　サーモンのマリネをフォークで口に運んで咀嚼しながら、わたしは全員に見つめられているのを感じていた。まるで聾唖者が突然しゃべったかのようだった。

「いまのに乾杯しよう！」とスタンレイが声をあげ、わたしがようやく顔をあげると、全員がわたしのほうにグラスを掲げていた。わたしは微笑んで自分のグラスを掲げようとしたが、グラスは空だった。完全に空だった。


　デザートのあとにポートワインが出されると、わたしはハーランド・ミラーの絵と向かい合ったソファに座った。

　隣に誰かが腰をおろした。グレーテだった。ポートワインのグラスにストローを挿している。「死って、わたしにとってどんないいことがある？」英語でそう言った。

「ただ読んだだけか、それともおれに訊いたのか？」

「両方」そう言ってグレーテは周囲を見まわした。ほかの連中はみな話しこんでいる。

「あんた、拒否するべきじゃなかった」グレーテは言った。

「何を？」とわたしは訊き返した。なんの話かわかってはいたが、とぼければ話題を変えてくれるのではないかと思ったのだ。

「しかたないから、あたしひとりでやったんだよ」

　わたしは呆れてグレーテを見つめた。「じゃ、きみは……」

　グレーテは重々しくうなずいた。

「カールとマリのゴシップを広めてまわったのか？」

「情報を広めたの」

「嘘つけ！」乱暴な言葉が口を衝いて出てしまい、わたしはあわてて周囲を見まわして、誰も聞いていないかったのを確かめた。

「あら、そうかしら」グレーテは皮肉に微笑んだ。「じゃ、なぜダン・クラーネはここにいてマリはいないの？　ていうか、なぜあのふたりは例年どおりヴィルムセンのところにいないわけ？　子守？　まあ、あのふたりはみんなにそう思ってほしいはずだけどね。あたしがダンに教えてあげたら、ダンはあたしに感謝して、ほかの人には言わないとあたしに約束させたからさ。それが最初の反応だったの、わかる？　あのふたり、外じゃ何ごともなかったみたいな顔をしてるけど、うちじゃ完全に別れてる。ほんとだよ」

胸がどきどきしてきて、ぴっちりしたシャツの内側で汗が噴き出すのがわかった。「で、シャノンにもそのゴシップを聞かせたのか？」

「ゴシップじゃないってば。配偶者が不貞をはたらいてたら誰もが知る権利のある情報。だからあたし、リタ・ヴィルムセンの家の夕食会でシャノンに話した。シャノンもあたしに感謝してたよ。わかる？」

「それはいつのことだ？」

「いつだったかな。ええと。もう寒中水浴はしてなかったから、春だったはず」

春。わたしの脳はフル回転しはじめていた。シャノンは夏の初めにトロントに行って、しばらく滞在していた。帰ってきて、わたしに連絡をよこした。くそ。くそくそくそ。怒りのあまり、グラスを持っている手がぶるぶる震えだした。中身をグレーテのパーマヘアにぶっかけてやりたい、それがライターオイルの代用になるかどうか、脇の皿に立ててある蠟燭にグレーテの顔を押しつけて確かめてやりたい、そんな気分だった。わたしは歯を食いしばった。

「なら、カールとシャノンがいまだに別れてないのは、きみにとっちゃさぞがっかりだろうな」

グレーテは肩をすくめた。「あのふたりはどう見ても幸せじゃない。それはつねに慰めよ」

「幸せじゃないなら、なぜあいつらは一緒にいるんだ？　子供もいないのに」

「あら、いるじゃない。ホテルがあのふたりの子供よ。あれはシャノンの傑作になるはずだから、それでシャノンはカールに頼ってるわけ。欲しいものを手に入れるために嫌いな相手に頼る──よく聞く話じゃない？」

グレーテはわたしを見ながらストローでポートトゥイ《ﾏﾏ》ンを吸った。頬をすぼめ、ストローにキスをするような形に唇を丸めて。わたしは立ちあがった。それ以上そこに座っていられず、ホールに出てコートを着た。

「帰るの？」スタンレイだった。

「広場に行く。ちょっと頭を冷やしたいんだ」

「十二時まで まだ一時間もあるよ」

「ゆっくり歩きながら考えたいんだ。むこうで会おう」

国道を風にさからって前のめりで歩いていった。風はわたしの体内を吹きぬけ、何もかも吹き払った。空から雲を。ことから霧を。心から希望を。これまでに起きたすべてのことから霧を。シャノンはカールの不倫を知っていた。ノートオッデンに行くに先だってわたしに連絡してきたのは、カールに復讐するためだったのだ。まさにマリと同じように。そう。繰りかえしだ。わたしは自分の足跡の上を歩いていたのだ。またしても同じ堂々めぐりだった。そこから逃れるのは不可能だった。だったらなぜもがく？　なぜ座りこんで雪の中で眠ってしまわない？

車が一台わたしを追い越していった。スタンレイの家の外に駐まっていた真新しい赤のアウディA1だった。つまりその運転者は飲酒運転をしているということだった。スタンレイの家であの黄緑のスラッシュを飲んでいなかった客はひとりもいないからだ。ブレーキランプが点灯するのが見え、アウディは広場の手前で曲がってネルガル農場のほうへ走り去った。

広場にはすでに人が集まりはじめていた。ほとんどは若者で、四、五人ずつのグループになってあてもなく歩きまわっている。だが、ちょっとした仕草や行動にも目的が、狙いがあり、すべて狩りの一部だった。人々はあらゆる方角から集まってきた。さえぎるもののない広場を風が吹きぬけていても、アドレナリンのにおいがするのがわかった。まるでサッカーの試合前だ。でなければボクシングの試合か。闘牛か。そう、それだ。これから何かが死ぬのだ。わたしはスポーツ用品店と子供服店のあいだの路地に立っていた。そこからなら誰にも見られずにすべてを観察できる——はずだった。

ひとりの少女が、まるで分裂する細胞のようにグループを離れると、おぼつかない足取りながらも、ほぼまっすぐわたしのほうへ歩いてきた。

「ハイ、店長！」ユーリエだった。アルコールのせいでしゃがれた不明瞭な声だった。彼女はわたしの胸に手をあてて、わたしを路地のさらに奥へ押しこんだ。それから両腕でしっかりと抱きついてきた。「新年おめでとう」そうささやいて、わたしが反応するまもなくわたしの口に唇を押しつけた。舌がわたしの歯を押してくる。

「ユーリエ」とわたしは歯を食いしばったままうめいた。

「店長」と彼女もうめき返した。誤解したらしい。

「だめだ」わたしは言った。

「新年のキスだよ。みんなやって――」

「ここで何をしてるんだ？」ユーリエの後ろから声がした。

ユーリエがふり返ると、ボーイフレンドのアレックスが立っていた。アレックスはリブに住む農家の跡取り息子で、農家の跡取り息子はたいてい――わたしのような若干の例外を除いて――大柄だった。絵の具で描いたような濃い髪を刈りあげ、あのイタリアのサッカー選手のように分け目と櫛目をくっきりとつけてジェルで固めている。わたしは状況を検討した。アレックスも足もとが少々おぼつかないようだし、両手はまだコートのポケットに突っこんでいる。殴りかかってくる前にまだ何か言うことがあるのだ。前口上が。わたしはユーリエを押しのけた。

ユーリエはふり返って、何が起ころうとしているのかを見て取った。

「だめ！　やめて、アレックス！」

「やめろって何を？」とアレックスは驚いたふりをして言った。「おれはただ、この人と弟さんが村のためにしてくれたことに礼を言いたいだけだ」と右手を差し出した。

そうか、前口上はなしか。だが、片足を一歩前に出しているその立ちかたで、アレックスの魂胆ははっきり読めた。よくある握手からの頭突きだ。まだ若いから、わたしがいったい何人の相手をぶちのめしてきたのか知らないのだろう。それとも知ってはいても、ほかに選択肢はない、自分は男であり縄張りを守らざるをえないと、そう思っているのだろうか。わたしはただアレックスの視線の片側に立って彼に手をつかませ、彼が足の位置を調整するときにその手を引いて、バランスを崩させるだけでよかった。わたしはアレックスの手を握った。するとその瞬間、アレックスの目に恐怖が浮かんだのがわかった。やはりわたしを恐れていたのか？　それとも愛する女を、いままで自分のものになると思っていた女を失いかけているのがわかって、怖くなったのか？　まあ、どのみちすぐにあおむけに倒され、またしても敗北を、屈辱を噛みしめ、自分は大した男ではないのを痛感するはずだ。そして、ユーリエの慰めはその傷口に塩を擦りこむことになるだろう。要するに、あの夜クリスチャンサンのルンド地区で起きたこととの繰りかえしだ。あの朝、モーの家のキッチンで起きたことの。わたしが十八のとき毎週土曜の夜にオールトゥンで起きたことの。わたしはまた一枚頭の皮を腰に下げて立ち去るはずだが、依然として敗者のままだろう。それはもうやめたい。わたしはそう思った。脱却したい。堂々めぐりをやめて消えてしまいたいと。だからわたしは何もしなかった。

アレックスはわたしを前に引きよせ、頭突きを食らわせた。ゴツッという音がしてアレックスの額が鼻にぶつかった。わたしは後ろによろけ、アレックスはパンチをふるうために右肩を引いた。よけようと思えば簡単によけられたが、わたしは前進して正面からパンチを受けた。拳は目の下をまともにとらえ、アレックスは歓声をあげた。わたしは踏みとどまって次のパンチを待った。アレックスは右拳を痛めたようだったが、まだ左手があった。ところがこんどは足を使ってきた。いい選択だ。腹を蹴られてわたしは体をふたつに折った。するとアレックスはこめかみに肘をたたきこんできた。

「アレックス、やめて！」

だが、アレックスはやめなかった。大脳皮質が振動するのがわかり、痛みが闇夜の電光のように瞬いたあと、視界が真っ暗になった。

終わりを歓迎したことなどこれまであっただろうか？　自分が網に、地曳き網にとらえられて水底に引きずりこまれるのを。自分のしたことばかりでなく、しなかったことに対してもついに罰を受けるのだという確信を。それはいわゆる不作為の罪だ。父はカールにしていたことをやめなかったがゆえに、地獄で焼かれているはずだった。やめようと思えばやめられたのだから。そしてわたしも、止めようと思えば止められた。だからわたしも地獄で焼かれてしかるべきなのだ。わたしは底に引きずりこまれた。みんなが待ちかまえている場所へ。

「ロイ？」

人生は本質的には単純なものだ。その目標はただひとつ、喜びを最大限に味わうこと。さかんに賞賛される人類の好奇心も、すなわち宇宙や人間の本質を探究しようとする意欲も、この喜びを高めたい、長引かせたいという欲望の表われでしかない。だから合計がマイナスになったら、人生のもたらす苦痛が喜びより大きくなり、事態が好転する望みがもはや失われたら、人は人生に終止符を打つ。暴飲暴食をつづけたり、流れの強いところへ泳いでいったり、ベッドで煙草を吸ったり、飲酒運転をしたり、喉のしこりが大きくなってもなかなか医者に行かなかったりして。あるいはもっとあっさり、納屋で首をくくる。そのときになってみればわかるが、それは平凡なことであり、ごく実際的な選択だ。それどころか、人生最大の決断だとさえ思えない。家を建てることや進路を決めること――そちらのほうが、人生を本来より早めに終わらせようという決断より、大きな決断なのだ。

だから今回のわたしは、じたばたしないと決めていた。凍死するつもりだった。

「ロイ」

凍死するんだ、わたしは言った。

「ロイ」

わたしを呼ぶ声は男の声のように低かったものの、女の声のように柔らかくて、訛りはいっさいなく、その声で名前を呼ばれるのがわたしには心地よかった。転がすように、愛撫するように発音される〝r〟の音が。

「ロイ」

唯一の問題は、あのアレックスという若者が罰金を科されたうえ、下手をすると、喧嘩にいたった状況を考慮されずに刑務所送りになる恐れがあることだった。実際にはそれは〝状況〟ですらなく、アレックスの誤解を考えれば、ごく当然の反応だったのだが。

「ロイ、こんなところに寝てちゃだめ」

誰かの手がわたしを揺すった。小さな手が。わたしは目をあけた。すると見えたのは、シャノンの心配げな茶色の目だった。それが現実なのか夢なのか、わたしにはよくわからなかったが、そんなことはどうでもよかった。

「こんなところに寝てちゃだめ」シャノンはまた言っ

た。

「だめ?」わたしはほんの少し頭を持ちあげてみた。路地にいるのはわたしたちだけだったが、広場からは人々が声をそろえてカウントダウンしているのが聞こえた。「おれは誰かの場所を奪ってるのか?」

シャノンは長いことわたしを見つめた。「ええ、奪ってる。自分でもわかってるでしょう」

「シャノン」とわたしはかすれ声で言った。「おれはきみを愛……」

あとは上空に光と色彩が弾けるけたたましい騒音に呑みこまれた。

シャノンは両襟をつかんでわたしを立ちあがらせた。周囲の風景がぐらぐらして吐き気が込みあげてきたが、シャノンに支えられてスポーツ用品店の裏手から路地を出た。わたしたちは国道を歩いていったが、たぶん誰にも見られなかったはずだ。広場に集まっている人々はみな、強風であちこちへ流される花火を見あげていた。一発のロケット花火は屋根をかすめ、もう一発は――おそらくヴィルムセンの強力な非常信号弾だろうが――白い放物線を描きながら時速二百キロで上昇して山のほうへ飛んでいった。

「ここで何をしてるの?」一歩ずつ足を前に出すことに集中しているわたしにシャノンは訊いた。

「ユーリエがおれにキスをしてきたんで――」

「それは知ってる、ユーリエがボーイフレンドに引っぱられていく前に話してくれたから。わたしが訊いてるのは、このオスで何をしてるのかということ」

「大晦日を祝ってたんだよ、スタンレイの家で」わたしは言った。

「それはカールから聞いた。でも、あなたはわたしの訊いてることに答えてない」

「きみが訊いてるのは、おれがきみのためにオスへ帰ってきたのかどうかか?」

シャノンは返事をしなかった。だからわたしは自分で答えた。

「そうだ。きみと一緒にいるために帰ってきたんだ」

「あなた、頭がおかしい」

「ああ。頭がおかしいから、きみがおれを求めてると思いこんだんだ。気づくべきだったよ。きみがおれにつきあったのはカールに復讐するためだったんだろ」

腕に衝撃があり、わたしはシャノンが足を滑らせて一瞬バランスを崩したのに気づいた。

「どうしてそれがわかったの？」シャノンは訊いた。

「グレーテさ。あいつから聞いたんだよ、去年の春にカールとマリのことをきみに教えたと」

シャノンはゆっくりとうなずいた。

「じゃ、ほんとなんだな？」とわたしは言った。「きみとおれの関係は、きみにしてみればただの復讐だったわけだ」

「半分はほんと」シャノンは言った。

「半分？」

「マリはカールが浮気した最初の相手というわけじゃない。でも、カールが大切に思っていた最初の相手ではある。だからあなたじゃなきゃだめだったの、ロイ」

「へええ？」

「復讐を対等なものにするには、わたしが恋心を抱いている相手じゃなきゃだめだったの」

わたしは思わず笑ってしまった。短く激しく。「よく言うよ」

シャノンは溜息をついた。「そう、馬鹿げてるもんね」

「あたりまえだ」

不意にシャノンはわたしの腕を放してわたしの前に立った。その小さな体のむこうに国道が臍の緒のように闇の中へ延びていた。

「たしかに馬鹿げてる。わたしの手の中にいる小鳥の胸をなでながらその小鳥のことを教えてくれたからって、夫の兄に恋をするなんて、そんなの馬鹿げてる。その人の弟からその人のいろんな逸話を聞いたからって、その人に恋をするなんて、そんなの馬鹿げてる」

「シャノン、よせ――」

「そんなの馬鹿げてる！　裏切りという言葉の意味も知らない人に恋をするなんて、馬鹿げてる！」シャノンは叫んだ。

わたしがよけていこうとすると、シャノンはわたしの胸に両手をあてて押しとどめた。

「そんなの馬鹿げてる」と静かに言った。「ノートオッデンのホテルの部屋で数時間一緒に過ごしたからって、その人のことしか考えられなくなるなんて、馬鹿げてる」

わたしはゆらゆらしながらそこに突っ立っていた。

「そろそろ行かないか？」そうささやいた。

作業場のドアが背後で閉まると、シャノンはわたしを抱きよせた。わたしはシャノンのにおいを吸いこんだ。くらくらしながら夢中でその甘い唇をむさぼると、シャノンがわたしの唇を血が出るほど強く嚙んできたので、わたしたちはまたしてもわたしの血の甘ったるい金属的な味を味わった。シャノンはわたしのズボンのボタンをはずして、怒りの言葉だと思しきものをいくつかつぶやき、わたしを抱きしめると同時に脚を払って、わたしを石の床に転倒させた。見あげるわたしの前で、片足で跳びはねながら片脚から靴とストッキングを脱ぐと、ドレスをたくしあげてわたしの上に座りこんだ。彼女は濡れていなかったものの、硬直したわたしをつかんでむりやり自分の中に入れた。わたしは皮膚がめくれるのではないかと思ったが、幸いにもシャノンは動かなかった。そこに座ったまま女王のようにわたしを見おろした。

「気持ちいい？」

「いや」わたしは答えた。

わたしたちは同時に笑いだした。

その笑いで、わたしを包みこんだシャノンの性器が収縮し、彼女もそれを感じたらしく、さらに笑った。

「あそこの棚にエンジンオイルが載ってる」わたしは指さした。

シャノンは頭を横に傾げて、子供を寝かせようとしている母親を思わせる慈しむような目でわたしを見ると、目を閉じた。依然として動かなかったものの、彼女の性器が温かく濡れてきたのがわかった。

「待って」とシャノンはささやいた。「待って」

わたしは広場の年越しのカウントダウンを思い出した。円環はついに破られたのだ。わたしたちは堂々めぐりを脱して自由になったのだと。

シャノンが動きはじめた。

そして絶頂に登りつめると、シャノンは叫び声をあげた。それは彼女もまた自分を閉じこめていた扉を蹴破るのに成功したといわんばかりの、荒々しい勝利の叫びだった。

わたしたちはベッドでからみあったまま耳を澄ましていた。風はやんでおり、ときおりパンパンと、遅れて打ちあげられたロケット花火の音が聞こえた。それからわたしは、カールとシャノンがオプガル農場の庭にキャデラックで乗り入れてきた日以来ずっと自問してきた問いを、シャノンにぶつけた。

「きみらふたりはなぜオスに来たんだ？」

「カールから聞かなかった？」

「村を地図に載せるという例の話だけだ。あいつは何かから逃げてるのか？」

「カールから聞いてないの？」

「カナダの不動産プロジェクトをめぐる法的なごたごたのことを、ちょっと聞いただけだ」

シャノンは溜息をついた。「それはキャンモアっていうカナディアン・ロッキーの観光地でのプロジェクトだったんだけど、コストが急騰して資金が尽きたせいで、中止に追いこまれたの。それにごたごたなんてない。いまはもう」

「どういうこと？」

「その件は片がついてる。カールは賠償金をパートナーたちに支払うように命じられたの」

「それで？」

「だけど、支払えなかった。だから逃げてきたわけ。ここへ」

わたしは体を起こして片肘をついた。「それはつまりカールは……逃亡中だってこと？」

「基本的にはそう」

「それがスパ・ホテルの目的だったのか？　そのトロントの負債を支払うための手段だったのか？」

シャノンは曖昧に微笑んだ。「カールはカナダに戻るつもりはない」

わたしはいま聞いたことを咀嚼しようとした。つまりカールの帰郷は、ありふれた詐欺師の逃亡にすぎなかったわけか？

「で、きみは？　なぜあいつと一緒にここへ来たんだ？」

「わたしがキャンモアのプロジェクトの図面を書いたから」

「で？」

「あれはわたしの最高傑作だった。わたしのＩＢＭビル。それをキャンモアに建てることはできなかったけれど、カールが再挑戦させてくれると約束してくれたの」

それではっきりした。「スパ・ホテルか。前にも設計したことがあったわけだ」

「そう、若干の変更を加えただけ。キャンモア周辺の風景はこことあんまり変わらない。わたしたちにはお金がなかったし、プロジェクトに投資してくれる人もいなかった。だからカールはオスにしようと言いだした。オスなら自分はみんなに信用してもらえる、海外で成功した地元の神童だと思われているって」

「で、ここへ来たわけだ。ポケットに一クローネもないのに。キャデラックに乗って」

「カールが言ったのよ。こういうプロジェクトを売りこむときには見てくれがすべてだって」

それを聞いてわたしは巡回説教師のアルマンを思い出した。治療を求める人たちから金を巻きあげるかたわら、その人たちに必要な医療援助を受けさせないようにしていたことが発覚すると、アルマンはやむなく北部へ逃亡した。だが、警察がそこでアルマンをつかまえてみると、当人はひとつの教派を興して奇蹟の治癒の教会を建て、三人の〝妻〟を持っていた。脱税と詐欺の疑いで逮捕されたアルマンは、法廷で逃亡後も詐欺をつづけた理由を問われると、こう答えた。

「それがわたしの商売ですから」

「きみらはなぜおれにすべてを打ち明けなかったんだ？」わたしは訊いた。

シャノンはひとりで微笑んだ。

「なぜだ？」わたしは重ねて訊いた。

「カールがあなたには言わないほうがいいって言ったのよ。カールが正確にはなんて言ったのか、いま思い出そうとしてるんだけど……そうそう、こう言ったの。兄貴は繊細さにも思いやりにも欠けるけど、道徳家だ。ぼくとはちがう。ぼくは繊細で思いやりのある人でなしだ」

わたしは悪態をつきたくなったが、実際には笑ってしまった。カールのやつ。ものごとを表現するこつを心得ている。子供のころは、わたしの作文の綴りのまちがいを直すときに、文をひとつかふたつ付け加えることもあった。それは駄文をいくらか引き立てて、いわばガラクタに翼をあたえてくれた。ガラクタに翼をあたえる。そう、それがあいつの才能だ。

「でも、カールの意図が悪しきものだと考えるなら、それはまちがいよ」とシャノンは言った。「カールだってもちろんみんなの幸せを願ってる。だけど自分の幸せをもうちょっと余計に願ってるだけ。それに、ほら、実際それは成功してるでしょ」

「警戒しなきゃならない暗礁がいくつかあるんじゃないか？　たとえばダン・クラーネが何やら記事を書こ

うとしてる」

シャノンは首を振った。「その問題はすでに解決したってカールは言ってる。それにいまは、いろんなことが上向いてる。プロジェクトは予定の軌道に戻った。二週間後には、カールはあそこを運営する予定のスウェーデンのホテル業者と契約を結ぶことになってる」

「かくしてカール・オプガルは村を救う。自分自身に永遠の記念碑を建てる。金持ちになる。そのうちのどれが、あいつにとっていちばん重要だと思う？」

「動機はすごく複雑だから、わたしたち自身だって完全には理解していないと思う」

わたしはシャノンの頬骨の下の青痣をなでた。

「じゃ、あいつがきみを殴る動機は？　それも複雑か？」

シャノンは肩をすくめた。「去年の夏にわたしがカールを置いてトロントに行く前は、わたしに手をあげたりなんてカールは一度もしなかった。ところが帰ってきたら、何かが変わってた。カールが変わってた。絶えず酔っぱらっていて、わたしを殴るようになった。最初のときは、あとですごく取り乱してたから、わたしもこれは一回きりなんだと自分を納得させた。でも、それはパターンになった。まるで一種の強迫行動みたいに。せずにはいられないことみたいに。始める前からもう泣いてることもあった」

わたしは下段のベッドから聞こえる泣き声を思い出した。それがカールではなく父だと気づいたときのことを。

「なのにきみはどうしてあいつと別れなかったんだ？　そもそもなぜトロントから帰ってきたんだ？　そんなにあいつを愛してたのか？」

シャノンは首を振った。「愛するのはやめてた」

「おれのために帰ってきたのか？」

「ちがう」と言ってシャノンはわたしの頬をなでた。

「じゃ、ホテルのために帰ってきたんだ」

シャノンはうなずいた。

「あのホテルを愛してるわけだ」

「愛してない。憎んでる。でも、あれはわたしの監獄、わたしを自由にしてくれないの」

「それでもやっぱりきみはあれを愛してる」わたしは言った。

「母親が自分を人質に取ってる子供を愛するようにね」とシャノンは言い、わたしはさきほどグレーテに言われたことを思い出した。

シャノンはこちらを向いた。

「わたしがあの建物を生み出すのに費やしたのと同じぐらい、時間と労力と愛情を費やして人が何かを生み出したら、それはもうその人の一部なの。いえ、一部じゃない、その人より大きなもの、もっと意味のあるもの。子供、建築、芸術作品――永遠の命にあずかれるチャンスってそれしかないでしょう？　何よりも重要なのは、その人がそれを愛してるってこと。わかる？」

「じゃ、あれはきみ自身の個人的記念碑でもあるってこと？」

「ちがう！　記念碑なんかわたしは設計しない。わたしが設計したのは単純で、実用的で、美しい建物。なぜかと言えば、わたしたち人間には美しさが必要だから。そしてあのホテルの設計の美は、その単純さにある。自明の論理に。記念碑めいたものなんかわたしの図面にはいっさいない」

「なぜホテルじゃなくて図面と言うんだ？　だって、もうほとんど完成してるんだろ」

「みんなが寄ってたかってあれを台なしにしてるからよ。議会と妥協を重ねたファサード。予算内に収めるためにカールが使用を認めた安物の素材。わたしがトロントに行ってるあいだに変更されたロビーとレストラン」

「じゃ、きみは自分の子供を救うために帰ってきたわけだ」

「でも、手遅れだった。おまけに自分が愛していると思っていた男は、暴力でわたしを従わせようとした」

「戦いにすでに負けたのなら、なぜまだここにいるんだ？」

シャノンは苦々しげに微笑んだ。「それはわたしが訊きたい。たぶん母親というのは、自分の子供のお葬式に参列しなくちゃいけないと思うものなんじゃないかな」

わたしは意を決して訊いた。「きみをここに引きとめてるものはそれだけじゃないだろ？」

シャノンは長いあいだわたしを見つめた。それから目を閉じてゆっくりとうなずいた。

わたしは大きく息を吸った。「それを口に出して言ってくれよ、シャノン」

「お願い。そんなことさせないで」

「なぜ？」

シャノンの目に涙があふれてきた。「だってそれは一種の〝ひらけごま〟だもの。だから口に出して言わせたいんでしょう」

「どういう意味だ」

「それを聞いたら心の扉がひらいてしまって、わたしは弱くなってしまう。でも、ここでのすべてが終わるまでは、強くなくちゃならない」

「おれも強くなくちゃならない。そのためにはきみの口からそれを聞く必要がある。おれにしか聞こえないように小声で言ってくれればいい」そう言うとわたしは、シャノンの小さな白い貝殻のような耳を両方とも手でふさいだ。

シャノンはわたしを見つめた。息を吸い、止め、またわたしを見つめた。それからその言葉を――どんな合言葉より、どんな信仰告白より、どんな忠誠の誓いより強力な魔法の言葉を――ささやいた。「あなたを愛してる」

「おれもきみを愛してる」わたしもささやき返した。

そしてシャノンにキスをした。

シャノンもわたしにキスをした。

「はあ」彼女は溜息をついた。

「じゃ、これが終わったら――ホテルが完成したらきみは自由の身？」

シャノンはうなずいた。

「おれは待てる」とわたしは言った。「でも、そのあとは荷物をまとめて出ていこう」

「どこへ？」

「バルセロナか。ケープタウンか。シドニーか」

「バルセロナ」とシャノンは言った。「ガウディだもん」

「約束だ」

その約束を確かめ合うようにわたしたちはたがいの目をのぞきこんだ。夜の闇のむこうから何か物音が聞こえてきた。チドリか？　なぜ山からこんなところまでおりてきたのだろう。ロケット花火のせいか？

シャノンの顔に何かが浮かんだ。不安。

「どうした？」わたしは訊いた。

「聞いて。いい音じゃない」

わたしは耳を澄ました。チドリではなかった。音が上下している。

「消防車だ」わたしは言った。

号砲でも鳴ったようにわたしたちはベッドから飛び出して作業場に駆けこんだ。ドアをあけてみると、古い消防車がちょうど村のほうへ消えていくところだった。わたしはそいつを修理したことがあった。アメリカのGMC製だ。軍が飛行場で使用していたものを、議会が買い取ったのだ。購入理由は、価格が手頃であり、容量千五百リットルのタンクがついているというものだった。一年後に売りに出された理由は、その重量級の車輛は急坂ではひどく鈍重になり、山で火災が発生しても、到着したときにはもうその千五百リットルの水で消化するものは何ひとつ残っていないからだった。だが、そんな化け物に買い手はつかなかったので、その消防車はいまだにここにあった。

「こんな天候なのに村のまんなかで花火なんか許可しちゃいけなかったんだ」

「火事は村のまんなかじゃない」シャノンは言った。

わたしは彼女の視線の先を見た。山の上のオプガル農場のほうを。上空がくすんだ黄色に染まっていた。

「やばいぞ」わたしはつぶやいた。

わたしはボルボを庭に乗り入れた。シャノンもすぐ後ろからスバルではいってきた。

オプガル農場は無事だった。いくぶん東へ傾斜した斜面に月光を浴びて建っていた。わたしたちは車からおり、わたしは納屋へ、シャノンは母屋へ向かった。

納屋に行ってみると、カールはすでに自分のスキーをはいて出かけたあとだった。わたしは自分のスキーとストックをつかんで母屋に走っていった。戸口にシャノンが立っていて、わたしのスキー靴を差し出してくれた。スキーをはくと、わたしは雪の中へ飛び出して、空が黄色く染まったあたりを目指した。

風はだいぶ収まっていたので、カールのスキーの跡は雪に埋もれておらず、わたしはそれを利用してぐんぐん進んだ。風が弱まっていたせいか、尾根に達する前に人々の叫び声と、ものがパチパチと爆《は》ぜる音が聞こえてきた。だから尾根にたどりついてホテルの骨組みとモジュールを見おろしたときには、驚くと同時にほっとした。煙は見えるが、炎は見えない——消火が間に合ったのだと。だが、そう思ったとき、建物のむこう側の雪が明るんでいることに気づいた。消防車の赤い車体と、こちらを向いて立っている人々の呆然とした顔が、炎に照らされていることに。そして風が一瞬やむと、黄色い舌がいたるところからチロチロと現われて、風下側の炎が風で一時的に吹き消されていたにすぎないことがわかった。それに、消火にあたっている人々が直面している問題もわかった。道路はホテルの正面までしかないうえ、正面のあたりは除雪されていなかったため、消防車はやむなく少し離れたところに駐めてあった。それはつまり、ホースを一杯に延ばしても、ホテルの裏手にまわりこんで風を背にして放水するのは不可能だということだった。いまは、水圧を最高にして放水しているにちがいなかったが、それでも水は向かい風に吹き散らされて、消防士たちのほうへ雨のように降りそそいでいた。

わたしは百メートル近く離れたところに立っていたので、炎の熱は感じなかった。だが、汗かホースの水で濡れたカールの顔を人々のあいだに見つけたとき、もはや手のほどこしようがないのがわかった。何もかも失われたのだ。

51

元日の朝は灰色の光とともに訪れた。

そのため風景が平板でのっぺりしたものに見え、作業場からホテルの建設現場へ車で登っていくと、わたしは一瞬、道に迷ったような錯覚を覚えた。そこはわたしが自分の掌のようによく知っている土地ではなく、どこか見知らぬ場所、見知らぬ惑星のように思えた。

到着してみると、カールが三人の男とともにまだくすぶっている焼け跡のそばに立っていた。村の誇りになるはずだった建物は無残な姿をさらしていた。もちろん、それが村の誇りになる可能性はまだあったものの、今年じゅうにはまず不可能だった。黒焦げの材木が天を指さして、樹木も生えない山にスパ・ホテルなど建ててはいけない、それは自然に反する、悪霊を目覚めさせると、そうわたしたち全員に警告していた。

車をおりて近づいていくと、ほかの三人は保安官のクルト・オルセンと、市長のヴォス・ギルベルトと、消防署長のアドラーだった。非番のときには市の技術士も務めている男だ。彼らが口をつぐんだのはわたしが現われたからなのか、それとも意見の交換が終わっただけなのか、それはわからなかった。

「で？」とわたしは言った。「何か判明したか？」

「大晦日のロケット花火の残骸が見つかった」カールの声はひどく小さくて、よく聞こえないほどだった。目の焦点はどこか遠いところに合っている。

「そうなんだよ」とクルト・オルセンが言った。煙草を親指と人差し指でつまんで、夜間歩哨の兵隊のように手の内側に向けている。「村で打ちあげられたやつが風で運ばれてきて、材木に燃えうつったのかもしれんな、見たところでは」

見たところでは。〝かも〟の強調のしかたから察するに、クルト自身もその線はあまり信じていないようだった。

「だけど？」とわたしはうながした。

クルト・オルセンは肩をすくめた。「だけど、ここにいる消防署長が言うには、消防が到着したとき、半分雪におおわれた足跡がふた組、ホテルのほうへつづいてたそうだ。あれだけの風が吹いてたんだ、消防車が到着するずっと前からあったもんだとは思えない」

「その足跡が、ふたりの人間が中にはいっていったものなのか、それともひとりがはいっていってまた出てきたものなのか、その点がはっきりしなかったんでね」と消防署長が言った。「最悪の事態を想定して、モジュール内に人がいるかどうか部下を突入させてチェックしようとしたんだが。すでに火がまわっていて無理だった。熱すぎた」

「ここで死体は見つかってない」とクルトは言った。「しかし夜のあいだに誰かがここに来たのはまちがいないようだ。したがって放火の線は、明らかに除外できない」

「放火？」わたしはつい大声を出してしまった。

クルトはわたしの驚きぶりを少々おおげさだと思ったのか、怪しむような保安官の目でわたしをじっと見つめた。

「そんなことをして何か得をするやつがいるのか？」わたしは言った。

「ああ、そんなやつがいるのかな、ロイ？」クルトはそう言い、わたしは〝ロイ〟と言ったときのクルトの口調が気にくわなかった。

「やれやれ」と市長のギルベルトが言い、氷結したブダル湖から漂ってくる霧になかば隠れた下の村のほうへ顎をしゃくった。「村の連中にとってこれは、とんでもない二日酔いの目覚めになるぞ」

「ま、首までクソに浸かったら、やるべきことはひとつしかない。再建を始めることだ」わたしは言った。

ほかの三人はわたしがラテン語でもしゃべったような顔をした。

「そうかもしれんが、今年中にホテルを一軒建てるのはまず無理だろう」とギルベルトは言った。「しかもそうなると、村の連中が別荘建設用の土地を売るのも当分不可能になる」

「ほんとに?」わたしはカールに目をやった。だが、カールは何も言わなかったし、わたしたちの会話を聞いてもいないようだった。ぼんやりと、固まったばかりのコンクリートのような表情で焼け跡を見つめている。

「それが議会との合意条項なんでな」ギルベルトは溜息をついた。その溜息のつきかたから、いま自分の言ったことを反芻しているのがわかった。「ホテルが先で、別荘はあとなんだ。あいにくとかなりの数の連中が、獲らぬ狸の皮算用で、分不相応に高価な車を買ってしまっているが」

「よかったな、ホテルに火災保険を充分にかけといて」クルト・オルセンがそう言いながらカールを横目で見た。

ギルベルトと消防署長は小さな笑みを浮かべて、たしかにそのとおりではあるが、現時点ではささやかな慰めにすぎないという顔をした。

「さてと」ギルベルトはそう言うと、帰るという意思表示として両手をコートのポケットに突っこんだ。「では、楽しい新年を」

クルトと消防署長もギルベルトの足跡を踏みながら帰っていった。

「いまのはほんとか?」三人が声の聞こえないところまで行くと、わたしは小声でそう訊いた。

「楽しい新年のこと?」カールは夢遊病者のような声で言った。

「保険のことだ」

カールは本当にコンクリートで固まったかのように全身でこちらを向いた。「充分にかけてあるに決まってるだろ」ひどくゆっくりと、ひどく小さな声で言った。これはアルコールではない。何かクスリでもやったのだろうか？

「だけど、充分以上にかけてるんじゃないのか？」

「どういうことさ？」

怒りがふつふつと湧きあがってきたが、三人がそれぞれの車に乗りこむまでは声を抑えなければならなかった。「クルト・オルセンは暗に、火は故意につけられたものであり、ホテルには過剰に保険がかけられてると、そうほのめかしてるってことだ。あいつはおまえが保険金詐欺をはたらいてると言ってるんだよ。気づいてなかったのか？」

「ぼくが火をつけたってこと？」

「つけたのか？」

「なんだってぼくがそんなまねをするんだ？」

「ホテルはかなりやばい状態に陥ってた。支出が予算を大きく上まわってたのに、おまえはそれをこれまでどうにか隠しとおしてきた。解決するにはこうするしかなかったのかもしれない。村の人たちが支払いを免れて、おまえも恥をかかなくてすむようにするには。これでもうおまえは新たなスタートを切れる。すべてを御破算にして、ホテルを設計図どおりの姿で建てられる。適切な資材を使って、支払われた保険金を投入して。な？　おまえはまだカール・オプガルのための記念碑を建てられるわけだよ」

カールは目の前でわたしが変身でもしたかのように、あっけにとられてわたしを見た。「実の兄貴のくせに、ぼくがそんなまねのできる人間だと本気で思ってるの？」それから首をこころもち傾けた。「なるほど、本気で思ってるんだ。じゃ答えてくれよ。なぜぼくはここに立って、ハラキリをしたい気分になってるのか。なぜ家にいて、シャンパンの栓を抜いてないのか」

わたしはカールの目をじっと見つめた。すると徐々にわかってきた。カールは嘘をつくことはできても、わたしをだませるような悲しげな芝居はできない。絶対に。

「いや」とわたしはつぶやいた。「それはしないな」

「それって？」

「おまえが必死になってコストを削減してたのは知ってる。だけど、それはしないはずだ」

「それってなんだよ！」カールは突然いきりたった。

「保険さ。保険金の支払いはやめなかっただろ？」

カールは目をそらし、怒りは通りすぎたようだった。

クスリにちがいない。

「そんなことをしたら馬鹿だ」とつぶやいた。「火事の直前に保険金の支払いをやめるなんて。だってそんなことをしたら……」カールの顔にゆっくりと笑みが広がった。ＬＳＤでトリップした人間がバルコニーから飛んでみせようとするとき、こんな笑みを浮かべるのかもしれない。「そうだよ、そんなことをしたらどうなっちゃうと思うんだよ、兄貴」

52

わが家のような山の上では、闇はおりてくるのではなくのぼってくる。下の谷や森や湖から上昇してくるため、村や畑に夕闇が訪れたのが見えていても、こちらはまだしばらく明るい。だが、その日は、その元日はちがった。上空に厚く垂れこめてあたりを灰色にしている雲のせいだったのかもしれないし、山肌から光をすっかり吸い取っているように見える黒焦げの焼け跡のせいだったのかもしれない。あるいは、オプガル農場をおおっている絶望のせいか、宇宙からの冷気のせいか。いずれにせよ、日の光は燃えつきたように消えていた。

カールとシャノンとわたしは無言で夕食を食べ、壁の奥で気温が下がる音に耳を傾けた。食事を終えると、わたしはナプキンで口から鱈と脂を拭ったあと、口をひらいた。

「《オス日報》のウェブサイトにダン・クラーネが、

火事はたんに遅れを意味するにすぎないと書いてる」

「ああ。ぼくに電話してきたんで、来週には再建に着手すると伝えておいた」

「じゃ、あいつはあそこに火災保険がかけられてなかったのを知らないのか？」

カールは自分の皿の両脇に肘を突いた。「知ってるのはこのテーブルを囲んでるぼくら三人だけだ。それはそのままにしとこう」

「おまえはそう思っても、あいつはジャーナリストだ、保険の加入状況をもっと詳しく調べるんじゃないか。なんたって危険にさらされてるのは村の将来なんだから」

「心配しなくていい、ぼくがなんとかするから。わかった？」

「わかった」

カールはまたひとくち鱈を食べた。わたしをちらりと見て、食べるのをやめ、水を飲んだ。「火災保険がかけられてないことに少しでも勘づいてたら、ダンはすべて順調だなんて書かなかったはずだ。ちがう？」

「ま、いいだろう、おまえがそう言うなら」カールはフォークを置いた。「いったい何が言いたいんだよ、兄貴？」

その瞬間、わたしにはあの男が見えた。あの男の威圧的な仕草と、命令口調と、射るような目つきが。カールが一瞬あの男に、父になったように見えた。

わたしは肩をすくめた。「よくわからないが、誰かがダン・クラーネに、ホテルに関して否定的なことを書くなと命じたように見える。それも火事のだいぶ前に」

「誰かって、たとえば？」

「村に来てたデンマーク人の取立屋だ。クリスマスのすぐ前に、あの男のジャガーが《オス日報》のオフィスの外に駐まってるのを見た人間がいる。そのあとダン・クラーネは顔色がすぐれなかったという話だ」

カールはにやりとした。「ヴィルムセンの取立屋か？　ぼくらが子供のころに噂したあの男？」

「あのころおれはそんな話を信じてなかったが、いまは信じてる」

「ふうん。だけど、ヴィルムセンはなぜダン・クラーネを黙らせておきたいんだ？」

「黙らせたいわけじゃない。都合のいいことを書かせたいんだ。ゆうべのスタンレイの家でのパーティで、ダン・クラーネはホテルのことをかならずしも賞賛してなかった」

わたしがそう言ったとき、カールの目の奥で何かがきらりと光った。これまでわたしがそこに見たことのないもの、斧の刃のように硬くて暗いものが。

「ダン・クラーネは自分の考えを書いてない」とわたしは言った。「ヴィルムセンに検閲されてる。だからおれはその理由をおまえに訊いてるんだ」

カールはナプキンをつかんで口のまわりを拭った。

「そりゃ、ヴィルムセンにはダンを黙らせたい理由なんて、ごまんとあるんじゃないかな」

「ヴィルムセンはおまえに用立てた金のことを心配してるのか?」

「かもね。でも、なんでぼくに訊くんだよ」

「クリスマス・イヴに、ここの外の雪にタイヤの跡が残ってるのを見かけたからだ。幅の広い、夏用タイヤの跡だった」

カールの顔が奇妙に長くなった。まるでゆがんだ鏡に映したかのように。

「雪が降ったのはクリスマスの二日前だ」とわたしは言った。「あのタイヤの跡は、イヴかその前日のものにちがいない」

それ以上言う必要はなかった。十二月にこの村でまだ夏用タイヤを使用している人間などほかにいない。カールはいかにもさりげなくシャノンのほうに目をやった。シャノンもカールを見つめ返した。その目にも何やら硬質なものが、わたしが初めてそこに見るものが潜んでいた。

「もういい?」シャノンは訊いた。

「ああ」とカールは言った。「これに関しちゃそれしか言うことはない」

「わたしが言ったのは食事のこと。みんなもう食べおわった?」

「ああ」とカールは言い、わたしはうなずいた。

シャノンは立ちあがり、皿とカトラリーを集めてキッチンへ持っていった。蛇口をひねる音が聞こえてきた。

「兄貴が考えてるようなことじゃない」カールは言った。

「おれはどんなことを考えてるんだ?」

「あの取立屋をダン・クラーネに差し向けたのはぼくだと考えてる」

たしは言った。「おれは都会の人間じゃない、山が好きだ。バルセロナの近郊には山がたくさんある。家もそっちのほうが安い」

　シャノンはあいかわらず何も言わずに自分のコーヒーを見つめていた。

「サンロレンソという山があって、これがすごくよさそうなんだ。バルセロナから四十分だ」わたしは言った。

「ロイ……」

「きっとそこでガソリンスタンドを買うこともできるはずだ。少しばかり金を貯めてあるからさ、それで――」

「ロイ！」シャノンはコーヒーから目をあげてわたしを見つめた。「これはわたしのチャンスなの。わからない？」

「きみのチャンス？」

「あのできそこないはもう焼けちゃったんだから。これはわたしの建物を、本来の姿で建てるチャンスなの」

「だけど――」

　シャノンの爪が前腕に食いこみ、わたしは口をつぐんだ。シャノンは身を乗り出してきた。「わたしの赤ん坊なのよ、ロイ。わからない？　赤ん坊が生き返ったの」

「シャノン、だけどもう資金がないんだ」

「道路、水道、下水、土地――全部整備されてる」

「わかってないな。五年後か十年後にあそこに何かを建てる人間はいるかもしれないけど、きみのホテルを建てる人間はいないんだよ」

「あなたのほうこそわかってない」シャノンの目にはこれまで見たことのない異様なぎらぎらした光が宿っていた。「ヴィルムセンには失うものが多すぎる。ああいう男のことはわかるの。何がなんでも勝とうとして、負けは認めない。ヴィルムセンはなんとしてでも、自分の出資したお金と別荘用地の利益を取りもどそうとするはず」

　わたしはヴィルムセンとリタのことを考えた。シャノンの言うことには一理あった。

「きみはヴィルムセンがもう一度賭けると思うわけだ。負けを倍にする危険を冒しても」

「あの人は賭けるしかないの。そしてわたしはホテルを建てるまではここにいるしかない。ああもう、わたしのこと頭がおかしいと思ってるでしょ」シャノンは絶望の声をあげると、額をわたしの腕に押しつけた。「でも、わたしはあのホテルを建てるために生まれてきたの。そこをわかって。だけど完成したら、あなたと一緒にバルセロナに行く。約束する」シャノンはわたしの手に唇を押しつけると、立ちあがった。

わたしも立ちあがってシャノンを抱きしめようとしたが、シャノンはわたしを椅子に押しもどした。

「いまはおたがいに冷静な頭と冷静な心でいる必要がある」そうささやいた。「頭を使わなくちゃ。わたしたち頭を使わなくちゃ。そうすればあとでのんびりできる。お休み」

シャノンはわたしの額にキスをして出ていった。


わたしは二段ベッドに横になって、シャノンの言ったことを考えた。

たしかにヴィルムセンは損をするのが嫌いではある。しかし打撃を受けるべきときには打撃を受けて、損失を最小限に食いとめる男でもある。シャノンが自信満々であんなふうに言ったのは、そうであってほしいという強い願望のせいではないのか？　あのホテルへの愛ゆえではないのか？　愛は人を盲目にする。だからわたしもすなおにそれを信じてしまったのではないか？　ホテルに保険がかけられていなかったことをヴィルムセンが知ったとき、欲と不安というふたつの対立する力のどちらが勝つのか、それはわからない。だが、シャノンの言ったとおり、プロジェクトを救えるのはおそらくヴィルムセンしかいないだろう。

わたしはベッドから身を乗り出して窓の外にある寒暖計を見た。マイナス二十五度。今夜外にいる生き物はいないだろう。そう思ったとき、カラスの警告の叫びが聞こえてきた。では、何かはいるのだ。迫ってきているのだ。生きているにせよ死んでいるにせよ。

わたしは耳を澄ました。家は静まりかえっていた。すると急にわたしは子供に返り、お化けなんてものはいないのだと自分に言い聞かせていた。だが、それは嘘だった。

なぜならあくる日、お化けが現われたからだ。

第六部

53

目が覚めたとたん、厳しい寒気がやってきたのがわかった。それは気温に対する皮膚感覚というより、ほかの知覚によるものだった。極端な寒さのなかでは普段より音がよく聞こえるし、光にも敏感になるし、空気を吸いこむと、いつもより分子が密集しているのか、生き生きした気分になる。

たとえばその朝は、家の外から雪を踏みしめる音が聞こえてきて、それが体重のある人物だということ、カールが早起きをして用事を足しにいこうとしているのだということがわかった。カーテンをあけてみると、キャデラックがゆっくりと慎重にヤイテスヴィンゲンの氷の上をくだっていくのが見えた。道には砂をまいてあったので、それは冷たい紙やすり状の氷ではあったが。わたしはシャノンの寝ている寝室へ行った。

シャノンは眠りで温かく、いつも以上にスパイシーな香りがした。

わたしはキスでシャノンを目覚めさせると、カールが新聞を買いにいっただけだとしても三十分はふたりだけで過ごせると伝えた。

「ロイ、いまは冷静な頭と心でいなくちゃいけないって、わたし言ったでしょ」とシャノンはいらだたしげに言った。「出てって！」

わたしは立ちあがったが、シャノンに引きもどされた。

それはまるでブダル湖から震えながらあがってきて、日射しで暖められた岩の上に寝ころぶようなものだった。厳しいと同時に優しく、体が歌いだすほどの幸福感に満ちていた。

シャノンはわたしの耳に息を吐きかけ、バルバドス英語と英語とノルウェー語で卑猥な言葉をつぶやいた。達したときには声をあげ、全身を弓なりに反らせた。わたしのほうは、シャノンの耳もとで声をあげないよう、達したときには枕に顔を埋めてカールのにおいを吸いこんだ。紛れもないカールのにおい。だが、ほかにも何かがあった。物音が。背後のドアのむこうから何かが聞こえた。わたしは緊張した。

「どうしたの？」シャノンが荒い息をしながら訊いた。

わたしはドアのほうを向いた。半びらきになっていたが、わたしが閉めなかったのだ。そうだよな？　そうに決まっている。わたしは息を殺し、シャノンも同じことをした。

家は静まりかえっていた。

キャデラックが帰ってくる音が聞こえなかったのだろうか？　きっとそうだ。わたしたちは声を忍ばせてもいなかった。わたしはつけたままだった腕時計を見た。カールが出かけてからまだ二十二分しか経っていない。

「だいじょうぶだ」そう言ってあおむけになった。シャノンが体をすり寄せてきた。

「バルバドス」わたしの耳にそうささやいた。

「え？」

「わたしたち、バルセロナの話をしたけど。バルバドスはどう？」

「バルバドスにもガソリン車はあるのか？」

「あたりまえでしょ」

「なら決まりだ」

シャノンはわたしにキスをした。彼女の舌は滑らかで力強かった。探り、迫り、あたえ、奪う。わたしはまんまと虜になった。もう一度彼女の中にはいろうとしかけたとき、エンジンのうなりが聞こえてきた。キャデラックだった。シャノンの視線と手をすり抜けてベッドから出ると、下着をひろい、冷たい床を歩いて子供部屋に戻った。二段ベッドに寝ころんで耳を澄ました。

車は家の外に停まり、玄関のドアがあいた。カールはホールで足踏みをして靴の雪を落とした。それからキッチンにはいってくる音が、床の穴を通して聞こえてきた。

「外にあんたの車があった」とカールが言うのが聞こえた。「勝手にはいってきたのか？」

わたしはベッドに寝ころんだまま体が凍りつくのを感じた。

「ドアがあいていたんでね」と別の声がした。低くてかすれた声だ。声帯を損傷しているような。

わたしは肘を突いて体を起こし、カーテンを脇に引いた。納屋の横の除雪された場所に、ジャガーが駐まっていた。

「なんの用だ？」とカールは言った。冷静だが、緊張している。

「おれの依頼人に金を返してもらおう」

「ホテルが焼けたんでまたあんたを寄こしたわけ？三十時間。悪くない反応時間だね」

「依頼人はいまその金を必要としてる」

「保険金がはいったらすぐに返す」

「保険金などはいらん。あのホテルに保険はかけられていなかった」

「誰が言った？」

「依頼人には独自の情報源があるんだよ。融資の条件は守られていなかった。それはつまり、返済期限が即座に来るってことだ。それは自分でも知ってるだろう、オプガルさん。よし。二日やろう。つまり四十八時間後だ……いまからな」

「ちょっと待ってくれ――」

「前回来たとき忠告したはずだ。これは三幕ものじゃないんだよ。だからこれでハンマーだ」

「ハンマー？」

「最後。死だ」

下は静まりかえった。わたしはふたりの姿を想像した。にきびだらけの赤い顔をしたデンマーク人は、食卓の椅子に座っている。くつろいだ態度がいっそう凄味をあたえている。カールは氷点下三十度の外からはいってきたばかりだというのに、汗をかいている。

「なぜあわてるんだ？」とカールは言った。「ヴィルムセンは担保を取ってるだろ」

「それはホテルがなけりゃろくに価値はないそうだ」

「だけどぼくを殺したってしょうがないだろ」カールの声はもはやそれほど冷静ではなくなっていた。むしろ甲高い掃除機のうなりのように聞こえる。「ぼくが死んだらヴィルムセンは絶対に金を取りもどせない」

「死ぬのはおまえじゃない。少なくとも最初の段階ではな」

わたしには次に来るものがすでにわかっていたが、カールにはわかっていなかったと思う。

「おまえの女房だ」

「シ……」カールは母音を呑みこんだ。「……ノン？」

「いい名前だな」

「でも、そんなの……殺人だ」

「金額が金額だからな」

「だけど、二日なんて。あんたもヴィルムセンも、ぼくがどうやってそんな短期間でそんな大金をかき集められると思うんだ？」

「かなり思い切ったことをしなけりゃならんだろうな、命がけのことかもしれん。それ以上はおれにはなんとも言えんな、オプガルさん」

「で、もしぼくが金を用意できなかったら……？」

「あんたは女房を亡くす。そしてさらに二日の猶予をあたえられる」

「だけど、そんな……」

　わたしはすでに立ちあがり、音を立てないようにしてズボンをはきセーターを着ていた。四日後に何が起こるか詳しくは聞かなかったし、聞く必要もなかった。

　わたしはそっと階段をおりた。ひょっとしたら――ひょっとしたら――デンマーク人に不意打ちを食わせることができたかもしれないが、無理だろうと思った。ガソリンスタンドで見たあの動きのすばやさは忘れていなかったし、下の物音の様子からすると男はドアに向かって座っているはずで、わたしがはいっていけば即座に気づいただろう。

　わたしは靴をはいて外に出た。こめかみが締めつけられるような寒さだった。キッチンから見えないように迂回して納屋までいくこともできたが、時間は数十秒しかないはずだと思い、自分の読みが正しいこと、デンマーク人が窓に背を向けて座っていることに賭けた。乾いた雪をきゅうきゅう踏みしめながらわたしは走った。取立屋の任務は何よりもまず脅すことだから、デンマーク人は脅し文句を細々とならべたてるだろうが、そうは言っても限界があるはずだ。

　納屋に駆けこむと、蛇口をひねり、その下にブリキのバケツをふたつ置いた。バケツは十秒足らずでいっぱいになった。わたしはその把手《とって》をつかんで納屋から駆け出し、ヤイテスヴィンゲンのほうへおりていった。水が跳ねてズボンが濡れた。

　カーブまで来ると、片方のバケツを凍結した道に置き、もう一方の水を自分の前に弧を描くようにして撒いた。水はこちこちの氷の上にさっと広がり、その表面に黒胡椒の実のように食いこんだ滑り止めの砂を呑みこんで凹凸や小さな穴を均《なら》しつつ、崖の縁のほうへ流れていった。もうひとつのバケツの水も同じように撒いた。気温が低すぎたので水はもちろん氷を溶かさず、薄い層となって表面をおおい、下の層に浸透しはじめた。

わたしがまだそこに立って氷の様子を見ているうちに、ジャガーのエンジンがかかる音がした。そして——それとほとんど連動するように——下の村から凛とした教会の鐘の音が聞こえてきた。顔をあげて家のほうに目をやると、取立屋の白い車がやってくるのが見えた。そろそろと慎重に。もしかしたら当人は、凍った山道を夏用タイヤで簡単に登ってこられたことを意外に思っていたかもしれない。だが、デンマーク人というのはたいてい氷のことをよく知らない。ある程度の寒さになると、氷の表面は紙やすりのようにざらざらになるのだ。

ところが、たとえば氷点下七度ぐらいまで暖かくなると、凍った路面はアイスホッケーのリンクのようにつるつるになる。

わたしはそのままバケツを両手にぶらさげて立っていた。デンマーク人はフロントガラスのむこうからこちらを見ていた。給油ポンプのそばで見かけたあの細い目は、いまはサングラスに隠れている。ジャガーは近づいてきて通りすぎていき、それに合わせてわたしたちの頭も惑星のようにそれぞれ自転した。むこうはわたしの顔をぼんやりと憶えていたのかもしれない。もしかしたら。そしてわたしがバケツを両手に下げてそこに立っている理由について、何か理にかなった説明を考えついたのかもしれない。もしかしたら。そしてひょっとしたら、タイヤが急に路面をとらえなくなったときにその理由を悟り、反射的にブレーキペダルをいっそう強く踏んでしまったのかもしれない。ひょっとしたら。そしていま、車もまたひとつの惑星となって、教会の鐘の音に合わせて氷上でゆっくりと、フィギュア・スケーターのように回転を始めた。デンマーク人が必死でハンドルをまわすのが見え、太い夏用タイヤをはいた前輪が、束縛から逃れようとするように左右に身をよじるのが見えたが、しかし罠にかかったジャガーはもはや制御不能だった。車が百八十度回転して後ろ向きになったままカーブの端へ滑っていくと、ふたたびデンマーク人の顔が見えるようになった。わたしはその顔を、ちっぽけな活火山が点在する赤い惑星を正面から見つめた。サングラスは斜めになり、当人は肘を高くあげてハンドルと格闘していた。だがわたしの姿を目にすると、あがくのをやめた。そこで悟ったのだ。そのバケツがなんのためだったのか。すぐに気づいていたら、まだ車から飛び出すチャンスがあったかもしれないが、いまとなってはもはや手遅れだと。

　おそらく脊髄反射だったのだろう、デンマーク人は銃を抜いた。攻撃された取立屋の——兵士の——無意識の反応だ。そしてわたしもまた何かの本能に従ったのだろう、別れの挨拶がわりに片手をバケツとともにあげてみせた。遠ざかる車の中から発砲音がしたかと思うと、耳のすぐ横のブリキのバケツにピシッと弾が貫通した。フロントガラスに一瞬、霜の華のような弾の穴が見えたが、次の瞬間にはもう、ジャガーは崖のむこうに消えていた。

　わたしは息を止めた。

　持ちあげたバケツはまだ衝撃で揺れていた。

　鐘の音がどんどん速くなってきた。

　そしてついに、くぐもった激突音が聞こえてきた。

　わたしはなおもそこに立ちつくしていた。誰かの葬儀だったのだろう、教会の鐘は徐々に間遠になりつつ、さらにしばらく鳴りつづけた。わたしはアウスダルティンデン山の頂から完全に姿を現わした朝日のなか、村と山々とブダル湖を見渡した。

　やがて教会の鐘の音は完全にやみ、わたしはしみじみ、自分の故郷はなんと美しいのだろうと溜息をついた。

　恋をすると、そんなふうに思うものなのだろう。

54

「氷に水を撒いた？」カールが不審そうに言った。

「そうすると温度があがるんだ」わたしは言った。

「スケートリンクみたいになるの」シャノンがそう言いながらストーブからコーヒーポットを運んできて、わたしたちにコーヒーを注いだ。

カールはシャノンを見あげている。

「トロントでアイスホッケーを見たでしょ！」とシャノンはカールの目つきに批難を見て取ったのか、声を強めた。「休憩時間にリンクに水を撒いているのに気づかなかった？」

カールはわたしのほうに向きなおった。「じゃ、フーケンにもうひとつ死体が増えたわけだ」

「そうであることを祈ろう」そう言いながらわたしはコーヒーの表面を吹いた。

「で、どうするのさ？　クルト・オルセンに通報するの？」

「いや」とわたしは答えた。

「いや？　死体が見つかったらどうするんだよ」

「見つかってもおれたちには関係ない。おれたちは車が崖から落ちるのを見てないし、音も聞いてない。だから何も通報しなかったんだ」

カールはわたしを見た。「さすがは兄貴」にやりと白い歯を見せた。「わかってたんだ、きっと何か計画を思いついてくれるって」

「よく聞け」とわたしは言った。「取立屋がここへ来たことを誰かに知られたり勘づかれたりしなけりゃ、おれたちはなんの心配も要らない。口をつぐんでりゃいい。百年経ってもフーケンの残骸は発見されないかもしれない。だけど、あいつがここへ来たことがばれたり、ジャガーが発見されたりした場合には、おれたちはこう話す……」

カールとシャノンは、わたしがわが家のキッチンで声をひそめるはずもないのに、身を乗り出してきた。

「たいていの場合いちばんいいのは、なるべく事実に近い話をすることだから、おれたちもそういう話をする。つまり、取立屋はカールがヴィルムセンに借りている金を返せと圧力をかけにきた。おれたちは誰も取立屋が走り去るところを見ていないが、ヤイテスヴィンゲンは相当に滑りやすくなっていた。そう話せば、警察はフーケンにおりてジャガーの夏用タイヤを見たら、あとは自分たちで勝手に解決してくれる」

「教会の鐘だ」とカールが言った。「教会の鐘のせいで車が下に激突した音は聞こえなかったと言えばいい」

「いや」とわたしは言った。「鐘は鳴らなかった。あいつがここへ来た日には教会の鐘は鳴らなかったんだ」

ふたりは訝しげにわたしを見た。

「なんで？」とカール。

「計画はまだ完全にまとまってるわけじゃないが。でも、これは今日起きたことじゃない。あのデンマーク人にはもうちょい長生きしてもらう」

「なんで？」

「デンマーク人のことは気にするな」とわたしは言った。「脅しを生業《なりわい》にする連中は、いつどこで仕事をするのか人には言わないものだろうから、あいつが今日ここへ来たことを知ってるのはおれたちだけだろう。だから死体が発見されたら、死亡日はおれたちの証言で決まる。そこで問題になるのがヴィルムセンだ」

「ああ、ヴィルムセンは自分の取立屋がここへ来たのを当然知ってるはずだもんな。警察に知らせるかもしれない」

「おれはそうは思わない」わたしは言った。

短い沈黙があった。

「そうね」とシャノンが言った。「だってそんなことをしたら、あの人は警察に取立屋を雇ったのは自分だと言わざるをえなくなる」

「そうか。そうだよな、兄貴？」

わたしは答えなかった。長々とひとくちコーヒーをすすってから、マグを置いた。

「デンマーク人のことは忘れろ」とわたしは言った。「ヴィルムセンが問題になるのは、取立屋がいなくなったぐらいで金を取りもどすのを諦めるはずはないからだ」

シャノンが顔をしかめた。「それにヴィルムセンは人を殺すこともいとわない。あの取立屋は本気でそうするつもりだったと思う、ロイ？」

「おれは煙突の穴から聞いてただけだ。あいつの目の前にいたカールに訊いてくれ」

「ぼくは……本気だったと思う」とカールは言った。「でも、くそを漏らすほどビビってたから、何を言われても信じただろう。この三人のなかで人……人のものの考えかたがわかってるのは、兄貴しかいないよ」

カールは〝人殺しのものの考えかた〟と言いそうになったのだ。

ふたりはまたわたしを見た。

「ああ、あいつはきみを殺しただろう」わたしはそう言ってシャノンを見た。

シャノンは目を見ひらき、ゆっくりとうなずいた。オス風に。

「で、その次はおまえの番だったはずだ、カール」わたしは言った。

カールは自分の手を見おろした。「一杯やる必要があるな」

「だめだ！」とわたしは言い、大きく息を吸って自分を落ちつかせた。「おまえには素面でいてもらわなきゃならない。牽引ロープを用意しろ、もう一度運転係をやってもらう。シャノン、きみは下へ行ってカーブにもっと砂を撒いてくれないか」

「わかった」シャノンはわたしのほうへ手を伸ばした。わたしは頬をなでられるのかと思って一瞬身を強ばらせたが、シャノンはわたしの肩に手を置いただけだった。「ありがとう」

カールはそこで突然目が覚めたようだった。「うん、そうだよな、ありがとう！　ありがとう！」と、身を乗り出してわたしの手をつかんだ。「兄貴はシャノンとぼくを救ってくれたのに、ぼくはここで、これは兄貴の問題だみたいな顔をして泣き言を言ってるだけなんだから」

「おれの問題なんだよ」とわたしは言った。そして危うく、おれたちは家族なんだとか、一緒に戦ってるんだとか、くすぐったい台詞をならべそうになった。だが、それは思いとどまった。しょせんはわたしも、つい三十分前までは義理の妹とベッドでファックしていた身なのだから。

「ダンは今日の社説で思いきり騒ぎたててるよ」とカールがキッチンから話しかけてくるのを聞きつつ、わたしは廊下でコートを着て、岩壁に氷が張っているとしたらどんなブーツが最適か思案していた。「ヴォス・ギルベルトも議会も迎合主義者で骨なしだと書いてる。それはヨー・オースが議長だった時代に生まれた伝統で、当時はそれほど顕著じゃなかっただけだとさ」

「あいつは袋だたきに遭いたいんだ」とわたしは言い、父の古い革製のスキーブーツを選んだ。

「袋だたきに遭いたい人間なんている？」とカールは言ったが、そのときにはもうわたしは外に出ていた。

納屋へ行くと、シャノンがブリキのバケツにシャベルで砂を入れていた。

「きみとリタ・ヴィルムセンはまだ週に三回、寒中水浴をしてるか？」わたしは訊いた。

「してる」

「それはきみたちふたりだけ？」

「ええ」

「誰かに見られる可能性は？」

「朝の七時だし、暗いし……可能性はない」

「次回はいつ？」

「あした」

わたしは顎を掻いた。

「何を考えてるの？」シャノンが訊いた。

わたしはバケツにあいた弾の穴から砂がこぼれるのを見つめた。「どうすればきみがリタを殺せるか考えてるんだ」

その晩、わたしはカールとシャノンに計画を六回繰りかえして説明し、カールがうなずいたので、こんどはふたりでシャノンのほうを見た。するとシャノンはこう条件をつけた。

「もしわたしがこの計画に手を貸して、これが成功したら、ホテルの再建にはわたしのオリジナルの図面を使ってもらう。細部にいたるまで完全に」

「わかった」とカールは一瞬考えたのちに答えた。「最善を尽くすよ」

「その必要はない。建設の指揮はあなたじゃなくて、わたしが取るから」

「ちょっと待てよ――」

「これははったりじゃない。最後通告」シャノンは言った。

カールもわたしと同じくシャノンが本気なのがわかったのだろう、わたしのほうを向いた。わたしは肩をすくめて、これに関してはおまえを助けられないと伝えた。

カールは溜息をついた。「わかったよ。オプガル家の人間は交渉はしない。これがうまくいったらその役割はきみに譲る。だけど、ぼくも貢献させてもらえるとうれしいな」

「それはだいじょうぶ、あなたはきっとすごくいそがしくなるはずだから」

「よし」とわたしは言った。「じゃ、もう一度計画のおさらいをしよう」

55

午前七時、あたりはまだ暗かった。

わたしは薄暗い寝室に忍びこんで、ダブルベッドに近づいた。規則正しい寝息を聞きながらそろそろと足を止めた。そのままじっと耳を澄ます。床板がきしむと足を止めた。そのままじっと耳を澄ます。リズムに中断はない。光といえばカーテンの隙間から射しこむ月光だけだ。ふたたび動きだし、マットレスに両膝を突いて、眠っている人物のほうへそっと近づいた。ベッドのこちら側は、先程までそこに寝ていたもうひとりの体温でまだ温かい。わたしは自分を抑えきれず、シーツに顔を押しつけて彼女の残り香を吸いこんだ。するとたちまち、まるで映写機のスイッチを入れたかのように、彼女とわたしの姿が浮かんだ。激しい行為のせいで汗を掻いているのに、まだ飽き足らない裸のふたりが。

「おはよう、ダーリン」

わたしはそうささやいて、寝ている男のこめかみに銃口を押しつけた。

寝息が止まった。荒々しい鼾のような音が二度。それから男は目をあけた。

「太ってるわりには静かに寝るんだな、あんた」わたしは言った。

ヴィルム・ヴィルムセンは自分がまだ夢を見ているわけではないのを確かめるように、薄闇の中で何度か瞬きをした。

「なんだこれは？」声がしゃがれていた。

「ハンマーさ」とわたしは答えた。「最後。死だ」

「なんのつもりだ、ロイ？　どうやってはいってきた？」

「地下室のドアから」

「あそこは鍵をかけてある」

「ああ」わたしはそれしか言わなかった。

ヴィルムセンはベッドに起きあがった。「ロイ、ロイ、ロイ。おまえに手荒なまねはしたくない。とっとと出ていけばこの件は忘れてやる」

わたしはヴィルムセンの鼻梁を銃身で殴った。皮膚が裂けて血が出てきた。

「上掛けから手を動かすな。血なんかほっとけ」わたしは言った。

ヴィルムセンはごくりと喉を鳴らした。「いまのは拳銃か？」

「そのとおり」

「わかったぞ。じゃ、これは前回の繰りかえしみたいなもんか？」

「ああ。ただしあのときはおたがいに生きて別れた」

「いまは？」

「いまはなんとも言えない。あんたはおれの家族を殺すと脅したからな」

「それはあんな巨額の債務を焦げつかせた結果だ」

「ああ、だからこれはあんな巨額の債務を焦げつかせた結果が招いた結果だ」

「ならわたしは黙って債権者どもに破産させられるべきだってのか？　おまえ、本気でそう考えてるのか？」ヴィルムセンの口調にこもるのは恐怖よりも憤りで、その状況把握の速さには感心するほかなかった。

「それに関しちゃ、おれはとくに何も考えてない。あんたはあんたのやるべきことをやり、おれはおれのやるべきことをやる、それだけだ」

「こんなやりかたでカールを救えると思ってるのなら

大まちがいだぞ。ポウルは何があろうと仕事をやり遂げる。契約はもうキャンセルできん。いまポウルと連絡を取るすべはないんでな」

「ああ、そのとおり」とわたしは言い、かつてポール・マッカートニー死亡説なるものが流れたとき似たような言葉が使われたのではなかったかと思いながら、こう言った。「ポウルは死んだ」

ヴィルムセンのタコのような目が大きく見ひらかれた。すると拳銃が見えたようだった。見憶えがあるのがはっきりわかったらしい。

「おれはまたフーケンにおりなきゃならなかった。ジャガーはキャデラックの上に重なってた。どっちも屋根を下にして、どっちもぺしゃんこになってて、まるでポンコツ車のサンドイッチだったよ。それにデンマーク人の死体はぐちゃぐちゃで、さながらシートベルトをした豚肉ロールだった」

ヴィルムセンは唾を呑みこんだ。

わたしは銃を振った。「こいつはチェンジレバーと屋根のあいだにはさまってたんで、足で蹴り出さなきゃならなかった」

「要求を言ってくれ、ロイ」

「おれの家族を殺さないでもらいたい。義理の家族もふくめてだ」

「わかった」

「それと、カールの借金を帳消しにしてほしい。そのうえで、新たにそれと同額の融資をすることに同意してもらう」

「それはできんよ」

「あんたとカールの署名のある融資契約書のコピーを見た。ここでいま双方の契約書を破棄して、新たな融資契約書に署名してもらう」

「それは無理だ。契約書は弁護士のオフィスにあるんでね。それにカールから聞いてるだろうが、あれは弁護士のところで証人の立ち会いのもとに署名したんだ。そう簡単に消え失せたりはさせられない」

「〝破棄する〟と言ったのは比喩的な意味でだ。ここに前のやつと差し替える融資契約書がある」

わたしはあいているほうの手で枕元のライトをつけると、内ポケットから二枚のA4書類を取り出して、ヴィルムセンの前の上掛けの上にならべた。

「ここには融資金額が三千万からそれよりずっと低い金額に減額されると書いてある。具体的には二クローネだ。それと、減額の背景として、あんたがカールにホテルの保険費用をカットすべきだと個人的に助言したこと、それゆえカールの置かれた状況にはあんた自身も同等の責任があると考えていることも書いてある。要するに、カールの災難はあんたの災難でもあると。そのうえで、あんたはカールに新たに三千万の融資をすると、そう書いてある」

　ヴィルムセンはきっぱりと首を横に振った。「おまえはわかってない。わたしゃそんな大金を持ってない。あれはカールに融資するために借りたもんだ。返済されなけりゃ、わたしゃ破産する」と泣きそうな声を出してから、さらに言った。「村の連中が金をばんばん使うようになったんで、わたしは大儲けしてると思われてるがな、連中はみんなコングスベリやノートオッデンに行って新車を買うんだよ。わたしから買った中古に乗ってる姿なんぞ見られたくないんだ」

　縞模様のパジャマの襟の上で二重顎がぷるぷる震えた。

「それでも署名してもらう」わたしはそう言って、持ってきたペンをヴィルムセンに渡した。

　ヴィルムセンは書類の内容を目で追った。それから問いかけるようにわたしを見あげた。

「立会人と日付のことは、あんたが署名したあとで考える」わたしは言った。

「だめだ」

「何がだめなんだ？」

「署名はしない。死ぬのは怖くない」

「そうか。だけど、破産するのは怖いだろ？」

　ヴィルムセンは無言でうなずいた。そして短い笑いを漏らした。「おまえ、憶えてるか？　前にこれと同じ状況になったとき、わたしは癌が再発したと言った。あれは嘘だったが、いまは再発してる。残された時間は限られてる。だから、そんなでかい借金を棒引きするわけにゃいかないし、これ以上貸すわけにもいかないんだ。女房たち相続人に健全な事業を残してやりたいんでな。いま大切なのはそれだけだ」

　そういう返答が予測ずみであることをヴィルムセンに理解させるために、わたしはゆっくりと時間をかけてうなずいてみせた。「それは残念だよ。つくづく残念だ」

「な、そうだろ？」とヴィルムセンは言い、カールがゆうべのうちに書いておいた補足書類とともに契約書を返してよこした。

「ああ、まったく残念だ」わたしはそう答えただけで、書類は受け取らなかった。かわりに携帯電話を取り出した。「なにしろその場合、おれたちはもっと残念なことをせざるをえなくなるんでね」

「わたしが耐えてきた治療を考えりゃ、拷問なんぞ大した効果はないと思うぞ、ロイ」

わたしは返事をせず、ビデオ通話アプリ《フェイスタイム》をひらいて〝シャノン〟をタップした。

「わたしを殺すのか？」金を搾り取ろうとする相手を殺すことの愚を強調する口調だった。

「あんたじゃない」とわたしは言い、携帯の画面を見つめた。

シャノンが画面に現われた。周囲は暗かったが、氷結したブダル湖の雪にカメラの光が反射している。シャノンはわたしにではなく、カメラの反対側にいる誰かに話しかけた。

「ビデオを撮ってもいい、リタ？」

「いいわよ」というリタの声が聞こえた。

シャノンが背面カメラに切り替えると、鋭い光の中にリタが現われた。リタは毛皮のコートに毛皮の帽子といういでたちで、帽子の下から白い水泳帽がのぞいている。白い息を吐きながらその場でぴょんぴょんとジャンプするリタの足もとの氷には、人がちょうど通りぬけられるぐらいの大きさの四角い穴が切ってあり、穴の横には氷鋸と、切り取られた氷が置いてある。

「あんたのかみさんを殺す」とわたしは言い、画面をヴィルムセンのほうへ向けてやった。「これはポウルから拝借したアイディアだ」

癌が再発したというのは嘘ではなかったようだ。ヴィルムセンの目に苦悩が浮かんだのがわかった。自分が決して失わないと思っていたもの、ことによるとわが身より愛しているもの、それを失うかもしれないと知って愕然としたのだ。なにしろヴィルムセンの唯一の慰めは、リタが自分より長生きして、自分のかわりに生きつづけてくれることだったのだから。その瞬間わたしはヴィルムセンに同情した。心から同情した。

「溺死してもらう。もちろん事故だ。かみさんは水に跳びこむ。ドブン。ふたたび水面に浮かんでくると、そこにもう穴はない。手探りすると頭上の氷がゆるんでいるから、そこが切り取られた部分だとわかって、押しあげようとする。シャノンはそこに足を載せているだけでいい。氷の蓋に。かみさんには足を踏んばる場所がないからな。あるのは水だけ、冷たい水だけだ」

ヴィルムセンは低い嗚咽を漏らした。わたしはそれに喜びを覚えたか？　覚えなかったと思いたい。覚えたとしたら、わたしはサイコパスだということになってしまう。そんなものにはもちろんなりたくない。

「手始めはリタだ」とわたしは言った。「それでもあんたが署名しなけりゃ、次はほかの相続人たちだ。シャノンは自分の死刑宣告にあんたのかみさんが関与してた疑いもあると考えてるからな、この任務には大いに乗り気でいる」

画面ではリタ・ヴィルムセンがコートをすでに脱いでいた。凍えるほど寒そうだったが、それは無理もない。白い肌は粟立ち、鋭い光の中で青っぽく見える。あの夏わたしと湖に漕ぎ出したときと同じ水着を着ていた。リタはあれから少しも老けていないどころか、むしろ若返ったように見えた。まるで時が元に戻るどころか、さかのぼっているように。

ペンが紙の上を走る音が聞こえた。

「そら」とヴィルムセンは書類とペンをわたしの前の上掛けの上に放ってよこした。「さあ、やめさせろ！」

リタ・ヴィルムセンが穴の縁まで移動するのが見えた。ボートに乗っていたときと同じ、いまにも跳びこもうとする身がまえ。

「あんたが二枚とも署名したらな」わたしは画面から目を離さずに言った。ヴィルムセンがまた書類をつかんでペンを走らせる音がした。

わたしは署名をチェックした。正しい署名のようだった。

そのときヴィルムセンが叫び声をあげ、わたしは画面を見た。水音のようなものはいっさい聞こえなかった。リタの跳びこみはみごとだった。すると、切り取られた四角い氷が画面いっぱいに広がり、小さな白い手がそれをつかんで持ちあげた。

「やめていいよ、シャノン。ヴィルムセンは署名した」

それでもシャノンは穴に蓋を落とそうとするように見えた。だがそこで、蓋を横におろし、一瞬ののち、リタが暗い水中からアザラシのように姿を現わした。笑顔のまわりで濡れた髪がつやつや光り、呼気が白い煙の信号をカメラに送ってくる。

　わたしは接続を切った。

「さてと」

「さてと」ヴィルムセンも言った。

　室内は寒く、わたしは徐々に上掛けの下に体を滑りこませた。全身ではないが、ふたりでベッドを共有していると言っても言いすぎではないほどには。

「もう用はすんだろう」

「そう簡単にいけばいいんだがな」わたしは言った。

「どういう意味だ？」

「おれが出ていったとたんにあんたが何をするかはわかりきってる。別の取立屋か殺し屋に電話して、おれがこの書類をあんたの弁護士に届ける前にオプガル家の人間を皆殺しにしようとするはずだ。で、それが間に合わないと思えば、警察に通報して、おれたちに脅迫された、いま署名した書類は無効だと言い立てるだろう。それに当然、いかなる取立屋とのつながりも否定するはずだ」

「そんなふうに思いこんでるのか、おまえ？」

「ああ、そうさ。そうじゃないことをあんたがおれに納得させてくれりゃ別だけどな」

「で、納得させられなかったら？」

　わたしは肩をすくめた。「試してみたらどうだ」

　ヴィルムセンはわたしをにらんだ。「だからおまえ、手袋をして水泳帽をかぶってるのか？」

　わたしは返事をしなかった。

「髪の毛も指紋も残さないようにするためか？」ヴィルムセンはさらに言った。

「そんなことは心配しなくていい。それより、この状況をなんとかする方法を考えろよ」

「ふうむ、そうさな」とヴィルムセンはパジャマから黒い毛が大量にのぞく胸の前で両手を組み合わせた。

　沈黙が訪れ、国道を往来する車の音が聞こえてきた。こういう早朝に村のガソリンスタンドにいるのが、わたしは大好きだった。そこにいて村が新たな一日に目覚める様子を、人々が小さな社会機構の中で定められた場所へそれぞれ向かうところを見ているのが。そうしていると全体が見え、あらゆるできごとの背後に見えない手が存在するのが感じられる。すべてはおおむねしかるべき形で動いているのだと。

　ヴィルムセンが咳払いをした。「ほかの取立屋にも警察にも接触するつもりはない。おたがい失うものが大きすぎるからな」

「あんたはすでに何もかも失ってる。もはや何をしたって得るものしかないんだよ。さあ、あんたは中古車のセールスマンだろ。おれを納得させてみろ」

「ふむ」

室内にふたたび沈黙が訪れた。

「時間がなくなってきたぞ、ヴィルムセン」

「信頼の飛躍《リープ・オブ・フェイス》でいこう」とヴィルムセンは言った。

「思い切って信頼してくれ」

「こんどは同じ欠陥車を二度つづけて売りつけようってわけか。ふざけるな。あんたはうちの親父にまんまとあのキャデラックをつかませたうえ、カールとおれには——あとでわかったことだが——コングスベリでなら半額で買える中古ダイビング器材を売りつけたんだぞ」

「何か考えつくにはもっと時間が要る。午後にもう一度来てくれ」ヴィルムセンは言った。

「残念だが、これはおれが帰る前に、それも明るくなる前に、片付けなきゃならないんだ。でないと、おれがここを出ていくところを人に見られちまう」わたしは銃口をあげてヴィルムセンのこめかみに押しつけた。

「おれだってほかのやりかたがあればそうしたいんだ。おれは人殺しじゃないし、ある意味じゃあんたのことが好きなんだから。ほんとさ。だけどそのやりかたは、あんたが教えてくれなくちゃだめなんだよ、おれにはわからないんだから。あと十秒やる」

「むちゃくちゃだ」ヴィルムセンは言った。

「九秒。あんたに自分の命を救うチャンスをあたえることがむちゃくちゃか？　シャノンはそんな機会もあたえられなかったんだぞ。あんたのかみさんの自然余命のかわりに、あんたの残り少ない余命を奪うことがむちゃくちゃか？　八秒」

「むちゃくちゃじゃないかもしれんが——」

「七秒」

「諦めたよ」

「六。カウントダウンを終えるまで待ってほしいか？　それとも……」

「できるだけ長生きしたいのが人情ってもんだ」

「五」

「葉巻が吸いたい」

「四」

「せめて葉巻を吸わせてくれ。頼む」

「三」

「デスクの抽斗にはいってるんだ、取りにいかせて——

——」

発射音があまりに大きかったので、鼓膜に何か鋭利なものを突き刺されたような気がした。

もちろん映画では、そんなふうに頭部を撃ちぬいたときにはかならず血が滝状に壁を伝い落ちるのを見ていたが、実際そのとおりになったのを見て、わたしは正直なところ驚いた。

ヴィルムセンはあおむけにベッドに倒れこんだ。むっとしたような表情を浮かべていたのは、わたしに命を二秒かすめとられたせいかもしれない。ややあって、わたしの体の下のマットレスが濡れてきたのがわかり、つづいて大便のにおいがしてきた。映画にそういう描写はあまりないが、死体の穴という穴が水門のようにひらくのだ。

わたしはヴィルムセンの手に銃を押しこんでベッドから出た。オスのガソリンスタンドに勤務していたとき、《図説サイエンス》誌のほかに《犯罪実話》誌も愛読していたから、水泳帽と手袋を着用しているだけでなく、ズボンの裾を靴下に、コートの袖を手袋にそれぞれテープでぐるぐる巻きにして留め、殺人事件として捜査された場合にそなえて、体毛が落ちたりDNA痕跡を残したりするのを防いでいた。

階段をすばやくおりて地下室に行き、そこにあったシャベルをつかむと、地下室のドアに施錠しないまま外に出た。後ろ向きで庭を歩きつつ、雪に残された自分の足跡をシャベルでかき消していく。それからブダル湖のほうへくだる坂道をおりた。あたりに人家は多くない。新築された家の入口に置かれたゴミ容器にシャベルを放りこんだあと、耳がひどく冷たいのに初めて気づき、ポケットに毛糸の帽子を入れていたのを思い出して水泳帽の上からそれをかぶり、坂道をくだって小さな桟橋まで行った。ボルボは建ちならぶボート小屋の裏手に駐めてあった。わたしは氷上に目を凝らした。そこのどこかで、わたしの人生における三人の女のうちのふたりが、寒中水浴をしているはずだった。ところがこちらはいま、そのうちのひとりの夫を殺してきたのだ。奇妙だった。エンジンはまだ温かく、難なく始動した。わたしはオプガル農場へ向かった。時刻は朝の七時半で、あたりはまだ真っ暗だった。

同じ日の午後、そのニュースはラジオで全国に流れた。

「テレマルク県オス市で今日、男性が自宅で死亡しているのが発見されました。警察は死因に不審な点があると見ています」

ヴィルムセンが死んだというニュースは、スレッジハンマーのように村に衝撃をあたえた。そう表現するのがふさわしいだろう。ショックはホテルが焼け落ちたときより大きかったように思う。なにしろつねにそこにいたあの悪賢くて愉快な、キザで俗物的な中古車販売業者が、永遠にいなくなったのだから。当然誰もが話題にするはずだった。どこの店やカフェでも、どこの町角でも、どこの家でも。ヴィルムセンの癌が再発したのを知っていた人々でさえ、悲しみで青ざめた顔をしていた。

それからのふた晩、わたしはよく眠れなかった。良心が疼いたからではない。わたしはヴィルムセンが自分を救えるよう本気で力を貸してやったのだ。だが、いったんチェックメイトされた対戦相手を、チェスプレーヤーはどうすれば助けられる？　そんな手は指せない。だから、眠れないのはまったく別の理由からだった。何か忘れているという不安がずっとつきまとっていたのだ。この殺人を計画したときに何か決定的に重要なことを見落としていたのではないかという不安が。ただ、それがなんなのか、どうしてもわからなかった。

ヴィルムセンが死んで三日後、葬儀の二日前、わたしはようやく気づいた。自分がどこでヘマをしでかしたのか。

56

午前十一時、わが家の前にクルト・オルセンがランドローバーを乗りつけてきた。

二台の車がそのあとにつづいた。どちらもオスロ・ナンバーだった。

「下のカーブはえらく滑るな」クルトはわたしがドアをあけると、煙の立ちのぼる煙草を踏み消しながらそう言った。「スケートリンクでもこしらえてるのか？」

「いや」とわたしは答えた。「砂を撒いてる。本来は市がやるべきことだが、うちがやってる」

「いまその話を蒸しかえすのはよそう」とクルト・オルセンは言った。「こちらは国家犯罪捜査局《クリポス》のヴェラ・マルティンセンとヤルレ・スーレスンだ」後ろには黒のズボンに黒の短い上着を着た女性警察官と、パキスタン人かインド人のような風貌の男が立っていた。

「あんたらにいくつか訊きたいことがあるんだよ、中にはいろうじゃないか」

「いくつか質問をさせていただけないでしょうか」とマルティンセンという女が割りこんできた。「さしつかえなければですが。それに中に入れてくださるのであれば」マルティンセンはクルトを見た。それからわたしを見て、微笑んだ。三つ編みにした短い金髪、大きな顔、広い肩。ハンドボールかクロスカントリー・スキーだろう。そう思ったのは、当人がどんなスポーツをしているのか外見から判断できるからではなく、それが女性にいちばん人気のあるスポーツだからであり、自分の直感を過信するよりもきちんとした統計に頼るほうが正しい答えを得られる可能性が高いからだ。わたしは玄関に立ってそんなどうでもいいことをふと考えた。そしてマルティンセンを見ながら、この女のいわゆる〝朝めしがわり〟にされたくなければ気を引き締める必要があるぞと気づいた。だが、こちらも準備はできていた。

わたしは三人をカールとシャノンがすでに座っているキッチンに案内した。

「皆さん全員からお話をうかがいたいんですが、できればひとりずつがいいんです」マルティンセンが言った。

「むかしのおれたちの部屋で待ってればいい」とわたしはさりげなく言い、カールの顔を見て、わたしの考えていることが伝わったのを確かめた。子供部屋にいれば質問と答えが聞こえるから、口裏を合わせたとおりに話しているかどうか確認できる。

「コーヒーは？」カールとシャノンが出ていくとわたしはそう訊いた。

「けっこうです」というマルティンセンとスーレスンの声と、「もらおう」というクルトの声が重なった。

　わたしはクルトにコーヒーを注いだ。

「犯罪捜査局にはヴィルムセン殺しの捜査で協力してもらってるんだ」とクルトは言い、わたしはマルティンセンがスーレスンにほんの少し眉をあげてみせたのに気づいた。

「てのもこれは自殺じゃなく、殺人だからだ」クルトは〝殺人〟という言葉に重々しい響きを添え、効果を高めるためにしばらく間を置くと、反応をうかがうようにわたしの顔を見ながらこうつづけた。「自殺に見せかけた殺人だよ。記録にあるもっとも古いトリックだ」

　まさにそのとおりの言いまわしを、わたしは《犯罪実話》誌の記事で読んだ気がした。

「だが、犯人はおれたちをだませなかった。そう、ヴィルムセンは凶器を手にしちゃいたが、その手には火薬残渣がなかった」

「火薬残渣」とわたしはその言葉を味わうかのように繰りかえした。

　スーレスンが咳払いをした。「実際には火薬残渣だけじゃありません。GSR、すなわち発射残渣《ガンショット・レジデュー》と呼ばれるものです。バリウムや鉛など、弾薬と銃に由来する化学物質で、発射時に半径五十センチ以内のほぼあらゆるものに付着します。皮膚や衣類に付着すると、除去するのは非常に困難です。幸いにも」スーレスンは短く笑ってメタルフレームの眼鏡を直した。「目には見えませんが、われわれは器具を持参しています。幸いにも」

「とにかく」とクルトが割りこんできた。「ヴィルムセンからはまったく発見されなかった。わかるか？」

「わかるよ」わたしは言った。

「それだけじゃない。地下室のドアがあいてたし、リタはまちがいなく鍵をかけてあったと言ってる。だからおれたちはこじあけられたと見てる。しかも犯人は、庭についた足跡を隠すために雪を掻いてった。そのシャベルが近くのゴミ容器から見つかってる。地下室にあったものだとリタが確認してくれた」

「驚いたな」とわたしは言った。

「ああ。犯人が誰なのか目星はもうついてる」

わたしは黙っていた。

「知りたくないのか？」クルトはあの馬鹿げたX線みたいな視線をじっとわたしに向けた。

「そりゃ知りたいが、おまえには守秘義務があるんだよな？」

クルトは犯罪捜査局のふたりのほうを向いて短い笑いを漏らした。「これは殺人事件の捜査なんだぞ、ロイ。情報を漏らすも伏せるも、捜査にどの程度役立つかによるんだよ」

「なるほど」

「いまおれたちがあつかってるような、これほどのプロの殺しとなると、捜査線上に浮かんでくるのは一台の車だ。具体的に言えば、このあたりで目撃されてるかなり古いデンマーク籍のジャガーで、おれのにらむところじゃプロの取立屋のもんだ」


〝いまおれたちがあつかってる〟〝捜査線上〟。いやはや、まるで殺人事件など山ほどあつかってるような口ぶりだ。しかも、取立屋を疑うのはクルト自身の発想ではもちろんなく、村の連中がむかしから噂してきたことだ。

「そこでおれたちはデンマーク警察に連絡を取って、凶器と発射体を送った。すると、九年前のオーフスでの殺しに使われたものと一致することが判明した。その事件は未解決なんだが、容疑者のひとりに古い白のジャガーEタイプに乗ってるやつがいた。ポウル・ハンセンという男で、取立屋として働いてることが知られてる」クルトは犯罪捜査局のふたりのほうを向いた。「ジャガーに乗ってるくせにしみったれで、凶器は処分しない。デンマーク人てもんだな」とにやりとしてみせた。

「むしろスウェーデン人じゃないかしら」マルティンセンがそっけなく言った。

「でなければアイスランド人か」とスーレスン。

クルトはわたしのほうに向きなおった。「あんた最近そのジャガーを見かけたか、ロイ？」とさりげなく訊いた。いやにさりげなく。あまりにさりげないので、わたしはそれが策略なのだと気づいた。ここがわたしを誘いこもうとしている罠、わたしにミスを犯させようとしている場所なのだと。こいつらは見せかけている以上に多くを知っている。だが、それほど多くもないから、やむなくわたしを引っかけようとしているのだ。それはつまり、まだ何かが欠けているということだ。もちろんわたしが何より望んでいるのは、そんな車は見かけていないと答えて、三人が礼を言って帰っていくことだ。けれどもそうすると、わたしたちは罠にかかるはずだ。なぜかといえばクルトたちがここへ来たのには理由があるからで、その理由とはジャガーだからだ。ここは要心しなくてはならなかった。いちばん警戒しなければならない相手だと直感的に思ったのは、マルティンセンという女だった。

「そのジャガーなら見かけたよ」とわたしは答えた。

「ここに来た」

「ここに？」とマルティンセンは静かに言い、自分の携帯をテーブルのわたしの前に置いた。「録音してもかまいませんか、オプガルさん？　話していただいたことを忘れないようにするためです」

「ご遠慮なく」とわたしは答えた。マルティンセンの丁寧な口調が伝染したのだ。

「で」とクルトがテーブルに両肘を突いて身を乗り出してきた。「ポウル・ハンセンは何しにここへ来たんだ？」

「カールに金を払わせようとして来たんだ」

「ほう？」とクルトはわたしを見つめた。だが、わたしはマルティンセンの視線が室内のあちこちへ飛びはじめたのに気づいた。何かを探しているようだった。目の前で進行中のこととは別の何かを。目の前で進行中のことはとりあえず録音している。視線がストーブの煙突に留まった。

「今回はヴィルムセンのために金を取り立てるんじゃなくて、ヴィルムセンから取り立てるためにオスに来たんだと言ってた」とわたしは言った。「控えめに言ってもかなり腹を立ててる感じだったな。ヴィルムセンはあの男に、いくつか仕事の報酬の借りがあったらしい。それなのに、自分は文無しになったとあの男に伝えたんだ」

「ヴィルムセンが文無し？」

「ホテルが焼けたとき、ヴィルムセンはカールに融資した金を帳消しにすることにした。大金だったが、自分にも責任があると感じてたんだ。自分の助言のせいで、カールはホテルが火事に遭ったらいっそう大きな損失を負うような決断をくだしたんでね」

ここは慎重にいかなければならなかった。ホテルに火災保険がかけられていなかったことを知っているのは、村じゅうでいまだにわたしたちオプガル家の三人だけだ。少なくとも、生きている人間は。だが、わたしが話しているのはまちがいなく事実だった。最初の融資の帳消しと新たな融資の実行に関する書類は、すでにヴィルムセンの弁護士の手元にあるし、それは法廷でも通用するはずだ。

「それに」とわたしは言った。「ヴィルムセンは癌にかかってて、先は長くなかった。だから村の連中に、自分はホテル建設のために惜しみなく寄付をしたし、火事で生じた財務上の混乱にもくじけなかったという、そんな記憶を残したかったんだろう」

「ちょっと待った」とクルトは言った。「ヴィルムセンに金を借りてるのはカールなのか、それとも会社なのか？」

「そこが難しいんだ。それはカールに訊いてくれ」

「わたしたちは経済犯罪課じゃありませんから、どうかつづけてください、オプガルさん」とマルティンセンが言った。「ポウル・ハンセンはヴィルムセンから回収できなかった報酬を、カールに支払えと言ってきたんですね？」

「ええ。だけど、もちろんおれたちに金はありませんでした。帳消しにされた借金しか。それに新たな融資金はまだ受け取ってませんでした。受け取れるのはいまから二週間先です」

「なんとまあ」とクルトが気の抜けた口調で言った。

「で、ポウル・ハンセンはどうしました？」とマルティンセン。

「諦めて帰っていきました」

「それはいつです？」彼女はたたみかけるように質問して、回答のテンポを速めさせようとした。人はたやすくそんなふうに調節されてしまうものだ。わたしは唇をなめた。

「それはヴィルムセンが殺される前か後か、どっちだ？」クルトが我慢できなくなって口をはさんだ。そしてマルティンセンがクルトのほうを向いたとき、わたしは彼女の顔に笑みと落ちつき以外のものが初めて表われているのに気づいた。視線で人を殺せるなら、クルトは死んでいただろう。自分たちが何を知りたいのか、いまわたしにばらしてしまったからだ。それはできごとの順序なのだと。警察はポウル・ハンセンがここへ来たことに関して何か知っているのだ。

わたしたちが考え出したストーリーでは、ポウル・ハンセンは実際とはちがい、殺人の前日にではなく直後に、ヴィルムセンから取り立てるのに失敗した金をカールに要求しにオプガル農場に現われたことになっていた。というのも、できごとがその順序で起きないと、ポウル・ハンセンがヴィルムセンを殺してないかつジャガーとともにフーケンで死亡したことの説明がつかないからだ。けれどもクルトの失言は、わたしが必要とするカラスの叫びだった。わたしはひとつの決断をし、わたしがストーリーをどう変更したのか、カールとシャノンが二階の煙突の穴の脇でしっかりと聞いていてくれることを祈った。

「あれはヴィルムセンが殺される前の日だった」わたしは言った。

マルティンセンとクルトは目を見交わした。

「それはシモン・ネルガルがジャガーEタイプを見かけたという時間とおおむね一致します。彼の農場の前の道を通過していくのを見たそうです。その道はここへ、ここにしかつづいていません」マルティンセンは言った。

「ホテルの建設現場にもつづいてる」わたしは言った。

「でも、ここへ来たんですよね？」

「ええ」

「そうすると奇妙なのは、ジャガーが帰ってくるのは見ていないとシモン・ネルガルが証言していることです」

わたしは肩をすくめた。

「でも、まあ、そのジャガーは白ですし、雪がたくさん積もっていましたからね」とマルティンセンは言った。「わかりませんが」

「そうですね」わたしは答えた。

「あなたは車に詳しいんですよね、力を貸してくれませんか。シモン・ネルガルはなぜジャガーの姿にも音にも気づかなかったんでしょう？」

マルティンセンは優秀だった。諦めなかった。

「ああいうスポーツカーは、低速ギアで坂を登っていくときには音がよく聞こえますよね？　でも、くだってくるときは聞こえません。車を惰性で転がしていれば。ハンセンはそうしていたと思いますか？　無音でネルガル農場の前を通りすぎたと」

「いえ」とわたしは答えた。「それだとカーブでやたらブレーキを踏まなきゃならないし、ジャガーは重たい。だいいちああいう車に乗る連中は、惰力で車を転がしたりはしません。燃料なんかケチらない連中です。それどころかエンジン音を聞くのが好きなんです。だから、わけを教えてくれと言われても、シモン・ネルガルはトイレでクソでもしてたんだろうとしか言えませんね」

　そのあとの沈黙を利用してわたしは耳を掻いた。

　するとマルティンセンは、フェイントを見破られたボクサーが相手にうなずくように、それとわからないほど小さくわたしにうなずいてみせた。わたしはフェイントに引っかからなかったのだ。なぜシモンがジャガーを見かけなかったのか、その理由を解明してみせようとわたしが過度に躍起になれば、ジャガーはネルガル農場の前を通過して村へくだっていったと彼らに思いこませるのがわたしにとっては重要なのだと判明する。だが、なぜそれを知りたいのか？　マルティンセンは携帯を見て、録音がまだつづいているのを確認した。するとクルトがすかさず口をはさんだ。

「あんたはヴィルムセンが死んだのを知ったとき、なぜその取立屋のことを黙ってたんだ？」

「みんなが自殺だと言ってたからな」わたしは言った。

「だけどあんた、変だと思わなかったのか？　ヴィルムセンが殺されるかもしれないってときに、ちょうどそんなことが起きたのを」

「あの取立屋は誰かを殺すなんて物騒なことはひとことも言わなかった。ヴィルムセンは癌にかかってたし、自殺を選ばなけりゃ何カ月も苦しむんだ。おれはベルナル叔父が癌で死ぬのを見てるからな、そんなに変だとは思わなかったよ」

　クルトはさらにつづけようと息を継いだが、マルティンセンが手をあげてもういいと合図したので、クルトは口をつぐんだ。

「で、ポウル・ハンセンはそれ以来ここへは来ていないんですね？」マルティンセンは訊いた。

「ええ」とわたしは答えた。

　彼女の視線がわたしの視線を追ってストーブの煙突に移動した。

「まちがいないですか？」

「ええ」

こいつらはまだ何か知っている。だが、何を知っているんだ？　何を？　クルトがベルトにつけた革製の携帯電話ケースを無意識にいじっているのが見えた。それは父親が使っていたの同じタイプのようにも見えた。携帯電話。そうか。またしてもそれだったのだ。それがわたしを眠らせなかったもの、わたしが忘れていたもの、見落としていた穴だったのだ。

「というのもですね――」とマルティンセンが言いかけ、その瞬間わたしは悟った。

「いや、ちがうな」とわたしはさえぎり、ばつの悪そうな笑みを浮かべてみせた。「ヴィルムセンが死んだ日の朝、ジャガーのうなりで目が覚めたんでした。ジャガーと言っても動物じゃなくて、車のほうですけどね、もちろん」

マルティンセンはしゃべるのをやめて無表情でわたしを見た。「つづけてください」

「低速ギアはすごく特徴的な音がします。猛獣のうなり声みたいな。たとえば……ま、ジャガーとかですね」

マルティンセンはいらついているようだったが、わたしはのんびりと話した。この地雷原では、足を置く場所を少しでもまちがえたら容赦なく吹っ飛ばされる。

「だけど、はっきり目が覚めたときには、もう音は消えてました。もしかしたらジャガーがいるんじゃないかと思って、カーテンをあけて外をのぞいてみたんです。まだ暗かったけど、車はいませんでした。それはわかりました。だから、夢を見たんだなと思ったんです」

マルティンセンとクルトはまた目を見交わした。スーレスンという男は明らかに事情聴取には加わっておらず、いわゆる鑑識捜査員のようだった。だからここへ何をしにきたのかいまだにわからなかったが、すぐにわかる予感がした。まあ、いずれにしろわたしはいま、たとえあのジャガーがフーケンで発見されたとしても問題のない話を、彼らに聞かせていた。ジャガーが発見された場合には、ポウル・ハンセンは殺人の朝、おそらくもう一度わたしたちから金を取り立てる努力をしてみようと、ここへ登ってきたように見えるはずだった。登ってはきたものの、ヤイテスヴィンゲンで夏用タイヤがスリップして、誰にも気づかれないままフーケンに転落したように。わたしは大きく息を吸った。コーヒーが必要な気がした。取ってくるべきだろうかと迷ったが、座ったままでいた。

「なぜお尋ねするかというと、ある携帯電話番号がハンセンのものだと突きとめるのに少々時間がかかったからです」とマルティンセンは言った。「おそらく職業柄でしょうが、ハンセンは電話を自分の名義で登録していませんでした。けれどもこのあたりの基地局を調べてみたところ、過去数日のあいだに受信が記録されたデンマーク番号の携帯電話は一台だけでした。その信号を受信した基地局をそれぞれ調べてみると、どれもジャガーの目撃証言があったエリアと一致しました。奇妙なのは、事件前後の時間帯を見てみると、つまりハンセンがあなたがたを訪ねたというおおよその時刻以降ですが、その携帯は非常に限られた同一の基地局エリアにとどまっているんですよ。それがここなんです」とマルティンセンは人差し指を宙に向けてぐるりとまわしてみせた。「ここにはあなたがたオプガル家の人たち以外には誰も住んでいません。これをどう説明します?」

57

国家犯罪捜査局《クリポス》の女——もっと正式な肩書きがあったのだろうが——は、ついに手の内を明かした。携帯電話だ。あのデンマーク人とて携帯電話は当然持っていた。それなのにわたしは計画を立てるさいにそれを考慮に入れるのをけろりと忘れてしまい、おかげでマルティンセンはこうしてその携帯がこの農場周辺の狭い区域内にあることを突きとめたのだ。シグムン・オルセンの携帯電話のときとまったく同じヘマだった。いったいどうすれば二度も同じ失敗を犯せるのか?　これで取立屋の携帯電話がヴィルム・ヴィルムセン殺害事件の前後を通じてずっとオプガル農場付近にあったことが明らかになってしまった。

「どうです?　これをどう説明します?」とマルティンセンはまた言った。

それはまるでいろんな物体がいろんなスピードとパターンで自分のほうへ飛んでくるあの手のビデオゲー

ムのようで、最低でもそのひとつが自分にぶつかってゲームオーバーになるのも時間の問題だとわかっている、そんな気分だった。わたしはなかなか不安にならないたちだが、いまは背中に冷や汗をかいていた。肩をすくめて懸命にリラックスしているふうを装った。

「あんたならどう説明します？」

マルティンセンはそれをいわゆる修辞的質問だと受け取ったらしく、わたしの問いには答えず、椅子から初めて身を乗り出してきた。「ポウル・ハンセンはここへ来たあと帰らなかったんですか？　その晩はここに泊まったんですか？　というのもわたしたちが話を聞いた人たちは、誰もハンセンを泊めていないからです。どこの民宿も家も。それにあの古いジャガーのヒーターはあまり優秀じゃありませんから、寒すぎて車の中では寝られなかったはずです」

「ならあのホテルにチェックインしたのかな」わたしは言った。

「あのホテル？」

「冗談ですよ。つまり、焼け跡まで車を走らせて、作業員宿舎のどれかにはいりこんだんでしょう。いまは当然誰もいませんから。鍵をこじあけるのがそんなにうまいなら、朝めし前だったはずです」

「でも、携帯電話の記録からは――」

「ホテルの建設現場はこの山のすぐむこうです」とわたしは言った。「うちと同じ基地局にあります。そうだよな、クルト？　おまえは前に携帯電話を探してここへ来たことがあるから知ってるよな」

クルト・オルセンは憎しみのようなものを目に浮かべて口髭を噛むと、犯罪捜査局のふたりのほうを向いて小さくうなずいた。

「とするとハンセンはヴィルムセンを殺しにいくさいに、その宿舎に携帯電話を置いていったことになりますね」とマルティンセンはわたしから目を離さずに言った。「そしてその携帯はいまだにそこにあることに。オルセン保安官、応援を呼べますか？　どうやらその宿舎の捜索令状が必要になりそうだし、かなり大がかりな捜索になりそうですから」

「がんばって」わたしはそう言って立ちあがった。

「おっと、話はまだすんじゃいないぞ」とクルトが言った。

「そうなのか」とわたしはまた腰をおろした。

クルトはだいぶくつろいできたことを見せつけるよ

うに椅子の上で身をよじった。「リタにポウル・ハンセンが地下室の鍵を持ってた可能性があるかと訊いたら、リタはないと答えた。ところがそこで顔がぴくりとしたし、おれも長年警官をやってるから多少は人の表情が読めるんでな、リタを問い詰めたら、むかしあんたにそういう鍵を渡したことを認めたんだよ、ロイ」

「そうか」としかわたしは言わなかった。疲れていたのだ。

クルトはまた肘を突いて身を乗り出してきた。「そこで質問だが、あんたその鍵をポウル・ハンセンに渡したのか？　それともあんた自身が、ヴィルムセンが死んだ日の朝、あの家にはいったのか？」

わたしはあくびを嚙み殺した。疲れていたからではなく、脳がもっと酸素を必要としていたからだろう。

「またなんだってそんなふうに思うんだ？」

「ちょっと訊きたいだけさ」

「なぜおれがヴィルムセンを殺すんだ？」

クルトは口髭を嚙んでマルティンセンのほうを見た。マルティンセンは話す許可をあたえた。

「むかしグレーテ・スミットがおれに、あんたとリタ・ヴィルムセンがヴィルムセンのキャビンで密会していると教えてくれたことがあるんだ。で、地下室の鍵のことを聞いたあと、リタにその話をぶつけたら、リタはそれも認めた」

「だからなんだ？」

「だからなんだ？　セックスと嫉妬。そのふたつが、世界じゅうのどの先進国でもいちばんありふれた殺人の動機なんだよ」

わたしのとんでもない誤解でなければ、それもまた《犯罪実話》誌からの引用だった。わたしはもはやあくびを抑えきれなくなった。「いや」と言って、大口をあけた。「もちろんおれはヴィルムセンを殺してなんかいない」

「ああ。なぜなら、もちろん、あんたがいまおれたちに教えてくれたとおり、ヴィルムセンが殺された時刻には、つまり朝の六時半から七時半のあいだは、この家のベッドでぐうすか寝てたからだろ？」

クルトはまた携帯電話のケースをいじった。まるでプロンプターでもいるかのようだった。それでわかった。警察はわたしの携帯電話の移動も調べたのだ。

「いや、起きたんだよ」とわたしは言った。「起きて、ブダル湖の桟橋のひとつまで行ったんだ」

「ああ、八時ちょっと前にあんたのに似たボルボがその道を走ってくるのを見たという証人がいる。そこへ何しに行ったんだ？」

「水浴びをするニンフたちをのぞきにいったんだ」

「はあ？」

「ジャガーの音が聞こえたと思って目が覚めたあと、シャノンとリタが寒中水浴をしにいくという話を思い出したんだが、場所をよく知らなくてね。ヴィルムセン邸と湖を結ぶ直線上のどこかだろうとあたりをつけたんだ。一軒のボート小屋のそばに車を駐めてふたりを探したけど、暗すぎてどこにいるか結局わからなかった」

　ビーチボールの空気が抜けるように、クルトの顔がちょっとしぼんだのがわかった。

「ほかには？」とわたしは訊いた。

「念のため、GSRが付着してないか手を調べさせてもらいます」とマルティンセンが依然として無表情な口調で言ったが、態度のほうはいくぶん変化しており、さきほどまでの張りつめた極度の集中はスイッチを切られていた。武道かストリートファイトの経験がなければ気づかないかもしれないものだ。本人にはそんな意識はなかったかもしれないが、心のどこかでわたしは敵ではないと結論づけ、ごくわずかにではあるが緊張を解いていた。

　鑑識捜査員のスーレスンが鞄をあけて、ラップトップとヘアドライヤーのような形をしたものを取り出した。「蛍光X線分析器です」と言ってラップトップをあけた。「皮膚をスキャンするだけで即座に結果が出ます。まず分析ソフトウェアを起動する必要があります」

「わかった。じゃあ、そのあいだに二階からカールとシャノンを呼んでこようか？　ふたりからも話が聞けるように」

「先に手を洗えるようにじゃないのか？」とクルト・オルセンが言った。

「せっかくですが、おふたりからお話をうかがう必要はありません。うかがいたいことはとりあえず全部うかがいましたので」

「準備できました」スーレスンが言った。

　わたしはシャツの袖をまくりあげて、両手をスーレスンの前に出し、スーレスンはわたしをガソリンスタンドの店舗の商品のようにスキャンした。

それからそのヘアドライヤーをUSBケーブルでラップトップに接続して、キーボードをたたいた。クルトがスーレスンの顔を食い入るように見つめているのがわかった。わたしはマルティンセンの視線を顔に感じつつ窓の外に目をやり、あの朝身につけていた手袋と服を燃やしてしまって正解だったと思った。それから、大晦日の夜に着ていた血のついたシャツを明日の葬儀で着られるように忘れずに洗濯しようと。

「検出されません」スーレスンが言った。

クルトの心の中の悪態が聞こえたような気がした。

「では」と言いながらマルティンセンが立ちあがった。

「ご協力ありがとうございました、オプガルさん。あまり不愉快な思いをなさらなかったのであればいいのですが。殺人事件の捜査ではどうしても強引にならなくてはならない場合もありまして」

「あんたがたは仕事をしてるだけだ」とわたしは言い、袖をおろした。「それだけのことだよ。それと……」と嗅ぎ煙草を唇の裏に押しこみ、クルト・オルセンを見ると、誠実な口調でこう言った。「……ポウル・ハンセンが見つかることを心から願ってるよ」

58

奇妙なことに、ヴィルム・ヴィルムセンの葬儀はオス・スパ山岳ホテルの葬儀のように感じられた。

式はヨー・オースの告別の辞で始まった。

「われらを試みに遭わせず、悪より救い出《いだ》したまえ」オースはまず主の祈りの一節を唱えた。それから、故人が一からこつこつと会社を築きあげ、地域社会に溶けこんで成功を収めたことを語った。故人はむかしもいまも、この地に暮らすわれわれの真のニーズに応えてきたのです。オースはそう言った。

「ご存じのとおり、ヴィルム・ヴィルムセンは厳しくとも公正なビジネスマンでありました。金を儲けられるところでは金を儲け、自分の得にならないと考える取引は決して行ないませんでした。しかし、たとえ風向きが変わって利益が損失になろうとも、いったん交わした取り決めはかならず守りました。かならず。そのような盲目的誠実さこそ、まさに男の徴《しるし》であり、彼が気骨を持っていたという究極の証しであります」

そこでヨー・オースは、満員のオス教会の二列目のベンチにわたしとならんで座っているカールをひたと見据えた。

「残念ながら、この村の今日のビジネスマンの全員がヴィルムセンの基準を満たしているとは、わたくしには思えません」

わたしはカールのほうを見なかったが、屈辱で真っ赤になっている顔の熱が伝わってくる気がした。

思うに、ヨー・オースがわざわざこの機会をとらえてカールの人格攻撃を行なったのは、これが自分の言いたいことを言う絶好の場だったからだろう。そしてオースがそれを口にしたかったのは、議題を提出したいという、むかしと変わらぬ衝動にいまも駆られていたからだろう。数日前にダン・クラーネが現職と前職の市長たちについて社説を書き、政治家としてのヨー・オースをこう評した。オースは世論につねに耳を澄ましていて、自分の聞いたものを理解すると、それを調整してあたかも関係者全員の意見を魔法のように折衷したものに見せる傑出した才能を持っていた。それゆえオースの提案はつねに受け容れられ、それがまたオースは強力なリーダーだという印象を作り出していた。しかし実際には、オースは聴衆に迎合しているだけか、でなければ流れに身を任せているだけでしかない。〝犬が尻尾を振っているのか、はたまた尻尾が犬を振っているのか？〟ダン・クラーネはそう書いていた。

当然、その記事は波紋を呼んだ。青くさい新参者のくせによくも義理の父親を、われわれの愛する元市長を批判できたものだと。印刷媒体でもネット上でも多数の反応があり、それに対してダン・クラーネはこう答えた。自分はヨー・オースを批判したわけではない。民主主義の理想とは民衆の代表が選ばれることではないのか？　民衆の気持ちを推しはかり、それに応じて自分の反応を調整する政治家以上に民主的な政治家がいるだろうかと。実際、クラーネの述べたことはいま実証されているとも言えた。なぜなら説教壇から聞こえているのはヨー・オースの声ではなく、つねに大多数の考えていることを読んでそれを伝えてきた男の口から伝えられた、村全体の声だったからだ。なにしろ直接の関係者であるオプガル家のわたしたちでさえ、広まりはじめている噂は知っていたのだから。情報が漏れたのかもしれない。カールが主だった業者を首にしたあとホテル・プロジェクトの主導権を失ったこと。資金繰りに苦労していること。個人的にひそかに融資を受けていたこと。帳簿には真実が記されていないこと。あの火災は命取りだったかもしれないこと。具体的根拠はさしあたりなかったのかもしれないが、人々がそれぞれに知っている小さなことがらがひとつにまとまって、誰が見ても楽しくない一枚の絵ができあがっていた。それでもカールは秋にはひどく楽天的で、建設はふたたび軌道に乗ったと声高に宣言していたし、それはもちろん、すでにプロジェクトに投資していた村人たちが聞きたいことでもあった。

　そしていまヴィルム・ヴィルムセンが——村に押しかけてきたジャーナリストたちの言葉を信じれば——取立屋によって殺害された。それは何を意味するのか？　ヴィルムセンは何者かに多額の借金があったのだと考える連中もいた。噂によるとヴィルムセンはほかの誰よりもホテルに入れあげ、多額の融資を行なっていたという。となると、この殺人は基礎に生じた最初の亀裂であり、全体が崩壊する予兆ではないのか？　カール・オプガルは、あの牧師みたいにぺらぺらとよくしゃべる胡散くさい男は、故郷に帰ってきてみんなを空中楼閣のまわりで踊らせただけではないのか？

　一同とともに教会の外に出ると、マリ・オースがいた。いつもは暗く温かい輝きを放っている顔が、黒いコートのせいで白っぽく見え、父親と腕を組んでいた。ダン・クラーネの姿は見あたらなかった。

　棺は大きすぎるスーツを着た親族らの手で運ばれて霊柩車に積みこまれ、わたしたちは霊柩車が走り去るのをその場に立って神妙な面持ちで見送った。

「まだ火葬にはしないの」と誰かが小声で言った。わたしの横に突然現われたグレーテ・スミットだった。「警察はチェックしたいことが出てきた場合に備えて、死体をできるだけ長く手元に置いときたいわけ。いまはお葬式のために貸し出しただけ。このあとはまっすぐ冷凍庫へ戻るの」

　わたしはなおも霊柩車を見ていた。排気管から白い煙を吐きつつ、止まっているように見えるほどのろのろと進んでいく。ようやく角を曲がって見えなくなると、わたしはグレーテのほうを向いたが、彼女はもういなくなっていた。

　リタ・ヴィルムセンに悔やみを述べようとする人々

は長い列を作っていたし、リタがいま見たいものがわたしの顔だとも思えなかったので、わたしはその場を離れてキャデラックの運転席に乗りこみ、カールたちを待った。

　スーツ姿のアントン・モーとその妻が車の前を通りすぎていった。どちらも顔をあげなかった。

「くそったれめ」カールがそう言いながらシャノンとともに車に乗りこんできた。「リタ・ヴィルムセンがいま何をしたと思う？」

「何をしたんだ？」わたしはエンジンをかけて車を駐車場から出した。

「ぼくがお悔やみを述べてたら、ぼくを引きよせるから、抱きしめてくれるのかと思ったら、耳もとで〝人殺し〟とささやいたんだ」

「人殺し？　ほんとにそう言ったのか？」

「ああ。にっこりして、けなげに微笑んだりなんかしてたけど。あれはまちがいなく……」

「人殺しだった」

「ああ」

「きっと弁護士から、亡くなる直前に夫が三千万の融資を帳消しにしたうえ、もう三千万をあなたにあげたことを知らされたのよ」とシャノンが言った。

「それでぼくが人殺しになるのか？」とカールは声を荒らげた。カールが憤慨しているのは自分が無実だったからではなく、ろくに事情を知りもしないリタ・ヴィルムセンから批難されるのは理不尽だったからだ。それがカールの考えかただった。事実ではなく氏素性で判断されたと感じて、それで傷ついたのだ。

「リタが怪しむのは無理もない」とシャノンは言った。「融資のことを知っていたとしたら、そんな大金を帳消しにしたことを夫が自分に黙っていたなんておかしいと思うだろうし。融資のことを知らなかったとしたら、弁護士が書類を受け取ったのは事件のあとなのに、署名も日付も事件の数日前のものだったなんて、何かにおうと思うはずだし」

　カールは「うむ」とうなっただけだった。そんな理詰めの推測も、リタのふるまいの言い訳にはならないと思っているようだった。

　わたしは前方の空に目をやった。予報では晴れるはずだったが、西から暗い雲が押しよせていた。よく言われるように、山の天気は変わりやすい。

59

わたしは目をあけた。火事だった。二段ベッドも周囲の壁も燃えていて、火がごうごうと迫っている。床に飛びおりてみると、マットレスから黄色い炎が高々とあがっていた。どうして何も感じなかったのか？　自分の体を見おろすと、自分も燃えていた。カールとシャノンの部屋からふたりの声がしたので、廊下に出ようとすると、ドアに鍵がかかっていた。窓に駆けよって、燃えているカーテンを引きあけた。ガラスがなくなっていて、かわりに鉄格子がはまっていた。そしてそのむこうの雪の中に、三人の人物が立っていた。青ざめた顔で、身じろぎもせずにこちらを見つめている。アントン・モー。グレーテ・スミット。リタ・ヴィルムセン。下のヤイテスヴィンゲンの暗闇から消防車がゆっくりと現われた。サイレンも鳴らさず、ライトもつけず。ギアを落とすたびにエンジンのうなりがますます大きくなり、速度はいよいよ遅くなる。やがて完全に停止して、もと来た闇のほうへずるずる後退しはじめた。納屋からガニ股の男がふらりと現われた。クルト・オルセンだ。父のボクシンググローブをはめている。

わたしは目をあけた。部屋は暗く、炎はなかった。だが、うなりは聞こえた。いや、うなりではなく、激しく回転するエンジンの音だ。フーケンの底から登ってくるジャガーの亡霊の音だ。やがて意識がはっきりしてくると、それはトラクターを思わせるランドローバーのエンジン音だとわかった。

わたしはズボンをはいて下におりた。

「起こしちまったか？」

煙草をくわえたクルト・オルセンが、両の親指をベルトに引っかけて階段に立っていた。

「早いな」とわたしは言った。時計は見ていなかったが、東の空はまだ白みはじめてもいない。

「眠れなかったんだよ」とクルトは言った。「きのう建設現場の作業員宿舎の捜索を終えたんだが、ポウル・ハンセンもハンセンの車も見つからなかったし、そこにいた形跡もなかった。ハンセンの携帯からの信号も基地局に届かなくなったんで、バッテリーが切れたか、ハンセンが携帯を切ったかのどちらかだろう。だけど、ゆうべふとひらめいたことがあってな、そいつを早く確認したかったんだ」

わたしは考えをまとめようとした。「おまえひとりか？」

「マルティンセンのことを考えてるのか？」とクルトは言い、にやりと笑った。どういう笑いなのかわたしにはわからなかった。「国家犯罪捜査局の捜査官を起こすほどのことじゃない。すぐに片付く」

背後の階段からぱたぱたと足音が聞こえた。「どうしたんだ、クルト？」カールだった。寝ぼけてはいても、いつもの朝と同じく、いらだたしいほど上機嫌だ。

「朝駆けか？」

「おはよう、カール。ロイ、こないだおれたちが話を聞きにきたとき、あんたはこう言ったよな。ヴィルムセンが殺された朝はジャガーの音で目が覚めたと思った。だけど、そのあとその音は消えたんで、きっと夢を見たんだと思ったと」

「ああ。で？」

「思い出したんだが、おれたちがここへ登ってきたとき、ヤイテスヴィンゲンはつるつるだった。だからひょっとしたら――ま、これはおれの脳が謎の答えを探すのをやめられないだけなんだが――ひょっとしたらそれは夢じゃなかったのかもしれない。あんたが聞いたのはたしかにジャガーの音だったんだが、ジャガーは最後のカーブを登りきれずに後ろ向きに滑りはじめて、とうとう……」

クルトはわざとそこで言葉を切ると、煙草をぽんとたたいて灰を落とした。

「じゃ、おまえ……」とわたしは驚いたふりをした。

「ジャガーは……」

「とにかくおれはそいつを確認したいんだよ。なにせ捜査活動の九十パーセントは……」

「……どこにもたどりつかない手がかりを追うことだ」とわたしはあとをつづけた。「《犯罪実話》だろ。おれもその記事は読んだ。面白いよな？　で、もうフーケンをのぞいてみたのか？」

クルト・オルセンは階段の脇に唾を吐いて渋い顔をした。「のぞいてみたよ。だけど暗いし、急だしな。下のほうがよく見えるように、誰かにおれを確保してもらいたいんだ」

「お安い御用だ。懐中電灯は要るか？」

「懐中電灯は持ってる」クルトはそう言うと、煙草を口の端にくわえて、サラミソーセージのような黒いものを持ちあげてみせた。

「ぼくも行くよ」とカールが言い、着替えるためにスリッパでぱたぱたと二階へ戻っていった。

ヤイテスヴィンゲンまで行ってみると、クルトのランドローバーがヘッドライトで崖の縁を照らしたまま駐まっていた。天候の変化で気温が上昇しており、いまはせいぜい氷点下数度しかない。クルトは車の後ろからロープを取り出し、自分の腰にまわして縛った。

「あんたらのどっちかがこれを持っててくれ」と言ってロープの端をカールに渡すと、クルトは道路の縁まで慎重に歩いていった。そこは二メートルほどの急な石ころだらけの斜面になっており、そのむこうは岩壁となって視界から消えている。クルトがそこに立ってこちらに背を向けたまま前かがみになっている隙に、カールがわたしの耳に口を寄せた。

「あいつ、死体を見つけるぞ」とひそひそ声で言った。

「そしたら何かがおかしいのに気づく」カールの顔は汗でてかてかし、声にはパニックの響きがあった。

「なんとかしないと……」とカールはクルトの背中のほうへ顎をしゃくった。

「落ちつけ！」とわたしはできるかぎり声をひそめて言った。「あいつが死体を見つけても、何もおかしなことはないんだ」

ちょうどそのときクルトがこちらを向いた。闇の中に煙草がブレーキランプのように赤く光る。

「ロープをバンパーに結びつけたほうがいいかもしれない。このままだと全員が滑り落ちる恐れがある」クルトは言った。

わたしはカールからロープの端を受け取ってバンパーに舫い結びで固定すると、クルトにこれでだいじょうぶだとうなずいてみせ、カールに控えめな警告の視線を送った。

クルトは斜面をじりじりとおりていき、わたしはロープをぴんと張っていた。クルトは懐中電灯をつけて光線を下に向けた。

「何か見えるか？」わたしは訊いた。

「ばっちりな《オー・イェー》」クルト・オルセンはそう答えた。

低く垂れこめた鋼色の雲を透過してくるのっぺりした光のなか、国家犯罪捜査局の職員たちがスーレスンと二名の同僚をフーケンにおろした。スーレスンはキルティングの上着を着て、例のヘアドライヤーを携えていた。マルティンセンはそばに立って腕組みをしながらその様子を見守っている。

「ずいぶん迅速にやってきましたね」わたしは言った。

「雪になるという予報ですから」とマルティンセンは答えた。「犯罪現場に雪が一メートルも積もったら厄介です」

「下は危険だという話は聞いてますよね？」

「オルセン保安官はそう言ってましたけれど、氷点下で落石が発生することはめったにありません。岩場の水は凍ると膨張して必要なスペースを押し広げますが、接着剤のような役割を果たすんです。それが溶けたときですよ、落石が発生するのは」

そういうことには詳しそうな口ぶりだった。

「はい、下に着きました。どうぞ」マルティンセンのトランシーバーからスーレスンの声が聞こえてきた。

「わくわくしながら待っています。どうぞ」

わたしたちは待った。

「トランシーバーというのはちょっと時代遅れでは？」とわたしは言った。「携帯電話を使えばいいのに」

「この下で電波が受信できるとどうしてわかるんです？」マルティンセンはそう言ってわたしを見た。

彼女はわたしが下におりたことがあるのをみずから暴露したと、そうほのめかしているのだろうか？　疑惑の最後の切れ端がまだ残っているのだろうか？

「それはまあ」とわたしは言い、嗅ぎ煙草をまたひとつまみ唇の内側に押しこんだ。「ポウル・ハンセンが下に落ちたあとも基地局が携帯の信号をひろっていたのなら、それは電波が届くってことですから」

「まずはハンセンの死体と携帯が下にあるかどうか、それがわかるのを待ちましょう」マルティンセンは言った。

それに答えるようにトランシーバーからガリガリとスーレスンの声がした。「死体がありました。ポウル・ハンセンです。ぺしゃんこにつぶれてますが、こちこちに凍ってますから、正確な死亡時刻を推定するのは無理ですね」

マルティンセンはブラックボックスに話しかけた。「そこに彼の携帯電話は見える？」

「いいえ」とスーレスン。「あ、もとい。はい、です。

いまオルガルが死体の上着のポケットから見つけました。どうぞ」

「死体をざっと検めて、携帯電話を持ってあがってきて。どうぞ」

「了解。交信終わり」

「ここはあなたの農場ですか？」マルティンセンはトランシーバーをベルトに留めながら言った。

「弟と共同で所有してます」わたしは答えた。

「きれいなところですね」彼女は前日キッチンを見わたしたときと同様に風景に視線をさまよわせた。見落とすものはあまりなさそうだった。

「農場経営には詳しいんですか？」わたしは訊いた。

「いいえ。あなたは？」

「いいえ」

わたしたちは笑った。

わたしは嗅ぎ煙草の缶を出して、ひとつまみつまんだ。缶をマルティンセンに差し出す。

「けっこうです」

「やめたんですか？」

「そんなに歴然としてます？」

「ええ、おれが缶をあけたとき、やりたそうな顔をしてましたから」

「やあね、じゃあひとつまみいただきます」

「せっかくやめたのに、おれのせいで――」

「ひとつまみだけ」

わたしは缶を渡した。「クルト・オルセンはなぜ来てないんです？」

「あなたがたの保安官は、早くも新たな事件の解決に取り組んでいるんです」とマルティンセンは皮肉な笑みを浮かべた。伸ばした人差し指と中指で赤い濡れた唇のあいだに煙草を押しこんだ。「作業員宿舎を捜索したときに、われわれはラトヴィア人をひとり見つけました。ホテルの建設作業員です」

「宿舎は作業が再開されるまで閉鎖されてると思ってましたけど」

「閉鎖されているんですが、そのラトヴィア人はお金を節約したかったので、クリスマスには帰国せずにこっそり宿舎に残っていたんです。警察がドアをたたいたとき、その男がまっ先に言ったのは、〝火をつけたのはおれじゃない〟でした。聞けば、大晦日の晩は花火を見に村へおりていて、宿舎へ戻る途中で反対方向から来た一台の車とすれちがったんだそうです。で、宿舎に帰ってみたらホテルが燃えていた。電話で火事だと通報してきたのはその男なんですよ。もちろん匿名ですが。警察にその車のことを黙っていたのは、話したら自分がクリスマス期間中ずっと宿舎にいたのがばれて、仕事を首になるからだそうです。ま、いずれにしろ、ヘッドライトがまぶしくて、車名も色もわからなかったようですが。わかったのはブレーキランプが片方切れていることだけだったとか。とにかく、オルセン保安官はいまその男から話を聞いているんです」

「それはヴィルムセン殺しと関係があると思いますか？」

マルティンセンは肩をすくめた。「その可能性は排除しません」

「じゃ、そのラトヴィア人は？」

「シロです」マルティンセンの様子が少し変わった。落ちついたのだ。ニコチンの落ちつき。

わたしはうなずいた。「基本的にあんたは、誰がシロで誰がクロなのか、かなり確信があるみたいですね」

「かなりね」とマルティンセンは言った。ほかにも何か言おうとしたが、そのときスーレスンの顔が崖の縁から現われた。スーレスンは登高器《ユマール》を使ってロープを登りきると、クライミング用ハーネスをはずして自由の身になり、犯罪捜査局の車の助手席に乗りこんだ。それからヘアドライヤーをラップトップに接続し、コマンドを打ちこんだ。

「GSRです！」スーレスンはあけっぱなしのドアのむこうから叫んだ。「まちがいありません、ハンセンは死亡時からそれほど遠くない過去に銃を発射していています。それと、いまのところそれは犯行現場にあった銃と一致します」

「それもわかるんですか」とわたしはマルティンセンに訊いた。

「少なくとも同種の弾薬かどうかはわかりますし、運がよければ、ポウル・ハンセンに付着していたGSRが、そのタイプの銃に由来するものかどうかもわかるんです。とにかく、事件の流れはこれでかなり明確になりました」

「その流れとは？」

「ポウル・ハンセンはその朝、寝室でヴィルム・ヴィルムセンを射殺し、そのあとカールからヴィルムセンの貸していた金を取り立てようとここへ登ってきたものの、ヤイテスヴィンゲンの氷でジャガーがスリップして――」マルティンセンはふと話すのをやめて、にっこり微笑んだ。「保安官はあなたが最新の捜査内容まで承知しているのを知ったら、きっと喜ばないでしょう、オプガルさん」

「口外しないと約束しますよ」

　彼女は笑った。「それでも、おたがいのよき協力関係のために、あなたはわたしたちがここにいるあいだほぼずっと家の中にいたことにしておくのが無難でしょう」

「そうですね」とわたしは言い、コートのジッパーをあげた。「いずれにしろ、真相は明らかになったみたいですしね」

　マルティンセンは、そのような質問には答えないというように口をつぐんだものの、〝ええ〟というように両目を閉じてみせた。

「コーヒーでもどうです？」わたしは訊いた。

　マルティンセンの目に戸惑いが浮かんだ。

「寒いからですよ。ポットを持ってきてあげてもいい」わたしは言った。

「せっかくですけれど、わたしたちも持ってきていますから」

「そりゃそうだ」わたしはそう言うと、背を向けて立ち去った。マルティンセンに見つめられているのがはっきりと感じられた。かならずしも関心がなくとも、チェックできる尻はすべてチェックするのだろう。わたしはバケツにあいた穴のことを考えた。ハンセンの弾はもう少しでわたしの頭にあたっていたかもしれない。動いている車の中から撃ったのだから、さすがはプロだ。幸いなことに落下距離が長かったので、弾痕の残るフロントガラスはもはや粉々で、ハンセンがいつどこで発砲したのか疑問が生じることもなくなっていた。

「で？」とシャノンとともにキッチンのテーブルの前に座っていたカールが訊いた。

「その質問にはクルトと同じ台詞で答えよう」わたしはそう言いながらストーブの前に行った。「ばっちり《オー・ィ》だ《エー》」

60

三時に雪が降りはじめた。

「見て。何かも消えていく」とシャノンが〝冬の園〟の薄い窓ガラスごしに外を見ながら言った。

大きなふわふわの雪片が舞いおりてきては地表に羽毛のキルトのように積もっていて、数時間後にはたしかにシャノンの言ったとおり、何もかも見えなくなっていた。

「おれは今晩クリスチャンサンに帰る」とわたしは言った。「むこうはこの休暇で大いそがしだったらしくて、仕事がたまってるんだ」

「連絡を取り合おう」カールは言った。

「そうね、連絡を取り合いましょう」シャノンも言った。

椅子の下で彼女の足がわたしの足に触れた。

雪が小やみになった午後七時、わたしはオプガル農場をあとにした。ボルボを満タンにしていこうと思って村のガソリンスタンドに立ち寄ると、ユーリエが新しいスライドドアから店にはいっていくのが見えた。暴走族のたまり場に車は一台しか駐まっていない。アレックスの改造フォード・グラナダだ。わたしは給油エリアの明るい照明の下にボルボを駐め、おりて給油を始めた。グラナダとの距離はほんの数メートルだったし、近くの街灯がその金茶のボンネットとフロントガラスを照らしていたので、おたがいに姿ははっきりと見えた。アレックスが車内にひとりで残り、ユーリエは店にピザか何かを買いにいったのだ。それから家に帰って映画を見るというのが、このあたりでは、決まった相手ができたときの普通の過ごしかただった。いわゆる〝流通からはずれた〟ときの。アレックスはわたしに気づかないふりをした。わたしはポンプのノズルを給油口の内側に引っかけてグラナダのほうへ歩いていった。するとアレックスは急にそわそわしはじめ、シートの上で体を起こして、火をつけたばかりの煙草を外に弾きとばした。給油エリアの屋根の下の、雪のないアスファルトの上で火の粉が踊った。アレックスは窓をあげはじめた。誰かにロイ・オプガルが大晦日の晩に喧嘩をする気分になっていなかったのは幸運だったぞと言われ、かつてオールトゥンでどんなことがあったか、逸話をいくつか聞かされたのかもしれない。自分の側のドアをそっとロックまでした。

　わたしは運転席の横に立って人差し指の関節で窓をノックした。

　アレックスは窓を数センチおろした。「ああ？」

「提案がある」とわたしは言った。

「へえ？」再試合の提案か、という顔でアレックスはわたしを見た。自分はそんなものにまったく興味はないぞ、といわんばかりに。

「大晦日の晩きみが来る前に何があったのか、ユーリエから聞いてるはずだ。きみがわたしに謝罪すべきだということも。だけどきみみたいな男にとって、それはそう簡単なことじゃない。わかるよ、おれ自身むかしはそういう男だったんで。こんなことを頼むのは、おれのためでもきみのためでもない。だけどユーリエにとっちゃ大事なことなんだ。きみはあの娘の彼氏だし、おれはあの娘をまともにあつかった唯一の上司だしな」

　アレックスが口をぽかんとあけたので、わたしの言っていることが多少は伝わったのがわかった。

「それらしく見せるために、おれはむこうへ行って給油をつづける。のんびりと。ユーリエが出てきたら、きみは車をおりておれのところへ来て、ユーリエに見えるようにしておたがいのわだかまりを解くんだ」

　アレックスは口を半びらきにしたままわたしを見つめていた。彼がどのくらい利口なのか、それは知らないが、ついにその口を閉じたとき、アレックスはこれでふたつの問題を解決できると気づいたようだった。まずこれでユーリエから、あんたはロイ・オプガルに謝罪する勇気もない男だ、とうるさく言われずにすむようになる。第二に、これでわたしがいつ仕返しに来るかと絶えずびくびくしなくてもすむようになる。

　アレックスはうなずいた。

「じゃあ」わたしはそう言ってボルボのところへ戻った。ポンプの陰に身を隠していると、一分後、ユーリエがふたたび外に出てきた。彼女はわたしに気づかずに車に乗りこんでドアを閉めた。数秒後、車のドアがあく音がした。それからアレックスがわたしの前に立った。

「すまなかった」アレックスはそう言って手を差し出

した。

「よくあることさ」わたしは言った。ユーリエが目を丸くして車内からわたしたちを見つめているのが、アレックスの肩越しに見えた。「だけど、アレックス」

「ああ？」

「きみに言いたいことがふたつある。ひとつ。ユーリエに優しくしろ。ふたつ。ポンプのこんな近くに車を駐めてるときに、火のついた煙草を投げすてるな」

アレックスはごくりと唾を呑みこんでまたうなずいた。「ひろっとくよ」

「いや。きみたちがいなくなったあとでおれがひろっておく。いいか？」

「いいよ」とアレックスは口で答え、〝ありがとう〟と目で付け加えた。

ユーリエはわたしに明るく手を振ってアレックスとともに走り去った。

わたしもボルボに乗りこんで走りだした。ゆっくりと。寒気がゆるんで道はいっそう油断ならなくなっていた。市の標識を通りすぎたとき、ルームミラーはのぞかなかった。

第七部

61

一月の第二週に、オスス・スパ山岳ホテル分担責任会社の社内会議の案内状が届いた。会議は二月の第一週にひらかれる予定だった。議題はただひとつ――これからどうするか、だ。

それはつまりあらゆる可能性を検討することだった。ホテル計画は中止すべきか。それとも、ホテルは関心を持つほかの会社に売却し、分担責任会社だけを解散すべきか。それとも計画は続行し、タイムテーブルだけを新たに練りなおすか。

会議は七時に始まる予定だったが、わたしがオプガル農場の庭に車を乗り入れたのはまだ午後の一時だった。雲ひとつない青空に白い太陽がきらきらと輝いていた。前回帰省したときよりも太陽は山々の頂から高い位置にあった。車からおりると、シャノンが庭に立っていて、あまりの美しさに胸が苦しくなった。

「これをはいて歩けるようになったのよ」シャノンはそう言って、うれしそうにひと組のスキーを持ちあげてみせた。わたしは抱きしめたくなるのをこらえた。わたしたちは四日前にノートオッデンでベッドをともにしたばかりだった。いまだに彼女の味が舌に、温もりが肌に残っていた。

「シャノンはうまいよ！」カールがそう言いながら、わたしのスキー靴を持って家から出てきた。「ホテルまでひと滑りしよう」

わたしたちは納屋からスキーを取ってくると、それをはいて出発した。カールの言葉はもちろん誇張だった。シャノンは道中ほとんど転びはしなかったものの、うまくはなかった。

「子供のころにサーフィンをやったからだと思う」とシャノンは自分に満足したように言った。「バランス感覚がよくなるし――」片方のスキーが前に跳ねあがってシャノンは悲鳴をあげ、新雪に尻もちをついた。カールとわたしは腹を抱えて笑い、シャノンもむっとしたふりをするのに失敗すると、一緒に笑いだした。ふたりで彼女を助け起こしたとき、わたしはカールの手を背中に感じた。その手がわたしの首筋を軽くつかむのを。そしてカールの青い目がきらきらとわたしに向けられた。カールはクリスマスのころより元気になったようだった。前より体が引きしまって、動作もすばやくなり、白目が澄んで、発音も明瞭になっている。

「どう？」とカールはストックにもたれて言った。「見える？」

わたしに見えるのは先月と変わらぬ焼け跡だけだった。

「見えないのかよ、新しいホテルが」

「見えない」

カールは笑った。「待っててくれ。一年二カ月。業者たちと話し合ったんだ、一年二カ月でばっちり完成させてみせる。ひと月後にはあそこで新しいホテルの起工式のテープカットをやる。最初の起工式よりも盛大になるよ。アンナ・ファラがテープカットに来てくれることになったんだ」

わたしはうなずいた。国会議員で、商業産業委員会の委員長。かなりの大物だ。

「で、そのあとオールトゥンで村を挙げてパーティをやる。むかしみたいに」

「むかしと同じになんかなりっこないぞ」

「まあ見ててくれよ。ロッドにバンドを再結成してくれと頼んでるところなんだ」

「嘘だろ！」わたしは笑った。ロッド。それは国会が送りこんでくるどんな人物より大物だ。

カールはふり返った。「シャノンは？」

シャノンはわたしたちのあとから悪戦苦闘して丘を登ってきた。「後ろに滑ってばっかり。〝バクグラット〟というやつね。ノルウェー語ってすごい」荒い息をしながら微笑んだ。「後ろへ滑るのは簡単だけど、前へ滑るのはそう簡単じゃない」

「下りでどのくらい滑れるようになったか、ロイおじさんに見せてやれよ」カールは風のあたらない斜面を指さした。新雪がダイヤモンドの絨毯のようにきらきら輝いている。

シャノンはカールにしかめ面をしてみせた。「あなたたちの笑いものになるつもりはありませんから」

「故郷のサーファーズ・ポイントでサーフィンをしてると思えばいいんだよ」カールはからかうように言った。

シャノンはストックでカールをひっぱたき、また転びそうになった。カールは笑った。

「シャノンにお手本を見せてやれば?」カールはわたしに言った。

「いや、やめとくよ」とわたしは言い、目を閉じた。「荒らしたくない」

サングラスをかけていてもまぶしかった。

「新雪を荒らしたくないってことさ」とカールがシャノンに説明するのが聞こえた。「それでよく親父がキレたもんだよ。三人で手つかずの粉雪が積もった完璧な下り斜面に来ると、親父はいつも兄貴にまずおりろと言うんだ。スキーは兄貴がいちばんうまかったからさ。でも、兄貴はいやだと答えるんだ。こんなにきれいなのに、スキーの跡で荒らしたくないと言って」

「それはわかる気がする」シャノンは言った。

「親父にはわからなかった。荒らさなけりゃどこへも行けないというんだ」

わたしたちはスキーを脱いでその上に座り、ひとつのオレンジを三つに分けた。

「オレンジの木はバルバドス原産だって知ってた?」

カールが目を細めてわたしを見ながら言った。

「それはグレープフルーツの木」とシャノンが言った。「しかもそれだって全然確かじゃない。でも……」とシャノンはわたしを見た。「歴史の真実っていうのは、わからないことだらけなのよね」

オレンジがなくなると、シャノンはわたしたちをたびたび待たせなくてすむように、先に帰ると言った。

カールとわたしはシャノンが隆起のむこうに消えるのを座ったまま見送った。

それからカールは大きな溜息をついた。「あの火事さえなけりゃな……」

「火事が起きた経緯についちゃ、あれから何かわかったのか?」

「誰かが火をつけたってことと、ロケット花火が原因だと思わせるために花火をそこに置いてったってことだけだ。例のリトアニア人は……」

「ラトヴィア人だ」

「……自分が目撃した車の車名も言えなかったから、警察はその男が火をつけた可能性も排除してない」

「なぜその男が火なんかつけるんだ?」

「放火マニアとか。誰かから金をもらってやったとか。この村にはこのホテルを嫌ってる妬み深い連中もいるんだよ」

「おれたちを嫌ってるんだろ」

「それもある」

遠くで遠吠えがした。犬だ。誰かがこの山で狼の足跡を見かけたと言っていた。熊の足跡も。もちろんありえなくはない。可能性が低いだけで。ありえないことなどこの世にほとんどない。たんに時間の問題だ。時間がたてば、どんなことでも起こりうる。

「おれはその男の言うことを信じる」わたしは言った。

「そのリトアニア人の？」

「いくら放火魔だって、自分が黒焦げにした場所に住みつづけたいとは思わないだろう。それに、金をもってやったんだとしたら、なぜ現場からブレーキランプの故障した車がくだってくるのを見たなんて言って、話をわざわざややこしくするんだ？　自分が戻ったときにはもう燃えていたと言えばいいじゃないか。でなけりゃ、宿舎でぐっすり眠ってたから何も知らないとか。原因が花火か別のものかなんてことは、警察に調べさせればいいんだ」

「誰もが兄貴みたいに論理的に考えるわけじゃないんだよ」

わたしは嗅ぎ煙草をまたひとつまみ詰めた。「そうかもな。おまえのホテルを燃やすほどおまえを嫌ってるやつといえば、誰がいる？」

「誰だろう。まずクルト・オルセン。あいつは父親の死にぼくらが関係してるといまだに確信してる。それからエリク・ネレル。ぼくらはあの男に裸の写真を送らせて恥をかかせた。それにシモン・ネルガル。あいつは……ネルガル農場に住んでるし、兄貴にぼこぼこにされたことがあるし、むかしからぼくらを嫌ってる」

「ダン・クラーネはどうだ？」

「ダンはちがうな。ダンとマリはホテルの共同所有者だ」

「名義は？」

「マリの名義だ」

「マリのことだから、あの家だってダンと別々に所有してるはずだ」

「たしかに。だけど、ダンはマリをひどい目に遭わせるようなまねは絶対にしないはずだ――」

「そうか？　よく考えてみろよ、女房に浮気をされた男だぞ。しかもその浮気相手はおまえだ。ホテルについて批判的ではあってもほんとのことを書こうとしたら、デンマーク人に脅されて、検閲されて、屈辱的な目に遭わされたわけだし。上流の友人たちを失って、大晦日にはおれみたいな連中とつきあうしかなくなってたし。結婚生活はすでに危機に瀕してて、大晦日に自分の新聞の社説で女房の父親の人格攻撃をしてそれにケリをつけようとしてもいた。そんな男が、自分の不幸の大本を絶対にひどい目に遭わせないと思うか？　一緒におまえも破滅させられるってのに。スタンレイの家のパーティでダンに会ったが、限界まで追いつめられてたよ」

「限界まで？」

「脅しのツボを知りぬいてる相手から殺すと脅されるのがどんなに恐ろしいか、おまえ、わかるか？」

「多少はね」とカールは横目でわたしを見た。

「心をむしばまれる」

「そう」とカールは静かに言った。

「で、それからどうなる？」

「おびえることにもはや耐えられなくなる」

「そうだ。もうどうでもいい、死んだほうがましだと、そう思うんだ。自分が死ぬか、人を殺すか。放火、人殺し。おびえなくてすむようになるなら、なんだってする。それが限界まで追いつめられるってことだ」

「そう、それが限界ってやつだ。そこまで行っちゃうと、限界のむこう側のほうがまだましなんだ。どんなところだろうと」

わたしたちは黙りこんだ。上空からすばやい羽ばたきが聞こえ、雪面を影がよぎった。雷鳥だろう。わたしは見あげなかった。

「幸せそうだな。シャノンは」わたしは言った。

「そりゃそうさ。自分が設計したとおりのホテルが建つと思ってるんだから」

「思ってる？」

カールはうなずいた。いつのまにかうち沈んで、いつもの明るい笑顔は消えていた。

「シャノンにはまだ話してないけど、火災保険をかけてなかったという話がなぜか漏れたんだ。いままでプロジェクトを支えてきたのはヴィルムセンの金だけだってことが。どうせダン・クラーネが出どころだろう」

「あの野郎！」

「みんな自分の金のことを心配してる。役員でさえ状況がましなうちに抜けることを考えはじめてる。今夜の会議は終わりの始まりになるかもしれないよ」

「じゃ、おまえはどうするつもりなんだ？」

「雰囲気を変える努力をしなくちゃならない。だけど、オースがヴィルムセンの葬儀でぶちかましたあの演説や、ダンが書いてること、村じゅうに広めてることを考えると、ぼくはいま自信に満ちあふれてるとは言えないな」

「村の連中はおまえを知ってる。最終的には、新参者のブンヤが書いたりしゃべったりすることなんかより、そっちのほうが意味を持つ。それにおまえがふたたび胸を張って立ってるのを見れば、みんなオースの言ったことなんか忘れるさ。オプガル家の男はたとえノックアウトされようと諦めたりしないところを見せつけてやれば」

カールはわたしを見た。「そう思う？」

わたしはその肩を殴りつけた。「よく言うじゃないか。〝みんなカムバックしたやつが大好き《エヴリバディ・ラヴズ・ア・カムバック・キッド》〟だって。それに、いちばん厄介な敷地整備と費用のかかる工事はもうすんでる。あとは実際に建物を建てるだけだ。いま諦めるなんて馬鹿げてる。おまえならやれるよ、カール」

カールはわたしの肩に手をかけた。「ありがとう、兄貴。ありがとう、ぼくを信じてくれて」

「問題はシャノンのオリジナルの設計をみんなに認めさせることだ。議会はまだトロルや丸太にこだわってるだろう。シャノンが望むような高価な素材や解決法を用いるには、出資者に追加予算を承認してもらう必要がある」

カールは背筋を伸ばした。まるでわたしにふたたび楽観的な空気を吹きこまれたように見えた。「それはシャノンとぼくも考えてた。最初の出資者集会で見せたスケッチの問題点は、プレゼンでの視覚面を充分に考慮してなかったことだ。あれはやたらと陰鬱で荒寥として見えた。そこでシャノンは、まったく別の光線のもとでまったく別の角度から見たホテルの図面とスケッチを、新たに何枚か描いたんだ。最大のちがいは、こんどのは冬じゃなくて夏の風景だってことだ。前回のやつでは、コンクリートはすべて色彩のないモノトーンの冬の風景に溶けこんでて、ホテルはこのあたりの人たちが大嫌いな冬の延長みたいに見えただろ？　こんどのは、コンクリートに光と色彩を添えるカラフルな風景になってる。ホテルは背景からくっきり浮かびあがってて、風景に紛れこもうとする掩蔽壕みたいには見えない」

「〝同じクソに新しい包み紙〟ってやつか？」

「でも、誰ひとりそんなことに気づかないだろう。断言するけど、みんなわれを忘れて熱狂するはずだ」カールはふたたび馬上にあって、白い歯に日射しをきらめかせていた。

「ガラスのビーズ玉を差し出された原住民みたいにな」わたしも笑顔で言った。

「どれもちゃんとした本物の真珠だよ、今回はちょいと磨いてから差し出すだけで」

「ああ、ちゃんとした本物だ」とわたし。

「ちゃんとした本物さ」

「あとはすべきことをするのみ」

「するのみ」とカールは言った。そして目を西に向けた。

カールが溜息をつくの聞こえた。少々しぼんだのが。またしても馬上から転げ落ちたのか？

「たとえそれが、大きな大きなまちがいだとわかってもね」カールは言った。

「そのとおり」とわたしは相の手を入れたものの、カールがもう別のことを話しているのがわかった。わたしはシャノンの残していったスキーの跡を目で追った。

「それでもやっぱりぼくらはそれをつづけるんだ」カールはゆっくりと、新たに身につけた明瞭な発音で言った。「来る日も来る日も。来る夜も来る夜も。同じ罪を犯しつづけるんだ」

わたしは息を止めた。父のことを話している可能性も、もちろんなくはなかった。あるいはカール自身とマリのことを。だが、わたしの誤解でなければ、これはシャノンのことだった。シャノンとわたしの。

「たとえば……」とカールは強ばった口調で言い、そこでごくりと唾を呑んだ。わたしは腹をくくった。

「クルト・オルセンがあそこに立って、フーケンをのぞきこんでジャガーを探してたとき。ぼくはあわてちゃって、またこれか、こんどこそばれるぞと思った。あいつの親父さんがあそこに立って、キャデラックのタイヤがパンクしてるかどうか調べようと下をのぞきこんだときも、まったく同じだったんだ」

わたしは何も言わなかった。

「でも、あのときは兄貴がそばにいなくて、誰もぼくを止めてくれなかった。ぼくはシグムン・オルセンを突き落としたんだよ」

わたしの口はラスクさながらにからからだったが、呼吸だけはふたたびしはじめていた。

「でも、兄貴はそれをずっと知ってたんだよね」

わたしはスキーの跡を見つめた。それから首をかすかに動かし、うなずいた。

「なのにどうしてぼくにそれを言わせようとしなかったんだ？」

わたしは肩をすくめた。

「殺人の共犯者になりたくなかったんだよね」カールは言った。

「おれがそんなことを恐れてると思うのか？」とわたしはゆがんだ笑みを浮かべてみせた。

「ヴィルムセンとあの取立屋とは話がちがうよ。こっちは罪のない保安官だったんだ」

「おまえ、ずいぶん強く押したんだな。保安官は鉛直線からだいぶ離れたところに落下してたぞ」

「突き飛ばしたからね」カールは目を閉じた。日射しが強すぎたのかもしれない。やがてまた目をあけた。

「兄貴はぼくが修理工場に電話したときからすでに、あれは事故じゃないと知ってたんだ。なのに訊かなかった。なぜかといえば、そのほうが楽だったからだ。醜いことは存在しないふりをするほうが。たとえば父さんが夜ぼくらの部屋にはいってきて──」

「やめろ！」

カールは口をつぐんだ。すばやい羽ばたきが聞こえた。同じ鳥が戻ってきたのだろう。

「おれは知りたくなかったんだよ。おまえがおれよりは人間的な男だと信じたかったんだ。冷酷に人を殺せるような男じゃないと。だけどそれでもおまえはおれの弟だ。それに保安官を突き落としたとき、おまえはおれを両親の殺害容疑で逮捕されることから救ってくれたのかもしれない」

カールは顔をしかめた。ふたたびサングラスをかけ、オレンジの皮を雪面に放り投げた。

「〝みんなカムバックしたやつが大好き〟──それってよく言われる言葉？　それとも兄貴がでっちあげただけ？」

わたしは答えず、かわりに腕時計を見た。「ガソリンスタンドで棚卸しに苦戦してるから、手伝ってくれと頼まれてるんだ。七時にオールトゥンで会おう」

「だけど、今夜は泊まってくんだろう？」

「せっかくだけど、会議がすんだらまっすぐ帰る。あしたは朝から出勤しなくちゃならないんだ」

投票権を持つのは出資者だけだったにもかかわらず、オールトゥンでの会議には誰でも出席できると発表されていた。わたしは早めに到着して後ろの席に座り、徐々に埋まってくるホールの様子を観察していた。一年半前の最初の集会では、期待に満ちた興奮がホールを包んでいたが、今回はうって変わって、暗く重苦しい空気が漂っていた。いわゆるリンチの雰囲気というやつだ。会議が始まる時刻には誰もかれもが来ていた。最前列には、ヨー・オースとマリ・オースがヴォス・ギルベルトとならんで座っていた。数列後ろには、スタンレイとダン・クラーネがならんでいる。グレーテ・スミットはシモン・ネルガルの隣に座り、シモンの耳に口を寄せて何やらささやいていた。ふたりはいつからそれほど親しくなったのか。アントン・モーも妻と一緒に来ていた。ユーリエとアレックスもいた。マルクスはガソリンスタンドのシフトを休んで来ており、二列後ろに座ったリタ・ヴィルムセンと視線を交わすのが見えた。エリク・ネレルと妻はクルト・オルセンとならんで腰をおろしたが、エリクが話しかけても、クルトは明らかに会話をする気分ではないようだった。エリクはそこに座ったのを後悔したはずだが、立ちあがって移動するのはもはや不可能だった。

七時きっかりにカールが舞台に現われ、ホールは静まりかえった。カールは顔をあげた。そこに見えたものがわたしは気に入らなかった。最高の状態であることが何より求められるいま、否定の流れを一変させること、モーセのように海を分けることが何より重要ないまこのときに、カールはその場の重圧に圧倒されているように見えた。始める前から疲れているようにさえ見えた。

「オスの住民の皆さん」とカールは話しはじめた。声はか細く、視線はアイコンタクトを求めても誰にも応じてもらえないのか、あちこちへさまよった。「ぼくらは山の民です。むかしから厳しい生活を強いられてきました。そんな土地で自活してこなくてはなりませんでした」

それは出資者会議の開会の辞としてはかなり異例なものだったように思うが、しかし考えてみれば、出資者会議の通例など、そのホールにいる大半が、わたしと同様に何も知らなかったはずだ。

「それゆえぼくらは生き延びるため、父がぼくら兄弟に教えたのと同じルールに従うほかありませんでした。〝やるべきことをやれ〟です」カールの目がわたしの目をとらえ、さまようのをやめた。まだ戸惑ったような顔をしていたが、かすかな笑みが唇をよぎった。「それがぼくらのすべきことです。毎日、どんなときでも。やれるからではなく、やらなくてはならないから。だからぼくらは逆境に直面したら、羊の群れが崖っぷちをさまよったり、作物が凍ったり、土砂崩れで村が孤立したりしたら、そのたびにまた世界へ出ていく道を見つけるのです。国道のルートが変更されて、外の世界からはいってくる道がなくなったら、それを造るんです。山のホテルを建てるんです」声が少し元気になり、カールはそれとわからないほどわずかに背筋を伸ばした。「そしてそのホテルが全焼して、すべてが灰燼《かいじん》に帰したら、そのありさまに目を向けて、一日だけ絶望するんです……一日だけ」とカールは人差し指を立て声を張りあげた。

カールの視線はわたしから離れ、ほかにもとどまる場所を、こころよく受け入れてくれる地を見つけたようだった。

「計画を立てたのに、それが思ったとおりに実現しなかったのであれば、ぼくらは自分たちのすべきことをします。もう一度造ります。それはかならずしもぼくらが想像したとおりのものにはならないかもしれません。いいでしょう。ならばちがうものを想像しようじゃありませんか」カールの目はふたたびわたしの目をとらえた。「ぼくらのような山の民に、無用な感傷にひたる余地はありません。後ろをふり返るという選択肢はないんです。うちの父がよく言っていたように、〝自分の最愛の者や赤ん坊を殺せ〟です。未来に目を向けましょう、皆さん。一致団結して」

カールはそこでわざとゆっくり間を取った。わたしの気のせいだったのか、それともヨー・オースはうなずいたのか？　そう、たしかにうなずいた。するとカールは、それが自分の待っていた合図だったかのように先をつづけた。

「なぜならぼくらは、好むと好まざるとにかかわらず、仲間だからです。家族のように、皆さんもぼくも今夜ここにいる全員が、ひとつの運命共同体の一員だからであり、そこから抜けることはできないからです。ぼくらオスの山の民は、倒れるときも一緒、立ちあがるときも一緒なんです」

会場の空気が変わった。徐々にではあるが、わたしはそれをはっきりと感じた。リンチの雰囲気は消えていた。もちろんまだ、冷ややかな懐疑は多少残っていたし、いくつかの重要な質問に答えてもらいたいという暗黙の要求も、当然のことながらあった。だが、みんな自分の聞いているものが気に入ったようだった。カールの言ったことも、そのオス風の語り口も。あの自信なさげな滑りだしは意図的なものだったのだとわたしは気づいた。カールは心に留めていたのだ。〝みんなカムバックしたやつが大好き〟というわたしの言葉を。

だがそこで、一同をまんまと引っかけたように見えたまさにそのとき、カールは演壇から一歩下がって一同に手のひらを向けてみせた。

「ぼくは何も保証できません。保証するには未来はあまりに不確かであり、ぼくの予言力はあまりに貧弱です。ぼくが唯一保証できるのは、ばらばらの個人であればぼくらはかならずや失敗するということです。ばらばらのぼくらは群れからはぐれた羊であり、その末路は狼に食われるか凍死するかです。けれどみんなが一緒になれば、そして一緒になったときにだけ、ぼくらは火事の結果まぎれもなく陥っているこの苦境から抜け出す最善の可能性を、少なくともひとつ、手にすることになるのです」

カールはふたたび言葉を切り、演壇のむこうの暗がりで間を取った。わたしは感心しないわけにいかなかった。最後の一文はまさに修辞の傑作だった。その一文でカールは三つのことをなし遂げていた。第一に、挫折だと認めることで誠実さを装いつつも、すべてを火事のせいにした。第二に、どこか神がかり的な説法で団結を説くとともに、状況を変える責任を目の前の全員に押しつけた。第三に、建てなおされるホテルは確実な解決策ではなく可能性にすぎないと強調することで、慎重な姿勢を見せつつも、それが最善の、したがって唯一の解決策だとにおわせた。

「しかし、これを正しく行なえば、ぼくらは逆境を抜け出せるだけではありません」カールは依然として暗がりに立ったまま言った。

カールが早めに会場に来た理由のひとつは、きっと照明の調節のためだったのだろう。というのも、光のあたっている演壇までカールがふたたび進み出てきたとき、その視覚効果はカールの言葉と同じくらい強烈だったからだ。登場したときには追いつめられ憔悴しているように見えた男が、突如、精力的な煽動家に変貌した。

「オスの村を発展させられるんです」とカールは朗々と言った。「けれどもそのためには、トロルだの丸太だのという高価なファサードでごまかさず、妥協のないホテルを建てる必要があります。というのも本物の体験を求める現代人は、都市を離れたとたんにノルウェーの民話の世界を求めているとぼくらは考えるからです。あの山こそ彼らが求めるものであり、また妥協のないものでもあります。だからぼくらはあの山の頂にホテルを建てるのです。あそこにふさわしいホテル、厳しい山の掟に従うホテルを。素材はコンクリートですが、それはあの山の礫岩にもっとも近い素材です。そういう建物にするのは安いからではなく、コンクリートは美しいからです」

カールは挑むように聴衆を見渡して反論をうながした。だが、みな沈黙したままだった。

「コンクリート、このコンクリート、ぼくらのコンクリート」カールは信仰復興運動の説教師のような催眠的なリズムで歌うように唱え、演台に置いたラップトップをそれに合わせて人差し指でたたいた。「それはぼくらと同じなんです。シンプルで、秋の嵐にも、冬の吹雪にも耐え、雪崩にも、雷にも、異常気象にも、ハリケーンにも、新年のロケット花火にも、びくともしません。ひとことで言えばそれは、ぼくらと同じく、生き残る素材なんです。そしてぼくらと同じであるがゆえに、それは美しいんです！」

これが映写担当者へのキューだったらしく、そこでスピーカーから音楽が流れてきた。そしてホテルが——わたしがシャノンの最初の図面で見たのと同じホテルが——スクリーンに明るく映し出された。緑の森。日射し。沢の流れ。遊びまわる子供たちと、夏の装いで散策する人々。そのホテルは少しも無機的ではなく、人生の周囲に張りめぐらされた穏やかで確固とした背景のように見えた。山そのものと同じく永遠のものに。それはまったく、カールがいま述べたとおり、どこを取ってもすばらしかった。

カールが息を止めているのがわかった。いやそれどころか、わたしも息を止めていた。するとホールがどっと沸いた。

カールは喝采をしばらく放置して充分に利用した。それから演台まで進み出て両手をあげ、それを静めた。

「気に入ってもらえたようですから、こんどは設計者にも拍手をお願いします。シャノン・アレイン・オブガルです」

シャノンが舞台袖からスポットライトの中に現われ、ホールにふたたび喝采が湧きおこった。

彼女は数歩のところで立ちどまり、にこにこと客席に手を振ってうれしそうに笑い、その反応に感謝していることを示したものの、それ以上長くとどまって一同の関心を村の真の英雄からそらしたりはしなかった。

シャノンが立ち去って拍手がやむと、カールは咳払いをして演台の縁を両手でつかんだ。

「ありがとう、皆さん。ありがとう。けれどもこの会議は、ホテルの外観だけの会議ではありません。将来の計画、タイムテーブル、資金調達、会計、オーナー代表の選出についても話し合わなければなりません」

カールはいまや一同を掌中に収めていた。

これから全員に伝えようとしていた。二カ月後の四月にはホテルの再建工事が始まり、わずか一年二カ月で完了すること、経費は二割程度しか上昇しないこと。それにホテルを運営するスウェーデンの会社と新たに契約を結んだことを。

一年四カ月。

いまから一年四カ月後、シャノンとわたしはここを出ていくのだ。

シャノンはわたしにメッセージで、ノートオッデンにはもう来られなくなる、これから建設が再開される四月まではプロジェクトのリーダーとしてそちらに全力を振り向けなくてはならない、と伝えてきた。

わたしは了解した。

そして悶々とした。

日数を指折り数えた。


三月半ばの夕暮れどき、窓の外のスームの街とヴァロッド橋に雨がたたきつけるなか、ドアベルが鳴った。あけてみると、シャノンが立っていた。頭に貼りついた赤毛からしずくがぽたぽた垂れている。わたしはうろたえた。白い肌に錆か血の縞模様ができているように見えたのだ。シャノンはバッグを手にしており、目には絶望と決意をたたえていた。

「はいってもいい？」

わたしは脇によけた。

あくる日ようやく、シャノンがやってきた理由がわかった。

ニュースを伝えにきたのだ。

そして、また人を殺してほしいと頼みに。

62

太陽は昇ったばかりで、大地はゆうべの雨でまだ濡れており、腕を組んで森を歩くシャノンとわたしの耳に鳥のさえずりがけたたましく響いていた。

「こいつらは渡り鳥だ。南部には早めに戻ってくるんだ」わたしは言った。

「うれしそうな声ね」とシャノンは言い、わたしの腕に頭をもたせかけた。「早く帰ってきたくてしかたなかったのよ。誰がどの鳥だったっけ？」

「親父がヤマヒバリで、お袋がヒタキ。ベルナル叔父はオオジュリン。カールは――」

「言わないで！　マキバタヒバリ」

「正解」

「そしてわたしはチドリ。で、あなたはヤマツグミ」

わたしはうなずいた。

前夜わたしたちはほとんど話をしなかった。

「その話は明日でもいい？」わたしが彼女を中に入れ、

濡れたコートを脱がせながら次々に質問を浴びせかけると、シャノンはそう言った。「いまは寝たい」とわたしの腰に両腕をまわして顎をわたしの胸に押しつけたので、シャツを通して水が染みてくるのがわかった。「でも、その前にあなたが欲しい」

あくる朝わたしは早起きをしなければならなかった。ガソリンスタンドに商品が大量に届く予定で、立ち会わなくてはならなかったのだ。シャノンは朝食のときも訪ねてきた理由については何も話さなかったので、わたしも訊かなかった。ひとたびわけを知ったら二度と元には戻れない気がした。だからいまわたしたちは目を閉じて、地面に激突するまでの束の間の時を楽しんでいた。自由落下を。

その日の朝わたしはシャノンに、少なくとも昼まではガソリンスタンドにいなければならないと伝えた。それ以降なら交代要員を見つけられるが、一緒にガソリンスタンドに来てくれたら、商品を受け取ったあと一緒に散歩できると。シャノンはうなずき、一緒に短いドライブをして、わたしがすべてのパレットを検めてサインをするあいだ、車の中で待っていた。

わたしたちは北へ歩いていった。背後には土星の環のような入出ランプを持つ自動車専用道路があり、前方には三月だというのに早くも芽吹きはじめた森が広がっていた。わたしたちは森の奥へつづく小径を見つけた。オスはまだまだ冬かとわたしは尋ねた。

「オプガル農場はまだ冬よ。でも、村にはすでに偽の春が二度来てる」シャノンは言った。

わたしは笑い、彼女の髪にキスをした。背の高いフェンスにぶつかってそれ以上先へ進めなくなり、わたしたちは径の脇の大きな石に腰をおろした。

「で、ホテルのほうは？」とわたしは腕時計を見ながら訊いた。「その後どうなってる？」

「正式着工は予定どおり二週間後に行なわれる。だから順調にいってる。ある意味ではね」

「わかった。じゃ、何が順調にいってないのか話してくれ」

シャノンは背筋を伸ばした。「それがあなたに相談しに来たことのひとつなんだけど。想定外の問題が起きたの。地盤の弱いところが発見されたのよ、山自体に」

「発見された？　だけど、カールはあの山が崩れやすいのを知ってるはずだ。だからこそフーケンで落石が起こるんだし、だからこそ国道のトンネルがとうのむかしに建設されてなかったんだ」いらだった口調になっているのが自分でもわかった。もしかするとそれは、シャノンがはるばるクリスチャンサンまで問題を持ちこんできたのが、わたしのためではなく、自分のホテルのためだったからかもしれない。

「カールは地盤の状態について誰にもひと言も話してない」とシャノンは言った。「あなたもよく知ってるとおり、問題になりそうだと思うことはなんでも隠すたちだから」

「で？」とわたしは焦れて言った。

「なんとかしなくちゃならないけれど、それにはもっとお金が要る。でも、カールはそんなお金はないと言って、その件は内緒にしておこうって言うの。建物がちょっぴりゆがんで見えるようになるまでには、最低でも二十年はかかるはずだって。わたしはもちろんそんな提案を受け入れるつもりはないから、自分で財務状況をチェックして、銀行からもう少しお金を借りる余地があるかどうか調べてみたの。そしたら銀行の人に、そのためにはもっと担保が必要だって言われたから、わたし、あなたとカールにオプガル農場の周囲の土地をすべて担保として銀行に差し出すつもりがあるかどうか相談してみると答えたら、銀行の人に……」シャノンはそこでいったん言葉を切り、意を決してから先をつづけた。「銀行の人にこう言われたの。登記簿によれば、オプガル農場の周囲の土地はすべてヴィルムセンの不動産会社がすでに抵当権を設定しているって。しかも、登記簿上はカール・オプガルが、あなたから秋にすべてを買い取ったあと、唯一の所有者になってるって」

わたしはシャノンを見つめた。咳払いをしなければ声がうまく出なかった。「だけど、そんなはずはない。それは何かのまちがいだ」

「わたしもそう言ったんだけど。そしたらカールとあなたの両方の署名のある不動産登記簿の謄本を見せられた」シャノンは自分の携帯電話をわたしに見せた。するとたしかにあった。わたしの署名が。というか、わたしの署名にそっくりなものが。これほどそっくりに書ける人間はひとりしかいない。それは兄の作文を直すために兄の筆跡を巧妙に真似られるようになった人物だ。

そこでふと思い出した。カールがキッチンで取立屋に言ったことを。〝ヴィルムセンは担保を取ってるだろ〟それに対して取立屋はこう答えた。〝それはホテルがなけりゃろくに価値はないそうだ〟通常なら相手の言葉を信用するヴィルムセンが、カールには土地を担保として要求したのだ。

「うちのあのみすぼらしい農場を親父がなんと呼んでたか知ってる？」

「なんて呼んでたの？」

「王国さ。オプガル農場はおれたちの王国なんだ、親父はいつもそう言ってた。まるで息子たちが土地を持つことを真剣に考えないんじゃないかと心配するみたいに」

シャノンは何も言わなかった。

わたしは咳払いをした。「カールはおれの署名を偽造したんだ。融資の担保としてヴィルムセンにうちの土地を差し出すのをおれが拒否するのはわかってたから、おれに内緒で土地を自分の名義に書き換えたんだ」

「で、いまカールはすべての土地を所有してる」

「書類上はね。返してくれるさ」

「そう思う？　ヴィルムセンが借金を帳消しにしたあと、こっそり返す時間なんていくらでもあったのよ。なぜそうしなかったの？」

「いそがしかったんだろう」

「目を覚まして、ロイ。それともわたしのほうがあなたの弟のことをよく知ってるわけ？　登記簿に記されてるのがカールの名前であるかぎり、土地はカールのものなの。いまわたしたちが話題にしてるのは、カナダでパートナーや友人たちを平気でだまして逃げてきた人なのよ。夏にトロントへ行ったときわたし、当時何があったのかもう少し詳しく調べたの。パートナーのひとりで、わたしの友人でもある人から話を聞いたんだけどね。その人が、プロジェクトで多額の損失が発生していることを出資者たちに知らせて、それ以上の被害が出るのを食いとめると言ったら、カールに脅されたんだって。そんなことをしたら殺すって」

「そんな馬鹿なことをあいつは言わないさ」

「カールはその人が家にいるときにやってきて銃を突きつけたのよ、ロイ。わたしたちの共通の友人なのに。口をつぐんでいないと、おまえもおまえの家族も殺すぞって」

「パニックを起こしてたんだ」

「だったらいまは何？」

「カールはおれからものを盗んだりはしないよ、シャノン。おれは兄貴なんだから」シャノンの手が腕に置かれたのを感じて、わたしは腕を引っこめたくなったが、そのままにしておいた。「それにあいつは人を殺したりもしない。そんなことじゃ。金のことじゃ」自分の声が震えているのがわかった。

「そうかもしれない。お金のことではね」

「どういう意味だ？」

「カールはわたしを放さない。少なくともいまは」

「いまは？　いまはこれまでと何がちがうんだ？」

シャノンはわたしの目をまっすぐに見た。背後の林からうなり声が聞こえた。シャノンはわたしに抱きついた。

「わたし、カールと出会わなければよかった」とシャノンはわたしの耳にささやいた。「でも、そうしたらあなたにも出会わなかったんだから、よくわからない。でも、わたしたちには奇跡が必要よ。神様の助けが必要」

シャノンはわたしの肩に顎を載せた、わたしたちは別々の方向を見る恰好になった。シャノンはフェンスのむこうの暗い森を、わたしは森の外と、別の世界へつづく自動車専用道路を。

またうなり声が聞こえ、わたしたちの上に影が落ちてきて、指揮者が指揮棒をかまえたかのように鳥たちのコーラスがぱたりとやんだ。

「ロイ……」とシャノンは小声で言い、わたしの肩から顎を離した。

見ると、片目を大きく見ひらき片目はほぼ閉じたまま、上を見あげている。ふり返ると、フェンスのすぐむこうに四本の脚が見えた。わたしはその脚を目でたどった。上へ上へと。するとようやく体が見え、そこから首が伸びていた。木々の幹と並行になおも上に。なんと、キリンだった。

口をむしゃむしゃ動かしながら無関心にわたしたちを見おろしていた。《時計じかけのオレンジ》のマルコム・マクダウェルのような睫毛で。

「言うのを忘れてたけど、ここは動物園なんだ」わたしは言った。

「そうね」キリンの唇と舌が細い裸の枝を引っぱり、上を向いたシャノンの顔に陽光がちらついた。「みんなここが動物園だってわたしに教えるのを忘れてた」

森を散歩したあと、シャノンとわたしはガソリンスタンドに戻った。

わたしはシャノンにボルボで帰ってくれてかまわないと伝えた。仕事が終わったら電話するから迎えにきてくれと。帳簿をつけなければならなかったが、集中できなかった。カールはわたしを売ったのだ。わたしをだまし、わたしの相続財産を盗み、いちばん高く買ってくれる相手に売った。わたしが一線を越えて人殺しになるのを暗黙のうちに認め、わが身を守るためにヴィルムセンをわたしに殺させた。いつものように。それでいて自分がわたしを裏切ったことは秘密にしていた。そう、あいつはわたしを裏切ったのだ。

怒りのあまり全身がわなわなと震えて止まらなかった。しまいにはトイレに行って吐いた。そのあと便器に座りこんで、誰にも聞こえないことを願いつつ、めそめそと泣いた。

どうしたらいいのか。

向かいの壁の貼り紙に目が留まった。オスの従業員用トイレに貼っていたのと同じものを、そこにも貼ってあったのだ。〝やるべきことはやれ。すべてはきみしだいだ。ただちにやれ〟

決断したのはそのときだったと思う。その点に関してはかなり自信がある。だがもちろん、その晩だった可能性もある。その晩、シャノンがクリスチャンサンまでわざわざ伝えにきたもうひとつの知らせを、わたしに伝えたときだった可能性も。

「たしかに」わたしは本部のピア・シセが二週間前、うちの営業所が売上で三位になることが確定したときに送ってきた白ワインを、おたがいのグラスに注いだ。けれども瓶をテーブルに置いても、グラスに口をつけなかった。

「まだカールのことを考えてるのね」シャノンは言った。

「ああ」

「どうしてカールがあなたをこんなふうに裏切ることができたのかってこと？」

わたしは首を振った。「どうしておれがあいつをこんなふうに裏切ることができたのかってことだ」

シャノンは溜息をついた。「誰に恋をするかなんて、自分では決められないものなのよ、ロイ。前にあなたわたしに、おれたち山の民は実際的な意味のある相手に恋をするんだって言ったけど、これでそれがまちがってるのがわかったでしょう」

「そうかもしれないが。でも、恋はそれほど無作為でもないんじゃないかな」

「そう？」

「スタンレイが教えてくれたんだけど、なんとかいう

63

シャノンと一緒に居間に運びこんだキッチンテーブルの前に、わたしは無言で座っていた。

シャノンはショッピングセンターで買い物をして、バルバドスの国民食だというクークーを作っていた。材料は挽き割りトウモロコシ、バナナ、トマト、玉葱、胡椒。飛魚のかわりに鱈を使わなければならなかったものの、シャノンはオクラとパンノキの実を見つけたといって喜んでいた。

「どうかした？」とシャノン。

わたしは首を振った。「おいしそうだ」

「やっと少し品揃えのあるお店を見つけた。ノルウェー人て生活水準は世界最高なのに、食事は貧しいんだから」

「たしかに」とわたしは言った。

「それに食べかたがやたらと速いのは、なんらかの味のする食べ物に慣れてないからだと思う」

フランス人が言うには、人は他人が望むものを望むらしい。他人の模倣をするんだ」

「模倣の欲望。ルネ・ジラールね」

「それそれ」

「ジラールの考えでは、人が自分の気持ちや内なる欲望に従えるという考えは、ロマンチックな幻想なの。なぜかと言えば、わたしたちは最低限の基本的欲求を満たすこと以外には自分の内なる欲望を持たないから。まわりの人たちが望むものを望むの。おもちゃの骨になんの関心もなかった犬が、ほかの犬がそれを欲しがるのを見て急にそれをどうしても欲しくなるのと同じ」

わたしはうなずいた。「それに、他人がガソリンスタンドを手に入れようとしているのを知ると、自分もますますそれを所有したくなるのとも同じだ」

「それに、競争相手が最高の建築家たちだとわかると、自分がその仕事をどうしても獲得したくなるのとも同じ」

「そして愚かな醜い兄は、利口でハンサムな弟の妻をどうしてもものにしたくなる」

シャノンは自分の前の食べ物をつついた。「それはつまり、あなたのわたしに対する気持ちは実際にはカールに対するものだってこと？」

「いや。おれは何も言ってない。何もわからないんだから。人は自分自身にも他人にとってと同じくらい謎なのかもしれない」

シャノンは指先でワイングラスに触れた。「他人の愛するものしか愛せないとしたら悲しくない？」

「たいていのものは長く見つめすぎていると悲しく見えてくる、ベルナル叔父はそう言ってた。片目が見えないぐらいがいいんだと」

「そうかもね」

「盲目になる努力をしてみないか？　せめてひと晩ぐらい」

「そうね」と言ってシャノンは無理に微笑んだ。

わたしはグラスを掲げた。シャノンもそれに合わせた。

「愛してるよ」わたしはささやいた。

彼女の笑みが大きくなり、目は穏やかな夏の日のブダル湖のように輝き、わたしは一瞬、ほかのことはすべて忘れて今夜だけ一緒にいられたらそれでいい、と思った。あとは核爆弾でも落としてくれと。そう、わたしは核爆弾を落としてほしかった。なぜならそのときにはもう――いま思い返してみるとたぶん――すでに心を決めていたからであり、それよりは核爆弾のほうがましだったからだ。

グラスを置いたとき、わたしはシャノンがワインに口をつけなかったのに気づいた。彼女は立ちあがり、テーブルに身を乗り出してキャンドルを吹き消した。

「時間がもったいない。裸であなたの横に寝てる時間がなくなっちゃう」

四時八分前、シャノンはふたたびわたしの上に倒れこんだ。わたしたちの汗は混じり合い、ふたりとも同じにおいと味がした。わたしは頭を起こしてベッド脇のテーブルにある時計を見た。

「まだ三時間ある」シャノンが言った。

わたしはふたたび枕に頭を載せて、時計の横に置いた嗅ぎ煙草入れを手探りで探した。

「愛してる」とシャノンは言った。目を覚ますたびにそう言い、それからわたしたちはふたたび愛を交わした。そして眠りに就く前にもまたそう言った。

「愛してるよ、チドリ」とわたしもシャノンと同じ口調で言った。その言葉の深い意味はもうおたがいに熟知しているので、感情や意味や確信など込めなくとも、その言葉を呪文のように唱えれば、使徒信条のようにそれで足りるのだ。

「今日は泣いたんだ」とわたしは嗅ぎ煙草を唇の裏に押しこみながら言った。

「そんなことめったにしないんでしょうね」

「ああ」

「なんのために泣いたの？」

「わかってるだろ。すべてのためにだ」

「ええ、でも、具体的には何？　なぜ今日だったの？」

考えてみた。「今日失ったもののために泣いたんだ」

「家族の地所？」

わたしは短く笑った。「いや、農場じゃない」

「わたし？」

「おれは一度もきみを自分のものにしたことはない。カールのために泣いたんだよ。おれは今日弟を失ったんだ」

「そうよね」とシャノンはつぶやいた。「ごめんなさい。そんなことにも気づかなくて」

それからシャノンはわたしの胸に手を載せた。その触れかたは、何気なさそうでいて実際には新たな愛の営みの幕開けとなるこれまでの触れかたとは、微妙にちがった。シャノンが手をそこに置いたとき、わたしはこう感じた。まるでおれの心臓をつかもうとしてるみたいだ。いや、ちがう、つかもうとしてるんじゃなく、感じようとしてるんだ。おれの鼓動を感じ取り、自分がこれから伝えようとしてることを伝えたときにおれの心臓がどう反応するか、それを知ろうとしてるんだと。

「今朝わたし、ホテルの件はあなたに相談しにきたことのひとつでしかないと言ったでしょう」

シャノンは大きく息を吸い、わたしは息を止めた。

「わたし、妊娠したの」

わたしはまだ息を止めていた。

「あなたの子を。ノートオッデンで」

それらの言葉は、その件についてわたしが抱きそうなあらゆる疑問への答えになっていたにもかかわらず、わたしの脳内にはさまざまな考えが、そのひとつひとつに疑問符をともなって、どっと湧きおこった。

「きみは子宮内膜症で……」とわたしは言いかけた。

「妊娠は困難になるけれど、不可能ではない。妊娠検査薬を試してみて、最初は信じられなかったけれど、いまはお医者さんに行って、まちがいないと言われてる」

わたしはふたたび息をしはじめ、天井を見つめた。

シャノンは体をすり寄せてきた。「堕ろそうかとも思ったけれど、やっぱりできないし、したくない。わたしの体が妊娠できるような形にすべての惑星がぴたりとならぶなんて、一生のうちでこの一回だけかもしれないんだから。でも、わたしはあなたを愛してるし、この子はあなたの子でもある。あなたはどうしたい？」

わたしは無言で寝ころんだまま、闇の中で静かに息をしつつ、自分の心臓はシャノンの手に望みどおりの答えをあたえているだろうかと考えていた。

「きみの望むものを手に入れてほしい」わたしは答えた。

「不安？」シャノンは訊いた。

「ああ」

「うれしい？」

うれしいだろうか？「ああ」

シャノンの息づかいから、彼女がまた泣きそうになっているのがわかった。

「でも、あなたは当然すごく戸惑ってて、これからどうすべきかわからなくなってる」声が震え、泣きだす前に言い終えようとするように早口になった。「それにわたし、あなたになんて答えていいかわからないの。ホテルが完成するまではオスにいなくちゃならないから。あなたは子供のほうがホテルなんかより大切だと思うかもしれないけれど……」

「しいっ」とわたしは言い、シャノンの柔らかな唇を指でなでた。「わかってる。それにきみはまちがってる。おれは戸惑ってなんかいない。自分のやるべきことはわかってる」

闇の中でシャノンが瞬きするのに合わせて白目が点滅したように見えた。

〝やるべきことはやれ〟とわたしは思った。〝すべてはきみしだいだ。ただちにやれ〟

前にも言ったが、自分が決断したのが従業員用トイレでだったのか、それともベッドでシャノンがわたしの子供を身ごもっていると告げたあとだったのか、いまひとつよくわからない。それにそんなことは大した問題ではないのかもしれない。こだわる必要はないのかもしれない。

いずれにせよ、わたしはシャノンの耳に口を寄せて、しなければならないことをささやいた。

シャノンはうなずいた。

わたしはそのあと朝まで眠れなかった。

再着工は二週間後で、ロッドも登場するという公会堂でのパーティへの招待状は、キッチンのカウンターの上に留めてあった。

早くもわたしは残り時間をカウントダウンしはじめていた。

つらかった。

大きな黒い獣が動いていた。気が進まないというようにゆっくりと、タイヤでばりばりと砂利を踏みしめて。後部から突き出た二本のフィンには、それぞれ細長いランプが赤く点灯している。キャデラック・ドゥヴィルだ。太陽はすでに沈んでいるが、カーブのむこうにはオレンジ色に縁取られたオッターティン山のシルエットが見えている。それに、斧の一撃で山肌に刻みこまれたような、深さ二百メートルの断崖も。

「兄貴とぼくにはさ、ぼくらしかいないんだよ」カールはよくそう言ったものだ。「ほかの連中は、ぼくらが愛してると思ってる人たちも、愛されてると思ってる人たちも、みんな砂漠の蜃気楼なんだ。だけど、兄貴とぼくは、ぼくらはひとつだ。兄弟だ。砂漠のまんなかに兄弟ふたり。ひとりが倒れたら、もうひとりも倒れる」

そう。そして死はわたしたちを分かたない。ひとつにする。

黒い獣はスピードを増していた。スピードを増してわたしたちを、人殺しの心を持つわたしたち全員を、地獄へ突進させていた。

64

再着工の式典が行なわれるのは、夕刻七時の予定だった。

それなのにわたしは明け方にクリスチャンサンを出発し、朝日が市の標識にきらめくのを見ながらオスにはいった。

雪はほぼ消えていて、残っているのは道路脇で灰色に汚れている除雪された雪の残骸だけだった。ブダル湖の氷は溶けてシャーベット状になり、あちこちに水面がのぞいている。

数日前にカールに電話して、わたしはこう伝えてあった。式典には出席するが、それまでは一日じゅういそがしい、オスのガソリンスタンドが過去五年分の帳簿を見せろと要求されているのだと。抜き打ち検査だ、通常のことだ。そう言ってあったが、それは嘘で、わたしはたんに自分が店長だったころの数字をチェックするのを手伝うだけだった。それが数時間ですむか数日かかるかは不明だったが、必要なら作業場に泊まるつもりだった。カールはかまわないと答えた。どのみち自分とシャノンは、式典とそのあとの公会堂でのパーティの準備でいそがしいと。

「だけど、ひとつ相談したいことがあるんだ」とカールは言った。「なんならガソリンスタンドで待ち合わせてもいいけど？」

「空き時間ができたら知らせるから、〈フリット・フォール〉でビールでも飲もう」わたしは言った。

「コーヒーだ。アルコールはきっぱりやめた。ぼくの新年の決意は〝退屈な存在になること〟だったんだけど、シャノンに言わせれば、いまのところ順調にいってるらしい」

カールは上機嫌だった。笑って冗談を言った。最悪を乗りこえたのだ。

わたしとちがって。

わたしは作業場の前に車を駐めて、オプガル農場のほうを見あげた。山は朝日を斜めに受けて金色に染まっていた。日当たりのいい斜面には地肌が現われているが、日陰にはまだ雪が残っている。

ガソリンスタンドに行ってみると、給油エリアにゴミが散らかっていた。案の定、店内でカウンターの奥に立っていたのはエーギルだった。レジ前に客がいたが、わたしはその猫背の後ろ姿が誰なのか数秒後にようやく気づいた。屋根職人のモーだった。わたしはまだ戸口に立ったままだった。エーギルはわたしに気づいておらず、後ろの棚に手を伸ばした。緊急避妊薬の〈エラワン〉が置いてある棚だ。わたしははっとした。

「以上ですか？」とエーギルは言い、モーの前に小箱を置いた。

「ああ、ありがとう」モーは金を払い、踵を返してこちらへ歩いてきた。

わたしはモーが手にしている箱をよく見た。

〈パラセタモール〉

「ロイ・オプガル」モーはそう言ってわたしの前で立ちどまり、満面に笑みを浮かべた。「あんたに神の祝福を」

わたしはなんと答えていいかわからなかった。攻撃してこようとしている相手の身体言語は読めるのだが、頭痛薬をコートのポケットにしまうモーの手を観察していても、いまのモーはそんな言語を話していなかった。モーがわたしの手を取ったとき、わたしの最初の反応は手を引っこめることだったが、モーのリラックスした態度と不健康ではあっても穏やかな目の光が、それを思いとどまらせた。モーは慎重とも言えるやりかたでわたしの手を両手でぎゅっと握りしめた。

「あんたのおかげでおれは群れに戻ったよ」

「え？」わたしはそれしか言えなかった。

「悪魔の虜になってたおれを、あんたは解放してくれたんだ。おれと家族を。あんたはおれの体から悪魔をたたき出してくれたんだよ、ロイ・オブガル」

わたしはふり返ってモーを目で追った。ベルナル叔父はよくこう言っていた。機械の故障がどうしても直らないときには、ハンマーを持ってきて力いっぱい殴りつけるのがいちばんだ。そうすれば直ることもあると。これはそういうことだったのかもしれない。

モーはニッサン・ダットサンのピックアップトラックに乗りこんで走り去った。

「店長」とエーギルが後ろから声をかけてきた。「帰ってきたんですか？」

「見てのとおりだよ」とわたしは言い、エーギルのほうを向いた。「フランクフルトの売上はどうだ？」

ただの冗談かもしれないと気づくまでに一瞬の間があり、それからエーギルはおずおずと笑った。

作業場でわたしはクリスチャンサンから持ってきたバッグをあけた。中にはいっていたのは特定の車の部品で、一週間以上も車の墓場や解体業者を探しまわって手に入れたものだった。そういう場所が集中している市の西側の過疎地区の人々は、この百年間アメリカ製のあらゆるものを、とりわけ車を、礼拝所でイエスを崇めるのと同じくらい熱烈に崇めてきた。

「そんなのはどっちも使えないぞ」最後の解体業者は、わたしが二台のスクラップ車――シボレー・エルカミーノとキャデラック・エルドラド――からはずしたぼろぼろのブレーキホースとささくれたアクセルワイヤーを見ると、そう言った。彼の背後には、羊飼いの杖を持った長髪の男が羊の群れに囲まれている派手な絵がかけてあった。

「それはつまり、おれはこれを安く買えるってことかな」わたしは言った。

業者は片目をつむって値段を言い、わたしはオス以外にもヴィルムセンのような男がいるのを知った。その金の大半は慈善事業にまわされるのだろう。わたしはそう自分を慰め、その数百クローネを渡して、領収証は要らないと伝えた。

そのアクセルワイヤーをバッグから出してじっくりと検めた。キャデラック・ドゥヴィルの部品ではなかったものの、形状がよく似ているので適合するはずだった。だが、もちろん不良品だ。ささくれがひどいから、きちんと取りつければ、アクセルを踏んださいに引っかかり、ペダルから足をあげても車は加速しつづけるだろう。運転しているのが自動車整備士なら、何が起きているのか気づくかもしれないし、そのうえ敏捷で冷静なら、イグニションをオフにするかギアレバーをニュートラルに入れるかもしれない。だが、カールはそのどちらでもない。たとえその時間があっても、ブレーキをかけようとするだけだろう。

次にわたしはぼろぼろになって穴のあいたブレーキホースを手に取った。そういうホースはこれまで何度もはずしたことがあったが、取りつけたことは一度もない。それをアクセルワイヤーの横に置いた。

あとで事故車を調べた自動車整備士なら誰でも、警察にこう言うはずだ。このふたつの部品に細工された形跡はなく、通常の摩耗の跡が見えるだけであり、アクセルワイヤーのプラスチック・カラーの隙間から水がはいったのだろうと。

わたしは必要な工具を放りこんでバッグを閉め、そこに立ったまま荒い呼吸をしていた。肺が胸に締めつけられているような気がした。

時計を見た。十時十五分。時間はたっぷりあった。

シャノンの情報によれば、カールは二時に建設現場でパーティの運営担当者たちと会うことになっていた。そのあとオールトゥンにおりていって、公会堂で会場の飾りつけを行なうという。それに少なくとも二時間から三時間はかかるだろう。充分だ。わたしはせいぜい一時間もあれば部品を交換できる。

それに会計検査もなかったから、時間は充分にあった。

ありあまっていた。

わたしはベッドに行って腰をおろした。シャノンとわたしが横になったマットレスに手を置き、簡易キッチンの上の壁にかけたバルバドスのナンバープレートを見た。少し調べてみたのだが、バルバドス島には十万台以上の車があるという。小さな島国にしては驚くべき数だ。しかも生活水準は高く、北米第三位で、国民は金を持っている。そしてみな英語を話せる。バルバドスでガソリンスタンドを、あるいは修理工場を経営するのは充分に可能だ。

　わたしは目を閉じて時計を二年先へ進めた。シャノンとわたしが一歳半の幼児とともにビーチパラソルの下にいる姿が目に浮かんだ。三人とも青白く、シャノンとわたしは日焼けした脚をしていた。〝レッドレッグ〟だ。

　時計を少し戻して、こんどは一年二カ月先のことを想像した。ホールには荷造りのすんだスーツケース。二階の寝室からは赤ん坊の泣き声と、それをあやすシャノンの声。残っているのは細々したことだけ。電気と水道を止める。窓に板を打ちつける。出発前の最後の後始末だ。

　後始末。

　わたしはまた時計を見た。

　いまとなってはどうでもいいことだったが、後始末ができていないのはいやだった。給油エリアのゴミがいやだった。

　放っておくべきだった。いま集中すべきなのはそれではなかった。〝獲物から目を離すな《キープ・ユア・アイズ・オン・ザ・プライズ》〟父はいつもアメリカ英語でそう言っていた。

　給油エリアのゴミ。

　十一時、わたしは立ちあがって外へ出た。


「ロイ！」スタンレイはそう言って診察室の小さなデスクのむこうで立ちあがり、まわりこんできてわたしを抱きしめた。「だいぶ待たされたか？」と待合室のほうへ頭を振った。

「二十分だけだ。受付係にこっそり入れてもらったんで、あんたの時間をあまり奪うつもりはないよ」

「まあ座って。何もかも順調？　指はどう？」

「何もかも順調だよ。実は訊きたいことがあってきただけなんだ」

「おや、そうなんだ」

「大晦日の晩、おれが村の広場へ行くと言って帰ったあと、ダン・クラーネも帰ったかどうか憶えてないか？　それとダンが車で来ていたかどうかも。それにダンが広場に少し遅れてきたかどうかも」

　スタンレイは首を振った。

「クルト・オルセンについては？」

「なぜそんなことを気にしてるんだ、ロイ？」

「あとで説明するよ」

「わかった。いや、誰も帰らなかった。風がひどかったし、みんなすごく楽しんでたから、あのままずっと座って、飲んで、おしゃべりをしてた。そしたら消防車の音が聞こえてきたんだ」

わたしはゆっくりとうなずいた。仮説はあえなく潰えた。

「十二時前に帰ったのは、きみとシモンとグレーテだけだ」

「だけど、おれたちは誰も車じゃなかった」

「いや、グレーテは車だった。時計が十二時を打つときには両親と一緒にいると約束したんだとか言ってた」

「なるほど。で、グレーテが乗ってるのはどんな車だ?」

スタンレイは笑った。「ぼくのことは知ってるだろ、ロイ。車のメーカーなんかまったく区別がつかないよ。知ってるのは、かなり新しいってことと、色は赤だってことだけだ。でも、まあ、あれはアウディだと思う」

わたしはさらにゆっくりとうなずいた。

脳裡に大晦日の夜あの赤いアウディA1がネルガル農場のほうへ曲がっていく情景がよみがえった。その先にあるのは、ネルガル農場とオプガル農場を除けば、ホテルの建設現場だけだ。

「新しいと言えば、すっかり忘れてたけど、おめでとう!」とスタンレイは声を張りあげた。

「おめでとう?」わたしはとっさに、売上リストの三位になったことを言われたのかと思ったが、考えてみれば、ガソリンスタンド業界のニュースになどスタンレイが関心を持つはずがない。

「きみは伯父さんになるんだよね」スタンレイは言った。

数秒の間のあと、スタンレイはますます大きな声で笑った。

「きみたちはほんとに兄弟なんだな! カールもまったく同じ反応をしたよ。真っ青になった」

わたしは自分が青ざめているのに気づいていなかったが、それを聞いてこんどは心臓が止まりそうな気がした。

「あんたがシャノンを診察したのか?」気を落ちつけてそう訊いた。

「ここに医者がほかに何人いる?」とスタンレイは大きく腕を広げてみせた。

「じゃ、あんたはカールにあいつが父親になることを伝えたのか?」

スタンレイは眉間に皺を寄せた。「いや、それはシャノンが伝えたんじゃないかな。でも、店でカールに出会ったんで、ぼくはその場でお祝いを言って、妊娠が進むにつれてふたりが気をつけるべきことをいくつか話したんだ。そしたらカールは、いまのきみみたいに真っ青になった。まあ、わかるけどね、そんなふうに人が近づいてきて、父親になるんだと改めて思い出させられたら、不安と責任に押しつぶされそうになるものだよ。伯父さんの場合でもそうなるとは知らなかったけど、どうもなるみたいだね」スタンレイはまた笑った。

「カールとおれのほかにも誰かに話したか?」わたしは訊いた。

「いや、守秘義務があるからね」スタンレイは不意に黙りこんだ。それから額に三つ指をあてた。「しまった。もしかしてきみはシャノンが妊娠してるのを知らなかったのか? ぼくはてっきり……だってきみとカールはとても仲がいいから」

「きっとあいつらは、順調にいくという確信が持てるまでは内緒にしときたかったんだろう。シャノンは妊娠するためにずっと努力してきたわけだから……」

「ああ、だけどぼくは医師として実に軽率だったよ」スタンレイは本気で落ちこんでいるようだった。

「それについちゃ心配しなくていい」そう言いながらわたしは立ちあがった。「あんたが誰にも言わなけりゃ、おれも言わない」

大晦日の夜のことを尋ねた理由をあとで話すと言ったのをスタンレイに指摘されないうちに、わたしは診察室をあとにした。診療所を出て、ボルボに乗りこみ、運転席に座ったままフロントガラスのむこうをじっと見つめた。

では、カールはシャノンの妊娠を知っているわけだ。知っているのに、それをシャノンに問いただささなかった。わたしにも話さなかった。それは自分が父親ではないのを知っているということだろうか? 起きている事態に気づいているのだろうか? わたしとシャノンが自分に敵対していることに。わたしは携帯を取り出し、ためらった。シャノンとわたしはすべてを細部まで計画しており、電話連絡も義理の兄妹として自然な回数を超えないよう気をつけることにしていた。《犯罪実話》誌によれば、警察が真っ先に調べるのはそこだという。被害者の肉親など容疑者になりうる人物が、事件の直前に誰と電話連絡を取っていたかだと。

わたしは肚《はら》を決め、番号をタップした。

「いまか？」と回線のむこうで声がした。

「ああ。空き時間ができた」わたしは言った。

「わかった。二十分後に〈フリット・フォール〉で」

カールは言った。

65

〈フリット・フォール〉には昼の常連客が集まっていた。競馬好きや社会保障制度を存続させている連中だ。

「ビール」わたしはエリク・ネレルに言った。

エリクは冷たい目でわたしをじろりとにらんだ。わたしはこれまでエリクをホテルの放火容疑者のひとりに加えていたが、いまその容疑者はひとりに絞られていた。

あいている窓ぎわの席へ向かう途中で、窓ぎわの別の席にダン・クラーネが座っているのを見かけた。ビールを前にしてぼんやりと窓の外をながめている。ダンは――なんと言えばいいか――少々薄汚くなったように見えた。こちらが放っておけば、むこうもこちらを放っておいてくれるだろう。

ビールを半分ほど飲んだところで、カールがせかせかとはいってきた。

わたしを強く抱きしめると、カウンターにコーヒーを買いにいき、やはり冷たくあしらわれた。ダン・クラーネはカールの存在に気づくとビールを飲みほし、ことさらに大きな足音を立てて店を出ていった。

「ああ、ダンなら見かけたよ」とカールはわたしが訊く前にそう言いながら席に座った。「彼はもうオース農場には住んでないらしい」

わたしはゆっくりとうなずいた。「ほかには？」

「そうだな……」とカールは言い、コーヒーをひとくち飲んだ。「今夜の出資者会議にはもちろんわくわくしてるよ。それにうちじゃ、シャノンがどんどん決定権を握ってる。今日はシャノンが会議までキャデラックを使うというんで、ぼくはセカンドカーに乗ってる」と駐車場のスバルのほうへ顎をしゃくってみせた。

「大事なのは式典に颯爽と到着することだ」わたしは言った。

「もちろん、もちろん」カールはそう言うと、またコーヒーに口をつけた。待っている。何かを恐れている。そんなふうに見えた。兄弟ふたりがそこに座って、恐怖でいっぱいになっている。二段ベッドに横になって、ドアがあく音が聞こえるのを恐れている。そんな感じだ。

「ホテルに火をつけたのが誰なのかわかった気がする」わたしは言った。

カールは目をあげた。「ほんと？」

気を持たせる必要もないので、ずばりと言った。

「グレーテ・スミットだ」

カールは声を立てて笑った。「兄貴、グレーテはいかれちゃいるけど、そこまでいかれちゃいないよ。それにいまは落ちついてる。シモンとくっついたのがよかったんだ」

わたしはまじまじとカールを見た。「シモン？　それはシモン・ネルガルのことか？」

「知らなかったのか？」カールはくすりと皮肉な笑いを漏らした。「噂によると、シモンは大晦日の夜グレーテにネルガル農場まで車で送ってもらって、グレーテはそこに泊まったんだそうだ。それ以来ふたりはピーナッツバターとジェリーみたいにべったりだ」

わたしの脳はその情報を懸命に処理していた。グレーテとシモンがふたりでホテルに火をつけた可能性はあるだろうか？　考えてみた。妙な感じがした。だが、近ごろは何もかも妙な感じがしていた。とはいえ、それはカールにわざわざ話す必要のないことだった。それどころか、誰にも話す必要はなかった。誰がやったかなど、もはやどうでもいいからだ。わたしは咳払いをした。「おれに相談したいことがあるんだろ」

カールはコーヒーカップを見おろしてうなずいた。それから顔をあげ、ほかの六人の客が充分に離れているのを確かめたうえで、テーブルに身を乗り出して低い声でこう言った。「シャノンが妊娠したんだ」

「ほんとかよ！」わたしはおおげさにならないように気をつけつつ微笑んだ。「やったな。おめでとう！」

「いや」とカールは首を振った。

「いや？　何か問題でもあるのか？」

首がこんどは縦に振られた。

「赤ん坊にか？」とぼけて訊いてみただけだが、シャノンが身ごもっている子供、わたしたちの子供に問題があると考えるだけで、わたしは気分が悪くなった。

カールはまた首を横に振った。

「じゃ、なんだ？」わたしは訊いた。

「ぼくじゃないんだよ……」

「ぼくじゃないって何が？」

カールはついに頭を振るのをやめ、打ちひしがれた顔でわたしを見た。

「おまえが父親じゃないのか？」

カールはうなずいた。

「どうして……」

「シャノンがトロントから帰って以降、ぼくらはセックスをしてない。触るのを許してくれないんだ。それに妊娠したという話も、シャノンからじゃなくてスタンレイから聞いたんだ。シャノンはぼくが知ってるってことも知らない」

「まじかよ」

「まじだよ」カールの重い視線はわたしを離れなかった。「それにさ、知ってる、兄貴？」

カールは返事を待ったが、わたしは黙っていた。

「父親が誰なのかぼくは知ってると思う」

わたしは唾を呑みこんだ。「ほんとか？」

「ああ。去年の秋の初めに、シャノンは急にノートオッデンへ行かなきゃならなくなったんだ。設計の仕事の面接だとか言って。帰ってきたあと、何日もずっと完全におかしくなってた。食べないし、眠らないし。ぼくはそれを建築家としての実績を何も残せてないからだろうと思ってた。スタンレイから妊娠してるという話を聞いたときには、シャノンがいったいどうやってほかの男と知り合ったのか、不思議でならなかった。だってぼくらはいつも一緒にいるんだからさ。で、そのノートオッデンへの旅行が怪しいと思うようになった。シャノンはぼくになんでも話すし、話さないことは表情から簡単に読み取れる。だけど、ぼくにはどうしてもつかめないことがあった。何かあいつが隠してることが。後ろめたいことでもあるみたいに。で、思い返してみたら、それはあいつがノートオッデンに泊まったあとに始まったんだ。で、このごろ急にノートオッデンに行くようになった。買い物に行くとか言って。わかる?」

　声を出すには咳払いをしなくてはならなかった。

「と思う」

「だからこのあいだシャノンに、ノートオッデンではどこに泊まったんだと訊いたら、〈ブラットレイン・ホテル〉だと言うから、ぼくはホテルのフロントに電話してみたんだ。そしたらたしかに、シャノン・アレイン・オプガルという人物が九月三日に部屋を予約してたという。だけど、誰と一緒だったかと訊いたら、ご予約は一名様でしたと言うんだ」

「フロント係はそんなことまでぺらぺらしゃべったのか? そんな簡単に?」

「ぼくがクルト・オルセンだと名乗って、オスの保安官事務所から電話してると言ったからかもね」

「まじかよ」とわたしは言い、シャツの背中がじっとりしてくるのを感じた。

「で、ぼくはその日の宿泊者名簿を読みあげてくれと頼んだ。そしたら興味深い名前が出てきたんだよ、兄貴」

　わたしの口はからからになっていた。いったいどういうことだ? ラルフがあの日わたしがいたのを憶えていて、わたしの名前をしゃべったのか? 待て待て、思い出したぞ。ラルフはわたしがレストランにはいっていくのを見て部屋を取っておいたと、そう言っていた。わたしが泊まると思いこんでいた。わたしの名前を入力して、わたしが部屋を必要としていないとわかったあとも削除するのを忘れたのではないか。

「興味深いうえに、すごくなじみのある名前だよ」とカール。

　わたしは腹をくくった。

「デニス・クウォリーさ」

　わたしはカールをまじまじと見た。「なに?」

「デニス・クウォリー。映画俳優の。監督の。村のガソリンスタンドに立ち寄ったあのアメリカ人さ。そいつがホテルに泊まってたんだ」

わたしはふたたび息を吸いこんだ。自分が息を止めていたのに気づいていなかったのだ。「だからなんなんだ?」

「だからなんなんだ? あいつはシャノンにサインをくれたんだぞ、憶えてないのか?」

「憶えてるさ。だけど……」

「あとでシャノンは車の中で、その紙切れをぼくに見せて笑ってた。電話番号とメールアドレスまで書いてあったからさ。ノルウェーに当分いると思う、〝映画を撮る〟んだ、本人はそう言ってたらしい。そんなことぼくはもう忘れてたし、シャノンも忘れてたと思う。マリとぼくがあんなことをしでかすまでは……」

「おまえ、シャノンは復讐のためにその男に会ったと思ってるのか?」

「明白じゃないか?」

わたしは肩をすくめた。「そいつを愛してるのかもしれないぞ」

「シャノンは誰も愛してない。愛してるのは自分のホテルだけさ。お仕置きが必要だよ」

「で、それを実行したやつがいるみたいだな」

ついロが滑ってしまった。カールは拳をテーブルにたたきつけ、目玉が飛び出しそうなほど目をむいた。

「あのばか女、そんなことを言ったのか?」

「しっ」とわたしは言い、ビールのグラスを救命ブイのようにつかんだ。店内が静まりかえり、全員がこちらを見ているのがわかった。わたしたちがじっと黙っていると、会話が再開され、エリク・ネレルはふたたび携帯の上に身をかがめた。

「クリスマスに帰ってきたときに青痣を見たんだ」とわたしは声を低くして言った。「シャノンが浴室から出てきたときに」

カールが懸命に言い訳を考えているのがわかった。カールに信頼されなければならないときに、なんだってわたしはそんなことを口走ってしまったのか。

「カール、おれは……」

「いいんだよ」とカールはしゃがれ声で言った。「そのとおりだ。あいつがトロントから帰ってきたあと、何度かそういうことがあった」カールは胸が膨れるのがわかるほど大きく息を吸った。「ホテルのあのごたごたでストレスがたまりまくってたし、マリとのことで絶えずねちねち言われてもいたし。酒が何杯かはいると、ときどき……まあ、キレちゃってさ。だけど、酒をやめてからはやってない。ありがとう、兄貴」

「ありがとう？」

「その話をぼくに突きつけてくれて。前々から兄貴に相談しようと思ってたんだ。自分が父さんと同じものを持ってるんじゃないかって、怖くなってたんだよ。自分でもほんとはしたくないことをするようになるんじゃないか、そのうちやめられなくなるんじゃないかって。でも、ぼくはやり遂げた。生まれ変わった」

「群れに戻ったわけだ」わたしは言った。

「え？」

「ほんとに生まれ変わったのか？　保証できるか？」

「ああ、兄貴が保証書に署名してくれたってだいじょうぶだ」

「でなけりゃ、おまえがおれのかわりに署名したってか」

それは自分には理解できない馬鹿げた言葉遊びだという目で、カールはわたしを見た。わたしのほうも自分に理解できないことをべらべら口走っていた。


「とにかく」とカールは自分の顔をなでた。「その赤ん坊のことを誰かに相談したかったんだ。で、その誰かは結局いつも兄貴なんだよ。悪いけどさ」

「そんなことは気にするな」とわたしは言い、自分の傷口を広げた。「なんたって、おれはおまえの兄貴なんだから」

「そう、兄貴はぼくが誰かを必要とするときいつもそこにいてくれる。ぼくはほんとによかったよ、兄貴だけでもいてくれてさ」

カールはわたしの手に手を重ねた。カールの手は大きくて柔らかくて温かく、わたしの手は氷のように冷たかった。

「いつもな」とわたしはかすれ声で言った。

カールは腕時計を見た。「シャノンの件はあとでなんとかするしかない」そう言いながら立ちあがった。

「それと、ぼくが父親じゃないってのはここだけの話だからね、いい？」

「もちろんさ」とわたしは言った。おかしなことに、わたしは笑いそうになった。

「いよいよ工事開始だ。みんなに思い知らせてやろうぜ」カールは顎を嚙みしめ眦《まなじり》を決して戦いの表情を作り、握り拳を振ってみせた。「オプガルの男たちは勝つ」

　わたしは微笑んでグラスを掲げ、自分はここに残ってビールを飲みおえるつもりだと伝えてみせた。

　カールは足早に店を出ていった。スバルに乗りこむのが窓のむこうに見えた。今日は打ち合わせどおりシャノンがキャデラックを使っていたが、カールは起工式にはキャデラックを運転して建設現場へ行くはずだった。もっと正確に言えば、そちらのほうへ。

　スバルはブレーキランプを片側だけ点灯させていったん停止し、トレーラーをやりすごしてから本道に出ていった。

　わたしはもう一杯ビールを注文した。それをゆっくりと飲みながら考えた。

　シャノンのこと。わたしたち人間を駆りたてるもののことを。それから自分のことを考えた。なぜ自分はばれるのを事実上望むようなまねをしたのか。シャノンを殴っていることを知っているとカールに伝えたのか。わたしの署名を偽造したことを知っているとほのめかしたのか。そうすれば最後までやらなくてすむからだった。フーケンにこれ以上車と死体の山を築かなくてすむからだった。

66

ビールを四杯飲んだあと、わたしは〈フリット・フォール〉を出た。

　時刻はまだ一時半で、酔いを醒ますには充分な時間があったものの、四杯も飲んだのは弱さの表われだということは自分でもわかっていた。逃走反応だと。一歩でもまちがえば計画全体がぶち壊しになるというのに、なぜいま飲むのか？　それは自分でも心のどこかでは成功したくないと思っていることの表われだろう。自分の中に爬虫類の自分がいることの。いや、爬虫類脳はこれとはなんの関係もない。ほらな、とわたしは内心でつぶやいた。頭がまともに働いていないんだ、いろんな概念がすでにごっちゃになっている、と。とにかく、人間のわたしは自分が望んでいることを明確に知っていた。それは自分の正当な所有物を、その残りをすべて手に入れることであり、わたしの行く手を阻む者、わたしが守らねばならない人々をおびやかす者を排除することだった。わたしはもう兄ではないのだから。シャノンの男なのだから。子供の父親なのだから。それがいまのわたしの家族なのだから。

　それでもやはり、どこか腑に落ちない点があった。

　ボルボは作業場に置いてきたので、わたしは中心街から南東へ、本道脇の歩道を歩いていった。作業場に着くと、道路をはさんだむかいの家の壁の、〝グレーテの理容と日焼けのサロン〟というポスターに目をやった。

　もう一度時計を見た。

　時間はまだあった。だが、放っておくべきだった。いまはそんな問題を片付けるときではなかった。そんな問題を片付けるときなど永遠にないのかもしれなかった。

　だからなぜ自分が突然その家のむかいに立ってガレージをのぞき、そこに赤のアウディA1が駐まっているのを見ていたのか、その理由は自分でもわからない。

「あら！」グレーテは理容椅子から声をかけてきた。自慢の一九五〇年代のサロン・ヘアドライヤーに頭を突っこんでいる。「電話もドアベルも聞こえなかった」

「鳴らしてないからな」とわたしは言い、ほかに誰もいないのを確かめた。グレーテが自分の髪にパーマをかけているという事実は、差し迫った予約がはいっていないことを示している。それでも念のためにわたしはドアをロックした。

「十分待ってくれたらやってあげる。まず自分の髪を整えさせて。理容師だったら見苦しくない格好をしてなくちゃね」

グレーテの口調は不安げだった。わたしがいきなり押しかけてきたからかもしれない。わたしの態度で、たんに髪を切りにきたわけではないと気づいたのかもしれない。あるいは、心の底ではずっと、わたしが来るのを覚悟していたからかもしれない。

「いい車だな」わたしは言った。

「なに？　よく聞こえないの、これをかぶってると」

「いい車だな！　大晦日にスタンレイの家の外に駐まってるのを見たが、きみのだとは知らなかった」

「そうなのよ。去年は理容業にとってもいい年だったの。ここのすべての商売とおんなじようにね」

「同じ色の同じ車が夜中の十二時前に、広場へ向かう途中のおれを追い越してった。赤のアウディなんかこの村にそうたくさんないからな、あれはきみだったんじゃないかと思うんだ、そうだろ？　だけどスタンレイの話じゃ、きみは大晦日を両親と一緒に過ごすために家へ帰ったというから、それは逆方向だ。それにその車はネルガル農場のほうへ曲がってった。その先にあるものといえば、ネルガル農場を除けば、オプガル農場と、ホテルだけだ。だからおれは……」

わたしは身を乗り出して鏡の前のカウンターに置かれている鋏を見た。わたしの目にはどれも同じように見えたが、展示品さながらに蓋をあけた箱の中に鎮座しているその鋏こそ、かの有名なニイガタ一〇〇〇にちがいなかった。

「大晦日の晩きみはおれに、シャノンはカールを嫌ってるが、ホテルのためにカールを必要としてると言ったな。そのホテルが焼け落ちたら、プロジェクトは放棄されてシャノンもカールを必要としなくなる、そうなりゃ自分がカールをものにできる、そう考えたのか？」

グレーテ・スミットは冷静にわたしを見つめ、不安の影はすっかり消えていた。両腕をどっしりした大型の椅子の肘掛けにゆったりと載せ、頭にはプラスチックと電熱線の冠を戴いている。まるで玉座に座るくそいまいましい女王だ。

「もちろんその考えは浮かんだよ」とグレーテは言った。声が低くなっている。「あんたもそうでしょ、ロイ。だからあたし、あんたが火をつけたんじゃないかと思った。あんたは十二時前にいなくなったし」

「おれじゃない」わたしは言った。

「そう、だったら考えられるのは、ほかにひとりしかいない」

口がからからになっているのがわかった。誰がホテルに火をつけようが、いまさらちがいはなかった。ぼんやりしたうなりが聞こえた。うなりの発生源はヘアドライヤーのヘルメットなのか自分の頭の中なのか、よくわからなかった。

グレーテはわたしが箱から鋏を取り出したのを見て、しゃべるのをやめた。わたしの目の中にも何かを見たらしく、両腕を体の前に上げた。

「ロイ、まさかあんたそれで……」

わたしにもわからない。自分が何をするつもりだったのか、さっぱりわからない。わかるのは、すべてが噴出したということだけだ。これまでに起きたすべてのこと、起きるべきでなかったすべてのこと、これから起きるすべてのこと、起きてはいけないのにもはや回避するすべのないすべてのこと。それらがわたしの中で長らく溜まったままだったクソのように膨れあがり、とうとう限界に達して噴き出したのだ。鋏は鋭く、あとはそれをあの虫酸が走るようなグレーテの口に突き刺して、白い頬を切り裂き、醜悪な言葉を切り取るだけでよかった。

それでもわたしは手を止めた。

手を止めてその鋏を見た。日本製の鋼を。ハラキリに関する父の言葉が脳裡をよぎった。ここで失敗しているのはわたしではないのか？　悪性腫瘍のように社会の体から切除されなければならないのは、グレーテではなくわたしのほうではないのか？

いや、ふたりともだ。ふたりとも罰せられなければならない。焼かれなければ。

わたしはヘアドライヤーの古びた黒いコードをつかむと、鋏をひらいて刃を食いこませた。電撃でわたしは手を離しそうになった。だが、それは想定していたので、鋭い鋼が絶縁体を切り裂いて銅線に達すると、電撃でわたしは手をコードを完全に切断してしまうことなくどうにか鋏に均等な圧力をかけつづけた。

「何するの？」とグレーテは叫んだ。「それはニィガタ一〇〇〇なんだよ！　それにこれは一九五〇年代のヴィンテージもののヘア――」

　あいているほうの手でわたしがグレーテの手をつかむと、グレーテはガチッと口を閉じた。回路がつながって電流が流れはじめたのだ。グレーテは手をもぎ離そうとしたが、わたしは放さなかった。グレーテの体が震えだし、目が裏返り、ヘルメットの内側で火花がバチバチ飛ぶのが見えた。喉からは絶え間ない悲鳴が、初めはか細く懇願するように、しだいに荒々しく威圧的に湧きあがってきた。わたしの胸は激しく打っていた。心臓が二百ミリアンペアの電流に耐えられる時間には限界があることは知っていたが、手は放さなかった。なぜならグレーテ・スミットとわたしはいま、自分たちにふさわしい場にいたからだ。苦痛の環でひとつに結ばれていたからだ。するとヘルメットから青い炎があがった。わたしは耐えるのに全集中力を費やしていたものの、髪が焦げるにおいには気づいた。目を閉じ、両手を握りしめ、オールトゥンであの説教師が魂を癒やしたり救ったりするときにつぶやいていたような、言葉にならない言葉をつぶやいた。グレーテの悲鳴は耳をつんざくほどすさまじく、火災警報器が鳴りだしたのもろくに聞こえないほどだった。

　それが聞こえると、わたしは手を離して目をあけた。

　グレーテがあわててヘルメットを脱ぐのが見えた。溶けたカーラーと焦げた髪が現われ、グレーテは洗髪用の流し台に走っていき、ハンドシャワーから水を出して消火作業を始めた。

　わたしは戸口へ行った。外の階段を駆けおりてくる足音が聞こえた。末梢神経障害はいったん休憩らしい。わたしはふり返ってもう一度グレーテを見た。無事のようだった。パーマの残骸から灰色の煙が立ちのぼっていた。パーマネントなどと言っても、しょせんそれほど永久《パーマネント》でもなかったわけだ。燃えあがってバケツの水をぶっかけられたバーベキューグリルのようなありさまに変わっていた。

　わたしは廊下に出て、グレーテの父親がわたしの顔をきちんと見られるところまでおりてくるのを待った。父親が何か言った。たぶんわたしの名前だったのだろうが、火災警報器のけたたましい音で聞こえなかった。

それからわたしはサロンをあとにした。

一時間が経過した。時刻は三時十五分。

わたしは作業場に座ってバッグを見つめた。

クルト・オルセンは現われなかった。わたしを逮捕してすべてを終わらせてくれなかった。

しかたない。取りかかる時間だった。

わたしはバッグをつかみ、外に出てボルボに乗りこむと、オプガル農場へ向かった。

67

わたしはキャデラックの下から滑り出た。シャノンは寒い納屋の中でそばに立っていた。薄手の黒いセーターを着て震えながら、腕組みをして心配そうな顔をしている。わたしは何も言わずに立ちあがり、つなぎの埃を払った。

「で？」とシャノンはもどかしげに訊いた。

「終わった」とわたしは答え、ジャッキを操作して車を地面におろした。

そのあとシャノンの手を借りてキャデラックを外に出し、〝冬の園〟の前まで押していって、ヤイテスヴィンゲンへくだる道路のほうにフロントを向けて駐めた。

腕時計を見た。四時十五分。思ったより少々時間がかかった。急いで納屋に戻り、道具を集めて作業台の上のバッグにしまっていると、シャノンが後ろにやってきてわたしに腕をまわした。

「まだやめることもできるのよ」と言って、わたしの背中に頬を押しつけた。

「やめたいのか？」

「いいえ」シャノンはわたしの胸をなでた。ここに着いてからシャノンとは触れ合っていなかったし、ろくに目を合わせてもいなかった。カールが会議から戻ってくる前に正常な部品を老朽化したものと交換してしまおうと、すぐに作業に取りかかったからだが、しかしそれだけが理由ではなかった。触れ合わない理由はほかにもあった。わたしたちは急に他人になっていた。自分自身だけでなく相手にもショックを受けた人殺しに。だが、それは過ぎ去るだろう。やるべきことはやる。ただちにやる。重要なのはそれだけだった。

「じゃ、最後までやりとおそう」わたしは言った。

シャノンはうなずいた。「チドリが戻ってきたの。きのう見かけた」

「もう？」とわたしはふり向いて、シャノンの美しい顔を荒れた手とずんぐりした指ではさんだ。「それはよかった」

「いいえ」シャノンは首を振り、悲しげに微笑んだ。

「戻ってきちゃいけなかったのよ。納屋の外の雪の中に横たわってた。凍死したの」半分閉じたほうの目に涙がひとしずく浮かんだ。

わたしは彼女を抱きよせた。

「わたしたちなぜこんなことをしてるのか、もう一度教えて」シャノンはささやいた。

「なぜかと言えば、行きつく先はふたつしかないからだ。おれがあいつを殺すか、あいつがおれを殺すか」

「なぜ……」

「なぜなら、おれはあいつのものを奪ったからだ。おれたちはふたりとも人殺しだからだ」

シャノンはうなずいた。「でも、ほんとにこれしか道はないの？」

「ほかの道はどれももう、おれとカールには手遅れなんだよ。それはすでに説明しただろ」

「ええ」シャノンはわたしのシャツの胸に顔を押しつけた。「これさえ終われば……」

「ああ。これさえ終われば」

「わたし、男の子だと思う」

わたしはしばらくシャノンを抱いていた。だがそこでまた、残り時間がカチカチと減っていく音が聞こえてきた。あたかも世界がその意味を失うまでのカウントダウンのように。だが、世界は意味を失わないはずだ。終わらないはずだ。これから始まるのだから。新しい人生が。わたしの新しい人生が。

　わたしはシャノンを放して、キャデラックのブレーキホースとアクセルワイヤーをつなぎとともにバッグにしまった。シャノンはそれを見ていた。

「うまくいかなかったら《イッケ・ヴィルケ》どうする？」

「うまく作動しない《イッケ・ヴィルケ》に決まってるだろ」わたしはそうはぐらかしたが、もちろんシャノンがどういう意味で言ったのかはわかっていた。シャノンはわたしの声にいらだちを聞き取って、その原因を考えたかもしれない。いらだちの背後にあるものを悟ったはずだ。ストレス。緊張。不安。後悔？　シャノンは後悔しているか？　まちがいなくしているだろう。だが、クリスチャンサンで計画を練ったとき、わたしたちはそれについても話し合った。かならず疑惑が忍びよってきて、結婚式当日の新郎新婦の耳にささやきかけるように、わたしたちにささやきかけるはずだと。案の定、水のような疑惑、天井にかならず穴を見つける疑惑がいま、中国の水責めさながらにわたしの頭にぽたりぽたりとしたたり落ちていた。ホテルに放火できたのはひとりしかいないというグレーテの言葉。片方だけ切れていたスバルのブレーキランプ。大晦日の晩、建設現場の近くでラトヴィア人に目撃されたという車。

「計画はうまくいくさ」とわたしは言った。「システムにブレーキ液はほとんど残ってないし、あの車の重量は二トンもある。とんでもないスピードになる。考えられる結果はひとつしかない」

「でも、カーブの手前でカールが気づいたら？」

「あいつがブレーキをテストしてからカーブにはいるところなんか、おれは見たことがない」とわたしは穏やかに言い、これまで何度も話したことをもう一度繰りかえした。「キャデラックは平地にある。あいつはアクセルペダルを踏み、下りにさしかかり、足をペダルから離す。急坂だから車が加速するのは当然で、アクセルワイヤーが引っかかって重い車をさらに加速していることには気づかない。二秒後カーブにさしかかり、スピードがいつもよりはるかに速いのに気づく。あわててブレーキペダルを踏むが、反応はない。もう一度ブレーキを踏みなおす時間があるかもしれないし、ハンドルを切る時間があるかもしれないが、何をしても無駄だ」わたしは唇をなめた。要点は伝えたのだから、そこでやめることもできた。だが、ナイフをひねりつづけた。自分の中で、シャノンの中で。「スピードは速すぎるし、車は重すぎるし、カーブは急すぎる。路面が砂利ではなくてアスファルトだったとしても、どうにもならない。キャデラックは空中に飛び出して無重力になる。宇宙船の船長の脳はワープスピードで回転し、どういうことだと自問する。誰が、なぜ、と。もしかしたらそれに答える時間もあるかもしれないが、そこで――」

「もういい！」シャノンは両手で耳をふさぎ、震えが体を駆けぬけたように見えた。

「でももし……もしカールが何かおかしいのに気づいて、あの車に乗らなかったらどうする？」

「何かがおかしいのに気づいたら、あいつは当然車を点検してもらい、整備士はアクセルワイヤーがぼろぼろになってる、ブレーキホースに穴があいてると伝える。不審な点は別にない。で、おれたちはまた別の計画を立てる、別の方法でやる。それだけのことだ」

「もし計画がうまくいっても、警察が不審に思ったら？」

「そしたら警察は事故車を調べて、劣化した部品を発見する。この話は前にもしただろ、シャノン。万全の計画なんだよ、な？」

シャノンは泣きながらわたしに身を投げてきた。

わたしは彼女の抱擁からそっと逃れた。

「じゃ、おれは行くよ」

「だめ！　行かないで！」とシャノンは泣き声をあげた。

「作業場から様子をうかがってる。あそこからでもヤイテスヴィンゲンは見えるんだ。何かあったら電話をくれ、いいか？」

「ロイ！」生きているわたしを見るのはこれが最後だとでもいうようにシャノンは叫んだ。海に落ちたわたしが遠くへ漂い去っていくとでもいうように。いままでヨットでシャンパンを飲んで浮かれていたのに、急に酔いが醒めたとでもいうように。

「あとで会おう」とわたしは言った。「ただちに通報するのを忘れるな。事故がどんなふうに起きたのか、キャデラックがどんな動きをしたのか、よく憶えていて、見たとおり正確に警察に伝えるんだぞ」

シャノンはうなずき、気持ちを落ちつけて、セーターの裾をまっすぐに伸ばした。「そのあと……そのあと警察はどうすると思う？」

「そのあとは、ガードレールを設置するさ」

68

時刻は十八時二分で、ちょうど日が暮れはじめたところだった。

わたしは事務所の窓辺に座ってヤイテスヴィンゲンに双眼鏡を向けた。わたしの計算だと、キャデラックは崖から飛び出したら約〇・三秒後にはもう見えなくなるはずだったから、瞬きはすばやくする必要があった。

自分の担当部分をやりおえてあとはシャノンに任せれば少しは落ちつくだろうと思っていたのだが、逆だった。こうしてぼんやり座っていると時間がありすぎて、失敗しそうな点を片端から考えてしまったし、新たな心配の種も次々に思い浮かんだ。どれも前のものより可能性はさらに低かったものの、だからといって心の平安が得られるわけではなかった。

計画ではシャノンは、建設現場の式典に出かける時刻になったら、気分がすぐれないから二階で横になっているとカールに伝えることになっていた。カールにはひとりで行ってもらうしかない、カールがキャデラックに乗って式典に行くのなら、自分は気分がよくなった場合にはスバルでオールトゥン公会堂のパーティに行くと。

わたしはまた時計を見た。十八時三分。〇・三秒。ふたたび双眼鏡を持ちあげる。昼間の事件以後カーテンの位置に変化の見られないスミット家の窓に視線を這わせ、そのむこうの山と、ヤイテスヴィンゲンを見つけた。もう起きてしまったかもしれない。すでに終わってしまったかもしれない。

作業場の前に車がはいってくる音がしたので双眼鏡をそちらに向けたが、焦点が合わなかった。双眼鏡を目から離すと、クルト・オルセンのランドローバーだった。

エンジンが止まり、クルトがおりてきた。室内の明かりは消していたので、クルトにわたしの姿は見えていないはずだったが、それでも彼はわたしがそこに座っているのを知っているかのようにまっすぐこちらを見ていた。ガニ股で、両の親指をベルトに引っかけて、まるでわたしに決闘を挑むカウボーイのようにそこに立った。それから作業場のドアのほうへ歩いてきて、視界から消えた。一瞬ののち、ドアベルが鳴った。

わたしは溜息をつき、立ちあがってドアをあけた。

「こんばんは、保安官。こんどはなんだ？」

「よう、ロイ。はいっていいか？」

「いまはちょっと——」

クルトはわたしを横に押しのけて作業場にはいってきた。初めて来たというように周囲を見まわし、棚の前に歩いていった。そこにはいくつかのものが載っていた。たとえば〈フリッツ〉の強力洗剤とか。

「あんたのここで何が起きてたのかと思ってな、ロイ」

わたしは凍りついた。こいつはついに突きとめたのか？　ここが父親の死体が最後にたどりついた場所だということを。〈フリッツ〉の強力洗剤に浸けられて——文字どおり——消えた場所だということを。

だがそのとき、クルトが自分のこめかみを人差し指でつついているのが見え、彼が言っているのはわたしの頭の中のことだと気づいた。

「……グレーテはそんなふうに言ってるのか？」

「グレーテ・スミットに火をつけるなんて」わたしは

訊いた。

「いや、グレーテじゃなくて、グレーテの親父さんだ。親父さんの言葉を借りれば、グレーテがまだ〝くすぶってる〟あいだに、あんたが店を出ていくのを見たと言ってる」

「で、グレーテはなんと言ってるんだ？」

「なんと言ってると思う？　ヘアドライヤーが故障したんだとさ。負荷がかかりすぎたんだか何だかで。あんたが助けてくれたと言ってる。だが、おれはそんなでたらめは信じてないぞ、一瞬たりとも。なにせコードがほとんどふたつに切れかけてたんだから。そこであんたに質問するが――で、答える前によく考えてもらいたいんだが――いったいどんな脅しをかけてグレーテに嘘をつかせたんだ？」

クルト・オルセンは口髭をしゃぶったり頰をウシガエルのように膨らませたりを交互に繰りかえしながら、返答を待った。

「答えないつもりか？」

「いや」

「だったらこれはどういうことだ？」

「おまえの言うとおりにしてるんだよ。よく考えてるんだ」

目の奥で何かがカチリと動き、クルトがキレたのがわかった。二歩近づいてくると、右腕を引いてわたしに殴りかかろうとした。なぜわかるかと言えば、殴りかかろうとする人間がどんな顔をするかわたしは知っているからだ。譬えて言えば、嚙みつこうとする鮫が目を裏返すようなものだ。だがそこでクルトは思いとどまった。思い出したのだ。土曜の夜のオールトゥンでのロイ・オプガルを。顎や鼻が折れたわけではなく、歯が取れたり鼻血が出たりしただけだから、シグムン・オルセンを煩わせるような事態には一度もならなかったことを。喧嘩の最中も決して自制心を失わず、自制心を失った相手を冷静で計算されたやりかたで辱めたロイ・オプガルのことを。だからクルト・オルセンは握りしめた拳をふるうのをやめ、そこから警告の人差し指を立ててみせた。

「グレーテが事情通なのはわかってる。あんたのこともいろいろ知ってるはずだ、ロイ・オプガル。グレーテは何を知ってるんだ？」クルトがまた一歩近づいたので、唾が顔に飛んできた。「ヴィルム・ヴィルムセンについてグレーテは何を知ってるんだ？」

わたしのポケットで携帯電話が鳴ったが、クルト・オルセンの声がそれをかき消した。

「あんた、おれを馬鹿だと思ってんのか？　ヴィルムセンを殺した男の乗った車が偶然あんたの家のすぐ外の道でスリップしただと？　ヴィルムセンが誰にもひとことも告げずに数千万クローネの借金を帳消しにしただと？　なぜなら自分にも責任があると思ったからだと？　そんな与太話をおれが真に受けると思ってんのか？」

シャノンからだろうか？　誰がかけてきたのか確かめなくては。どうしても。

「いい加減にしろ、ロイ。ヴィルム・ヴィルムセンが借金を一クローネでも帳消しにしたことがあるかよ」

わたしは携帯を取り出した。ディスプレイを見る。くそ。

「あんたら兄弟が関与してるのはわかってるぞ。うちの親父が失踪したときと同じだ。なにせあんたは人殺しだからな、ロイ・オプガル。むかしからずっと！」

わたしはクルトにうなずいてみせた。クルトの言葉の奔流がぴたりと止まり、クルトはわたしが人を殺したことを認めたかのように一瞬目を丸くしたが、すぐにそれが電話に出るという合図だったことに気づいて、ふたたびまくしたてはじめた。

「親父さんがおりてくる足音を聞かなけりゃ、あんたは今日グレーテ・スミットを殺してたはずだ。誰も来なけりゃ……」

わたしはクルトになかば背を向けて片耳に指を突っこみ、もう片方の耳に携帯を押しあてた。「おれだ、カール」

「兄貴？　助けてほしいんだ！」

まるで明かりが消えて、十八年前に連れもどされたかのようだった。

場所も同じ。

弟の声ににじむ絶望感も同じ。

犯されようとしている犯罪も同じ。ただし今回犠牲になるのはカールだった。

だが、カールはまだ生きていた。助けを求めていた。

「どうした？」後ろでしつこくわめいている保安官を無視して、わたしはどうにかそう言った。

カールはためらった。「後ろで聞こえてるのはクルト・オルセンの声？」

「ああ。どうした？」

「テープカットがまもなく始まるし、キャデラックで乗りつけるのが何より重要なんだけど。キャデラックの調子がおかしいんだよ。大したことはないと思うけど、直せるかどうか見にきてくれないか？」

「すぐに行く」わたしはそう言って電話を切り、クルト・オルセンのほうを向いた。

「話せてよかったよ。だけど、おれに逮捕状が出てないなら、おれは出かけるぞ」

わたしが出ていくときもまだ、クルトは口をあんぐりあけていた。

一分後、わたしは道具を入れたバッグを助手席に載せてボルボで国道を走っていた。ミラーにはクルトのランドローバーのライトが映り、耳にはまだ、あんたら兄弟をつかまえてやる、という去りぎわのクルトの台詞が響いていた。農場まで追いかけてくるつもりだろうかと一瞬不安になったが、わたしがネルガル農場とオプガル農場のほうへ曲がると、クルトはそのまま直進していった。

いずれにせよ、最大の気がかりはクルト・オルセンのことではなかった。

キャデラックの調子がおかしい？　それはいったいどういうことか。カールがキャデラックに乗りこんで走りだす前に、ブレーキとハンドルがおかしいことに気づいたのか？　いや、それはありえない。その場合、カールはもともと不審を抱いていたことになる。では、誰かがカールに教えたのか。それがいま起きていることなのか？　シャノンが計画を最後までやり遂げられなかったのだろうか？　耐えられなくなってすべてを自白したのだろうか？　いや、それどころか、寝返ってカールに事実をしゃべったのだろうか。シャノンなりの事実を。そうだ、そうにちがいない。殺人計画はわたしが、わたしひとりが考え出したものだと、そうカールに話したのだ。カールがわたしの署名を偽造して権利書を書き換えたことをわたしは知っていると。わたしがシャノンをレイプして妊娠させ、カールにしゃべったらシャノンも子供もカールも殺すと脅したと。なぜならわたしは臆病で怖がりなヤマツグミではなく、父と同じヤマヒバリだからだ。目元に黒い山賊の仮面をつけた猛禽だからだと。そしてシャノンはカールに、これから何をするべきかを教えたのだ。わたしを農場におびき出して、わたしとカールが父を始末したのと同じ方法でわたしを始末しろと。なぜならシャノンは知っているからだ。オプガル兄弟が人を殺せることを、すでに知っているからだ。自分が望んでいるものはいずれにしろ手にはいることを。

わたしは息苦しくなってあえぎ、そういう胸くその悪い考えをどうにか脇へ押しやった。カーブを曲がると前方に、あるはずのない黒いトンネルが口をあけていた。突破しようにも突破できない頑丈な黒い石壁が。それなのに道はそこへつづいていた。これが先代の保安官が言っていた鬱病というやつか？　父の暗い心がわたしの中に湧きあがってきたのか？　夜の闇のようにおりてくるのではなく、谷の深みから湧きあがってきたのか？　そうかもしれない。そして不思議なことに、わたしはヘアピンカーブを曲がるたび、高みへ登るにつれ、呼吸が楽になってきた。

それならそれでかまわないからだ。わたしがここで終わるなら、明日まで生きられないのなら、それはそれでかまわないからだ。わたしが死ぬことでカールとシャノンはひとつになれるのだから。カールは現実主義者だ。自分の子ではなくとも家族の一員であれば、その子を育てていけるだろう。そう、わたしの死こそ、このすべてに幸せな結末をもたらす唯一のチャンスかもしれない。

ヤイテスヴィンゲンを曲がってわずかに速度を上げると、後輪が砂利を跳ねあげた。眼下には村が夕闇に包まれて横たわり、前方の昼の光の名残のなかでは、カールがキャデラックの前に立って腕組みをしながらわたしを待っていた。

するとそこで、わたしの頭にまた別の考えが浮かんだ。いや、別のではなく、最初のだ。

たんにそれだけのこと――キャデラックのどこかが故障しただけのことかもしれないと。

ブレーキホースともアクセルワイヤーとも関係のないどこか些末な、簡単に修理できる箇所が。カーテンのむこうの明かりのついたキッチンではシャノンが、わたしがこれを解決するのを待っていて、そのあと計画は元の軌道に戻るのかもしれない。

わたしは車をおり、カールは近づいてきてわたしに腕をまわした。強く抱きしめてきたので、カールの全身が上から下までぶるぶる震えているのがわかった。父が子供部屋に来たあと、わたしがよくカールのベッドにおりていって慰めてやったときのように。

カールがわたしの耳にいくつか言葉をささやくと、わたしは悟った。

計画は決して元の軌道には戻らないことを悟った。

69

わたしたちはキャデラックの車内に座った。カールは運転席に、わたしは助手席に。

ヤイテスヴィンゲンの南の、オレンジ色と水色に縁取られた山並みを見つめた。

「電話じゃ車の調子が悪いと言ったけど、それはクルトがそばにいるのがわかったからだ」とカールは涙声で言った。

「そうらしいな」とわたしは言い、足を動かそうとしたが、足は痺れていて動かなかった。いや、痺れているのではなく、わたしの心と同じように麻痺していた。

「何があったのかもっと詳しく話してくれ」自分の声が自分のもののように聞こえなかった。

「ああ」とカールは言った。「ぼくらは現場へ行くために着替えてるところだった。シャノンはドレスアップしてて、すごく華やかに見えた。ぼくはキッチンでシャツにアイロンをかけてた。そしたらシャノンが急に、気分がすぐれないと言いだした。ぼくは頭痛薬があると言ったんだけど、あいつは二階で横になりたいというんだ。式典にはひとりで行ってほしい、自分は気分がよくなったらスバルでパーティに行くからと。ぼくは驚いて、何を言ってるんだ、これは重要な行事なんだぞと言ったんだけど、あいつは自分の体が何よりも大切だとかなんとかいって聞かないんだ。だからまあ、ぼくはまじで頭に来ちゃってさ。そんなのはでたらめなんだから、どんなに具合が悪くたって二時間ぐらい立ってられるはずなんだから、そうだろ？　それに、ほら、これはあいつにとってもぼくと同じぐらい重要な場なんだしさ。ぼく思わず口走っちゃったんだよ……」

「口走っちゃった」麻痺が舌にまで広がってきているのがわかった。

「そんなに具合が悪いとしたら、それはおまえの腹の中にいる私生児のせいだろうと」

「私生児」とわたしは鸚鵡返しに言った。車内はひどく寒かった。くそ寒かった。

「ああ、あいつもそう訊き返してきた。なんの話をされてるのかさっぱりわからないみたいに。だからぼくは言ってやったんだ。おまえとあのデニス・クウォリーとかいうアメリカ人俳優のことは知ってるんだぞと。そしたらあいつはデニス、クウォリー、とその名前を繰りかえして、それから笑いだしたんだ。あいつがその名前を口にするだけでもぼくは耐えられなかったのに、あいつは笑いだしたんだぞ。だからぼくは――まだアイロンを持ったままだったんだけど――頭の中で何かがぷっつりキレちゃってさ」

「ぷっつり」とわたしはつぶやいた。

「あいつを殴ったんだ」カールは言った。

「殴った」わたしはすっかり鸚鵡になっていた。

「アイロンが頭の横にあたって、あいつは後ろのストーブの煙突に倒れこんで煙突をぶっ壊した。煤が舞いあがったよ」

わたしは何も言わなかった。

「で、ぼくはあいつの上にかがんで、熱く灼けたアイロンをあいつの顔の前に突きつけて、白状しないとおまえの顔にシャツみたいにアイロンをかけてやるぞと言ったんだ。なのにあいつはまだ笑ってた。倒れたまま、けらけら笑ってるんだ。鼻血が口に流れこんで歯が赤く染まって、まるで魔女みたいで、もうそれほどきれいじゃなくなってた。わかるだろ？　で、あいつは白状した。ぼくが訊いてることだけじゃなくて、ぼくにナイフをぐいぐい突き刺すみたいに何もかも白状した。最悪のことまで白状した」

　わたしは唾を呑みこもうとしたが、口はもうからからだった。

「で、その最悪のことってのは？」

「なんだと思う？」

「わからん」とわたしは答えた。

「ホテルだよ」とカールは言った。「ホテルに火をつけたのはシャノンなんだ」

「シャノンが？　まさか……」

「ぼくらがヴィルムセンのパーティから広場に花火を見に出かけようとしてたとき、シャノンは疲れたから先に帰ると言って、スバルで帰ってった。消防車の音が聞こえてきたのは、ぼくらがまだ広場にいたときだ」カールは目を閉じた。「あいつはストーブのそばに座りこんで洗いざらいしゃべった。建設現場まで車を走らせて、燃え広がるのがわかってる場所に火をつけたことも、消えたロケット花火を置いてそれが火事の原因になったように見せかけたことも」

　訊くべきことはわかっていた。答えはわかっていても訊かなければならなかった。訊かなければ、答えをすでに知っているのがばれてしまう。わたしもカールと同じくらいシャノンのことをよく知っているのがばれてしまう。だからわたしは訊いた。「なぜ？」

「なぜかと言えば……」カールはそこで唾を呑みこんだ。「なぜかと言えば、あいつは神だからだ。自分の似姿を創造してるからだ。あのホテルには耐えられなかったんだ、自分が設計したとおりにならなくちゃだめだったんだ。それ以外は無価値なんだよ。保険がかけられてないことは知らなかったから、なんの問題もなく一からやりなおせると思ったんだ、そうすればこんどこそオリジナルの図面を使わせられると」

「シャノンがそう言ったのか？」

「ああ。で、ぼくがほかの人たちのことはどう思うんだ、兄貴やぼくや、村で働いて投資した人たちのことは考えないのかと訊いたら、あいつは考えないと答えた」

「考えない？」

「〝考えるわけないでしょ〟ってのがあいつの言葉だ。そして笑った。だからぼくはまた殴った」

「アイロンでか？」

「アイロンの背中で。冷たいほうで」

「強くか？」

「強く。あいつの目から光が消えたのがわかった」集中しないと息ができなくなりそうだった。「それは……」

「脈を探ってみたけど何も感じなかった」

「それで？」

「ここへ運んできた」

「トランクにはいってるのか？」

「うん」

「見せてみろ」

わたしたちは車からおりた。カールがトランクをあけると、わたしは目をあげて西のほうを見た。稜線の上空ではオレンジ色が水色を侵食していた。何かを美しいと思えるのもこれが最後かもしれない。わたしはそう思ったが、トランクを見おろす前にほんの一瞬、これはすべて冗談だったのだ、トランクには誰もはいっていないはずだと考えてみた。

だが、シャノンはそこに横たわっていた。蒼白の眠れる森の美女は。二晩クリスチャンサンでわたしと一緒に過ごした夜と同じように眠っていた。横向きで目を閉じて。しかもおなかの子供と同じ胎児の姿勢で——わたしはそう考えずにはいられなかった。

頭の傷を見れば疑いの余地なく死んでいるのがわかった。その砕けた額にわたしは指をあてた。

「これはアイロンの背中で一度殴った程度の傷じゃないぞ」わたしは言った。

「それは……」カールはごくりと唾を呑みこんだ。「トランクをあけるために車の横に寝かせたら、シャノンが動いたんで……焦っちゃったんだ」

ふと地面に目をやると、大きな石が転がっているのが、トランクのインテリアライトの光で見えた。例年より雨の多かった秋に、父が水捌けをよくするためわたしたちに家の壁ぎわに運ばせたもののひとつだ。血がついていた。

めそめそしたカールの声が横から聞こえてきた。

「ぼくを助けてくれる、兄貴？」

わたしの視線はまたシャノンに戻った。目を逸らしたかったが、できなかった。カールはシャノンを殺した。それも殺意を持って、冷酷に。それなのにこんどは助けを求めている。わたしはカールを憎んで、憎ん

で、憎んだ。すると自分の心臓がふたたび打ちはじめるのがわかった。血とともに苦痛が、ようやく苦痛が襲ってきて、顎が砕けるかと思うほど思いきり歯を食いしばった。息を吸いこむと、食いしばった歯をわずかにゆるめてこう言った。

「助けるってどうやって？」

「車で森まで行くんだ。死体をかならず発見される場所におろして、キャデラックを隣に残していく。そのあとぼくが、シャノンは昼間キャデラックで出かけてった、ぼくが式典に出かけるときにもまだ帰ってこなかったと言う。いますぐ出発して死体をどこかに置いてくれれば、ぼくはまだ式典に間に合うし、そしたらシャノンが打ち合わせどおりパーティに現われなかったときに、失踪届を出せる。どう？」

わたしはカールの腹を殴りつけた。

カールは体をふたつに折って立ったまま、息をしようとあえいでいた。わたしはカールをあっさり砂利の上に押したおし、馬乗りになって両腕を押さえつけた。殺してやる、シャノンと同じ死にかたをさせてやる。そう思い、右手であの大きな石を探りあてたものの、それは血でぬるぬるしていてうまくつかめなかった。自分のシャツで手を拭おうとしたが、そこでようやくまともにものが考えられるようになり、わたしは砂利に二度手を這わせてから、改めて石をつかんで頭上に持ちあげた。カールはまだ息ができず、倒れたまま目をきつく閉じていた。わたしはカールにそれを見せてやりたくて、左手でカールの鼻をつまんだ。

カールは目をあけた。

泣き声を出した。

目はわたしを見ていたから、わたしが頭上に持ちあげている石はまだ見えていなかったのかもしれない。あるいはそれが何を意味するか気づいていなかったのか。それともわたしと同じ境地に達して、もはやどうでもよくなっていたのか。石にかかる重力が腕に感じられた。石は落下したがっていた。砕きたがっていた。わたしは力を使う必要すらないはずだった。力を使うのをやめれば、石を弟の頭から腕の長さいっぱいに持ちあげているのをやめれば、あとは石がやってくれるはずだった。カールは泣くのをやめており、わたしの右腕には早くも乳酸がたまりはじめていた。諦めろ。やってしまえ。だがそのとき、それが見えた。子供時代のこだまのように。カールの目にあの表情が。あの屈辱にまみれた無力な弟の表情が。喉に熱いものが込みあげてきた。泣きだすのはわたしのほうだった。またしても。わたしは腕をゆるめ、落ちてくる石に力を加えて、衝撃が肩まで伝わるほど激しく地面にたたきつけた。そしてそこに座ったまま猟犬みたいにハアハアと荒い息をしていた。

呼吸が元に戻ると、カールの上からおりた。カールは横になったまま動かなかった。ついに静かになった。やっとすべてが見えて理解できたかのように目を見ひらいている。わたしはカールの横に座りこんで、オッターティン山をながめた。わたしたちのもの言わぬ目撃者を。

「頭にあたるところだったぞ」カールがうらめしげに言った。

「あたりゃよかったんだ」

「そう、じゃぼくが台なしにしたわけだ」カールは溜息をついた。「もう気持ちは治まった？」

わたしはズボンのポケットから嗅ぎ煙草入れを取り出した。

「頭に石と言えば」とわたしは言った。声が震えているのがカールにばれようと少しも気にならなかった。「森でシャノンの死体が見つかったら、頭の傷を警察はどう解釈すると思うんだ？　え？」

「誰かがシャノンを殺した、かな」

「で、真っ先に疑われるのは誰だと思う？」

「夫？」

「《犯罪実話》誌によれば、とりわけ犯行時刻にアリバイがない場合は、全事件の八割は夫が犯人だ」

カールは肘をついて体を起こした。「わかったよ、兄貴、じゃぼくらはどうすればいいんだ？」

〝ぼくら〟か。やはり。

「ちょっと時間をくれ」

わたしはあたりを見まわした。何が見えたか？

オプガル農場だ。小さな母屋と、納屋と、若干の畑。それは実際のところなんなのか？　四文字の名前、二名が生存している家族か。そもそも、家族とはなんなのか？　人間がすべて取りのぞいたら、余分なものをすべて取りのぞいたら、家族とはなんなのか？　人間が作りあげたひとつの物語か？　人間には家族が必要だからというので――何千年にもわたって家族というものが、ひとつの協力単位として機能してきたからというので――わたしたちが作りあげた物語か？　そうかもしれない。それとも、たんなる実利を超えた何かががあるのか？　親や兄弟姉妹をひとつに結びつける何かが血の中に。人は新鮮な空気と愛だけでは生きていけないと言われる。だが、空気と愛がなければ生きてはいけない。そしていまのわたしたちが望んでいるのは、それは生きることだ。わたしはいまそれをひしひしと感じていた。なにしろ目の前のトランクに死が横たわっているのだから。生きたいと強く感じていた。そしてそのためには、やるべきことをやるしかなかった。すべてはわたしにかかっていた。ただちにやらなくてはならなかった。

「まず」とわたしは言った。「去年の秋にキャデラックの点検をしたとき、おれはシャノンにブレーキホースとアクセルワイヤーを交換しろと伝えといた。おまえ、それをやったか？」

「え？」カールは咳きこんで腹に手をあてた。「シャノンはそんなことひとことも言ってなかった」

「よし、ならおれたちはついてる」とわたしは言った。「まずシャノンを運転席に移動させるぞ。それから、キッチンとトランクを掃除する前に、付着してる血を拭き取ってハンドルとシートとダッシュボードになすりつけるんだ。わかったか？」

「え、ああ。だけど……」

「シャノンはフーケンの底でキャデラックの車内から発見されるんだ。それで頭の傷の説明もつく」

「だけど……そうなるとフーケンに転落するのは三台目だ。いったいどうなってるんだと警察が不審に思うに決まってる」

「たしかにな。だけど、部品がいま言ったとおり老朽化してたことが判明すりゃ、警察もこれが本当に事故だったんだと信じてくれるさ」

「そう思う？」

「まちがいない」

オッターティンの稜線を縁取るオレンジ色の光がまだ淡く残るころ、カールとわたしは重量級の黒い獣を動かしはじめた。大きなハンドルを前にしたシャノンはひどく小さく見えた。わたしたちが手を離すと、キャデラックは不承不承、ゆっくりと砂利を踏みしだきつつ前へ転がりだした。後ろから突き出た二本のフィンの先端には垂直に取りつけられたランプが赤くともっている。キャデラック・ドゥヴィル。人を大空へ運べる宇宙船のような車をアメリカが作っていた時代の遺物。

わたしはそれを目で追った。アクセルワイヤーが引っかかっているらしく、車は速度を増しつづけており、わたしはこんどこそ本当にキャデラックは空へ向かって離陸するだろうと思った。

赤ん坊は男の子だと思う、シャノンはそう言っていた。わたしは何も言わなかったが、もちろん名前をどうするか考えずにはいられなかった。シャノンがベルナルという名前を受け入れてくれたかどうかはわからないが、わたしにはそれしか考えつかなかった。

カールがわたしの肩に腕をまわした。「ぼくには兄貴しかいないんだ」

そしておれにはおまえしかいない。わたしはそう思った。荒野でふたりきりの兄弟だと。

70

「ぼくらの多くはいま、出発点に立ち返っています」とカールは言った。

カールはオールトゥン公会堂のステージ上で、まもなくロッドとそのバンドに引き継がれるはずのマイクスタンドの前に立っていた。

「といってもそれは、ここで行なわれた最初の出資者集会のことではなく、ぼくと兄や、今夜ここにいる皆さんの多くが、そのむかしよく顔を合わせた村のダンスパーティのことです。何杯か飲んで気が大きくなると、ぼくらはたいてい自分が将来どんなすごいことをするつもりか自慢しはじめたものです。でなければ、なかでも大口をたたいていた連中に、おまえのすばらしい計画はその後どうなった、もうスタートしたか、と冷やかしたりしました。すると相手はとぼけてにやにやしたり、悪態をついたり、ときには——カッとなりやすいタイプであれば——頭突きを食らわしたりしたものです」

ホールに立っている聴衆は笑った。

「でも、来年誰かに、おまえたちオスの住人がずいぶん自慢していたあのホテルはどうなったんだと訊かれたら、ぼくらはこう答えられます。ああ、あれか。ちゃんと建てたよ。二回も、と」

大きな歓声。わたしは足を踏み替えた。吐き気が込みあげ、目の奥がずきずき疼き、胸が激しく痛んだ。心臓発作とはこんなふうなものかと思うほどだった。わたしは何も考えまいとした。感じるまいとした。さしあたりはカールのほうがうまく対処しているようだった。それはわかっていたことだった。冷たいのはカールのほうなのだ。カールは母に似ていた。受動的共犯者なのだ。冷酷な。

カールはサーカスの進行役か役者のように両腕を大きく広げた。

「さきほど起工式に出席した皆さんは、あそこに展示されていた図面をご覧になったでしょうから、これがどれほどすばらしいものになるか、もうご存じでしょう。そして実を言えば、ぼくらの名建築家であり、ぼくの妻でもあるシャノン・アレイン・オプガルも、ぼくとともにこのステージに立っているはずでした。のちほど現われるかもしれませんが、いまは家で横になっています。そういうこともあるんですよ、ホテル以外にも体内に宿しているものがあるときには……」

一瞬の静寂があった。それからふたたび歓声があがり、たちまち足を踏み鳴らしての喝采に変わった。

わたしはそれ以上耐えられず、急いで出口へ向かった。

「それでは皆さん、どうか盛大な拍手でお迎えくださ い……」

人混みを掻き分けて外に出て、ちょうど建物の角をまわりこんだところで、胃の中のものが込みあげてきて、わたしは目の前の地面に嘔吐した。吐き出さなくてはならないものが、血まみれの出産のように陣痛とともに何度もあふれ出てきた。それがついに終わると、わたしは空っぽになり、へとへとになってしゃがみこんだ。ホールの中から、ロッドとその仲間たちがいつも最初に演奏する〈ホンキー・トンク・ウィメン〉の軽快なリズムを刻むカウベルの音が聞こえてきた。わたしは壁に額を押しつけて泣きだした。洟水と、涙と、ゲロくさい涎が流れ出てきた。

「なんとまあ」と背後で誰かの声がした。「ついに誰かがロイ・オプガルをぶちのめしたのか？」

「やめて、シモン！」と女の声がして、肩に手を置かれたのがわかった。「だいじょうぶ、ロイ？」

わたしは半分だけふり返った。グレーテ・スミットは赤いスカーフをかぶっていた。しかもそうしていると、なかなかきれいに見えた。

「悪い密造酒を飲んだだけだ。だけどまあ、ありがとう」

ふたりはたがいに腕をまわして駐車場のほうへ歩いていった。

わたしは立ちあがって白樺林のほうへ歩いていった。雪解け水でゆるんで重たくなった地面が、足の下でぐちゃぐちゃと音を立てる。鼻を交互にかみ、唾を吐き、深呼吸をした。夜の空気はまだ冷たかったものの、味は異なっていた。いろんなことが新しいものへ、よりよいものへ変化するという約束のように思われたが、それがどんなものになるのかは想像がつかなかった。

わたしは一本の裸の木の下に立った。月が昇り、ブダル湖を魔法の光で照らしていた。氷は数日のうちに消えるだろう。流れが浮氷をとらえるのだ。ここでは何かに亀裂がはいりだしたら、短時間のうちにすべて消える。

わたしの横に人影が現われた。

「狐に卵を食われたら雷鳥はどうする？」カールだった。

「また卵を産む」

「面白いよな。子供のころ親にそんなことを言われても、うるさいとしか思わなかったのにさ。ある日突然その言葉の意味が身に沁みてわかるんだから」

わたしは肩をすくめた。

「美しいじゃないか」とカールは言った。「ついにぼくらにも春がやってくるんだ」

「そうだな」

「いつ帰ってくるのさ」

「帰ってくる？」

「オスに」

「葬式のときかな、たぶん」

「葬式はここじゃやらない。シャノンは棺に入れてバルバドスへ送る。ぼくが訊いたのは、いつ引っ越してくるのかってことだよ」

「引っ越してはこない」

てはくれなかった。

カールはわたしが冗談でも言ったかのように笑った。「自分じゃまだわかってないかもしれないけど、兄貴は年が明ける前にはここへ帰ってきてるよ」そう言って立ち去った。

わたしは長いあいだそこに立っていた。それから月を見あげた。本当ならもっと大きなもの、惑星のようなもののほうがよかった。そうすればわたしたちひとりひとりの惨めであわただしい人生など、取るに足らないものだということが実感できただろう。いまはそれが必要だった。わたしたちが——シャノンもカールもわたしも、母と父も、ベルナル叔父も、シグムン・オルセンも、ヴィルムセンも、デンマーク人の取立屋も——みんな宇宙の広大な時空の海ではほんの一瞬にすぎない同じひとときを、ここに存在し、いなくなり、忘れ去られるのだと、そう教えてくれるものが。それがわたしたちの唯一の慰めだった。すべては無意味なのだということが。自分の土地を見渡すことも。自分のガソリンスタンドを経営することも。愛する人の隣で目覚めることも。自分の子供の成長を見守ることも。すべて取るに足らないことだと。

だがもちろん、月は小さすぎてそんな慰めをあたえ

71

「どうも」と言いながらマルティンセンはわたしが差し出したコーヒーカップを受け取った。彼女はキッチンのカウンターにもたれて窓の外を見ていた。国家犯罪捜査局《クリポス》の車とクルト・オルセンのランドローバーはまだヤイテスヴィンゲンに駐まっている。

「じゃ、何も見つからなかったんですね」わたしは言った。

「ええ、当然ですが」

「そんなに当然なんですか、あんたからすれば？」

　マルティンセンは溜息をついて、キッチンにわたしたちしかいないのを確かめるように周囲を見まわした。

「正直な話、通常の状況であればわれわれは、事故であることがこれほど明白なケースへの協力要請は断わっていたでしょう。あなたがたの保安官が連絡してきたとき、車に欠陥があったこと、その欠陥が明らかに事故を引き起こしたことはすでに判明していました。死体が受けていた広範な損傷は、まさにこのような高所から落下した場合に予測されるものです。村の医師はシャノンさんがいつ死亡したのか正確にはわからないようでした。医師が事故車のところまでおりられたのは一日半後でしたから当然ですが、でも、彼の推定によれば、シャノンさんが道路から落下したのは午後六時から深夜零時までのあいだのどこかのようです」

「じゃ、あんたはなんだってわざわざここまで来たんです？」

「まあひとつには、オルセン保安官にどうしてもと言われたからです。保安官はほとんど喧嘩腰でした。弟さんの奥さんは殺されたんだと確信していて、彼が読んだ専門誌なるものには八割の事件で犯人は夫だと書いてあると、そう言うんです。犯罪捜査局は地元の保安官事務所と良好な関係を維持したいと考えていますからね」マルティンセンは微笑んだ。「このコーヒー、おいしいです」

「どうも。で、もうひとつの理由は？」

「もうひとつ？」

「あんたいま、ひとつにはオルセン保安官に頼まれたからだと言いましたよね。もうひとつはなんです？」

マルティンセンは青い目をわたしに向けた。判断するのが難しい目つきだった。わたしは目を合わせなかった。合わせたくなかった。単純にそんな気分ではなかった。それに、あまり長くじかに目を見つめられたら、その奥にある傷を見つけられてしまいそうだった。

「率直なお答えに感謝します、マルティンセン捜査官」

「ヴェラと呼んでください」

「だけど、少しはおかしいと思わないんですか？　三台もの車が同じ道路の同じ崖から転落したわけだし、いまあんたの目の前にいる男の弟は、そこで命を落とした人たち全員と密接な関係にあったんですよ」

ヴェラ・マルティンセンはうなずいた。「それを忘れたことは一瞬たりともないですよ、ロイ。オルセン保安官にそれらの事故のことを繰りかえし言われましたから。彼は最初の死亡事故も殺人事件だったと考えていて、いちばん下のキャデラックのブレーキホースに細工がされていなかったかどうか、わたしたちに調査してほしがっていますj」

「うちの親父の車です」とわたしは自分がまだポーカーフェイスを保っていることを祈りつつ言った。「で、調査したんですか？」

マルティンセンは笑った。「まず、その車の残骸はほかの二台の下に押しつぶされています。それにもし何かが本当に発見されたとしても、もう二十年も前の事件ですから、時効の対象です。それにわたしはいわゆる常識や理屈の信奉者なんです。ノルウェーで毎年何台の車が道路から飛び出すか知ってます？　約三千台ですよ。で、事故が起こる場所は何ヵ所ぐらいあると思います？　二千ヵ所未満です。道路から飛び出す車の半数近くが、その年すでに同種の事故が起きている場所で飛び出してるんです。二十年間に三台が、明らかに安全対策がほどこされていなければならなかった場所から転落したというのは、わたしにはごく当然に思えますし、もっと多くの事故がなかったのがむしろ不思議だと思いますね」

わたしはうなずいた。「安全対策を講じろと、ここの地元当局にひとこと言ってくれませんか？」

マルティンセンは微笑んでカップを置いた。

わたしはホールまで彼女を送った。

「弟さんはどんな様子です？」マルティンセンはジャケットのボタンをかけながら言った。

「ショックを受けてますよ。棺に付き添ってバルバドスへ行ってます。むこうでシャノンの身内に会うんです。そのあとはホテルの仕事に没頭すると言ってます」

「で、あなたのほうは？」

「少し落ちつきました」とわたしは嘘をついた。「もちろんショックではありましたが、人生はつづくんです。シャノンがここに住んでた一年半、おれはもっぱらよそにいましたからね、おたがいそれほどよく知らなかったんで……ま、わかるでしょ。自分の家族を亡くすのとはちがうんですよ」

「わかります」

「じゃあ」と言ってわたしはマルティンセンが玄関のドアをあけようとしないので、かわりにあけてやった。だが、マルティンセンは動かなかった。

「聞こえます？」とささやいた。「いまの、チドリじゃありませんでした？」

わたしはうなずいた。ゆっくりと。「鳥に興味があるんですか？」

「とっても。父から受け継いだんです。あなたは？」

「ありますよ、かなり」

「このあたりには興味深い種がたくさんいるでしょうね」

「いますよ」

「いつかここへ来たら見せてもらえます？」

「そうできればいいんですけど。おれはここに住んでないんです」

そこでわたしはマルティンセンと目を合わせ、彼女にじっくりと見せた。わたしがどれほどの傷を負っているか。

「そうですか。じゃあ、戻ってきたら連絡をください。わたしの電話番号はコーヒーカップの下に置いてありますから」

わたしはうなずいた。

マルティンセンがいなくなると、わたしは寝室にあがってダブルベッドに横になり、枕を顔の上に引っぱりあげてシャノンの最後の残り香を吸いこんだ。数日のうちに消えてしまうはずの、かすかでスパイシーな香りを。ベッドのシャノンの側の簞笥をあけてみた。空っぽだった。大半のものはカールがバルバドスへ持っていき、残りは捨ててしまったのだ。けれども戸棚の奥の暗い隅に何かが残っていた。シャノンが家のどこかで見つけて、そこにしまっておいたのだろう。あまりに小さくてかわいらしいのでつい頬がゆるんでしまうような、鉤針編みのベビーシューズだ。祖母が編んだもので、母によれば最初はわたしが、そのあとはカールがはいていたという。

わたしはキッチンへおりた。

窓のむこうの納屋の扉が大きくあいているのが見えた。扉の奥に煙草の火も。納屋の中でクルト・オルセンがしゃがみこんで床の何かを調べていた。

わたしは双眼鏡を持ってきた。

クルトは床の何かに指を走らせた。わたしにはそれが何かわかった。軟らかい板材についたジャッキの跡だ。クルトはサンドバッグのところへ行った。そこに描かれた顔を見つめ、ためらいがちに一発殴った。ヴェラ・マルティンセンからはすでに、国家犯罪捜査局は撤収の準備を終えたと伝えられたはずだった。だが、クルトは諦めていなかった。前に何かで読んだのだが、人体の細胞はすべて、脳細胞をふくめて七年で入れ替わるので、人は七年後には基本的には新しい人間になっているという。だが、細胞を生成するプログラムであるDNAは変化しないから、髪や爪や指先を切っても、また同じものが生えてくる。複製が。だから新しい脳細胞は古いものとなんら変わらず、多くの同じ記憶や経験を引き継ぐ。わたしたちはあいかわらず同じ選択をし、同じ失敗を繰りかえす。親子のように。クルト・オルセンのような狩人は狩りをつづけ、人殺しは――状況がまったく同じなら――また人を殺すことを選ぶ。それは予測可能な惑星軌道や定期的な季節の移り変わりと同じく、永遠に循環する。

クルトは納屋から出る途中で足を止めて、またほかのものに目を留めた。それを持ちあげ、光にかざした。ブリキのバケツだった。わたしは双眼鏡のピントを合わせた。クルトは弾の穴をじっくりと観察していた。まず片側の穴を、それから反対側の穴を。やがてバケツを置くと、ランドローバーに乗りこんで走り去った。

家には誰もいなかった。わたしは孤独だった。これまでにないほど孤独だった。父もこんなふうに感じていたのだろうか？　周囲にわたしたちがいても。

西のほうから低い轟きが聞こえ、わたしはそちらに双眼鏡を向けた。

オッターティン北壁の雪崩だった。重く湿ったざらめ雪が、もはやそこにとどまれなくなって滑り落ち、氷をどっと突き破って、ブダル湖の対岸の空中高くに大きな滝を出現させた。
そう、非情の春がふたたび巡ってきたのだ。

解説

本作『失墜の王国』は、北欧ミステリの巨匠ジョー・ネスボによる重厚なノワールである。これまでもネスボは〈オーラヴ・ヨハンセン〉シリーズでパルプ・ノワールの世界を描いているが、どうも今回は手触りが少し異なる。それは恐らく、単行本二段組にして五〇〇ページ超という長さと、本作で扱われる主題の陰鬱さが、〝パルプ〟という言葉であらわすには少し軽いように感じるからであろう。

本作の舞台は、ノルウェーの深い谷に阻まれた村、オスだ。村にある〝王国〟と呼ばれる農場で暮らすロイ・オプガルとカールの兄弟は、父親の絶対的な支配の元で日常を過ごしていた。だが、車に乗った両親が農場の崖から落下して死亡し、信頼できるものは互いだけとなってしまう。そんなある日、弟カールの元に村の保安官シグムンがやってきて、兄のロイに性的暴行を受けているかもしれないという疑念と、両親の車の事故の不審な点を尋ねてくる。カールは、兄がそんなことをするはずはなく、両親の死は単なる事故であったという証拠があるとシグムンに主張し、保安官はそれを確かめるために谷底を双眼鏡でのぞこうとした。だが、その瞬間、シグムンの立っている岩が崩落し、彼はそのまま谷底へ落ちていった。その話を弟から聞いたロイは、ロープを用いて谷へ降りて行き、兄弟の秘密を守り切るためにシグムンにナイフでとどめを刺す。この出来事は、兄弟にとって忘れられない罪の記憶となった。

それから十数年後、ロイはひとり村に残りガソリンスタンドの経営を行い、カールは金融と経営を学ぶためアメリカへ渡った。だが、カールは突然、農場の土地にリゾートホテルを建てる計画と雪のように白い肌をした妻シャノンを連れてロイの元へ戻ってくる。いきなりの弟の帰還に驚き、そして詐欺まがいのホテル建設計画に不信感を覚えるロイだったが、弟を守るためであればなんだってしてきた彼にとっては、弟の帰還は何よりもうれしいものだった。だが、いざホテルの建設に着工するとなったその時、村の新しい保安官にしてシグムンの息子であるクルトが、自分の父親が死んだ事件について再調査を行いたいと言い出し……。

本作では、カールの妻であるシャノンが大きな役割を果たす。彼女は典型的な〝ファム・ファタール〟の役割を与えられているように見えるが、そう単純な話ではない。ロイにとって何よりも守るべき存在は弟のカールであって、それは兄としての絶対的な命題なのだ。

物語中盤、カールの恋人マリにロイが恋心を抱いていたエピソードが出てくる。だが、これも単純な恋物語ではない。最初にロイはカールと付き合い始めたマリに対して弟を奪われたのだと感じ、嫉妬心を覚える。しかし、時を経るごとにその気持ちはマリへの愛情に変じはじめ、最終的にはマリへの恋心を自覚し、カールにはその気持ちを隠すようになる。ある時、カールはグレーテという女性と浮気をし、それに病んだマリはロイの元へとやってきて関係を迫ろうとする。ロイとしては願ってもない展開だったが、いざその時になったところで、自分の恋心が雲散霧消していることに気がつくのだ。曰く――「おかしな話だが、わたしはマリとカールの恋が終わるのとほぼ同時に、マリに恋をするのをやめたのだ」という。

ロイは弟のことを自分の半身のように大切に扱っていた。彼にとって弟は、もはや自分自身とほとんど同一のものだったのだろう。それだからこそ、弟の罪は自分の罪であり、弟の恋は自分の恋だということになるのではないか。カールがアメリカにいたころは物理的に分かたれていたからこそ、ロイは一人の人間として生きていくことができたのだが、カールが村に帰ってきたことで彼は〝オプガル兄弟〟として生きていかざるを得なくなる。そして、そのことが悲劇を起こすのだ。彼の経営するガソリンスタンドは、最終的にカールの構想するリゾートホテルへと飲み込まれていくが、これも彼ら兄弟の複雑な関係の暗喩になっている。ロイとマリ、カールの話は、マリがシャノンに置き換えられて変奏されることになるが、それがどのような結末を迎えるのかが本作の読みどころのひとつだ。

ところで、作者のネスボは《クライムリーズ》のインタビューで兄弟関係に重点を置いた小説を書いた理由について、数年前に自分の弟ががんで亡くなったのがきっかけだったのだと語っている。さらに兄弟という関係性について、ネスボはこう語る。

兄弟との関係から私が学んだのは、彼らに感じる限りない忠誠心だと思います。兄弟は、自分に最も近い存在です。すべてを共有していて、両親よりも親しく自分のことを知っている人です。兄弟との関係では、自分の弱い面も強い面もさらけ出すことができます。ですから、外の世界に対しては強いチームとして団結した力を見せることができるのと同じくらい、内面ではお互いに非常に弱いのです。

親と子、そして女と男という関係以上に強く結びついている、結びつかざるを得ない関係としての兄弟。愛情と、ある種の憎悪が絡み合うこの関係性を土台にしてノワールを描き出すという試みは、W・P・マッギヴァーンの『悪徳警官』やジョン・ウー監督の『男たちの挽歌』といった作品で見られるテーマだが、本作は先行作とは違う捻りが加えられ、単なる〝兄弟の絆の物語〟として終わらないところに注目したい。

最後に、本作の続篇 *Kongen av Os*（英題：*Blood Ties*）について話をしたいと思う。だが、最後まで読んだ人は続篇があることに驚かれるのではないか。ここからは少しネタバレをせざるを得ないので、未読の方はいったん、ここで読むのをやめて本文を読んでから改めて続きを読んでもらいたい。

※ネタバレ注意※

さて本作の最後、シャノンを葬り去り、平和を取り戻したオプガル兄弟は、オスの村の実質的な支配者として君臨することになる。カールはリゾートホテル建設の夢を叶え、ロイはホテルに隣接した遊園地を新設する計画を立てていた。だが、村を通るはずだった自動車専用道路が村を迂回するように建設するという計画が持ち上がってくる。ロイは道路整備局に賄賂を贈ることで計画を阻止しようとしたが、失敗。さらにクルト・オルセンは、シャノンが死亡した事故について疑念を覚え、改めて事件を調査し始める。彼は今度こそ、オプガル兄弟に手錠をかけるつもりでいた。しかし、またしても事件が起こり……。

Kongen av Os は二〇二四年六月に刊行された。本作よりもさらに悲惨な出来事が起こるこの続篇は、《パブリッシャーズ・ウィークリー》や、《カーカス》で星付きレビューを獲得した。三作目についての情報はないが、まだシリーズとして続きそうな感触はある。ジョー・ネスボの新たなる代表シリーズとして、今後も目が離せない。

（I）

二〇二四年十一月

訳者略歴　早稲田大学第一文学部卒，英米文学翻訳家　訳書『その雪と血を』『真夜中の太陽』ジョー・ネスボ，『ザ・チェーン　連鎖誘拐』エイドリアン・マッキンティ，『第八の探偵』アレックス・パヴェージ，『われら闇より天を見る』『終わりなき夜に少女は』クリス・ウィタカー（以上早川書房刊）他多数

失墜《しっつい》の王国《おうこく》

2024年12月20日　初版印刷
2024年12月25日　初版発行

著　者　ジョー・ネスボ
訳　者　鈴《すず》木《き》　恵《めぐみ》
発行者　早　川　　浩

発行所　株式会社　早川書房
東京都千代田区神田多町2－2
電話　03-3252-3111
振替　00160-3-47799
https://www.hayakawa-online.co.jp

印刷所　株式会社亨有堂印刷所
製本所　大口製本印刷株式会社

定価はカバーに表示してあります
ISBN978-4-15-210388-8 C0097
Printed and bound in Japan
乱丁・落丁本は小社制作部宛お送り下さい。
送料小社負担にてお取りかえいたします。

早川書房の単行本

われら闇より天を見る

We Begin at the End

クリス・ウィタカー

鈴木 恵訳

46判並製

〈英国推理作家協会賞最優秀長篇賞受賞作〉カリフォルニア州の海沿いの町ケープ・ヘイヴン。この町に住む「無法者」の少女ダッチェスと、過去に囚われた警察署長ウォーク。彼女たちのもとに、かつてこの町で起こった事件の加害者ヴィンセントが帰ってくる。彼の帰還はかりそめの平穏を乱しダッチェスとウォークを巻き込んでいく。そして、新たな悲劇が起こり……。解説／川出正樹